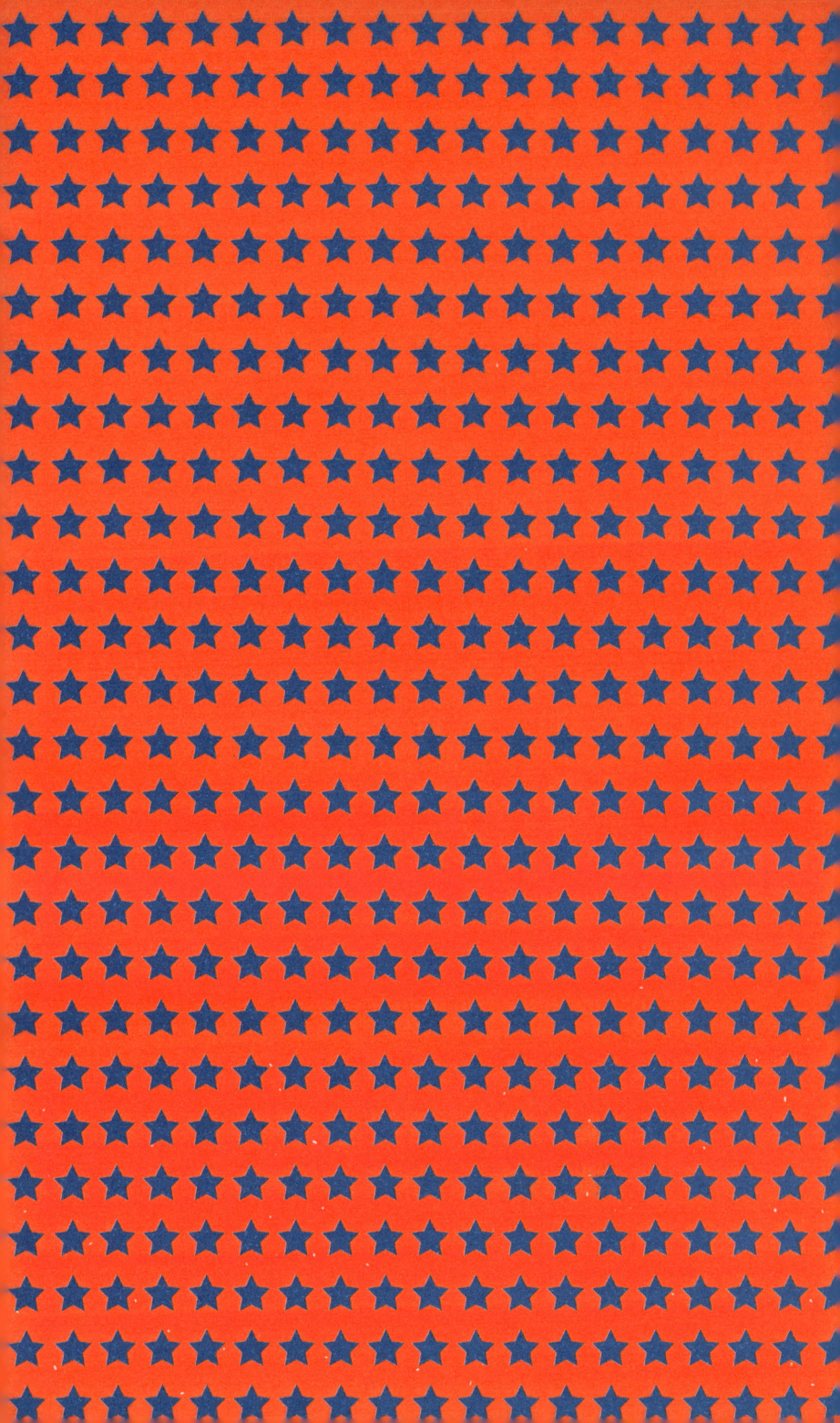

AQUI NÃO PODE ACONTECER

AQUI NÃO PODE ACONTECER

Sinclair Lewis

TRADUÇÃO E PREFÁCIO DE
LENITA MARIA RIMOLI PISETTA

Prefácio

Pode acontecer, em qualquer lugar

Em 5 de novembro de 1930, Sinclair Lewis atendeu a uma chamada telefônica após ter acordado tarde. Uma voz com sotaque estrangeiro anunciava que ele havia ganhado o Prêmio Nobel de Literatura. Lewis, no entanto, julgou que a voz era de seu amigo Ferd Reyher, um pândego que gostava de fazer imitações e pregar peças nos companheiros. Sua esposa na época, a jornalista Dorothy Thompson, que ficaria célebre por sua atuação em questões políticas e por seu pioneirismo na imprensa internacional, também não pareceu ter acreditado assim que recebeu a notícia da parte de Lewis.

Naquela data Lewis havia publicado cinco romances que tiveram importante repercussão nos Estados Unidos. Mas *Aqui não pode acontecer* [*It Can't Happen here*] só seria publicado mais tarde, em 1935. Algum tempo antes, Lewis recusara o prêmio Pulitzer de 1926 por sua obra *Arrowsmith*. Anteriormente ele fora indicado com *Main Street*, mas perdera para *The Age of Innocence* de Edith Wharton, em 1921, o mesmo tendo acontecido com *Babbitt*, em 1923, que acabou sendo vencido na decisão final por *One of Ours*, de Willa Cather. Alguns comentaram que a recusa do Pulitzer de 1926 se devia a uma mágoa do autor, por não ter ganhado em duas edições anteriores. Outros disseram que essa recusa lhe valera muito mais em publicidade do que o valor do prêmio em dinheiro, o que poderia ser justificado pelo fato de Lewis ter aceitado o Nobel em 1930.

LEWIS E ORWELL, *AQUI NÃO PODE ACONTECER* E 1984

Mais de 10 anos após a publicação de *It Can't Happen Here*, George Orwell publicava outra obra sobre o fascismo e o totalitarismo que viria a se tornar um "clássico" da literatura do século XX. Sem que seja necessário elencar motivos para isso, podemos reconhecer que *1984* é muito mais conhecido do público em geral do que *Aqui não pode acontecer*. No entanto, quem ganhou o Nobel foi Lewis. Não é possível saber se Orwell viria a ser laureado com o prêmio se não tivesse morrido logo após a publicação do romance, em 1950.

Orwell escreveu sua ficção distópica após o final da Segunda Guerra, tendo ele mesmo passado pela Guerra Civil Espanhola e as Jornadas de Maio de 1937 na Espanha. Ou seja, Orwell conheceu de perto os horrores da guerra e do totalitarismo, o que alimentou sua imaginação para escrever *Animal Farm* e *1984*. Por outro lado, Lewis tinha testemunhado apenas de longe a Primeira Guerra Mundial, e *Aqui não pode acontecer* remete muito mais à Guerra de Secessão dos EUA (1861-1865) do que a esse conflito internacional (1914-1918).

Orwell, baseado em suas experiências reais, olhava para a frente, para um futuro sombrio que ele podia adivinhar a partir do que já vira. Lewis, não tendo vivido na pele as agruras da guerra, tinha uma ótima antena para prever uma possibilidade que, pelo menos na sua ficção, era totalmente negada pela população dos EUA: o surgimento do fascismo naquele país. E Lewis imaginou o que poderia acontecer com base nas notícias que acompanhava sobre o surgimento do fascismo na Europa, em grande medida informado pela mulher, Dorothy Thompson. Thompson entrevistou Hitler em 1931, enquanto era correspondente internacional em Berlim, e a partir desse primeiro encontro escreveu uma série de artigos advertindo os estadunidenses sobre a ameaça nazista e a perseguição dos judeus. Além disso, Lewis acompanhava as notícias internacionais sobre a movimentação política na Europa e sobre figuras como Mussolini e o próprio Hitler.

Uma notável diferença entre *1984* e *Aqui não pode acontecer* são os métodos de tortura sofridos pelos protagonistas: no caso de Orwell, temos técnicas mais "avançadas", com máquinas e botões que aumentam a intensidade do sofrimento. Em Lewis, o principal método de tortura são as chibatadas, suplício intensificado pelo número de golpes, quadro muito semelhante ao dos castigos sofridos pelos escravizados nas Américas e em outras partes do mundo, e que nos remete de novo à Guerra de Secessão.

Pelo que consta, o público estadunidense se surpreendeu com a indicação de Lewis para o primeiro Prêmio Nobel das Américas. Segundo o biógrafo Mark Schorer, Lewis estava longe de ser uma unanimidade entre seus pares: os mais "agressivamente ilustres" não o levavam a sério; os experimentalistas o consideravam um escritor excessivamente comercial; os críticos da academia, fossem eles mais dogmáticos ou simples historiadores literários, não estavam satisfeitos com ele; os jovens radicais julgavam-no um analfabeto político; outros ainda o criticavam do ponto de vista da arte literária.

O fato é que *It Can't Happen Here* foi um sucesso imediato de vendas, tendo alcançado a marca de 320 mil exemplares vendidos, tão logo foi lançado. Além disso, houve um projeto para um filme, que acabou não dando em nada. O livro foi adaptado para uma peça teatral, cujo texto teve a participação de Lewis. Essa peça foi montada simultaneamente em vários teatros, alcançou enorme sucesso e foi exibida anos a fio. Em uma das montagens, o próprio Lewis atuou como Doremus Jessup, personagem principal do romance.

Esse fato nos dá uma pista para pensarmos num aspecto que pode iluminar algo sobre o posicionamento político e social de Lewis. Existe alguma semelhança entre Sinclair Lewis e Doremus Jessup.

Jessup é um editor de jornal que vive uma vida pacata em Fort Beulah, cidade fictícia situada no estado de Vermont, na Nova Inglaterra. Ele se julga uma pessoa culta e bem-informada, que se identifica bastante com um certo ideal que o estadunidense branco de classe média parece (ou parecia) ter de si mesmo. Desse ideal fazem parte o compromisso com a liberdade e o trabalho, além de uma independência em relação a correntes políticas. Doremus Jessup se qualifica como "um liberal moderado, bastante indolente e relativamente sentimental", que não gosta de pompa e despreza todos aqueles (entre os pregadores populares, os educadores eloquentes e as mulheres ricas) que o bajulam em troca de publicidade no seu jornal. No entanto, o narrador adverte: "Mas por todo tipo de crueldade e intolerância, e pelo desprezo dos afortunados pelos desafortunados, ele não nutria apenas aversão, mas um ódio brutal".

Ou seja, Doremus Jessup é um liberal, um ser relativamente independente que acredita na livre-iniciativa e em diversos outros valores do tão propalado *American Dream*. No entanto, não é um típico cidadão ingênuo convencido de que "todos nasceram iguais", como prega a constituição de seu país. Ele enxerga as desigualdades e luta contra elas, à sua maneira: basicamente por meio de seu jornal.

O capítulo 6 narra como Jessup se havia posicionado contra a opinião pública em várias ocasiões, afirmando a inocência de cidadãos condenados, criticando a invasão dos EUA em outros países, escrevendo um artigo favorável sobre um determinado candidato socialista e defendendo a ideia de que a Rússia poderia vir a se tornar um dos melhores lugares do mundo depois que estivesse "plenamente desenvolvida". Além do estranhamento e resistência de seus colegas jornalistas, algumas dessas ações lhe custaram a perda de leitores.

No entanto, quando a situação se agrava, Jessup começa um novo questionamento sobre suas posições, e se culpa por ser "bastante indolente" e por ter deixado os líderes oportunistas tomarem o poder. Na verdade, essa acusação é dirigida também a todos os "bons cidadãos" de classe média, que, por não se considerarem "radicais", ficaram de braços cruzados quando deveriam ter agido:

> A tirania desta ditadura não é especialmente culpa do Grande Negócio, nem dos demagogos que fazem seu trabalho sujo. É culpa de Doremus Jessup! De todos os conscienciosos, respeitáveis, intelectualmente preguiçosos Doremus que deixaram os demagogos se insinuar sorrateiramente, sem que houvesse um feroz protesto capaz de detê-los.

Mais tarde, já aprisionado, ele ressignifica vários episódios da História de seu país e do mundo, lançando nova luz sobre seus personagens. No capítulo 19, Doremus reflete que o massacre da Guerra Civil Americana e as ações dos abolicionistas haviam sido de fato cruéis, mas que talvez esses agentes violentos tivessem sido obrigados a fazer uso dessa violência, porque não fora possível motivar de outra forma os cidadãos pacatos. E ele prossegue:

> Se nossos avós tivessem tido a prontidão e a coragem de enxergar os males da escravidão e de um governo conduzido por cavalheiros e apenas para cavalheiros, não teria havido a necessidade de agitadores, guerra e derramamento de sangue.
>
> São pessoas como eu, os Cidadãos Responsáveis que nos sentimos superiores porque somos ricos e temos o que classificamos de "estudo", que causaram a Guerra Civil, a Revolução Francesa e agora a Ditadura Fascista. Fui eu quem matou o Rabino De Verez. Fui eu quem perseguiu os judeus e os negros.

A premissa que gera a trama toda e que dá título ao livro é a de que, nos Estados Unidos, no caso da ameaça de uma ditadura fascista, "a independência e o humor pioneiros dos americanos são tão singulares que a situação será muito diferente de qualquer outra na Europa". Não deixa de ser uma presunção deles a certeza de que os habitantes dos EUA estariam imunes a um ataque de suas instituições democráticas. Mas até mesmo Doremus Jessup, no início da narrativa, acredita nisso. Na ficção, verifica-se o contrário: Buzz Windrip instaura um governo eminentemente fascista, com tudo o que isso implica de violência e violação de direitos.

Na realidade, várias décadas após o lançamento do livro nos EUA, houve uma forte ameaça de instalação de um governo fascista. E o livro reconquistou a atenção do público estadunidense quando Donald Trump ganhou a eleição presidencial em 2016. *It Can't Happen Here* foi para a lista dos 10 mais vendidos, tendo sido amplamente lembrado e mencionado por acadêmicos e jornalistas. De fato, temos acompanhado em vários países o avanço e a vitória de governos autoritários.

É interessante observar que há vários pontos em comum nessas iniciativas pouco democráticas. Talvez a primeira delas seja o estímulo ao patriotismo. E não se trata simplesmente de incitar o povo a amar seu país, mas sim de usar o patriotismo como uma forma de cooptação e uma cortina de fumaça. No livro, quando a popularidade do governo autoritário começa a cair, Lee Sarason, o mentor intelectual do ditador Buzz Windrip, ordena que se forje uma série de "incidentes deploráveis" na fronteira com o México, com o intuito de unir o país por meio daquele "útil patriotismo que sempre surge sob a ameaça de um ataque externo". O governo deveria imediatamente "dar um jeito de ser insultado e ameaçado" por aquele país, para em seguida declarar guerra contra seus vizinhos.

O sarcástico narrador de Lewis enumera vários desses "incidentes deploráveis", em que, por exemplo, os EUA haviam sido supostamente atacados quando as tropas do exército estavam fora, no deserto, em exercícios militares. Uma cidade fora incendiada justamente no momento em que todas as crianças haviam saído em excursão com a Escola Dominical. E um consciencioso mexicano delatou o próprio país para um oficial num acampamento no meio do nada, onde surpreendentemente 46 repórteres estavam a postos.

A defesa dos valores morais também é um aspecto que merece destaque: as liberdades individuais e o direito de expressar as próprias ideias são atropelados por uma cerrada vigilância contra a depravação. Membros de instituições religiosas são acionados para dar apoio aos governos totalitários, carregando consigo milhões de pessoas ingênuas que confiam cegamente em seus líderes.

Para fechar o quadro, temos a promessa de melhores salários sem que se explique como isso poderá ser realizado. Buzz Windrip, durante sua campanha, promete que cada família dos EUA receberá 5 mil dólares por ano, o que nunca se cumpre. Junto com isso, as forças policiais se tornam mais numerosas e violentas.

Em determinado ponto da narrativa, Doremus Jessup reflete sobre o que ele mesmo chama de "algo parecido com uma biologia das ditaduras". Ele se refere aos métodos empregados e ao clima geral entre a população. A descrição de Jessup não nos parecerá estranha:

> A apreensão universal, as tímidas negações da fé, os mesmos métodos de prisão (batidas repentinas na porta tarde da noite, o esquadrão da polícia entrando à força, os socos, a revista, os xingamentos obscenos dirigidos às mulheres amedrontadas, a tortura impiedosa infligida pelos policiais mais jovens, os golpes que a acompanhavam e em seguida os espancamentos formais, em que o prisioneiro era obrigado a contar as pancadas até desmaiar, as camas imundas e o cozido azedo, guardas zombando e atirando várias vezes num prisioneiro que acredita estar sendo executado, a espera solitária para saber o que acontecerá, até os homens enlouquecerem e se enforcarem.

Ainda em comparação a *1984* de George Orwell, podemos notar como são desenhados os personagens. No caso do romance de Orwell, os personagens são todos fictícios, embora exista a possibilidade de compará-los a figuras históricas. No caso de *It Can't Happen Here*, Sinclair Lewis faz uma vasta fusão entre os personagens fictícios e as figuras públicas estadunidenses. Talvez ele tenha comprado algumas brigas com conhecidos, mas o mais interessante é o que ele "prevê", na narrativa, para a eleição do ano de 1936, na qual o Presidente Franklin Delano Roosevelt foi o vencedor. Na trama, Roosevelt se afasta do Partido Democrata após ser derrotado nas prévias por Windrip e monta um partido paralelo, denominado Partido Jeffersoniano. Mas há muitos outros personagens do livro que são pessoas da vida real, entre eles educadores, políticos e outras figuras públicas. Algumas delas são indicadas em notas de rodapé, para o caso de os leitores quererem se localizar melhor em termos históricos

Um pouco sobre as mulheres

As mulheres têm uma presença relevante na narrativa, e a primeira que se destaca é a Sra. Adelaide Tarr Gimmitch, nacionalista, antissufragista, antifeminista, conservadora e defensora da moral e dos bons costumes. A Sra. Gimmitch tem uma atuação pública importante, tendo se preocupado muito com os "meninos" que lutaram na Grande Guerra (Primeira Guerra Mundial). Primeiro ela tem a ideia de enviar para cada soldado dos EUA que está no front um canário em uma gaiola, para trazer alento a esses jovens e reavivar neles as lembranças do lar. Não tendo conseguido seu intento após a negativa de uma autoridade militar responsável, por questões logísticas, ela conseguiu enviar para os "meninos" muitos conjuntos de dominós, que os distrairiam e os manteriam distantes dos cafés franceses.

Gimmitch também é uma artista polivalente, que compõe canções patrióticas e escreve livros infantis. Para ela, as mulheres devem permanecer em casa e cuidar dos filhos, que ela aconselha que sejam muitos. Doremus e sua esposa, Emma, têm três filhos. Emma vive para cuidar da casa e dos filhos, é completamente alheia à política e não tem opinião formada sobre o sufrágio feminino. Ela se assemelha mais a uma burguesa branca mediana do que a Sra. Gimmitch com sua afetação. Emma é serena, conformada com sua condição e conservadora.

No outro extremo do espectro temos Sissy, filha de Doremus Jessup, e Lorinda Pike, sua amante. As duas são politicamente engajadas. Lorinda trata Sissy não como uma segunda mãezinha, mas como uma companheira revolucionária. Doremus Jessup as coloca entre seus preferidos, grupo do qual Emma está excluída. Talvez a personagem feminina mais interessante seja Mary, a filha mais velha dos Jessups, que após ter seu marido morto pelo regime fascista, dá uma guinada radical em sua vida.

Mas, em geral, os personagens de *Aqui não pode acontecer* não são muito complexos. Pode-se considerar que a exceção é o próprio Doremus Jessup. No início da narrativa, temos um jornalista que se considera um intelectual e que seus conterrâneos acham arrogante. Ele tem uma vida pacata e usa seu jornal como instrumento de denúncia e combate de práticas sociais nocivas, independentemente de sua origem. Aliás, esse é o grande problema de Jessup. Ele não se identifica com nenhum posicionamento político e insiste em não se enquadrar.

> Mas aí está o pior problema de toda essa coisa maldita de análise. Quando começo a defender a Democracia contra o Comunismo e o Fascismo e tudo o mais, acabo soando como Lothrop Stoddard e sua corja [...] O que me enoja em relação a Hearst e as Filhas da Revolução Americana é que se eles são contra o comunismo, eu preciso ser a favor. E não quero ser!

Lothrop Stoddard foi um cientista político e intelectual que defendia teorias da eugenia e a atuação da Ku Klux Klan. Jessup, posicionando-se contra os totalitarismos, acaba sendo associado aos supremacistas brancos.

À medida que a história avança, entretanto, Doremus vai percebendo que, em situações extremas, é preciso se posicionar e tomar uma atitude. E ele vai gradativamente se despindo de seus pequenos orgulhos e de suas comezinhas ilusões burguesas. Ele genuinamente aprecia ser chamado por seu primeiro nome na prisão e de fato se sente igual aos outros naquela condição de extrema desumanidade.

Quando está novamente livre, longe da família e dos amigos, ele percebe o lado pouco glamoroso do exílio. Ele é mais um entre muitos, e esses muitos não são tão atraentes para os locais como ele poderia imaginar. Sua história de heroísmo e resistência é igual a muitas outras, e o país que o recebe, por mais amigável e acolhedor que seja, precisa cuidar dos problemas de seus próprios habitantes.

> Não fora um egoísmo particularmente indecoroso de Doremus que o fizera supor que, quando ele chegasse ao Canadá, todos vibrariam com sua história de aprisionamento, tortura e fuga. Mas ele acabou percebendo que dez mil narradores espirituosos haviam chegado antes dele, e que os canadenses, embora fossem anfitriões atenciosos e generosos, estavam efetivamente cansados de oferecer mais empatia. Eles sentiam que sua cota de mártires estava totalmente completa, e quanto aos exilados que chegavam sem um tostão furado, e era assim com a maioria deles, os canadenses ficaram visivelmente indispostos a privar suas próprias famílias em favor de refugiados desconhecidos, e eles nem conseguiam expressar constantemente sua

satisfação por estarem na presença de célebres autores, políticos, cientistas americanos quando eles haviam se tornado comuns como moscas.

E entre vários outros *insights* que vai tendo no decorrer da história, Doremus acaba concluindo algo talvez não tão heroico sobre a condição humana. Ele constata a "definitiva brutalidade do fato de que nenhum ser humano normal pode suportar por muito tempo a tragédia de outro ser humano".

Após vários obstáculos e transformações, Jessup prossegue, mantendo o cerne de suas convicções e ideais. Percebe que deverá continuar sozinho como um liberal, "escarnecido por todos os profetas mais ruidosos por se recusar a ser um capacho dos chefões de qualquer um dos lados". Sua crença no valor da liberdade permanece firme, como se vê em uma de suas últimas reflexões:

> Quanto mais eu penso na História [...] mais fico convencido de que tudo o que vale a pena no mundo foi realizado pelo espírito livre, curioso e crítico, e que a preservação desse espírito é mais importante do que qualquer sistema social possível. Mas os homens do ritual e os homens do barbarismo são capazes de calar os homens da ciência e de silenciá-los para sempre.

E ele prossegue então, "no alvorecer vermelho", com sua vida radicalmente alterada pelos acontecimentos que, no início, as pessoas tinham convicção de que não aconteceriam. "Aqui não pode acontecer", diziam todos. Ao que Jessup, já lá no começo da narrativa, respondeu: "Pro diabo que não pode!".

FONTES:

AMAZON'S best-seller list takes a dystopian turn in Trump era. *CNN Business*, 28 jan 2017. Disponível em: https://money.cnn.com/2017/01/28/media/it-cant-happen-here-1984-best-sellers/.

MEYER, M. Introduction. *In*: LEWIS, S. *It Can't Happen Here*. New York: Penguin, 2014.

SCHORER, M. Sinclair Lewis and the Nobel Prize. *The Atlantic*. October Issue, 1961. Disponível em: https://www.theatlantic.com/magazine/archive/1961/10/sinclair-lewis-and-the-nobel-prize/305481/.

WHY DID Sinclair Lewis Decline the Pulitzer Prize? *The Sinclair Lewis Society*. Disponível em: https://english.illinoisstate.edu/sinclairlewis/.

AQUI NÃO PODE ACONTECER

1

O elegante salão de jantar do Hotel Wessex, com seus escudos ornamentais de gesso dourado e o mural exibindo as *Green Mountains* havia sido reservado para o Jantar das Senhoras do Rotary Clube de Fort Beulah.

Ali em Vermont a coisa toda não estava tão pitoresca como poderia ter sido nas pradarias do Oeste. Mesmo assim, tinha seus atrativos: houve uma cena cômica em que Medary Cole (moagem de grãos e comércio de rações) e Louis Rotenstern (alfaiataria e lavanderia) anunciaram ser aqueles dois históricos habitantes de Vermont, Brigham Young e Joseph Smith[1] e com suas piadas sobre diversas esposas imaginárias deram boas cutucadas nas senhoras presentes. Mas a ocasião era essencialmente séria. Naquela época, toda a América[2] estava séria, após 7 anos da Depressão que teve início em 1929. Já se passara tempo suficiente desde a Grande

---

[1] Joseph Smith (1805-1844) foi o fundador e primeiro presidente da Igreja Mórmon (ou Igreja de Jesus Cristo dos Santos dos Últimos Dias). Brigham Young (1801-1877) foi o segundo presidente da mesma organização que, em seus primórdios, defendeu a prática da poligamia. (N. T.)

[2] O uso do termo "América" em referência aos Estados Unidos da América tem sido questionado como uma atitude etnocêntrica, como se apenas os Estados Unidos fossem "América". Mesmo assim, e levando em consideração que essa obra foi publicada em 1935, manteremos esse uso na tradução. (N. T.)

Guerra de 1914-1918 para que os jovens nascidos em 1917 estivessem prontos para ir para a faculdade... ou para outra guerra, praticamente qualquer guerra que pudesse ser útil.

As atrações dessa noite entre os rotarianos não tiveram graça nenhuma, pelo menos nenhuma graça óbvia, pois foram os discursos patrióticos do General de Brigada Herbert Y. Edgeways, Estados Unidos (reformado), que tratou furiosamente do tópico "Paz por Meio da Defesa — Milhões para as Armas mas Nenhum Centavo para os Impostos", e da Sra. Adelaide Tarr Gimmitch — que não era mais reconhecida por sua valente campanha antissufragista lá atrás, em 1919, do que por ter, durante a Grande Guerra, mantido os soldados americanos totalmente distantes dos cafés franceses por meio do inteligente estratagema de lhes enviar dez mil jogos de dominó.

Tampouco deveria nenhum patriota atento às causas sociais desprezar o esforço feito recentemente pela mesma senhora — esforço este que não fora devidamente apreciado — de manter a pureza do Lar Americano proibindo o acesso à indústria cinematográfica de quaisquer pessoas, atores, atrizes, diretores ou operadores de câmera que: (a) já houvessem se divorciado; (b) tivessem nascido em países estrangeiros — exceto a Grã-Bretanha, já que a Sra. Gimmitch tinha muita consideração pela Rainha Mary, ou (c) se negassem a fazer o juramento de honrar a Bandeira, a Constituição, a Bíblia e todas as outras instituições peculiarmente americanas.

O Jantar Anual das Senhoras era uma reunião das mais respeitáveis, que reunia a nata de Fort Beulah. A maioria das senhoras e mais da metade dos cavalheiros vestiam roupas sociais, e comentava-se que antes do banquete os mais influentes do grupo haviam tomado coquetéis servidos no quarto 289 do hotel. As mesas, arranjadas em três lados de um quadrado vazio, estavam iluminadas por velas, bandejas lapidadas contendo doces e amêndoas ligeiramente duras, imagens de Mickey Mouse, rodas dentadas do Rotary feitas de latão e bandeirinhas americanas de seda fincadas em ovos cozidos dourados. Na parede se via uma faixa com as inscrições: "Servir antes de Servir-se", e o cardápio — o aipo, a sopa-creme de tomate, o *haddock* grelhado, os croquetes de frango, as ervilhas e o sorvete de *tutti frutti* — condizia com os mais altos parâmetros do Hotel Wessex.

Todos escutavam, embevecidos. O General Edgeways estava finalizando sua viril e ao mesmo tempo mística rapsódia sobre o nacionalismo.

— ...porque estes Estados Unidos, a única entre as grandes potências, não têm o desejo de conquistar outros povos. Nossa maior ambição é sermos deixados perfeitamente em paz! Nossa única relação genuína com a Europa está em nossa árdua tarefa de tentar educar as massas rudes e ignaras que a Europa quis derramar sobre nós para que minimamente assimilem a cultura e as boas maneiras americanas. Porém, como expliquei aos senhores, devemos estar preparados para defender nosso litoral contra todas as gangues de especuladores internacionais que se autodenominam "governos", e que com inveja tão febril estão sempre espreitando nossas inextinguíveis minas, nossas imponentes florestas, nossas titânicas e exuberantes cidades, nossos belos e vastos campos.

— Pela primeira vez em toda a história, uma grande nação precisa continuar se armando mais e mais, não visando à conquista, não por inveja, não pela guerra, mas pela *paz*. Suplicamos a Deus que nunca seja necessário, mas se as nações estrangeiras não levarem prontamente em conta nossas advertências, vai surgir, como quando os proverbiais dentes do dragão foram semeados,[3] um guerreiro intrépido e armado em cada pedaço de solo destes Estados Unidos, tão arduamente cultivado e defendido por nossos pais fundadores, cujas imagens cingidas por espadas devemos imitar... ou pereceremos!

O aplauso foi ciclônico. O "professor" Emil Staubmeyer, Superintendente Escolar, lançou o grito: — Três vivas para o General, *hip, hip hurra*!

Todos os presentes fizeram resplandecer seu rosto sobre o General e o Sr. Staubmeyer, a não ser por uma dupla de excêntricas mulheres pacifistas e um tal de Doremus Jessup, editor do *Daily Informer* de Fort Beulah, considerado localmente como "um camarada muito inteligente, mas meio cínico", que cochichou para seu amigo, o Reverendo Falck:

— Nossos pais fundadores fizeram um serviço bastante precário quando arduamente cultivaram um pedacinho do solo do Arizona!

A maior glória do jantar foi o discurso da Sra. Adelaide Tarr Gimmitch, conhecida em todo o país como a "Tia dos Tiozinhos", porque durante a Grande Guerra ela defendera a proposta de chamar nossos meninos da Força Expedicionária Americana de "Tiozinhos", em referência ao Tio Sam. Não apenas ela lhes dera dominós; na verdade, sua primeira ideia havia sido muito mais imaginativa. Ela queria mandar para cada soldado no *front* um canário em uma gaiola. Imagine-se o que esse gesto teria significado para eles no sentido de uma companhia e para despertar lembranças de casa e da mãe. Um canarinho lindo! E, quem sabe, talvez fosse possível treiná-los para caçar piolhos!

---

[3] Alusão ao personagem da mitologia grega Cadmo, que após matar um dragão semeou os dentes da fera, dos quais nasceram guerreiros. (N.T.)

Entusiasmadíssima com a ideia, ela conseguiu entrar no escritório do Quartel-Mestre-General, mas aquele oficial orgulhoso e calculista rechaçou o pedido dela (ou, na verdade, rechaçou os pobres rapazes, tão solitários lá na lama), resmungando num tom covarde alguma coisa sobre não ter como transportar canários. Conta-se que os olhos dela o fuzilaram, e que ela encarou o insolente como uma Joana D'Arc de óculos e "disse tudo o que pensava sobre ele de um jeito que ele nunca esqueceu!"

Naqueles bons tempos as mulheres realmente tinham vez. Eram encorajadas a mandar para a guerra os homens de sua família, ou de qualquer família. A Sra. Gimmitch chamava todo soldado que conhecia (e ela fazia questão travar de conhecimento com qualquer um deles que se arriscasse a ficar a menos de dois quarteirões dela) de "Meu soldadinho querido". Dizem por aí que ela saudou dessa forma um coronel dos fuzileiros navais que havia subido na carreira e respondeu: "Nós, soldadinhos queridos, com certeza estamos arrumando um monte de mães nos últimos tempos. Pessoalmente, eu preferiria mais algumas amantes". E dizem também por aí que naquele momento ela não interrompeu seus comentários, a não ser para tossir, tendo continuado durante uma hora e dezessete minutos, contados no relógio do Coronel.

Mas os serviços sociais dessa senhora não se limitavam, de forma alguma, a eras pré-históricas. Foi recentemente no ano de 1935 que ela começara a expurgar os filmes, e antes disso ela tinha primeiro defendido e depois combatido a Lei Seca. Ela também havia (desde que o voto lhe fora imposto) sido uma dama do Comitê Republicano em 1932, e tinha enviado ao Presidente Hoover um longo telegrama diário contendo conselhos.

E, embora infelizmente não tivesse tido filhos, ela era estimada como palestrante e escritora sobre a Cultura

Infantil, sendo autora de um volume de rimas para crianças, que incluía o imortal dístico:

*Os redondos rondinhos redondinhos,
Rodando em rodinhas com seus dedinhos.*

Mas sempre, em 1917 ou em 1936, ela fora uma fervorosa participante das Filhas da Revolução Americana.

A F. R. A. (refletiu o cínico, Doremus Jessup, naquela noite) é uma organização meio confusa, tão confusa como a Teosofia, a Relatividade e o Truque do Menino Indiano que Sobe na Corda e Desaparece, sendo parecida com os três. É uma organização composta por mulheres que passam metade de seu tempo acordado se gabando de serem descendentes de revolucionários colonos de 1776, e a outra metade mais ardorosa atacando todos os contemporâneos que acreditam precisamente nos princípios pelos quais aqueles ancestrais lutaram.

As F. R. A. (refletiu Doremus) haviam se tornado tão sacrossantas, tão acima de qualquer crítica, quanto a Igreja Católica ou o Exército da Salvação. E é preciso dizer isto: elas provocaram boas risadas nos sensatos, já que conseguiram ser tão ridículas como a lamentavelmente extinta Ku Klux Klan, sem nenhuma necessidade de usar em público, como fazia a K.K.K. aquele chapéu alto de burro e aquele camisolão.

Assim, quer a Sra. Adelaide Tarr Gimmitch fosse chamada para inspirar o moral dos militares ou para convencer corais lituanos a começar seu espetáculo com *Columbia the Gem of the Ocean*, ela era sempre uma F. R. A., e qualquer um podia afirmar isso se a ouvisse conversando com os Rotarianos de Fort Beulah naquela alegre noite de maio.

Ela era baixa, gorducha e tinha um narizinho bem-feito. Seu exuberante cabelo grisalho (ela tinha 60 anos, a mesma idade do sarcástico editor, Doremus Jessup) podia ser visto embaixo de seu jovial chapéu de palha italiana; usava um vestido estampado de seda com um enorme cordão de contas de cristal e, presa sobre seus fartos seios se via uma orquídea rodeada de lírios do vale. Ela estava toda amigável com todos os homens presentes: meneava o corpo para eles, afagava-os, enquanto, em uma voz cheia de sons de flauta e calda de chocolate, derramava seu discurso sobre "Como Vocês, Rapazes, Podem Ajudar a Nós, Garotas".

As mulheres, assinalou ela, não haviam feito nada com o voto. Se os Estados Unidos tivessem dado ouvidos a ela, lá em 1919, ela poderia tê-los livrado de todo o problema. Não, certamente não. Nada de votos. Na verdade, a Mulher deve reassumir sua posição no Lar e: "Como afirmou aquele grande autor e cientista, o Sr. Arthur Brisbane, o que toda mulher deve fazer é ter seis filhos".[4]

Nesse momento, houve uma interrupção chocante, terrível.

Uma certa Lorinda Pike, viúva de um famigerado pastor unitarista, era gerente de uma enorme pousada que ficava no campo, chamada The Beulah Valley Tavern. Era jovem e tinha uma enganadora aparência de uma madona com olhos tranquilos, cabelo castanho e sedoso repartido ao meio e uma voz suave muitas vezes colorida por risadas. Mas quando ela falava em público sua voz se tornava metálica e seus olhos se enchiam de uma fúria inoportuna. Ela era a cri-cri, a rabugenta do lugar. Estava constantemente se metendo em coisas que

---

[4] Arthur Brisbaine (1864-1936) foi editor jornalístico de tremenda influência nos EUA. Seu pai era um socialista utópico, e Arthur teve simpatias pelo socialismo, migrando depois para o mercado financeiro. Ele teve, de fato, seis filhos, mas nunca foi cientista. (N. T.)

não lhe diziam respeito, e nos encontros municipais criticava todos os assuntos relevantes de todo o condado: as tarifas da companhia elétrica, os salários dos professores, a magnânima censura de livros para a biblioteca pública feita pelas Associações de Ministros Religiosos. Agora, naquele momento em que tudo deveria ter sido alegria e prazer, a Sra. Lorinda Pike quebrou o encanto, zombando:

— Três vivas para Brisbane! Mas e se uma pobre moçoila não consegue fisgar um homem? Ela deve ter os seis filhos fora do casamento?

Então, a boa e velha Gimmitch, veterana de uma centena de campanhas contra os Vermelhos subversivos, treinada para ridicularizar até a morte o jargão dos questionadores socialistas e fazer as risadas se voltarem contra eles, entrou em ação com bravura.

— Minha boa jovem, se uma pobre moçoila, como você coloca, tem algum real encanto e feminilidade, ela não vai ter de "fisgar" um homem; ela vai encontrar muitos pretendentes enfileirados à frente de sua casa! (Riso e aplauso).

Aquele Brucutu-fêmea tinha apenas estimulado a nobre paixão da Sra. Gimmitch, que nesse momento não afagou ninguém, mas rasgou o verbo:

— É o que eu digo, meus amigos, o problema com este país é que tantos são *egoístas*! Temos 120 milhões de pessoas com 95% delas apenas pensando *nelas mesmas*, em vez de voltar-se para ajudar os responsáveis homens de negócios a trazer de volta a prosperidade! Todos esses sindicatos corruptos e voltados para os próprios interesses! Só pensam no lucro! Pensam apenas em quantos salários conseguem extorquir de seus infelizes patrões, com todas as responsabilidades que eles são obrigados a carregar.

— O que este país precisa é de Disciplina! A paz é um grande sonho, mas talvez seja em algumas ocasiões um sonho inalcançável! Não sei se não precisamos (o que vou dizer vai chocar vocês, mas quero que escutem uma mulher que vai lhes transmitir a dura verdade inalterada em vez de um monte de adulações açucaradas)... não sei se não precisamos entrar numa guerra de novo, a fim de aprender Disciplina! Não queremos toda essa intelectualidade sofisticada, todo esse saber livresco. Tudo isso até que é bom à sua maneira, mas não seria isso tudo, no fim das contas, um brinquedinho bonito para os adultos? Não. O que todos nós devemos ter, para que este grande país mantenha sua posição perante o Congresso das Nações, é Disciplina, Força de Vontade, Caráter.

Ela então voltou-se toda jovial para o General Edgeways e disse, rindo:

— O senhor estava nos falando sobre assegurar a paz, mas convenhamos agora, General, apenas entre nós, rotarianos e suas consortes, vamos lá, admita! Com sua grande experiência, o senhor não pensa, honesta e sinceramente, que talvez, talvez, quando um país se tornou maluco por dinheiro, como todos os nossos sindicatos e trabalhadores com suas campanhas para subir a taxa do imposto de renda, de modo que os parcimoniosos e diligentes paguem pelos vagabundos e incapazes, quem sabe para salvar suas almas indolentes e incutir neles alguma determinação, que uma guerra seria positiva? Vamos lá, diga o que o senhor realmente pensa, General!

Ela dramaticamente se sentou, e o som dos aplausos encheu a sala como uma nuvem de plumas de ganso. A multidão berrava, "Vamos lá, General! Levante-se!", e "Ela o acusou de blefe, e agora?", ou apenas um tolerante "Vamos lá, General".

O General era baixo e rechonchudo, e seu rosto vermelho era liso como o bumbum de um bebê, além de adornado com óculos de armação prateada. Mas falava como um militar e tinha uma risadinha viril.

— Muito bem! — disse ele, soltando uma gargalhada e apontando um dedo gorducho para a Sra. Gimmitch. — Já que os senhores estão determinados e decididos a arrancar o segredo de um pobre soldado, é melhor eu confessar que, embora a guerra seja abominável, há coisas piores. Ah, meus amigos, muito piores! Um estado de suposta paz, no qual as organizações trabalhistas estão eivadas, como que pelos vermes da peste, de noções insanas vindas da anárquica Rússia Vermelha. Um estado em que os professores universitários, os jornalistas e famigerados escritores estão promovendo secretamente esses mesmos ataques sediciosos contra a grande velha Constituição! Um estado em que, como resultado de ter sido alimentado com esses narcóticos mentais, o Povo é débil, covarde, ganancioso e desprovido do orgulho feroz de um guerreiro. Não, um estado desses é muito pior que a guerra, além de ser extremamente monstruoso!

— Acho que talvez algumas das coisas que eu disse em meu discurso anterior tenham sido um pouco óbvias e o que costumávamos chamar de coisas "do tempo do onça" quando minha brigada estava aquartelada na Inglaterra. Quanto aos Estados Unidos desejarem apenas paz e liberdade de todas as amarras estrangeiras: Não! O que eu realmente gostaria que fizéssemos seria tomarmos uma atitude e dizermos para todo o mundo: "Ora, rapazes, não se preocupem com o lado moral disso. Nós temos poder, e o poder justifica a si mesmo!"

— Não sou francamente a favor de tudo o que a Alemanha e a Itália fizeram, mas vocês devem admitir que elas foram bastante honestas e realistas quando disseram às outras nações "Cuidem dos seus assuntos, ok? Nós temos força e vontade, e para qualquer um que tenha essas qualidades divinas não se trata apenas de um direito, é um *dever* fazer uso delas". Ninguém neste mundo de Deus jamais amou um fracote, nem mesmo esse próprio fracote!

— E tenho boas notícias para os senhores! Esse evangelho de força honesta e agressiva está se espalhando por todos os cantos deste país entre os jovens de mais alto gabarito. Ora, hoje em dia, em 1936, existem menos de 7% de instituições acadêmicas que não têm unidades de treinamento militar sob uma disciplina tão rigorosa quanto a dos nazistas e, se no passado essa disciplina lhes foi imposta pelas autoridades, atualmente são os valorosos homens e mulheres que exigem o *direito* de serem treinados nas habilidades e virtudes da guerra; pois vejam bem, as moças, sendo treinadas em enfermagem e na fabricação de máscaras de gás e coisas do tipo, estão se tornando exatamente tão ardorosas quanto os rapazes. E todos os professores verdadeiramente *pensantes* estão ao lado deles!

— Ora, aqui, apenas três anos atrás, uma grande e repugnante porcentagem dos jovens era de ostensivos pacifistas, desejando apunhalar sua própria terra natal no escuro. Mas agora, quando os tolos desavergonhados e os defensores do Comunismo tentam realizar reuniões pacifistas, ora, meus amigos, nos últimos cinco meses, desde o dia primeiro de janeiro, não menos de 76 dessas orgias exibicionistas foram atacadas por seus colegas estudantes, e não menos que 59 alunos traidores Vermelhos receberam o que mereciam, sendo espancados com tanta violência que nunca mais empunharão neste país a bandeira ensanguentada do anarquismo! Essa, meus amigos, é uma NOTÍCIA!

Quando o General se sentou, entre êxtases de aplauso, a cri-cri da cidade, a Sra. Lorinda Pike, levantou-se de um salto e mais uma vez interrompeu aquele banquete de amor:

— Veja bem, Sr. Edgeways, se o senhor pensa que pode falar impunemente esse absurdo sádico...

Ela não continuou. Francis Tabrough, o proprietário da pedreira, o industrial mais rico de Fort Beulah, levantou-se majestosamente, calou Lorinda com um braço estendido e trovejou em sua voz de *basso*:

— Um instante, por favor, prezada senhora! Todos nós aqui já nos acostumamos com seus princípios políticos. Mas, como encarregado do protocolo, é minha desafortunada obrigação lembrá-la de que o General Edgeways e a Sra. Gimmitch foram convidados pelo clube para fazerem uma conferência para nós, ao passo que a senhora, se me permite dizê-lo, não é nem uma parente longínqua de nenhum rotariano, mas apenas uma convidada do Reverendo Falck, a quem devemos respeito acima de todos. Portanto, se a senhora fizer a gentileza de... Ah, muito obrigado, senhora!

Lorinda Pike se afundou na cadeira com o pavio ainda queimando. Mas o Sr. Francis Tasbrough (seu sobrenome rima com "afundou") soergueu-se em sua cadeira como o Arcebispo da Cantuária no trono arquiepiscopal.

E Doremus Jessup apareceu para acalmar a todos, sendo íntimo de Lorinda e tendo, desde a mais tenra infância, sido amigo íntimo de Francis Tasbrough, apesar de detestá-lo.

Esse Doremus Jessup, editor do *Daily Informer*, mesmo sendo um competente homem de negócios e autor de editoriais não destituídos de sagacidade e do bom pragmatismo da Nova Inglaterra, era considerado o maior excêntrico de Fort Beulah. Estava no conselho da escola e no conselho da biblioteca, e apresentava personalidades como Oswald Garrison Villard, Norman Thomas e o Almirante Byrd quando vinham à cidade fazer palestras.

Jessup era um homem miúdo, franzino, sorridente, bronzeado, com um pequeno bigode grisalho e uma curta e bem aparada barba grisalha, numa comunidade em que exibir uma barba era declarar-se a si mesmo como um agricultor, um veterano da Guerra Civil, ou um Adventista do Sétimo Dia. Os detratores de Doremus diziam que ele mantinha a barba apenas para ser "intelectual" e "diferente", para parecer "artístico". É possível que estivessem certos. De qualquer forma, nesse momento ele surgiu e murmurou:

— Bem, todos os pássaros em seu ninho devem se entender. Minha amiga, a Sra. Pike, deve saber que a liberdade de expressão se torna simples abuso quando chega ao ponto de criticar o Exército, discordar das Filhas da Revolução Americana, e defender os direitos da Plebe. Assim, Lorinda, acho que você deve pedir desculpas ao General, a quem devemos agradecer por ter nos explicado o que as classes dominantes do país realmente desejam. Vamos lá, minha amiga: levante-se e peça desculpas.

Ele olhava Lorinda de cima com austeridade e, no entanto, Medary Cole, presidente do Rotary, se perguntava se Doremus estava "gozando da cara" deles. Sabia-se que ele fazia esse tipo de coisa. Sim, não, ele devia estar enganado, pois a Sra. Lorinda Pike já estava (sem se levantar) entoando:

— Ah, claro! Realmente devo-lhe desculpas, General! Obrigada por seu discurso revelador!

O General levantou sua mão gorducha (com um anel maçônico, além de um outro anel da Academia Militar de West Point nos dedos de salsicha); ele se curvou feito Galahad ou um *maitre;* ele gritou com a virilidade de um campo de manobras:

— Sem problemas, minha senhora! Nós, velhos combatentes não nos incomodamos com uma discussão saudável. Ficamos felizes quando uma pessoa se interessa suficientemente por nossas ideias tolas a ponto de se irritar conosco, ha, ha, ha.

E todos riram e a brandura reinou. O programa se encerrou com Louis Rotenstern cantando uma série de cançonetas patrióticas: *Marching through Georgia, Tenting on the Old Campground* e *Dixie* e *Old Black Joe* e *I'm Only a Poor Cowboy and I Know I Done Wrong*.

Louis Rotenstern era tido por todos de Fort Beulah como "um bom camarada", apenas uma casta abaixo de "verdadeiro cavalheiro à moda antiga". Doremus Jessup gostava de ir pescar e também de caçar perdizes com ele; e considerava que nenhum alfaiate da Quinta Avenida poderia fazer um terno de anarruga com tanto bom gosto. Mas Louis era um patriota exaltado. Ele explicava, e com bastante frequência, que não era ele nem seu pai que tinham nascido num gueto da Polônia Prussiana, mas seu avô (cujo nome, Doremus suspeitava, tinha sido um pouco menos estiloso e nórdico do que Rotenstern). Os heróis de estimação de Louis eram Calvin Coolidge, Leonard Wood, Dwight L. Mood e o Almirante Dewey (sendo Dewey um filho de Vermont, fato que fazia Louis exultar, embora ele fosse natural de Flatbush, em Long Island).

Ele não era apenas 100 por cento americano; acrescentava 40% de juros chauvinistas sobre valor principal. Sempre o ouviam dizer, "temos de manter todos esses estrangeiros fora do país, e me refiro aos judeus, assim como aos carcamanos, aos ciganos e aos chineses. Louis estava totalmente convencido de que se os políticos ignorantes mantivessem suas mãos sujas longe do sistema bancário e da bolsa de valores e da contagem de horas trabalhadas pelos vendedores das lojas de departamentos, então todos lucrariam, beneficiados pelo aumento dos negócios, e todos eles (incluindo os balconistas do varejo) seriam ricos como o Xá da Pérsia.

Dessa forma, Louis injetava em suas melodias não apenas sua voz ardente de um líder de coral polonês, mas também seu fervor nacionalista, de modo que todos se juntavam ao coro nos refrãos, em especial a Sra. Adelaide Tarr Gimmitch, com seu celebrado contralto de funcionário de plataforma de estação ferroviária.

O jantar se encerrou com uma catarata de felizes despedidas e Doremus Jessup murmurou para sua patroa, Emma, uma alma íntegra e empática, que gostava de tricô, paciência e dos romances de Kathleen Norris:

— Fui terrível me intrometendo daquele jeito?

— Ah, não, Dormouse,[5] você fez a coisa certa. *Eu gosto* de Lorinda Pike, mas por que ela *precisa* se exibir e expor suas ideias socialistas?

— Sua conservadorazinha! — disse Doremus. — Quer convidar o elefante siamês, a Gimmitch, para um drinque lá em casa?

— Eu é que não! — respondeu Emma Jessup.

E no final, enquanto os rotarianos se movimentavam e entravam em seus inúmeros automóveis, foi Frank Tasbrough quem convidou um grupo de homens, escolhidos a dedo, para um drinque pós-festa em sua casa.

....

[5] Emma chama o marido, carinhosa e ironicamente, de "Dormouse", que é um roedor semelhante a uma ratazana ou a um esquilo, e também personagem da Cena do Chá Maluco de *Alice no País das Maravilhas*, de Lewis Caroll. "Doremus" e "Dormouse" têm pronúncias bastante semelhantes. (N. T.)

2

Ao levar a mulher para casa e depois, subindo a Pleasant Hill a caminho da casa de Tasbrough, Doremus Jessup meditou sobre o patriotismo epidêmico do General Edgeways. Mas interrompeu o pensamento para deixar-se absorver pelas colinas, como habitualmente fizera durante 53 anos, de uma existência de 60, em que ele havia vivido em Fort Beulah, no estado de Vermont.

Uma cidade em termos jurídicos, Fort Beulah era uma aprazível vila com antigas construções em tijolo vermelho, velhas oficinas de granito, e casas revestidas com ripas brancas ou placas de madeira cinza, com alguns pequenos e presunçosos bangalôs modernos, amarelos ou marrons. Havia poucas manufaturas: uma pequena fábrica de lã, outra de portas e caixilhos e uma de bombas. O granito, seu principal produto, vinha das pedreiras que ficavam a seis quilômetros de distância; em Fort Beulah mesmo só ficavam os escritórios... todo o dinheiro... os pobres barracos dos trabalhadores das pedreiras. Era uma cidade com talvez dez mil almas, que ocupavam mais ou menos 20 mil corpos; a proporção de posse de almas pode ser ainda menor.

Havia apenas (supostamente) um arranha-céu: a Tasbrough Building, com seis andares e os escritórios da Tasbrough & Scarlett Granite Quarries; os consultórios do genro de Doremus, o Dr. Fowler Greenhill, e do sócio dele, o velho Dr. Olmsted, os escritórios do advogado Mungo Kitterick, de Harry Kindermann, o representante de laticínios e *maple syrup*, e 30 ou 40 outros samurais da vila.

Era uma cidade plácida, sonolenta, uma cidade de segurança e tradição, que ainda acreditava no Dia de Ação de Graças, no Quatro de Julho, no Dia dos Ex--Combatentes, para a qual o Dia do Trabalho não era ocasião para desfiles de trabalhadores, mas sim para distribuir pequenos cestos de flores.

Era tarde da noite — no final de maio de 1936 — com uma meia lua. A casa de Doremus ficava a um quilômetro e meio do centro comercial de Fort Beulah, na Pleasant Hill, que era um esporão que se projetava como uma mão erguida a partir da massa escura e elevada do Mount Terror. Pradarias, banhadas pelo luar, ele podia ver, por entre extensões de abetos, bordos e choupos nos cimos bem acima dele; e abaixo, à medida que seu carro subia, estava o Ethan Creek correndo por entre os prados. Densas matas, altaneiros baluartes montanhosos, o ar fresco como água de nascente, serenas casas revestidas de madeira que faziam lembrar a Guerra de 1812 e a infância daqueles errantes habitantes de Vermont, Stephen A. Douglas, o "Pequeno Gigante", e Hiram Powers e Thaddeus Stevens e Brigham Young e o Presidente Chester Alan Arthur.

Não, Powers e Arthur eram uns fracos, ponderou Doremus. Mas Douglas e Thad Stevens e Brigham, o velho garanhão... Pergunto-me se estamos criando algum paladino como aqueles valentes e vigorosos sujeitos. Será que os estamos produzindo em algum ponto da Nova Inglaterra? Em algum lugar do país? Em algum lugar do mundo? Eles tinham fibra. Independência. Faziam o que queriam e pensavam o que queriam, e todos podiam ir para o inferno. Os jovens de hoje em dia... Oh, os aviadores têm muita coragem. Os físicos, esses PhD's de 25 anos que violam o inviolável átomo, estes são pioneiros. Mas a maioria desses jovens sem personalidade de hoje, correndo a mais de 100 por hora, mas sem chegar a lugar algum! Sem imaginação suficiente para *querer* chegar a algum lugar! Obtendo sua música ao apenas acionar um botão de rádio. Obtendo suas frases de histórias em quadrinhos, em vez de Shakespeare, a Biblia e Veblen e o velho Bill Sumner. Frouxos tratados a pão-de-ló, como esse fedelho arrogante, Malcolm Tasbrough, rodeando a Sissy. Credo!

Não seria o fim se o arrogante Edgeways e Gimmitch, aquela Mae West política, estivessem certos, e nós precisássemos de todas essas palhaçadas militares e talvez uma guerra idiota (para conquistar algum país quente e suarento que não queremos nem de graça!) para injetarmos um pouco de vigor e fibra nessas marionetes que chamamos de nossos filhos? Credo!

Mas, ora bolas — Estas colinas! Ribanceiras. E este ar! Eles que fiquem com suas Cotswolds e Montanhas Harz e Rockies! D. Jessup, patriota topográfico. E eu *sou* um...

— Dormouse, você se importaria de dirigir do lado direito, pelo menos nas curvas? — disse sua mulher, calmamente.

> Uma concavidade vazia e a névoa sob a lua. Um véu de névoa sobre macieiras floridas e a pesada floração de um antigo arbusto de lilás ao lado das ruínas de uma casa de fazenda incendiada há 60 anos ou mais.

Sr. Francis Tasbrough era o presidente, gerente-geral e principal acionista da Tasbrough & Scarlett Granite Quarries, em West Beulah, a quatro milhas de "Fort".

Ele era rico, persuasivo e constantemente enfrentava problemas com a justiça do trabalho. Morava numa casa nova de tijolo vermelho ao estilo georgiano na Pleasant Hill, um pouco além da de Doremus Jessup, e nessa casa ele mantinha um bar privado que era luxuoso como o do gerente de propaganda de uma montadora de carros em Grosse Point. A casa era tão tradicional da Nova Inglaterra quanto a parte católica de Boston; e o próprio Frank se gabava de que, embora sua família tivesse vivido na Nova Inglaterra por seis gerações, ele não era um *yankee* sovina mas, em sua Eficiência e sua Habilidade como vendedor, o perfeito Executivo de Negócios Pan-americano.

Era alto, esse Tasbrough, com um bigode loiro e uma voz monotonamente enfática. Tinha 54 anos, seis a menos que Doremus Jessup, e quando tinha quatro, Doremus o havia protegido dos efeitos de seu hábito singularmente impopular de bater na cabeça dos outros meninos pequenos com todo tipo de coisa: varas, trenzinhos de brinquedo, lancheiras e esterco de vaca seco.

Reunidos no bar privado, naquela noite, após o jantar rotariano, estavam o próprio Frank, Doremus Jessup, Medary Cole, o moleiro, o Superintendente Escolar, Emil Staubmeyer, R. C. Crowley (Roscoe Conkling Crowley), o mais poderoso banqueiro de Fort Beulah e, de forma muito surpreendente, o pastor de Tasbrough, o ministro episcopaliano, Reverendo Falck, com suas mãos velhas e tão delicadas que pareciam porcelana, a selva do seu cabelo uma seda macia e branca, seu rosto descarnado predizendo a Boa Vida. O Reverendo Falck vinha de uma tradicional e bem-estabelecida família de Manhattan, e havia estudado em Edimburgo e Oxford, além de ter frequentado o Seminário Teológico Geral de Nova York; e em todo o Beulah Valley não havia ninguém, à exceção de Doremus, que apreciasse tanto o refúgio das monstanhas.

O bar havia sido decorado por um profissional, um jovem cavalheiro decorador de interiores de Nova York que tinha o hábito de ficar em pé, parado, com as costas da mão direita apoiadas no quadril. Havia um balcão de aço inoxidável, ilustrações emolduradas de *La Vie Parisienne*, mesas de metal prateado, cadeiras de alumínio cromado com almofadas de couro vermelho.

Todos os presentes, à exceção de Tasbrough, Medary Cole (um alpinista social para quem os favores de Frank Tasbrough eram mel e figos frescos), e o "Professor" Emil Staubmeyer, sentiam-se pouco à vontade naquela gaiola elegante, mas nenhum deles, nem mesmo o Reverendo Falck, parecia desgostar da soda e do excelente *scotch* e dos sanduíches de sardinha de Frank.

"E me pergunto se Thad Stevens não ia apreciar isto aqui também", ponderou Doremus. "Ele teria rosnado, o velho gato-bravo encurralado. Mas provavelmente não para o *whisky*!"

— Doremus — indagou Tasbrough — por que você não cai em si? Todos estes anos você se divertiu muito criticando tudo, sempre sendo contra o governo, gozando da cara de todo mundo, posando de liberal como se fosse defender todos esses elementos subversivos. Está na hora de você parar de brincar com essas ideias malucas e se juntar à família. Os tempos são graves (talvez 28 milhões nas costas da assistência social, e parece que o número deve aumentar, eles achando agora que têm direitos adquiridos de ser sustentados).

— E os comunistas e financistas judeus, juntos, armando planos para controlar o país. Posso entender que você, quando jovem, alimentasse alguma simpatia pelos sindicatos e até mesmo pelos judeus, embora, como você sabe, nunca eu vá superar a mágoa que senti na ocasião em que você ficou do lado dos grevistas quando aqueles arruaceiros tentaram destruir todo o meu negócio (queimando minhas oficinas de polimento e corte), ora, você era até próximo daquele estrangeiro assassino, Karl Pascal, que começou a greve toda. Talvez eu não tenha gostado de demiti-lo quando tudo terminou!

— De qualquer forma, esses canalhas trabalhistas estão se reunindo agora com líderes comunistas e estão determinados a dirigir o país, dizer a homens como *eu* como devem administrar seu negócio! E como o General Edgeways disse, eles vão se recusar a servir o país, se formos arrastados para uma alguma guerra. Sim senhor, um momento muito grave, e está na hora de você parar com besteiras e se unir aos cidadãos verdadeiramente responsáveis.

Disse Doremus:

— Sim, concordo que a época é grave. Com toda a insatisfação que existe no país para conduzi-lo ao governo, o Senador Windrip tem uma oportunidade excelente de ser eleito presidente em novembro próximo; e se isso acontecer, provavelmente sua gangue de abutres vai nos arrastar para alguma guerra, apenas para lustrar sua vaidade insana e mostrar ao mundo que somos a mais forte e corajosa nação que existe. E depois disso eu, o Liberal, e você, o Plutocrata, o Conservador fajuto, seremos levados ao pátio e fuzilados às 3h da manhã. Grave, não é?

— Caramba! Você está exagerando — disse R. C. Crowley.

Doremus prosseguiu:

— Se o Bispo Prang, nosso Savonarola que dirige um Cadillac 16, fizer seus ouvintes do rádio e sua Liga dos Homens Esquecidos bandearem para o lado de Buzz Windrip, Buzz vai ganhar. As pessoas acharão que o estão elegendo para criar mais segurança econômica. Depois, lá vem o Terror! Deus sabe que já houve indicações suficientes de que *podemos* ter tirania na América. A difícil situação dos agricultores meeiros no Sul, as condições de trabalho dos mineiros e operários têxteis, o fato de Mooney estar preso há tantos anos. Mas esperem até Windrip nos mostrar como dizer isso por meio de metralhadoras! A Democracia (aqui, na Grã-Bretanha e na França) não foi uma escravidão tão universalmente pranteada quanto o Nazismo na Alemanha, nem um materialismo farisaico contrário à imaginação, como na Rússia; mesmo tendo produzido industriais como você, Frank, e banqueiros como você, R. C., tendo concedido a vocês dinheiro e poder em demasia. Em geral, com escandalosas exceções, a Democracia concedeu ao trabalhador comum mais dignidade do que ele jamais teve. Isso pode estar sendo ameaçado agora por Windrip, por todos os Windrips. Tudo bem! Talvez sejamos obrigados a combater a ditadura paterna com um pouco de parricídio seguro, combater as metralhadoras com metralhadoras. Esperem até que Buzz ganhe controle sobre nós. Uma verdadeira ditadura fascista!

— Bobagem! Bobagem! — retrucou Tasbrough. — Aqui na América isso não pode acontecer, de jeito nenhum! Somos um país de homens livres.

— A resposta a isso — sugeriu Doremus Jessup —, se o Reverendo me desculpa, é: "pro diabo que não pode!!" Ora, não há nenhum país no mundo que pode ficar mais histérico, sim, ou mais servil, que a América. Vejam como Huey Long tornou-se monarca absoluto da Louisiana, e como o Excelentíssimo Senador Berzelius Windrip é dono do *seu* Estado. Ouçam o Bispo Prang e o Padre Coughlin[6] no rádio: oráculos divinos, para milhões.

---

[6] Charles Edward Coughlin (1891-1979) foi um propagandista do nazismo e um sacerdote da Igreja Católica, nascido no Canadá, tendo atuado como padre em Royal Oak, Michigan, Estados Unidos. (N. T.)

Recordam-se como por acaso a maioria dos americanos aceitaram o esquema de suborno no caso Tammany e as gangues de Chicago e a corrupção de tantos nomeados pelo presidente Harding? Seria a corja de Hitler, ou a de Windrip, pior? Lembram-se da Ku Klux Klan? Lembram-se da nossa histeria de guerra, quando chamávamos chucrute de "Repolho da Liberdade", e alguém realmente propôs que chamássemos o sarampo alemão de "sarampo da Liberdade"? E os jornais honestos sendo censurados em tempos de guerra? Tão ruim quanto a Rússia! Lembrem-se de que beijamos o... bem, os pés de Billy Sunday, o evangélico milionário, e de Aimée McPherson, que nadou partindo do Pacífico e chegando diretamente ao deserto do Arizona e livrou a cara? Lembram-se de Voliva e da Mãe Eddy? ... Lembram-se das Ameaças Vermelhas, das Ameaças Católicas, de quando todas as nossas pessoas bem-informadas sabiam que a polícia secreta soviética estava se escondendo em Oskaloosa, e que os Republicanos que faziam campanha contra Al Smith disseram para os montanheses da Carolina que, se Al vencesse, o Papa iria deslegitimar os filhos deles? Lembram-se de Tom Heflin e Tom Dixon? Lembram-se de quando os legisladores caipiras de alguns estados, em obediência a William Jennings Bryan, que aprendeu sua biologia com sua santa avozinha, se estabeleceram como especialistas em ciência e fizeram o mundo inteiro gargalhar ao proibirem as aulas sobre evolução?... Lembram-se dos Cavaleiros Noturnos do Kentucky? Lembram-se de como montes de pessoas foram levadas de trem para apreciar linchamentos? Aqui não pode acontecer? Lei Seca, assassinando pessoas a tiros só porque elas *poderiam* estar transportando bebidas alcoólicas. Não, aqui na *América* isso não pode acontecer! Ora, onde em toda a história houve um povo mais pronto para uma ditadura do que o nosso? Estamos prontos para começar uma Cruzada das Crianças, composta unicamente por adultos, agora mesmo, e os Reverendíssimos Abades Windrip e Prang estão prontos para liderá-la.

— Está bem, e se eles estiverem mesmo? — protestou R. C. Crowley. — Talvez não seja tão ruim assim. Não gosto desses ataques irresponsáveis a nós, banqueiros, o tempo todo. Claro, o Senador Windrip precisa fingir em público que repreende severamente os bancos, mas assim que chegar ao poder ele vai conceder aos bancos sua devida influência na administração e acolher nossos conselhos especializados de finanças. Isso. Por que você tem tanto medo da palavra "Fascismo", Doremus? É apenas uma palavra, apenas uma palavra! E talvez não seja tão ruim assim, com todos esses vagabundos hoje em dia esmolando assistência social, e vivendo às custas do meu imposto de renda e também do seu. Talvez não seja tão pior ter um verdadeiro Homem Forte, como Hitler ou Mussolini, como Napoleão ou Bismarck nos bons velhos tempos, e colocá-los para realmente *dirigir* o país e torná-lo eficiente e próspero outra vez. Em outros termos, ter um médico que não vai aceitar respostas malcriadas, mas verdadeiramente mandar no paciente e curá-lo, quer ele queira ou não.

— É isso mesmo! — disse Emil Staubmeyer. — E Hitler não salvou a Alemanha da Praga Vermelha do Marxismo? Tenho primos lá. Eu *sei*!

— Humm — disse Doremus, como frequentemente dizia. — Curar os males da Democracia com os males do Fascismo! Que terapia bizarra. Já ouvi falar de gente que cura sífilis infectando o paciente com a malária, mas nunca ouvi nada sobre curar a malária infectando o paciente com sífilis.

— Você acha que é adequado usar essa linguagem na presença do Reverendo Falck? — disse Tasbrough, furioso.

O Reverendo interveio:

— Acho que a linguagem é bastante apropriada, e uma sugestão interessante, Irmão Jessup!

— Além disso — continuou Tasbrough —, esta lenga-lenga é um completo absurdo, de qualquer modo. Como diz Crowley, talvez seja uma coisa boa ter um homem forte na sela, mas, aqui na América, isso não pode acontecer.

E pareceu a Doremus que os lábios do Reverendo Falck estavam se movendo delicadamente para dizer "pro diabo que não pode!"

3

Doremus Jessup, editor e proprietário do *Daily Informer*, a bíblia dos produtores rurais conservadores de Vermont, em todos os cantos do Beulah Valley, nascera em Fort Beulah em 1876, filho único de um pastor universalista sem recursos, o Reverendo Loren Jessup. Sua mãe era não menos que uma Bass de Massachusetts. O Reverendo Loren, homem de cultura livresca que gostava de flores, alegre, mas não especialmente espirituoso, costumava cantar *Que dó, que dó! Uma Bass de Mass se casar com um ministro propenso a peidar*, insistindo que ela era um equívoco ictiológico, ela deveria ser uma *cod*, não uma *bass*.[7] Na residência paroquial não havia muita carne, mas sobravam livros, e nem todos eram teológicos, de forma alguma, tanto que aos 12 anos Doremus conhecia as obras profanas de Scott, Dickens, Thackeray, Jane Austen, Tennyson, Byron, Keats, Shelley, Tolstói, Balzac. Ele

....

[7] No original: *Alas, alas, that a Bass of Maa should Marry a minister prone to gas*. Aqui há um jogo de palavras que se baseia na terminação em –ass, -as, (bass, mass, gas) e no fato de o sobrenome de solteira da mãe de Doremus Jessup rimar com o apelido do estado onde ela nasceu (*Bass of Mass* [Bass de Mass/Massachusetts]). Além disso, o substantivo comum "bass" é o nome de um peixe, por isso o marido diz que ela é um "equívoco ictiológico", pois deveria ser um bacalhau (*cod*) e não um (*bass*), que é um peixe de água doce (uma perca, por exemplo). A expressão "*prone to gas*", que fecha a musiquinha, traz mais uma rima em –as, e significa uma pessoa flatulenta. (N. T.)

se formou no Isaiah College — que já havia sido uma robusta escola unitarista, mas por volta de 1894 se tornara uma instituição interdenominacional com nebulosas aspirações trinitárias, um pequeno e rústico estábulo de ensino, em North Beulah, a 20 quilômetros do "Fort".

Mas o Isaiah College havia subido de nível nos últimos tempos, embora não em termos educacionais, pois em 1931 impusera ao time de futebol americano de Dartmouth uma derrota de 64 a 6.

Durante a faculdade, Doremus escreveu muita poesia ruim e se tornou um incurável viciado em livros, mas tinha bons resultados no atletismo. Como se poderia esperar, ele era correspondente de jornais de Boston e Springfield, e após se formar tornou-se repórter em Rutland e Worcester, com um glorioso ano em Boston, cuja beleza encardida e cacos do passado eram para ele o que Londres representaria para um jovem de Yorkshire. Ele se entusiasmava com concertos, galerias de arte e livrarias; três vezes por semana ocupava um assento de 25 centavos na galeria de algum teatro; e durante dois meses dividiu um quarto com um colega repórter que havia publicado um conto na revista *The Century* e sabia falar de autores e técnicas literárias como o próprio Dickens. Mas Doremus não era particularmente vigoroso ou resistente, e o barulho, o trânsito, a agitação dos compromissos o deixaram exausto, e em 1901, três anos após se formar na faculdade, quando seu pai viúvo morreu e lhe legou 2.980 dólares e sua biblioteca, Doremus voltou para casa em Fort Beulah e comprou um quarto das ações do *Informer*, na época um semanário.

Agora, em 1936, o jornal era um diário, e ele era o único proprietário... com uma considerável dívida.

Ele era um chefe equilibrado e tolerante; um imaginativo detetive de notícias; era, mesmo em seu ferrenho estado republicano, independente na política; e em seus editoriais contra a corrupção e a injustiça, embora eles não fossem fanaticamente crônicos, ele atingia seus alvos com verdadeiras chicotadas.

Era primo em terceiro grau do ex-presidente Calvin Coolidge, que o havia considerado confiável em termos domésticos, mas meio desorientado em assuntos políticos. Doremus se considerava exatamente o oposto.

Emma, com quem se casara, era de Fort Beulah. Ela era filha de um fabricante de carroças; uma moça tranquila, bonita e de ombros largos com quem ele frequentara o colegial.

Agora, em 1936, dos seus três filhos, Philip (Dartmouth College e Direito em Harvard) estava casado e trabalhando ambiciosamente como advogado em Worcester; Mary era mulher de Fowler Greenhill, um médico de Fort Beulah, um rapaz alegre e agitado, um jovem ruivo e colérico, que operava milagres com casos de febre tifoide, apendicite aguda, ocorrências obstétricas, fraturas expostas e dietas para crianças anêmicas. Fowler e Mary tinham um filho, o único neto de Doremus, o bonito David que, aos oito anos, era uma criança tímida e afetuosa com olhos tão tristes de cão e um cabelo tão ruivo-dourado que sua foto poderia muito bem ser pendurada na exposição da Academia Nacional ou mesmo reproduzida na capa de uma revista feminina com circulação de 2.500.000 exemplares. Os vizinhos do casal Greenhill inevitavelmente diziam sobre o menino: "Nossa, o Davy tem tanta imaginação, não é verdade? Acho que ele vai ser um escritor, assim como o avô!"

A terceira filha de Doremus era a alegre e espevitada e dançante Cecilia, chamada de Sissy, de 18 anos, enquanto o irmão Philip tinha 32 e a irmã, Mary, a Sra. Greenhill, havia completado 30. Ela alegrara o coração de Doremus ao concordar em permanecer em casa enquanto terminava o colegial, embora falasse abertamente sobre ir embora para estudar arquitetura e "simplesmente ganhar *milhões*, meu bem", projetando e construindo casas milagrosamente pequenas.

A Sra. Jessup tinha uma certeza generosa (e bastante equivocada) de que seu Philip era a cara do Príncipe de Gales; a mulher de Philip, Merilla (uma bela filha de Worcester, Massachusetts), curiosamente parecida com a Princesa Marina; que Mary seria confundida com Katherine Hepburn por qualquer estranho; que Sissy era uma dríade e David um pajem medieval; e que Doremus (embora ela o conhecesse melhor do que conhecia os filhos, aquelas crianças supostamente trocadas no berçário) se parecia incrivelmente com aquele herói naval, Winfield Scott Schley, em um retrato de 1898.

Era uma mulher leal, Emma Jessup, calorosamente generosa, uma maravilhosa *chef* na hora de preparar tortas de limão, uma conservadora provinciana, uma episcopaliana ortodoxa, e completamente destituída de qualquer humor. Doremus sempre se divertia com sua gentil solenidade, e devia ser creditado a seu favor que ele se abstivesse de fingir que havia se tornado um comunista praticante e estava considerando fugir imediatamente para Moscou.

Doremus parecia deprimido e velho quando saiu, como alguém que se levanta de uma cadeira de rodas, de seu Chrysler, em sua medonha garagem de cimento e ferro galvanizado (que, apesar disso, era uma bela garagem para dois carros). Além do velho Chrysler que tinha quatro anos, eles tinham um novo Ford cupê conversível, que Doremus esperava dirigir algum dia em que Sissy não o estivesse usando.

Ele xingou com razão quando, no caminho de cimento da garagem para a cozinha, raspou as canelas no cortador de grama, deixado ali pelo jardineiro, um tal de Oscar Ledue, sempre chamado de "Shad", um camponês grande e de rosto vermelho, um rabugento e enfezado irlandês canadense. Shad sempre fazia coisas como deixar o cortador de grama por aí para machucar as canelas de gente de bem. Era completamente incompetente e malvado. Nunca capinava o canteiro de flores, não tirava da cabeça o velho boné malcheiroso quando entrava na casa com lenha para a lareira, não ceifava os dentes-de-leão do gramado até que tivessem produzido suas sementes, adorava deixar de avisar a cozinheira que as ervilhas já estavam maduras, e costumava atirar em gatos, cachorros de rua, esquilos e melífluos melros. Pelo menos duas vezes por dia, Doremus decidia demiti-lo, mas... talvez ele estivesse dizendo a verdade quando insistia que era divertido tentar civilizar aquele touro premiado.

Doremus dirigiu-se apressado até a cozinha, decidiu que não queria um pedaço de frango frio nem um copo de leite da geladeira, nem mesmo uma fatia do festejado bolo em camadas com recheio de coco feito por sua cozinheira-chefe, a Sra. Candy, e subiu para seu "estúdio", no terceiro andar, no sótão.

Sua casa, construída em 1880, era uma estrutura espaçosa, branca e revestida externamente com ripas de madeira, um bloco quadrado com uma mansarda no topo e, na frente, uma varanda comprida com insignificantes pilastras quadradas e brancas. Doremus dizia que a casa era feia, "mas feia de um jeito bacana".

O estúdio lá em cima era o seu único e perfeito refúgio das amolações e do burburinho. Era o único cômodo da casa que a Sra. Candy (quieta, inflexivelmente competente, completamente alfabetizada, antiga professora de uma escola rural de Vermont) nunca tinha a permissão de limpar. Era uma bagunça encantadora de romances, exemplares do *Congressional Record*, da *New Yorker, Time, Nation, New Republic, New Masses* e *Speculum* (reduto secreto da Sociedade Medieval), tratados sobre impostos e sistemas, monetários, mapas rodoviários, volumes sobre explorações na Abissínia e na Antártica, tocos de lápis mordidos, uma frágil máquina de escrever portátil, equipamento de pesca, papel carbono amarrotado, duas confortáveis e antigas cadeiras de couro, uma cadeira Windsor em frente à sua escrivaninha, as obras completas de Thomas Jefferson, seu principal herói, um microscópio e uma coleção de borboletas de Vermont, pontas de flechas de indígenas, exíguos volumes de poesia regional de Vermont impressos nas oficinas dos jornais locais, a *Bíblia*, o *Corão*, o *Livro de Mórmon*, *Ciência e Saúde*, excertos escolhidos do Mahabharata, a poesia de Sandburg, Frost, Masters, Jeffers, Ogden Nash, Edgar Guest, Omar Kayan e Milton, uma espingarda e um rifle de repetição calibre 22, uma flâmula desbotada do Isaiah College, o *Oxford Dictionary* completo, cinco canetas-tinteiro das quais duas funcionavam, um vaso de Creta datado de 327 a.C. — muito feio —, o *Almanaque Mundial* do ano retrasado, cuja capa sugeria ter sido mastigada por um cachorro, dois estranhos pares de óculos, um deles com aros de chifre e o outro sem aro, sendo que nenhum deles servia agora para seus olhos, um belo gabinete de carvalho, supostamente da época Tudor, vindo de Devonshire, retratos de Ethan Allen e Thaddeus Stevens, botas de borracha impermeáveis, senis chinelos de marroquim vermelho, um pôster publicado pelo jornal *Vermont Mercury* em Woodstock, em 2 de setembro de 1840, anunciando uma gloriosa vitória dos *whigs*, 24 caixas de fósforos de segurança, roubadas uma a uma da cozinha, blocos de notas de vários tons de amarelo, sete livros sobre a Rússia e o bolchevismo — extraordinariamente pró ou extraordinariamente contra —, uma fotografia autografada de Theodore Roosevelt, seis maços de cigarros, todos pela metade (de acordo com a tradição das excentricidades jornalísticas, Doremus deveria fumar um bom e velho cachimbo, mas ele detestava o cuspe viscoso de que formava, misturado com nicotina), um tapete de retalhos no chão, um ramo murcho de azevinho com uma fita prateada de Natal, um estojo com sete navalhas Sheffield genuínas nunca usadas, dicionários em francês, alemão, italiano e espanhol — sendo que a primeira língua ele realmente conhecia —, um canário em uma gaiola de vime dourada da Bavária, um gasto exemplar encadernado em linho das *Velhas Canções para Cantar em Volta da Lareira e em Piqueniques*, algumas das quais ele costumava cantar segurando o livro sobre o joelho, e um velho aquecedor Franklin de ferro fundido. Tudo o que, na verdade, era adequado para um ermitão e inadequado para ímpias mãos domésticas.

Antes de acender a luz ele olhou através de uma janela do tipo água-furtada para o maciço de montanhas contra a profusão de estrelas. Ao centro se viam as últimas luzes de Fort Beulah, lá embaixo, e à esquerda, ocultas, estavam as suaves pradarias, as velhas casas rurais, os grandes barracões de laticínios da Ethan Mowing. Era uma região boa, fresca e clara como um feixe de luz e, meditou Doremus, ele a amava mais a cada ano tranquilo de sua vida livre dos arranha-céus e do clamor da cidade.

Uma das poucas ocasiões em que a Sra. Candy, a empregada, tinha permissão de entrar em sua cela de ermitão era para deixar ali, sobre a longa mesa, sua correspondência. Ele a apanhou e começou a ler de forma apressada, em pé, ao lado da mesa. (Hora de dormir!

Muita tagarelice e dor de barriga esta noite! Meu Deus! Já passa da meia-noite!). Depois ele suspirou, sentou-se em sua cadeira Windsor, apoiando os cotovelos na mesa e lendo atentamente a primeira carta, mais uma vez.

Era de Victor Loveland, um dos professores mais jovens e com mentalidade mais internacional da antiga escola de Doremus, o Isaiah College.

Prezado Dr. Jessup
(Hum. "Dr. Jessup". Não sou eu, rapaz. O único título honorário que jamais terei será o de Mestre em Cirurgia Veterinária ou Laureado em Embalsamamento.)

Uma situação muito perigosa surgiu aqui no Isaiah e aqueles de nós que estamos tentando defender algo como a integridade e a modernidade estamos seriamente preocupados — não que devamos permanecer preocupados muito tempo, já que provavelmente seremos todos demitidos. Embora há dois anos a maioria de nossos alunos desse risada diante de qualquer ideia de treinamento militar, é impressionante ver como eles agora se transformaram em pessoas bélicas, com graduandos treinando com rifles, metralhadoras e graciosos protótipos de tanques e aviões por todo lado. Dois deles estão indo toda semana, voluntariamente, para Rutland, com o objetivo de treinar voo para, segundo alegam, preparar-se para a aviação de guerra. Quando cuidadosamente lhes pergunto a que diacho de guerra se referem, eles apenas encolhem os ombros e demonstram que não se importam muito, conquanto possam ter a oportunidade de mostrar como são viris e corajosos.

Bem, já nos acostumamos com isso. Mas esta tarde — os jornais ainda não publicaram nada sobre isso — o Conselho dos Administradores, inclusive o Sr. Francis Tasbrough e nosso presidente, o Dr. Owen Peaseley, fez uma reunião onde foi votada uma resolução segundo a qual — veja isto, Dr.

Jessup — "*Qualquer membro dos corpos docente e discente do Isaiah College que, de alguma forma, em público ou em ambiente privado, na imprensa, por escrito ou oralmente, criticar o treinamento militar promovido pelo Isaiah College ou nele realizado, bem como em qualquer outra instituição de ensino dos Estados Unidos, seja nas forças estaduais, seja nas federais ou em quaisquer outras organizações militares oficialmente reconhecidas neste país, estará sujeito à demissão sumária desta instituição, e qualquer aluno que, com provas plenas e adequadas, trouxer à atenção do Presidente ou de qualquer Administrador da escola esse tipo de crítica maligna feita por qualquer pessoa de qualquer forma ligada à instituição, receberá créditos extras em seu curso de treinamento militar, créditos que deverão ser somados ao número de créditos necessários para a sua graduação.*"

O que podemos fazer a respeito dessa tão rápida explosão de fascismo?

Victor Loveland

E Loveland, professor de grego, latim e sânscrito (que só tinha dois alunos), nunca havia, até aquele momento, se metido em política, em qualquer data mais recente que 180 d. C.

"Então Frank esteve lá na reunião do Conselho, e não ousou me contar", pensou Doremus, com um suspiro. "Encorajando os alunos a se tornarem espiões. Gestapo. Ah, meu querido Frank, os tempos são graves! Você, meu bom teimoso, disse isso uma vez. O Presidente Owen J. Peaseley, o maldito mestre-escola com cara inchada, carola, corrupto! Mas o que posso fazer? Bem, escrever outro editorial alarmista, suponho!"

Deixou-se cair numa cadeira funda e ficou ali sentado, se remexendo, como um passarinho apreensivo de olhos brilhantes.

Da porta veio um som violento, imperioso, exigente. Ele a abriu para deixar entrar Bobão, o cachorro da família. Bobão era uma confiável mistura de *setter* inglês, *airedale, cocker spaniel*, corça pensativa e hiena rampante. Ele deu uma abrupta fungada de boas-vindas e encostou sua cabeça castanha acetinada no joelho de Doremus. Seu latido acordou o canário sob o absurdo velho suéter azul que cobria a gaiola, e o pássaro automaticamente cantou que era meio-dia, meio-dia de verão, por entre os pés de pera nas verdes colinas alemãs de Harz, sendo que nada disso era verdade. Mas o trinado do canário e a confiável presença de Bobão confortaram Doremus, tornando desimportantes os exercícios militares e políticos falastrões e, sentindo-se seguro, ele adormeceu sobre a velha cadeira de couro marrom.

4

Durante toda aquela semana de junho, Doremus ficou aguardando as 14h do sábado, o horário divinamente marcado da profética transmissão semanal do Bispo Paul Peter Prang.

Naquela altura, seis semanas antes das convenções nacionais de 1936, era possível que nem Franklin Roosevelt, nem Herbert Hoover, nem o Senador Vandenberg ou Ogden Mills, ou o General Hugh Johnson, ou o Coronel Frank Knox, nem o Senador Borah seriam indicados para concorrer à Presidência por um ou outro partido, e que o porta-estandarte republicano, o que quer dizer "o único homem que nunca precisa arrastar um grande, incômodo e até certo ponto ridículo estandarte", seria aquele leal porém estranhamente honesto Senador das antigas, Walt Trowbridge, um homem com um toque de Lincoln, traços de Will Rodgers e George B. Norris, talvez algo de Jim Farley, mas quanto a todo o resto o comum, corpulento, placidamente desafiador Walt Trowbridge.

Poucos duvidavam de que o candidato democrata seria aquele foguete, o Senador Berzelius Windrip, ou, melhor dizendo, Windrip como a máscara e a voz estrondosa, tendo à sua sombra, como mentor intelectual, seu satânico secretário, Lee Sarason.

O pai do Senador Windrip era um farmacêutico de uma cidadezinha do Oeste, tão ambicioso quanto malsucedido, e o havia batizado de Berzelius em homenagem ao químico sueco. Em geral ele era conhecido como "Buzz". Havia feito sua trajetória passando por uma faculdade batista do Sul, que tinha aproximadamente o mesmo nível acadêmico de uma escola de comércio de Jersey City, e por uma escola de direito de Chicago; em seguida começou a trabalhar em seu estado natal e a animar a vida política do lugar. Era um viajante incansável, um orador retumbante e bem-humorado, um inspirado adivinho de quais doutrinas políticas as pessoas apreciariam, que tinha um aperto de mão caloroso e estava disposto a emprestar dinheiro. Bebia Coca-Cola com os metodistas, cerveja com os luteranos, vinho branco da Califórnia com os comerciantes judeus locais e, quando não estavam sendo observados, uísque clandestino de milho com todos eles.

No espaço de vinte anos, tornara-se tão soberano de seu estado quanto um sultão era da Turquia.

Nunca fora governador; astutamente percebera que sua reputação como pesquisador de receitas de drinques caribenhos, de variedades de pôquer e da psicologia das mocinhas estenógrafas poderia causar sua derrota entre o pessoal da igreja, de forma que se contentara em submeter à tosquia governamental um carneirinho bem-treinado, um mestre-escola do interior, que ele alegremente conduzira com uma larga fita azul. O estado tinha certeza de que ele "havia feito uma boa administração", e as pessoas sabiam que era Buzz Windrip o responsável, não o Governador.

Windrip proporcionara a construção de rodovias impressionantes e escolas rurais consolidadas; fizera o estado comprar tratores e colheitadeiras e emprestá-los aos agricultores a preço de custo. Ele tinha certeza de que algum dia a América teria grandes negócios com os russos e, embora detestasse todos os eslavos, fez com que a Universidade Estadual implantasse o primeiro curso de língua russa de que se teve notícia em toda aquela região do Oeste. Sua invenção mais original foi quadruplicar a milícia do estado e recompensar os melhores soldados dela com treinamentos em agricultura, aviação e engenharia de rádios e automóveis.

Os milicianos o consideravam seu general e seu deus, e quando o Procurador-Geral do Estado anunciou que faria uma acusação formal contra Windrip por ter sonegado 200 mil dólares em impostos, a milícia se prontificou a ouvir as ordens de Buzz Windrip como se fosse seu exército particular e, ocupando as câmaras legislativas e todos os gabinetes de estado, cobrindo as ruas que levavam ao Capitólio com metralhadoras, conduziram os inimigos de Buzz para fora da cidade.

Ele assumiu o cargo de senador como se esse fosse seu direito senhorial e, durante seis anos, seu único rival na qualidade de homem mais ativo e fervoroso do Senado fora o falecido Huey Long,[8] de Louisiana.

Ele pregava o tranquilizador evangelho de redistribuir a riqueza de tal forma que cada pessoa do país teria vários milhares de dólares por ano (mês a mês Buzz mudava a previsão de quantos milhares), enquanto todos os

---

[8] Ao que tudo indica, Buzz Windrip foi inspirado na figura real de Huey Long (1893-1935), que foi governador e senador pelo estado de Louisiana. Assim como Buzz Windrip no romance, Huey Long declarou que seria candidato à Presidência dos EUA. Sua plataforma de governo (também muito semelhante à de Windrip) prometia taxar as grandes fortunas e dobrar a quantidade de dinheiro em circulação para facilitar o crédito. Assim como Windrip, Long garantiu que haveria uma renda mínima de mais de quatro mil dólares para cada família americana, mas seus planos econômicos não tinham um fundamento sólido. Huey Lonb foi assassinado em 1935, ano em que o romance foi publicado. (N.T.)

homens ricos receberiam, não obstante, o suficiente para continuar vivendo com um máximo de 500 mil dólares por ano. Dessa forma, todos estavam felizes com a perspectiva de Windrip se tornar presidente.

O Reverendo Dr. Egerton Schlemil, decano da St. Agnes Cathedral, em San Antonio, no Texas, afirmou (uma vez em um sermão, outra vez com ligeiras modificações na versão mimeografada do sermão, sete vezes em entrevistas) que a ascensão de Buzz ao poder seria "como a chuva abençoada pelos céus caindo sobre a terra seca e sedenta". O Reverendo Schlemil não disse nada quando a chuva abençoada veio e continuou caindo sem parar durante quatro anos.

Ninguém, nem mesmo entre os correspondentes de Washington, parecia saber precisamente que extensão da carreira do Senador Windrip fora conduzida por seu secretário, Lee Sarason. Quando Windrip chegou ao poder pela primeira vez em seu estado, Sarason era editor chefe do jornal de maior circulação em toda aquela região do país. A origem de Sarason era e continuou sendo um mistério.

Comentava-se que ele nascera na Georgia, no Minnesota, no *East Side* de Nova York, na Síria; que ele era um ianque legítimo, judeu, huguenote de Charleston. Sabia-se que ele fora um tenente singularmente arrojado de um batalhão de metralhadoras quando jovem, durante a Grande Guerra; e que havia permanecido lá, vagando pela Europa, durante três ou quatro anos; que ele trabalhara na sucursal parisiense do *New York Herald;* flertara com a pintura e a Magia Negra em Florença e Munique; tivera alguns meses sociológicos na London School of Economics; associara-se a pessoas decididamente bizarras em restaurantes noturnos berlinenses de gente metida a artista. De volta para casa, Sarason havia se tornado um "repórter linha dura", daqueles que andam em manga de camisa, e afirmava que preferia ser considerado um prostituto a ser classificado como algo tão efeminado quanto um "jornalista". Mas, não obstante, suspeitava-se de que ele ainda tinha a habilidade de ler.

Sua orientação política variara entre o socialismo e o anarquismo. Mesmo em 1936 havia pessoas ricas que afirmavam que Sarason era "radical demais", mas na verdade ele havia perdido a confiança (se é que alimentara alguma) nas massas durante o nacionalismo voraz do pós-guerra; e ele só acreditava agora em um controle resoluto mantido por uma pequena oligarquia. Nisso era um Hitler. Um Mussolini.

Sarason era magricela e curvado, com cabelo loiro liso e fino, lábios grossos e um rosto ossudo. Seus olhos eram centelhas no fundo de dois poços escuros. Em suas longas mãos havia uma força inumana. Ele costumava surpreender as pessoas que estavam prestes a apertar sua mão, pois de repente empurrava os dedos delas para trás até quase quebrá-los. A maioria não gostava muito disso. Como repórter jornalístico era um especialista da mais alta competência. Sabia farejar um assassinato por adultério, a corrupção de um político, ou seja, de um político pertencente à gangue que se opunha ao seu jornal, a tortura de animais e crianças, e esse último tipo de reportagem ele mesmo preferia escrever, em vez de incumbir um repórter de fazê-lo; e quando ele escrevia a reportagem você via o sótão bolorento, ouvia a chicotada, sentia o sangue pegajoso.

Em comparação a Lee Sarason como homem de imprensa, o pobre Doremus Jessup de Fort Beulah era como um pároco de aldeia comparado a um ministro de 20 mil dólares de um tabernáculo institucional de 20 andares em Nova York, com filiações no ambiente do rádio.

O Senador Windrip havia tornado Sarason, oficialmente, seu secretário, mas ele era conhecido por muito mais: guarda-costas, *ghost writer*, assessor de imprensa, consultor econômico; e, em Washington, Lee Sarason tornara-se o homem mais consultado e menos apreciado pelos correspondentes de imprensa que trabalhavam em todo o prédio do Senado.

Em 1936, Windrip era um jovem de 48 anos; Sarason era um idoso de 41 com bochechas caídas.

Muito embora provavelmente o baseasse em notas ditadas por Windrip (ele mesmo não sendo bobo em questões de imaginação ficcional), Sarason tinha certamente escrito o único livro de Sarason, a bíblia de seus seguidores, parte biografia, parte programa econômico e parte pura ostentação exibicionista, intitulado *Hora Zero — Ultrapassando os Limites*.

Tratava-se de um livro espirituoso que continha mais sugestões para reformar o mundo do que os três volumes de Karl Marx e todos os romances de H. G. Wells juntos.

Talvez a passagem mais famosa e mais citada de *Hora Zero*, adorada pela imprensa provinciana por sua simplicidade mundana (nas palavras escritas por um iniciado na tradição do rosacrucianismo chamado Sarason) era:

> Quando eu era um rapazote lá nas plantações de milho, nós, os moleques, usávamos uma única tira de pano para segurar nossos calções, e nós a chamávamos de "segurador" de nossos calções, mas a tira cumpria sua função e nos salvava de passar vergonha da mesma forma que aconteceria se tivéssemos adotado um sotaque britânico presunçoso e falássemos de "suspensórios" e "calças". É assim que funciona toda a área que eles chamam de "economias científicas". Os marxistas acham que, ao se referirem aos "seguradores" de calções como "suspensórios", conseguem remover as teias

de aranha das ideias antiquadas de Washington, Jefferson e Alexander Hamilton. Ponderando tudo isso, acredito sinceramente em usar novas descobertas econômicas, como as que vimos nos países chamados de fascistas, como a Itália, a Alemanha e a Hungria e a Polônia, e, ora bolas, até mesmo no Japão. Provavelmente teremos de dar uma coça naqueles homenzinhos amarelos algum dia, para impedi-los de beliscarem nossos legítimos e mais que justificados interesses na China, mas que isso não nos impeça de tomar posse de qualquer ideia inteligente que aqueles pequenos mendigos desenvolveram!

Quero me levantar e não apenas admitir, mas abertamente bradar a todos que temos de mudar muito nosso sistema, talvez até mudar toda a Constituição (mas mudá-la legalmente, não por meio de violência) para fazê-la trocar aquela época de cavalos e estradas de terra pela da rodovia de asfalto e automóveis de hoje em dia. O Executivo deve ter mais liberdade para agir rápido numa emergência, e não ficar amarrado por um bando de parlamentares que não passam de rábulas e levam meses tagarelando em debates. MAS... (e esse é um "mas" do tamanho do celeiro do Diácono Checkerboard lá da minha terra) essas novas mudanças econômicas são apenas um meio para atingir um objetivo, e esse objetivo é e deve ser, fundamentalmente, o de manter os mesmos princípios de Liberdade, Igualdade e Justiça que foram defendidos pelos Pais Fundadores deste grande país nos idos de 1776.

O ponto mais confuso com relação a toda a campanha de 1936 era o relacionamento entre os dois partidos que lideravam a disputa. Os Republicanos da Velha Guarda se queixavam de que seu orgulhoso partido estava mendigando cargos, com o chapéu na mão; os Democratas Veteranos reclamavam que seus tradicionais carroções cobertos estavam apinhados de professores universitários, trapaceiros da cidade e proprietários de iates.

O rival do Senador Windrip em termos de reverência pública era um titã político que não parecia ter um desejo incontrolável pelo cargo de Presidente da República. O Reverendo Paul Peter Prang, de Persépolis, Indiana, Bispo da Igreja Metodista Episcopal, homem talvez dez anos mais velho que Windrip. Seu discurso semanal pelo rádio, às duas horas da tarde de cada sábado, era para milhões de pessoas o próprio oráculo de Deus. Sua voz chegando pela transmissão do rádio era tão sobrenatural que por causa dela os homens atrasavam seu golfe, e as mulheres chegavam até a adiar sua partida de *bridge* sábado à tarde.

Fora o Padre Charles Coughlin, de Detroit, que havia pela primeira vez concebido esse recurso para se livrar de qualquer censura a seus políticos Sermões da Montanha, "comprando seu próprio tempo no rádio", sendo que apenas no século XX se tornara possível ao ser humano comprar Tempo como se compra sabonete e gasolina. Essa invenção foi quase igual, em termos de seu efeito na vida e no pensamento de todos os americanos, à concepção de Henry Ford de vender carros baratos para milhões de pessoas em vez de vender apenas alguns como artigos de luxo.

Mas para o pioneiro Padre Coughlin, o Bispo Paul Peter Prang era o que o Ford V-8 era para o Modelo A.

Prang era mais sentimental que Coughlin; gritava mais, batalhava mais; injuriava mais seus inimigos pelo nome e de forma bastante escandalosa; contava mais histórias engraçadas; e muito mais histórias trágicas sobre os leitos de morte de banqueiros, ateus e comunistas arrependidos. Sua voz era mais naturalmente nasal, e ele era genuinamente do Meio-Oeste, com ancestrais da Nova

Inglaterra Protestante que eram ingleses da Escócia, ao passo que Coughlin sempre levantava algumas suspeitas, nas regiões da Sears-Roebuck, por ser um Católico Romano que tinha um agradável sotaque irlandês.

Homem nenhum na história jamais tivera tanta audiência quanto o Bispo Prang, nem tanto poder evidente. Quando ele pedia que seus ouvintes telegrafassem para os membros do Congresso dizendo que votassem num projeto que ele, Prang, *ex cathedra* e sozinho, sem nenhum Colégio de Cardeais, fora inspirado a acreditar que eles deviam votar, então 50 mil pessoas telefonavam ou dirigiam por estradinhas lamacentas até encontrarem o serviço de telégrafo mais próximo e no nome dele enviavam seus comandos ao governo. Assim, por meio da mágica da eletricidade, Prang fazia a posição de qualquer rei da História parecer absurda e fajuta.

Para milhões de membros da Liga ele enviava cópias mimeografadas com assinaturas em *fac-simile* e com uma saudação de forma tão astuciosamente grafada que a pessoa se deliciava em receber uma saudação pessoal do Fundador.

Doremus Jessup, lá nas colinas provincianas, nunca conseguia decifrar exatamente que evangelho político era aquele que o Bispo Prang fazia retumbar do seu Sinai que, com seu microfone e suas revelações datilografadas sincronizadas com precisão, era muito mais ágil e eficiente que o Sinai original. Em termos específicos, ele pregava a nacionalização dos bancos, das minas, dos serviços de água e esgoto e de transportes; limitação da renda; salários mais altos, o fortalecimento dos sindicatos, uma distribuição mais fluida dos bens de consumo. Mas todos estavam ponderando essas nobres doutrinas agora, desde os senadores da Virginia até os membros do Partido Trabalhista Agrário do Minnesota, sem que ninguém realmente acreditasse que alguma delas fosse se concretizar.

Circulava uma teoria de que Prang era apenas a humilde voz de sua vasta organização, a "Liga dos Homens Esquecidos". Todos acreditavam que essa organização tinha (embora nenhuma empresa de contadores certificados tivesse examinado seus anuários) 27 milhões de membros, com uma distribuição adequada de funcionários nacionais e estaduais e municipais, além de montes de comitês que tinham nomes imponentes como "Comitê Nacional para a Compilação de Estatísticas do Desemprego e da Empregabilidade Regular no Setor da Soja". Por toda parte, o Bispo Prang, não com a voz calma e baixa de Deus, mas com sua altiva presença, falava a plateias de 20 mil pessoas de uma vez só, nas maiores cidades de todo o país, discursando em enormes salões destinados a lutas de boxe, em cinemas, em depósitos de armas, em campos de beisebol e arenas de circo e, depois das reuniões, seus ágeis assistentes aceitavam pedidos de associação e contribuições para a Liga dos Homens Esquecidos. Quando seus tímidos detratores sugeriam que aquilo era tudo muito romântico, muito alegre e pitoresco, mas não exatamente digno, e o Bispo Prang respondia, "Meu Mestre adorava falar em qualquer reunião vulgar em que a plateia o escutasse", ninguém ousava retrucar para ele: "Mas o senhor não é seu Mestre; ainda não".

Com todo o espalhafato da Liga e seus encontros em massa, nunca houvera a intenção de fazer parecer que algum dogma da Liga, qualquer pressão exercida junto ao Congresso ou ao Presidente para aprovar um determinado projeto de lei, se originara em outra pessoa exceto o próprio Prang, sem a colaboração dos comitês ou funcionários da Liga. Tudo o que Prang queria, ele que, com tanta frequência, sussurrava sobre a humildade e a modéstia do Salvador, era que 130 milhões de pessoas implicitamente obedecessem e ele, a seu Rei-Pastor, em tudo o que se referisse à sua moral particular, suas declarações públicas, como eles deviam ganhar a vida e que relacionamentos poderiam ter com outros assalariados.

— E isso — Doremus Jessup resmungou, deliciando-se com a espantada piedade de sua mulher Emma — faz do Irmão Prang um tirano pior que Calígula, um fascista pior que Napoleão. Veja bem, eu não acredito *realmente* nesses boatos sobre Prang desviar o dinheiro das mensalidades dos sócios, da venda dos panfletos e das doações para pagar o rádio. É muito pior que isso. Receio que ele seja um fanático honesto! É por isso que ele representa tamanha ameaça fascista. Ele é tão abominavelmente humanitário, na verdade tão Nobre, que a maioria das pessoas está disposta a deixá-lo comandar tudo, e com um país deste tamanho, esse é um trabalho e tanto, um trabalho e tanto, meu bem; até mesmo para um Bispo Metodista que recebe tantas dádivas que pode realmente "comprar tempo".

Enquanto isso, Walt Trowbridge, possível candidato a Presidente pelo Partido Republicano, tendo o ponto fraco de ser honesto e sem nenhuma inclinação para em prometer que poderia operar milagres, estava insistindo que devemos viver nos Estados Unidos da América, e não em uma estrada dourada com destino à Utopia.

Não havia nada hilariante nesse realismo, de forma que durante toda aquela semana de junho, com as flores das macieiras e os lilases desbotando, Doremus Jessup aguardava a próxima encíclica do Papa Paul Peter Prang.

5

Conheço bem demais a Imprensa. A quase maioria dos editores se esconde em tocas de aranhas, homens que não pensam na Família ou no Interesse Público ou nos humildes deleites das caminhadas ao ar livre, maquinando como poderão fazer prevalecer suas mentiras e defender suas próprias posições e encher seus gananciosos bolsos caluniando estadistas que deram tudo de si pelo bem comum e que estão vulneráveis porque se expõem à cruel Luz que envolve o Trono.
Hora Zero, Berzelius Windrip.

A manhã de junho brilhava, as últimas pétalas das flores das cerejeiras-bravas caídas sobre a relva estavam úmidas de orvalho, os tordos se ocupavam de sua ágil faina no gramado. Doremus, que por natureza não se levantava cedo e surrupiava cochilos depois de ter sido chamado às 8h, sentiu-se motivado a se levantar e alongar os braços totalmente, cinco ou seis vezes, em uma ginástica sueca, em frente à sua janela, olhando através do vale do Beulah River para as escuras massas de pinheiros sobre as encostas das montanhas, cinco quilômetros à frente.

Doremus e Emma tinham dormido em quartos separados nos últimos 15 anos, situação que não agradava totalmente a ela. Ele afirmava não poder dividir o quarto com nenhuma pessoa viva, porque falava à noite e gostava de dar boas e edificantes surras nos travesseiros, virando-se na cama sem sentir que estava atrapalhando alguém.

Era sábado, dia da revelação de Prang, mas naquela manhã cristalina, após dias de chuva, ele nem pensou em Prang, mas no fato de que Philip, seu filho, acompanhado da mulher, tinha vindo de Worcester para passar o final de semana, e que toda a família e mais Lorinda Pike e Buck Titus iam fazer um verdadeiro "piquenique à moda antiga".

Todos haviam exigido isso, até a moderna Sissy, uma mulher que, aos 18 anos, preocupava-se muito com as reuniões após as partidas de tênis, golfe e passeios de carro misteriosos e impressionantemente velozes com Malcolm Tasbrough (que estava se formando no colegial) ou com o neto do pastor episcopal, Julian Falck (calouro em Amherst). Doremus tinha esbravejado que *não podia* ir a nenhum maldito piquenique; era seu *trabalho*, como editor, ficar em casa e ouvir a transmissão do Bispo Prang pelo rádio às 14h; mas eles riram da cara dele e desarrumaram seu cabelo e resmungaram até que ele prometeu... Eles não sabiam disso, mas ele havia ardilosamente tomado emprestado um rádio portátil de seu amigo, o padre católico da cidade, Padre Stephen Perefixe, e estava decidido a ouvir Prang por bem ou por mal.

Ele estava feliz com a presença de Lorinda Pike (era fã daquela santa sardônica); e Buck Titus, que talvez fosse seu amigo mais próximo.

James Buck Titus, que aos 50 parecia ter 38 anos, era ereto, tinha ombros largos e cintura fina. Tinha um bigode comprido e era trigueiro. Buck fazia o tipo do americano antigo, como Daniel Boone, ou, talvez, de um capitão de cavalaria que lutava contra os índios, pintado por Charles King. Havia se formado no Williams College, passando dez semanas na Inglaterra e dez anos em Montana, divididos entre a criação de gado, a prospecção e um rancho onde criava cavalos. Seu pai, um empreiteiro ferroviário razoavelmente rico, lhe havia deixado a grande propriedade perto de West Beulah, e Buck voltara para casa para cultivar maçãs, criar garanhões da raça Morgan e ler Voltaire, Anatole France, Nietzsche e Dostoiévski. Havia lutado na guerra como soldado raso; detestou seus superiores, recusou uma patente e gostou dos alemães em Colônia. Era um hábil jogador de polo, mas achava que cavalgar numa caçada com cães era uma infantilidade. Na política, não tinha tanta empatia pelas injustiças sofridas pelos trabalhadores quanto tinha desprezo pelos exploradores mesquinhos apegados a seus cargos e suas fábricas malcheirosas. Era o mais próximo do nobre rural inglês que se podia encontrar na América. Era solteiro, tinha uma espaçosa casa semivitoriana da qual tomava conta um amigável casal de negros; um lugar impecável em que algumas vezes ele entretinha senhoras não tão impecáveis. Declarava-se "agnóstico" em vez de "ateu" só porque detestava o evangelismo estridente e insistente dos ateus profissionais. Era cínico, raramente sorria, e tinha uma lealdade inabalável para com todos os Jessups. Sua vinda ao piquenique deixou Doremus tão feliz quanto seu neto David.

"Talvez, até mesmo sob o fascismo, 'o relógio da Igreja continuará parado em dez para as três, e ainda haverá mel para o chá'",[9] ansiava Doremus, enquanto vestia seu terno campestre de *tweed*, que o deixava com um ar de dândi.

---

[9] Alusão *oh! yet Stands the Church clock at ten to three? And is there honey still for tea?* Trecho do poema "The Old Vicarage, Grantchester", do poeta inglês Rupert Brook (1887-1915). (N. T.)

A única mácula nos preparativos para o piquenique foi a rabugice do empregado, Shad Ledue. Quando lhe pediram para mexer o sorvete que estava sendo preparado no congelador, ele grunhiu, "Por que diacho não compram uma máquina de sorvete elétrica?" Ele resmungou, de forma bastante audível, sobre o peso das cestas de piquenique, e quando lhe disseram para limpar o porão na ausência dos membros da família, ele retorquiu apenas com um silencioso ar de fúria.

— Você devia se livrar desse camarada, o Ledue — instou o filho de Doremus, Philip.

— Ah, não sei — respondeu Doremus, pensativo. — Talvez seja apenas inabilidade da minha parte. Mas digo a mim mesmo que estou fazendo um experimento social, tentando treiná-lo para ser tão afável quanto o Neandertal mediano. Ou talvez eu tenha medo dele. É o tipo de camponês vingativo que toca fogo em celeiros... Você sabia que ele sabe ler de verdade, Phil?

— Não!

— É sim. Na maioria revistas de cinema, com mulheres peladas e histórias do Velho Oeste, mas também lê os jornais. Ele falou de sua grande admiração por Buzz Windrip; disse que Windrip com certeza será presidente, e então todos (e receio que com essa palavra Shad se refere apenas a si mesmo) ganharão cinco mil dólares por ano. Buzz certamente tem um monte de filantropos como seguidores.

— Ouça, Pai. Você não entende o Senador Windrip. Sim, ele é meio demagogo; ele garganteia muito sobre como vai elevar o Imposto de Renda e cercear os bancos, mas ele não vai fazer nada disso; isso é só conversa para boi dormir. O que ele vai fazer, e talvez apenas ele *possa* fazer isso, é nos proteger dos bolcheviques assassinos, ladrões e mentirosos que iriam, ora, eles gostariam de prender todos nós, todos os que estamos indo para este piquenique, todas as pessoas limpas e decentes que estão acostumadas à privacidade, nos prender todos juntos em algum barracão e nos fazer cozinhar nossa sopa de repolho em um fogareiro preso à cama! Sim, ou talvez nos "liquidar" completamente! Não, senhor, Berzelius Windrip é a pessoa que vai deter esses espiões judeus sujos e sorrateiros que posam de liberais americanos!

"O rosto é do meu razoavelmente competente filho, Philip, mas a voz é a do perseguidor de judeus, Julius Streicher", suspirou Doremus.

O local onde aconteceria o piquenique ficava em meio a um Stonehenge de rochas cinzentas e cobertas de líquens, em frente a um bosque de bétulas lá em cima do Mount Terror, no sítio do primo de Doremus, Henry Veeder, um sólido e reticente cidadão de Vermont da velha guarda. Através de uma distante falha nas montanhas, eles podiam avistar o pálido mercúrio do Lago Champlain e, do outro lado, o bastião das Adirondack.

Davy Greenhill e seu herói, Buck Titus, lutavam no capim espesso da pastagem. Philip e o Dr. Fowler Greenhill, genro de Doremus (Phil gorducho e meio careca aos 32 anos; Fowler beligerante, com seu cabelo e bigode ruivos) discutiam sobre os méritos do helicóptero. Doremus estava deitado com a cabeça apoiada em uma rocha, sua boina sobre os olhos, contemplando o paraíso do Beulah Valley. Ele não poderia jurar, mas pensou ter visto um anjo flutuando no radiante ar por sobre o vale. As mulheres, Emma e Mary Greenhil, Sissy e a mulher de Philip e Lorinda Pike, estavam dispondo a comida do piquenique — uma panela de feijão com toucinho crocante, frango frito, batatas aquecidas com *croutons*, biscoitos doces, geleia de maçã silvestre, salada, torta de passas — sobre uma toalha branca e vermelha que fora estendida numa pedra achatada.

A não ser pelos carros estacionados, a cena poderia ter sido a Nova Inglaterra em 1885, e quase era possível ver as mulheres com boinas de ráfia, vestidos de gola alta com espartilhos e anquinhas; os homens com palhetas enfeitadas com fitas e usando suíças — a barba de Doremus não aparada, mas fluindo como um véu de noiva. Quando o doutor Greehill foi buscar o Primo Henry Veeder, um agricultor corpulento, mas bastante tímido da era pré-Ford, o Tempo ficou mais uma vez impagável, seguro, sereno.

E a conversa se caracterizava por uma confortável trivialidade, um afetuoso tédio vitoriano. E por mais que Doremus pudesse se incomodar com "as condições", por mais que Sissy se agitasse desejando a presença de seus pretendentes, Julian Falck e Malcolm Tasbrough, não havia nada de moderno e neurótico, nada com sabor de Freud, Adler, Marx, Bertrand Russell ou qualquer outra sumidade dos anos 1930, quando a Mãe Emma tagarelava para Mary e Merilla a respeito de suas roseiras que tinham "morrido congeladas por causa do inverno", e sobre os bordos novos que os ratos do campo tinham roído, e da dificuldade em conseguir que Shad Ledue trouxesse lenha suficiente para a lareira, e como Shad devorava as bistecas de porco com batatas fritas e torta no almoço, refeição que fazia com os Jessups.

E a vista! As mulheres conversavam sobre a vista como os casais em lua-de-mel falavam antigamente sobre as cataratas do Niágara.

David e Buck Titus estavam brincando de navio agora, sobre uma rocha inclinada, que era a ponte de comando, e David era o Marinheiro Popeye, sendo Buck seu contramestre; e até o Dr. Greenhill, aquele impetuoso cruzado que estava constantemente enfurecendo o conselho de saúde do condado ao denunciar as condições de desleixo das instituições de caridade e o fedor da prisão local, estava relaxado ao sol, com sua atenção totalmente concentrada em fazer uma infeliz formiguinha correr de um lado para outro sobre um graveto. Sua mulher, Mary, a jogadora de golfe, a finalista dos campeonatos estaduais de tênis, que promovia coquetéis chiques mas regados a pouco álcool no clube de campo, que usava elegantes trajes marrons de *tweed* com uma echarpe verde, parecia ter recuado satisfeita para a domesticidade de sua mãe, considerando que uma receita de sanduíches feitos com bolachas salgadas recheadas com aipo e queijo Roquefort eram um assunto de extrema importância. Ela se transformara de novo na menina mais velha dos Jessups, que morava na casa branca com a mansarda.

E Bobão, deitado de costas com as quatro pernas idiotamente dobradas, era o mais bucolicamente antiquado entre eles todos.

O único impulso sério de conversa aconteceu quando Buck Titus rosnou para Doremus:

— Com certeza, há um bando de Messias de olho no povo atualmente: Buzz Windrip e o Bispo Prang[10] e o Padre Coughlin e o Dr. Townsend (embora pareça que ele voltou para Nazareth) e Upton Sinclair e o Reverendo Frank Buchman e Bernarr Macfadden e Willum Randolph Hearst e o Governador Talmadge e Floyd Wolson e... Olha, garanto que o melhor Messias em todo o espetáculo é o escurinho, o Padre Divine. Ele não só promete que vai alimentar os desprivilegiados por dez

---

[10] De todas as pessoas mencionadas nessa passagem, apenas Buzz Windrip e o Bispo Prang são fictícios. Neste livro, Lewis costuma usar essa técnica de mesclar a realidade com sua ficção. (N. T.)

anos, mas entrega as coxas de frango e as moelas fritas junto com a Salvação. Que tal *ele* para Presidente?

Do nada apareceu Julian Falck.

Esse jovem, calouro em Amherst no ano anterior, neto do ministro episcopaliano, Reverendo Falck, e que morava com o avô porque seus pais haviam morrido, era, aos olhos de Doremus, o menos intolerável dos pretendentes de Sissy. Era muito louro e magro, com um rosto pequeno e bem feito e olhos espertos. Chamava Doremus de "senhor" e, diferentemente da maioria dos rapazes de 18 anos da cidade, que eram hipnotizados pelo rádio e pelos carros, tinha o hábito de ler, e voluntariamente. Lera Thomas Wolf e William Rollins, John Strachey e Stuart Chase e Ortega. Se Sissy o preferia a Malcolm Tasbrough, o pai dela não sabia. Malcolm era mais alto e encorpado que Julian, e dirigia seu próprio De Soto com linhas aerodinâmicas, ao passo que Julian podia apenas emprestar do avô uma ximbica terrivelmente velha.

Sissy e Julian discutiam amigavelmente sobre a perícia de Alice Aylot no gamão, e Bobão se coçava ao sol.

Mas Doremus não se encontrava numa disposição bucólica. Estava num estado ansioso e científico. Enquanto os outros zombavam dizendo "Quando é que o Papai vai fazer o teste para cantor?", e "Ele está estudando para ser o quê: cantor ou locutor de *hockey*?", Doremus estava girando o botão do duvidoso rádio portátil. Por uns momentos achou que os acompanharia na atmosfera de "Lar, doce lar", pois sintonizou um programa de velhas canções e todos eles, inclusive o primo Henry Veeder, que tinha uma paixão oculta por rabequistas e danças rurais e harmônios, cantarolaram *Gaily the Troubadour* e *Maid of Athens* e *Darling Nelly Grey*. Mas quando o apresentador informou que aquelas cançonetas estavam sendo patrocinadas por *Toily Oily*, o Purgante Caseiro Natural, e que estavam sendo executadas por um sexteto de rapazes com o horrível nome de *Os Sedutores*, Doremus de repente desligou o aparelho, calando a todos.

— Qual é o problema, Pai? — gritou Sissy.

— "Sedutooores"? Deus! Este país merece bem o que vai ter — retrucou Doremus. — Talvez estejamos precisando de Buzz Windrip!

Chegou, então, o momento (que deveria ter sido anunciado pelos sinos de uma catedral) do discurso semanal do Bispo Paul Peter Prang.

Procedendo de um cubículo abafado em Persépolis, Indiana, cheirando a roupas de baixo sacerdotais de lã, o discurso propagou-se até as mais longínquas estrelas; deu a volta ao mundo a 300 mil quilômetros por segundo (a um milhão de quilômetros enquanto a pessoa parava para se coçar). Chocou-se contra a cabine de um navio baleeiro na noite escura de um mar polar; contra um escritório revestido com painéis de carvalho trabalhado que fora saqueado de um castelo em Nottinghamshire; atingiu o sexagésimo-sétimo andar de um prédio na Wall Street, adentrou o Ministério das Relações Exteriores de Tóquio; invadiu o vazio rochoso sob as bétulas brilhantes que cobriam o Mount Terror, em Vermont.

O Bispo Prang falou da mesma maneira de sempre, com uma gentileza grave, uma ressonância viril que formava sua pessoa, magicamente chegando a eles através do invisível trajeto aéreo, ao mesmo tempo dominador e cheio de encanto; e quaisquer que fossem seus propósitos, suas palavras estavam do lado dos Anjos:

> Amigos ouvintes, terei apenas mais seis interações semanais para lhes fazer antes das convenções nacionais, que decidirão o destino desta nação aflita, e chegou a hora

de agir. De agir! Chega de palavras! Permitam-me lhes apresentar frases colhidas do sexto capítulo de Jeremias, que parecem ter sido profeticamente escritas para esta hora de crise desesperada na América:

"Fugi para salvação vossa, filhos de Benjamim, do meio de Jerusalém [...] Preparai a guerra contra ela, levantai-vos, e subamos ao pino do meio-dia; ai de nós, que já declina o dia, que já se vão estendendo as sombras da tarde! Levantai-vos, e subamos de noite e destruamos os seus palácios. [...] Pelo que estou cheio do furor do Senhor; estou cansado de o conter; derramá-lo-ei sobre os meninos pelas ruas e nas reuniões dos jovens juntamente; porque até o marido com a mulher serão presos, e o velho, com o que está cheio de dias. [...] porque estenderei a mão contra os habitantes desta terra, diz o Senhor. Porque, desde o menor deles até ao maior, cada um se dá à avareza; e, desde o profeta até ao sacerdote, cada um usa de falsidade. E curam a ferida da filha do meu povo levianamente, dizendo: Paz, paz; quando não há paz."

Assim falou o Livro antigo... Mas a mensagem se dirige também à América de 1936!

Não há Paz! Já há mais de um ano, a Liga dos Homens Esquecidos tem avisado os políticos, todo o governo, de que estamos mais que fartos de sermos os despossuídos e que, finalmente, somos mais de 50 milhões; não uma horda lamuriosa, mas com vontade, voz e *votos* para impor nossa soberania! Informamos a cada político, de forma nada duvidosa, que exigimos, que *exigimos* certas medidas, e que não aceitaremos procrastinações. Vez após vez exigimos que tanto o controle do crédito quanto o poder de emitir dinheiro seja completamente retirado dos bancos públicos; que os soldados não apenas recebam o bônus de que seu sangue e sofrimento os fizeram merecedores em 1917 e

1918, mas que a quantia estabelecida seja agora duplicada; que todas as rendas excessivas sejam severamente limitadas e as heranças reduzidas a quantias pequenas que possam sustentar os herdeiros na infância e na velhice; que os sindicatos de trabalhadores urbanos e rurais não só sejam reconhecidos como instrumentos de uma negociação conjunta, mas que sejam, como os sindicatos da Itália, transformados em parte oficial do governo, representando quem labuta; e que as Finanças Judaicas Internacionais e, da mesma forma, o Comunismo, o Anarquismo e o Ateísmo Judaicos Internacionais, com toda a rígida solenidade e austera rigidez que esta grande nação pode demonstrar, sejam proibidos de exercer qualquer atividade. Aqueles de vocês que já me ouviram antes saberão que eu, ou melhor dizendo, que a Liga dos Homens Esquecidos não tem querela alguma com indivíduos judeus; que nos orgulhamos de ter rabinos entre nossos diretores; mas aquelas organizações internacionais subversivas que, infelizmente, são em tão grande parte judaicas devem ser expulsas com açoites e escorpiões da face da Terra.

Essas exigências fizemos, e já há quanto tempo, ó Senhor, quanto tempo os políticos e os sorridentes e falsos representantes do Grande Negócio fingiram escutar e obedecer? "Sim, sim, meus senhores da Liga dos Homens Esquecidos, sim, nós entendemos, apenas concedam-nos tempo!"

Não há mais tempo! O tempo deles acabou, assim como todo o seu ímpio poder!

Os senadores conservadores, a Câmara do Comércio dos Estados Unidos, os grandes banqueiros, os reis do aço e dos automóveis e do carvão, aqueles que operam a Bolsa de Valores e as *holdings*, são todos eles como os monarcas da dinastia Bourbon, de quem se disse que "eles não esqueceram nada e não aprenderam nada".

Mas eles morreram na guilhotina!

Talvez possamos ser mais misericordiosos para com nossos Bourbons. Talvez, *talvez* possamos salvá-los da guilhotina, da forca, do pelotão de fuzilamento. Talvez devamos, em nosso novo regime, sob nossa nova Constituição, com nosso "*New Deal*" que realmente será um plano de governo inovador e não um experimento arrogante, talvez devamos simplesmente fazer esses manda-chuvas das finanças e da política sentar-se em cadeiras duras, em escritórios sujos, labutando horas a fio com a caneta e a máquina de escrever, como tantos escravos do colarinho branco por tantos anos labutaram para *eles!*

Esta é, como coloca o Senador Berzelius Windrip, "a hora zero", agora, neste segundo. Paramos de bombardear os ouvidos moucos desses falsos mestres. Estamos "ultrapassando os limites!" Finalmente, depois de meses e meses de reflexão em conjunto, os diretores da Liga dos Homens Esquecidos, e eu mesmo, anunciamos que na próxima convenção nacional do Partido Democrata nós vamos, sem a menor reserva...

— Ouçam! Ouçam! Ouçam a História sendo feita! — gritou Doremus para sua família distraída.

...usar a tremenda força dos milhões de membros da Liga para garantir a indicação como candidato à Presidência do *Senador ...Berzelius...Windrip*, o que significa, simplesmente, que ele será eleito, e que nós da Liga vamos elegê-lo Presidente destes Estados Unidos!

O programa dele a o da Liga não coincidem totalmente. Mas ele implicitamente se comprometeu a ouvir nossos conselhos e, pelo menos até a eleição, vamos apoiá-lo, plenamente, com nosso dinheiro, com nossa lealdade, com nossos votos... com nossas orações. E que o Senhor guie a ele e a nós através do deserto de política iníqua e das vis finanças gananciosas rumo à gloria dourada da Terra Prometida! Deus os abençoe!

A Sra. Jessup disse, em tom alegre:

— Ora, Dormouse, esse bispo não é fascista de jeito nenhum. Ele é um radical vermelho comum. Mas será que esse pronunciamento dele significa algo de fato?

Bem, refletiu Doremus; ele tinha vivido com Emma durante 34 anos, e não mais que uma ou duas vezes por ano ele tivera vontade de esganá-la. Brandamente, ele disse:

— Ora, não significa muita coisa, exceto que dentro de alguns anos, alegando nos proteger, a ditadura de Buzz Windrip estará controlando tudo, desde onde podemos rezar até quais histórias de detetive podemos ler.

— Ah, vai mesmo! Algumas vezes tenho a tentação de me tornar comunista. Seria até engraçado, eu, com meus ignorantes ancestrais holandeses do velho Vale do Rio Hudson! — admirou-se Julian Falck.

— Bela ideia! Sair da frigideira de Windrip e Hitler para cair no fogo do *Daily Worker* de Nova York, de Stálin e da automação. E o Plano de Cinco Anos. Suponho que eles me diriam que foi decidido pelo Comissário que cada uma de minhas éguas deve gerar seis potros por ano agora! — zombou Buck Titus, emquanto o Dr. Fowler Greenhill escarneceu:

— Ora, pare com isso, Pai. E você também, Julian, seu jovem paranoico. Vocês dois são monomaníacos! Ditadura? É bom que venham ao meu consultório para que eu examine suas cabeças. Ora, a América é a única nação livre do mundo. Além disso, o país é grande demais para uma revolução. Não, não! Não poderia acontecer aqui!

6

Se isso trouxesse mais pão de milho, feijão e batata para o humilde casebre do Homem Comum, eu preferiria seguir uma anarquista alucinada como Em Goldman[11] a seguir um político de 24 quilates, ex-ministro e com curso universitário que estivesse interessado apenas em produzir mais limusines. Podem me chamar de socialista ou de qualquer outra coisa que quiserem, contanto que agarrem o outro lado do serrote comigo e me ajudem a serrar em pedaços as grandes toras da Pobreza e da Intolerância.

Hora Zero, Berzelius Windrip.

Sua família, ou pelo menos sua mulher e a cozinheira, a Sra. Candy, e Sissy e Mary, a Sra. Fowler Greenhill, acreditavam que Doremus tinha uma saúde delicada; que qualquer gripezinha poderia se transformar em pneumonia; que ele deveria usar suas galochas, e comer seu mingau, e fumar menos cigarros, e nunca "se exceder". Ele se irritava; sabia que embora realmente ficasse inacreditavelmente cansado após uma crise no trabalho, uma noite de sono fazia dele um dínamo outra vez, e

---

[11] Emma (Em) Goldman (1869-1940) foi uma anarquista lituana, conhecida por seu ativismo, seus escritos políticos e conferências que reuniam milhares de pessoas nos Estados Unidos. Teve um papel fundamental no desenvolvimento do anarquismo na América do Norte na primeira metade do século XX. (N. T.)

ele poderia entregar matérias mais rápido que seu jovem repórter mais ligeiro.

Escondia delas seus excessos assim como qualquer garotinho faria com os mais velhos; mentia inescrupulosamente sobre quantos cigarros fumava; mantinha escondido um frasco de *bourbon* do qual regularmente tomava um gole, um só, antes de ir para a cama; e quando havia prometido que ia dormir cedo, apagava o abajur até ter certeza de que Emma pegara no sono, em seguida o ligava de novo e com alegria lia até as duas da manhã, enrolado em suas adoradas mantas feitas à mão em uma tecelagem do Mount Terror, suas pernas se contraindo como as de um cão *setter* que sonha com a hora em que o Inspetor-Chefe do Departamento de Investigações Criminais, sozinho e desarmado, entrou no esconderijo dos falsificadores. E uma vez por mês, mais ou menos, ele descia furtivamente até a cozinha às três da manhã para fazer um café e depois lavava tudo para que Emma e a Sra. Candy não percebessem... Ele achava que elas nunca percebiam!

Essas pequenas fraudes lhe davam a maior satisfação em uma vida quase inteiramente dedicada ao serviço público, a tentar fazer que Shad Ledue capinasse os canteiros de flores, a febrilmente escrever editoriais que iriam agitar três por cento de seus leitores entre o café da manhã e a hora do almoço e que às seis da tarde já estariam completamente esquecidos.

Algumas vezes, quando Emma vinha se aconchegar a ele na cama em um domingo de manhã e colocava seus confortáveis braços em torno de suas escápulas magras, ela se aborrecia ao se dar conta de que ele estava ficando mais velho e frágil. Os ombros dele, ela pensava, eram patéticos como os de um bebê anêmico... Dessa tristeza dela Doremus nunca suspeitou.

Mesmo pouco antes de o jornal ir para a prensa, mesmo quando Shad Ledue se ausentava por duas horas e depois vinha cobrar dois dólares porque havia levado o cortador de grama para afiar, em vez de fazer isso ele mesmo, mesmo quando Sissy e sua turma ficavam no andar de baixo tocando piano até as duas da manhã numa noite em que ele não queria ficar acordado, Doremus nunca se irritava. Exceto, em geral, entre a hora de levantar e a primeira redentora xícara de café.

A sábia Emma ficava feliz quando ele se mostrava rabugento antes do café da manhã. Isso significava que ele estava cheio de ânimo e transbordando boas ideias.

Depois que o Bispo Prang oferecera a coroa ao Senador Windrip, enquanto o verão claudicava nervosamente na direção das convenções nacionais, Emma estava perturbada. Isso porque Doremus ficava em silêncio antes do café e seus olhos estavam remelentos, como se ele estivesse preocupado, como se ele tivesse dormido mal. Nos últimos tempos ele não estava mal-humorado. Ela sentia falta de ouvi-lo grasnando: "Será que aquela idiota da Sra. Candy não vai *nunca* trazer o café? Ela deve estar lá sentada lendo o seu Testamento! E você poderia fazer a gentileza de me dizer, minha boa mulher, por que é que Sissy *nunca* se levanta para tomar café, mesmo após as raras noites em que ela vai para a cama à uma da manhã? E, faça o favor de olhar para aquela calçada! Coberta de flores mortas. Aquele porco do Shad não a varreu nenhuma vez na última semana. Juro que *vou* mandá-lo embora, e hoje mesmo!"

Emma teria ficado feliz se ouvisse esses sons animalescos bem conhecidos, e em responder com uma risadinha contida: "Ora, que terrível. Vou falar para a Sra. Candy se apressar e trazer o café agora mesmo!"

Mas ele ficava ali sentado, sem falar nada, pálido, abrindo seu *Daily Informer* como se estivesse com medo de ver que notícias haviam chegado, desde que deixara o jornal, às dez horas do dia anterior.

Quando Doremus, nos anos 1920, havia defendido o reconhecimento da Rússia, o pessoal de Fort Beulah ficara inquieto, dizendo que ele estava ficando cada vez mais comunista.

Ele, que entendia a si mesmo anormalmente bem, sabia que, longe de ser um radical de esquerda, ele era, no máximo, um liberal moderado, bastante indolente e relativamente sentimental, que não gostava de pompa, do humor pesado dos homens públicos, e da comichão por notoriedade que fazia os pregadores populares e os educadores eloquentes e os produtores amadores de peças teatrais e as senhoras ricas reformadoras e as senhoras ricas esportistas e quase todo tipo de senhora rica virem paparicar os editores de jornais, com fotos debaixo do braço, e em seus semblantes aquele sorriso de falsa humildade. Mas por todo tipo de crueldade e intolerância, e pelo desprezo dos afortunados pelos desafortunados, ele não nutria apenas aversão, mas um ódio brutal.

Havia alarmado todos os seus colegas editores no norte da Nova Inglaterra afirmando a inocência de Tom Mooney,[12] questionando a culpa de Sacco e Vanzetti,[13] condenado a intrusão dos EUA no Haiti e na Nicarágua, defendendo um aumento do imposto de renda,

---

[12] Thomas Joseph Mooney (1882-1942) foi um sindicalista estadunidense injustamente condenado que, após 22 anos de prisão e uma grande campanha feita por vários setores da sociedade, foi perdoado em 1939. (N.T.)

[13] Nicola Sacco (1891-1927) e Bartolomeo Vanzetti (1888-1927) foram dois italianos anarquistas que nos EUA foram acusados de homicídio. Houve muita dúvida sobre a culpa dos dois, que acabaram sendo condenados à pena capital, sendo eletrocutados em 1927. (N.T.)

escrevendo, na campanha de 1932, um artigo favorável sobre o candidato socialista, Norman Thomas (e, no final das contas, para falar a verdade, votando para Franklin Roosevelt), e agitando um pequeno e inútil inferno local referente à servidão dos agricultores meeiros do sul e aos colhedores de frutas da Califórnia. Havia até sugerido, num editorial, que quando a Rússia estivesse plenamente, desenvolvida com suas fábricas e ferrovias e fazendas gigantes (por volta de 1945, talvez), ela poderia ser o país mais agradável do mundo para o (mítico!) Homem Comum. Quando escreveu esse editorial, após um almoço em que se irritara com o presunçoso grasnado de Frank Tasbrough e R. C. Crowley, ele realmente enfrentou problemas. Foi chamado de bolchevique, e em dois dias seu jornal perdeu 150 dos seus cinco mil leitores.

Entretanto, ele era tão pouco bolchevique quanto Herbert Hoover.

Era, e sabia que era, um intelectual burguês do interior. A Rússia proibia tudo o que tornava seu trabalho tolerável: a privacidade, o direito de pensar e criticar como ele caprichosamente quisesse. A ter sua mente policiada por camponeses de uniforme, ele preferiria viver numa cabana no Alasca, com feijão e uma centena de livros e um novo par de calças a cada três anos.

Certa vez, em uma viagem de carro com Emma, eles pararam num acampamento de verão de comunistas. A maioria deles era composta de judeus do City College ou asseados dentistas do Bronx, de óculos e bem barbeados, exceto por seus vaidosos bigodinhos. Mostraram-se ávidos por receber aqueles dois camponeses da Nova Inglaterra e lhes explicar o evangelho marxista (sobre o qual, entretanto, discordavam furiosamente). Comendo macarrão com queijo em um barracão não pintado, eles ansiavam pelo pão preto de Moscou. Mais tarde, Doremus rira à socapa, pensando em como eles se pareciam com os campistas da Y.M.C.A., 30 quilômetros mais além na mesma estrada, igualmente puritanos, exortadores, fúteis e igualmente dados a jogos tolos com bolas de borracha.

Apenas uma vez ele fora perigosamente ativo. Havia apoiado a greve pelo reconhecimento do sindicato contra a pedreira de Francis Tasbrough. Homens que Doremus conhecia desde muito tempo, cidadãos respeitáveis como o Superintendente Escolar Emil Staubmeyer e Charley Betts da loja de móveis murmuraram algo sobre "expulsá-lo sumariamente da cidade". Tasbrough ralhava com ele, até agora, oito anos depois. No fim de tudo, a greve foi derrotada e o líder grevista, um declarado comunista chamado Karl Pascal, foi preso por "incitação à violência". Quando Pascal, um ótimo mecânico, saiu da prisão, foi trabalhar em uma oficina atulhada de Fort Beulah, cujo proprietário era um socialista polonês beligerante, amigável e loquaz chamado John Pollikop.

O dia inteiro Pascal e Pollikop latiam para as trincheiras um do outro na batalha entre a Social Democracia e o Comunismo, e Doremus com frequência passava lá para jogar lenha na fogueira. Isso era difícil de suportar para Tasbrough, para Staumeyer, para o banqueiro Crownley e para o advogado Kitterick.

Se Doremus não descendesse de três gerações de habitantes de Vermont pagadores de dívidas, ele seria agora um dono de jornal errante sem um tostão... e possivelmente menos desligado das Agruras dos Despossuídos.

A conservadora Emma se queixava: "Como você consegue provocar as pessoas desse jeito, fingindo que realmente *gosta* de mecânicos todos sujos de graxa como esse Pascal (e acho que você até alimenta uma furtiva afeição por Shad Ledue!), enquanto poderia se associar a pessoas decentes e prósperas como Frank, eu não consigo entender! Eles devem *pensar* cada coisa sobre você, algumas vezes! Eles não entendem que você não é nada socialista, mas na verdade um homem bacana, respeitável e de bom coração. Oh, eu devia estapear você, Dormouse!"

Não que ele gostasse de ser chamado de "Dormouse". Por outro lado, ninguém além de Emma o chamava assim e, em raros atos falhos, Buck Titus. De forma que era suportável.

7

Quando, sob protesto, sou arrastado de meu escritório e do recôndito do meu lar para as reuniões públicas que tanto detesto, tento tornar meu discurso tão simples quanto aquele do Menino Jesus quando conversou com os Doutores do Templo.
Hora Zero, Berzelius Windrip.

Trovões nas montanhas, nuvens carregadas descendo o Beulah Valley, uma escuridão sobrenatural cobrindo o mundo como uma névoa negra, e relâmpagos que destacavam as feias escarpas das colinas como se fossem rochas lançadas para o alto numa explosão.

Com essa fúria dos céus irados, Doremus acordou naquela manhã de final de julho.

De forma tão abrupta como uma pessoa que, na cela dos condenados, acorda assustada e percebe: "Eles vão me enforcar hoje!", ele sentou-se na cama confuso e refletiu que naquele dia o Senador Berzelius Windrip seria provavelmente indicado para concorrer à Presidência.

A convenção dos Republicanos havia terminado, com Walt Trowbridge como candidato presidencial. A convenção dos Democratas, realizada em Cleveland com uma boa quantidade de gim, refrigerante de morango e suor, encerrara os relatórios dos comitês, proferira as bondosas palavras diante da Bandeira e reiterara as mensagens encorajadoras para o espírito de Jefferson afirmando que ele ficaria deliciado com o que seria realizado ali naquela semana, se o Presidente Jim Farley o consentisse. Chegaram ao momento das indicações. O Senador Windrip havia sido indicado pelo Coronel Dewey Haik, congressista e membro influente da Legião Americana. Os Filhos Favoritos de vários estados como Al Smith, Carter Glass, William McAdoo e Cordell Hull receberam aplausos gratificantes, seguidos de eliminação sumária. Agora, no décimo segundo escrutínio, restavam quatro concorrentes que, por ordem de votação, eram o Senador Windrip, o Presidente Franklin Delano Roosevelt, o Senador Robinson do Arkansas, e a Secretária do Trabalho Frances Perkins.

Grandes e dramáticas tramoias haviam acontecido, e a imaginação de Doremus Jessup as visualizara claramente, à medida que eram relatadas pelo rádio histérico e pelos boletins da Associated Press que caíam quentinhos sobre a escrivaninha de seu escritório no *Informer*.

Em homenagem ao Senador Robinson, a banda de metais da University of Arkansas havia marchado atrás de um líder sobre um antigo carrinho puxado por cavalos que carregava grandes cartazes proclamando "Salve a Constituição" e "Robinson pela Sensatez". O nome da Srta. Perkins havia sido aplaudido por duas horas, enquanto os delegados marchavam com as bandeiras de seus estados, e o nome do Presidente Roosevelt fora aplaudido por três; os aplausos haviam sido bastante afetuosos e letais, já que cada delegado sabia que tanto o Sr. Roosevelt quanto a Srta. Perkins eram bastante carentes de ouropéis circenses e bufonaria genérica para se saírem bem naquela hora crítica de histeria nacional, quando o eleitorado desejava um revolucionário de picadeiro como o Senador Windrip.

O desfile do próprio Windrip, cientificamente preparado de antemão por seu secretário-acessor-de-imprensa-filósofo-particular, Lee Sarason, não perdeu nada para os dos outros. Pois Sarason havia lido o seu Chesterson bem o suficiente para saber que existe uma única coisa maior que uma coisa muito grande, e essa é uma coisa tão pequena que pode ser vista e compreendida.

Quando propôs a indicação de Buzz, o Coronel Dewey Haik terminou sua fala bradando: "Mais uma coisa, ouçam aqui! É um pedido especial do Senador Windrip que vocês *não* desperdicem o tempo desta assembleia histórica dando vivas ao nome dele, nada de aplausos. Nós, da Liga dos Homens Esquecidos (sim, e das Mulheres também!) não queremos aplausos vazios, mas uma consideração solene das necessidades desesperadas e imediatas de 60% da população dos Estados Unidos. Nada de aplausos, mas que a Providência nos oriente na reflexão mais solene que jamais fizemos!"

Quando ele terminou, pelo corredor central veio uma procissão particular. Mas não se tratava de um desfile de milhares. Havia apenas 31 pessoas nela, e os únicos estandartes eram três bandeiras e dois grandes cartazes.

À frente da procissão, em velhos uniformes azuis, estavam dois veteranos do Grande Exército da República; entre eles, de braços dados com eles, vinha um Confederado vestido de cinza.[14] Eram homenzinhos muito velhos, todos acima dos 90 anos, apoiando-se uns nos

---

[14] Na simbologia maquinada por Sarason, unem-se veteranos da Guerra Civil que haviam lutado como inimigos. O *Grand Army of the Republic* era um grupo patriótico de veteranos que lutaram pela União, que representava o Norte abolicionista. O Exército dos Confederados representava os estados do Sul, que eram contra a abolição dos escravos. (N. T.)

outros e olhando timidamente ao redor, na esperança de que ninguém risse deles.

O Confederado carregava uma bandeira do regimento da Virginia, furada como se tivesse sido atingida por estilhaços de uma bomba; e um dos veteranos da União erguia bem alto uma bandeira rasgada do Primeiro Regimento de Infantaria do Minnesota.

O zeloso aplauso que a convenção oferecera aos desfiles dos outros candidatos fora apenas gotinhas de chuva em comparação à tempestade que saudou os três velhos trêmulos arrastando os pés. Na plataforma a banda tocou (embora pouco se pudesse ouvir) *Dixie*, depois *When Johnny Comes Marching Home Again*, e, de pé ao lado de sua cadeira no meio do auditório, como um membro comum da delegação de seu estado, Buzz Windrip se curvava em reverência, uma, duas, três, muitas vezes, tentando sorrir, enquanto lágrimas começaram a rolar de seus olhos e ele soluçou descontroladamente, e o público começou a soluçar junto com ele.

Atrás dos três velhos vinham 12 soldados legionários, feridos em 1918, equilibrando-se sobre pernas de madeira ou arrastando-se entre muletas; um deles vinha em uma cadeira de rodas, mas apesar disso mostrava-se tão jovem e alegre; outro tinha uma máscara preta sobre o que devia ter sido um rosto. Um deles carregava uma enorme bandeira, e outro um cartaz exigindo: "Nossas Famílias Famintas Devem Receber o Bônus — Só Queremos Justiça — Queremos Buzz para Presidente".

À frente deles, não ferido, mas ereto e forte e resoluto, vinha o General Hermann Meinecke, do Exército dos Estados Unidos. Nunca, em toda a memória dos repórteres mais velhos, havia um soldado da ativa aparecido em público como um agitador político. Os jornalistas cochicharam entre si: "Esse general vai entrar em cana, a não ser que Buzz seja eleito. Nesse caso, ele será provavelmente aclamado Duque de Hoboken".

Atrás dos soldados vinham dez homens e mulheres, com sapatos furados e vestindo trapos que causavam ainda mais pena porque haviam sido lavados e relavados até perderem toda a cor. Junto a eles cambaleavam crianças, com os dentes apodrecidos; juntas elas mal conseguiam carregar um cartaz declarando: "Estamos Vivendo da Assistência Social. Queremos nos Tornar Seres Humanos de Novo, Queremos Buzz!"

Cerca de seis metros atrás vinha um único homem alto. Os delegados esticavam o pescoço para ver quem viria após as vítimas da Assistência Social. Quando conseguiram ver, levantaram-se, gritaram, bateram palmas. Pois o homem que vinha sozinho (poucos o tinham visto pessoalmente; todos o haviam visto centenas de vezes em fotos da imprensa, fotografado entre montes de livros em seu escritório, fotografado em conferência com o Presidente Roosevelt e o Secretário Ickes, fotografado apertando a mão do Senador Windrip, fotografado diante de um microfone, sua boca bradando como uma armadilha escura e aberta, e seu magro braço direito erguido com ênfase histérica), todos ali tinham ouvido a voz dele no rádio até que a reconheceram como se fosse a voz de seus próprios irmãos; todos eles reconheceram, vindo pela ampla entrada principal, no final do desfile de Windrip, o apóstolo dos Homens Esquecidos, o Bispo Paul Peter Prang.

Depois a convenção aplaudiu Buzz Windrip durante quatro horas ininterruptas.

Nas detalhadas descrições da convenção que os escritórios de notícias enviaram após os primeiros febris boletins, um ativo repórter de Birmingham provou com propriedade que a bandeira de batalha do Sul carregada pelo veterano confederado havia sido emprestada pelo museu de Richmond, e que a bandeira do Norte fora oferecida por um conhecido distribuidor de carnes de Chicago que era neto de um general da Guerra Civil.

Lee Sarason nunca contou a ninguém, exceto a Buzz Windrip, que as duas bandeiras haviam sido confeccionadas na Hester Street, em Nova York, em 1929, para uma peça patriótica, *Morgan's Riding*, e que ambas tinham vindo de um armazém de artigos teatrais.

Antes dos aplausos, à medida que o desfile de Windrip se aproximava da plataforma, todos foram saudados pela Sra. Adelaide Tarr Gimmitch, a celebrada autora, palestrante e compositora que, materializando-se de repente na plataforma como se tivesse sido apanhada no ar, cantou na melodia de *Yankee Doodle* os versos que ela mesma havia composto.

> *Berzelius Windrip foi pra Wash*
> *Num cavalinho novo*
> *Expulsar os magnatas*
> *Para o bem do povo!*
>
> ESTRIBILHO
> *Buzz, buzine sem parar*
> *Ele de nós cuidando,*
> *Você vai se estrepar*
> *Se em Buzz não for votando.*
>
> *A Liga dos Esquecidos*
> *Quer ser bem lembrada,*
> *Foram para a Capital*
> *Cheiraram sujeirada.*

Essa alegre canção de batalha foi cantada no rádio por dezenove *primas donnas* diferentes antes da meia-noite, por cerca de 16 milhões de americanos menos afinados dentro de 48 horas, e por pelo menos 90 milhões de amigos e zombadores no combate que estava por vir. Durante toda a campanha, Buzz Windrip conseguira provocar boas risadas a partir de trocadilhos envolvendo sua ida para Wash,[15] e lavar-se. Walt Trowbridge, caçoava ele, não ia fazer nem uma coisa nem outra!

Entretanto, Lee Sarason sabia que, além dessa obra-prima cômica, a causa de Windrip exigia um hino mais elevado em pensamento e espírito, adequado para a seriedade dos cruzados americanos.

Muito depois que os aplausos para Windrip haviam cessado e os delegados retomaram suas atividades de praxe, salvando a nação e cortando as gargantas uns dos outros, Sarason pediu que a Sra. Gimmitch cantasse um hino mais inspirador, com palavras do próprio Sarason, em colaboração com um bastante notável cirurgião, um tal de Dr. Hector Macgoblin.

Esse Dr. Macgoblin, que logo se transformaria em um monumento nacional, era tão talentoso na distribuição de matérias na área de jornalismo médico, na redação de resenhas sobre livros de educação e psicanálise, na preparação de comentários sobre as filosofias de Hegel, do Professor Guenther, de Houston Stewart Chamberlain e Lothrop Stoddard, na interpretação de peças de Mozart ao violino, na luta de boxe semiprofissional e na composição de poemas épicos quanto era na prática da medicina.

O Dr. Macgoblin, que homem!

---

[15] Wash vem de Washington e *to wash* é o verbo lavar em inglês. (N. E.)

A ode de Sarason e Macgoblin, intitulada *Pega o Antigo Mosquete*, tornou-se para o bando de libertadores de Windrip o que a *Giovinezza* era para os italianos, a *Horst-Wessel-Lied* fora para os nazistas e a *Internacional* para todos os marxistas. Ao longo da convenção, milhões ouviram pelo rádio o mavioso contralto da Sra. Adelaide Tarr Gimmitch, cantando:

> *PEGA O ANTIGO MOSQUETE*
> *Senhor, pecamos, dormimos,*
> *Nossa bandeira está rota no chão,*
> *As almas do passado estão chamando,*
> *"Erguei-vos de vossa indolência".*
> *Guia-nos, ó alma de Lincoln,*
> *Inspira-nos, espírito de Lee,*
> *A governar todo o mundo pela honradez,*
> *A lutar pelo que é certo,*
> *A causar admiração por nosso poder,*
> *Como fizemos em sessenta e três.*
>
> Estribilho
> *Vê, jovem, cujo coração pulsa de desejo,*
> *Vê, donzela de olhos destemidos,*
> *Liderando nossas fileiras,*
> *Trovejam os tanques*
> *Os aviões cobrem o céu.*
>
> *Pega o antigo mosquete,*
> *Reacende o antigo fogo!*
> *Vê o mundo ruindo,*
> *Terrível, medonho e escuro.*
> *América! Ergue-te e conquista*
> *O mundo para nossos corações!*

"Tremendo espetáculo. Nem P. T. Barnum nem Flo Ziegfeld teriam feito nada melhor", pensou Doremus, enquanto estudava as matérias enviadas pela Associated Press, enquanto ouvia o rádio que havia instalado temporariamente em seu escritório. E, muito mais tarde: "Quando Buzz for eleito, ele não exibirá nenhum desfile de soldados feridos. Isso seria psicologia fascista de má qualidade. Todos aqueles pobres diabos ele esconderá em instituições, e exibirá apenas o jovem, animado e uniformizado gado humano de corte. Hmm".

A tempestade, que misericordiosamente havia amainado, explodiu de novo em uma ameaça colérica.

Durante toda a tarde a convenção realizou escrutínios, repetidas vezes, sem que houvesse mudança na classificação dos pré-candidatos a presidente. Quando eram quase seis horas, a diretora de campanha da Srta. Perkins transferiu os votos dela para Roosevelt, que passou à frente do Senador Windrip. Eles pareciam estar pendendo para uma luta que duraria toda a noite, e às 22h Doremus deixou o escritório, exausto. Naquela noite, ele não queria a simpática e extremamente feminina atmosfera de sua casa, por isso passou na residência paroquial de seu amigo, o Padre Perefixe. Ali encontrou um grupo satisfatoriamente pouco feminino, que não cheirava a talco. O Reverendo Falck estava lá. O trigueiro e gorducho jovem Perefixe e o grisalho e velho Falck frequentemente trabalhavam juntos, gostavam um do outro e concordavam a respeito das vantagens do celibato clerical e em quase todo o restante da doutrina, à exceção da supremacia do Bispo de Roma. Com eles estavam Buck Titus, Louis Rotenstern, o Dr. Fowler Greenhill e o banqueiro Cronley, um financista que gostava de cultivar uma aparência de discussão intelectual livre, mas isso só depois das horas dedicadas a recusar crédito a agricultores e comerciantes desesperados.

E não se deve esquecer de Bobão, o cachorro que, naquela manhã tempestuosa suspeitara da preocupação do seu dono, seguira-o até o escritório e durante todo o dia havia rosnado para Haik e Sarason e a Sra. Gimmitch no rádio e demonstrado uma firme certeza de que deveria comer todas as matérias sobre a convenção.

Mais do que sua glacial sala de estar com paredes brancas cobertas de retratos de ilustres habitantes de Vermont já falecidos, Doremus apreciava o pequeno escritório do Padre Perefixe, e sua combinação de ambiente eclesiástico, de ausência de comércio (pelo menos do comércio comum), representados por um crucifixo e uma estatueta de gesso da Virgem e um retrato berrante verde e vermelho do Papa, com as questões pragmáticas, representadas pela escrivaninha de carvalho e pelo fichário de aço e pela bastante usada máquina de escrever portátil. Era a caverna de um ermitão piedoso com as vantagens de cadeiras de couro e excelentes drinques de *whisky* de centeio com soda.

A noite foi passando enquanto todos os oito (pois Bobão também teve sua quota de leite) beberam e ficaram à escuta; a noite foi passando enquanto a convenção votava, furiosa e inutilmente... aquela convenção a quase mil quilômetros de distância, quase mil quilômetros de noite nevoenta, e no entanto com cada discurso, cada ganido zombeteiro chegando até eles no mesmo segundo em que eram ouvidos no salão em Cleveland.

A empregada do Padre Perefixe (que tinha 65 anos em contraposição aos 39 do Padre, para a frustração dos protestantes locais apaixonados por escândalos) entrou trazendo ovos mexidos e cerveja gelada.

— Quando minha amada esposa ainda estava entre nós, ela costumava me mandar para a cama à meia-noite — disse com um suspiro o Reverendo Falck.

— Minha mulher faz isso atualmente — disse Doremus.

— Assim com certeza também faria a minha, se eu tivesse uma — disse Louis Rotenstern, com ironia.

— Aqui, o Padre Steve e eu somos os únicos rapazes com um modo de vida sensato — gabou-se Buck Titus. — Celibatários. Podemos ir para a cama vestindo as calças, ou simplesmente não ir para a cama.

E o Padre Perefixe murmurou:

— Mas é curioso, Buck, do que as pessoas se gabam. Você de estar livre da tirania de Deus ou de ir para a cama vestindo as calças; o Reverendo Falck e o Dr. Greenhill e eu de que Deus é tão leniente conosco que algumas noites nos dispensa de visitas a doentes e então podemos ir para a cama sem as calças! E Louis, de que... Ouçam! Ouçam! Parece coisa importante.

O coronel Dewey Haik, proponente da candidatura de Buzz, estava anunciando que o Senador Windrip sentiu que seria modesto de sua parte retirar-se para seu hotel, mas havia deixado uma carta que ele, Haik, leria. E foi o que ele fez, inexoravelmente:

Windrip afirmou que, para o caso de alguém não ter entendido sua plataforma de maneira completa, ele queria deixar toda a coisa cristalinamente clara.

Em resumo, a carta explicava que ele era totalmente contra os bancos, mas totalmente a favor dos banqueiros, com a exceção dos banqueiros judeus, que deviam ser, todos eles, expulsos das finanças; que ele havia testado de forma conclusiva (embora não tenha especificado como) planos para elevar consideravelmente todos os salários e manter consideravelmente baixos os preços de tudo o que fosse produzido por esses mesmos trabalhadores muito bem pagos; que ele era 100% a favor dos trabalhadores, mas 100% contra todas as greves; que era a favor de que os Estados Unidos se municiassem de tal forma, de tal forma se preparassem para produzir seu próprio café, açúcar, perfume, *tweeds* e níquel em vez de importar esses produtos, que o país poderia desafiar o Mundo... e talvez, se o Mundo fosse tão impertinente a ponto de desafiar os Estados Unidos, sugeriu Buzz, ele poderia ser obrigado a dominar o Mundo e a dirigi-lo de forma adequada.

Para Doremus, a cada momento pareciam mais ofensivas as impudentes barbaridades do rádio, enquanto a encosta da colina dormia na pesada noite de verão, e ele pensou na mazurca dos vagalumes, no ritmo dos grilos como o próprio ritmo da Terra girando, nas voluptuosas brisas que levavam para longe o fedor dos charutos, do suor e dos hálitos de *whisky* e dos chicletes de menta que pareciam chegar até eles da convenção, pelas ondas sonoras, juntamente com a oratória.

O dia já tinha nascido, e o Padre Perefixe (pouco clericalmente trajado em manga de camisa e chinelos) acabara de trazer para todos uma muito bem-recebida vasilha de sopa de cebola, com um bolo de carne moída para Bobão, quando a oposição de Buzz entrou em colapso e logo, na próxima rodada de votação, o Senador Berzelius Windrip foi indicado como candidato à Presidência dos EUA pelo Partido Democrata.

Doremus, Buck Titus, Perefixe e Falck ficaram por um tempo amuados demais para falar. E possivelmente essa era também a disposição do cachorro Bobão, pois quando o rádio foi desligado seu rabo se movimentou de forma muito tímida.

R. C. Crowley exultou:

— Bem, toda a minha vida votei nos Republicanos, mas temos aí um homem que... bem, vou votar no Windrip.

O Padre Perefixe disse num tom azedo:

— E eu votei nos Democratas desde que vim do Canadá e me naturalizei americano, mas desta vez vou votar nos Republicanos. E vocês, amigos?

Rotenstern ficou quieto. Ele não gostou da referência aos judeus feita por Windrip. Os que ele conhecia melhor. Não! Eles eram americanos! Lincoln era seu deus tribal também, ele jurou a si mesmo.

— Eu? Vou votar no Walt Trowbridge, é claro — resmungou Buck.

— Eu também — disse Doremus. — Não! Também não vou votar nele. Trowbridge não terá a mínima chance. Acho que vou me dar ao luxo de ser independente, uma vez na vida, e votar no partido da Lei-Seca ou naquela chapa do cereal-com-espinafre de Battle Creek, ou em qualquer outro que faça algum sentido!

Eram mais de sete da manhã quando Doremus chegou em casa e, o que foi digno de nota, Shad Ledue, que supostamente devia começar a trabalhar às sete, estava trabalhando às sete. Em geral ele nunca saía de sua choupana de solteiro em Lower Town antes das dez para as oito, mas naquela manhã ele estava trabalhando, cortando lenha. "Sim, claro", refletiu Doremus. "Era essa a provável explicação; cortar lenha logo cedo acordaria todos na casa".

Shad era alto e corpulento; sua camisa era manchada de suor; e como sempre ele não tinha feito a barba. Bobão rosnou para ele. Doremus suspeitava que em alguma ocasião ele havia chutado Bobão. Ele queria respeitar

Shad pela sua camisa suada, pelo trabalho honesto e por todas as virtudes rudes, mas mesmo na qualidade de Liberal Humanitário Americano, Doremus tinha dificuldade em sempre manter de forma consistente a atitude de Ferreiro-da-Aldeia-de-Longfellow-mesclado-com-Marx e não resvalar algumas vezes na crença de que devia haver *alguns* patifes e tratantes entre os trabalhadores, da mesma forma que com certeza existiam chocantemente grandes quantidades deles entre aqueles que recebiam mais de 3.500 dólares por ano.

— Bem, passei a noite ouvindo o rádio — ronronou Doremus. — Você ficou sabendo que os Democratas indicaram o Senador Windrip?

— É mesmo? — rosnou Shad.

— É sim. Agora mesmo. Em quem você está pensando em votar?

— Olha, vou lhe dizer, Sr. Jessup — Shad fez uma pose, apoiando-se no machado. Algumas vezes ele conseguia ser bastante agradável e transigente, mesmo para com aquele homenzinho que era tão ignorante sobre a caça de guaxinins e os jogos de dados e pôquer. — Vou votar em Buzz Windrip. Ele vai consertar tudo e todos vão ganhar quatro mil dólares, imediatamente, e vou começar uma granja. Posso ganhar um monte de dinheiro com as galinhas. Vou mostrar para esses caras que se acham muito ricos!

— Mas, Shad, você não se saiu tão bem quando tentou criar galinhas nos fundos da sua cabana tempos atrás. Você, bem... acho que você meio que deixou a água delas congelar no inverno, e todas morreram, você lembra?

— Aquelas? E daí? Diacho! Eu tinha muito poucas. Não vou perder *meu* tempo com apenas algumas dezenas de galinhas! Quando eu tiver cinco ou seis mil delas para fazer valer a pena meu esforço, *daí* eu mostro para

o senhor. Pode apostar — e, no tom mais complacente:
— Buzz Windrip é boa gente.
— Fico feliz que ele tenha seu *imprimatur*.
— O quê? — perguntou Shad, fazendo uma carranca.
Mas quando foi em direção à varanda dos fundos, Doremus ouviu Shad dizer um suave e zombeteiro:
— Certo, Chefe!

8

Não tenho pretensões de ser um homem muito instruído, exceto, talvez, no coração, e em ser capaz de sentir compaixão pelas tristezas e temores de qualquer ser humano. Apesar de tudo, li a Bíblia toda, de cabo a rabo, como diz o pessoal da minha esposa lá no Arkansas, umas onze vezes; li todos os livros de Direito que foram impressos; e quanto aos contemporâneos, acho que não perdi muita coisa da grande literatura produzida por Bruce Barton, Edgar Guest, Arthur Brisbane, Elizabeth Dilling, Walter Pitkin e William Dudley Pelley.

Este último cavalheiro eu respeito não só por contar histórias excelentes, e por seu trabalho sério de investigação da vida além-túmulo e de provar de forma definitiva que apenas um tolo completo deixaria de acreditar na Imortalidade da Alma, mas, também por seu abnegado trabalho de interesse público com a criação dos Camisas Prateadas. Esses autênticos paladinos, mesmo não tendo atingido o sucesso que mereciam, representaram nossas mais nobres e heroicas tentativas de combater os complôs furtivos, traiçoeiros, sinistros, sub-reptícios e sediciosos dos Radicais Vermelhos e outros tipos odiosos de bolcheviques que não cessam de ameaçar os padrões americanos de Liberdade, Altos Salários e Segurança Universal.

Esses sujeitos têm Mensagens, e nós não temos tempo para nada na literatura exceto uma Mensagem direta, contundente e palpitante!

Hora Zero, Berzelius Windrip.

Logo na primeira semana de sua campanha, o Senador Windrip esclareceu sua filosofia emitindo sua ilustre proclamação: "Os Quinze Pontos da Vitória para os Homens Esquecidos". Os 15 pontos de sua plataforma, em suas próprias palavras (ou nas de Lee Sarason, ou nas de Dewey Haik), eram estes:

(1) Todas as finanças do país, inclusive as áreas de bancos, seguros, ações, títulos e hipotecas, devem ficar sob o absoluto controle do Banco Central da Federação, de propriedade do governo e dirigido por um conselho indicado pelo Presidente; esse conselho deverá, sem a necessidade de recorrer ao Congresso para obter a autorização legislativa, ter o poder de definir todas as regulamentações que governam as finanças. Consequentemente, assim que for praticável, o mencionado Conselho deverá considerar a nacionalização e o controle pelo governo, para o Lucro de Toda a Nação, de todas as minas, campos petrolíferos, energia hídrica, serviços públicos, transportes e comunicação.

(2) O Presidente deverá indicar uma comissão, dividida paritariamente entre trabalhadores manuais, empregadores e representantes do Povo, para determinar quais Sindicatos estarão qualificados para representar os Trabalhadores; e informar o Executivo, para fins de ação legal, sobre todas as pretensas organizações trabalhistas, sejam elas "Sindicatos Empresariais", ou "Sindicatos Vermelhos", controlados por Comunistas ou pela assim chamada "Terceira Internacional". Os Sindicatos devidamente reconhecidos devem ser constituídos como órgãos do governo, com poder de decisão em todas as disputas trabalhistas. Mais tarde, a mesma investigação e o mesmo reconhecimento oficial deverão ser estendidos para as organizações agrícolas. Nessa promoção da posição do Trabalhador, deverá ser enfatizado que a Liga dos Homens Esquecidos é o principal bastião contra a ameaça do Radicalismo destrutivo e antiamericano.

(3) Em contradistinção às doutrinas dos Radicais Vermelhos, com suas perversas expropriações das propriedades arduamente conquistadas que garantem aos idosos sua segurança, esta Liga e Partido vai garantir a Iniciativa Privada e o Direito à Propriedade Privada por todo o sempre.

(4) Acreditando que apenas sob a proteção de Deus Todo-Poderoso, a quem reverenciamos, nós americanos mantemos nosso vasto poder, vamos garantir a todas as pessoas total liberdade de culto religioso, contanto, porém, que a nenhum ateu, agnóstico ou praticante de Magia Negra; nem a nenhum judeu que se recuse a jurar fidelidade ao Novo Testamento; tampouco a nenhuma pessoa de qualquer fé, que se recuse a fazer o Juramento à Bandeira, será permitido ocupar um cargo público ou atuar como professor, advogado, juiz ou como médico, com exceção da categoria dos obstetras.

(5) A renda anual líquida *per capita* será limitada a 500 mil dólares. Nenhuma fortuna acumulada poderá em tempo algum exceder os três milhões de dólares por pessoa. Nenhuma pessoa poderá, durante toda a sua vida, reter uma herança ou várias heranças que totalizem mais que dois milhões de dólares. Todas as rendas ou propriedades que excedam as somas indicadas serão tomadas pelo Governo Federal para serem empregadas nas despesas com Assistência Social e Administração.

(6) Um lucro deverá provir da Guerra pela tomada dos dividendos acima de seis por cento que serão gerados pela fabricação, distribuição ou venda, durante o tempo de Guerra, de todas as armas, munições, aviões, navios, tanques e todas as outras coisas diretamente aplicadas à prática bélica, e também de alimentos, têxteis e todos os outros suprimentos enviados para o exército americano ou qualquer outro exército aliado.

(7) Nossos armamentos e a dimensão de nossos efetivos navais e militares serão consistentemente aumentados até que se igualem, mas (já que este país não deseja realizar conquistas de nações estrangeiras) não ultrapassem, em todos os ramos das forças de defesa, a força marcial de qualquer outro país ou império do mundo. Assim que tomar posse, esta Liga e Partido fará desta a sua primeira obrigação, juntamente com o pronunciamento firme dirigido a todas as nações dizendo que nossas forças armadas devem ser mantidas apenas para o propósito de assegurar a paz mundial e a amizade entre os povos.

(8) Apenas o Congresso terá o direito de emitir moeda e imediatamente após a tomada de posse ele no mínimo dobrará a atual circulação do dinheiro, a fim de favorecer a fluidez do crédito.

(9) Condenamos com veemência a atitude anticristã de certas nações que, embora em outros aspectos sejam progressistas, discriminam os judeus, que estiveram entre os mais fortes apoiadores da Liga, e que vão continuar a prosperar e ser reconhecidos como totalmente americanizados, desde que continuem a apoiar nossos ideais.

(10) Todos os negros serão proibidos de votar, assumir cargos públicos, praticar a advocacia, a medicina ou o ensino em qualquer estágio da escola acima do ensino fundamental, e serão taxados em 100% sobre todas as somas maiores que dez mil dólares por família por ano que possam receber por seu trabalho ou de qualquer outra maneira. Entretanto, a fim de compassivamente fornecer toda possível ajuda para todos os negros que compreendam seu próprio valor e relevante papel na sociedade, essas pessoas de cor, tanto homens quanto mulheres, que consigam provar que dedicaram não menos que 45 anos a tarefas adequadas como os serviços domésticos, o trabalho agrícola ou o trabalho comum em indústrias, que tenham 65 anos

de idade, terão a permissão de se apresentar diante de um Conselho especial, composto inteiramente por pessoas brancas e, provando que enquanto estavam empregadas nunca foram indolentes, exceto quando acometidas por doenças, elas serão indicadas para receber pensões de no máximo 500 dólares por pessoa por ano, sem exceder a 700 por família. Serão considerados negros, por definição, aqueles com pelo menos um 16 avos de sangue negro.

(11) Longe de nos opormos aos métodos magnânimos e economicamente seguros de assistência à pobreza, ao desemprego e aos idosos, como o plano EPIC do Excelentíssimo Sr. Upton Sinclair, as propostas de "Dividir a Riqueza" e "Cada Homem um Rei" do falecido e Excelentíssimo Sr. Huey Long para garantir a todas as famílias cinco mil dólares por ano, o plano Townsend, o plano Utópico, a Tecnocracia e todos os esquemas competentes de seguro contra o desemprego, uma Comissão será imediatamente nomeada pela Nova Administração para estudar, reconciliar e recomendar para imediata adoção os melhores elementos desses vários planos de Assistência Social, e os Excelentíssimos senhores Sinclair, Townsend, Eugene Reed e Howard Scott estão aqui convidados a aconselhar essa Comissão e colaborar com ela de todas as formas.

(12) Todas as mulheres que atualmente têm um emprego deverão, tão rápido quanto possível, exceto em esferas peculiarmente femininas, como a enfermagem e os salões de beleza, ser auxiliadas a retornarem para os seus deveres incomparavelmente sagrados como donas de casa e mães de fortes e honrados futuros cidadãos da comunidade.

(13) Qualquer pessoa que defenda o Comunismo, o Socialismo ou o Anarquismo, que defenda a recusa ao alistamento em caso de guerra, ou ainda que defenda alianças com a Rússia em qualquer guerra que seja, estará sujeita a julgamento por alta traição, com uma pena mínima de 20

anos de trabalhos forçados na prisão, e uma pena máxima de morte por enforcamento, ou outra forma de execução que os juízes considerem conveniente.

(14) Todos os bônus prometidos para ex-combatentes de qualquer guerra em que a América se envolveu serão imediatamente remunerados de forma plena, em dinheiro, e em todos os casos de veteranos com rendas abaixo de cinco mil dólares por ano, as quantias que foram prometidas serão dobradas.

(15) O Congresso deverá, imediatamente após nossa tomada de posse, começar a fazer emendas à Constituição, garantindo: a) que o Presidente terá a autoridade de instituir e executar todas as medidas necessárias para a condução do governo nesta época de crise; (b) que o Congresso atuará apenas como uma instância consultiva, chamando a atenção do Presidente e de seus assistentes e do Gabinete para qualquer legislação necessária, mas não devendo tomar a iniciativa de legislar até obter autorização do Presidente; e (c) que a Suprema Corte terá imediatamente removido de sua jurisdição o poder de negar, por considerá-los inconstitucionais ou por qualquer outra forma de ação judicial, todo e qualquer ato do Presidente, de seus devidamente nomeados assistentes, ou do Congresso.

Adendo: Deverá ser rigorosamente compreendido que, como a Liga dos Homens Esquecidos e o Partido Democrático, na forma em que estão agora constituídos, não têm propósito nem desejo de pôr em prática nenhuma medida que não responda de forma irrestrita aos desejos da maioria dos eleitores dos Estados Unidos, a Liga e o Partido não consideram os pontos citados acima como obrigatórios e inalteráveis, exceto o No. 15, e em relação aos outros pontos eles vão agir ou se recusar a agir de acordo com o desejo geral do Povo, que deverá, sob o novo regime, mais uma vez ter acesso a uma liberdade individual da qual foi destituído pelas medidas econômicas duras e restritivas de administrações anteriores, tanto republicanas quanto democráticas.

— Mas o que isso significa? — indagou surpresa a Sra. Jessup, depois que seu marido havia lido para ela os pontos da plataforma. — É tão inconsistente. Parece uma mistura de Norman Thomas com Calvin Coolidge. Acho que eu não entendo. Fico me perguntando se o próprio senador Windrip entende.

— Com certeza, pode apostar que ele entende. Não devemos supor que porque Windrip se vale daquele costureiro intelectual, o Sarason, para embelezar suas ideias, que ele não as reconhece e não as traz junto ao peito quando elas são embonecadas com palavras eruditas. Vou lhe dizer exatamente o que tudo isso significa: Os Pontos 1 e 5 querem dizer que se os banqueiros e os reis do transporte e outros não apoiarem Buzz fortemente, eles podem ser ameaçados com um aumento do Imposto de Renda e algum controle de seus negócios. Mas pelo que ouvi dizer, eles estão passando pelo desafio com galhardia; estão financiando os programas de rádio e os desfiles de Buzz. O Ponto 2 significa que, ao controlar diretamente os sindicatos, a gangue de Buzz pode submeter todos os trabalhadores à escravidão. O Ponto 3 garante solidez para o Grande Capital e o Ponto 4 congrega todos os pastores, transformando-os em amedrontados assessores de imprensa de Buzz que não são remunerados por seu trabalho.

— O Ponto 6 não significa nada; as fábricas de munição com truste vertical vão conseguir 6% na manufatura, outros 6% sobre os transportes e outros 6% sobre as vendas, no mínimo. O Ponto 7 significa que vamos nos preparar para seguir todas nações europeias na tentativa de espoliar o mundo inteiro. O Ponto 8 significa que, por conta da inflação, as grandes empresas industriais poderão comprar de volta suas ações em circulação por um centavo por dólar do valor inicial, e o Ponto 9 significa que todos os judeus que não derramarem quantias suficientes de dinheiro para o Barão Gatuno serão punidos, o que inclui até os judeus que não têm muito para derramar. O Ponto 10, que todos os bons empregos e empresas ocupados por negros lhes serão arrancados pelo Lixo Branco Pobre de que fazem parte os adoradores de Buzz; e que, em vez de serem denunciados, eles serão universalmente louvados como protetores patriotas da Pureza Racial. O Ponto 11, que Buzz poderá eximir-se da responsabilidade de não ter criado nenhuma assistência aos pobres. O Ponto 12, que as mulheres irão mais tarde perder o direito ao voto e à educação superior, e vão ser expulsas de todos os empregos decentes e instadas a criar soldados que serão mortos nas guerras internacionais. O Ponto 13, que qualquer pessoa que se opuser a Buzz de qualquer maneira pode ser chamada de Comunista e estrangulada por isso. Ora, nessa cláusula, Hoover e Al Smith e Ogden Mills, sim, você e eu, todos seremos comunistas.

— O Ponto 14 significa que Buzz dá tanta importância ao voto dos veteranos que está disposto a pagar caro por isso (com o dinheiro das outras pessoas). E o Ponto 15, bem, essa é a única cláusula que realmente tem algum significado; e significa que Windrip e Lee Sarason e o Bispo Prang e, talvez, eu acho, esse Coronel Dewey Haik e esse Dr. Hector Macgoblin (você sabe, esse médico que ajuda a escrever os hinos magnânimos para Buzz), eles perceberam que este país ficou tão frouxo que qualquer gangue ousada o bastante e inescrupulosa o bastante e esperta o bastante para não *parecer* ilegal, pode tomar posse do governo inteiro e ter todo o poder e aplauso e saudações, todo o dinheiro e os palácios e mulheres que quiserem.

— É apenas um punhado de gente, mas pense como o grupo de Lênin era pequeno no início, e o de Mussolini e o de Hitler e o de Kemal Pasha e o de Napoleão. Você vai ver todos os pregadores do liberalismo e os educadores modernistas e os jornalistas insatisfeitos e os agitadores rurais (talvez eles se preocupem no início, mas vão ser enredados pela propaganda, como todos nós fomos na Grande Guerra); todos ficarão convencidos de que, embora o nosso Buzzy na verdade *tenha* alguns defeitos, ele está do lado das pessoas humildes, e contra todas as antigas e mesquinhas máquinas políticas, e vão agitar o país em favor dele, apresentando-o como o Grande Libertador (e enquanto isso o Grande Capital vai apenas dar uma piscadela e aguardar), e então, meu Deus, esse canalha (oh, não sei se ele é mais um canalha ou mais um fanático religioso histérico) junto com Sarason, e Haik e Prang e Macgoblin, esse cinco homens serão capazes de implantar um regime que vai fazer você lembrar de Henri Morgan, o pirata, capturando um navio mercante.

— Mas os americanos vão suportar isso por muito tempo? — perguntou Emma num tom lamurioso. – Ah, não, não pessoas como nós, descendentes dos pioneiros!

— Sei não! Vou tentar fazê-los enxergar o que não enxergam... É claro que você entende que eu e você e Sissy e Fowler e Mary seremos executados se eu tentar fazer alguma coisa... Hum! Eu pareço muito corajoso agora, mas provavelmente sentirei um medo mortal quando ouvir as tropas privadas de Buzz marchando por aí!

— Ah, você vai tomar cuidado, não vai? — implorou Emma. — E, antes que eu me esqueça, quantas vezes preciso dizer para você, Dormouse, que não deve dar ossos de frango para o Bobão? Eles ficam entalados na garganta do pobrezinho e ele pode ficar engasgado e morrer. E você simplesmente *nunca* se lembra de tirar as chaves do carro quando o coloca na garagem à noite! Tenho certeza *absoluta* de que Shad Ledue ou outra pessoa vai roubar o carro uma dessas noites!

O Padre Stephen Perefixe, quando leu os Quinze Pontos, ficou consideravelmente mais furioso que Doremus. Ele bufou e remoeu consigo mesmo:
"O quê?! Negros, judeus, mulheres, todos banidos e desta vez deixam a nós, Católicos, de fora? Hitler não nos negligenciou. *Ele* nos perseguiu. Deve ser aquele Charley Coughlin. Ele nos tornou respeitáveis demais!"

Sissy, que estava ansiosa para ir para uma faculdade de arquitetura e tornar-se uma criadora de novos estilos para casas de vidro e aço; Lorinda Pike, que tinha planos para um balneário em Vermont que seguisse os modelos dos de Calrsbad, Vichy e Saratoga; a Sra. Candy, que aspirava a ter uma padaria artesanal quando estivesse velha demais para o trabalho doméstico; todas elas ficaram ainda mais furiosas que Doremus e o Padre Perefixe.

Sissy não tinha o tom de uma mocinha namoradeira, mas o de uma lutadora, quando resmungou:

— Assim a Liga dos Homens Esquecidos vai nos transformar em uma Liga das Mulheres Esquecidas! Vão nos colocar de volta lavando fraldas e acumulando cinza para fazer sabão! Vamos ler Louisa May Alcott, e J. M. Barrie, a não ser aos sábados, com certeza; para dormirmos em humilde gratidão com homens...

— *Sissy* — choramingou a mãe.

—... como Shad Ledue! Bem, Pai, você pode se sentar agora mesmo e escrever para o Preocupado Berzelius em meu nome, dizendo-lhe que vou para a Inglaterra no próximo navio!

A Sra. Candy parou de enxugar os copos de água (com os panos de prato macios que ela escrupulosamente lavava todos os dias) tempo o suficiente para grunhir:

— Que homens baixos! Espero que sejam executados logo! — o que para a Sra. Candy era uma supreendentemente longa e humanitária declaração.

"De fato, realmente baixos. Mas tenho de me lembrar sempre de que Windrip é apenas a ponta do *iceberg*. Ele não planejou isso tudo. Com toda a justificada insatisfação que existe com os políticos espertos e os Cavalos de Pelúcia da Plutocracia... ora, se não fosse Windrip, teria sido outro... Nós provocamos isso, nós os Respeitáveis... Mas isso não vai nos fazer gostar disso!", pensou Doremus.

9

Aqueles que nunca estiveram no interior dos Conselhos do Governo nunca conseguem perceber que, em se tratando de estadistas realmente de alta qualidade, sua principal virtude não é a astúcia política, mas um grande, rico e transbordante Amor por pessoas de todos os tipos e condições e por toda a nação. Esse Amor e esse Patriotismo sempre foram meus únicos princípios norteadores na Política. Minha primeira ambição é fazer que todos os americanos percebam que são, e devem continuar sendo, a maior Raça na face desta velha Terra; e a segunda, que percebam que quaisquer aparentes Diferenças que houver entre nós, em riqueza, conhecimento, talento, ancestralidade ou força (embora, é claro, nada disso se aplique àqueles que são *racialmente* diferentes de nós), somos todos irmãos, unidos pelo grande e maravilhoso elo da Unidade Nacional, pelo qual todos devemos ficar contentes. E acho que devemos, por causa disso, estar dispostos a sacrificar quaisquer ganhos individuais.
Hora Zero, Berzelius Windrip

Berzelius Windrip, de quem no final do verão e no início do outono foram publicadas tantas fotografias (que o mostravam entrando em automóveis e saindo de aviões, inaugurando pontes, comendo pão de milho com toicinho com os sulistas e ensopado de mexilhões com cereais ao lado de gente do Norte, discursando para a Legião Americana, para a Liga da Liberdade, para a Associação Judaica de Moços, a Liga Socialista dos Jovens, os Alces, o Sindicato dos Atendentes de Bar e Garçons, a Liga Anti-*Saloon*, a Sociedade para a Propagação do Evangelho no Afeganistão), fotos que o mostravam beijando senhoras centenárias e apertando a mão de senhoras chamadas de Madames, mas nunca o contrário; mostrando-o em Long Island vestindo trajes de montaria comprados na Savile Row de Londres e de jardineira e camisa cáqui nos Montes Ozarks; esse Buzz Windrip era quase um anão, embora tivesse uma cabeça enorme, a cabeça de um cão *bloodhound*, orelhas enormes, bochechas caídas e olhos tristonhos. Tinha um sorriso luminoso e incansável que (declaravam os correspondentes de Washington) ele ligava e desligava conforme quisesse, como uma lâmpada elétrica, mas que tornava sua feiura mais atraente do que os sorrisos bobos de qualquer homem bonito.

Seu cabelo era tão grosso e preto e liso, e tão comprido na parte de trás, que sugeria que ele tinha sangue indígena. No Senado, ele preferia roupas que sugerissem o competente corretor de seguros, mas quando eleitores rurais estavam em Washington, ele aparecia com um histórico chapéu de *cowboy* e um "fraque" cinza desconjuntado que fazia as pessoas equivocadamente se lembrarem de um casaco ao estilo do Príncipe Albert.

Nesse traje, ele parecia um modelo de museu baixinho representando um "médico" de um espetáculo de variedades itinerante, e de fato comentava-se que durante umas férias da faculdade de Direito Buzz Windrip havia tocado banjo e feito truques com cartas e distribuído frascos de remédios e realizado o jogo dos três copos numa expedição nada menos científica que o Laboratório Itinerante do velho Dr. Alagash, que era especializado na cura Choctaw para o câncer, no Lenitivo dos Chinooks para a tuberculose e no Remédio Oriental para Hemorroidas e Reumatismo, preparado segundo uma antiquíssima fórmula secreta criada pela Princesa Cigana, a Rainha Peshawara. A empresa, ardentemente apoiada por Buzz, matou várias pessoas que, se não fosse pela confiança que elas tinham nos frascos de água, no corante, no sumo de tabaco e no *whisky* de milho cru, poderiam ter consultado um médico em tempo hábil. Mas após essa época, Windrip havia se redimido, sem dúvida, ascendendo da fraude vulgar de vender remédios falsos atrás de um megafone, à dignidade de vender economia falsa, de pé em um palanque coberto sob lâmpadas de vapor de mercúrio atrás de um microfone.

Em estatura era um homem pequeno, mas devemos nos lembrar de que eram também pequenos Napoleão, o Lorde Beaverbrook, Stephen A. Douglas, Frederico, o Grande e o Dr. Goebbels, conhecido privadamente em toda a Alemanha como o "Mickey Mouse do deus Odin".

Doremus Jessup, observador tão discreto, analisando o Senador Windrip de uma tão humilde Beócia, não sabia explicar o poder que Windrip tinha de enfeitiçar grandes plateias. O Senador era vulgar, quase analfabeto, um mentiroso público muito fácil de desmascarar, e em suas "ideias" praticamente um idiota, embora sua celebrada compaixão fosse a de um vendedor itinerante de mobília para igrejas, e seu humor, ainda mais celebrado, o cinismo matreiro de uma venda rural.

Com certeza não havia nada de divertido nas palavras de seu discurso em si, nem nada de convincente em sua filosofia. Suas plataformas políticas eram apenas pás de um moinho de vento. Sete anos antes de seu credo atual (derivado de Lee Sarason, Hitler, Gottfried Feder, Rocco e provavelmente da revista musical *Of Thee I Sing*), o pequeno Buzz, em sua terra natal, não havia defendido nada mais revolucionário do que a elevação da qualidade do cozido de carne servido nas casas de caridade do condado, e muita propina para os políticos leais à máquina, distribuindo empregos para seus cunhados, sobrinhos, sócios e credores.

Doremus nunca tinha ouvido Windrip durante um de seus orgasmos de oratória, mas repórteres políticos haviam lhe dito que, sob o seu encanto, as pessoas pensavam que Windrip era Platão, mas que voltando para casa elas já não conseguiam se lembrar de nada do que ele dissera.

Havia duas coisas, haviam dito a Doremus, que distinguiam esse Demóstenes das pradarias. Ele era um ator brilhante. Não havia um ator mais irresistível nos palcos, nos filmes, nem mesmo nos púlpitos. Ele agitava os braços, batia nas mesas, encarava com olhos desvairados, vomitava ira bíblica de sua boca escancarada; mas também era capaz de arrulhar como uma mãe que acalenta um bebê, suplicar como um amante sofredor e, entre um truque e outro, de forma fria e quase desdenhosa apunhalar suas plateias com números e fatos (números e fatos que eram inescapáveis mesmo quando, como frequentemente acontecia, eram inteiramente incorretos).

Mas por baixo dessa encenação de superfície havia uma incomum habilidade natural de ficar autenticamente entusiasmado por e com sua plateia e ela por e com ele. Ele era capaz de dramatizar sua afirmação de que não era nem um nazista nem um fascista, mas sim um democrata: um simples democrata jeffersoniano-lincolniano-
-clevelandiano-wilsoniano. E (sem cenário nem traje) fazer que o enxergassem verdadeiramente defendendo

o Capitólio contra as hordas bárbaras, enquanto ele inocentemente apresentava como suas próprias cordiais invenções democráticas toda a loucura antilibertária e antissemita da Europa.

Excetuada sua glória dramática, Buzz Windrip era um Homem Comum Profissional.

Sim, ele era bastante comum. Tinha todos os preconceitos e aspirações de cada Homem Comum Americano. Acreditava na desejabilidade, e portanto na santidade de grossas panquecas de trigo mourisco com xarope de bordo adulterado, em formas de borracha para os cubos de gelo em seu refrigerador elétrico, na especial nobreza dos cachorros, de todos os cachorros, nos oráculos de S. Parkes Cadman, em ter intimidade com todas as garçonetes de todos os restaurantes de entroncamentos de estradas, e em Henry Ford (quando se tornasse presidente, exultava ele, talvez pudesse convidar o Sr. Ford para jantar na Casa Branca), e na superioridade de qualquer pessoa que possuísse um milhão de dólares. Ele achava que polainas, bengalas, caviar, títulos de nobreza, chá, poesia que não fosse distribuída todos os dias nos jornais e todos os estrangeiros, talvez excetuando os britânicos, tudo isso era degenerado.

Mas ele era o Homem Comum 20 vezes ampliado por sua oratória, de modo que enquanto os outros Plebeus podiam entender cada um de seus propósitos, que era exatamente o mesmo que o deles, eles o viam assomando acima deles, e erguiam os braços para ele em adoração.

Na maior de todas as artes nativas americanas (atrás apenas dos filmes falados e dos *spirituals*, músicas em que os negros expressam seu desejo de ir para o céu, para St. Louis ou qualquer lugar distante das velhas e românticas *plantations*), ou seja, na arte da Publicidade, Lee Sarason não era de forma alguma inferior a mestres reconhecidos como Edward Bernays, o falecido Theodore Roosevelt, Jack Dempsey e Upton Sinclair.

Sarason estivera, como se diz em termos científicos, "construindo" o Senador Windrip durante sete anos até sua indicação como candidato presidencial. Enquanto outros senadores eram encorajados por seus secretários e suas mulheres (nenhum ditador em potencial jamais deveria ter uma esposa visível, e nenhum deles teve, exceto Napoleão) a evoluir dos tapinhas nas costas interioranos para gestos nobres, rotundos, ciceronianos, Sarason havia encorajado Windrip a manter no Grande Mundo toda a rusticidade que (juntamente com uma considerável astúcia legal e a resistência para fazer dez discursos por dia) havia atraído o afeto dos simplórios eleitores de seu estado natal.

Windrip dançou a dança dos marinheiros diante de uma boquiaberta plateia acadêmica quando conseguiu seu primeiro título honorário; beijou a Miss Flandreau no concurso de beleza de Dakota do Sul; entreteve o Senado, ou pelo menos os corredores do Senado, com relatos detalhados sobre a pesca do peixe-gato (desde cavar as iscas na terra até os efeitos definitivos da jarra de *whisky* de milho); ele desafiou o venerável Presidente da Corte Suprema para um duelo com estilingues.

Embora ela não fosse visível, Windrip tinha uma esposa; Sarason não tinha uma esposa, nem era provável que viesse a ter; e Walt Trowbridge era viúvo. A senhora de Buzz permanecia em casa, cultivando espinafre e criando galinhas e dizendo aos vizinhos que esperava ir para Washington no *próximo* ano, enquanto Windrip informava à impresa que sua "Frau" era tão edificantemente dedicada à educação de seus dois filhos pequenos e ao estudo da Bíblia que simplesmente seria impossível convencê-la a vir para o Leste.

Mas quando chegou o momento de montar uma máquina política, Windrip não precisou dos conselhos de Lee Sarason.

Onde Buzz estava, aí também estavam os abutres. Sua suíte de hotel, na capital de seu estado natal, em Washington, em Nova York ou em Kansas City era como, bem, Frank Sullivan certa vez sugeriu que parecia o escritório de um jornal tabloide durante a inigualável ocasião em que o Bispo Cannon ateou fogo na Catedral de São Patrício, sequestrou as quíntuplas Dionne e fugiu com Greta Garbo em um tanque roubado.

Na "sala de estar" de qualquer uma dessas suítes, Buzz Windrip ficava sentado no centro, com um telefone no chão ao seu lado e durante horas gritava junto ao aparelho: "Alô, sim, é ele falando", ou à porta: "Entre, entre!", e "Sente-se e tire o seu peso dos pés". Todo o dia e toda a noite até amanhecer, ele ficava berrando: "Diga-lhe que ele pode pegar seu projeto e ir lamber sabão!" ou "Ora, claro, meu velho; mal posso ver a hora de apoiar a causa. As corporações de serviços públicos realmente estão passando por maus bocados", e "Diga ao governador que quero Kippy eleito delegado, e quero que a acusação contra ele seja anulada e que isso tudo seja feito rapidamente!". Geralmente, sentado ali com as pernas cruzadas, ele usava um belo casaco cinturado de pele de camelo e um atroz boné xadrez.

Quando furioso — estado em que ele ficava pelo menos a cada 15 minutos — levantava-se de um salto, tirava o casaco (deixando à mostra ou uma camisa branca engomada com uma gravata borboleta preta ou uma camisa amarelo-canário com uma gravata vermelha), jogava-o no chão e depois o vestia de novo com uma lenta dignidade, enquanto gritava sua fúria como um Jeremias amaldiçoando Jerusalém, ou como uma vaca doente pranteando seu filhote raptado.

À sua procura vinham corretores da bolsa, líderes sindicais, fabricantes de bebidas, antivivisseccionistas, vegetarianos, rábulas caçados, missionários prestes a embarcar para a China, lobistas do petróleo e da eletricidade, defensores da guerra e da guerra contra a guerra. "Caramba! Cada pessoa do país que precisa muito de ajuda vem atrás de mim", resmungava ele para Sarason. Ele prometia promover as causas deles, conseguir uma colocação na academia militar de West Point para o sobrinho que acabara de perder o emprego na fábrica de laticínios. Prometia a colegas políticos que apoiaria seus projetos de lei se eles apoiassem os dele. Dava entrevistas sobre a agricultura de subsistência, trajes de banho com frente-única e sobre a estratégia secreta do exército da Etiópia. Ele sorria, e dava tapinhas nos joelhos e nas costas dos visitantes, dos quais poucos, após terem conversado com ele, deixavam de considerá-lo um Paizinho, apoiando-o para sempre... Os poucos que não o faziam, a maioria deles jornalistas, ficavam com uma aversão ao seu cheiro que era maior do que sentiam antes de encontrá-lo... Até mesmo eles, devido ao incomum vigor e colorido de seus ataques a Windrip, mantinham o nome dele vivo em cada coluna... Depois de ser Senador por um ano, sua máquina estava completa e azeitada; e escondida dos passageiros comuns como os motores de um navio de cruzeiro.

Nas camas de qualquer de suas suítes estariam depositadas, ao mesmo tempo, três cartolas, dois chapéus clericais, um objeto verde com uma pena, um chapéu-coco marrom, um quepe de motorista de táxi, e nove chapéus comuns de feltro.

Certa vez, no espaço de 27 minutos, ele conversou ao telefone de Chicago a Palo Alto, Washington, Buenos Aires, Wilmette e Oklahoma City. Outra vez, em meio dia, recebeu 16 ligações de clérigos pedindo-lhe que condenasse os indecentes espetáculos burlescos, e sete de promotores teatrais e proprietários de imóveis pedindo-lhe que os elogiasse. Ele chamava os clérigos de "Doutor" ou "Irmão", ou ambos; os promotores de "Camarada" e "Amigo"; fazia promessas igualmente retumbantes para os dois lados; e para os dois ele fielmente não realizava coisa alguma.

Em geral, ele não teria pensado em cultivar alianças internacionais, embora nunca tivesse duvidado de que algum dia, como Presidente, seria o maestro da orquestra mundial. Lee Sarason insistia que Buzz se inteirasse de algumas questões internacionais importantes, como a relação da libra esterlina com a lira, a maneira correta de se dirigir a um baronete, as chances do Arquiduque Otto, os restaurantes de ostras de Londres e os bordéis próximos do *Boulevard* de Sebastopol para recomendar a políticos que frequentariam esses lugares à custa do dinheiro público.

Mas o verdadeiro cultivo das relações com diplomatas residentes em Washington ele deixava para Sarason, que os entretinha servindo-lhes tartaruga palustre e pato marinho com geleia de groselha preta em seu apartamento que era consideravelmente mais requintado em sua decoração do que as instalações de Buzz em Washington, que eram ostentosamente simples... Mesmo assim, na casa de Sarason estava reservado para Buzz um quarto com uma cama de casal imperial revestida de seda.

Fora Saranson quem havia convencido Windrip a deixá-lo escrever *Hora Zero*, com base nas notas ditadas por Windrip, atraindo milhões de pessoas a ler (e até milhares delas a comprar) aquela Bíblia da Justiça Econômica; Fora Sarason quem havia percebido que naquela época havia tamanha inundação de mensários e semanários políticos privados que era uma distinção não publicar nada parecido; Fora Sarason quem tivera a inspiração para a transmissão de emergência feita por Buzz às três da manhã, quando a Suprema Corte sufocara a *National Recovery Administration*[16] em maio de 1935... Embora não muitos apoiadores, o que inclui o próprio Buzz, tivessem muita certeza se Buzz ficara desapontado ou satisfeito; embora não muitos tenham realmente ouvido o pronunciamento em si, todos no país, exceto os criadores de ovelhas e o Professor Albert Eisntein, ouviram falar da transmissão e ficaram impressionados.

No entanto, fora Buzz que, por conta própria, pensara primeiro em ofender o Duque de York, recusando-se a participar do jantar oferecido a ele na Embaixada, em dezembro de 1935, dessa forma conquistando, em todas as cozinhas de sítios e casas paroquiais e salões de bar, uma esplêndida reputação para a Democracia Caseira; e mais tarde abrandara Sua Alteza visitando-o com um comovente e singelo buquê de gerânios (vindo da estufa do embaixador japonês), que o tornou muito simpático, se não necessariamente para a Realeza, certamente para as Filhas da Revolução Americana, a União de Fala Inglesa e todos os corações maternais que consideraram o rechonchudo buquezinho de gerânios a coisa mais bonitinha do mundo.

Os jornalistas consideravam que fora Buzz quem insistira na indicação de Perley Beecroft para vice-presidente na convenção dos Democratas, depois de Doremus,

....

[16] *A National Recovery Administration* foi uma agência estabelecida por Franklin Roosevelt em 1933 com o intuito de promover acordos e práticas justas entre empresas, sindicatos e o governo. Devido a violações dos acordos estabelecidos, a NRA foi extinta em 1935. (N. T.)

já muito agitado, ter deixado de escutar. Beecroft era um produtor de tabaco e comerciante do Sul, ex-governador do seu estado, casado com uma ex-professora primária do Maine que recendia suficientemente a sal marinho e flor de batata para conquistar qualquer ianque. Mas não era sua superioridade geográfica que fazia do Sr. Beecroft o companheiro de chapa perfeito para Buzz, mas sim sua pele amarela como alguém acometido de malária e um bigode mal-ajambrado, ao passo que a feição rústica de Buzz era rubicunda e lisa. Além disso, a oratória de Beecroft tinha uma vacuidade, uma profundidade de besteiras enunciadas lentamente, que conquistava os diáconos solenes que se irritavam com a catarata de gírias de Buzz.

Nem poderia Sarason jamais ter convencido os ricos de que quanto mais Buzz os denunciasse e prometesse distribuir seus milhões aos pobres, mais eles podiam confiar no seu "bom senso" e financiar sua campanha. Mas com uma dica, um sorriso, uma piscadela e um aperto de mão, Buzz conseguia convencê-los, e suas contribuições chegavam às centenas de milhares, muitas vezes disfarçadas como avaliações de parcerias comerciais imaginárias.

Fora a peculiar genialidade de Berzelius Windrip que o fizera não esperar até ser indicado a um ou outro cargo para começar a cooptar seu bando de bucaneiros. Ele estivera conquistando apoiadores desde o dia em que, aos quatro anos de idade, cativara um menino da vizinhança oferecendo-lhe uma pistola de amônia, que mais tarde furtivamente roubou de volta do bolso do menino. Buzz talvez não tivesse aprendido, talvez nunca pudesse ter aprendido muito com os sociólogos Charles Beard e John Dewey, mas eles poderiam ter aprendido muito com Buzz.

E foi um golpe de mestre de Buzz, e não de Sarason que, com a mesma veemência que ele defendia que todos deveriam ficar ricos apenas votando para ser ricos, denunciava qualquer "Fascismo" e "Nazismo", de modo que a maioria dos Republicanos que tinham medo do Fascismo Democrático, e todos os Democratas que temiam o Fascismo Republicano, estavam prontos para votar nele.

10

Embora eu odeie obscurecer minhas páginas com tecnicalidades e mesmo neologismos, sinto-me obrigado a dizer aqui que a análise mais elementar da Economia da Abundância convenceria qualquer estudante inteligente de que os agourentos que erroneamente classificam como "inflação" o tão necessário aumento da fluidez da circulação de nosso dinheiro, enganosamente baseando sua comparação em desgraças inflacionárias de certas nações europeias da era 1919-1923, de forma falaciosa e talvez imperdoável deixam de compreender o diferente *status* monetário da América, inerente à nossa reserva imensamente maior de Recursos Naturais.
Hora Zero, Berzelius Windrip.

A maioria dos agricultores que contraíram hipotecas.

A maioria dos trabalhadores de colarinho branco que haviam estado sem emprego nos últimos três ou quatro ou cinco anos.

A maioria dos que estavam entre os beneficiários da assistência social que precisavam de mais benefícios.

A maioria dos moradores dos subúrbios que não conseguiam pagar a prestação da máquina de lavar elétrica.

Os grandes grupos da Legião Americana que acreditavam que apenas o Senador Windrip lhes garantiria o bônus, e talvez o aumentaria.

Alguns pregadores populares do Myrtle Boulevard ou da Elm Avenue que, estimulados pelos exemplos do Bispo Prang e do Padre Coughlin, acreditavam que poderiam conseguir uma publicidade útil apoiando um programa levemente esquisito que prometia prosperidade sem ninguém ter de trabalhar para consegui-la.

Os remanescentes da Ku Klux Klan e aqueles líderes da Federação Americana do Trabalho que julgavam ter sido inadequadamente cortejados com enganadoras promessas pela velha guarda, e os trabalhadores comuns não sindicalizados que julgavam ter sido inadequadamente cortejados pela mesma Federação Americana do Trabalho.

Advogados de fundo de quintal ou de beira de estrada que nunca haviam arranjado um emprego no governo.

A Legião Perdida da Liga Anti-Álcool — já que se sabia que, embora bebesse muito, o Senador Windrip também elogiava muito a total abstinência, ao passo que seu rival, Walt Trowbridge, embora bebesse muito pouco, não dizia nada em apoio aos Messias da Lei-Seca. Esses messias ultimamente não estavam considerando lucrativa a moral profissional, com os Rockefellers e os Wanamakers tendo deixado de rezar com eles e também de pagar para eles.

Além desses peticionários necessitados, um bom número de burgueses que, embora fossem milionários, mesmo assim continuavam afirmando que sua prosperidade havia sido gravemente impactada pela malvadeza dos banqueiros que limitavam o crédito deles.

Esses eram os apoiadores que esperavam que Berzelius Windrip bancasse o corvo divino e os alimentasse a todos com fartura quando se tornasse Presidente, e dessas pessoas vinham os mais inflamados oradores que fizeram campanha para ele durante setembro e outubro.

Acotovelando-se entre essa multidão de correligionários que confundiam virtude política com dinheiro para seu aluguel, havia uma brigada móvel que sofria não de fome, mas de uma congestão de idealismo. Intelectuais e reformadores e até mesmo empedernidos individualistas que viam em Windrip, mesmo com seu risível jeito de trapaceiro, um vigor independente que prometia uma renovação do rastejante e senil sistema capitalista.

Upton Sinclair escrevia sobre Buzz e falava a favor dele exatamente como em 1917. Apesar de ser um inarredável pacifista, havia defendido a entusiasmada permanência dos Estados Unidos na Grande Guerra, prevendo que seu país certamente exterminaria o militarismo alemão e assim acabaria para sempre com todas as guerras. A maioria dos grandes capitalistas, embora possam ter estremecido um pouco ao pensarem na associação com Upton Sinclair, percebia que, independentemente de quanta renda eles mesmos tivessem de sacrificar, apenas Windrip seria capaz de iniciar a Recuperação Econômica. O Bispo Manning da cidade de Nova York observava que Windrip sempre falava com reverência da igreja e suas ovelhas, ao passo que Walt Trowbridge saía a cavalo todas as manhãs de domingo e nunca se soube que ele tivesse telegrafado para alguma parente no Dia das Mães.

Por outro lado, o *Saturday Evening Post* enraivecia os pequenos lojistas chamando Windrip de demagogo, e o *New York Times*, que antes fora um democrata independente, era anti-Windrip. Mas a maioria dos periódicos religiosos anunciava que com um santo como o Bispo Prang para apoiá-lo, Windrip só podia ter sido escolhido por Deus.

Até mesmo a Europa participava.

Com a mais modesta gentileza, explicando que eles não queriam se intrometer na política doméstica americana, mas apenas expressar admiração pessoal por aquele grande advogado da paz e da prosperidade ocidental, Berzelius Windrip, vinham representantes de alguns poderes internacionais, fazendo palestras por todo o país: o General Balbo, tão popular na América por causa de sua liderança na travessia aérea da Itália para Chicago em 1933; um intelectual que, embora atualmente vivesse na Alemanha e fosse uma inspiração para todos os líderes patrióticos da Recuperação Alemã, havia se graduado na Harvard University e fora o pianista mais popular em sua turma, que atendia pelo nome de Dr. Ernst (Putzi) Hanfstängl; e o leão da diplomacia da Grã-Bretanha, o Gladstone dos anos 1930, o belo e elegante Lorde Lossiemouth, que, como Primeiro Ministro, se tornara conhecido como Right Honourable Ramsay MacDonald, *Privy Council*.[17]

Todos os três foram recebidos com pompa pelas esposas dos fabricantes, e persuadiram muitos milionários que, no refinamento da riqueza, haviam considerado Buzz vulgar, de que na verdade ele era a única esperança mundial de um comércio internacional eficiente.

O Padre Coughlin deu uma olhada em todos os candidatos e se retirou indignado para sua cela.

A Sra. Adelaide Tarr Gimmitch, que teria certamente escrito aos amigos que fizera no Jantar do Rotary Clube de Fort Beulah se pudesse se lembrar do nome da cidade, era uma presença considerável na campanha. Ela explicava para as eleitoras como o Senador Windrip era gentil por deixá-las continuar votando, até agora; e ela cantava *Berzelius Windrip foi pra Wash* em média 11 vezes por dia.

---

[17] Trata-se de um grupo de consultores do soberano do Reino Unido. (N. T.)

O próprio Buzz, o Bispo Prang, o Senador Porkwood (o destemido liberal e amigo dos trabalhadores e dos agricultores), e o Coronel Osceola Luthorne, o editor, embora sua tarefa principal fosse atingir milhões de pessoas pelo rádio, também viajaram de trem durante 40 dias por todos os estados da União, percorrendo quase 43 mil quilômetros, no aerodinâmico Trem dos Homens Esquecidos, vermelho e prateado, com painéis de ébano, assentos cobertos de seda, motor a diesel, guarnição de borracha, ar condicionado e revestimento de alumínio

No trem havia um bar privado que não era esquecido por ninguém, exceto o Bispo.

As passagens foram um generoso presente de um consórcio das empresas ferroviárias.

Mais de 600 discursos foram proferidos, variando de saudações de oito minutos feitas para o público reunido nas estações, a fulminações de duas horas em auditórios e áreas abertas. Buzz esteve presente em cada discurso, em geral como protagonista, mas algumas vezes tão rouco que conseguia apenas acenar com a mão e grasnar um "Olá, pessoal!", enquanto era substituído por Prang, Porkwood, o Coronel Luthorne e voluntários de seu regimento de auxiliares, doutores especialistas em História e Economia, cozinheiros, atendentes de bar e barbeiros, possivelmente atraídos para longe do jogo de roleta com os jornalistas, fotógrafos, sonoplastas e locutores que os acompanhavam. Tieffer, da *United Press*, estimou que Buzz apareceu em pessoa diante de mais de dois milhões de pessoas.

Enquanto isso, riscando os céus quase diariamente entre Washington e a casa de Buzz, Lee Sarason supervisionava dezenas de mocinhas telefonistas e um monte de estenógrafas que respondiam a milhares de telefonemas e cartas e telegramas diários — e também detectando caixas com doces envenenados... O próprio Buzz havia determinado que essas moças deveriam ser bonitas, sensatas, plenamente treinadas e relacionadas com pessoas que tinham influência política.

A favor de Sarason deve-se dizer que nesse pandemônio de "relações públicas" ele nenhuma vez usou "contatar" como um verbo transitivo.

O Excelentíssimo Perley Beecroft, candidato à vice-presidência, especializou-se nas convenções de ordens fraternais, denominações religiosas, agentes de seguros e viajantes.

O Coronel Dewey Haik, que havia indicado Buzz em Cleveland, tinha uma atribuição singular na campanha — uma das invenções mais engenhosas de Sarason. Haik falava a favor de Windrip não nos lugares mais frequentados e óbvios, mas em locais tão improváveis que sua aparição ali criava notícias — e Sarason e Haik providenciavam para que sempre houvesse ágeis cronistas presentes para divulgá-las. Viajando em seu próprio avião, cobrindo mais de 1500 quilômetros por dia, Haik falou para nove mineiros atônitos que ele surpreendeu numa mina de cobre, a um quilômetro e meio da superfície — enquanto 39 fotógrafos tiravam fotos desses nove; falou de uma lancha a uma imóvel frota de barcos pesqueiros durante um nevoeiro no porto de Gloucester; discursou dos degraus de uma sucursal do Tesouro ao meio-dia na Wall Street; falou para os aviadores e a equipe de solo no aeroporto de Shushan em New Orleans — e os pilotos foram rudes apenas durante os primeiros minutos, até que ele começou a descrever os esforços corajosos, mas ridículos, empreendidos por Buzz Windrip na tentativa de aprender a voar; falou para policiais do estado, colecionadores de selos, enxadristas em clubes secretos, limpadores de chaminés em pleno trabalho; falou em cervejarias, hospitais, redações de revistas, catedrais, capelinhas de encruzilhadas, prisões, manicômios, boates — até que os diretores de arte começaram a enviar aos fotógrafos a seguinte recomendação: "Pelo amor de Deus, chega de fotos Coronel Haik dizendo bravatas em casas de tolerância e cadeias".

Mesmo assim, eles continuaram usando as fotos.

Pois o Coronel Dewey Haik era uma criatura quase tão iluminada quanto o próprio Buzz Windrip. Filho de uma família decadente do Tennessee, com um avô que era um general Confederado e o outro um Dewey de Vermont, ele colhera algodão, tornara-se um jovem operador de telégrafo, passara pela Universidade de Arkansas e a Faculdade de Direito da Universidade de Missouri, estabelecera-se como advogado em uma aldeia de Wyoming, depois em Oregon, e durante a guerra (em 1936 tinha apenas 44 anos) servira na França como capitão de infantaria, com honras. De volta à América, fora eleito para o Congresso e se tornara um coronel na milícia. Ele estudou história militar; aprendeu a pilotar, lutar boxe, praticar esgrima; era uma figura empertigada, mas tinha um sorriso bastante amigável; era apreciado tanto pelos oficiais disciplinares do exército de alto escalão e quanto por gente rude como Shad Ledue, o Caliban de Doremus Jessup.

Haik trouxe para o terreno de Buzz os próprios patifes que mais haviam escarnecido da solenidade do Bispo Prang.

Enquanto isso, Hector Macgoblin, o refinado médico e corpulento fã de boxe, coautor, com Sarason, do hino de campanha *Pega o Antigo Mosquete*, se especializava na inspiração de professores universitários, associações de professores de Ensino Médio, times profissionais de beisebol, campos de treino de pugilistas, congressos de medicina, escolas de verão em que famosos autores ensinavam a arte de escrever para ávidos aspirantes que nunca poderiam aprender a escrever, torneios de golfe e todo tipo de reunião cultural.

Mas o pugilístico Dr. Macgoblin chegava mais perto do perigo que qualquer outro membro da campanha. Durante um encontro no Alabama, em que ele havia provado satisfatoriamente que nenhum negro com menos de 25 por cento de "sangue branco" podia jamais atingir o nível cultural de um vendedor de remédios que são vendidos sem receita, o encontro foi atacado, bem como o suntuoso bairro dos brancos, por um bando de pessoas negras lideradas por um negro que fora cabo no *Front* Ocidental em 1918. Macgoblin e a cidade foram salvos pela eloquência de um clérigo negro.

Na verdade, como disse o Bispo Prang, os apóstolos do Senador Windrip estavam agora pregando sua Mensagem para todo tipo de gente, até mesmo para os Pagãos.

Mas o que Doremus Jessup disse, para Buck Titus e o Padre Perefixe, foi:

— Isto é uma revolução em termos de Rotary.

11

Quando era menino, eu tinha uma professora solteirona que costumava me dizer: "Buzz, você é o burro mais cabeça-dura da escola". Mas eu notei que ela me dizia isso com muito mais frequência do que costumava elogiar as outras crianças por sua inteligência, e assim me tornei o aluno mais comentado da cidade. O Senado dos Estados Unidos não é tão diferente, e quero agradecer a muitos pretensiosos por seus comentários sobre Este Que Vos Dirige a Palavra
Hora Zero, Berzelius Windrip.

Mas havia alguns dos Pagãos que não davam ouvidos aos arautos Prang e Windrip e Haik e o Dr. Macgoblin. Walt Trowbridge conduzia sua campanha com a placidez de quem tem a certeza de que vai vencer. Ele não se poupava, mas não se lamentava pelos Homens Esquecidos (ele mesmo fora um deles, quando jovem, e não achava isso tão ruim assim!), nem ficava histérico em um bar privado de um trem especial vermelho-e-prata. Com calma e firmeza, falando no rádio e em alguns grandes salões, ele explicava que de fato defendia uma enorme melhora na distribuição de riqueza, mas que isso deveria ser realizado por meio de um escavar constante, e não por meio de uma dinamite que destruiria mais do que escavasse. Ele não era particularmente emocionante. A

Economia raramente o é, a não ser quando dramatizada por um Bispo, encenada e iluminada por um Sarason, e passionalmente representada por um Buzz Windrip empunhando um florete e vestindo calças de cetim azul.

Para sua campanha, os comunistas haviam tido a inteligência de trazer seus candidatos sacrificiais — na verdade, todos os sete partidos comunistas haviam feito isso. Já que, se ficassem juntos, talvez pudessem conseguir 900 mil votos, haviam se esquivado de uma vulgaridade burguesa dessas produzindo diversos cismas, e suas doutrinas agora incluíam: O Partido, o Partido Majoritário, o Partido de Esquerda, o Partido Trotskista, o Partido Comunista Cristão, o Partido dos Trabalhadores e, com um nome menos arrojado, algo denominado Partido Comunista Fabiano Pós-Marxista Cooperativo Patriótico Americano, que soava como os nomes da realeza, mas a semelhança era só essa.

Mas esses desvios radicais não eram muito significativos em comparação ao novo Partido Jeffersoniano, repentinamente criado por Franklin D. Roosevelt.

Quarenta e oito horas após a indicação de Windrip em Cleveland, o Presidente Roosevelt havia publicado seu desafio.

O Senador Windrip, dissera Roosevelt, fora escolhido "não pelos cérebros e corações dos genuínos democratas, mas por suas emoções temporariamente transtornadas". Apenas pelo fato de se proclamar um democrata, ele não apoiaria Windrip mais do que apoiaria Jimmy Walker.[18]

---

[18] Jimmy Walker (1881-1946) foi prefeito da cidade de Nova York. Era um político carismático que foi forçado a renunciar durante um escândalo de corrupção. (N. T.)

Apesar disso, ele não podia votar no Partido Republicano, o "partido do privilégio especial entrincheirado", apesar de ter, nos últimos três anos, apreciado muito a lealdade, a honestidade e a inteligência do Senador Walt Trowbridge.

Roosevelt deixou claro que seu Partido Jeffersoniano, ou seu partido Democrata Verdadeiro, não era um "terceiro partido", no sentido de que ele devia ser permanente. Deveria desaparecer assim que homens honestos e de cabeça no lugar ganhassem mais uma vez o controle da velha organização. Buzz Windrip provocou risos, chamando-o de "Bull Mouse Party",[19] mas o Presidente Roosevelt recebeu o apoio de quase todos os membros liberais do Congresso, fossem eles democratas ou republicanos, que não haviam seguido Walt Trowbridge; de Norman Thomas e dos socialistas que não haviam se tornado comunistas, dos governadores Floyd Olson e Olin Johnston, e do Prefeito La Guardia.[20]

----

[19] Há aqui um trocadilho intrincado: "Bull Moose Party" era o apelido do partido que o outro Presidente Roosevelt, Theodore Roosevelt (1858-1919) fundou quando perdeu as eleições, após ter sido presidente dos EUA de 1901 a 1909. O apelido desse partido, cujo nome era Partido Progressista, se refere ao animal que o simboliza, o Alce Macho (*bull moose*). O jogo aqui é que Windrip ridicularizou o partido imaginário fundado por Franklin Roosevelt para se opor ao imaginário Windrip. O apelido inventado por Windrip para o partido dissidente de Roosevelt é "Bull Mouse Party", que significaria o "Partido do Camundongo Macho", gerando uma ironia pela diferença entre os animais (o imponente alce e o insignificante camundongo) que, entretanto, têm nomes que soam semelhantes (*moose, mouse*). (N. T.)

[20] Sinclair Lewis cria uma espécie de realidade paralela, em que personagens reais da História convivem e interagem com personagens fictícios criados por ele. Na realidade, quem venceu as eleições de 1936 nos EUA foi Franklin Roosevelt, do Partido Democrata. Na nossa ficção, Roosevelt se vê forçado a criar um partido dissidente, já que não foi nomeado como candidato à Presidência pelos Democratas, que serão representados por Buzz Windrip. (N. T.)

O erro evidente do Partido Jeffersoniano, assim como o erro pessoal do Senador Trowbridge, foi representarem a integridade e a razão, em um ano em que o eleitorado estava faminto de emoções folgazonas, das sensações apimentadas associadas, em geral, não com os sistemas monetários e taxas de impostos, mas com batismos com imersão no córrego, amor jovem sob os olmos, uísque puro, orquestras angelicais ouvidas à luz da lua cheia, o medo da morte quando um carro derrapa à beira de um cânion, a sede em um deserto, depois saciada com água de uma fonte — todas as sensações primitivas que eles acreditavam encontrar no alarde de Buzz Windrip.

Longe dos salões de baile eletrizados pelas luzes, onde todos aqueles maestros de túnicas vermelhas trocavam acordes estridentes para decidir quem lideraria, naquele momento, o tremendo *jazz* espiritual, muito longe, nas colinas frescas, um homenzinho chamado Doremus Jessup, que nem um bumbo tocava, mas era apenas um cidadão que também era dono de um jornal, perguntava-se, confuso, o que deveria fazer para se salvar.

Ele queria seguir Roosevelt e o Partido Jeffersoniano — em parte por sua admiração pelo homem, em parte pelo prazer de chocar o republicanismo inato de Vermont. Mas ele não podia acreditar que os jeffersonianos tivessem uma chance; acreditava que, apesar de todo o cheiro de naftalina de muitos de seus associados, Walt Trowbridge era um homem valoroso e competente; e dia e noite Doremus subia e descia o Beulah Valley fazendo campanha para Trowbridge.

Sua própria confusão provocava em sua escrita uma certeza desesperada que surpreendia os leitores habituais do *Informer*. Pela primeira vez, ele não se mostrava engraçado e tolerante. Embora nunca dissesse nada pior sobre o

Partido Jeffersoniano, além de que ele estava à frente de seu tempo, tanto nos editoriais quanto nas reportagens ele perseguia Buzz Windrip e sua gangue com chicotes, terebintina e escândalos.

Pessoalmente, ele entrava e saía de lojas e residências durante manhãs inteiras, discutindo com eleitores, obtendo entrevistas em miniatura.

Ele havia esperado que o tradicionalmente republicano estado de Vermont tornaria absolutamente fácil sua tarefa de defender Trowbridge. O que ele constatava era uma desalentadora preferência pelo supostamente democrata Buzz Windrip. E essa preferência, percebia Doremus, não era nem mesmo uma patética esperança nas promessas que Windrip fazia sobre uma utópica suprema felicidade para todos em geral. Era uma confiança num aumento de renda para o próprio eleitor e para sua família, de uma forma muito particular.

De todos os fatores da campanha, a maioria desses eleitores notara apenas o humor de Windrip e três pontos de sua plataforma: O Ponto 5, que prometia aumentar os impostos dos ricos; o Ponto 10, que condenava os negros — uma vez que nada eleva tanto um agricultor ou um operário de fábrica que é atendido pela assistência social do que ter uma raça, qualquer raça, que ele possa olhar com desprezo — e, especialmente, o Ponto 11, que anunciava, ou parecia anunciar, que o trabalhador médio iria imediatamente receber cinco mil dólares por ano. (E muitos palpiteiros de plantão explicavam que na verdade seriam dez mil dólares. Ora, eles iam receber cada centavo oferecido pelo Dr. Townsend, mais tudo o que fora planejado pelo falecido Huey Long, por Upton Sinclair e os Utopistas, tudo somado!).

Tão candidamente acreditavam centenas de idosos do Beulah Valley nessas coisas, que eles corriam sorridentes até a loja de ferragens de Raymond Pridewell, para encomendar novos fogões e panelas de alumínio e peças completas para o banheiro, tudo a ser pago no dia seguinte à tomada de posse. O Sr. Pridewell, um velho republicano encarquilhado à la Henry Cabot Lodge, perdeu metade de sua freguesia expulsando esses felizes herdeiros de fortunas fabulosas, mas eles continuavam sonhando. Doremus, ralhando com eles, descobriu que simples números não tinham força alguma contra um sonho... Mesmo um sonho de Plymouths novos e um número ilimitado de latas de salsicha e filmadoras de cinema e a perspectiva de nunca mais ter de acordar antes das 7h30 da manhã.

Assim respondeu Alfred Tizra, "Cobra" Tizra, amigo do faz-tudo de Doremus, Shad Ledue. Cobra era um caminhoneiro e taxista, forte como um touro, que cumprira penas por assalto e por transporte de bebida ilegal. Durante uma época, ganhara a vida caçando cascavéis e outras cobras venenosas, no sul da Nova Inglaterra. Com o presidente Windrip, Cobra garantira a Doremus em um tom zombeteiro, ele teria dinheiro o bastante para montar uma cadeia de restaurantes de beira de estrada, em todas as comunidades de Vermont em que era proibido consumir álcool.

Ed Howland, um dos pequenos quitandeiros de Fort Beulah, e Charley Betts, do setor de móveis e serviços funerários, embora fossem frontalmente contra qualquer pessoa comprar artigos de quitanda e móveis ou até contratar serviços funerários com o crédito de Windrip, eram totalmente a favor de a população ter crédito em outras lojas.

Aras Dilley, um posseiro produtor de laticínios, com uma mulher desdentada e sete crianças esfarrapadas, que vivia num barraco encardido e coberto de lona lá para cima do Mount Terror, rosnou para Doremus (que sempre levara para ele cestas de comida e caixas de balas de carabina e pacotes de cigarro):

— Bem, vou lhe dizer, quando o Sr. Windrip entrar, nós do campo, e não vocês, espertinhos da cidade, vamos fixar os preços de nossa produção!

Doremus não podia culpá-lo. Enquanto Buck Titus, aos 50, aparentava ter trinta e poucos, Aras, aos 34, parecia ter 50.

O sócio singularmente desagradável de Lorinda Pike na Beulah Valley Tavern, um tal de Sr. Nipper, de quem ela esperava logo se livrar, ao mesmo tempo que se gabava de como era rico, exultava sobre como ia ficar muito mais rico quando Windrip virasse presidente. O "professor" Staubmeyer citava boas coisas que Windrip havia dito sobre melhores salários para os professores. Louis Rotenstern, para provar que pelo menos seu coração não era judeu, tornou-se mais lírico que todos eles. E até Frank, Tasbrough, das pedreiras, Medary Cole, da moagem de grãos e dos negócios imobiliários, R. C. Crowley, do banco, que supostamente não se entusiasmavam com perspectivas de impostos mais elevados sobre a renda, sorriam com doçura e diziam que Windrip era "um sujeito muito mais confiável" do que as pessoas pensavam.

Mas ninguém em Fort Beulah era um defensor mais ativo de Buzz Windrip do que Shad Ledue.

Doremus já sabia que Shad tinha talento para argumentar e se exibir; que uma vez ele convencera o velho Sr. Pridewell a lhe vender fiado um rifle calibre 22 no valor de 23 dólares; que, longe da esfera dos depósitos de carvão e dos macacões sujos de grama, ele certa vez cantara a canção do Marujo Rollicky Bill numa sala de fumar da Antiga e Independente Ordem dos Carneiros e que tinha memória suficiente para ser capaz de citar, como se fossem suas próprias e profundas opiniões, os editoriais dos jornais de Hearst. Mesmo sabendo de todos esses talentos de Shad para uma carreira política, talentos que não ficavam muito abaixo dos do próprio Buzz Windrip, Doremus se surpreendeu quando Shad começou a fazer discursos a favor de Windrip para os funcionários da pedreira, e depois como efetivo diretor de um comício no Oddfellows' Hall. Shad falava pouco, mas insultava brutalmente aqueles que acreditavam em Trowbridge e Roosevelt.

Nas reuniões em que não discursava, Shad era um leão-de-chácara incomparável, e para essa valorizada função ele era chamado a participar de comícios de Windrip em lugares distantes como Burlington. Foi ele que, de uniforme miliciano, elegantemente montando um cavalo branco, abriu o desfile de encerramento de Windrip em Rutland... E importantes homens de negócios, até mesmo atacadistas da área têxtil, o chamavam carinhosamente de "Shad".

Doremus se surpreendeu, sentiu-se um pouco culpado por não ter sido capaz de apreciar esse recém-descoberto modelo de perfeição, enquanto estava sentado no Salão da Legião Americana ouvindo Shad vociferar:

— Não vou fingir que sou muito mais que um trabalhador comum, mas existem 40 milhões de trabalhadores como eu, e nós sabemos que o Senador Windrip é o primeiro político em muitos anos que pensa naquilo que gente como nós precisa, antes de pensar na maldita política. Vamos lá, pessoal! Os grandões dizem que não devemos ser egoístas! Walt Trowbridge diz que não é para sermos egoístas! Ora, *sejam* egoístas e votem naquele que está disposto a lhes *dar* alguma coisa! E não simplesmente arrancar de vocês cada centavo e cada hora do seu trabalho!

Doremus rosnou internamente: "Oh, meu Shad! E você está fazendo quase tudo isso na hora em que deveria estar trabalhando para mim!"

Sissy Jessup estava sentada no estribo de seu cupê (seu por direito de grilagem), com Julian Falck, lá de Amherst, que viera passar o final de semana, e Malcolm Tasbrough, um de cada lado dela.

— Ai, que coisa, vamos parar de falar de política. Windrip vai ser eleito, então por que desperdiçar tempo tagarelando, quando poderíamos ir nadar no rio? — reclamou Malcolm.

— Ele não vai ganhar sem antes a gente fazer uma bruta resistência contra ele. Vou conversar com os ex--alunos do Ensino Médio nesta noite, sobre como eles devem falar para seus pais para que votem ou em Trowbridge ou em Roosevelt — disse rudemente Julian Falck.

— Ha...ha...ha! E é claro que os pais deles estão loucos para fazer qualquer coisa que você recomende, Yulian! Vocês, universitários, são com certeza os bons! Além disso... Quer falar sério sobre essa bobagem toda? — Malcolm disse, com a autoconfiança insolente dos músculos, de um cabelo liso preto e um grande carro de sua propriedade; ele seria um líder perfeito dos Camisas Pretas e olhava com desprezo para Julian que, embora fosse um ano mais velho, era pálido e magricela.

— Na verdade, será bom que Buzz seja eleito. Ele vai rapidamente dar um basta a todo esse radicalismo; todo esse discurso livre e essa difamação de nossas instituições mais fundamentais...

— *Boston American*; última terça-feira, página 8 — murmurou Sissy.

— ... E não causa surpresa que você tenha medo dele, Yulian! Com certeza ele vai arrastar alguns dos seus professores anarquistas preferidos para o xilindró, e talvez você também, Camarada!

Os dois jovens se entreolharam com uma fúria lenta. Sissy os acalmou, enfurecendo-se:

— Pelamor de Deus! Os dois valentões podem fazer o favor de parar de brigar?!... Ai, meus queridos, essa eleição estúpida. Estúpida! Parece que está dividindo cada cidade, cada família... Pobre do meu pai! Doremus está totalmente envolvido nela!

12

Não me darei por satisfeito até que este país consiga produzir cada coisa de que precisamos, até mesmo café, cacau e borracha, e assim possamos manter todos os nossos dólares em casa. Se pudermos fazer isso e ao mesmo tempo incrementar o turismo para que os estrangeiros venham de todas as partes do mundo para ver nossas notáveis maravilhas, como o Grand Canyon, os parques Glacier e Yellowstone, etc. etc., os belos hotéis de Chicago, etc., dessa forma deixando aqui seu dinheiro; teremos uma balança comercial tão favorável, que possibilitará a implementação de minha muito criticada, embora completamente sensata, promessa de garantir de três a cinco mil dólares por ano para cada família; ou seja, quero dizer cada verdadeira família americana. Tal visão inspiradora é o que almejamos, e não esse absurdo de gastarmos nosso tempo em Genebra e com conversinhas em Lugano, onde quer que fique Lugano.
Hora Zero, Berzelius Windrip.

O dia da eleição cairia na terça-feira, 3 de novembro, e na manhã de domingo do dia primeiro o Senador Windrip realizou o solene encerramento de sua campanha com uma grande concentração no Madison Square Garden, em Nova York. O Garden acomodava, entre gente sentada e em pé, 19 mil pessoas, e uma semana antes do comício os ingressos estavam esgotados — com seu preço variando de 50 centavos a cinco dólares, e na sequência sendo revendidos por especuladores e revendidos de novo, no valor de um a 20 dólares

Doremus conseguira um único ingresso por meio de um conhecido de um dos diários de Hearst que, sozinho entre os jornais nova-iorquinos, estava apoiando Windrip. E, na tarde de 1º. de novembro, viajou quase 500 quilômetros para visitar Nova York pela primeira vez em três anos.

Fizera frio em Vermont, a neve tendo chegado cedo, mas os flocos brancos pousavam tão suavemente no chão, no ar tão imaculado, que o mundo parecia um parque de diversões prateado entregue ao silêncio. Mesmo em uma noite sem luar, um brilho pálido vinha da neve, da própria terra, e as estrelas eram gotas de mercúrio.

Mas, seguindo o rapaz de boné vermelho que carregava sua surrada maleta de couro, Doremus saiu da Grand Central Station, às seis horas, e foi atingido pelas gotículas cinzentas e frias da água de lavar pratos caindo da pia da cozinha do céu. As célebres torres que ele esperava ver na Rua 42 estavam mortas, envoltas em seus mantos esfarrapados de neblina. E, quanto à multidão que, com cruel desinteresse, galopava passando por ele, uma nova mancha de rostos indiferentes a cada segundo, o homem de Fort Beulah só pôde pensar que Nova York estava realizando sua feira popular naquele chuvisco frio e úmido, ou então que havia um grande incêndio em algum lugar.

Ele havia feito o sensato plano de economizar dinheiro usando o metrô — o importante burguês do vilarejo é tão pobre na cidade de jardins babilônicos! E chegou até a lembrar que ainda havia em Manhattan bondes a cinco centavos, nos quais um rústico poderia se divertir observando os marinheiros e poetas e mulheres de xale das estepes do Cazaquistão. Para o carregador de boné vermelho ele havia anunciado, com o que considerava ser a urbanidade de quem viaja muito: "Acho que vou pegar um bonde, são só alguns quarteirões". Mas, ensurdecido e estonteado e acotovelado pela multidão, molhado e deprimido, ele se refugiou num táxi, mas logo desejou não ter feito isso, quando viu o chão escorregadio cor de borracha, e quando o táxi ficou encalacrado entre outros carros fedendo a monóxido de carbono, todos buzinando de forma frenética, tentando se livrar do engarrafamento — um amontoado de ovelhas-robôs balindo seu terror com pulmões mecânicos de cem cavalos-vapor.

Ele hesitou penosamente, antes de sair outra vez de seu pequeno hotel na altura do número 42 no lado oeste, e, quando o fez, quando se arrastou com dificuldade por entre os balconistas de voz estridente, as coristas exaustas, os apostadores com seus charutos e os belos rapazes da Broadway, sentiu-se, com as galochas e o guarda-chuva que Emma o obrigara a levar, o próprio caipira assustado.

O que mais lhe chamou a atenção foi um bando de imitações de soldados distribuídos aqui e ali, sem armas ou rifles, mas uniformizados como os homens da Cavalaria Americana de 1870: quepe azul inclinado na cabeça, túnica azul escura, calças azul-claras com listras amarelas na costura, enfiadas em botas emborrachadas, no caso dos que pareciam ser os soldados-rasos, e em coturnos pretos de couro brilhante para os que pareciam ter patente mais alta. Cada um deles trazia as letras "H.M." do lado direito do colarinho e, à esquerda, uma estrela de cinco pontas. Havia muitos deles; andavam empertigados e descaradamente, empurrando com os ombros os civis para que saíssem do seu caminho; e para seres insignificantes como Doremus, eles olhavam com fria insolência.

Ele subitamente entendeu.

Esses jovens *condottieri*[21] eram os "Homens Minuto":[22] as tropas particulares de Berzelius Windrip, sobre as quais Doremus estivera publicando reportagens apreensivas. Ele se impressionou, mas ficou um pouco desalentado ao vê-los agora, as palavras impressas transformadas em brutal carne e osso.

Três semanas antes, Windrip havia anunciado que o Coronel Dewey Haik fundara, apenas para a campanha, uma liga nacional dos clubes de marcha de Windrip, que seria chamada de "Homens Minuto". Era provável que esses clubes estivessem se formando há meses, já que naquele momento já contavam com 300 ou 400 mil membros. Doremus receava que os Homens Minuto se transformassem numa organização permanente, mais ameaçadora que a Ku Klux Klan.

Os uniformes de seus integrantes lembravam a América pioneira de Cold Harbor e aqueles que lutavam contra os índios sob o comando de Miles e Custer. Seu símbolo, a sua suástica (nesse aspecto Doremus enxergava a astúcia e o misticismo de Lee Sarason) era uma estrela de cinco pontas, porque a estrela da bandeira americana tinha cinco pontas, ao passo que as estrelas, tanto a da bandeira soviética quanto a dos judeus — do escudo de Davi — tinham seis pontas.

....

[21] *Condottieri* (em italiano: *condottiere*; pl. *condottieri*) eram mercenários que controlavam uma milícia, sobre a qual tinham comando ilimitado, e estabeleciam contratos com qualquer Estado interessado em seus serviços. (N. T.)

[22] Na escolha desse nome para os milicianos do governo Windrip provavelmente Lewis se inspirou nos "*minutemen*" que foram uma milícia de colonos que se organizaram e foram treinados para lutar na Guerra da Independência dos Estados Unidos, declarada em 1776. Eles eram mais jovens e mais rápidos que outros combatentes. Seu nome vem do fato de serem conhecidos por estarem prontos para a batalha "em um minuto". (N. T.)

O fato de a estrela soviética também ter, na verdade, cinco pontas, não era notado por ninguém durante esses turbulentos dias de regeneração. De qualquer forma, era uma boa ideia que essa estrela desafiasse simultaneamente os judeus e os bolcheviques. Os Homens Minuto tinham boas intenções, mesmo que seu simbolismo deixasse um pouco a desejar.

Entretanto, a coisa mais astuciosa a respeito dos Homens Minuto era que eles não usavam camisas de uma cor determinada, mas apenas camisas brancas lisas quando desfilavam, e camisas cáqui quando em alguma missão, de modo que Buzz Windrip pudesse trovejar, com frequência: "Camisas pretas? Camisas marrons? Camisas vermelhas? Sim, e talvez camisas cor de vaca malhada! Todos esses uniformes europeus degenerados da tirania! Nada disso! Os Homens Minuto não são fascistas, nem comunistas, nem nada disso, mas simplesmente democráticos, os cavaleiros defensores dos direitos dos Homens Esquecidos, as tropas de choque da Liberdade!"

Doremus jantou comida chinesa, sua invariável autoindulgência quando estava em uma cidade grande sem a companhia de Emma, que afirmava que *chao mein* não passava de aparas de madeira fritas regadas com molho com sabor de farinha. Ele esqueceu um pouco os olhares de esguelha dos Homens Minuto; estava feliz observando os painéis de madeira dourados, as lanternas octogonais que retratavam com traços delicados camponeses da China atravessando pontes em arco; um quarteto de clientes, dois homens e duas mulheres, que pareciam Inimigos Públicos e que durante todo o jantar trocaram farpas com uma agressividade controlada.

Enquanto se dirigia para o Madison Square Garden e o culminante comício de Windrip, ele foi jogado em uma grande confusão. Uma nação inteira parecia se dirigir, irritada, a um mesmo ponto. Ele não conseguiu um táxi, e caminhando em meio àquela terrível turbulência por 14 quarteirões até o Madison Square Garden, percebeu a disposição assassina da multidão.

A Oitava Avenida, repleta de lojinhas de produtos baratos, era cheia de pessoas sem-graça e desanimadas, mas que hoje estavam embriagadas com o haxixe da esperança. Elas enchiam as calçadas, quase enchiam a rua, enquanto carros irritáveis se esgueiravam entediados por entre elas, e furiosos policiais recebiam empurrões e giravam para um lado e outro e, se tentassem exibir alguma altivez, enfrentavam as zombarias de balconistas animadas.

Através da agitação, diante dos olhos de Doremus, surgiu um destacamento de Homens Minuto, liderados pelo que ele mais tarde reconheceria como o cornetim dos Homens Minuto. Eles não estavam em serviço, e não eram belicosos; estavam festejando e cantando *Berzelius Windrip foi pra Wash*, fazendo Doremus pensar em um bando de estudantes ligeiramente bêbados de uma faculdade inferior após uma partida vitoriosa de futebol. Era assim que Doremus se lembraria deles mais tarde, meses mais tarde, quando os inimigos dos Homens Minuto em todo o país os chamaram pejorativamente de Mickeys e Minnies Mouse.

Um velho, elegantemente esfarrapado, tentava bloqueá-los e gritava; "Para os diabos com Buzz! Três vivas para Franklin Delano Roosevelt!"

Os Homens Minuto explodiram numa ira de valentões. O cornetim que estava no comando, um brutamontes mais feio até que Shad Ledue, acertou o velho na mandíbula, e ele foi ao chão de forma horrível. Em seguida, surgindo do nada, encarando o cornetim, estava um suboficial da Marinha, grande, sorridente, despreocupado. O suboficial gritou, em uma voz que parecia vir de um ciclone; "Que maravilha de bando de soldadinhos de chumbo. Nove de vocês para um vovozinho. Muito justo! Agora só falta..."

O cornetim o socou; ele derrubou o cornetim com um golpe no estômago; no mesmo minuto os outros oito Homens Minuto estavam em cima do suboficial, como pardais perseguindo um falcão, e ele desmoronou, a cara de repente branca feito papel, rendada por pequenos riachos de sangue. Os oito chutaram a cabeça dele com seus grossos sapatos de marcha. Eles ainda o estavam chutando quando Doremus se esquivou, enojado, totalmente impotente.

Ele não havia se afastado suficientemente rápido para deixar de ver um Homem Minuto com cara de moça, lábios vermelhos, olhos de cervo, jogar-se sobre o cornetim caído e, choramingando, afagar as bochechas de rosbife daquele brutamontes com tímidos dedos de pétalas de gardênia.

Houve muito bate-boca, algumas trocas de socos em particular e mais uma batalha, antes que Doremus conseguisse chegar ao auditório.

A uma quadra do local, cerca de trinta Homens Minuto, conduzidos por um líder de batalhão, algo entre um capitão e um major, começaram a atacar um grupo de comunistas reunidos na rua. Uma mocinha judia vestida em um traje cáqui, com a cabeça descoberta ensopada de chuva, suplicava de cima de um carrinho de mão: "Companheiros viajantes! Não fiquem nesse lero-lero compassivo! Juntem-se a nós! É uma questão de vida ou morte!" A uns seis metros dos comunistas, um homem de meia-idade que parecia um assistente social estava falando sobre o Partido Jeffersoniano, relembrando os feitos do Presidente Roosevelt e xingando os comunistas ali perto de antiamericanos loucos que se embebedavam com palavras. Metade de sua plateia se compunha de pessoas que poderiam ser eleitores competentes; a outra metade, como a metade de qualquer grupo naquela noite de *fiesta* trágica, eram meninos que catavam tocos de cigarro no chão e vestiam roupas de segunda-mão.

Os trinta Homens Minuto trombaram alegremente com os comunistas. O líder do batalhão ergueu a mão, deu um tapa na cara da mocinha oradora, derrubou-a do carrinho de mão. Seus seguidores foram casualmente avançando com socos-ingleses e cassetetes. Doremus, ainda mais nauseado, sentindo-se mais impotente que nunca, ouviu o golpe de um cassetete na têmpora de um esquelético intelectual judeu.

O interessante foi que, em seguida, a voz do líder jeffersoniano rival se elevou num grito: "Ei, *vocês!* Vão deixar esses brutamontes atacarem nossos amigos comunistas? Amigos *agora*, por Deus!"

Dizendo isso, o meigo rato de biblioteca saltou no ar, caiu bem em cima de um Homem Minuto gordo, dominou-o no chão, arrancou-lhe o cassetete, deu-se ao trabalho de golpear as canelas de outro Homem Minuto antes de sair dos escombros, levantou-se e foi avançando em meio aos agressores como, pensou Doremus, ele teria avançado em uma tabela de estatística que calculasse a proporção da gordura no leite a granel em 97,7% das lojas da Avenida B.

Até aquele momento, apenas meia dúzia de membros do Partido Comunista haviam enfrentado os Homens Minuto, com as costas apoiadas na parede de uma oficina. Agora, cinquenta deles, mais cinquenta jeffersonianos, com tijolos e guarda-chuvas e letais volumes de sociologia afugentaram os enfurecidos Homens Minuto (seguidores de Bela Kun lado a lado com os seguidores do Professor John Dewey) até que um esquadrão antitumulto da polícia foi abrindo caminho, distribuindo golpes para proteger os Homens Minuto e detendo a oradora comunista e o jeffersioniano.

Doremus muitas vezes escrevera reportagens esportivas sobre as "Lutas de Pugilistas Profissionais do Madison Square Garden", mas ele sabia que esse lugar não tinha nada a ver com Madison Square, bairro do qual ficava a um dia de viagem de ônibus, que também não era nenhum jardim, que os pugilistas não lutavam por "prêmios", mas por cotas fixas no negócio, e que uma boa parte deles simplesmente nem chegava a lutar.

O gigantesco prédio, no momento em que o exausto Doremus escalava suas escadas, estava totalmente cercado de Homens Minuto, de um canto a outro, todos carregando pesados bastões, e em cada entrada, ao longo de cada corredor, os Homens Minuto formavam uma fileira sólida, com seus oficiais marchando em todas as direções, sussurrando ordens e espalhando rumores inquietantes como bezerros amedrontados que aguardam um banho antisséptico.

Nas semanas anteriores, mineiros famintos, agricultores despossuídos, operários dos moinhos da Carolina haviam saudado o Senador Windrip com um aceno de mãos fatigadas segurando tochas de gasolina. Agora ele deveria enfrentar não os desempregados, pois estes não podiam pagar ingressos a 50 centavos, mas os pequenos e amedrontados comerciantes das ruelas de Nova York, que se consideravam totalmente superiores aos agricultores e rastejantes mineiros, mas que estavam tão desesperados quanto eles. Os membros da crescente multidão observada por Doremus, orgulhosos em seus assentos ou espremidos de pé nos corredores, envolvidos por um odor de roupas úmidas, não eram românticos; era gente preocupada com o ferro a brasa, com a travessa de salada de batata, a cartela de colchetes, o financiamento do carro do taxista que corroía seu orçamento; com, em casa, as fraldas do bebê, a gilete cega, o espantoso aumento do preço da carne e do frango *kosher*. E alguns, realmente orgulhosos, funcionariozinhos públicos e carteiros e superintendentes de pequenos condomínios, curiosamente na moda, vestindo ternos comprados prontos por 17 dólares e gravatas de *foulard* mal alinhavadas, se gabavam: "Não sei por que todos esses vagabundos estão na assistência social. Posso não ser um perito em finanças, mas devo dizer que, mesmo em 1929, nunca recebi menos de *dois mil dólares* por ano!"

Camponeses de Manhattan. Gente boa, gente trabalhadeira, generosa para com seus idosos, ávida por encontrar qualquer cura desesperada para a doença da preocupação de perder o emprego.

Não haveria público mais fácil para qualquer demagogo.

O comício histórico começou com extrema monotonia. Uma banda regimental tocou a barcarola dos *Contos de Hoffman* sem nenhuma motivação aparente e também sem vivacidade alguma. O Reverendo Dr. Hendrik Van Lollop, da Igreja Luterana da Santa Parábola, fez uma oração, mas ao que tudo indicava ela não fora atendida. O Senador Porkwood fez um discurso sobre o Senador Windrip que se constituía em partes iguais de uma adoração apostólica de Buzz e o anh-anh-anh com que o Excelentíssimo Porkwood sempre entremeava suas palavras.

E Windrip nem havia aparecido ainda.

O Coronel Dewey Haik, que havia indicado Buzz na convenção de Cleveland, saiu-se consideravelmente melhor. Contou três piadas, além de uma anedota sobre um confiável pombo-correio na Grande Guerra que parecia ter entendido, na verdade melhor do que muitos dos soldados humanos, exatamente por que eram os americanos que estavam lá lutando pela França contra a Alemanha. A ligação desse herói ornitológico com as virtudes do Senador Windrip não parecia evidente, mas depois de ter ouvido o Senador Porkwood, a plateia apreciou a nota de bravura militar.

Doremus sentia que o Coronel Haik não estava simplesmente vagando, mas sim pisando firme na direção de algo definido. Sua voz se tornava mais e mais insistente. Ele começou a falar de Windrip: "meu amigo, o único homem que ousa enfrentar o leão monetário, o homem que, com seu grande e simples coração, sente a amargura de cada homem comum, da mesma forma que o fez outrora a meditativa ternura de Abraham Lincoln". Em seguida, acenando energicamente para uma entrada lateral, ele gritou: "E aqui vem ele! Meus amigos, Buzz Windrip!"

A banda atacou *The Campbells are Coming*. Um esquadrão de Homens Minuto, elegantes como altivos cavaleiros, carregando longas lanças com flâmulas estreladas, adentraram o gigantesco auditório em formato de tigela, e atrás deles, maltrapilho, vestindo um velho terno de sarja azul, girando nervosamente nas mãos um chapéu de aba larga, exausto e curvado, avançava com dificuldade Berzelius Windrip. A plateia ficou imediatamente em pé, se empurrando na tentativa de enxergar o palestrante, entusiasmada como artilharia ao amanhecer.

Windrip começou a falar de uma forma bastante prosaica. Inspirava um sentimento de pena, tão desajeitado foi o modo como ele subiu, com dificuldade, os degraus da plataforma, dirigindo-se ao centro do palco. Ele parou, lançou um olhar de coruja. Em seguida falou, num grasnado monótono:

— Na primeira vez que vim a Nova York, eu era um capiau. Não, não riam de mim, pode ser que eu ainda seja! Mas eu já tinha sido eleito Senador dos Estados Unidos e, lá na minha terra, as pessoas me saudaram de um jeito que achei que meu nome era conhecido por todos, tão conhecido como os de Al Capone, dos cigarros Camel e do Laxante Castória, o preferido das crianças. Mas chego a Nova York de passagem para Washington, e vou dizer. Fiquei sentado na recepção de meu hotel durante três dias, e a única pessoa que falou comigo foi o detetive do hotel! E quando ele se aproximou e se dirigiu a mim, morri de rir. Pensei que ele ia me dizer que todo o bairro estava feliz com minha condescendência em vir visitá-los. Mas tudo o que ele queria saber era se eu realmente estava hospedado no hotel e se eu tinha o direito de ocupar uma poltrona da recepção daquela forma permanente! E esta noite, meus amigos, estou sentindo tanto medo da Velha Maçã quanto senti naquela ocasião!

As risadas, as palmas, não foram poucas, mas os eleitores orgulhosos ficaram desapontados com a fala arrastada e a cansada humildade.

Doremus teve um tremor de esperança. "Talvez ele não seja eleito!"

Windrip fez um resumo de sua já tão conhecida plataforma. Doremus estava interessado apenas em observar que Windrip citou errado seus próprios números relativos à limitação das fortunas, no Ponto 5.

Ele descambou para uma rapsódia de ideias genéricas, um emaranhado de considerações polidas quanto à Justiça, à Liberdade, à Igualdade, à Ordem e à Prosperidade, ao

Patriotismo e a muitas outras abstrações nobres, mas escorregadias.

Doremus achou que estava ficando entediado, até descobrir que, em algum momento que ele não notara, passara a ficar absorto e entusiasmado.

Algo na intensidade com que Windrip examinava a plateia, olhando um por um, seu olhar lentamente enfocando aqueles nos assentos mais altos até os mais próximos, os convencia de que ele estava se dirigindo a cada um, de forma direta e individualizada; que ele queria trazer cada um para dentro de seu coração; que ele estava lhes dizendo as verdades, os fatos imperiosos e ameaçadores que haviam sido ocultados deles.

— Eles dizem que quero dinheiro, poder! Vejam, eu recusei ofertas de escritórios de advocacia daqui mesmo, de Nova York, ofertas que representavam o triplo do salário que receberei como presidente! E o poder (ora, o Presidente é o servo de cada cidadão do país, e não apenas das pessoas atenciosas, mas também de todos os malucos que vêm importuná-lo com telegramas e telefonemas e cartas). Mesmo assim, isso é verdade, é a mais pura verdade que eu quero poder, poder grande, enorme, imperial, mas não para mim mesmo. Não, *para vocês!* O poder da permissão de vocês para que eu possa esmagar os financistas judeus que os escravizaram, que estão obrigando vocês a trabalharem até morrer para pagar os juros sobre suas promissórias; os ávidos banqueiros, (e nem todos são judeus, de modo algum); os desonestos líderes sindicais, tanto quanto os desonestos patrões e, acima de tudo, os sorrateiros espiões de Moscou que querem que vocês lambam as botas de seus autonomeados tiranos, que governam não por meio do amor e da lealdade, como eu pretendo fazer, mas por meio do terrível poder do chicote, da cela escura, da pistola automática.

Em seguida, ele descreveu um Paraíso de democracia em que, após a destruição das velhas máquinas políticas, todos os trabalhadores, desde os mais humildes, seriam reis e soberanos, dominando deputados eleitos entre as pessoas de sua própria espécie, sem que esses deputados ficassem indiferentes como tinham feito até agora, já que estavam lá longe, em Washington, mas mantendo-se alerta para o interesse público por meio da supervisão de um Executivo fortalecido.

Aquilo soou quase sensato, por um certo tempo.

O ator supremo, Buzz Windrip, era passional, mas nunca grotescamente maluco. Seus gestos não eram extravagantes demais; apenas, como o velho Gene Debs, ele apontava um dedo indicador ossudo que parecia entrar dentro de cada um, fisgando e arrancando seu coração. Eram seus olhos selvagens, grandes olhos fixos, que os assustavam, e sua voz, ora retumbante, ora num humilde e súplice pedido, que os acalmava.

Ele era tão obviamente um líder honesto e misericordioso; um homem de dores e que sabe o que é padecer.

Doremus se surpreendeu; "Caramba! Quando você se encontra com ele, percebe que ele é ótimo! Tem bom coração! Faz-me sentir como se eu estivesse passando uma tarde agradável com Buck e Steve Perefixe. E se Buzz estiver certo? E se, apesar de todo o discurso demagógico que, suponho eu, ele precisa despejar nos simplórios, ele estiver certo quando alega que é apenas ele, e não Trowbridge ou Roosevelt, que pode romper o poder dos proprietários ausentes? E esses Homens Minuto, seus seguidores... oh, eles pareciam muito sórdidos, pelo que vi lá na rua, mas, ainda assim, a maioria deles é composta de jovens agradáveis e bem-arrumados. Ver Buzz e ouvir o que ele está de fato dizendo é surpreendente; de certo modo, faz você pensar!"

Mas o que o Sr. Windrip tinha efetivamente *dito*, Doremus não conseguia lembrar uma hora depois, quando saíra do transe.

Ele estava tão convencido de que Windrip venceria que, na noite de terça-feira, não ficou no escritório do *Informer* para receber as informações sobre o resultado. Mas mesmo não tendo aguardado as evidências da eleição, estas chegaram até ele.

Após a meia-noite, passou pela sua casa, em meio à neve enlameada, um desfile triunfante e consideravelmente bêbado, carregando tochas e gritando ao som da melodia de *Yankee Doodle* novas palavras reveladas naquela semana pela Sra. Adelaide Tarr Gimmitch:

> *As víboras traíram Buzz*
> *Serão bem castigadas*
> *Vão se arrepender depois*
> *No xilindró largadas*
>
> ESTRIBILHO
> *Buzz, buzine sem parar*
> *Ele de nós cuido-ou,*
> *Acaba de se estrepar*
> *Quem em Buzz não votou*
>
> *Os H.M.'s com chibatas*
> *Tratam os traidores*
> *Se um Antibuzz escapa hoje*
> *Amanhã não escapa.*

A intenção era que "Antibuzz", uma palavra atribuída à criatividade da Sra. Gimmitch, mas mais provavelmente inventada pelo Dr. Hector Macgoblin, fosse extensivamente empregada por senhoras patriotas como um termo expressando uma deslealdade tão depravada para com o Estado, que poderia exigir a presença do pelotão de fuzilamento. No entanto, assim como a esplêndida síntese da Sra. Gimmitch para se referir à Força Expedicionária Americana — "Tiozinhos" — o termo nunca pegou de verdade.

Entre os componentes do desfile, vestidos com casacos de inverno, Doremus e Sissy julgaram ter visto Shad Ledue, Aras Dilley, aquele posseiro cheio de filhos do Mount Terror, Charley Betts, o vendedor de móveis, e Tony Mogliani, o quitandeiro e mais ardoroso porta-voz do fascismo italiano da região central de Vermont.

E, embora não pudesse ter certeza disso na escuridão por trás das tochas, Doremus realmente julgou que aquele único automóvel grande atrás do desfile era de seu vizinho, Francis Tasbrough.

Na manhã seguinte, no escritório do *Informer*, Doremus não ficou sabendo de grandes estragos feitos pelos nórdicos triunfantes: Eles tinham apenas arrancado duas privadas, derrubado e queimado o letreiro da alfaiataria de Louis Rotenstern, e dado uma surra bastante pesada em Clifford Little, o joalheiro, um jovem mirrado de cabelos encaracolados que era desprezado por Shad Ledue, porque organizava peças teatrais e tocava órgão na igreja do Reverendo Falck.

Naquela noite Doremus encontrou, na varanda à frente de sua casa, um bilhete escrito em giz de cera vermelho sobre um papel de açougue:

Você vai ter o que merece, querido Dorey, se não deitá no chão e se arrastá na frente dos Homens Minuto e do Chefe e de mim.

Um amigo

Era a primeira vez que Doremus ouvia falar "do Chefe", uma sólida variante americana de "o Líder" ou "o Governante", como um título popular para o Sr. Windrip, que logo se tornaria oficial.

Doremus queimou a nota escrita em vermelho sem contar nada para sua família. Mas várias vezes acordou se lembrando dela, sem achar muita graça naquilo.

13

    E quando ficar pronto para me aposentar, vou construir um bangalô moderno em algum *resort* adorável, não no Lago de Como ou nas proverbiais Ilhas Gregas, podem ter certeza, mas em algum lugar semelhante à Flórida, Califórnia, Santa Fé etc., e me dedicar apenas a ler os clássicos, como Longfellow, James Whitcomb Riley, Lord Macaulay, Henry Van Dyke, Elbert Hubbard, Platão, Hiawatha, entre outros. Alguns dos meus amigos riem de mim por conta disso, mas sempre cultivei um gosto pela melhor literatura. Herdei esse traço de minha mãe, como aconteceu com todas as outras características que algumas pessoas tiveram a bondade de admirar em mim.
    Hora Zero, Berzelius Windrip.

    Apesar da certeza de Doremus quanto à eleição de Windrip, o evento foi como a morte há muito temida de um amigo.
    "Tudo bem. Pro inferno com este país, se as coisas são assim. Todos estes anos eu trabalhei (e nunca quis fazer parte desses comitês e campanhas de caridade!) *e tudo isso* parece tão idiota agora. O que eu queria mesmo era escapar para uma torre de marfim (ou, de qualquer jeito, uma torre de plástico, imitação de marfim) e ler tudo o que até agora estive ocupado demais para ler".
    Assim estava Doremus no final de novembro.

E ele realmente tentou fazer isso, e por alguns dias se refestelou em seu isolamento, evitando a todos menos sua família e Lorinda, Buck Titus e o Padre Perefixe. Mas acabou acontecendo de ele não se deliciar tanto com os "clássicos" que não lera até então, e sim com aqueles livros conhecidos de sua juventude: *Ivanhoé, Huckleberry Finn, Sonho de uma Noite de Verão, A Tempestade, L'Allegro, The Way of All Flesh* (este não tão juvenil), *Moby Dick, The Earthly Paradise, St. Agnes' Eve, Idílios do Rei*, quase tudo de Swinburne, *Orgulho e Preconceito, Religio Medici, A Feira das Vaidades*.

Com toda a probabilidade, ele não era muito diferente do Presidente Eleito Windrip em sua acrítica reverência por qualquer livro do qual tivesse ouvido falar antes dos trinta anos: Nenhum americano cujos ascendentes viveram no país por mais de duas gerações é tão completamente diferente de qualquer outro americano.

Em um aspecto o escapismo literário de Doremus falhou completamente. Ele tentou reaprender o latim, mas já não conseguia, sem a indução de um mestre, acreditar que *Mensa, mensae, mensae mensam mensa* — toda aquela idiotice de "Uma mesa", "de uma mesa", "para uma mesa", "na direção de uma mesa", à, perto de ou sobre a mesa — podia transportá-lo como antes para a melíflua tranquilidade de um Virgílio e da Vila Sabina.[23]

Então percebeu que toda a sua busca fracassava.

A leitura era boa, atraente, satisfatória, a não ser pelo fato de ele se sentir culpado por ter simplesmente escapado para uma Torre de Marfim. Durante muitos anos, ele fizera do dever social um hábito. Queria estar "por dentro" das coisas, e a cada dia ficava mais irritado à medida

---

[23] Nome da propriedade rural com que Mecenas presenteou o poeta latino Horácio. (N. T.)

que Windrip começava, mesmo antes de tomar posse, a mandar no país.

O partido de Buzz, com as deserções para os jeffersonianos, tinha menos que a maioria no Congresso. Doremus tivera acesso a uma "informação privilegiada" vinda de Washington, segundo a qual Windrip estava tentando comprar, bajular, chantagear congressistas da oposição. Um Presidente-Eleito tem poder amoral, se assim o quiser, e Windrip (certamente com promessas de favores extraordinários na área do clientelismo) conquistou alguns votos. Cinco congressistas jeffersonianos tiveram sua eleição contestada. Um deles desapareceu de forma sensacional, e fumegando atrás de seus calcanhares galopantes surgiu uma diabólica nuvem de fraudes. E com cada triunfo de Windrip, todos os Doremus bem-intencionados e enclausurados do país ficavam mais ansiosos.

Ao longo de toda a "Depressão", desde 1929, Doremus havia sentido a insegurança, a confusão, a sensação de futilidade de tentar fazer qualquer coisa mais permanente do que barbear-se ou tomar o café da manhã, algo que era geral no país. Ele não podia mais fazer um plano, para si mesmo ou para seus dependentes, da forma como os cidadãos de seu país outrora não colonizado haviam feito, desde 1620.

Ora, toda a vida deles havia sido baseada no privilégio de planejar. As depressões haviam sido apenas tempestades cíclicas, que com certeza terminariam com um sol nascente; o capitalismo e o governo parlamentar eram eternos, eternamente aperfeiçoados pelos votos honestos de Bons Cidadãos.

O avô de Doremus, Calvin, veterano da Guerra Civil e pastor protestante mal remunerado e conservador, havia planejado: "Meu filho, Loren, terá uma educação em teologia, e acho que seremos capazes de construir uma bela casa nova nos próximos 15 ou 20 anos". Esse plano proporcionara a ele um motivo para trabalhar e uma meta.

Seu pai, Loren, havia jurado: "Mesmo que eu precise economizar um pouco em livros, e talvez abrir mão da extravagância de comer carne quatro vezes por semana (o que é muito ruim para a saúde, de qualquer forma), meu filho, Doremus, fará faculdade e quando, conforme seu desejo, ele se tornará um jornalista, acho que talvez eu possa ajudá-lo durante um ou dois anos. E depois disso espero poder, ah, dentro de mais cinco ou seis anos, comprar aquela coleção das obras completas de Dickens toda ilustrada, ah, uma extravagância, mas algo para deixar de herança para meus netos, para que eles possam apreciar para sempre!"

Mas Doremus Jessup não conseguia planejar: "Vou fazer a Sissy cursar o Smith antes de estudar arquitetura", ou: "Se Julian Falck e Sissy se casarem e ficarem aqui em Fort, vou dar para eles o terreno do sudoeste e algum dia, talvez daqui a uns 15 anos, a casa estará cheia de lindas crianças de novo!" Não, dali a 15 anos, suspirou ele, Sissy poderia estar servindo picadinho de carne para o tipo de trabalhador que chama de "servir picadinho" a arte do garçom, e Julian poderá estar internado em um campo de concentração — fascista ou comunista!

A tradição dos livros de Horatio Alger, "dos andrajos à opulência", estava totalmente erradicada da América que ela havia dominado.

Parecia levemente bobo ter esperança, tentar profetizar, desistir do sono em um bom colchão para labutar na máquina de escrever; e quanto a guardar dinheiro, isso era totalmente idiota!

E para um editor de jornal (para alguém que precisa saber, pelo menos tão bem quanto a Enciclopédia, tudo sobre a história, a geografia, a economia, a política, a literatura, os métodos de jogar futebol — domésticos e internacionais) era enlouquecedor que parecesse impossível, agora, saber qualquer coisa com certeza.

No espaço de um ou dois anos "Ele não sabe do que se trata" se transformou, de uma sarcástica frase coloquial que era, em uma afirmação geral e segura aplicada praticamente a qualquer economista. Antigamente, com toda a sua modéstia, Doremus havia suposto que tinha um conhecimento razoável sobre finanças, impostos, padrão-ouro, exportações agrícolas, e então, sorridente, havia pontificado em todos os cantos que o capitalismo liberal conduziria naturalmente ao socialismo de estado, com os governos sendo proprietários de minas e estradas de ferro e energia hidroelétrica, dessa forma eliminando todas as desigualdades de renda, de modo que qualquer leão magnata da indústria do aço estaria disposto a se deitar com qualquer cordeiro operário, e as cadeias e os sanatórios para tuberculosos ficariam completamente vazios.

Agora ele sabia que não sabia nada importante e, como um monge solitário abalado por uma condenação de heresia, ele se lamentava: "Se pelo menos eu soubesse mais!... Sim, e se eu pudesse simplesmente me lembrar das estatísticas!"

A implementação e o desaparecimento dos vários programas governamentais de recuperação convenceram Doremus de que havia quatro grupos de pessoas que não entendiam claramente coisa alguma sobre como o governo deveria ser conduzido: todas as autoridades de Washington; todos os cidadãos que falavam e escreviam profusamente sobre política; os perplexos intocáveis que nada diziam; e Doremus Jessup.

"Mas", pensou ele, "após a posse de Buzz, tudo será completamente simples e inteligível outra vez; o país será administrado como propriedade privada dele!"

Julian Falck, agora segundanista em Amherst, viera para o feriado de Natal, e passou pelo escritório do *Informer* para pedir uma carona a Doremus antes do jantar.

Ele chamava Doremus de "senhor" e não parecia achar que ele era um fóssil cômico. Doremus gostava disso.

No caminho, eles pararam para abastecer o carro na oficina e posto de gasolina de John Pollikop, o entusiasmado social-democrata, e foram atendidos por Karl Pascal — ex-operador de máquina na pedreira de Tasbrough, ex-líder grevista, ex-presidiário do condado sob a precária acusação de incitação de tumulto e, desde essa época, um modelo de devoção comunista.

Pascal era um homem magro, mas vigoroso; seu rosto ossudo e bem-humorado de bom mecânico era tão sujo de graxa que a pele ao redor dos olhos parecia branca feito barriga de peixe; e aquele contorno pálido, por sua vez, deixava seus olhos, escuros olhos vivos de cigano, ainda maiores... Uma pantera atrelada a um carrinho de carvão.

— E aí, o que você vai fazer depois desta eleição? — indagou Doremus. — Mas que pergunta besta! Acho que nenhum de nós, os críticos de plantão, vai querer dizer muito sobre o que pretende fazer depois de janeiro, quando Buzz puser as mãos em nós. Fingir-se de morto, que tal?

— Vou me fingir de mortíssimo, muito mais do que já fiz antes. Pode apostar. Mas talvez apareçam algumas células comunistas por aqui, agora, quando o fascismo começar a atazanar todo mundo. Nunca antes eu tive muito sucesso com minha propaganda política, mas agora, espere só! — exultou Pascal.

— Você não parece muito deprimido com a eleição — disse Doremus, surpreso.

E Julian acrescentou:

— Não, você parece bem feliz com tudo isso.

— Deprimido! Meu Deus, como assim, Sr. Jessup, eu pensei que o senhor conhecesse a tática revolucionária melhor do que isto, pela forma como o senhor nos apoiou na greve da pedreira, mesmo o senhor sendo o exemplar *perfeito* do pequeno-burguês capitalista! Deprimido? Ora, o senhor não vê? Mesmo que nós comunistas tivéssemos pagado por isso, nós não teríamos nada mais benéfico para nossos propósitos do que a eleição de um ditador militarista exaltado, um pró-plutocrata como Buzz Windrip! Veja, ele vai deixar todos muito insatisfeitos. Mas eles não podem fazer nada, de mãos vazias, contra as tropas armadas. Então ele vai fazer uma algazarra e provocar uma guerra, e então milhões de pessoas terão armas e rações de comida nas mãos. Tudo pronto para a revolução! Viva Buzz e John Prang, o Batista!

— Karl, isso é engraçado em você. Realmente acredito que você acredita no comunismo! — disse o jovem Julian com ar curioso. — Não acredita mesmo?

— Por que você não vai até seu amigo Padre Perefixe e pergunta se ele acredita na Virgem Maria?

— Mas você parece gostar de nosso país, e não parece tão fanático, Karl. Eu me lembro de quando era uma criança de uns 10 anos e você... eu suponho que você tinha uns 25 ou 26 nessa época. Você costumava escorregar na neve com a gente, e fazia uma algazarra, e você fez um bastão de esqui para mim.

— Com certeza, eu gosto da América. Cheguei aqui quando tinha dois anos de idade. Nasci na Alemanha. Mas minha família não era de alemães branquelos. Meu pai era francês e minha mãe uma grandalhona da Sérvia

(Acho que isso faz de mim 100% americano, com certeza!). Acho que temos um ritmo do Velho Continente, de várias formas. Olhe só, Julian, lá eu deveria chamar você de *"Mein Herr"*, ou *"Sua Excelência"*, ou de alguma outra coisa boba, e você me chamaria simplesmente de "ei, como é mesmo seu nome?...Pascal", e o Sr. Jessup aqui, meu Deus, ele seria *"Commendatore"* ou *"Herr Doktor"*! Não! Eu gosto daqui. Existem sintomas de uma possível futura democracia. Mas... Mas... o que me tira do sério não é aquele ramerrão de orador em cima do caixote falando sobre como um décimo de um por cento da população no topo tem uma renda agregada igual a 42% da renda da base da pirâmide. Números assim são astronômicos demais. Não significam nada no mundo para um camarada com os olhos (e o nariz) enfiados numa caixa de transmissão, uma pessoa que só enxerga as estrelas depois das nove da noite uma quarta-feira sim, outra não. Mas o que me tira do sério é o fato de que mesmo antes dessa Depressão, durante o que vocês chamam de época de prosperidade, sete por cento de todas as famílias do país recebiam 500 dólares por ano ou até menos. E vale lembrar que esses não eram os desempregados, ou os que dependiam da assistência social; esses eram os camaradas que tinham a honra de ainda estarem fazendo um trabalho decente.

— Quinhentos dólares por ano são dez dólares por semana, e isso significa um quartinho imundo para uma família de quatro pessoas! Significa cinco dólares por semana para toda a comida dessas pessoas, 18 centavos por dia por pessoa para a comida. Mesmo as prisões mais miseráveis gastam mais que isso. E o espetacular restante de 2,50 dólares por semana, isso significa nove centavos por dia por pessoa para comprar roupas, pagar seguro, condução, contas do médico, contas do dentista, e por Deus, diversão... diversão! E todo o resto dos nove centavos por dia eles podem esbanjar em seus Fords e helicópteros e, quando se sentem muito entediados, cruzar o lago no *Normandie*! Sete por cento de todas as afortunadas famílias americanas cujo chefe *tem* um emprego!

Julian ficou em silêncio; depois sussurrou:

— Você sabe, as pessoas discutem economia na faculdade, de uma forma teórica e solidária, mas ver seus próprios filhos vivendo com 18 centavos por semana para o rango... Acho que isso faria um homem se tornar um extremista!

Doremus ficou agitado e disse:

— Mas qual porcentagem de pessoas em trabalhos forçados nas madeireiras russas ou nas minas da Sibéria ganham mais que isso?

— Haaa! Isso tudo é cascata! Essa é a resposta-padrão que qualquer comunista ouve. Exatamente igual a quando, 20 anos atrás, os cabeças-de-bagre pensavam que iriam arrasar qualquer socialista quando zombassem dele, dizendo: "Se todo o dinheiro fosse dividido, em cinco anos os espertalhões teriam pegado tudo de volta!" Provavelmente existe um golpe de misericórdia parecido na Rússia, para acabar com qualquer pessoa que defenda a América. E tem mais! — Karl Pascal sorriu com um fervor nacionalista. — Nós, americanos, não somos como aqueles camponeses russos idiotas! Vamos fazer muito melhor quando *tivermos* o comunismo!

Nesse momento, seu patrão, o expansivo John Pollikop, um homem que parecia um *Scotch terrier* bem peludo, voltava à oficina. John era um excelente amigo de Doremus; tinha, de fato, sido seu fornecedor de bebidas durante toda a Lei Seca, pessoalmente lhe trazendo *whisky* vindo do Canadá. Ficara conhecido, mesmo desempenhando aquela profissão singularmente penosa, como um dos mais confiáveis do ramo. Agora ele embarcara na dialética da Europa Central.

"Mas aí está o pior problema de toda essa coisa maldita de análise. Quando começo a defender a Democracia contra o Comunismo e o Fascismo e tudo o mais, acabo soando como Lothrop Stoddard e sua corja. Ora, eu quase pareço um editorial de William Hearst sobre como uma determinada faculdade deve expulsar um professor vermelho e perigoso a fim de preservar nossa Democracia pelos ideais de Jefferson e Washington! Entretanto, cantando as mesmas palavras, tenho a impressão de que minha melodia é totalmente diferente da de Hearst. Eu *não* acho que nos saímos bem com todas as terras aráveis e florestas e minérios e o plantel de robustos seres humanos que tivemos. O que me enoja em relação a Hearst e as Filhas da Revolução Americana é que se *eles* são contra o comunismo, eu preciso ser a favor. E não quero ser!"

"Desperdício de recursos, de modo que eles estão quase acabados. Esse foi nosso quinhão na revolta contra a Civilização."

"Nós *podemos* retornar à Idade das Trevas! O verniz do conhecimento e das boas maneiras e da tolerância é tão fino! Bastariam apenas alguns milhares de granadas e bombas de gás para varrer todos os jovens impetuosos, e todas as bibliotecas e arquivos históricos e registros de patentes, todos os laboratórios e galerias de arte, todos os castelos e templos de Péricles e catedrais góticas, todas as lojas cooperativas e as fábricas de motores, cada estoque de conhecimento. Não há motivo inerente para que os netos de Sissy, se é que os netos de alguém vão sobreviver, não devam morar em cavernas e atirar pedras em gatos selvagens."

"E qual é a solução para impedir essa derrocada? Há muitas soluções. Os comunistas têm uma solução que eles sabem que vai funcionar. Os fascistas também, assim como os rígidos constitucionalistas americanos, que *chamam* a si mesmos de advogados da Democracia, sem noção alguma do que a palavra deve significar; e os monarquistas, que têm certeza de que se pudéssemos ressuscitar o Kaiser e o Czar e o Rei Alfonso todos seriam felizes e leais outra vez, e os bancos simplesmente imporiam o crédito aos pequenos comerciantes a 2%. E todos os pregadores afirmam que só eles têm a solução inspirada."

"Muito bem, cavalheiros, escutei todas as suas soluções e agora informo que eu, e somente eu, exceto talvez Walt Trowbridge e o fantasma de Pareto, tenho a perfeita, a inevitável, a única solução, que é esta: Não existe solução! Nunca existirá um estado de sociedade minimamente próximo ao perfeito!"

"Nunca haverá um tempo em que não exista uma grande proporção de pessoas que se sentem pobres, independentemente de quanto elas têm, e que invejam seus vizinhos que sabem vestir roupas baratas de forma ostentosa, e invejam os vizinhos que conseguem dançar ou fazer amor ou digerir melhor."

Doremus suspeitava de que, mesmo com o mais científico dos estados, seria impossível as jazidas de ferro sempre se encontrarem na exata porcentagem decidida dois anos antes pelo Comitê Nacional Tecnocrático de Minerais, não importava quão elevados e fraternos e utópicos fossem os princípios dos membros do comitê.

Sua solução, apontou Doremus, era a única que não recuava diante do pensamento de que daqui a mil anos os seres humanos provavelmente continuariam a morrer de câncer, terremotos e percalços ridículos como escorregar na banheira. Ela presumia que a espécie humana continuaria a ser onerada com a visão que fica fraca, pés que ficam cansados, narizes que coçam, intestinos vulneráveis a bacilos, e órgãos reprodutores que são nervosos até a idade da virtude e da senilidade. Parecia-lhe provável (e sem idealismo nenhum) que, apesar de toda a "mobília contemporânea" dos anos 1930, a maioria das pessoas continuaria, pelo menos por mais cem anos, a sentar-se em cadeiras, comer de pratos sobre mesas, ler livros, independentemente de quantos sofisticados substitutos fonográficos pudessem ser inventados, usar sapatos ou chinelos, dormir em camas, escrever com algum tipo de caneta, e em geral passar 20 ou 22 horas por dia da mesma maneira que haviam passado em 1930, em 1630. Ele suspeitava de que tornados, enchentes, secas, relâmpagos e mosquitos permaneceriam, juntamente com aquela tendência homicida que os melhores cidadãos conhecem quando suas amadas saem para dançar com outros homens.

E, pior e mais fatal de tudo, sua solução previa que homens com maior astúcia, aqueles mais furtivamente matreiros, fossem eles chamados de Camaradas, Irmãos, Comissários, Reis, Patriotas, Irmãozinhos dos Pobres ou qualquer outro nome cor-de-rosa, continuariam a ter mais influência que homens menos inteligentes, mesmo que fossem de valor.

* * *

Todas as soluções rivais, exceto a sua, pensou Doremus com uma risadinha irônica, eram ferozmente propagadas pelos Fanáticos, pelos "Malucos".

Ele se lembrou de um artigo em que Neil Carothers afirmava que os "incitadores das massas" da América em meados dos anos 1930 tinham uma longa e desonrosa ancestralidade de profetas que se sentiram chamados para agitar as massas a fim de salvar o mundo, e salvá-lo à maneira do próprio profeta, e fazer isso imediatamente e com toda a violência: Pedro, o Eremita, o monge esfarrapado, louco e malcheiroso que, para resgatar o templo (não identificado) do Salvador de (não identificadas) "injúrias dos pagãos", liderou nas Cruzadas algumas centenas de milhares de camponeses europeus, que morreriam de fome após queimarem, estuprarem e assassinarem camponeses seus semelhantes em aldeias estrangeiras ao longo do caminho.

Houve John Ball, que "em 1381 era defensor da divisão da riqueza; ele pregava a igualdade de renda, a abolição das distinções de classe e o que poderia agora ser chamado de comunismo" e cujo seguidor, Wat Tyler, saqueou Londres com o gratificante resultado final de o Trabalho ser, em seguida, mais oprimido pelo governo amedrontado do que nunca antes. E quase 300 anos depois, os métodos empregados por Cromwell para expor o doce encanto da Pureza e da Liberdade eram fuzilar, chicotear, espancar, expor à fome e queimar pessoas, e depois dele os trabalhadores pagaram pela sanguinária onda de honradez com o próprio sangue.

Meditando sobre tudo isso, pescando no brejo lamacento de lembranças que a maioria dos americanos tinha no lugar de um lago cristalino de História, Doremus conseguia adicionar outros nomes de bem-intencionados incitadores das massas.

Marat e Danton e Robespierre, que ajudaram a mudar o poder das mãos de embolorados aristocratas para as dos enfadonhos comerciantes mãos-de-vaca. Lênin e Trótski, que concederam aos camponeses analfabetos russos os privilégios de bater um relógio de ponto ou de ser tão cultos, alegres e dignos quanto os operários das fábricas de Detroit; e o homem de Lênin, Borodin, que estendeu esse benefício para a China. E o tal de William Randolph Hearst que, em 1898, era o Lênin de Cuba e arrancou o domínio da ilha dourada das mãos dos cruéis espanhóis e o entregou aos pacíficos, desarmados, fraternos políticos cubanos de hoje em dia.

O Moisés americano, Dowie, e sua teocracia em Zion City, Illinois, onde os únicos resultados da liderança direta de Deus (devidamente orientada e encorajada pelo Sr. Dowie e seu ainda mais entusiasmado sucessor, o Sr. Voliva) foram os santos residentes serem privados de ostras e cigarros e do costume de praguejar, e morrerem sem o auxílio dos médicos em vez de contar com esse auxílio, além de o trecho de estrada que atravessa Zion City constantemente danificar as molas dos carros de cidadãos de Evanston, Wilmette e Winnetka, o que pode ou não ter sido uma Boa Ação desejável.

Cecil Rhodes, com sua visão de fazer da África do Sul um paraíso britânico, e a realidade de fazer daquele país um cemitério para os soldados britânicos.

Todas as Utopias, a Fazenda Brook, o santuário de Robert Owen, a Comunidade Helicon Hall de Upton Sinclair; e todas as suas regulamentações terminam em escândalos, animosidade, pobreza, sujeira e desilusão.

Todos os líderes da Lei-Seca, tão convencidos de que sua causa poderia regenerar o mundo que, por ela, estavam dispostas a fuzilar os infratores.

Parecia a Doremus que o único incitador das massas que construíra algo permanente fora Brigham Young, com seus capitães mórmons barbudos, que não apenas transformaram o deserto de Utah em um Éden, mas fizeram a coisa compensar e a levaram adiante.

Ponderou Doremus: Abençoados são aqueles que não são nem patriotas nem idealistas, e que não sentem que devem se lançar e Fazer Alguma Coisa em Relação a Tudo Isso, algo tão imediatamente importante que todos os que duvidarem devem ser liquidados, torturados, massacrados! O bom e velho assassinato, que desde que Caim matou Abel sempre tem sido o novo instrumento pelo qual todas as oligarquias e ditaduras removeram a oposição!

Nessa ácida disposição Doremus duvidava da eficácia de todas as revoluções; ousava até duvidar um pouco das duas revoluções americanas — contra a Inglaterra em 1776, e a Guerra Civil.

Para um editor da Nova Inglaterra, apenas conceber a menor crítica a essas guerras era o mesmo que, para um pastor batista fundamentalista do Sul, questionar a Imortalidade, a Inspiração da Bíblia e o valor ético de gritar "Aleluia!" Apesar disso, Doremus se perguntava, agitado, se havia mesmo sido necessário ter quatro anos de uma Guerra Civil inconcebivelmente assassina, seguidos de 20 anos de opressão comercial do Sul, a fim de preservar a União, libertar os escravos e estabelecer a igualdade da Indústria com a Agricultura. Havia sido justo com os próprios negros jogá-los tão de repente, com tão pouca preparação, na plena cidadania, o que fez os estados do Sul, no que eles consideravam uma autodefesa, desqualificá-los para as eleições e os lincharem e chicotearem? Não poderiam eles, como Lincoln desejou no início, ter sido libertados sem o direito ao voto, e em seguida educados de forma competente e gradual, de modo que por volta de 1890 pudessem, sem tanta inimizade, ingressar plenamente em todas as atividades do país?

Uma geração e meia (meditou Doremus) dos mais vigorosos e corajosos sendo mortos ou mutilados na Guerra Civil ou, talvez o pior de tudo, transformando-se em gárrulos heróis profissionais e satélites dos políticos que, em troca de seu sólido voto, asseguraram todos os empregos indolentes para o Grande Exército da

República. Os mais valorosos, eles é que sofreram mais, pois enquanto os John D. Rockefellers, os J. P. Morgans, os Vanderbilts, os Astors, os Goulds e seus hábeis camaradas financistas do Sul, não se alistaram, ficando nos enxutos e confortáveis escritórios de contabilidade, atraindo a fortuna do país para suas teias, foram Jeb Stuart, Stonewall Jackson, Nathaniel Lyon, Pat Cleburne e o brioso James B. McPherson que foram mortos... e com eles Abraham Licoln.

Assim, com a extinção das centenas de milhares que deveriam ter sido os progenitores das novas gerações americanas, nós apenas pudemos mostrar ao mundo, que de 1789 até 1860 tanto admirou homens como Franklin, Jefferson, Washington, Hamilton, os Adams e Webster, apenas o refugo composto por McKinley, Benjamin Harrison, William Jennings Bryan, Harding... e o Senador Berzelius Windrip e seus rivais.

A escravidão fora um câncer, e naquele tempo não se conhecia remédio exceto a amputação sangrenta. Não havia o Raio X da sabedoria e da tolerância. No entanto, sentimentalizar essa amputação, justificá-la e exultar com ela foi algo totalmente maligno, uma superstição nacional que mais tarde deveria conduzir a outras Guerras Inevitáveis, guerras para libertar os cubanos, para libertar os filipinos que não queriam nosso tipo de liberdade, para Acabar com Todas as Guerras.

Não vamos, pensou Doremus, tocar os clarins para a Guerra Civil, nem achar divertida a coragem dos intrépidos meninos ianques de Sherman quando queimaram as casas de mulheres solitárias, nem particularmente admirar a calma do General Lee enquanto assistia a milhares se contorcendo na lama.

Ele chegou a se perguntar se, necessariamente, fora algo tão desejável que as Treze Colônias se separassem da Grã-Bretanha. Se os Estados Unidos tivessem permanecido no Império Britânico, possivelmente teria se desenvolvido uma confederação que teria imposto a Paz Universal, no lugar de ficar falando nela. Meninos e meninas dos ranchos do Oeste e das plantações do Sul e dos pomares de bordo do Norte poderiam ter acrescentado Oxford, a Catedral de York e as aldeias de Devonshire aos seus próprios domínios. Homens ingleses, até virtuosas mulheres inglesas, poderiam ter aprendido que pessoas que não têm o sotaque de uma residência paroquial de Kent ou de uma vila têxtil de Yorkshire podem, mesmo assim e de várias formas, ser alfabetizadas; e que um número assombroso de pessoas no mundo não podem ser convencidas de que seu principal objetivo na vida deve ser aumentar as exportações britânicas em benefício dos interesses das classes privilegiadas.

Geralmente se afirma, lembrou-se Doremus, que sem uma independência política completa os Estados Unidos não teriam desenvolvido suas virtudes peculiares. Entretanto, não ficava patente para ele que a América era mais singular que o Canadá e a Austrália; que Pittsburgh e Kansas City deveriam ser preferidas em detrimento de Montreal e Melbourne, Sydney e Vancouver.

Não deveria ser permitido que nenhum questionamento sobre a possível sabedoria dos "radicais" que primeiro defenderam essas duas revoluções americanas, Doremus advertiu a si mesmo, trouxesse algum consolo para aquele eterno inimigo: os reacionários manipuladores de privilégios que desqualificam como "agitadores perigosos" qualquer um que ameace suas fortunas; que coam a água para se livrar de um mosquito como Debs, e calmamente engolem um camelo como Windrip.[26]

Entre os incitadores das massas (na maioria dos casos identificados por seu desejo de poder e notoriedade pessoal) e os altruístas que lutam contra a tirania, entre William Walker ou Danton, e John Howard ou William Lloyd Garrison, Doremus percebia, havia a diferença que existe entre um bando ruidoso de ladrões e um homem honesto ruidosamente defendendo-se de ladrões. Ele havia crescido reverenciando os Abolicionistas: Lovejoy, Garrison, Wendell Philips, Harriet Beecher Stowe, embora seu pai considerasse John Brown um louco e uma ameaça, e tivesse disfarçadamente jogado lama nas estátuas de mármore de Henry Ward Beecher, o apóstolo que vestia um sofisticado colete. E Doremus não podia fazer outra coisa exceto reverenciar os Abolicionistas agora, embora tivesse algumas dúvidas sobre se Stephen Douglas e Thaddeus Stephens e Lincoln, homens mais comedidos e menos românticos, não poderiam feito melhor seu trabalho.

"Seria possível", suspirou ele, "que os idealistas mais vigorosos e destemidos tenham sido os piores inimigos do progresso humano, em vez de seus maiores promotores? Seria possível que homens comuns com a humilde característica de cuidar da própria vida conquistassem um nível mais alto na hierarquia celeste do que todas as almas emplumadas que abriram seu caminho por entre as massas e insistiram em salvá-las?"

....

[26] Referência a Mateus, 23: 24. Eugene Debs (1855-1926) foi um sindicalista e ativista político que concorreu cinco vezes a Presidente dos EUA pelo Partido Socialista. (N. T.)

14

Entrei para a igreja cristã, ou, como alguns a chamam, a Igreja Campbellita, quando era um garotinho, mal saído dos cueiros. Mas naquela época eu desejava, assim como desejo agora, que me fosse possível pertencer à gloriosa irmandade inteira: estar em comunhão ao mesmo tempo com os bravos Presbiterianos que combatem os pusilânimes, mentirosos, destrutivos e estúpidos Críticos Históricos, como são chamados; e com os Metodistas, que se opõem tão fortemente à guerra mas que em tempos de guerra sempre podem ser considerados extremamente patriotas; e com os esplendidamente tolerantes Batistas, os determinados Adventistas do Sétimo Dia, e acho que poderia até dizer uma palavra gentil em favor dos Unitarianos, já que o grande executivo William Howard Taft pertenceu a eles, bem como sua esposa.
Hora Zero, Berzelius Windrip.

Oficialmente, Doremus pertencia à Igreja Universalista, sua mulher e filhos à Igreja Episcopal — uma transição natural no ambiente americano. Ele fora educado para admirar Hosea Ballou, o Santo Agostinho universalista que, de sua pequena casa paroquial em Barnard, Vermont, havia proclamado sua crença de que até o maior pecador teria, após sua morte terrena, outra oportunidade de salvação. Mas agora, Doremus mal podia entrar na Igreja Universalista de Fort Beulah. Ali habitavam muitas lembranças de seu pai, o pastor, e era deprimente ver como as congregações antigas, em que 200 barbas cerradas ocupavam os bancos de pinho estriado todo domingo de manhã, junto com suas mulheres e crianças enfileiradas ao lado dos patriarcas, haviam minguado, sendo agora compostas de viúvas e agricultores idosos e algumas professorinhas.

Mas, naquela época de buscas, Doremus se arriscou a ir lá. A igreja era uma construção de granito baixa e escura, não particularmente avivada pelos arcos de pedra colorida sobre as janelas, mas mesmo assim Doremus, quando criança, a havia considerado, juntamente com sua torre truncada, superior a Chartres. Ele amara aquela construção assim como amara, durante seu tempo no Isaiah College, a biblioteca que, apesar de parecer um sapo de cócoras feito de tijolos vermelhos, significara para ele a liberdade da descoberta espiritual, uma silenciosa caverna de leitura onde durante horas ele podia se esquecer do mundo e nunca ser instado para que fosse jantar.

Nessa sua visita à Igreja Universalista, encontrou um grupo de uns 30 discípulos, que ouviam um "substituto", um estudante de teologia de Boston, que lançava a eles sua eloquência bem-intencionada, medrosa e levemente plagiada sobre a doença de Abias, filho de Jeroboão. Doremus observava as paredes da igreja, pintadas de um verde sólido e brilhante, sem nenhuma ornamentação para evitar as pecaminosas pompas do papismo, enquanto ouvia o sermão hesitante e rouco do pregador.

— Bem... ah, ora, o que tantos de nós deixam de perceber é como, uh, como o pecado, como qualquer pecado que nós, uh... que nós mesmos possamos cometer, qualquer pecado não se reflete em nós mesmos, mas, uh, sim naqueles que mais amamos e estimamos...

Doremus sentiu que teria dado qualquer coisa por um sermão que, mesmo sendo irracional, pudesse elevá-lo passionalmente a uma coragem renovada, que pudesse banhá-lo em consolo naqueles meses torturados. Mas com um choque de raiva percebeu que isso era exatamente o que ele estivera condenando, poucos dias atrás: o poder dramático e irracional do líder cruzado, religioso ou político.

Muito bem, então. Era triste. Ele teria de prosseguir sem o consolo espiritual da igreja que conhecera nos tempos da faculdade.

Não. Primeiro ele tentaria o ritual de seu amigo, o Reverendo Falck, ou "Padre Falck", como Buck Titus algumas vezes o chamava.

No aconchegante anglicanismo da Igreja Protestante Episcopaliana de São Crispim, com sua imitação de placas memoriais de bronze, e imitação de letra celta e atril de águia de latão, o carpete bordô cheirando a pó, Doremus ouviu o Reverendo Falck:

— Deus Todo Poderoso, Pai de Nosso Senhor Jesus Cristo, que não deseja a morte de um pecador, mas sim que ele possa afastar-se de sua própria maldade e viver; e que concedeu poder e comando a seus Ministros, para que possam declarar e proferir ao seu povo, sendo penitentes, a Absolvição e a Remissão de seus pecados...

Doremus olhou para o rosto placidamente devoto de sua mulher, Emma. O adorável e conhecido antigo ritual não tinha mais sentido para ele agora; não era mais pertinente a uma vida ameaçada por Buzz Windrip e seus Homens Minuto, já não trazia mais o conforto por ter perdido seu velho e arraigado orgulho de ser americano do que a reencenação teatral de uma igualmente adorável e familiar peça elisabetana. Ele olhou ao seu redor, nervoso. Por mais exaltado que o Reverendo Falck pudesse estar, a maior parte da congregação era composta de rostos indiferentes. A Igreja Anglicana era, para eles, não a aspirante humildade de um Newman, nem a humanidade do Bispo Brown (sendo que ambos a deixaram!), mas o sinal e a prova da prosperidade — uma versão eclesiástica de possuir um Cadillac de 12 cilindros — ou até mais, de saber que o avô possuía sua própria carruagem de quatro lugares e um respeitável velho cavalo da família.

Para Doremus, todo o lugar cheirava a bolinhos mofados. A Sra. R. C. Crowley usava luvas brancas e sobre seu busto (pois uma Sra. Crowley, mesmo em 1936, ainda não tinha seios) havia um ramalhete apertado de tuberosas. Francis Tasbrough vestia um fraque e calças listradas, e sobre o banco estofado de cor lilás ao seu lado estava uma (única em Fort Beulah) cartola revestida de seda. E mesmo a companheira de vida de Doremus, ou pelos menos a sua companheira de café-da-manhã, a boa Emma, tinha uma expressão pedante de bondade superior que o irritava.

"Todo esse aparato me sufoca!", pensou ele com raiva. "Preferia estar numa orgia de cristãos histéricos, pulando e berrando. Não, esse é o tipo de histeria à la Buzz Windrip. Quero uma igreja, se é possível haver uma assim, que esteja além da selva e além dos capelães do Rei Henrique VIII. Sei por que, mesmo sendo rigorosamente conscienciosa, Lorinda nunca vai à igreja".

Lorinda Pike, naquela tarde de dezembro com granizo, estava cerzindo um pano de prato no salão de sua Beulah Valley Tavern, a cinco milhas rio acima a partir de Fort Beulah. Não se tratava, é claro, de uma taverna: era uma grande pensão, como se constatava nos seus 12 quartos de hóspedes e na sala de chá, ligeiramente sofisticada demais, no cômodo reservado para as refeições. A despeito de sua antiga afeição por Lorinda, Doremus sempre se irritara com as lavandas de latão cingalês, os jogos americanos da Carolina do Norte, e os cinzeiros italianos expostos para venda sobre mesas, bambas, para jogos de cartas na sala de jantar. Mas ele tinha de admitir que o chá era excelente, os bolinhos leves, o queijo Stilton de confiança; os ponches de rum, feitos pessoalmente por Lorinda, admiráveis, e que Lorinda em si era inteligente, apesar de adorável — especialmente quando, como acontecia naquela tarde cinzenta, ela não era incomodada nem por outros hóspedes, nem pela presença daquele verme, seu sócio, o Sr. Nipper, cuja gratificante noção era de que por ter investido alguns milhares de dólares na Taverna ele não teria nada de trabalho e responsabilidade, apesar de ficar com metade dos lucros.

Doremus avançou para dentro, batendo a neve da roupa, bufando para se recuperar da instabilidade causada pelas derrapagens que havia enfrentado desde Fort Beulah. Lorinda fez um aceno distraído com a cabça, jogou mais um pedaço de madeira na lareira, e retomou seu trabalho manual com nada mais íntimo que um:

— Olá. Tempo feio aí fora!
— Horrível!

Mas quando os dois se sentaram, um de cada lado da lareira, seus olhos não tinham a necessidade de sorrisos para estabelecer uma ponte entre si.

Lorinda refletiu:

— É, meu amigo, vai ser muito difícil. Acho que Windrip e companhia vão colocar as lutas femininas lá atrás, por volta de 1600, com Anne Hutchinson e os Antinomianos.

— Com certeza. De volta pra cozinha!
— Mesmo que você não tenha cozinha!
— Pior do que para nós, homens? Você percebe que Windrip nunca nem *mencionou* a liberdade de expressão

e a liberdade de imprensa em seus artigos de fé? Com certeza ele divulgaria essas ideias amplamente se tivesse sequer pensado nelas.

— É isso mesmo. Chá, querido?

— Não, Linda, que diabos! Tenho vontade de pegar a família e escapar para o Canadá *antes* de ser pego... logo depois da tomada de posse de Buzz.

— Não, você não deve fazer isso. Devemos manter todos os jornalistas que vão continuar lutando contra ele, e não sair farejando a lata do lixo. Além disso, o que eu faria sem você?

Pela primeira vez, Lorinda soou importuna.

— Você levantará muito menos suspeita se eu não estiver por perto. Mas acho que você tem razão. Não posso ir antes que eles me ponham em maus lençóis. Daí terei de desaparecer. Estou velho demais para aguentar a cadeia.

— Não velho demais para fazer amor, espero! Isso *seria* difícil para uma moça!

— Ninguém nunca está, a não ser aquele tipo que costumava ser jovem demais para fazer amor! De qualquer forma, vou ficar, por um tempo.

De repente ele tinha obtido, de Lorinda, a determinação que havia buscado na igreja. Ele continuaria tentando varrer o oceano para trás, apenas para sua própria satisfação. Isso significava, entretanto, que seu eremitério na Torre de Marfim foi fechado com uma velocidade ligeiramente ridícula. Mas ele se sentia forte novamente, e alegre. Seus pensamentos foram interrompidos por Lorinda.

— Como Emma está enfrentando a situação política?

— Ela não sabe que existe uma "situação política"; me ouve resmungando, e ouviu a advertência de Walt Trowbridge no rádio, a noite passada. Você também ouviu?

E daí ela diz: "Meu Deus, que coisa terrível!" E daí ela esquece tudo e se preocupa com a panela que queimou. Ela tem sorte! Bem, ela provavelmente me acalma e evita que eu me transforme num *completo* neurótico! Provavelmente é por isso que sou tão eternamente apaixonado por ela. E mesmo assim sou idiota o suficiente para desejar que você e eu estivéssemos juntos, reconhecidamente juntos, todo o tempo. E pudéssemos lutar juntos para manter alguma pequena luz ardendo nesta nova época glacial que se aproxima. Verdade. O tempo todo. Acho que, neste momento, considerando tudo, eu gostaria de beijar você.

— Essa celebração é tão incomum?

— Sim, sempre. É sempre a primeira vez de novo! Veja, Linda, você já parou para pensar como é curioso que, tudo entre nós, como aquela noite no hotel em Montreal, nós... parece que nenhum de nós sentiu culpa alguma, embaraço algum, tanto que podemos nos sentar aqui e ficar fofocando desse jeito?

— Não, meu bem! Meu querido!! Não parece nada curioso. É tudo tão natural. Tão bom!

— E apesar disso somos pessoas razoavelmente responsáveis...

— Claro. É por isso que ninguém suspeita de nós, nem mesmo a Emma. Graças a Deus que ela não desconfia, Doremus! Eu não a magoaria por nada, nem mesmo por seus favores bem-intencionados.

— Ora, caramba!

— Oh, você pode despertar suspeitas, por si mesmo. Todo mundo sabe que você às vezes ingere álcool e joga pôquer e diz "coisas pesadas". Mas quem suspeitaria que a excêntrica do pedaço, a sufragista, a pacifista, a que luta contra a censura, a amiga de Jane Addams e Mãe Bloor, poderia ser uma libertina? Intelectuais! Reformistas sem sentimentos! Ah, e eu conheci tantas mulheres agitadoras, portando machadinhas como Carrie Nation e carregando recatadas folhas de estatísticas, que foram dez mil vezes mais ardentes, intoleravelmente mais ardentes do que qualquer concubinazinha gorducha de rosto redondo vestida numa camisola de *chiffon*.

Por um momento, seus olhares carinhosos não eram apenas amigáveis e acostumados e indiferentes.

Ele ficou agitado.

— Ah, penso em você todo o tempo e quero você e, apesar disso, penso em Emma também. E nem tenho aquele egoísmo novelesco de me sentir culpado ou intoleravelmente preso em complexidades. É isso mesmo. Tudo parece muito natural, Querida Linda!

Ele deu passos rápidos até a janela, virando o rosto para ela a cada dois passos. Era a hora do crepúsculo, e das ruas subia uma fumaça. Ele olhou lá fora, desatento; em seguida, com toda a atenção.

— Curioso, isso! Curiosíssimo, na verdade. Parado ali, atrás daquele arbusto grande, acho que é de lilases, do outro lado da rua, tem um sujeito observando este lugar. Consigo divisá-lo pelos faróis dos carros que passam de vez em quando. E acho que é meu empregado. Oscar Ledue, Shad — disse Doremus, e começou a fechar as alegres cortinas brancas e vermelhas.

— Não! Não! Não feche as cortinas. Ele vai desconfiar.

— Isso mesmo. Estranho, ele ficar ali, vigiando. Se é ele realmente. Ele deveria estar na minha casa neste exato momento, cuidando da caldeira. No inverno, ele só trabalha para mim algumas horas por dia, trabalha na fábrica de esquadrias no restante do tempo, mas ele deveria... Uma leve chantagem, eu acho. Bem, ele pode publicar tudo o que viu aqui hoje, quando quiser fazer isso!

— Apenas o que ele viu hoje?

— Qualquer coisa! Qualquer dia! Tenho um tremendo orgulho, um velho farrapo humano como eu, 20 anos mais velho que você, e ser seu amante!

E ele tinha mesmo orgulho, mas ficava se lembrando o tempo todo do aviso escrito em giz vermelho, que havia achado na varanda de sua casa, depois da eleição. Antes que ele pudesse pensar profundamente sobre isso, a porta se abriu com um estardalhaço e sua filha, Sissy, foi entrando depressa.

— Ora, ora, ora... Bom dia, Jeeves. Dia, Srta. Lindy. Como está todo mundo nesta velha plantação por aqui? Oi, Pai. Não, não foram muitos coquetéis. Foi só um coquetelzinho bem pequeno. É o espírito da juventude. Meu Deus, como está frio! Chá, Linda, minha amiga. Chá!

Tomaram chá, formando um círculo totalmente doméstico.

— Levo você para casa, Pai — disse Sissy, quando se preparavam para ir embora.

— Ok... Não, espere um segundo! Lorinda, me arrume uma lanterna.

Enquanto marchava lá para fora e atravessava a rua num passo beligerante, fervia na cabeça de Doremus toda a raiva agitada que ele estivera ocultando de Sissy. E, meio oculto por entre os arbustos, apoiado na motocicleta, ele de fato encontrou Shad Ledue.

Shad se assustou; dessa vez ele parecia menos desdenhosamente cheio de si do que um guarda de trânsito da Quinta Avenida, quando Doremus disse, de forma brusca:

— O que você está fazendo aqui?

Shad gaguejou ao responder:

— Ah... é só que... deu algum problema na minha moto.

— É mesmo? Você deveria estar cuidando da caldeira, Shad.

— Bem, agora acho que preciso consertar minha máquina. Já vou andando.

— Não! Minha filha vai me levar para casa, então você pode colocar a motocicleta na carroceria do meu carro e ir embora com ele.

(De alguma forma, ele tinha de conversar a sós com Sissy, embora não tivesse a mínima ideia do que era preciso dizer a ela.)

— Ela?! Imagine! Ela não dirige nem com reza brava. Ela é doida varrida!

— Ledue! A Srta. Sissy é uma motorista altamente competente. Pelo menos ela satisfaz meus parâmetros, e se você acha que ela não satisfaz os *seus* parâmetros...

— O jeito que ela dirige não faz a mínima diferença para mim. Boa noite!

Atravessando a rua de volta, Doremus censurou a si mesmo. "Foi criancice minha. Tentar conversar com ele como um cavalheiro! Mas que vontade de esganar esse homem!"

Ele informou Sissy, que estava à porta:

— Shad acabou vindo para cá. Moto com defeito. Diga pra ele pegar meu Chrysler. Vou com você.

— Beleza! Só seis rapazes ficaram de cabelo branco andando de carro comigo nesta semana.

— E eu quis dizer que acho melhor eu ir dirigindo. A pista está muito escorregadia hoje.

— Como assim?! Ora, meu querido pai bobo, sou a melhor motorista... no...

— Você não dirige nem com reza brava. Você é doida varrida! Eu vou guiando, entendeu? Noite, Lorinda.

— Tudo bem, meu querido Papai — respondeu Sissy, com uma empáfia que fez os joelhos de Doremus tremerem.

Ele assegurou a si mesmo, apesar disso, que esse jeito despachado de Sissy, característico até de moças e rapazes provincianos amamentados com gasolina, era apenas uma imitação das meretrizes nova-iorquinas mais elegantes e não duraria mais que um ou dois anos. Talvez essa geração de língua solta precisasse de uma Revolução Buzz Windrip e todo o sofrimento acarretado por ela.

— Que beleza! Sei que é chique dirigir com cuidado, mas você precisa mesmo imitar o caramujo prudente? — observou Sissy.
— Os caramujos não derrapam.
— Não, eles são atropelados. Prefiro derrapar.
— Então, seu pai é um fóssil?
— Bem, eu não diria...
— Bem, talvez seja mesmo. Há vantagens. De qualquer forma, fico me perguntando se não existe um bocado de bobagem nessa ideia de que a idade adulta é tão cuidadosa e conservadora, ao passo que a juventude é tão aventureira, corajosa e original. Veja os jovens nazistas e como eles apreciam bater nos comunistas. Veja quase qualquer classe de universitários: os alunos desaprovando o professor porque ele é iconoclasta e ridiculariza as ideias sagradas da cidade natal. Nesta tarde mesmo, eu estava pensando, vindo para cá...
— Pai, você vai frequentemente ver a Lindy?
— Ué... ora... não especialmente. Por quê?
— Por que vocês não... Do que vocês têm tanto medo? Vocês dois, reformistas alucinados... Vocês foram feitos um para o outro. Por que vocês não... você sabe, não se tornam amantes?
— Meu Deus do céu! Cecilia! Eu nunca ouvi uma moça *decente* falando desse jeito em toda a minha vida.
— Tsc, tsc. Nunca ouviu? Ora, ora, sinto muito!
— Oh, Deus meu... Pelo menos você é forçada a admitir que é ligeiramente incomum que uma filha leal

sugira ao pai que engane sua mãe! Em especial uma mãe tão bacana e adorável como a sua!

— É mesmo? Ok, talvez... Incomum sugerir isso... com todas as letras. Mas fico me perguntando se muitas jovens às vezes não *pensam* nesse tipo de coisa, mesmo assim, quando veem seu Venerável Genitor ficando embolorado!

— Sissy...

— Ei, olhe o poste aí na frente!

— Tudo bem, nem cheguei perto de bater nele! Agora, olhe aqui, Sissy: você simplesmente não pode ser tão obsedada, ou obcecada, qualquer uma dessas palavras. Eu sempre faço confusão com elas. Isso é coisa séria. Nunca ouvi uma ideia tão absurda como essa de Linda... Lorinda e eu sermos amantes. Minha querida menina, você simplesmente não *pode* ser tão irreverente em relação a coisas tão sérias!

— Ah, não *posso*!? Desculpe, Pai. Só estou dizendo... sobre a Mamãe. Claro que eu não iria admitir que ninguém a machucasse, nem mesmo Lindy e você. Mas, por Deus, Venerável, ela nem sequer pensaria numa coisa dessas. Você poderia ter o seu extra e ela não iria perceber. As vibrações mentais da minha mãe não são muito... quero dizer... muito povoadas de sexo, se é assim que você diz. Ela está mais para o complexo de aspirador de pó novo, se é que você me entende. Coisas do Freud! Ah, ela é ótima, mas não muito analítica e...

— Então essa é a sua ética?

— O quê, ora, meu Deus, por que não? Ter uma experiência ótima que vai recarregar suas energias sem magoar os sentimentos de ninguém? Bem, posso dizer que esse é o segundo capítulo inteiro do meu livro sobre ética.

— Sissy, será que você tem, por algum acaso, alguma vaga noção do que está falando, ou acha que está falando?

É claro, e talvez devamos ter vergonha de nossa vergonhosa negligência, mas eu não... e suponho que sua mãe também não, acho que nós não ensinamos muito a você sobre "sexo", e...

— Ainda bem! Vocês me pouparam da florzinha fofa e das sementinhas, e dos passarinhos na cama ao lado... me desculpe, eu quis dizer no galho ao lado. De jeito nenhum! Eu com certeza odiaria ficar vermelha de vergonha cada vez que olhasse para um jardim!

— Sissy! Filha! Por favor! Você não precisa ser tão *espertinha* a respeito de um assunto tão importante...

— Sei disso, Pai, me desculpe — respondeu Sissy, arrependida. — É só que... se você soubesse como me sinto péssima quando vejo você tão péssimo e calado... Esse Windrip horrível, essa coisa de Liga dos Aborrecidos pôs você para baixo, não foi mesmo?! Se você vai combatê-los, será preciso recuperar a motivação e o ânimo. Você vai ter de tirar as luvinhas de renda e colocar um soco-inglês. E eu tenho um palpite de que a Lorinda poderia proporcionar isso a você, e só ela. O que me diz? E ela fingindo ser tão magnânima! (Lembra aquela velha brincadeira tão apreciada por Buck Titus, "Se você vai salvar as mulheres decaídas, salve uma para mim..."? Ah, também não é tão boa assim, esqueça. Acho que devemos tirá-la do repertório.) Mas, de qualquer forma, a nossa Lindy tem olhos bem úmidos e famintos...

— Impossível, impossível! Aliás, Sissy, o que você sabe sobre tudo isso? Você é virgem?

— Pai, é esse tipo de pergunta que você acha adequado?... Ok, tudo bem, acho que eu estava pedindo. E a resposta é, sou, até agora. Mas não prometo nada sobre o futuro. É melhor eu já dizer agora: se as condições neste país ficarem tão ruins quanto você vem dizendo que ficarão, e Julian Falck for ameaçado de ter de ir para a guerra ou para a prisão ou alguma coisa podre como essas, com certeza não vou permitir que algum recato de donzela interfira entre mim e ele, e é melhor você se preparar para isso.

— Ah, então é o Julian mesmo, não o Malcolm?

— Acho que sim. O Malcolm me irrita um pouco. Ele está se preparando muito para ocupar um posto de coronel ou coisa parecida com os soldados de madeira do Windrip. E eu gosto tanto de Julian! Mesmo ele sendo a criatura mais teimosa e pouco prática do mundo, como o avô dele, ou você! Ele é um fofo. Na noite passada ficamos ronronando besteiras um para o outro até às duas da manhã, eu acho...

— Sissy! Mas você não... Oh minha pequena! Julian é provavelmente um rapaz decente, não é mau sujeito. Mas você... você não permitiu que ele tivesse intimidades com você, certo?

— Mas que palavra mais caduca! Como se algo pudesse ser tão terrivelmente mais íntimo do que um bom beijo de dez mil cavalos-vapor! Mas, só para você não ficar preocupado, não. As poucas vezes, tarde da noite, na sala lá de casa, em que dormi com o Julian, bem, nós *dormimos*!

— Fico feliz, mas... Seu aparente, talvez apenas aparente conhecimento sobre vários assuntos delicados me causa embaraço.

— Agora, escute aqui! Isso é algo que você deveria estar me dizendo, e não eu dizendo a você, Sr. Jessup! Parece que este país, e a maior parte do mundo... agora *estou* sendo séria, Pai; muito séria, Deus nos ajude a todos! Parece que estamos indo de volta na direção da barbárie. É a guerra! Não haverá muito espaço para recato e timidez, não mais do que existe para uma enfermeira num hospital de base quando trazem os feridos. Moças boazinhas... elas estão *fora*! São mulheres como Lorinda e eu que vocês homens vão querer ter por perto, não são? Não são mesmo?

— Talvez, pode ser — disse Doremus, com um suspiro, deprimido por ver mais um pedaço de seu mundo conhecido escapar sob seus pés diante do aumento da maré.

Agora estavam chegando à entrada da residência dos Jessups. Shad Ledue estava saindo da garagem.

— Entre na casa depressa, ok? — disse Doremus para sua menina.

— Tudo bem, mas tome cuidado! — respondeu ela, que não soava mais como sua filhinha, que devia ser protegida, enfeitada com fitas azuis, de quem as pessoas riam furtivamente quando ela tentava se exibir imitando os adultos. De repente ela se transformara em uma camarada confiável, como Lorinda.

Doremus saiu resolutamente do carro e chamou calmamente.

— Shad!

— Hein?

— Você levou as chaves do carro para a cozinha?

— Ah, não! Acho que deixei as chaves no carro.

— Eu já lhe disse mais de cem vezes que as chaves devem ficar na cozinha.

— Ahn? Bem, como foi com a *Srta. Cecília* dirigindo? Foi boa a visita à velha Srta. Pike?

Agora ele tinha assumido um olhar zombeteiro, impossível de disfarçar.

— Ledue, acho que você está despedido. Desde já!

— Olha, imagine só. Ok, Chefe! Eu estava para lhe dizer que estamos formando um segundo capítulo da Liga dos Homens Esquecidos em Fort, e eu devo assumir o cargo de secretário. Eles não pagam muito... apenas cerca do dobro do que me é pago aqui. Eles são muito mão-de-vaca, mas a coisa toda terá algum significado em termos políticos. Boa noite!

Mais tarde, Doremus lamentou quando se lembrou de que, apesar de todo o seu jeito tosco de estivador, Shad havia aprendido a escrever bem na escola de tijolos vermelhos de Vermont, e a ter um bom domínio dos números, de modo que provavelmente ele conseguiria manter seu cargo fajuto de secretário. Era uma pena!

Duas semanas mais tarde, quando, na qualidade de Secretário, Shad lhe escreveu exigindo uma doação de 200 dólares para a Liga, e Doremus recusou, o *Informer* começou a perder leitores dentro de 24 horas.

15

Em geral, sou bastante moderado; na verdade, muitos de meus amigos têm a gentileza de dizer que sou "simplão" quando estou escrevendo ou discursando. Minha ambição é "morar na beira da estrada e ser amigo dos homens".[27] Mas espero que nenhum dos cavalheiros que me concederam a honra de sua inimizade pense por um único momento que quando me defronto com um mal público bastante repulsivo ou um detrator bastante persistente, eu não possa me erguer nas patas traseiras e rugir como um Urso Grisalho. Portanto, desde o início de meu relato sobre a luta de dez anos que empreendo contra eles, como cidadão comum, Deputado Federal e Senador, permitam-me dizer que os donos da Corporação Sangrey River Power, Light and Fuel — e deixo aqui a sugestão de um processo por calúnia — são a corja mais desprezível, baixa, covarde, pusilânime, assassina, bajuladora, lançadora de bomba, fraudadora de eleições, falsificadora de documentos, subornadora, compradora de perjúrios, financiadora de fura-greves, e como um todo trapaceira, mentirosa e trambiqueira que jamais tentou retirar das eleições um honesto servidor do Povo; só que eu sempre consegui dar uma surra neles, de forma que minha indignação para com esses cleptomaníacos

---

[27] Referência ao poema *The House by the Side of the Road* [A Casa na Beira da Estrada] de Sam Walter Foss (1858-1911). (N. T.)

homicidas não é pessoal, mas inteiramente em nome do público em geral.
Hora Zero, Berzelius Windrip.

Na quarta-feira, 6 de janeiro de 1937, a apenas 15 dias de sua tomada de posse, o Presidente-Eleito Berzelius Windrip anunciou suas indicações dos membros de gabinete e diplomatas.

Para Secretário de Estado, seu antigo secretário e assessor de imprensa, Lee Sarason, que também assumiu o posto de Marechal, ou Comandante-em-Chefe, dos Homens Minuto, cuja organização deveria ser estabelecida permanentemente, como se fosse uma inocente banda marcial.

Para Secretário da Fazenda, um tal de Webster R. Skittle, presidente do próspero Fur & Hide National Bank de St. Louis. O Sr. Skitlle fora certa vez processado por fraudar sua declaração de imposto de renda, mas havia sido perdoado, mais ou menos, e durante a campanha o que se disse foi que ele havia arranjado uma forma convincente de demonstrar sua fé em Buzz Windrip como Salvador dos Homens Esquecidos.

Para Secretário da Guerra: o Coronel Osceola Luthorne, anteriormente editor do jornal *Argus*, de Topeka (Estado de Kansas) e do *Fancy Goods and Novelties Gazette;* mais recentemente firmara uma próspera carreira no ramo imobiliário. Seu título vinha de seu cargo na assessoria de honra do governador do Tennessee. Era há muito tempo amigo e companheiro de campanha de Windrip.

Todos lamentaram que o Bispo Paul Peter Prang tivesse recusado a nomeação como Secretário da Guerra, em uma carta em que se dirigia a Windrip como "meu querido amigo e colaborador" e afirmando que estava sendo sincero quando afirmava que não desejava cargo algum. Mais tarde, todos igualmente lamentaram que o Padre Coughlin tivesse recusado o posto de Embaixador no México, sem mandar nenhuma carta, mas apenas um críptico telegrama dizendo "Simplesmente seis meses atrasado".

Um novo cargo de gabinete, o de Secretário da Educação e Relações Públicas, foi criado. Demoraria alguns meses até que o Congresso viesse a investigar a legalidade dessa criação, mas enquanto isso a nova posição foi brilhantemente ocupada por Hector Macgoblin, médico, PhD e pós-Doutor em Humanidades.

O Senador Porkwood foi honrado com um cargo de Procurador-Geral, e todos os outros cargos foram aceitavelmente preenchidos por homens que, embora tivessem apoiado inteiramente os projetos quase socialistas de Windrip de distribuir grandes fortunas, eram conhecidos como totalmente sensatos, sem nada de fanatismo.

Dizia-se, embora Doremus Jessup nunca pudesse prová-lo, que Windrip aprendera com Lee Sarason o costume espanhol de livrar-se de amigos inoportunos e inimigos nomeando-os para posições no exterior, de preferência num exterior bem longínquo. De qualquer forma, como Embaixador no Brasil, Windrip tinha nomeado Herbert Hoover, que aceitou a proposta de forma não muito entusiasmada; como embaixador na Alemanha, o Senador Borah; como governador das Filipinas, o senador Robert La Follette, que recusou a indicação; e como embaixadores na Corte de St. James, no Reino Unido, na França e na Rússia, ninguém menos que Upton Sinclair, Milo Reno e o Senador Bilbo do Mississippi.

Esses três se deram muito bem. O Sr. Sinclair agradou aos britânicos adquirindo um interesse tão amigável na política deles que fez uma campanha aberta em prol do Partido Operário Independente e publicou uma expressiva brochura intitulada: "Eu, Upton Sinclair, Provo que o Primeiro-Ministro Walter Elliot, o Secretário das Relações Exteriores Anthony Eden, e o Primeiro Lorde do Almirantado Nancy Astor[28] São Todos Mentirosos e se Recusaram a Aceitar Aconselhamento Amigável e Graciosamente Oferecido". O Sr. Sinclair também provocou um considerável interesse entre os círculos domésticos britânicos por defender uma lei do Parlamento proibindo todo uso de roupas de gala e todo tipo de caça à raposa, exceto com espingardas; e na ocasião em que foi oficialmente recebido no Palácio de Buckingham, ele calorosamente convidou o Rei George e a Rainha Mary para que fossem morar na Califórnia.

O Sr. Milo Reno, corretor de seguros e antigo presidente da National Farmer's Holiday Association, a quem os monarquistas franceses comparavam com seu grande predecessor, Benjamin Franklin, por sua sinceridade, tornou-se o grande favorito social dos círculos internacionais de Paris, dos Baixos Pirineus e da Riviera, tendo certa vez sido fotografado ao jogar tênis em Antibes, com o Duc de Tropex, Lord Rothermere e o Dr. Rudolph Hess.

O Senador Bilbo foi, provavelmente, quem mais se divertiu.

Stálin pediu seu conselho, supostamente baseado em sua amadurecida experiência na *Gleichshaltung*[29] do

---

[28] Pode causar estranheza que Nancy Astor tenha o título de "Lorde do Almirantado". Talvez isso se explique por ela ter sido a primeira mulher a fazer parte da Câmara dos Comuns no Reino Unido, eleita por Plymouth em 1919. (N. T.)

[29] O termo *Gleischhaltung*, na acepção dada pelo Partido Nazista, designava o processo de estabelecer um sistema de uniformização, a fim de instaurar, com sucesso, o controle totalitário sobre todos os aspectos da sociedade. (N. T.)

Mississippi, sobre a organização cultural dos relativamente atrasados nativos do Tajiquistão, e tão valioso provou ser esse aconselhamento que sua Excelência o Sr. Bilbo foi convidado a passar em revista as tropas na celebração militar de Moscou, no 7 de novembro seguinte, no mesmo palanque em que estava a própria altíssima classe de representantes daquele estado sem classes. Foi um triunfo para sua Excelência. O Generalíssimo Voroshilov desmaiou depois que 200 mil tropas soviéticas, sete mil tanques e nove mil aeroplanos haviam passado em desfile. Stálin precisou ser carregado para casa após revistar 317 mil; mas o Embaixador Bilbo estava lá no palanque quando o último dos 626 mil soldados havia passado, todos o saudando, na impressão bastante equivocada de que ele era o Embaixador Chinês; e ele ainda estava incansavelmente retribuindo suas saudações, 14 por minuto, e suavemente cantando com eles a "Internacional".

Fez menos sucesso mais tarde, entretanto, quando, diante dos membros da Associação Anglo-Americana de Exilados do Imperialismo da Rússia Soviética, ele entoou, ao som da "Internacional", o que considerava ser uma paródia divertida de sua própria autoria.

> *De pé, ó vítimas da fome,*
> *Da Rússia, vamos escapar*
> *Pra onde todo mundo come.*
> *Salve, salve os EUA!*

A Sra. Adelaide Tarr Gimmitch, depois de sua entusiasmada campanha pelo Sr. Windrip, mostrou-se publicamente furiosa por não lhe terem oferecido nenhum cargo mais alto do que uma posição no escritório da alfândega em Nome, no Alasca, embora esse cargo lhe tenha sido oferecido com muita urgência mesmo. Ela havia pedido que fosse criado no gabinete, especialmente para ela, um cargo de Secretária de Ciência Doméstica, Bem-Estar da Criança e Combate ao Vício. Ela ameaçou passar para o lado dos jeffersonianos, dos republicanos ou dos comunistas, mas em abril ficaram sabendo que ela estava em Hollywood, escrevendo o roteiro para um filme grandioso que se chamaria *Fizeram isso na Grécia*.

Como um insulto e uma piada caseira, o Presidente-Eleito nomeou Franklin D. Roosevelt como ministro, na Libéria. Os adversários do Sr. Roosevelt riram até não poder mais, e os jornais da oposição publicaram charges em que ele estava sentado com um ar infeliz em uma cabana de sapê que tinha uma placa em que A.R.N. (Administração da Recuperação Nacional) fora riscado e substituído por EUA. Mas o Sr. Roosevelt recusou a nomeação com um sorriso tão amigável, que a piada parece não ter feito sucesso.

Os seguidores do Presidente Windrip cornetearam que era importante que ele fosse o primeiro presidente a tomar posse não em 4 de março, mas em 20 de janeiro, seguindo a cláusula da recente Vigésima Emenda à Constituição. Era um sinal vindo diretamente do Céu (embora, na verdade, o Céu não tivesse sido o autor da Emenda, mas sim o Senador George W. Norris do Estado de Nebraska), e provava que Windrip estava inaugurando um novo paraíso na Terra.

A posse foi turbulenta. O Presidente Roosevelt recusou-se a comparecer; ele polidamente sugeriu que estava mais ou menos semidoente a caminho da morte, mas naquele mesmo dia foi visto em uma loja de Nova

York, comprando livros sobre jardinagem, e com uma aparência mais animada do que o normal.

Mais de mil repórteres, fotógrafos e radialistas fizeram a cobertura da posse. Vinte e sete eleitores do Senador Porwkood, de todos os sexos, tiveram de dormir no chão do gabinete do senador, e num apartamentozinho de quarto e sala no subúrbio de Bladensburg alugado por 30 dólares por duas noites. Os presidentes do Brasil, da Argentina e do Chile foram para a posse em um avião da Pan-American, e o Japão enviou 700 estudantes em um trem especial que saiu de Seattle.

Uma fábrica de automóveis de Detroit presenteara Windrip com uma limusine blindada, com vidros antibala, um cofre oculto de aço niquelado para documentos, um bar privado oculto e o revestimento dos bancos inspirado nas tapeçarias de Troissant de 1670. Mas Buzz preferiu ir de sua casa até o Capitólio em seu velho Hupmobile *sedan*, e seu motorista era um jovem de sua cidade natal cuja noção de um uniforme para cerimônia de Estado era um terno de sarja azul, gravata vermelha e um chapéu-coco. Windrip, por sua vez, usou uma cartola, mas cuidou que Lee Sarason providenciasse que os cento e trinta milhões de cidadãos comuns ficassem sabendo, pelo rádio, na mesma hora em que o desfile da posse estava ocorrendo, que ele havia tomado essa cartola emprestada, apenas para a ocasião, de um Deputado de Nova York que tinha ascendência nobre.

Mas seguindo Windrip havia uma escolta antijacksoniana de soldados: a Legião Americana e, imensamente mais grandiosos que os outros, os Homens Minuto, usando capacetes de trincheira de prata polida e liderados pelo Coronel Dewey Haik, que vestia uma túnica escarlate e calças de montaria amarelas e um elmo com penas douradas.

Solenemente, desta vez parecendo um pouco estupefato, como um garoto de cidade pequena na Broadway, Windrip prestou juramento perante o Chefe do Superior Tribunal de Justiça (que não gostava nem um pouco dele) e, aproximando-se ainda mais do microfone, grasnou:

— Meus concidadãos, como Presidente dos Estados Unidos da América, quero informar a vocês que o *verdadeiro New Deal* começou exatamente neste minuto, e que nós todos vamos usufruir das diversas liberdades a que nossa história nos dá direito, e vamos nos divertir de montão fazendo isso! Muito obrigado!

Esse foi seu primeiro ato como Presidente. O segundo foi passar a morar na Casa Branca, onde ficava sentado na Sala Leste só de meias e gritava para Lee Sarason:

— É isto aqui que vim planejando fazer durante seis anos! Aposto que é isso que Lincoln costumava fazer! Agora, que venham me assassinar!

O terceiro, em sua função de Comandante-em-Chefe do Exército, foi ordenar que os Homens Minuto fossem reconhecidos como auxiliares não remunerados, embora oficiais, do Exército Regular, sujeitos apenas aos seus próprios superiores, a Buzz, e ao Marechal Sarason; e que rifles, baionetas, pistolas automáticas e metralhadoras fossem distribuídos entre eles a partir dos arsenais do governo. Isso aconteceu às quatro da tarde. Desde as três da tarde, em todo o país, bandos de Homens Minuto já estavam exultando ao pensar em pistolas e armas, trêmulos de desejo de colocar as mãos nelas.

O quarto golpe foi uma mensagem especial, emitida na manhã seguinte para o Congresso (que estava em atividade desde o dia 4 de janeiro, sendo que o dia 3 fora um domingo), exigindo a aprovação imediata de uma lei referente ao Ponto 15 de seu programa de governo — que ele deveria ter controle total do Legislativo e do

Judiciário, e que a Corte Suprema passasse a ser incapaz de bloquear qualquer coisa que ele quisesse fazer.

Por uma Resolução Conjunta, com menos de meia hora de debate, ambas as casas do Congresso rejeitaram essa exigência antes das três da tarde do dia 21 de janeiro. Antes das seis horas, o Presidente já havia proclamado que um estado de lei marcial passava a vigorar durante "a crise atual", e mais de uma centena de congressistas haviam sido presos por Homens Minuto, seguindo ordens diretas do Presidente. Os congressistas que foram impetuosos o suficiente para resistir acabaram cinicamente acusados de "incitar uma rebelião"; os que se submeteram em silêncio não foram acusados de nada. Lee Sarason explicou com brandura aos agitados órgãos de imprensa que estes últimos calmos cidadãos haviam sido tão ameaçados por "elementos irresponsáveis e indisciplinados" que estavam sob salvaguarda. Sarason não empregou o termo "custódia protetiva", que poderia ter sugerido coisas.

Para os jornalistas veteranos, era estranho ver o Secretário de Estado titular, teoricamente uma pessoa com dignidade e coerência suficientes para habilitá-lo a lidar com representantes de potências estrangeiras, agindo como assessor de imprensa e pau mandado até do Presidente.

Houve tumultos, imediatamente, por toda a cidade de Washington, por toda a América.

Os congressistas recalcitrantes ficaram presos na cadeia distrital. Naquela direção, na noite de inverno, marchou uma multidão ruidosamente amotinada contra aquele Windrip em quem muitos deles haviam votado. Integrando a multidão protestavam centenas de negros, armados com facas e antigas pistolas, pois um dos congressistas sequestrados era um negro do estado da Geórgia, o primeiro georgiano de cor a assumir um alto cargo político desde os tempos dos *carpetbaggers*.[30]

Reunidos em torno da cadeia, empunhando metralhadoras, os rebeldes encontraram alguns soldados regulares, muitos policiais e uma horda de Homens Minuto, mas zombaram destes últimos, chamando-os de "minutinhos", "soldadinhos de chumbo" e "filhinhos da mamãe". Os Homens Minuto olhavam nervosamente para seus superiores e para os policiais que estavam profissionalmente fingindo não ter medo algum. A multidão lançava neles garrafas e peixes mortos. Meia dúzia de policiais com pistolas e cassetetes que tentavam afastar a dianteira da multidão foram soterrados por uma onda humana, de onde reapareceram grotescamente machucados e desprovidos dos seus uniformes — pelo menos aqueles que conseguiram reaparecer. Houve dois tiros; um Homem Minuto despencou dos degraus da cadeia, outro permaneceu em pé, ridiculamente segurando um pulso do qual jorrava sangue.

Os Homens Minuto, ora, eles diziam a si mesmos, "nunca quisemos ser soldados na verdade, apenas nos divertir um pouco marchando!" Eles começaram a se esgueirar para as beiradas da multidão, escondendo seus quepes. Nesse instante, vinda de um poderoso alto-falante localizado em uma janela mais baixa da cadeia, trovejou a voz do Presidente Berzelius Windrip.

— Estou me dirigindo aos meus rapazes, os Homens Minuto, em toda a América! A vocês e somente a vocês

---

[30] *Carpetbagger* é um termo pejorativo usado pelos habitantes do sul dos EUA para se referir a pessoas do norte que se dirigiram para o sul após a Guerra Civil com o intuito de explorar o lado derrotado em nome de interesses próprios. Vários congressistas que representavam o sul dos EUA não eram dessa região, mas provinham do Norte. (N. T.)

dirijo-me pedindo ajuda para tornar a América uma nação rica e orgulhosa de novo. Vocês foram tratados com desprezo. Acharam que vocês pertenciam às "classes baixas". Eles não quiseram lhes dar empregos. Disseram a vocês que fugissem como vagabundos e buscassem a assistência social. Mandaram que fossem para os torpes Corpos Civis de Conservação.[31] Disseram que vocês não eram bons porque eram pobres; *eu* digo que vocês são, desde ontem à tarde, os senhores mais importantes da nação, a aristocracia; os criadores da nova América da liberdade e da justiça. Rapazes! Preciso de vocês! Me ajudem, me ajudem a ajudá-los. Fiquem firmes! Se alguém tentar detê-los, apresentem a esse porco a ponta de sua baioneta!

Um Homem Minuto que empunhava uma metralhadora, e que estivera escutando com toda a reverência, disparou a arma. A multidão começou a cair e, nas costas dos feridos, enquanto eles cambaleavam para o chão, os membros da infantaria dos Homens Minuto, correndo, enfiavam as pontas de suas baionetas. Foram formando uma massa tão pastosa, e os fugitivos pareciam tão surpresos, tão engraçados, tombando para formar montes humanos grotescos!

Os Homens Minuto jamais tinham imaginado, nas monótonas horas de treinamento com as baionetas, que aquilo poderia ser tão divertido! E agora queriam mais. Pois não havia o Presidente, em pessoa, dito a cada um deles que precisava de sua ajuda?

---

[31] Os *Civilian Conservation Corps* foram resultado de uma iniciativa do governo Roosevelt que criou milhares de empregos em iniciativas ambientais durante a Grande Depressão. (N. T.)

Quando os remanescentes do Congresso se arriscaram a ir ao Capitólio, encontraram o lugar cheio de Homens Minuto, enquanto um regimento de soldados regulares, sob o comando do Major-General Meinecke, desfilava pelo entorno.

O Presidente da Câmara e o Excelentíssimo Sr. Perley Beecroft, Vice-Presidente dos Estados Unidos e presidente do Senado, tinham o poder de declarar que havia quórum. (Se vários membros escolhiam ficar vadiando na cadeia, divertindo-se em vez de comparecer ao Congresso, de quem era a culpa?) Ambas as casas aprovaram uma resolução declarando que o Ponto Quinze estava temporariamente em vigor, durante a "crise". A legalidade da aprovação era duvidosa, mas quem iria contestá-la, mesmo não tendo os membros da Corte Suprema sido colocados sob custódia protetiva, mas apenas confinados todos em suas casas por um esquadrão de Homens Minuto!?

O Bispo Paul Peter Prang ficara (seus amigos disseram depois) desolado com o golpe de estado de Windrip. Com certeza, queixou-se ele, o Sr. Windrip não se havia lembrado de incluir a Benevolência Cristã no programa que havia tirado da Liga dos Homens Esquecidos. Embora o Bispo Prang tivesse de bom grado deixado de fazer transmissões no rádio desde a vitória da Justiça e Fraternidade na pessoa de Berzelius Windrip, ele tencionava advertir o público novamente, mas quando telefonou para sua rádio conhecida, a WLFM de Chicago, o gerente lhe informou que "apenas temporariamente, todas as transmissões estavam proibidas", exceto as que fossem especificamente licenciadas pelos escritórios de Lee Sarason. (Ah, aquele era apenas um dos 16 empregos que Lee e seus seiscentos novos assistentes haviam assumido na última semana.)

Bastante amedrontado, o Bispo Prang dirigiu de sua casa em Persépolis, Indiana, até o aeroporto de Indianápolis e pegou um voo noturno para Washington, com o intuito de censurar, e talvez até ralhar de forma brincalhona com seu travesso discípulo, Buzz.

Foi admitido sem problemas para ver o Presidente. Na verdade, ele havia ficado, segundo relatos açodados da imprensa, seis horas na Casa Branca, embora eles não tivessem como descobrir se todo esse tempo havia sido passado com o Presidente. Às três da tarde Prang foi visto deixando o prédio por uma entrada exclusiva dos cargos executivos e tomando um táxi. Notaram que ele estava pálido e cambaleante.

À frente do hotel ele foi abordado por uma multidão que em tons curiosamente calmos e mecânicos gritava, "Linchem ele... Abaixo os inimigos de Windrip!". Uma dúzia de Homens Minuto atravessou a multidão e ficou em volta do Bispo. O Alferes que os comandava gritou para a multidão, para que todos pudessem ouvir:

— Seus covardes, deixem o Bispo em paz! Senhor Bispo, venha conosco, que vamos cuidar de sua integridade física!

Milhões ouviram em seus rádios naquela noite o anúncio oficial de que, para afastar misteriosos conspiradores, possivelmente bolcheviques, o Bispo Prang fora seguramente protegido na cadeia distrital. E com a notícia veio uma declaração pessoal do Presidente Windrip, de que ele estava cheio de alegria por ter sido capaz de "resgatar dos vis agitadores meu amigo e mentor, o Bispo P. P. Prang, a quem admiro e respeito mais do que qualquer outro homem vivo."

Até esse momento, não fora imposta à imprensa nenhuma censura absoluta; apenas uma prisão confusa de jornalistas que ofenderam o governo ou membros locais dos Homens Minuto; e os jornais que cronicamente se opunham a Windrip sugeriram em termos nada elogiosos que o Bispo Prang havia censurado o presidente e sido simplesmente preso, sem nada dessa besteira de "resgatar". Esses comentários chegaram a Persépolis.

Nem todos os habitantes de Persépolis morriam de amores pelo Bispo ou o consideravam um São Francisco moderno que reunia os pequenos pássaros do campo em seu belo automóvel LaSalle. Havia vizinhos que sugeriam que ele era um espião xereta atrás de vendedores clandestinos de bebidas alcoólicas e divorciadas prestativas. Mas orgulhosos do Bispo, que era seu maior garoto-propaganda, eles certamente eram, e a Câmara do Comércio de Persépolis mandara afixar no portão leste que dava para a rua principal o letreiro: "Lar do Bispo Prang, o maior astro do rádio".

Portanto, toda a população de Persépolis telegrafou para Washington exigindo que Prang fosse solto, mas um mensageiro que trabalhava nos gabinetes executivos e era de Persépolis (na verdade, ele era um homem de cor, mas de repente se tornou um filho favorito da cidade, carinhosamente lembrado por seus colegas de escola) esclareceu ao prefeito que os telegramas estavam entre as toneladas de mensagens que eram descartadas diariamente pela Casa Branca sem nenhuma resposta.

Então um quarto dos cidadãos de Persépolis tomou um trem especial para "marchar" rumo a Washington. Foi um daqueles pequenos incidentes que a imprensa de oposição poderia usar como uma bomba contra Windrip, e o trem foi acompanhado por uma comitiva de gabaritados jornalistas de Chicago e, mais tarde, de Pittsburgh, Baltimore e Nova York.

Enquanto o trem estava a caminho — e foi curioso quantos obstáculos e desvios ele encontrou — um grupo de Homens Minuto em Logansport, Indiana, se rebelou contra a ordem de prenderem um grupo de freiras católicas que haviam sido acusadas de traição em sua prática de ensino. O Marechal Sarason sentiu a necessidade de aplicar uma Lição, imediata e contundente. Um batalhão dos Homens Minuto, enviado de Chicago em caminhões velozes, prendeu o grupo revoltoso e fuzilou um em cada três

Quando os cidadãos de Persépolis chegaram a Washington, foram informados por um brigadeiro dos Homens Minuto, que os recebeu na Union Station com os olhos marejados de lágrimas, que o pobre Bispo Prang ficara tão chocado com a traição de suas conterrâneas de Indiana que ficou louco de tristeza e que eles foram tragicamente obrigados a interná-lo no Manicômio Estadual St. Elizabeth.

Nunca mais alguém disposto a dar notícias dele voltou a ver o Bispo Prang.

O brigadeiro transmitiu aos moradores de Persépolis os cumprimentos do próprio Presidente, e fez o convite para que ficassem no *Willard*, por conta do governo. Apenas uns dez aceitaram; os outros pegaram o primeiro trem de volta, bastante furiosos; e desde esse dia houve uma única cidade americana em que nenhum Homem Minuto jamais ousava aparecer com seu gracioso quepe e sua túnica azul-escura.

O Chefe do Estado Maior do Exército Regular fora deposto. Em seu lugar assumira o Major-General Emmanuel Coon. Doremus e seus colegas jornalistas ficaram decepcionados pelo fato de o General Coon ter aceitado, pois sempre haviam sido informados, até pelo *Nation*, que Emmanuel Coon, embora fosse um membro profissional do exército que gostava de uma luta, preferia que essa luta fosse do lado do Senhor; que ele era generoso, culto, justo e um homem de honra. E honra era a única qualidade que nem se esperava que Buzz Windrip entendesse. Havia boatos de que Coon (como o kentuckiano mais "nortista" que jamais existira, descendente de homens que haviam lutado ao lado de Kit Carson e do Comodoro Perry) tinha pouquíssima paciência com a puerilidade do antissemitismo e de que nada o deixava mais satisfeito do que, quando ouvia pessoas recém-conhecidas que se julgavam superiores aos judeus, rosnar "Você por acaso sabe que meu nome é Emmanuel Coon e que Coon pode ser uma corruptela de um nome bem conhecido no *East Side* de Nova York?"

"Bem, suponho que até o General Coon sente que 'ordens são ordens'", pensou Doremus com um suspiro.

A primeira proclamação estendida do Presidente Windrip para o país foi uma bela e terna peça literária. Ele explicou que poderosos e secretos inimigos dos princípios americanos (as pessoas achavam que seriam uma combinação de Wall Street com a Rússia Soviética), ao descobrirem, para sua ira, que ele, Berzelius, seria o novo Presidente, haviam planejado seu último ataque. Tudo ficaria tranquilo dentro de alguns meses, mas enquanto isso havia uma Crise, durante a qual o país precisaria "ter paciência com ele".

Ele relembrou a ditadura militar de Lincoln e Stanton durante a Guerra Civil, quando civis suspeitos eram presos sem um mandado. Ele insinuou como tudo seria delicioso, logo, logo, mais um momento apenas, apenas um pouquinho mais de paciência... quando ele tivesse tudo sob controle; e encerrou com uma comparação da Crise com a urgência de um bombeiro para resgatar uma linda garotinha de uma "conflagração", carregando-a e descendo por uma escada, para o bem dela, independentemente de ela gostar ou não disso, e independente de quão convincentes fossem os chutes de seus belos pezinhos.

Todo o país deu risada.

— Grande humorista esse Buzz, mas muito, muito competente — disse seu eleitorado.

— Não me preocupo se o Bispo Prang ou qualquer outro maluco está no hospício; o que me interessa é ter meus cinco mil, por ano, como Windrip prometeu — disse Shad Ledue para Charley Betts, da loja de móveis.

Tudo isso havia acontecido durante os oito dias seguintes à posse de Windrip.

16

Não desejo ser Presidente. Eu gostaria muito mais de dar o meu melhor como um humilde apoiador do Bispo Prang, Ted Bilbo, Gene Talmadge ou qualquer outro homem de mentalidade aberta, mas dinâmico. Meu único desejo é Servir.
Hora Zero, Berzelius Windrip.

Como muitos solteirões dados a intensas caçadas e cavalgadas, Buck Titus era um minucioso dono de casa, e sua casa de fazenda semivitoriana meticulosamente organizada. Era também um ambiente prazerosamente despojado. A sala de visitas um salão monástico com pesadas cadeiras de carvalho, mesas livres de toalhas elegantes, numerosos e bastante solenes livros de história e explorações, com as convencionais "coleções", e uma enorme lareira de pedras rústicas. E os cinzeiros eram de sólida cerâmica e estanho, capazes de comportar toda uma noite de muitos cigarros fumados. O *whisky* ficava honestamente sobre o aparador de carvalho, com sifões e gelo picado sempre à mão em uma jarra térmica.

Entretanto, seria demais esperar que Buck Titus não tivesse imitações de gravuras inglesas de caçadas nas cores preta e vermelha.

Esse eremitério, sempre agradável para Doremus, era agora um santuário, e apenas com Buck ele podia adequadamente amaldiçoar Windrip & Cia, e pessoas como Francis Tasbrough, que em fevereiro ainda estava dizendo, "É mesmo, as coisas ainda estão parecendo meio malucas lá em Washington, mas isso é apenas porque existem tantos desses políticos cabeçudos que ainda pensam que podem fazer frente a Windrip. Além disso, de qualquer forma, coisas como essas não poderiam acontecer aqui na Nova Inglaterra".

E, de fato, quando Doremus passava, em seus passeios regulares, pelas casas georgianas de tijolos vermelhos, pelos afilados pináculos das velhas igrejas brancas voltadas para as Green Mountains, quando ouvia a preguiçosa ironia de saudações familiares dos seus conhecidos, homens tão duradouros como suas colinas de Vermont, parecia-lhe que a loucura da capital era estranha, distante e sem importância, como seria um terremoto no Tibete.

Com bastante frequência, no *Informer*, ele criticava o governo, mas não de forma muito ácida.

A histeria não pode durar muito; tenham paciência e esperem para ver, ele aconselhava a seus leitores.

Não que sentisse medo das autoridades. Ele simplesmente não acreditava que essa tirania cômica fosse durar. *Aqui não pode acontecer*, dizia até mesmo Doremus, até mesmo agora.

A coisa que mais o deixava perplexo era que pudesse existir um ditador supostamente tão diferente dos ardentes Hitlers e dos gesticulantes fascistas e dos Césares com louros em torno de suas cabeças calvas; um ditador com um pouco do mundano senso de humor americano de um Mark Twain, um George Ade, um Will Rogers, um Artemus Ward. Windrip conseguia sempre ser engraçado falando a respeito de solenes oponentes de queixo caído, e quando explicava o melhor método de criar o que chamava de "cachorro-siamês-pulguento".

Será que isso, perguntava-se Doremus, o deixava mais ou menos perigoso?

Depois se lembrava do mais cruel e louco de todos os piratas, Sir Henry Morgan, que achava engraçadíssimo costurar uma vítima em um couro cru molhado e observá-la encolhendo ao sol.

A partir da perseverança com que os dois discutiam, era possível dizer que Buck Titus e Lorinda gostavam muito mais um do outro do que estavam dispostos a admitir. Sendo uma pessoa que lia pouco e consequentemente levava a sério o que lia, Buck se incomodava com o fato de Lorinda, que em geral era séria, gostar de romances sobre princesas aflitas, e quando ela afirmava num tom ligeiro que esses romances eram melhores guias de conduta que Anthony Trollope ou Thomas Hardy, Buck rugia para ela e, na fragilidade da força espicaçada, nervosamente ia enchendo vários cachimbos e batendo-os contra a pedra da cornija da lareira. Mas ele aprovava o relacionamento de Doremus e Lorinda, que apenas ele (e Shad Ledue) havia adivinhado; e por Doremus, que era dez anos mais velho que ele, esse desgrenhado silvícola se alvoroçava como uma solteirona contrariada.

Tanto para Doremus quanto para Lorinda, o chalé gigante de Buck tornou-se um refúgio. E eles precisaram desse refúgio, no final de fevereiro, mais ou menos cinco semanas após a posse de Windrip.

Apesar de tumultos e greves em todo o país, sanguinariamente sufocados pelos Homens Minuto, o poder de Windrip em Washington foi mantido. Os quatro membros mais liberais da Suprema Corte pediram demissão e foram substituídos por advogados surpreendentemente desconhecidos que chamavam o Presidente

Windrip por seu primeiro nome. Vários congressistas ainda estavam sendo "protegidos" na cadeia distrital de Colúmbia; outros tinham contemplado a luz ofuscante emitida pela deusa Razão e alegremente retornaram ao Capitólio. Os Homens Minuto estavam cada vez mais leais: continuavam como voluntários não remunerados, mas agora tinham uma "conta para despesas" bastante mais polpuda que o pagamento das tropas regulares. Nunca na História americana os apoiadores de um presidente haviam se sentido tão satisfeitos; eles não eram apenas indicados para qualquer cargo político que houvesse, mas também para outros que não havia. E à medida que aborrecimentos tais como as Investigações do Congresso silenciaram, os dispensadores oficiais de contratos estavam nos melhores termos com todos os contratados. Um lobista veterano das indústrias do aço queixou-se de que não havia mais prazer em sua caçada (as pessoas eram não apenas autorizadas, mas incentivadas a atirar em todos os agentes de compras do governo que estivessem na mira).

Nenhuma das mudanças foi tão divulgada como a ordem presidencial que abruptamente pôs um fim à existência separada dos vários estados, e dividiu todo o país em 8 "províncias". Dessa forma, garantia Windrip, economizava-se reduzindo o número de governadores e todos os outros cargos estatais e, afirmavam os inimigos de Windrip, proporcionando a ele um modo de concentrar melhor seu exército privado e controlar o país.

A nova "Província Nordeste" incluía todo o estado de Nova York ao norte de uma linha que passava por Ossining, e todos os estados da Nova Inglaterra, exceto uma faixa da praia de Connecticut que atingia o leste de New Haven. Essa era, Doremus admitiu, uma divisão natural e homogênea, e mais natural ainda parecia a urbana e industrial "Província Metropolitana", que incluía o grande estado de Nova York, o condado de Westchester até Ossining, Long Island, a faixa de Connecticut que dependia da cidade de Nova York, Nova Jersey, o norte de Delaware e a Pennsylvania até Reading e Scranton.

Cada província foi dividida em distritos numerados, cada distrito dividido em condados que recebiam letras, cada condado em municipalidades e cidades, e apenas nessas duas últimas categorias os antigos nomes, com seu simbolismo tradicional, permaneceram para ameaçar o Presidente Windrip com recordações da honrada História local. E corriam fofocas de que, em seguida, o governo mudaria até os nomes das cidades; que eles já estavam pensando em rebatizar Nova York como "Berzeliana" e San Francisco como "San Sarason". Provavelmente essas fofocas não tinham fundamento.

Os seis distritos da Província Nordeste eram: 1. New York State Superior a oeste de Syracuse, incluindo esta última; 2. New York a leste; 3. Vermont e New Hampshire; 4. Maine; 5. Massachusetts; 6. Rhode Island e a parte não sequestrada de Connecticut.

O Distrito 3, de Doremus Jessup, foi dividido em quatro "condados" de Vermont do Sul, Vermont do Norte, New Hampshire do Norte e New Hampshire do Sul, com Hanover como capital (o Comissário de Distrito simplesmente expulsou os alunos de Dartmouth e transformou os prédios da faculdade em seus escritórios, com a considerável aprovação das Universidades de Amherst, Williams e Yale).

Portanto Doremus estava morando, agora, na Província Nordeste, Distrito 3, Condado B, Municipalidade de Beulah; e acima dele, para seu gáudio e admiração, havia um Comissário de Província, um Comissário de Distrito, um Comissário de Condado, um Comissário Assistente de Condado administrando a Municipalidade de Beulah, com todos os seus respectivos Homens Minuto e juízes militares de emergência.

Os cidadãos que tinham vivido em qualquer estado por mais de 10 anos pareciam ressentir-se mais profundamente da perda da identidade desse estado do que se ressentiam da castração do Congresso e da Suprema Corte dos EUA. Na verdade, eles se ressentiam dessas mudanças quase tanto quanto do fato de que, com o passar do final de janeiro, fevereiro e março, ainda não estavam recebendo, cada um, seus presentes governamentais de 5 mil dólares (ou talvez fossem lindos 10 mil dólares); na verdade não tinham recebido nada além de boletins animadores vindos de Washington, informando que o Conselho de Imposto sobre o Capital (C. I. C.) estava realizando sessões.

Os habitantes da Virgínia, cujos avós haviam lutado ao lado de Lee, protestaram que de jeito nenhum poderiam desistir do sacrossanto nome do estado para formar apenas uma seção arbitrária de uma unidade administrativa que continha 11 estados do Sul; os de San Francisco, que haviam considerado os de Los Angeles habitantes até piores que os de Miami, agora gemiam agoniados quando a Califórnia foi separada e a parte norte fora juntada com Oregon, Nevada e outros estados, passando a se chamar "Província Montanha e Pacífico", ao passo que o sul da Califórnia foi, sem a permissão do estado, alocado na Província Sudoeste, juntamente com o Arizona, Novo México, Texas, Oklahoma e Havaí. Como pista sobre a visão de Buzz Windrip para o futuro, era interessante ler que essa Província Sudoeste também poderia reivindicar "todas as partes do México que os EUA achassem, de tempos em tempos, que deveriam invadir, como uma proteção contra a infame traição do México e as conspirações judaicas que estavam sendo incubadas ali."

"Lee Sarason é até mais generoso que Hitler e Alfred Rosenbert ao proteger o futuro de outros países", suspirou Doremus.

Como Comissário de Província da Província Nordeste, que reunia o norte do estado de Nova York e a Nova Inglaterra, foi nomeado o Coronel Dewey Haik, aquele soldado-advogado-político-aviador que era o mais frio e arrogante de todos os satélites de Windrip, mas que tanto havia cativado os mineiros e pescadores durante a campanha. Era uma vigorosa águia voadora que gostava de sua carne pingando sangue. Como Comissário de Distrito do Distrito 3 (Vermont e New Hampshire) apareceu, para um misto de escárnio e fúria de Doremus, ninguém mais, ninguém menos que John Sullivan, o mais presunçoso dos presunçosos, aquele ser mais vazio, aquele agradabilíssimo político-robô do norte da Nova Inglaterra; um ex-governador republicano que, no alambique do patriotismo de Windrip, integrou-se auspiciosamente ao grupo.

Ninguém jamais se preocupara em ser obsequioso com o Excelentíssimo Sr. J. S. Reek, mesmo quando ele fora governador. O mais raquítico deputado do mais longínquo interior o chamara de "Johnny" na mansão governamental (12 cômodos e um teto com goteiras); e o mais jovem repórter lhe perguntara gritando: "Então, que besteira vai anunciar hoje, excelência?"

Foi esse mesmo Comissário Reek que convocou todos os editores e jornalistas de seu distrito em seu alojamento vice-real na Biblioteca do Dartmouth College para lhes comunicar a preciosa informação privilegiada sobre quanto o Presidente Windrip e seus comissários subordinados admiravam os cavalheiros da imprensa.

Antes de sair para a conferência de imprensa em Hanover, Doremus recebeu de Sissy um "poema" (pelo menos ela o classificara como poema) que Buck Titus, Lorinda Pike, Julian Falck e ela tinham meticulosamente composto, tarde da noite, na fortificada mansão senhorial de Buck.

> *Sem chilique com Reek*
> *De Haik já falei que.*
> *Reek dá tremelique*
> *Haik é fake*
> *Haik quer a grana do sheik*
> *Mas Sullivan Reek, digo eu:*
> *Pelamordedeus!*

— Bem, de qualquer jeito, Windrip colocou todo mundo para trabalhar. E ele tirou todos aqueles painéis horríveis das estradas. Muito melhor para o turismo — diziam todos os antigos editores, mesmo aqueles que se perguntavam se o Presidente não estava sendo talvez um pouquinho arbitrário.

Enquanto dirigia para Hanover, Doremus viu centenas de enormes painéis à beira da estrada. Mas eles veiculavam apenas propaganda de Windrip e, logo abaixo, "com os cumprimentos de uma empresa leal" e, muito grande, a inscrição "Cigarros Montgomery", ou "Sabonete Jonquil". Na curta caminhada de um estacionamento até o antigo *campus* de Dartmouth, três homens diferentes murmuraram para ele:

— Me dá um trocado para um café, Patrão, um Homem Minuto roubou meu emprego e os Minutos não me aceitam. Dizem que sou muito velho.

Mas isso poderia ser propaganda de Moscou.

Na longa varanda do Hanover Inn, oficiais dos Homens Minuto estavam reclinados em espreguiçadeiras e com suas botas com esporas (não havia cavaleiros em toda a organização dos Homens Minuto) sobre a balaustrada.

Doremus passou por um prédio de ciências em frente ao qual havia uma pilha de vidros de laboratório quebrados, e em um laboratório dilapidado ele conseguiu ver um esquadrão de Homens Minuto realizando exercícios militares.

O Comissário de Distrito John Sullivan Reek recebeu calorosamente os editores em uma sala de aula... Homens idosos, acostumados a ser reverenciados como profetas, sentados, ansiosos, em cadeiras frágeis, encarando um homem gordo uniformizado como comandante dos Homens Minuto, que fumava um charuto nada militar enquanto sua mão gorducha acenava para eles.

Reek não levou mais que uma hora para anunciar o que teria exigido de homens mais inteligentes cinco ou seis horas. Ou seja, cinco minutos de discurso e o resto das cinco horas para se recuperar da náusea causada por terem sido obrigados a enunciar uma porcaria tão desavergonhada... O Presidente Windrip, o Secretário de Estado Sarason, O Comissário de Província Haik, e ele mesmo, John Sullivan Reek, estavam todos sendo mal representados pelos republicanos, pelos jeffersonianos, pelos comunistas, pela Inglaterra, pelos nazistas, e provavelmente pelos setores de juta e arenque; e o que o governo queria era que qualquer repórter entrasse em contato com qualquer membro daquela administração, especialmente o Comissário Reek, a qualquer momento do dia (exceto talvez entre três e sete da manhã), "para obter a informação verdadeira".

Sua Excelência, o Comissário Reek, então anunciou:

— E agora, cavalheiros, vou conceder a mim mesmo o privilégio de apresentar a vocês todos os Comissários de

Condado, que acabaram de ser escolhidos ontem. Com grande probabilidade, cada um de vocês deve conhecer pessoalmente o comissário de seu próprio condado, mas quero que vocês conheçam íntima e cooperativamente todos os quatro, porque, sejam quem sejam, eles partilham comigo minha inextinguível admiração pela imprensa.

Os quatro Comissários de Condado, ao entrarem, um a um, bamboleando no salão para serem apresentados, pareceram a Doremus um grupo muito esquisito: um advogado roído pelas traças que era mais conhecido por suas citações de Shakespeare e Robert W. Service do que por sua perspicácia diante de um júri. Era luminosamente calvo, exceto por uma penugem ruiva desbotada sobre a cabeça. Mas dava para perceber que, se lhe fossem feitas as honras merecidas, ele exibiria as mechas esvoaçantes de um ator de tragédias de 1890.

Um combativo clérigo, conhecido por atacar estalagens à beira da estrada.

Um bastante acanhado operário, um autêntico proletário, que parecia surpreso por ver-se ali. (Ele foi substituído, um mês depois, por um conhecido osteopata que se interessava por política e vegetarianismo.)

O quarto dignatário a entrar e curvar-se respeitosamente diante dos editores, um homem corpulento, uma figura formidável em seu uniforme de líder de batalhão dos Homens Minuto, apresentado como o Comissário para a área norte de Vermont, o condado de Doremus Jessup, foi o Sr. Oscar Ledue, anteriormente conhecido como "Shad".

O Sr. Reek o chamou de "Capitão" Ledue. Doremus se lembrou de que o único treinamento militar de Shad, anterior à eleição de Windrip, havia sido como um soldado da Força Expedicionária Americana, que nunca fora além do campo de treinamento na própria América e cuja mais terrível experiência em batalha tinha sido espancar um cabo que estava bêbado.

— Sr. Jessup! — exclamou exultante o Excelentíssimo Sr. Reek. — Imagino que conheça o Capitão Ledue. Ele é da sua encantadora cidade.

— U-hum! — murmurou Doremus.

— Com certeza — disse o Capitão Ledue. — Conheço o velho Jessup, conheço sim! Ele não sabe o que está acontecendo. Ele não sabe nem o bê-a-bá da economia de nossa revolução social. Ele é um "chovinista". Mas não é um sujeito tão mau assim e vou deixar ele sossegado se ele se comportar!

— Esplêndido — disse o Excelentíssimo Sr. Reek.

17

Da mesma forma que um bife com batatas dá sustância, mesmo que a pessoa esteja trabalhando como um animal, também as palavras do Bom Livro dão sustento na perplexidade e na tribulação. Se eu algum dia ocupar uma posição elevada entre meu povo, espero que meus ministros citem, de 2 Reis 18:31 e 32: "Fazei as pazes comigo e vinde para mim; e comei, cada um da sua própria vide e da sua própria figueira, e bebei, cada um da água da sua própria cisterna. Até que eu venha e vos leve para uma terra como a vossa, terra de cereal e de vinho, terra de pão e de vinhas, terra de oliveiras e de mel, para que vivais e não morrais".
Hora Zero, Berzelius Windrip.

Apesar dos apelos de Montpelier, antiga capital de Vermont, e de Burlington, maior cidade do estado, o Capitão Shad Ledue estabeleceu que Fort Beulah seria o centro executivo do Condado B, que se constituiu a partir de nove antigos condados da região norte de Vermont. Doremus nunca conseguiu saber ao certo se isso aconteceu porque, como Lorinda Pike afirmava, Shad havia se associado com o banqueiro R. C. Crowley nos lucros derivados da compra de velhas habitações, bastante inúteis para serem parte de seu quartel general, ou para o propósito ainda mais provável de se exibir, em uniforme de líder de batalhão, com as letras "C.C." abaixo da estrela de cinco pontas em seu colarinho, para os camaradas com quem ele outrora jogara sinuca e bebera *whisky* de maçã, e para os "esnobes" cujos gramados ele outrora cortara.

Além dos prédios condenados, Shad assumiu o controle de todo o antigo Palácio da Justiça do Condado de Scotland e estabeleceu seu escritório particular nos gabinetes dos Juízes, simplesmente jogando fora os livros de Direito e colocando no lugar deles pilhas de revistas dedicadas a filmes e histórias de crimes, pendurando retratos de Windrip, Sarason, Haik e Reek, colocando duas sofisticadas poltronas estofadas com pelúcia verde--limão (vindas da loja do leal Charley Betts mas, para a ira de Betts, debitadas ao governo, para talvez serem pagas não se sabia quando) e duplicando o número de escarradeiras judiciais.

Na gaveta superior central de sua escrivaninha, Shad mantinha uma fotografia de um acampamento de nudismo, uma garrafa portátil de Benedictine, um revólver calibre 44 e um chicote de estalo para o adestramento de cães.

Os Comissários de Condado podiam ter de um a doze comissários assistentes, dependendo da população. Doremus Jessup ficou alarmado ao descobrir que Shad tinha tido a astúcia de escolher como assistentes homens de algum estudo e alguma pretensão de boas maneiras, com o "Professor" Emil Staubmeyer como Comissário Assistente de Condado encarregado da Municipalidade de Beulah, que incluía as vilas de Fort Beulah, Beulah do Norte e Beulah do Sul, Beulah do Oeste e Beulah do Leste, Beulah Central, Trianon, Hosea e Keezmet.

Assim como Shad havia, sem o auxílio de baionetas, se tornado um capitão, também o Sr. Staubmeyer (autor de *Hitler e Outros Poemas de Paixão*, obra não publicada) tornou-se automaticamente um doutor.

Talvez, pensou Doremus, ele pudesse entender melhor Windrip & Cia observando-os ligeiramente refletidos em Shad e Staubmeyer do que teria sido capaz de fazer à luz perturbadora de Washington; e entender assim que um Buzz Windrip, um Bismarck, um César, um Péricles, qualquer um deles era como todo o resto da irritante, indigesta e ambiciosa humanidade, a não ser pelo fato de que cada um desses heróis tinha um grau mais alto de ambição e uma maior disposição para matar.

Em junho, o número de Homens Minuto tinha aumentado para 562 mil, e a força agora podia aceitar como novos membros apenas aqueles confiáveis patriotas ou pugilistas que escolhesse. O Departamento da Guerra estava abertamente franqueando a eles não apenas uma quota de dinheiro "para despesas", mas também um salário que variava de dez dólares por semana para os "inspetores" com poucas horas de trabalho semanal em exercícios militares, até 9.700 dólares por ano para os "brigadeiros" que trabalhavam em tempo integral e 16 mil para o Marechal Lee Sarason... felizmente sem interferir com os salários advindos de seus outros árduos deveres.

As patentes dos Homens Minuto eram inspetor, que correspondia mais ou menos a um soldado raso; líder de pelotão, ou cabo; cornetim, ou sargento; alferes ou tenente; líder de batalhão, uma mistura de capitão, major e tenente-coronel; comandante, ou coronel; brigadeiro, ou general; marechal ou general-comandante. Os cínicos sugeriram que esses honrosos títulos derivavam mais do Exército da Salvação do que das forças de combate, mas sendo ou não justificada essa zombaria barata, permanecia o fato de que um hilota dos Homens Minuto tinha muito mais orgulho de ser chamado de "inspetor", designação que inspirava respeito em todos os círculos policiais, do que de ser um "soldado raso".

Como todos os membros da Guarda Nacional eram não apenas autorizados, mas também encorajados a se tornar membros dos Homens Minuto, já que todos os veteranos da Grande Guerra gozavam de privilégios especiais, e como o "Coronel" Osceola Luthorne, o Secretário da Guerra, era generoso em relação a emprestar oficiais do exército regular para o Secretário de Estado Sarason para serem instrutores de exercícios militares entre os Homens Minuto, houve uma surpreendente proporção de homens treinados para um exército tão recentemente criado.

Lee Sarason tinha provado ao Presidente Windrip, por meio de estatísticas da Grande Guerra, que o ensino superior, e até mesmo o estudo dos horrores de outros conflitos, não enfraqueciam a masculinidade dos alunos, mas na verdade os tornavam mais patrióticos, ufanos e treinados na execução de carnificinas do que o jovem médio, e quase todas as faculdades do país deveriam ter, no próximo outono, seu próprio batalhão de Homens Minuto, com exercícios militares valendo créditos para a graduação. Os alunos das faculdades deviam ser instruídos como oficiais. Outra fonte esplêndida de Homens Minuto eram os ginásios e as aulas de Administração de Empresas da Associação Cristã de Moços.

A maioria dos oficiais de baixa patente, no entanto, era composta de jovens camponeses que se deliciavam com a oportunidade de ir para a cidade e dirigir automóveis na maior velocidade possível; jovens empregados de fábricas que preferiam os uniformes e ter autoridade para chutar cidadãos idosos a usar macacões e se agachar para trabalhar com máquinas; e um número bastante grande de antigos criminosos, ex-traficantes de bebidas ilegais, ex-assaltantes, ex-extorsionários de sindicatos, que, por conta de suas habilidades com armas e salva-vidas de couro, e por terem garantido que a majestade da Estrela-de-Cinco-Pontas os havia reformado completamente, foram perdoados de seus deslizes éticos anteriores e estavam sendo calorosamente acolhidos nas tropas de assalto dos Homens Minuto.

Contava-se que um dos mais humildes entre esses errantes rapazes foi o primeiro patriota a chamar o Presidente Windrip de "Chefe", querendo dizer *"Führer"*, ou Mago Imperial da Ku Klux Klan, ou *Il Duce*, ou Potentado Imperial do Santuário Místico, ou Comodoro, ou Treinador de Universidade, ou qualquer outra coisa extremamente nobre e bondosa. Assim, no glorioso aniversário de 4 de julho de 1937, mais de 500 mil jovens vigilantes uniformizados, espalhados por cidades desde Guam até Bar Harbor, de Point Barrow até Key West, ficaram em posição de descanso e cantaram, como um coro de serafins:

> *Buzz, buzine, saudemos o Chefe,*
> *E as Cinco Pontas da nossa Estrela*
> *Na América nunca haverá blefe*
> *Estamos a postos para a guerra.*

Alguns espíritos críticos sentiam que essa versão do estribilho de "Buzz, Buzine", agora o hino oficial dos Homens Minuto, deixava transparecer, em sua perceptível rudeza, a falta da mão caprichosa de Adelaide Tarr Gimmitch. Mas não se podia fazer nada a respeito disso. Diziam que ela estava na China organizando uma corrente de cartas. E embora essa percepção ainda pairasse sobre os Homens Minuto, logo no dia seguinte veio o golpe.

Alguém da equipe do Marechal Sarason percebeu que o emblema da União Soviética não era uma estrela de seis pontas, mas uma estrela de cinco pontas, igualzinha à americana, de modo que não se estava de forma alguma insultando os soviéticos.

A consternação foi geral. Do gabinete de Sarason vieram ácidas censuras àquele idiota que tinha cometido o erro (em geral se acreditava que tinha sido o próprio Lee Sarason) e a ordem de que cada um dos Homens Minuto sugerisse um novo emblema. Durante os três dias seguintes, dias e noites a fio, os acampamentos dos Homens Minuto ferveram num caos de telegramas, telefonemas, cartas, cartazes e milhares de jovens sentados com lápis e réguas nas mãos, aplicados em desenhar dezenas de milhares de substitutos para a estrela de cinco pontas: círculos em triângulos, triângulos em círculos, pentágonos, hexágonos, alfas e ômegas, águias, aeroplanos, flechas, bombas explodindo no ar, bombas explodindo em moitas, bodes, rinocerontes e o Vale de Yosemite. Circulou o comentário de que um jovem Alferes da equipe do Marechal Sarason, angustiado por seu erro, havia se suicidado. Todos acharam que esse *hara-kiri* era uma boa ideia e mostrava sensibilidade da parte dos melhores Homens Minuto; e eles continuaram pensando assim mesmo depois que ficou provado que o Alferes havia apenas ficado bêbado no Clube Buzz de Gamão e comentado sobre suicídio.

No final, apesar dos seus inúmeros concorrentes, foi o grande místico, o próprio Lee Sarason, que encontrou o emblema perfeito: a roda do leme de um navio.

Simbolizava, segundo ele, não apenas o Navio do Estado, mas também as rodas da indústria americana, as rodas e os volantes dos automóveis, o diagrama da roda que o Padre Coughlin havia sugerido dois anos antes para simbolizar o programa da União Nacional pela Justiça Social e, particularmente, a roda do Rotary Clube.

A proclamação de Sarason também enfatizou que não seria exagero declarar que, com alguns esboços caprichados, os braços da Suástica poderiam ser inquestionavelmente relacionados ao círculo. E o que dizer da sigla KKK da Ku Klux Klan? Os três "K" formavam um triângulo, não era mesmo? E todos sabiam que um triângulo tinha relação com um círculo.

Tanto que, em setembro, nas comemorações do Dia da Lealdade (que substituíra o Dia do Trabalho), o mesmo coro de serafins entoou:

> *Buzz, buzine, saudemos o Chefe,*
> *E a mística roda do leme,*
> *Na América nunca haverá blefe*
> *E contra a roda ninguém blasfeme.*

Em meados de agosto, o Presidente Windrip anunciou que, desde que todos os seus objetivos estavam sendo realizados, a Liga dos Homens Esquecidos (fundada por um certo Reverendo Prang, que foi mencionado na proclamação apenas como alguém pertencente à história pregressa) estava agora abolida. Estavam igualmente abolidos todos os outros partidos, Democrata, Republicano, dos Agricultores e Operários, e qualquer outro. Deveria haver apenas um partido: o "Partido do Estado Americano Corporativo e Patriótico".

— Não — acrescentou o Presidente, com um toque do seu antigo bom humor — existem dois partidos: o Corporativo e o daqueles que não pertencem a partido algum, e assim, para usar uma expressão comum, azar deles!

A ideia de um Estado Corporativo, o Secretário Sarason tinha mais ou menos copiado da Itália. Todas as profissões estavam divididas em seis classes: agricultura; indústria; comércio; transportes e comunicações; bancos, seguros e investimentos; e uma classe "miscelânea" que incluía as artes, as ciências e o ensino. A Federação Americana do Trabalho, as Irmandades dos Ferroviários e todas as outras organizações sindicais, juntamente com o Departamento Federal do Trabalho, foram suplantados por sindicatos locais compostos por trabalhadores individuais, acima dos quais estavam as Confederações de Províncias, todos sob a orientação do governo. Em paralelo com eles, em cada profissão havia sindicatos e confederações de empregadores. Finalmente, as seis confederações de trabalhadores e as seis confederações de empregadores eram combinadas em seis Corporações federais unidas, que elegiam os 24 membros do Conselho Nacional das Corporações, que promoviam toda a legislação relacionada ao trabalho e aos negócios e também a supervisionava.

Havia um presidente permanente desse Conselho Nacional, com voto de qualidade e o poder de regulamentar todo debate que julgasse adequado, mas ele não era eleito. Era nomeado pelo Presidente; e o primeiro a ocupar esse cargo (sem que isso interferisse em suas outras atribuições) foi o Secretário de Estado Lee Sarason. Apenas para salvaguardar as liberdades do Trabalho, esse diretor tinha o direito de demitir qualquer membro do Conselho Nacional que se mostrasse pouco racional.

Todas as greves e bloqueios estavam proibidos e sujeitos a penalidades federais, de modo que os trabalhadores dessem ouvidos a sensatos representantes do governo e não a agitadores inescrupulosos.

Os partidários de Windrip se autodenominavam Corporatistas, ou, na intimidade, "Corpos", sendo esse apelido geralmente empregado.

Por pessoas maldosas Corpos eram chamados de "Cadáveres". Mas eles não eram nada parecidos com cadáveres. Essa descrição seria mais correta e mais frequentemente aplicada aos seus inimigos.

* * *

Embora os Corpos continuassem a prometer um presente de pelo menos 5 mil dólares para cada família "assim que as verbas necessárias para a emissão das obrigações fossem consolidadas", o real controle dos pobres, e especialmente dos pobres mais rancorosos, era feito pelos Homens Minuto.

Agora podia ser divulgado para o mundo, e com certeza foi divulgado, que o desemprego havia, sob o benigno reinado do Presidente Berzelius Windrip, quase desaparecido. Quase todos os homens desempregados foram reunidos em enormes campos de trabalho, sob a supervisão de oficiais dos Homens Minuto. Suas mulheres e filhos os acompanhavam e cuidavam de cozinhar, limpar, e remendar as roupas. Os homens não apenas trabalhavam em projetos do estado; eles também eram contratados externamente pela razoável taxa de um dólar por dia por empregadores privados. É claro que a natureza humana é tão egoísta, mesmo na Utopia, que isso acabou fazendo que a maioria dos empregadores dispensasse os trabalhadores para quem estavam pagando mais de um dólar por dia, mas isso se resolveu por si mesmo, porque esses descontentes que eram pagos em excesso foram, por sua vez, forçados a ir para os campos de trabalho.

Com esse dólar diário, os trabalhadores dos campos tinham de pagar de 70 a 90 centavos pela alimentação e alojamento.

Havia um certo descontentamento entre as pessoas que anteriormente tinham possuído automóveis e banheiros e comido carne duas vezes por dia, por ter de andar entre 15 e 30 quilômetros diariamente, tomar banho uma vez por semana, juntamente com outras 50 pessoas dentro de um longo cocho, comer carne apenas duas vezes por semana — quando tinham sorte — e dormir em beliches em um cômodo que abrigava 100 pessoas. Entretanto, havia menos revolta do que esperaria um mero racionalista como Walt Trowbridge, o rival de Windrip ridiculamente derrotado, pois a cada manhã o alto-falante levava aos trabalhadores as preciosas vozes de Windrip e Sarason, do Vice-Presidente, Beecroft, do Secretário da Guerra Luthorne, do Secretário da Educação e Propaganda Macgoblin, do General Coon ou de algum outro gênio, e esses seres olímpicos, dirigindo-se aos mais imundos e extenuados plebeus de forma calorosa como um amigo se dirigia a outro, diziam-lhes que eles eram as honradas pedras fundamentais de um Nova Civilização, as vanguardas da conquista do mundo inteiro.

Eles aguentavam isso, também, como os soldados de Napoleão. E sentiam-se superiores aos judeus e aos negros, cada vez mais. Os Homens Minuto cuidavam disso. Todo homem é um rei contanto que possa ser superior a outro.

A cada semana o governo dizia menos sobre os achados do conselho de inquérito que deveria decidir como os cinco mil dólares por família seriam conseguidos. Ficou mais fácil responder a reclamações com as algemas de um Homem Minuto do que com repetitivas declarações vindas de Washington.

Mas a maioria dos Pontos da plataforma de Windrip realmente estava sendo cumprida, de acordo com uma interpretação sensata deles. Por exemplo, a inflação.

Na América desse período, a inflação nem mesmo se comparava com a inflação da Alemanha nos anos 1920, mas era suficiente. O salário nos campos de trabalho teve de ser elevado de um dólar para três dólares por dia, com o que os trabalhadores estavam recebendo o equivalente a 60 centavos por dia em valores de 1914. Todos lucravam deliciosamente, a não ser os muito pobres, os trabalhadores comuns, os trabalhadores qualificados, os pequenos comerciantes, os profissionais e os casais idosos que viviam do rendimento de suas poupanças. Esses últimos realmente sofreram um pouco, já que seus rendimentos foram reduzidos a um terço do valor. Os trabalhadores, com salários aparentemente triplicados, viam o custo dos artigos nas lojas subir muito mais do que três vezes.

A agricultura, que deveria, mais do que qualquer outra área, ter lucrado com a inflação, com base na ideia de que o volátil preço das colheitas se elevaria mais rápido que qualquer outra coisa, na verdade foi a que mais sofreu, porque, após uma primeira onda de compras externas, os importadores dos produtos americanos julgaram impossível lidar com um mercado tão inconstante e as exportações americanas de alimentos, pelo menos o que sobrou delas, foram completamente extintas.

Era o Grande Negócio, aquele antigo dragão contra o qual o Bispo Prang e o Senador Windrip se lançaram para liquidar, que vivia uma época favorável.

Com o valor do dólar mudando diariamente, os elaborados sistemas de marcação de preços e crédito do Grande Negócio se tornaram tão confusos que os presidentes e os gerentes de vendas ficavam em seus escritórios até depois da meia-noite, refrescando-se com toalhas molhadas. Mas eles obtinham algum consolo, porque com o dólar depreciado conseguiam liquidar suas promissórias e, saldando-as no valor de face antigo, livrar-se delas a 30 centavos a centena. Com isso, e a moeda oscilando tanto que os empregados não sabiam exatamente quanto iriam ganhar de salário, e os sindicatos eliminados, os maiores industriais saíram dessa inflação com provavelmente o dobro da riqueza, em valores reais, do que tinham em 1936.

E os dois outros Pontos da encíclica de Windrip vigorosamente respeitados foram o da eliminação dos negros e o do favorecimento dos judeus.

Os da primeira raça ficaram mais contrariados com a medida. Houve casos terríveis em que condados sulistas inteiros, onde a maioria da população era negra, foram invadidos pelos próprios negros e todas as propriedades tomadas. É verdade que seus líderes justificaram que esse movimento foi em resposta a massacres de negros perpetrados pelos Homens Minuto. Mas, como disse com tanta propriedade o Dr. Macgoblin, Secretário da Cultura, todo esse assunto era desagradável e, portanto, sua discussão em nada contribuía.

Por todo o país, o verdadeiro espírito do Ponto 9 da plataforma de Windrip, referente aos judeus, foi fielmente posto em ação. Entendia-se que os judeus não deviam mais ser barrados dos hotéis de luxo, como ocorrera anteriormente, na época medonha do preconceito de raça, mas apenas pagar o dobro das tarifas. Entendia-se que os judeus nunca deveriam ser desencorajados de realizar operações comerciais, mas apenas pagar mais propina aos intermediários e inspetores, aceitando sem discussão todos os regulamentos, faixas salariais e listas de preço decididos pelos imaculados anglo-saxões das várias associações comerciais. E que todos os judeus de todas as condições deveriam expressar seu êxtase por terem encontrado na América um santuário, após sua deplorável experiência de preconceito na Europa.

Em Fort Beulah, Louis Rotenstern, já que sempre fora o primeiro a se levantar ao ouvir os hinos oficiais mais antigos da nação, *The Star-Spangled Banner*, *Dixie*, e agora *Buzz, Buzine*, já que ele tinha antigamente sido considerado quase um amigo autêntico de Francis Tasbrough e R. C. Crowley, e como ele várias vezes havia de boa vontade passado as calças de domingo do desimportante Shad Ledue sem nada cobrar por isso, recebeu a permissão de manter sua lavanderia e alfaiataria, embora ficasse entendido que deveria cobrar dos Homens Minuto preços que seriam apenas simbólicos, ou um quarto de simbólicos.

Mas um certo Harry Kindermann, um judeu que havia lucrado o suficiente como representante de máquinas de beneficiamento de açúcar de bordo e laticínios, de modo que em 1936 já conseguira pagar a última prestação de seu novo bangalô e seu veículo Buick, sempre fora o que Shad Ledue qualificava como "judeu atrevido". Ele havia caçoado da bandeira, da Igreja e até do Rotary. Agora, percebia que os fabricantes estavam cancelando sua representação, sem explicação nenhuma.

Em meados de 1937 ele estava vendendo salsichas na beira da estrada, e sua mulher, que sempre fora tão orgulhosa do piano e do antigo armário de pinheiro americano que possuía, no bangalô, morrera de pneumonia, contraída no barraco de um cômodo para o qual eles haviam mudado.

Na época da eleição de Windrip, havia mais de 80 mil funcionários das agências de assistência social empregados pelos governos federal e locais nos EUA. Com os campos de trabalho absorvendo a maioria das pessoas que eram beneficiadas pela assistência social, esse exército de funcionários, tanto os amadores quanto os profissionais de carreira, foi dissolvido.

Os Homens Minuto que controlavam os campos de trabalho eram generosos: ofereciam a esses agentes caridosos o mesmo pagamento de um dólar por dia recebido pelos proletários, com taxas especiais de alojamento e alimentação. Mas os assistentes sociais mais espertos recebiam uma oferta muito melhor: ajudar a catalogar cada família e cada pessoa solteira do país, com suas finanças, habilidades profissionais, treinamento militar e, o que era mais importante e que deveria ser apurado com a maior exatidão possível, sua opinião secreta sobre os Homens Minuto e os Corpos em geral.

Vários dos assistentes sociais disseram, indignados, que isso significava transformá-los em espiões, em alcaguetes da correspondente americana do departamento de espionagem do governo soviético. Esses foram, após acusações irrelevantes, mandados para a cadeia ou, mais tarde, para campos de concentração (que também eram cadeias, mas as cadeias privadas dos Homens Minuto, livres de qualquer regulamentação prisional antiga e sem sentido).

Na confusão do verão e do início do outono de 1937, oficiais locais dos Homens Minuto se divertiram muito criando suas próprias leis, e os traidores e reclamões natos como os médicos judeus, os músicos judeus, os jornalistas negros, os professores universitários socialistas negros, os jovens que preferiam ler ou estudar química a fazer serviços másculos junto aos Homens Minuto, as mulheres que reclamavam quando seus maridos eram levados pelos Homens Minuto e desapareciam, eram cada vez mais espancados nas ruas, ou presos por acusações que não teriam sido muito conhecidas dos juristas da época pré-Corpo.

Cada vez mais, os contrarrevolucionários burgueses começavam a fugir para o Canadá, da mesma forma que, tempos atrás, os escravos negros haviam fugido pela "ferrovia subterrânea" para aquele livre ar do norte.

No Canadá, bem como no México, nas Ilhas Bermudas, na Jamaica, em Cuba e na Europa, esses propagandistas vermelhos mentirosos começaram a publicar suas mais vis revistinhas, acusando os Corpos de terrorismo assassino, alegando que um grupo de seis Homens Minuto havia espancado e roubado um rabino idoso; que o editor de um pequeno jornal operário em Paterson havia sido amarrado à sua prensa e ali deixado, enquanto os Homens Minuto incendiavam a gráfica; que a bela filha de um ex-político do partido operário dos agricultores em Iwoa havia sido estuprada por jovens mascarados às gargalhadas.

Para acabar com essa covarde fuga dos mentirosos contrarrevolucionários (muitos dos quais, tendo sido anteriormente aceitos como respeitáveis pastores e advogados e médicos e escritores e congressistas e ex-oficiais do exército, conseguiam dar uma falsa impressão sobre o Corpoísmo e os Homens Minuto para o mundo exterior à América), o governo quadruplicou os guardas que estavam detendo suspeitos em todos os portos e até nas menores trilhas que cruzavam a fronteira; e numa incursão relâmpago, despejou tropas de assalto dos Homens Minuto em todos os aeroportos, públicos ou privados, e em todas as fábricas de aviões e, assim esperavam eles, bloquearam para os covardes traidores as vias aéreas.

Como um dos mais perniciosos contrarrevolucionários do país, o Ex-Senador Walt Trowbridge, rival de Windrip na eleição de 1936, era vigiado noite e dia por uma equipe rotativa de 12 Homens Minuto. Mas parecia haver pouco perigo de que esse oponente que, afinal de contas, era meio maluco, mas não um maníaco intransigente, se expusesse ao ridículo de lutar contra o grande Poder que, nas palavras do Bispo Prang, o Céu havia tido a satisfação de enviar para a cura de uma América aflita.

Trowbridge permaneceu prosaicamente em um sítio que possuía em South Dakota, e o agente do governo que comandava os Homens Minuto (um homem de talento, treinado em desbaratar greves) relatou que em sua linha telefônica grampeada e na sua correspondência aberta no vapor, Trowbridge não comunicou nada mais sedicioso do que relatórios sobre o cultivo de alfafa. Com ele estavam apenas trabalhadores do sítio e, na casa, um inocente casal idoso.

Washington esperava que Trowbridge estivesse começando a contemplar a luz. Talvez o nomeassem como Embaixador no Reino Unido, vice de Sinclair.

No dia 4 de julho, quando os Homens Minuto fizeram seu glorioso, mas infeliz tributo ao Chefe e à Estrela-de-Cinco-Pontas, Trowbridge agraciou seus vaqueiros realizando uma comemoração singularmente pirotécnica. Durante toda a noite, rojões cruzaram o céu e em torno da casa reluziam piras romanas. Longe de ignorar os Homens Minuto, Trowbridge os convidou efusivamente para ajudá-lo a lançar os rojões e juntar-se a ele para tomar uma cerveja e comer umas linguicinhas. Os solitários soldados, lá nas pradarias, como ficaram alegres soltando rojões!

Um avião com uma licença canadense, aeroplano grande e voando com as luzes apagadas, aproximou-se veloz da área onde estouravam os rojões e, com o motor desligado, para que os guardas não pudessem identificar se ele havia voado adiante, circulou o pasto indicado pelas piras romanas e aterrissou ligeiro.

Os guardas estavam sonolentos após a última garrafa de cerveja. Três deles estavam dormindo sobre a grama curta e áspera!

De uma forma desconcertante, eles foram abordados por homens com capacetes de voo que lhes cobriam os rostos, homens portando pistolas automáticas, que algemaram os guardas que ainda estavam despertos, apanharam os outros e colocaram todos os 12 no compartimento de bagagens do avião, que era protegido por grades.

O líder dos invasores, homem com aparência de militar, disse a Walt Trowbridge:

— Está pronto, senhor?

— Estou. Pode apanhar aquelas quatro caixas, Coronel?

As caixas continham fotocópias de cartas e documentos.

Despojadamente vestido com um macacão e usando um enorme chapéu de palha, o Senador Trowbridge entrou na cabine dos pilotos. Rápido e solitário, o avião alçou voo na direção da prematura Aurora Boreal.

Na manhã seguinte, ainda de macacão, Trowbridge tomou seu café de manhã no *Fort Garry Hotel* com o prefeito de Winnipeg.

Duas semanas depois, em Toronto, ele começou a republicar seu jornal semanal, *Uma Lança para a Democracia*, e na capa do primeiro número estavam reproduções de quatro cartas indicando que, antes de se tornar presidente, Berzelius Windrip havia lucrado, por meio de gratificações pessoais oferecidas por financistas, mais de um milhão de dólares. Para Doremus Jessup, para alguns milhares de Doremus Jessups, foram contrabandeados exemplares de *Uma Lança*, embora a posse desse material fosse passível de condenação (talvez não legalmente, mas com certeza efetivamente) à morte.

Mas foi só com a chegada do inverno, tamanho foi o cuidado com que seus agentes tiveram de atuar na América, que Trowbridge colocou em plena operação a organização chamada por seus membros de "Novo Subterrâneo", o N.S., que ajudou milhares de contrarrevolucionários a fugir para o Canadá.

18

> Nas pequenas cidades, ah, existe uma paz duradoura que eu amo, e que nunca pode ser perturbada, nem mesmo pelos barulhentos espertalhões dessas arrogantes megalópoles como Washington, Nova York etc.
> *Hora Zero,* Berzelius Windrip.

A política de Doremus, de "esperar para ver", como a maioria das políticas contemporizadoras, fraquejara. Parecia particularmente fraca em junho de 1937, quando ele foi de carro até North Beulah para o quadragésimo aniversário dos formandos de sua turma do Isaiah College.

Seguindo o hábito, os ex-alunos estavam usando fantasias. Sua turma estava usando uniformes de marinheiros, mas seus colegas circulavam calvos e com ar lúgubre, naqueles bem-intencionados trajes de alegria, e havia um ar de instabilidade mesmo nos olhos dos três membros que eram entusiásticos membros do Corpo (sendo comissários locais do Corpo).

Depois da primeira hora Doremus viu poucos de seus colegas. Ele havia visitado seu correspondente habitual, Victor Loveland, professor no Departamento de Estudos Clássicos que, um ano antes, lhe informara que o Presidente Owen J. Peaseley fora demitido por criticar o treinamento militar na universidade.

Em sua melhor época, a imitação de chalé de Anne Hathaway onde Loveland morava não era nenhum palácio.

Os professores assistentes do Isaiah não costumavam alugar palácios. Agora, com a pretensiosamente elegante sala cheia de tapetes enrolados e caixas de livros, a casa parecia mais uma loja de quinquilharias. Em meio aos destroços estavam sentados Loveland, sua mulher e seus três filhos, e um tal de Dr. Arnold King, um pesquisador na área de Química.

— O que é tudo isso? — perguntou Doremus.

— Fui demitido. Por ser muito "radical" — resmungou Loveland.

— Isso mesmo! E o maior pecado de meu marido foi criticar o tratamento dado por Glicknow ao uso do aoristo em Hesíodo! — lamuriou-se sua mulher.

— Bem, eu mereço, por não ter sido maldoso com nada mais desde 300 d.C.! A única coisa de que me envergonho é que eles não me demitiram por eu ter ensinado aos meus alunos que os Corpos tomaram a maioria de suas ideias de Tibério, ou talvez por ter tentado decentemente assassinar o Comissário de Distrito Reek.

— Para onde vocês vão? — perguntou Doremus.

— Esse é o problema. Não sabemos! Bem, primeiro vamos para a casa do meu pai, que é um caixote de seis cômodos lá em Burlington. Meu pai tem diabetes. Mas quanto a dar aulas... O Presidente Peaseley ficou adiando a assinatura de meu novo contrato e me informou apenas dez dias atrás que eu estava demitido. Tarde demais para conseguir um emprego para o próximo ano. Quanto a mim, não estou me preocupando! Não mesmo! Estou feliz por ter sido forçado a admitir que como professor universitário não fui nenhum Erasmo júnior inspirando nobres almas jovens a pensar na casta beleza clássica (como eu muitas vezes quis me convencer de que era). Nada disso! Sou apenas um empregado, outro balconista de um Departamento de Estudos Clássicos em liquidação, cujos alunos são clientes entediados, tão sujeito a ser contratado e demitido como qualquer zelador. Você deve se lembrar de que na Roma Imperial os professores, até os tutores da nobreza, eram escravos (que gozavam de bastante liberdade, suponho, em suas teorias sobre a antropologia de Creta), mas com a mesma possibilidade de serem estrangulados que tinha qualquer outro escravo! Não estou reclamando...

O Dr. King, o químico, o interrompeu, zombeteiro.

— Claro que você está reclamando! Como não reclamar? Com três filhos. Como não reclamar? Quanto a mim, tenho sorte! Sou meio judeu, um desses judeus furtivos e astutos de quem Buzz Windrip e seu amiguinho Hitler tanto falam: tão astuto, que suspeitei do que estava acontecendo meses atrás (também acabei de ser demitido, Sr. Jessup). Arrumei um emprego na Universal Electric Corporation... Eles não se incomodam com os judeus ali, contanto que cantem no trabalho e arrumem projetos monumentais no valor de um milhão de dólares por ano para a empresa. Ganhando 3.500 dólares por ano! Um belo adeus a meus repugnantes estudos! Mas...

Nesse ponto Doremus pensou que, no fundo, o químico estava mais triste que Loveland.

— ...eu odeio ter de abandonar minhas pesquisas. Que vão para o diabo!

A versão de Owen Peaseley, Mestre em Artes pelo Oberlin College, Doutor em Direito pela Universidade do Estado de Connecticut e Presidente do Isaiah College, foi bem diferente.

— Ora, não, Sr. Jessup! Acreditamos plenamente na liberdade de expressão e de pensamento aqui no velho Isaiah. O fato é que estamos deixando Loveland ir embora só porque o Departamento de Estudos Clássicos está com excesso de funcionários... Há tão pouca demanda de Grego e Sânscrito e tudo o mais, o senhor sabe, com todo o interesse moderno em biofísica quântica e na mecânica de aviões, e tudo o mais... Mas quanto ao Dr. King, bem, receio que tenhamos sentido um pouco que ele estava se encaminhando para uma derrocada, gabando-se de ser judeu, e tudo o mais... e... Mas não podemos falar de assuntos mais agradáveis? O senhor provavelmente ficou sabendo que o Secretário de Cultura Macgoblin acabou de completar seu plano de nomear um diretor de educação em cada província e distrito? E que o Professor Almeric Trout da Aumbry University está entre os possíveis indicados para a nossa Província Nordeste? Bem, tenho algo muito alvissareiro a acrescentar. O Dr. Trout (e que pesquisador dedicado, que orador eloquente ele é... o senhor sabia que nas línguas teutônicas "Almeric" significa "nobre príncipe"?)... o Dr. Trout teve a gentileza de me indicar para Diretor de Educação do Distrito de Vermont-New Hampshire! Não é emocionante? Eu queria que o senhor fosse um dos primeiros a saber disso, Sr. Jessup, porque uma das primeiras tarefas do Diretor será trabalhar lado a lado com os editores de jornais na grandiosa tarefa de difundir os ideais Corporativos corretos e combater teorias falsas, sim, é claro!

Parecia que muitas pessoas estavam ansiosas para trabalhar lado a lado com os editores nestes tempos, pensou Doremus.

Ele notou que o Presidente Peaseley parecia um boneco feito de uma flanela cinzenta desbotada da qualidade apropriada para as saias de um orfanato para meninas.

A organização dos Homens Minuto era menos favorecida nas aldeias tranquilas que nos centros industriais, mas durante todo o verão foi noticiado que uma companhia de Homens Minuto tinha sido formada em

Fort Beulah e estava realizando exercícios militares no Arsenal sob a supervisão dos oficiais da Guarda Nacional e do Comissário de Condado Ledue, que era visto sentado à noite em seu novo e luxuoso apartamento na hospedaria da Sra. Ingot, lendo um manual sobre armas. Mas Doremus não quis ir até lá para vê-los, e quando seu rústico, mas ambicioso repórter, "Doc" (também chamado Otis) Itchitt veio cheio de entusiasmo falar dos Homens Minuto, dizendo que queria publicar uma reportagem ilustrada na edição de sábado do *Informer*, Doremus torceu o nariz.

Foi só em seu primeiro desfile público, em agosto, que Doremus os viu, e sem entusiasmo nenhum.

Vieram pessoas de toda a região; ele podia ouvi-las rindo e se movimentando abaixo da janela de seu escritório; mas ele teimosamente continuou editando um artigo sobre fertilizantes para pomares de cerejas (e ele tinha uma predileção infantil por desfiles!). Nem mesmo o som de uma banda martelando "Beu-Lah, Beu-Lah" o atraiu para a janela. Então ele foi puxado por Dan Wilgus, o tipógrafo veterano e chefe da oficina de impressão do *Informer*, um homem alto como um poste e dono de um bigode preto tão cerrado que não se via desde o desaparecimento dos antigos balconistas de bar.

— Você precisa dar uma olhada, Patrão! Belo espetáculo! — implorou Dan.

Pela impecável President Street, com seus prédios de tijolos vermelhos *à la* Chester-Arthur, Doremus viu marchar um batalhão surpreendentemente bem-treinado de jovens vestindo o uniforme da cavalaria da Guerra Civil, e no exato momento em que eles estavam em frente à sede do *Informer*, a banda municipal iniciou uma execução retumbante de *Marching Through Georgia*. Os jovens sorriram, marcharam mais depressa e ergueram sua bandeira com a roda do leme ostentando as letras H.M.

Aos dez anos de idade, Doremus tinha visto naquela mesma rua um desfile do Grande Exército da República na celebração do *Memorial Day*.[32] Os veteranos tinham em média menos de 50 anos naquela época, e alguns deles tinham só 35; eles haviam desfilado com leveza e alegria, e ao som de *Marching Through Georgia*. Agora, em 1937, ele observava mais uma vez os veteranos de Gettysburg e Missionary Ridge. De fato, podia vê-los todos, o velho Tio Tom Veeder, que fizera para ele seus apitos de salgueiro; o velho Sr. Crowley com seus olhos azuis de flor de milho; Jack Greenhill que brincava de pula-sela com as crianças e que morreria em Ethan Creek. Eles o encontraram com o espesso cabelo pingando. Doremus se entusiasmou com as bandeiras dos Homens Minuto, a música, os destemidos jovens, ao mesmo tempo que odiou tudo pelo que eles marchavam, e odiou o Shad Ledue que ele reconheceu, incrédulo, no robusto cavaleiro à frente do destacamento.

Ele entendia agora por que os rapazes marchavam para a guerra. Mas pôde ouvir Shad dizendo, zombeteiro, em meio à música: "É sim, você *acha* que entende!"

O humor pesado que era característico dos políticos americanos persistiu mesmo durante a turbulência política. Doremus leu (tendo depois destacado o assunto no *Informer*) sobre um *minstrel show*[33] na convenção nacional

---

[32] O *Memorial Day* (Dia da Recordação) é um feriado oficial dos EUA que homenageia os militares que perderam a vida enquanto defendiam o país a serviço das Forças Armadas. Foi instituído em 1868, após o fim da Guerra de Secessão (1861-1865). (N. T.)

[33] Os *minstrel* shows eram espetáculos teatrais cômicos com música, esquetes, danças etc, em que negros eram representados por brancos com os rostos pintados de preto e os lábios destacados em tinta branca. (N. T.)

dos Clubes de Torcedores em Atlantic City, no final de agosto. Como "pontas" e "interlocutor"[34] figuraram pessoas não menos importantes que o Secretário da Fazenda Webster R. Skittle, o Secretário da Guerra Luthorne e o Secretário da Educação e Relações Públicas Dr. Macgoblin. Era o bom e velho humor do Clube dos Alces, que não fora corroído por nenhuma noção de dignidade ou obrigações internacionais que, apesar de seus excelentes serviços, aquele esquisitão Lee Sarason era suspeito de tentar introduzir. Ora (maravilhavam-se os torcedores), os Figurões são tão democráticos que até zombaram de si próprios e dos Corpos, tamanha a simplicidade deles!

— Quem era aquela dama que eu vi com o senhor andando pela rua? — perguntou o gorducho Sr. Secretário Skittle (caracterizado como uma criada negra com um vestido de bolinhas) ao Sr. Secretário Luthorne (com o rosto pintado de preto e grandes luvas vermelhas).

— Não era dama nenhuma, aquilo era o jornal de Walt Trowbridge.

— Ah, acho que não a conheço, Mr. Bones.

— Você sabe, "Uma Bichanca para a Plutocracia"

Humor limpo, não muito elevadamente sutil, que aproximava as pessoas (eram milhões os que ouviam pelo rádio o *show* do Clube dos Torcedores) de seus queridos líderes.

....

[34] O *minstrel show* se compunha de duas partes. Na primeira, os atores se organizavam em um semicírculo, no centro do qual ficava o "interlocutor", sendo que dois "pontas" se posicionavam nas extremidades. Os pontas eram "Mr. Tambo", que tocava o pandeiro (*tambourine*) e "Mr. Bones" ("Sr. Ossos") que agitava nas mãos dois pares de hastes produzindo um efeito de chocalho. "Mr Bones" tem esse nome porque seu instrumento de percussão era no princípio feito de ossos. (N. T.)

Mas o ponto alto do *show* foi o Dr. Macgoblin ousando provocar sua própria facção ao cantar:

> *Buzz, buzine, sai do tom*
> *Aqui tudo é miséria*
> *Vou sair de Washington*
> *Vou morar lá na Sibéria!*

Doremus tinha a impressão de que estava ouvindo muitos comentários sobre o Secretário da Educação. Depois, no final de setembro, ouviu algo nada agradável sobre o Dr. Macgoblin. A história, como ele a ouviu, era assim:

Hector Macgoblin, aquele grande cirurgião-pugilista--poeta-marinheiro, sempre conseguira ter muitos inimigos, mas após o início de sua investigação das escolas, para purificá-las de quaisquer professores que ele por acaso não apreciasse, ele fez novos inimigos de forma tão pouco costumeira que passou a ser acompanhado por guarda-costas. Naquela altura de setembro, ele estava em Nova York, detectando vários "elementos subversivos" na Columbia University (apesar dos protestos do Presidente Nicholas Murray Butler, que insistia que ele já tinha afastado os pensadores obstinados e perigosos, especialmente os pacifistas da escola de medicina) e os dois guarda-costas de Macgoblin eram antigos professores de Filosofia que, em suas respectivas universidades, haviam sido admirados por tudo, até por seus superiores, a não ser pelo fato de que bebiam e ficavam briguentos. Um deles, quando nesse estado, arrancava o próprio sapato e batia na cabeça das pessoas com o salto, se elas argumentassem em favor de Jung.

Com esses dois uniformizados como líderes de batalhão dos Homens Minuto (o uniforme de Macgoblin era de brigadeiro), após um dia proveitosamente passado em expulsar da Columbia todos os professores que haviam votado em Trowbridge, o Dr. Macgoblin saiu com seus leões-de-chácara com a intenção de cumprir a aposta que fizera de tomar um drinque em cada bar da Rua 52, sem desmaiar.

Ele estava indo bem até que, às 22h10, agora já filantropo e meigo, decidiu que seria uma ideia esplêndida telefonar para seu reverenciado antigo professor da Leland Stanfort, o biólogo Willy Schmidt, que já trabalhara em Viena e estava agora no Rockefeller Institute. Macgoblin ficou indignado quando alguém no apartamento do Dr. Schmidt lhe informou que o doutor estava fora.

— Fora? Fora? Como assim, ele está fora? Um bode velho como aquele não tem o direito de estar fora! À meia-noite! Onde ele está? Aqui é do Departamento de Polícia. Onde ele está?

O Dr. Schmidt estava passando a noite na companhia daquele gentil intelectual, o Rabino Dr. Vincent de Verez.

Macgoblin e seus cultos brutamontes foram até a casa de De Verez. No caminho, não aconteceu nada digno de nota, exceto pelo fato de que quando Macgoblin discutiu a tarifa com o motorista do táxi, sentiu-se impelido a nocauteá-lo. Os três, que estavam no mais feliz e juvenil estado de espírito, entraram muito alegres na casa primeva do Dr. De Verez, na altura da Rua 60. O *hall* de entrada era bastante pobre, com uma humilde exposição dos guarda-chuvas e galochas do rabino; e se os invasores tivessem visto os quartos, teriam achado que eram celas de monges trapistas. Mas a longa sala de estar, que fundia as salas de visita e de jantar, era metade museu, metade salão. Só porque ele mesmo gostava daquelas coisas e se ressentia de que um estranho as possuísse, Macgoblin olhou com desprezo para um tapete de reza balúchi, o guarda-louça jacobita, um pequeno estojo de incunábulos e de manuscritos árabes com pergaminhos escritos em prata sobre vermelho.

— Bela casa! Olá, Doutor! Como está o holandês? Como vai a pesquisa com os anticorpos? Estes são o Dr. Nemo e o Dr... Quenserá, os famosos tomadores de cerveja. Amigões meus. Apresente-nos a seu amigo judeu.

Ora, era mais que possível que o Rabino De Verez nunca tivesse ouvido falar do Secretário da Educação Macgoblin.

O empregado que havia deixado os invasores entrar e que permanecera, muito nervoso, perto da porta da sala (ele é a única fonte para a maior parte da história) disse que Macgoblin cambaleou, escorregou em um tapete, quase caiu, depois riu como um bobo ao se sentar, indicando cadeiras para seus amigos brutamontes e pedindo.

— Ei, Rabino, que tal um *whisky?* Que tal um pouquinho de *scotch* com soda? Sei que o seu gueonim não bota nada pra dentro além de néctar resfriado com neve e servido por uma donzela com um dulcimer, cantando sobre o Monte Abora,[35] ou talvez só um traguinho de sangue sacrificial de crianças, hahaha, só uma piada, Rabino; sei que esses *Protocolos dos Sábios de Sião* são uma grande patacoada, mas terrivelmente bons para propaganda política, então dá no mesmo... Mas, quero dizer, para gentios comuns como nós, um golinho de uma bebida de verdade, *entendeu?*

O Dr. Schmidt começou a protestar. O Rabino, que estivera cofiando a barba branca, silenciou o amigo e, com um aceno de sua mão frágil, sinalizou para o empregado, que trouxe *whisky* e sifões.

---

[35] Alusão a um trecho do poema *Kubla Khan* de Samuel Taylor Coleridge. (N. T.)

Os três coordenadores de cultura quase encheram seus copos antes de despejar neles a soda.

— Olhe aqui, De Verez, por que vocês judeus não caem em si, dão o fora, saem de cena carregando os cadáveres, e começam um versadeiro Sião, por exemplo, na América do Sul?

O rabino parecia confuso com a ofensa. Dr. Schmidt disse, resfolegando:

— O Dr. Macgoblin, que já foi um aluno meu bastante prromissor, é Secrretárrio da Educacón e mais umas coisas (não sei o quê) em Vóshington. Corpo!

— Ah — disse num suspiro, o rabino. — Ouvi falar, desse culto, mas meu povo aprendeu a ignorar as perseguições. Tivemos o desplante de adotar as táticas de seus primeiros mártires cristãos! Mesmo que fôssemos convidados para o seu banquete corporativo (coisa que, pelo que entendo, nós felizmente não seremos!), receio que não poderíamos comparecer. O senhor vê, nós acreditamos em apenas um Ditador, Deus, e eu temo que não possamos ver o Sr. Windrip como um rival de Jeová!

— Ah, tudo isso é conversa fiada — murmurou um dos pistoleiros esclarecidos, e Macgoblin gritou: — Chega de palavrório complicado! Só existe um ponto em que concordamos com os imundos comunistas que tanto adoram os judeus, que é acabar com todo o grupo de divindades, Jeová e todo o resto deles que viveram às custas do governo por tanto tempo!

O rabino não conseguia sequer responder, mas o pequeno Dr. Schmidt (ele tinha bigodinho e cavanhaque, uma barriga de cerveja e botas pretas com botões e uma sola de um centímetro) disse:

— Macgoblin, acho que posso falar frrancamente com um antigo aluno, já que não há repórteres e alto-falantes aqui. Você sabe por que está bebendo feito um porco?

Porque você está com vergonha. Com vergonha de que você, antes um pesquisador de futuro, tenha se vendido a flibusteiros que têm cérebros que parecem fígados arruinados e...

— Já basta, Professor!

— Olha, acho que temos de amarrar esses traidores filhos de uma cadela e dar uma coça neles — protestou um dos cães de guarda.

Macgoblin guinchou:

— Vocês eruditos! Vocês intelectuais fedorentos! Você, judeuzinho, com sua biblioteca de luxo, enquanto as pessoas comuns morrem de fome. Estariam morrendo de fome se o Chefe não tivesse salvado elas. Seus livros de coleção, roubados dos centavos de sua congregação pobre, idiota e bajuladora de mascates aduladores.

O rabino se sentou, pasmo, cofiando a barba, mas o Dr. Schmidt saltou de pé e gritou:

— Seus trrês cafajestes, vocês não foram convidados! Entrraram à força. Forra, saiam daqui! Forra!

Um dos capangas demandou de Macgoblin:

— O senhor vai aturar esses dois judeus malditos nos ofendendo, por Deus, ofendendo todo o estado do Corpo e o uniforme dos Homens Minuto? Chumbo neles!

Nesse momento, à sua já alta calibragem, Macgoblin tinha acrescido duas enormes doses de *whisky* desde que chegara. Ele sacou sua pistola automática, atirou duas vezes. O Dr. Schmidt desmontou no chão. O Rabino De Verez afundou em sua cadeira, sua têmpora derramando sangue. O empregado tremia à porta. Um dos guardas atirou nele e em seguida o perseguiu pela rua, atirando e gritando com a graça da piada. Esse instruído guarda foi morto instantaneamente, num cruzamento, por um policial de trânsito.

Macgoblin e o outro guarda foram presos e levados à presença do Comissário do Distrito Metropolitano, grande vice-rei do Corpo, cujo poder era equivalente ao de três ou quatro governadores de estado juntos.

O Dr. De Verez, embora ainda não estivesse morto, estava muito debilitado para testemunhar. Mas o Comissário achou que, num caso tão ligado ao governo federal, não seria adequado postergar o julgamento.

Contra o testemunho aterrorizado do empregado russo-polonês do rabino estavam os relatos determinados (e agora sóbrios) do Secretário Federal de Educação e de seu assistente que sobrevivera, antigo Professor-Assistente de Filosofia na Pelouse University. Foi provado que não apenas De Verez, mas que também o Dr. Schmidt eram judeus (o que, por acaso, este último não era, de modo algum). Foi quase provado que esse par sinisto estivera coagindo inocentes Corpos a irem à casa do Dr. De Verez e realizando com eles o que um assustado dedo-duro judeu chamou de "assassinatos rituais".

Macgoblin e seu amigo foram absolvidos por terem agido em legítima defesa e efusivamente elogiados pelo Comissário (e, mais tarde, em telegramas do Presidente Windrip e do Secretário de Estado Sarason) por terem defendido a comunidade de vampiros humanos e de uma das mais horripilantes tramas da história.

O policial que havia atirado no outro guarda não foi punido muito rigorosamente (tanto escrúpulo tinha a justiça do Corpo), mas apenas enviado para fazer uma ronda fatigante no Bronx. Assim, todos ficaram felizes.

Mas Doremus Jessup, ao receber uma carta de um repórter de Nova York que havia conversado em particular com o guarda sobrevivente, não estava tão feliz. Ele não estava numa disposição das melhores, de qualquer forma. O Comissário do Condado Shad Ledue, alegando razões humanitárias, o obrigara a dispensar seus meninos de entrega e empregar Homens Minuto para para distribuir (ou alegremente jogar no rio) o *Informer*.

— Foi a gota d'água — disse ele, furioso.

Havia lido sobre o Rabino De Verez e visto fotos dele. Ouvira o Dr. Willy Schmidt falar, quando a Associação Médica Estadual havia se reunido em Fort Beulah, e em seguida havia sentado perto dele no jantar. Se eles eram judeus assassinos, ele então era um judeu assassino também, ele jurou, e já era hora de fazer alguma coisa por seu Próprio Povo.

Naquela noite (do fim de setembro de 1937) ele não foi para casa jantar, mas, com um copo de papel cheio de café e uma fatia de torta ainda intocada, debruçou-se sobre sua mesa no escritório do *Informer*, escrevendo um editorial que, quando finalizado, recebeu as marcações: "Urgente. Corpo 12, negrito. Caixa superior primeira página".

O início do editorial que deveria ser publicado na manhã seguinte era:

> Acreditando que a ineficiência e os crimes da administração do Corpo se deviam às dificuldades impostas por uma nova forma de governo, esperamos pacientemente que terminassem. Pedimos desculpas aos nossos leitores por essa paciência.
>
> Agora é fácil ver, no revoltante crime de um membro bêbado do governo contra dois idosos inocentes e valorosos como o Dr. Schmidt e o Reverendo Dr. De Verez, que não podemos esperar nada além da assassina eliminação de todos os oponentes honestos da tirania de Windrip e sua gangue do Corpo.
>
> Não que todos eles sejam depravados como Macgoblin; alguns são apenas incompetentes, como nossos amigos Ledue, Reek e Haik. Mas sua ridícula incapacidade

permite que a crueldade homicida de seus líderes continue sem freio.

Buzzard Windrip, o "Chefe", e sua gangue pirata... Um homem miúdo, bem-arrumado, com barba grisalha, martelando furiosamente uma antiga máquina de escrever, com os dois dedos indicadores.

Dan Wilgus, chefe da sala de composição, olhava e vociferava como um velho sargento e, como um velho sargento, era apenas teoricamente dócil com seu superior. Estava tremendo quando entrou com o texto na mão e, quase esfregando-o no nariz de Doremus, protestou.

— Diga, patrão, de verdade, você não pretende publicar isto, né?

— Pretendo sim, com certeza.

— Bem, eu não vou fazer parte disso. Isso é veneno de cascavel! Tudo bem se *você* for jogado no xadrez e provavelmente fuzilado ao amanhecer, se gosta desse tipo de esporte, mas fizemos uma reunião na oficina e todos dissemos, "que um raio nos parta se arriscarmos nosso pescoço também!"

— Não tem problema, seu fracalhão! Não tem problema, Dan! Eu mesmo faço a composição.

— Ai, não, diacho, não quero ser obrigado a ir ao seu funeral depois que os Homens Minuto eliminarem você e dizer, "ele não está meio esquisito?"

— Depois de trabalhar para mim durante 20 anos, Dan! Traidor!

— Olhe aqui, não sou nenhum Enoch Arden ou... (qual diabos é o nome dele?) Ethan Frome ou Benedict Arnold ou quem quer que seja! E mais de uma vez eu bati em algum esquisitão em um bar que estava dizendo pra todo mundo que você era o mais vil dos editores intelectuais de Vermont, e ainda por cima acho que ele devia estar dizendo a verdade, mas mesmo assim...

O esforço de Dan para ser engraçado e convincente foi por água abaixo e ele lamuriou:

— Patrão, por Deus, não faça isso!

— Eu sei, Dan, provavelmente nosso amigo Shad Ledue vai ficar furioso. Mas não posso continuar aguentando coisas como o massacre do velho De Verez e... Aqui, me dá esse papel.

Enquanto tipógrafos, impressores e o jovem demônio se alternavam entre se martirizar e caçoar da falta de jeito de Doremus, este último se postou diante de uma caixa de tipos — em sua mão esquerda o primeiro componedor que ele segurava em dez anos — e olhou confuso para a caixa. Era como um labitinto para ele.

— Esqueci como fazer isto. Não consigo encontrar coisa alguma, a não ser a caixa da fonte "e" — queixou-se.

— Mas que inferno! Deixa que eu faço. Saiam daqui todos vocês, seus frouxos! — rugiu Dan Wilgus, e os outros tipógrafos saíram correndo (na verdade, até a porta do banheiro).

No escritório de editoria, Doremus mostrou as provas da sua indiscrição para Doc Itchitt, aquele repórter ativo, mas meio desajeitado, e a Julian Falck, que estava de saída para Amherst, mas que tinha ficado trabalhando no *Informer* durante todo o verão, combinando artigos inimprimíveis sobre Adam Smith com matérias extremamente imprimíveis sobre golfe e bailes no clube de campo.

— Nossa, espero que o senhor tenha coragem para ir em frente e imprimir isto. E, ao mesmo tempo, espero que não tenha! Eles vão pegar o senhor — disse Julian, preocupado.

— Não, vá em frente e rode a matéria! Eles não vão ter a ousadia de fazer coisa alguma. Eles podem aprontar em Nova York e Washington, mas você é muito forte no Beulah Valley para que Ledue e Staubmeyer ousem levantar uma mão! — vociferou Doc Itchitt, enquanto Doremus tecia suas considerações:

"Fico me perguntando se esse esse jovem Judas jornalístico não quer me ver em apuros para tomar posse do *Informer* e fazê-lo tomar partido do Corpo".

Ele não ficou no escritório para esperar que o jornal com seu texto de editoria ficasse pronto. Foi para casa cedo e mostrou a prova para Emma e Sissy. Enquanto as duas liam o texto, com manifestações de desaprovação, Julian Falck entrou de fininho.

Emma protestou:

— Você não pode, você não deve fazer isso! O que vai ser de todos nós? Honestamente, Dormouse, não sinto medo por mim, mas o que eu faria se eles batessem em você, colocassem você na prisão ou algo parecido? Eu ficaria com o coração partido só de pensar em você numa cela. E sem roupas de baixo limpas. Não é tarde demais para desistir, é?

— Não, na verdade, o jornal não vai dormir antes das 11 horas... Sissy, o que você acha?

— Não sei o que pensar. Ah, maldição!

— Meu Deus, Sis-sy! — repreendeu Emma, mecanicamente.

— Antes, a gente fazia o que era certo, e ganhava um belo doce por isso — disse Sissy. — Agora parece que tudo o que é certo é errado. Julian, seu cara de bobo, o que você acha de o papai dar um chute direto nas orelhas peludas do Shad?

— Veja bem, Sis...

Depois de hesitar, Julian soltou tudo de uma vez:

— Acho que seria uma crueldade se alguém não tentasse deter esses caras. Eu gostaria de poder fazer isso? Mas como eu faria?
— Provavelmente você já disse tudo — disse Doremus.
— Se um homem assume o compromisso de dizer a vários milhares de leitores o que está acontecendo na realidade (e tenho apreciado fazer isso, até agora), ele tem um tipo de obrigação que poderíamos classificar como religiosa de dizer a verdade. "Maldita sina".[36] Bom, acho que vou para o escritório outra vez. Volto lá pela meia-noite. Não fiquem acordados até tarde, ninguém. Sissy, e você, Julian, que ficam vagando pela noite, isso serve especialmente para vocês dois! Quanto a mim e minha casa, vamos servir ao Senhor. E em Vermont, isso significa ir para a cama.
— E sozinho! — murmurou Sissy.
— *Olha a língua, Ce-cília Je-ssup!*
Quando Doremus saiu às pressas, Bobão, que o estivera adorando, imóvel, deu um salto, na esperança de um passeio.
Por algum motivo, mais que todos os apelos de Emma, a devoção familiar do cachorro fez Doremus sentir o que poderia significar ir para a prisão.

Ele havia mentido. Não retornou ao escritório. Foi dirigindo vale acima, para a Taverna e para Lorinda Pike.
Mas no caminho parou na casa de seu genro, o jovem e agitado Dr. Greenhill; não para mostrar a prova para ele, mas para ter (talvez na prisão) outra recordação da vida doméstica na qual fora rico. Entrou silenciosamente na varanda da casa de Greenhill — uma vistosa imitação da Monte Vernon, residência de George Washington; muito próspera e segura, alegre com a mobília de nogueira com

---

[36] Citação de *Hamlet*, Ato I, final da cena 5. (N. T.)

maçanetas de latão e caixas russas decoradas que Mary Greenhill tanto apreciava. Doremus pôde ouvir David (mas já não havia passado da hora de ele ir para cama? A que horas *iam* para a cama as crianças de nove anos nesses tempos degenerados?) conversando entusiasmado com o pai e o sócio do pai, o velho Dr. Marcus Olmsted, que estava quase aposentado, mas ainda trabalhava para a firma nas áreas de obstetrícia e afecções de olhos e ouvidos.

Doremus espiou dentro da sala, com suas claras cortinas de linho amarelo. A mãe de David estava escrevendo cartas. Uma viçosa e elegante figura sentada a uma escrivaninha de bordo completa, com uma pena de escrever amarela, papel de carta impresso e um mata-borrão revestido de prata. Fowler e David estavam sentados nos dois braços da poltrona do Dr. Olmsted.

— Então você não acha que vai ser médico, como seu pai e eu? — perguntava o Dr. Olmsted.

O cabelo macio de David balançou quando ele tombou a cabeça na agitação de ser levado a sério pelos adultos.

— Ah, ah, acho, eu gostaria de ser. Ah, acho que seria bacana ser médico. Mas eu quero ser de jornal, como o Vovô. Isso seria do caramba! Pode crer!

— Da-vid, onde você aprendeu a falar desse jeito?

— Sabe, tio-doutor, um médico, ai meu Deus, ele precisa ficar acordado a noite toda, mas um editor, ele só fica no escritório numa boa, sem ter de se preocupar com nada!

Nesse momento, Fowler Greenhill viu seu sogro na porta fazendo caretas para ele e advertiu David.

— Olha, não é sempre assim! Os editores têm de trabalhar muito algumas vezes. Imagine quando ocorrem desastres de trem, enchentes e tudo o mais! Vou lhe dizer. Você sabia que tenho poderes mágicos?

— O que são poderes mágicos, Papai?

— Vou mostrar pra você. Vou chamar seu avô aqui. Ele vem das profundezas nevoentas...

— Mas será que ele vem — indagou o Dr. Olmsted.

— ... e pedir que ele conte para você todos os problemas que um editor enfrenta. Vou fazê-lo vir voando pelos ares.

— Ah, não, você não consegue fazer *isso*, Pai!

— Não consigo?! — indagou Fowler, levantando-se de forma solene, as luzes acima dele deixando seu cabelo áspero e ruivo mais suave, e ele movimentou os braços como se estivesse imitando as pás de um moinho e pronunciou: — Presto, vesto, adsit, Vovô Jessup, *voilà!*

E ali, chegando pela porta, *estava* mesmo o Vovô Jessup.

* * *

Doremus ficou apenas dez minutos, dizendo a si mesmo, "De qualquer forma, nada de ruim pode acontecer aqui, neste lar seguro". Quando Fowler o levava até a porta, Doremus suspirou e disse a ele:

— Eu queria que Davy estivesse certo e que eu tivesse apenas que ficar sentado no escritório sem me preocupar. Mas suponho que algum dia terei um confronto com os Corpos.

— Espero que não. Bando de homens horríveis! O que você acha, Pai, aquele suíno Shad Ledue me disse ontem que queriam que eu me alistasse nos Homens Minuto como oficial médico. Eu disse para ele: "Sem chance!"

— Tome cuidado com o Shad, Fowler. Ele é vingativo, nos obrigou a trocar a fiação do prédio todo.

— Não tenho medo do Capitão-General Ledue nem de 50 como ele. Espero que ele me chame por causa de uma dor de barriga um dia desses! Vou lhe dar um bom sedativo, cianureto de potássio. Talvez um dia eu tenha o prazer de ver aquele sujeito no caixão. Essa é a vantagem que os médicos têm, você sabe. Boa noite, Pai, durma bem!

Um razoável número de turistas ainda estava chegando de Nova York para ver o outono colorido de Vermont, e quando Doremus chegou à Beulah Valley Tavern, se irritou por ter de esperar Lorinda pegar mais toalhas e verificar os horários dos trens e ser educada com as senhoras idosas reclamando que o barulho da cachoeira do rio Fort Beulah caindo à noite era muito forte (ou não era forte o suficiente). Ele não conseguiu falar com ela a sós antes das dez da noite. Experimentou, nesse meio tempo, o curioso e exaltado luxo de observar cada minuto perdido a ameaçá-lo com a hora do fechamento da edição, enquanto ficou ali sentado na sala de chá folheando imperturbavelmente as páginas do último número da *Fortune*.

Às 22h15, Lorinda o conduziu até seu pequeno escritório — apenas uma escrivaninha com tampo corrediço, cadeira de escritório, uma cadeira comum e uma mesa cheia de pilhas de revistas de hotéis que não se publicavam mais. O cômodo estava caprichosamente arrumado como o deixaria uma solteirona, mas, mesmo assim, ainda recendia a fumaça de charuto e aos velhos arquivos de cartas dos antigos proprietários que já tinham ido embora havia muito tempo.

— Depressa, Dor. Estou tendo um bate-boca com o insuportável do Nipper — disse ela, acomodando-se junto à escrivaninha.

— Linda, leia esta prova. É para a edição de amanhã... Não. Espere. Fique de pé.

— Como?

Ele mesmo ocupou a cadeira de escritório e a fez sentar sobre seus joelhos.

— Ah, *você* — disse, como se quisesse protestar, mas mesmo assim aproximou seu rosto do ombro dele e soltou um murmúrio satisfeito.

— Leia isto, Linda. É para a edição de amanhã. Acho que vou publicar... certo, preciso decidir isso antes das 11 horas. Mas será que devo mesmo publicar? Eu tinha certeza quando saí do escritório, mas Emma ficou com medo...

— Ah, *Emma*! Sente-se aí e fique quieto. Deixe-me ver.

Ela leu rápido. Ela sempre lia rápido. Ao final, ela disse, impassível:

— Sim, você tem de rodar a matéria, Doremus! Na verdade, eles vieram aqui, os Corpos. É como ler sobre o tifo na China e de repente encontrar tifo em sua própria casa! — Ela roçou outra vez o rosto no ombro dele, e disse, furiosa. — Pense só! Esse Shad Ledue (e eu dei aulas para ele durante um ano na escola distrital, embora fosse apenas dois anos mais velha que ele; e que cara briguento e desagradável ele era!) veio aqui uns dias atrás e teve a desfaçatez de propor que se eu oferecesse diárias mais baratas para os Homens Minuto (chegou a insinuar que seria muita gentileza minha atendê-los de graça) eles fechariam os olhos para minha venda de bebidas alcoólicas aqui, sem licença nem nada! Ele teve o inconcebível desplante de me dizer, e de forma *condescendente*, meu querido, que ele e seus adoráveis amigos gostariam de passar bastante tempo aqui! Até mesmo Staubmeyer (ah, nosso "professor" está se revelando um sujeito bem leal!). Então corri com ele pra fora daqui, proferindo um monte de impropérios. E, hoje cedo, recebi um comunicado de que devo me apresentar no tribunal do condado amanhã. Alguma queixa de meu adorável sócio, o Sr. Nipper. Parece que ele não está satisfeito com a divisão de trabalho aqui. E, honestamente, querido, ele nunca faz coisa nenhuma, exceto ficar aqui e entediar meus melhores clientes contando-lhes sobre o maravilhoso hotel que ele tinha na Flórida. E Nipper levou suas coisas daqui e se mudou para a cidade. Acho que não vou me divertir nada, tentando não lhe dizer o que penso dele, no tribunal.

— Meu Deus! Querida, você tem um advogado?

— Advogado!? Céus, não! É apenas um mal-entendido da parte do Sr. Nipper.

— Seria melhor. Os Corpos estão usando os tribunais para todo tipo de suborno e acusações de traição. Contrate Mungo Kitterick, meu advogado.

— Ele é estúpido. E insensível.

— Eu sei, mas é muito organizado, como outros tantos advogados. Gosta de ver tudo em seu próprio lugar. Talvez ele não dê a mínima para a justiça, mas se incomoda muito com qualquer irregularidade. Por favor, fale com ele, Lindy, porque quem vai presidir a corte amanhã é Effingham Swan.

— Quem?

— Swan. O Juiz Militar do Distrito 3, ou seja, outro estabelecimento do Corpo. Uma espécie de juiz Distrital com poderes de Corte Marcial. Esse Effingham Swan (mandei Doc Itchitt entrevistá-lo hoje, quando ele chegou) é o perfeito Fascista-Cavalheiro. Ao estilo de Oswald Mosley.[37] Boa família — o que quer que isso signifique. Graduou-se em Harvard. Escola de Direito da

....

[37] Sir Oswald Ernald Mosley, 6º Baronete foi um dos principais líderes da extrema-direita fascista da Inglaterra e também um ativista contra a participação britânica no início da Segunda Guerra Mundial. (N. T.)

Columbia, um ano em Oxford. Mas entrou para o setor de finanças em Boston. Banqueiro de investimentos. Major ou algo parecido durante a guerra. Joga polo e participou de uma corrida de iates até as Bermudas. Itchitt diz que ele é um grandalhão, com maneiras mais doces que um *sundae* de caramelo e mais conversa que um bispo.

— Mas fico satisfeita de ter de explicar as coisas a um *cavalheiro*, em vez de falar com Shad.

— O cassetete de um cavalheiro fere tanto quanto o de um brutamontes.

— Ah, *você*! — disse ela com uma ternurinha irritada, correndo o dedo indicador na lateral do rosto dele.

Lá fora ouviram-se passos.

Ela deu um salto e se sentou empertigada na cadeira comum. Os passos se distanciaram. Ela cismou:

— Todo esse problema com os Corpos... Eles vão fazer alguma coisa com você e comigo. Vamos ser tão provocados que ou vamos nos desesperar e realmente nos agarrar um ao outro e tudo mais pode ir para o inferno ou, o que receio seja mais provável, vamos nos envolver tanto na rebelião contra Windrip, vamos sentir de forma tão terrível que estamos defendendo algo, que vamos querer desistir de tudo por esse algo, mesmo desistir de nós dois. Para que ninguém descubra e passe a nos criticar. Temos de ultrapassar as críticas.

— Não, não vou dar ouvidos. Vamos lutar, mas como é que podemos nos envolver tanto, pessoas alienadas, como você e eu?

— Você vai *mesmo* publicar esse editorial amanhã?

— Vou!

— Não é tarde demais para cancelá-lo?

Ele olhou para o relógio sobre a escrivaninha dela, tão ridiculamente parecido com o relógio de uma escola primária que poderia estar ao lado dos retratos do Presidente Washington e sua mulher Martha.

— Bem, sim, é tarde demais, quase onze horas. Eu só conseguiria chegar lá bem depois disso.

— Tem certeza de que não vai ficar preocupado com isso quando for se deitar, esta noite? Querido, quero muito que não se preocupe! Tem certeza de que não quer ligar e suspender o editorial?

— Certeza absoluta!

— Fico feliz. Eu mesma prefiro ser fuzilada a andar por aí me escondendo, paralisada de tanto medo. Deus o abençoe!

Ela o beijou e saiu depressa para enfrentar mais uma ou duas horas de trabalho, enquanto ele dirigiu para casa assobiando vangloriosamente.

Mas ele não dormiu bem em sua grande cama preta de nogueira. Acordou várias vezes, assustado com os ruídos noturnos típicos de uma casa antiga de madeira, as paredes se acomodando, o passo de assassinos sem corpo se arrastando nas tábuas do chão durante toda a noite.

19

Um defensor honesto de qualquer Causa, isto é, aquele que honestamente estuda e encontra o jeito mais eficaz de divulgar sua Mensagem, vai aprender logo no início que não é justo para com as pessoas comuns — isso apenas as confunde — tentar fazê-las engolir todos os fatos verdadeiros que seriam adequados para uma classe superior de pessoas. E outro ponto aparentemente pequeno, mas extremamente importante que essa pessoa aprende, se fala bastante em público, é que é muito mais fácil convencer as pessoas a concordarem com seu argumento à noite, quando elas estão cansadas do trabalho e não tenderão a resistir, do que a qualquer outra hora do dia.

Hora Zero, Berzelius Windrip.

O *Informer* de Fort Beulah tinha seu própro prédio de três andares mais um subsolo, na President Street, entre as ruas Maple e Elm, em frente à entrada lateral do Hotel Wessex. No último andar ficava a sala de composição; no segundo andar, os departamentos editorial e de fotografia e o contador; no subsolo, a gráfica; e no andar térreo, os departamentos de circulação e publicidade, e a recepção, aberta para a rua, onde as pessoas iam fazer assinaturas e solicitar a inserção de anúncios classificados.

O escritório particular do editor, Doremus Jessup, dava para a President Street, através de uma janela não tão suja. Era maior, mas pouco mais vistoso que o de Lorinda Pike na Taverna, mas na parede ele tinha tesouros históricos como um mapa topográfico todo manchado da Municipalidade de Fort Beulah, datado de 1891; um retrato contemporâneo em tinta a óleo do Presidente McKinley, completo, com águias, bandeiras, canhão e a flor do estado de Ohio, o cravo vermelho, uma fotografia do grupo da Associação Editorial da Nova Inglaterra (em que Doremus era o terceiro borrão com um chapéu coco na quarta fileira) e um exemplar totalmente falsificado de um jornal anunciando a morte de Lincoln. O escritório era razoavelmente arrumado (no arquivo, de resto vazio, havia dois pares e meio de luvas de inverno e uma bala de pistola calibre 18).

De hábito, Doremus gostava muito de seu escritório. Era o único lugar, além de seu estúdio em casa, que era totalmente dele. Ele odiaria ser obrigado a sair dali ou a dividir o cômodo com qualquer outra pessoa (talvez exceto Buck e Lorinda) e todas as manhãs ele chegava ali cheio de expectativa, vindo do andar térreo, subindo a larga escada marrom, sentindo o cheiro agradável da tinta de impressão.

Na manhã em que seu editorial foi publicado, ele se postou antes das oito horas diante da janela do escritório e ficou observando os transeuntes lá embaixo, indo trabalhar em lojas e armazéns. Alguns usavam uniformes dos Homens Minuto. Cada vez mais, mesmo os Homens Minuto que trabalhavam meio período, usavam seus uniformes quando em atividades civis. Havia uma agitação entre eles. Ele os viu abrindo os exemplares do *Informer*; ele os viu olhando e apontando para cima, na direção de sua janela. Com as cabeças próximas, discutiam irritados a primeira página do jornal. R. C. Crowley passou, bem cedo como sempre, para abrir o banco, e parou para conversar com um vendedor da quitanda de Ed Howland, ambos balançando a cabeça. O velho Dr. Olmsted, sócio de Fowler, e Louis Rotenstern pararam em uma esquina. Doremus sabia que eles eram seus amigos, mas pareciam irresolutos, talvez temerosos, ao olharem para o prédio do *Informer*.

As pessoas que passavam foram parando e formando um grupo, o grupo virou uma multidão, a multidão uma turba, todos encarando o seu escritório, começando a protestar. Havia dezenas de pessoas ali que ele não conhecia: respeitáveis agricultores que tinham vindo para a cidade fazer compras, outros não tão respeitáveis, atrás de um drinque, operários do mais próximo campo de trabalho, todos eles se juntando em torno dos uniformes dos Homens Minuto. Provavelmente, muitos deles nem ligavam para os insultos dirigidos ao Corpo, mas tinham apenas o prazer impessoal e imparcial da violência, natural na maioria das pessoas.

O murmúrio ficou mais alto, menos humano, mais como estalos de vigas em chamas. Seus olhares se juntaram num só. Ele estava, francamente, com medo. Parcialmente percebia a presença do grande Dan Wilgus, chefe da composição, ao lado dele, com a mão no seu ombro, mas sem dizer nada, e de Doc Itchitt gaguejando:

— Meu Deus... espero que eles... Meu Deus, espero que eles não subam até aqui.

Nesse momento a turba agiu, depressa e em conjunto, bastando para isso a simples incitação de um Homem Minuto desconhecido:

— Tem que queimar isto aqui, linchar todo o bando de traidores!

Eles atravessaram a rua correndo, na direção da recepção. Ele podia ouvir o estrondo de coisas se quebrando, e seu pavor se transformou numa fúria protetora. Desceu correndo a larga escada e, do quinto degrau acima do solo, contemplou a turba, munida de machados e instrumentos agrícolas surrupiados da entrada da loja de ferragens de Pridewell ali perto, espatifando o balcão em frente à porta principal, quebrando a vitrine cheia de cartões e artigos de papelaria, e esticando as mãos obcenas através do balcão na tentativa de rasgar a blusa da atendente.

Doremus gritou:

— Fora daqui, bando de vagabundos!

Eles estavam avançando na direção dele, com garras medonhas se abrindo e fechando, mas ele não esperou que chegassem. Foi descendo degrau por degrau, tremendo não de medo, mas de uma raiva insana. Um grandalhão agarrou seu braço e começou a torcê-lo. A dor foi atroz. Nesse momento entrou, marchando, o Comissário Shad Ledue à frente de vinte Homens Minuto com as baionetas desembainhadas (Doremus quase riu, tão grotescamente se parecia essa cena com um resgate feito na hora mais oportuna por uma equipe de fuzileiros). Grosseiramente subindo no balcão quebrado, Shad gritou:

— Agora chega, pessoal! Fora daqui, todos vocês!

Aquele que torcia o braço de Doremus o soltou. Será que ele deveria sentir-se sinceramente agradecido ao Comissário Ledue, a Shad Ledue? Que sujeito poderoso e confiável. O porco imundo!

Shad continuou a gritar:

— Não vamos detonar este lugar. Jessup com certeza merece ser linchado, mas recebemos ordens de Hanover. Os Corpos vão tomar este prédio e usá-lo. Deem o fora, todos vocês.

Uma mulher rústica das montanhas (em outra existência, ela tinha tricotado ao lado da guilhotina)[38] havia se lançado sobre o balcão e gritava para Shad:

— São traidores, enforquem eles. Vamos enforcar *você* se tentar nos deter! Quero meus cinco mil dólares!

Shad casualmente se abaixou no balcão e deu um bofetão na cara dela. Doremus sentiu os próprios músculos tensos com o esforço de chegar até Shad, para vingar a boa senhora que, afinal de contas, tinha tanto direito de matá-lo quanto Shad, mas ele relaxou, desistindo a contragosto de todo desejo de falso heroísmo. As baionetas dos Homens Minuto, que estavam abrindo caminho na multidão, eram uma realidade, e não deveriam ser enfrentadas pela histeria.

Shad, de cima do balcão, gritava numa voz que parecia uma serra:

— Vamos logo, Jessup. Levem ele, homens!

E Doremus, completamente alheio à sua vontade, marchou pela President Street, subiu a Elm Street e foi na direção do tribunal e da cadeia do condado, escoltado por quatro Homens Minuto armados. A coisa mais estranha de tudo isso, refletiu ele, era que um homem pudesse ir embora assim, numa viagem não planejada que poderia levar anos, sem se preocupar com planos e passagens, sem bagagem, sem nem mesmo um lenço limpo extra, sem informar a Emma aonde estava indo,

---

[38] Referência às *tricoteuses*, mulheres que ficavam tricotando ao lado da guilhotina enquanto aconteciam as execuções durante a Revolução Francesa. No início exaltadas pelo governo revolucionário, essas mulheres do povo passaram a perseguir e ameaçar "aristocratas" nas ruas, pelo que foram banidas de eventos públicos, restando-lhes ficar ao redor das guilhotinas, para de alguma forma testemunhar a revolução. Madame Defarge, vilã de *Um Conto de Duas Cidades*, de Charles Dickens, é um exemplo de *tricoteuse*. (N. T.)

sem deixar que Lorinda... (Ah, Lorinda sabia se cuidar, mas Emma ficaria preocupada).

Percebeu que o guarda ao lado dele, com as divisas de um líder de esquadrão, ou cabo, era Aras Dilley, o agricultor todo desleixado lá de cima do Mount Terror, a quem ele muitas vezes tinha ajudado... ou achava que tinha ajudado.

— Ei, Aras — disse ele.

— Huh? — respondeu Aras.

— Vamos! Calem a boca e continuem andando! — disse o Homem Minuto atrás de Doremus, que o cutucou com a baioneta.

Aquilo não machucou muito, na verdade, mas Doremus cuspiu furioso. Até agora ele havia suposto que sua dignidade, seu corpo, eram sagrados. A medonha morte poderia tocá-lo, mas não um desconhecido mais vulgar.

Foi só quando quase haviam chegado ao tribunal que ele pôde perceber que as pessoas estavam olhando para ele — para Doremus Jessup!, como um prisioneiro sendo levado para a cadeia. Tentou sentir orgulho de ser um prisioneiro político. Não conseguiu. Cadeia era cadeia!

* * *

A cadeia do condado ficava nos fundos do tribunal, agora o centro do quartel-general de Ledue. Doremus nunca estivera naquela ou em qualquer outra cadeia exceto como repórter, compassivamente entrevistando aquele tipo curioso e inferior de pessoas que misteriosamente acabam sendo presas.

Entrar por aquela vergonhosa porta dos fundos — ele que sempre havia entrado altivo pela porta da frente do tribunal, o editor, saudado pelo escrevente, o delegado e o juiz!

Shad não estava por ali. Silenciosamente os quatro guardas de Doremus o conduziram através de uma porta de ferro, por um corredor, até uma pequena sala fedendo a água sanitária e, ainda sem dizer palavra, o deixaram ali. A cela era um cubículo com um colchão de palha úmido e um travesseiro de palha mais úmido ainda, um banquinho, uma pia com uma torneira de água fria, um penico, dois ganchos para as roupas e uma pequena janela com grades e nada mais, com a exceção de um vistoso cartaz enfeitado com miosótis gravados em relevo e um texto do Deuteronômio: "Por um ano ficará livre em casa".

— Espero que sim! — disse Doremus, não muito cordialmente.

Era antes das nove da manhã. Ele continuou naquela cela, sem conversar com ninguém, sem comida, apenas com água da torneira recolhida nas palmas de suas mãos e um cigarro por hora, até depois da meia-noite, e naquela quietude estranha ele percebeu que na prisão os homens podem acabar ficando loucos.

Mas sem lamúrias. Você está aqui há algumas horas, e muitos pobres diabos ficam na solitária por anos e anos, colocados ali por tiranos piores que Windrip... sim, e algumas vezes colocados ali por bons e gentis juízes munidos de consciência social com quem joguei *bridge*.

Mas a sensatez do raciocínio não o deixou particularmente animado.

Ele conseguia ouvir um murmúrio distante que vinha da cela coletiva onde os bêbados e vagabundos, além dos pequenos infratores entre os Homens Minuto, estavam reunidos em uma invejável camaradagem, mas esse som era apenas um fundo para a quietude corrosiva.

Ele mergulhou em um entorpecimento entremeado por contrações musculares involuntárias. Sentia que estava sufocando e tentava desesperadamente recuperar o fôlego. Só de quando em quando tinha um pensamento claro e, quando isso acontecia, o pensamento era em torno da vergonha de estar preso ou, de forma ainda mais enfática, sobre a dureza do banquinho de madeira no seu traseiro pouco fornido, e como isso ainda era muito mais agradável do que o catre, cujo colchão tinha a qualidade de vermes esmagados.

Uma vez ele sentiu que via tudo com grande clareza:

"A tirania desta ditadura não é especialmente culpa do Grande Negócio, nem dos demagogos que fazem seu trabalho sujo. É culpa de Doremus Jessup! De todos os conscienciosos, respeitáveis, intelectualmente preguiçosos Doremus Jessups que deixaram os demagogos se insinuar sorrateiramente, sem que houvesse um feroz protesto capaz de detê-los.

"Alguns meses atrás, eu achava que o massacre da Guerra Civil e o tumulto dos violentos Abolicionistas que ajudaram a fazê-la acontecer eram cruéis. Mas provavelmente eles tenham sido obrigados a ser violentos, porque cidadãos pacatos como eu não podiam ser motivados de outra forma. Se nossos avós tivessem tido a prontidão e a coragem de enxergar os males da escravidão e de um governo conduzido por cavalheiros e apenas para cavalheiros, não teria havido a necessidade de agitadores, guerra e derramamento de sangue.

"São pessoas como eu, os Cidadãos Responsáveis que nos sentimos superiores porque somos ricos e temos o que classificamos de "estudo", que causaram a Guerra Civil, a Revolução Francesa e agora a Ditadura Fascista. Fui eu quem matou o Rabino De Verez. Fui eu quem perseguiu os judeus e os negros. Não posso jogar a culpa em Aras Dilley, em Shad Ledue e em Buzz Windrip, mas apenas na minha própria alma tímida e letárgica. Perdoai, ó Deus!

Será tarde demais?"

Mais uma vez, à medida que a escuridão ia dominando sua cela como a inescapável onda de uma enchente, ele pensou de forma furiosa:

"E com relação a Lorinda. Agora que fui chutado para dentro da realidade, tem de ser uma coisa ou outra: Emma (que é meu pão) ou Lorinda (meu vinho), mas não posso ter as duas coisas.

"Maldição! Que conversa fiada! Por que um homem não pode ter tanto o pão quanto o vinho sem preferir um ao outro?

"A não ser, talvez, que estejamos todos chegando a um dia de batalhas em que a luta será acalorada demais para permitir que um homem pare por qualquer coisa exceto pão... e, pode talvez mesmo ser, acalorada demais para lhe permitir parar por isso!"

A espera, a espera e a cela sufocante, a implacável espera enquanto o imundo vidro da janela mudava da tarde para uma melancólica escuridão.

O que estava acontecendo lá fora? O que havia acontecido com Emma, com Lorinda, com o prédio do *Informer*, com Dan Wilgus, com Buck e Sissy, e Mary e David?

Ora, era hoje que Lorinda ia responder à queixa contra ela feita por Nipper! Hoje! (Com certeza, tudo aquilo deveria ter sido resolvido um ano atrás!) O que havia acontecido? Será que o Juiz Militar Effingham Swan a havia tratado como ela merecia?

Mas Doremus abstraiu-se outra vez dessa agitação viva, entrando em um transe de espera, espera; e, cochilando sobre o medonhamente desconfortável banquinho, ele estava tomado de torpor quando, em alguma hora cruelmente tardia — era pouco depois de meia-noite, foi despertado pela presença de Homens Minuto armados do lado de fora da porta de sua cela e pela fala caipira e pachorrenta do Líder de Esquadrão Aras Dilley.

— Vamo, melhor o senhor levantá, melhor levantá. O Juiz disse que qué vê o senhor. Ei, garanto que o senhor nunca pensô que eu ia ser um líder de esquadrão, né, seu Jessup?!

Doremus foi escoltado por corredores angulosos até chegar à conhecida entrada lateral do tribunal, a entrada onde ele certa vez tinha visto That Dilley, o primo degenerado de Aras, entrar cambaleando para receber a sentença por ter matado a mulher a porretadas... Era impossível não sentir que agora Thad e ele eram iguais.

Fizeram-no esperar, esperar, durante um quarto de hora do lado de fora da porta fechada do tribunal. Ele teve tempo para observar os três guardas comandados pelo Líder de Esquadrão Aras. Por acaso sabia que um deles tinha cumprido uma sentença em Windsor por assalto e roubo; e outro, um carrancudo e jovem agricultor, tinha sido duvidosamente absolvido da condenação de ter incendiado um celeiro para se vingar de um vizinho.

Ele se encostou no gesso cinzento ligeiramente sujo da parede do corredor.

— Se aprume, você aí! Que diabos você acha que é isto aqui? E ainda nos faz ficar acordados até tarde deste jeito! — disse o rejuvenescido, o redimido Aras, balançando sua baioneta e fervilhando de desejo de usá-la no burguês.

Doremus se endireitou. Ficou muito empertigado, ficou rígido, sob um retrato de Horace Greeley.

Até aquele momento, Doremus tinha gostado de considerar aquele que era o mais famoso entre os editores radicais, que havia sido jornalista em Vermont de 1825 a 1828, como seu colega e camarada. Agora ele só se sentia um colega dos revolucionários como Karl Pascal.

Suas pernas, já não tão jovens, tremiam. Seus calcanhares doíam. Iria desmaiar? O que estava acontecendo ali, naquele tribunal?

Para se salvar da desgraça de desmaiar, ele começou a estudar Aras Dilley. Embora seu uniforme fosse bastante novo, Aras havia conseguido tratar dele como tratava de sua família e de sua casa no Mount Terror, que já fora um sólido chalé em Vermont com paredes de madeira brancas e brilhantes, e agora estava enlameada e apodrecendo. Seu quepe estava amassado, suas calças encardidas, suas perneiras soltas e um botão da túnica estava pendurado por um fio.

"Eu não gostaria particularmente de ser um ditador comandando um Aras, mas gostaria menos ainda que ele ou gente como ele fossem ditadores me comandando, quer eles se chamem de Fascistas, ou Corpos, ou Comunistas, ou Monarquistas ou Eleitores Democráticos Livres ou qualquer outra coisa! Se isso me torna um cúlaque reacionário, não tem problema! Não acredito que alguma vez tenha verdadeiramente apreciado os irmãos ineptos, apesar de todos os meus falsos apertos de mão. Você acha que o Senhor nos convida a amar tanto os chupins como as andorinhas? Eu não acho! Ah, eu sei; o Aras teve uma vida difícil: hipoteca e sete crianças. Mas o primo Henry Veeder e Dan Wilgus, sim, e Pete Vutong, o canadense, que mora em frente a Aras e tem exatamente o mesmo tipo de terra, todos também nasceram pobres, e viveram de forma bastante decente. Pelo menos eles lavam as orelhas e a soleira da porta. Macacos me mordam se eu desistir da doutrina Americana-Wesleyana do livre-arbítrio e da vontade de realização, mesmo que isso implique me expulsarem da Comunidade Liberal!

Aras havia espiado dentro do tribunal, e ficou dando risadinhas.

Depois Lorinda apareceu, após a meia-noite.

O sócio dela, o crápula do Sr. Nipper passou atrás dela, com uma aparência humildemente triunfante.

— Linda! Linda! — chamou Doremus, com as mãos estendidas, ignorando as demonstrações de escárnio dos curiosos guardas, tentando se aproximar dela. Aras o puxou de volta e escarneceu de Lorinda:

— Vamos, continue andando! Ela fez isso. Parecia retorcida e enferrujada como Doremus jamais pensara que sua clara rigidez de aço poderia estar.

Aras tagarelou:

— Haa, haa, haa! Sua amiga, a Mana Pike.

— Amiga da minha mulher!

— Ok, patrão, como quiser! A amiga da sua mulher, Mana Pike, levou o que merecia por faltar ao respeito com o Juiz Swan! Foi expulsa da sociedade com o Sr. Nipper. Ele vai administrar a Taverna deles, e a Mana Pike vai de volta pilotar as panelas na cozinha, como deveria ser! Como talvez algumas de suas mulheres, que se acham tão poderosas e elegantes e independentes, terão de fazer também, logo, logo!

Mais uma vez Doremus foi sensato o bastante para olhar para as baionetas; e uma voz poderosa lá de dentro do tribunal trovejou:

— Próximo caso! D. Jessup!

Na bancada dos juízes estavam Shad Ledue, uniformizado como líder de batalhão dos Homens Minuto, o ex-superintendente Emil Staubmeyer no papel de alferes, e um terceiro homem, alto, muito bem apessoado, na verdade com o rosto massageado demais, com as letras "J. M." bordadas no colarinho de seu uniforme de comandante, ou pseudo-coronel. Ele talvez fosse 15 anos mais novo que Doremus.

Aquele, Doremus sabia, devia ser o Juiz Militar Effingham Swan, que atuara algum tempo em Boston.

Os Homens Minuto o conduziram até a frente da bancada e se retiraram, sendo que apenas dois deles, um rapaz agricultor de aspecto leitoso e um antigo frentista de posto de gasolina, permaneceram de guarda na parte de dentro do par de portas da entrada lateral... a entrada dos criminosos.

O Commandante Swan levantou-se e, como se estivesse cumprimentando seu mais velho amigo, arrulhou para Doremus:

— Meu caro amigo, sinto muito ser obrigado a perturbá-lo. Apenas umas perguntas de rotina, você sabe. Por favor, sente-se. Senhores, no caso do Sr. Doremus, com certeza não precisamos encenar aquela farsa de interrogatório formal. Vamos nos sentar em torno daquela mesa ridícula ali, o lugar onde eles sempre colocam os réus inocentes e os advogados culpados, vocês sabem. Vamos descer desse altar-mor, que é um pouco místico demais para o gosto de um apostador de terceira classe como eu. Por favor, Professor; pode passar, meu querido Capitão — e, para os guardas: — por favor, aguardem lá fora, no corredor. Fechem as portas.

Staubmeyer e Shad, apesar da frivolidade de Swan, com um ar tão portentoso quanto seus uniformes poderiam lhes conferir, deram passos pesados até a mesa. Swan os seguiu alegremente, e para Doremus, ainda de pé, ele ofereceu sua cigarreira de casco de tartaruga, falando num trilado:

— Aceite um cigarro, Sr. Doremus. Precisamos mesmo ser tão terrivelmente formais?

Doremus, relutante, pegou um cigarro e, relutante, sentou-se quando Swan lhe indicou uma cadeira, com algo não tão alegre e afável na rispidez do gesto.

— Meu nome é Jessup, Comandante. Doremus é meu pré-nome.

— Ah, entendo. Poderia ser mesmo. Bem Nova Inglaterra. Doremus.

Swan estava recostado em sua poltrona de madeira, com as poderosas e bem-cuidadas mãos na nuca.

— Vou lhe dizer, meu caro amigo. A memória da gente não vale nada, você sabe. Vou chamá-lo de "Doremus", *sans* "Sr.". Assim, você vê, isso poderá se aplicar ao primeiro nome (ou nome de batismo, como acredito que minha gente infeliz de Back Bay insiste em dizer), ou então ao sobrenome. Assim vamos nos sentir em casa e seguros. Agora, Doremus, meu caro amigo, pedi aos meus amigos dos Homens Minuto (espero que eles não tenham sido por demais inoportunos, como essas unidades locais parecem ser) mas eu pedi que o convidassem para vir até aqui, na verdade, apenas para ouvir seu conselho como jornalista. Parece-lhe que a maioria dos camponeses aqui está caindo em si e ficando pronta para aceitar o Corpo *fait accompli?*

Doremus grunhiu:

— Mas eu estava achando que fui arrastado até aqui (e se quer saber, seu esquadrão foi tudo o que o senhor chama de "inoportuno") por causa de um editorial que escrevi sobre o Presidente Windrip.

— Ah, foi você, Doremus? Está vendo? Eu estava certo. A memória da gente não vale mesmo nada! Agora parece que me lembro de algum incidente desse tipo sem muita importância, você sabe, mencionado na ordem do dia. Aceite mais um cigarro, meu caro amigo.

— Swan, não estou gostando nada desse jogo de gato e rato...principalmente quando eu sou o rato. Quais são suas acusações contra mim?

— Acusações? Ora, ora, vejam só. Apenas coisas triviais. Difamação criminosa e revelação de informações secretas para forças estrangeiras e alta traição e incitação homicida à violência, você sabe, a tediosa lista de sempre. É muito fácil nos livrarmos de tudo isso, caro Doremus, se você se convencer (e você está vendo como estou penosamente me esforçando para manter termos amigáveis com você, e ter a ajuda inestimável de sua venerável experiência aqui), se você se convencer de que é sensato, tão adequado, você sabe, à sua venerável idade...

— Caramba, não sou venerável, nem nada parecido com isso. Tenho só 60. Na verdade, 61.

— Tudo é muito relativo, meu caro amigo. Eu mesmo tenho 47 e tenho certeza de que os moleques aqui já *me* chamam de "venerável"! Mas como eu estava dizendo, Doremus...

(Por que é que ele estremecia de fúria toda vez que Swan o chamava assim?)

— ... com sua posição como membro do Conselho dos Anciãos e com suas responsabilidades para com sua família... seria revoltante *demais* se qualquer coisa acontecesse a *eles*, você sabe... Você simplesmente não está em condições de ser tão autoconfiante! E tudo o que desejamos é que você colabore conosco em seu jornal: Eu adoraria ter a chance de lhe explicar alguns dos planos ainda não revelados dos Corpos e do Chefe. Você veria uma luz tão nova!

Shad resmungou:

— Ele? Jessup não consegue ver uma luz mesmo que ela esteja no fim de seu nariz!

— Um momento, caro Capitão... Além disso, Doremus, é claro que vamos instar você a contribuir conosco nos dando uma completa lista de qualquer pessoa nestas redondezas que você saiba que está secretamente se opondo à Administração.

— Espionar? Eu?

— Isso mesmo!

— Se estou sendo acusado de... Exijo a presença do meu advogado, Mungo Kitterick. Exijo ser julgado, chega de tanta provocação e ameaça!

— Nome estranho, Mungo Kitterick! Ora, ora, vejam só! Por que será que esse nome me sugere a figura absurda de um explorador com uma gramática grega na mão? Você não está entendendo, caro Doremus. *Habeas corpus* — processos regulares da justiça (isso é uma calamidade), todos esses antigos cerimoniais, que datam, com certeza, da Magna Carta, estão suspensos. Apenas temporariamente, você sabe, estado de crise, infeliz necessidade de lei marcial...

— Pros diabos, Swan...

— Comandante, meu caro amigo. Questão ridícula de disciplina militar, você sabe, tão *desagradável...*

— Você sabe muito bem que não é nada temporário! É permanente, pelo menos enquanto os Corpos existirem.

— Poderia ser!

— Swan... Comandante, você pegou esse "poderia ser" e "ora, ora, vejam só" das histórias de Reggie Fortune, não foi?

— Agora sim, estou vendo mais um fanático por histórias de detetive, como eu. Mas que fajutíssimo!

— E isso é do Evelyn Waugh! Você é muito literato para um praticante do hipismo e do iatismo tão famoso, Comandante.

— Literato... Hipismo... Iatismo... Será que estou sendo, Doremus, mesmo em meu *sanctum sanctorum* (como as raças menos privilegiadas diriam), esculachado e esculhambado? Oh, caro Doremus, isso não pode acontecer! E ainda por cima quando a gente está sendo tão lânguido, depois de ter sido esfolado, vamos dizer assim,

por sua tão gentil amiga, a Sra. Lorinda Pike? Não, não...
Muito impróprio diante da majestade da lei!

Shad interrompeu mais uma vez.

— Sim, tivemos uma sessão excelente com sua namorada, Jessup. Mas eu já estava sabendo sobre vocês dois.

Doremus se levantou num pulo, sua cadeira caindo no chão com um estrondo. Esticou a mão para agarrar a garganta de Shad, no outro lado da mesa. Effingham Swan foi para cima dele, empurrando-o e o fazendo sentar-se em outra cadeira. Doremus soluçava de fúria. Shad nem se deu ao trabalho de se levantar, e continuou falando com desprezo:

— E vocês vão se meter em uma enrascada se tentarem espionar os Corpos. Ah, caramba, Doremus, vocês bem que se divertiram, Lindy e você, funhunhando nestes últimos anos! E pensavam que ninguém sabia, não é mesmo? Mas o que *você* não sabia era que Lindy (e não é que aquela velha magrela e nariguda tem uma boa energia?) esteve enganando você o tempo todo, dormindo com todos os infelizes que se hospedaram na Taverna, e também, é claro, com aquele insignificante sócio dela, o Nipper!

A manopla de Swan (mão de um gorila com cuidado de manicure) segurou Doremus em sua cadeira. Shad dava risadinhas de escárnio. Emil Staubmeyer, que estivera sentado com as mãos unidas pelas pontas dos dedos, ria de modo afável. Swan dava uns tapinhas nas costas de Doremus.

Ele estava menos arrasado pelo insulto a Lorinda do que pela sensação de impotente solidão. Era muito tarde; a noite estava tão quieta. Ele teria até ficado feliz se mesmo os Homens Minuto de plantão tivessem entrado na sala, vindo do corredor. Sua inocência rústica, embora fosse obtusamente brutal, teria sido mais reconfortante que a tranquila crueldade dos três juízes.

Swan então retomou:

— Mas acho que realmente devemos falar do que interessa, embora fosse muito agradável, meu caro e inteligente detetive literário, discutir Agatha Christie e Dorothy Sayers e Norman Klein. Talvez possamos fazer isso outro dia, quando o Chefe nos colocar juntos na mesma prisão! Realmente não há necessidade, caro Doremus, de perturbar seu cavalheiro jurídico, o Sr. Mono Kitteridge. Tenho toda a autoridade para conduzir este julgamento; pois, por mais estranho que pareça, isto é um julgamento, apesar da agradabilíssima atmosfera de igreja de São Botolfo. Quanto ao depoimento, já tenho tudo de que preciso tanto nas involuntárias revelações da boa Srta. Lorinda, no próprio texto de seu editorial criticando o Chefe, e nos bastante completos relatos do Capitão Ledue e do Dr. Staubmeyer. A gente realmente deveria levar você daqui e fuzilar (e a gente tem toda a autoridade para fazer isso, pode crer), mas a gente tem seus defeitos; a gente é muito misericordiosa. E talvez possamos achar uma utilidade melhor para você do que como adubo. Como você sabe, você é muito magricela para servir como um bom adubo.

E Swan continuou:

— Você será liberado em liberdade condicional, para ajudar e ensinar o Dr. Staubmeyer que, por ordem do Comissário Reek, de Hanover, acabou de se tornar editor do *Informer*, mas que sem dúvida carece de algum treinamento técnico. Você vai ajudá-lo, de bom grado, tenho certeza, até que ele aprenda. Depois veremos o que fazer com você!... Você vai escrever editoriais, com todo o seu brilhantismo costumeiro (ah, tenha certeza de que as pessoas param constantemente no parque Boston Common para discutir suas obras primas, e fazem isso há anos!). Mas você vai escrever apenas o que o Dr. Staubmeyer o instruir a escrever. *Entendeu?* Ah, hoje (pois já passou da hora das bruxas), você vai escrever um abjeto pedido de desculpas pela sua diatribe. Sim, um pedido bem abjeto mesmo! Sabe, vocês jornalistas veteranos fazem essas coisas tão bem. É só você admitir que foi um mentiroso ridículo e esse tipo de coisa, brilhante e bem-humorado, *você* sabe. E na próxima segunda-feira você vai, como todos os outros jornais desinteressantes, começar a publicação em série do *Hora Zero* do Chefe. Você vai gostar!

Batidas e gritos à porta. Protestos dos guardas que não podiam ser vistos. O Dr. Fowler Greenhill invadindo a sala, estacando com as mãos na cintura, gritando enquanto se aproximava da mesa a passos largos:

— O que esses três juízes palhaços estão fazendo?

— E quem pode ser esse nosso amigo impetuoso? — perguntou Swan a Shad. — Ele me irrita bastante.

— O Doutor Fowler, genro de Jessup. E mau ator, por sinal. Alguns dias atrás ofereci a ele o cargo de inspetor médico para todos os Homens Minuto do condado, e ele disse, esse sabichão do cabelo de fogo aqui, ele disse que o senhor e eu e o Comissário Reek e o Doutor Saubmeyer e todos nós somos um bando de vagabundos que deveriam estar cavando valas num campo de trabalho se não tivéssemos roubado os uniformes de alguns oficiais.

— Ele disse isso mesmo?

Fowler protestou:

— Ele é um mentiroso. Nunca mencionei o seu nome. Nem sei quem é.

— Meu nome, meu bom senhor, é Comandante Effingam Swan, J. M.

— Bem, "J. M.", isso não me esclarece nada. Nunca ouvi falar de você.

Shad interrompeu:

— Como foi que, raios, você passou pelos guardas, Fowler? (Ele que nunca havia ousado chamar o influente e ágil ruivo de nada mais íntimo que "doutor".)

— Ah, todos os Minutinhos me conhecem. Curei a maioria de seus melhores pistoleiros de doenças imencionáveis. Eu só disse a eles ali na porta que minha presença era necessária aqui, profissionalmente.

A voz de Swan estava macia como veludo.

— Ah, e como sua presença *era* necessária, caro amigo, embora não soubéssemos disso até o momento. Então você é um desses bravos e rústicos esculápios?

— Sou sim! E se você tivesse estado na guerra, coisa de que duvido, pelo seu jeito efeminado de falar, talvez se interessasse em saber que também sou membro da Legião Americana. Larguei Harvard e me alistei em 1918 e voltei à universidade depois para terminar os estudos. E quero avisar a vocês três, seus hitlers de meia tigela...

— Ah, mas meu caro amigo! Um mi-li-tar! Que espetáculo! Então teremos de tratá-lo como uma pessoa responsável (responsável por suas idiotices) e não como o rústico labrego que você parece ser!

Fowler estava com os dois punhos apoiados na mesa.

— Agora basta! Vou enfiar um soco nessa sua fuça...

Shad levantou os punhos e estava contornando a mesa, mas Swan disse rispidamente:

— Não, deixe que ele termine! Talvez ele goste de cavar a própria cova. Você sabe, as pessoas às vezes têm estranhas noções sobre esportes. Alguns rapazes realmente gostam de pescar, com todas aquelas escamas limosas e o cheiro nauseabundo! Por falar nisso, Doutor, antes que seja tarde demais, eu gostaria de informá-lo de que também estive na guerra, para acabar com as guerras. Fui major! Mas continue, quero mesmo continuar ouvindo, ainda, um pouco.

— Chega de besteira, ok, J.M.?! Só vim aqui para lhe dizer que já basta! Já basta para todos nós esse seu sequestro do Sr. Jessup, o homem mais honesto e útil de todo o Beulah Valley! Típicos sequestradores furtivos e traiçoeiros! Se você acha que seu sotaque falso de Oxford o exime de ser um Inimigo Público covarde e assassino, nesse seu uniforme de soldadinho de chumbo...

Swan levantou a mão em seu modo mais cavalheiresco de Back Bay.

— Um momento Doutor, se puder ter a bondade.

E para Shad:

— Acho que já ouvimos o suficiente do Camarada, você concorda, Comissário? Leve o filho da mãe para fora e fuzile!

— Ok, fabuloso! — disse Shad sufocando as risadinhas; e, para os guardas perto da porta meio aberta: — Chamem o cabo da guarda e um esquadrão; seis homens, rifles carregados, depressa, ok?

Os guardas não estavam muito distantes no corredor, e seus rifles já estavam carregados. Em menos de um minuto, Aras Dilley estava, batendo continência, da porta, e Shad estava gritando:

— Venham cá! Peguem esse canalha imundo! — disse, apontando para Fowler. — Levem ele para fora.

Eles fizeram o ordenado, apesar de toda a resistência de Fowler. Aras Dilley deu um golpe de baioneta no punho direito de Fowler. O sangue escorreu pela mão dele, tantas vezes friccionada antes das cirurgias, e como sangue seu cabelo vermelho caiu sobre sua testa.

Shad saiu marchando com eles, sacando sua pistola automática do coldre e olhando satisfeito para ela.

Doremus foi detido, sua boca foi tapada por dois guardas quando ele tentou alcançar Fowler. Emil Staubmeyer parecia um pouco apavorado, mas Effingham Swan, gentil e bem-humorado, apoiava os cotovelos na mesa e batia nos dentes com um lápis.

Do pátio, o som de uma rajada de tiros de rifle, um gemido aterrador, um único disparo enfático, e nada mais.

20

O real problema com os judeus é que eles são cruéis. Todo mundo com algum conhecimento de História sabe como eles torturavam os pobres devedores em catabumbas secretas durante toda a Idade Média. Ao passo que os Nórdicos se distinguem por sua gentilza e bondade para com os amigos, as crianças, os cães, e as pessoas de raças inferiores.
Hora Zero, Berzelius Windrip.

A revisão de Dewey Haik e sua corte provincial da sentença elaborada pelo Juiz Swan referente a Greenhill foi influenciada pelo testemunho do Comissário do Condado Ledue, segundo o qual após a execução ele encontrou na casa de Greenhill um conjunto de documentos sediciosos: exemplares de *Uma Lança para a Democracia*, de Walt Trowbridge, livros de autoria de Marx e Trótski, panfletos comunistas estimulando os cidadãos a assassinar o Chefe.

Mary, a Sra. Greenhill, insistiu que seu marido jamais lera coisas desse tipo; que, se havia algum problema com ele, esse problema era o de ele ser indiferente demais às questões políticas. Naturalmente, a palavra dela não pôde ser contraposta à do Comissário Ledue, à do Comissário Assistente Staubmeyer (conhecido em toda parte como intelectual e homem probo), e à do Juiz Militar Effingham

Swan. Foi necessário punir a Sra. Greenhill (ou, melhor dizendo, lançar uma forte advertência às outras Sras. Greenhills), tomando-lhe toda a propriedade e o dinheiro que Greenhill havia deixado para ela.

De qualquer forma, Mary não resistiu com muito vigor. Talvez ela percebesse a sua culpa. Em dois dias ela passou da mulher mais viçosa, inteligente e incisiva de Fort Beulah a uma silenciosa velha, arrastando-se por aí vestida de um luto relaxado e maltrapilho. Ela e o filho foram morar com o pai dela, Doremus Jessup.

Alguns disseram que Jessup poderia ter lutado por ela e sua propriedade. Mas não lhe era legalmente permitido fazer isso. Ele estava em liberdade condicional e sujeito, segundo a vontade das autoridades propriamente constituídas, a ser mandado para a prisão.

Assim, Mary retornou à casa e ao quarto supermobiliado que havia deixado quando se casou. Ela não conseguia, segundo afirmam, suportar as lembranças que o ambiente lhe trazia. Passou então a ocupar o quarto no sótão, que não havia sido totalmente "finalizado". Ficava lá sentada todo o dia, toda a noite, e seus pais nunca ouviam som algum. Mas depois de uma semana seu David já estava brincando no quintal muito alegremente... brincando que era oficial dos Homens Minuto.

A casa inteira parecia morta, e todos nela pareciam amedrontados, nervosos, constantemente aguardando algo desconhecido; todos menos David e, talvez, a Sra. Candy, sempre alvoroçada na cozinha.

As refeições antes sempre foram especialmente alegres na casa dos Jessups; Doremus tagarelava para uma plateia composta pela Sra. Candy e Sissy, provocando Emma com as afirmações mais ultrajantes: que ele estava planejando ir para a Groenlândia; que o Presidente

Windrip pegara o hábito de passar pela Pennsylvania Avenue montado num elefante; e que a Sra. Candy era inescrupulosa como todos os bons cozinheiros na tentativa de torná-los todos sonolentos a ponto de perder a fala depois do jantar e encorajar o furtivo crescimento da barriguinha já redonda de Doremus com sua torta de frutas cristalizadas, sua torta de maçã com uma quantidade suficiente de manteiga para fazer os olhos arregalarem de doce agonia, seus bolinhos fritos de milho e as batatas doces caramelizadas com o frango grelhado, a sopa de marisco feita com creme de leite.

Agora, havia pouca conversa entre os adultos à mesa e, embora Mary não fosse exibidamente "corajosa", mas incolor como um copo de água, todos a observavam, nervosos. Tudo o que falavam parecia apontar para o assassinato e os Corpos; se alguém dissesse, "Está calor neste outono", os outros pensavam, "Assim os Homens Minuto podem continuar marchando durante um longo tempo antes que a neve caia", e em seguida alguém engasgava e pedia depressa que lhe passassem o molho. Mary estava sempre lá, uma estátua de pedra resfriando as pessoas calorosas e afetuosas ao seu lado.

Assim aconteceu que David passou a dominar a conversa durante as refeições, pela primeira deliciosa vez em seus nove anos de experiência com a vida, e David gostou muito mesmo disso, mas seu avô não gostou tanto assim.

Ele matraqueava como um bando de macacos, sobre Bobão, sobre seus novos companheiros de brincadeiras (filhos de Medary Cole, o moleiro), sobre o fato aparente de que crocodilos são raras vezes encontrados no Beulah River, e o fato mais emocionante de que o jovem Rotenstern havia ido de carro com o pai até Albany.

Ora, Doremus gostava de crianças; ele as aprovava; sentia, com uma gravidade incomum a pais e avós, que elas eram seres humanos e tinham tanta propensão quanto qualquer outra pessoa a se tornarem editores. Mas ele não tinha tanto espírito natalino para ficar escutando a conversa brilhante das crianças. Poucos homens têm, fora de Louisa May Alcott. Ele achava (embora não fosse muito dogmático a respeito disso) que a conversa de um correspondente de Washington sobre política tinha chance de ser mais interessante do que as observações de Davy sobre sucrilhos e cobras não venenosas, de modo que continuava amando o menino e desejando que ele calasse a boca. E escapava assim que possível da melancolia de Mary e da atenção sufocante de Emma, que o fazia sentir, cada vez que Emma implorava, "Ah, você *precisa* comer mais um *pouco* desse molho de nozes, Mary querida", vontade de romper em lágrimas.

Doremus desconfiava que Emma ficara, na essência, mais aterrorizada pelo fato de ele ter sido preso do que pelo assassinato do genro. Os Jessups simplesmente não iam para a cadeia. Pessoas que iam presas eram *más*, como incendiários de celeiros e homens acusados daquela diversão fascinantemente obscura, o "crime estatutário", eram maus; quanto às pessoas más, você pode tentar ser compreensivo e terno com elas, mas você não faz as refeições ao lado delas. Isso é tão irregular e desestabilizador da rotina doméstica!

Assim, Emma o amava e se preocupava com ele até que ele ficava com vontade de ir pescar e na verdade chegava até a ponto de pegar suas iscas.

Mas Lorinda havia lhe dito, com olhos brilhantes e despreocupados:

— E eu achei que você era apenas um liberal ruminante que não se importava de ser ordenhado! Estou tão orgulhosa de você! Você me encorajou a lutar contra... Veja bem, no momento em que fiquei sabendo da sua prisão, eu escorracei Nipper da minha cozinha com uma faca! ... Bom, pelo menos pensei em fazer isso.

O escritório estava mais morto que sua casa. O pior de tudo, é que isso não era tão mau assim; que, ele percebia, podia se acomodar a servir o estado do Corpo e acabar não sentindo mais vergonha do que a vergonha sentida por seus velhos colegas que na época pré-Corpo haviam escrito propagandas para enxaguatórios bucais fraudulentos e cigarros sem gosto, ou escrito, para supostamente respeitáveis revistas, histórias mecânicas sobre o amor jovem. Num pesadelo acordado após sua prisão, Doremus havia imaginado Staubmeyer e Ledue no escritório do *Informer* acima dele com chicotes, exigindo que ele expressasse revoltantes elogios para os Corpos, gritando com ele, até que ele se levantava e os matava e era morto. Na verdade, Shad ficou longe do escritório, e o patrão de Doremus, Staubmeyer, era sempre tão simpático e modesto e repulsivamente elogioso para com seu trabalho. Staubmeyer parecia ter ficado satisfeito quando, em vez de o "pedido de desculpas" exigido por Swan, Doremus afirmava que "Daqui para a frente, este jornal vai cessar todas as críticas ao atual governo".

Doremus recebeu do Comissário de Distrito Reed um jovial telegrama lhe agradecendo por ter "corajosamente decidido dedicar seu grande talento a servir ao povo e corrigir erros feitos com certeza por nós num esforço de criar um estado mais realista".

— Grrrr! — disse Doremus, e não jogou de longe a mensagem no cesto-de-roupa-suja-usado-como-cesto--de-lixo, mas foi até lá cuidadosamente e a enfiou em meio à papelada inútil.

Nesses dias de prostituição do *Informer*, permanecendo ali, ele conseguiu evitar que Saubmeyer demitisse Dan Wilgus, que assumira uma atitude de desdém para com o novo patrão e estava se mostrando estranhamente respeitoso agora para com Doremus. E ele inventou o que chamava de "editorial ah tá". Era uma tática suja de expressar da forma mais intensa possível uma acusação contra o Corpoísmo, e depois responder o mais suavemente possível: "Ah, tá, isso é o que *você* está dizendo!" Nem Staubmeyer nem Shad perceberam que ele fazia isso, mas Doremus torcia, temeroso, para que o astuto Effingham Swan nunca visse os "ah, tás".

Assim, semana após semana ele se saiu razoavelmente bem. E não houve um único minuto em que não odiasse aquela escravidão imunda, em que não tivesse de forçar a si mesmo a ficar ali, em que não rosnasse para si mesmo:

"Então, por que você fica?"

Suas respostas a esse desafio chegavam de forma bastante fluente e convencional: "Ele estava velho demais para começar uma nova vida. E ele tinha mulher e família para sustentar: Emma, Sissy e agora Mary e David".

Por todos aqueles anos, ele tinha ouvido homens responsáveis que não estavam sendo muito honestos: anunciantes que bajulavam locutores que eram tolos e elogiavam produtos que eram lixo e que gorjeavam feito canários: "Obrigado, Major Blister", quando teriam preferido ter dado um chutão no Major Blister; pregadores que não acreditavam nas decadentes doutrinas que pregavam; médicos que não ousavam dizer a senhoras inválidas que elas eram exibicionistas famintas de sexo; comerciantes que vendiam latão por ouro... ele havia ouvido todos eles complacentemente se desculpando com a explicação de que estavam velhos demais para mudar e tinham "mulher e família para sustentar".

Por que não deixar a mulher e a família morrerem de fome ou saírem para se virar sozinhas, se de nenhuma outra maneira no mundo eles poderiam ter a chance de se liberar da doença mais entediante, sem graça e imunda, de ser sempre obrigado a ser um pouco desonesto?

Assim ele se enfurecia... E continuava fabricando um jornal enfadonho e um pouco desonesto. Mas não para sempre, senão a história de Doremus Jessup seria muito terrivelmente comum para valer a pena ser contada.

Cada vez mais, fazendo cálculos em folhas ásperas de rascunho (adornadas também com círculos concêntricos, quadrados, espirais e os mais improváveis peixes), ele estimava que mesmo sem vender o *Informer* ou sua casa, o que sob a espionagem do Corpo ele com certeza não conseguiria fazer se fugisse para o Canadá, poderia juntar cerca de 20 mil dólares. Isso era o suficiente para lhe garantir uma renda de mil dólares por ano, 20 dólares por semana, contanto que conseguisse levar o dinheiro para fora do país, coisa que os Corpos estavam a cada dia tornando mais difícil.

Bem, Emma, Sissy e Mary e ele *poderiam* viver com isso, em um chalé de quatro cômodos, e talvez Sissy e Mary pudessem arrumar um emprego.

Mas quanto a ele...

Era perfeitamente adequado falar sobre homens como Thomas Mann e Lion Feuchtwanger e Romain Rolland, que no exílio permaneceram sendo escritores cujas palavras, todas elas, eram muito procuradas; sobre os Professores Einstein ou Salvemini, ou, na vigência do Corpoísmo, sobre os americanos recém-exilados ou autoexilados, Walt Trowbridge, Mike Gold, William Allen White, John Dos Passos, H. L. Mencken, Rexford Tugwell, Oswald Villard. Em qualquer lugar do mundo, exceto talvez na Groenlândia ou na Alemanha, essas estrelas conseguiriam encontrar trabalho e um respeito reconfortante. Mas o que poderia fazer um jornalista comum, especialmente se estivesse acima dos 45 anos, em um lugar estranho, e mais especialmente ainda se tivesse uma mulher chamada Emma (ou Carolina, ou Nancy, ou Griselda ou qualquer outra coisa), que não gostava nada da ideia de ir morar em uma porcaria de uma cabana em nome da honestidade e da liberdade?

Assim refletia Doremus, como algumas centenas de milhares de outros artesãos, professores, advogados e tantos outros profissionais, em algumas dezenas de países sob uma ditadura, que tinham percepção suficiente para se ressentir da tirania, consciência suficiente para não considerar os subornos de forma cínica, e mesmo assim não tinham uma coragem extraordinária para voluntariamente ir para o exílio ou a masmorra ou para a guilhotina, particularmente se tinham "mulher e família para sustentar".

Certa vez Doremus deu a entender para Emil Staubmeyer que Emil estava "entendendo do riscado" tão bem que ele estava pensando em sair, ou deixar o trabalho no jornal para sempre.

O Sr. Staubmeyer, que até esse momento estava sendo muito simpático, disse de forma ríspida:

— Vai fazer o quê? Fugir para o Canadá e se juntar aos propagandistas contra o Chefe? Nada disso! Você vai ficar bem aqui para me ajudar; nos ajudar.

E naquela mesma tarde o Comandante Shad Ledue entrou lá e resmungou:

— O Dr. Staubmeyer me disse que você está fazendo um trabalho excelente, Jessup, mas quero avisar você para se manter assim. Lembre-se de que o Juiz Swan só deixou você sair em liberdade condicional... condicional a mim! Você vai se sair bem se focar a cabeça apenas nisso.

"Se você focar a cabeça apenas nisso". A única vez em que o menino Doremus havia odiado seu pai fora quando ele usara essa frase condescendente.

Ele percebeu que, apesar da aparência de calma prosaica dia após dia no jornal, estava igualmente correndo perigo de aderir à servidão ou de enfrentar chicotes e barras de ferro se não aderisse. E ele continuava sentindo-se enojado toda vez que escrevia: "A multidão de 50 mil pessoas que saudaram o Presidente Windrip no estádio da Universidade de Iowa City foi um sinal impressionante do sempre crescente interesse de todos os americanos por assuntos de política", e Staubmeyer mudava para: "A vasta e entusiasmada multidão de 70 mil leais admiradores que enfaticamente aplaudiram e atenciosamente ouviram o emocionante discurso do Chefe no belíssimo estádio da Universidade de Iowa City, no estado de Iowa, é um sinal impressionante, embora bastante típico, da crescente devoção de todos os americanos sinceros ao estudo político sob a inspiração do governo do Corpo".

Talvez suas mais agudas irritações se devessem ao fato de Staubmeyer ter empurrado uma escravininha e sua pessoa brilhante e suarenta para dentro do escritório particular de Doremus, antes sagrado para seus solitários resmungos, e que Doc Itchitt, antes seu discípulo e adorador, parecia sempre estar rindo dele às escondidas.

Sob uma tirania, a maioria dos amigos são um encargo. Um quarto deles se torna "razoável" e vira seu inimigo, um quarto fica com medo de parar para conversar com você, e um quarto é morto e você morre com eles. Mas o abençoado último quarto mantém você vivo.

Quando ele estava com Lorinda, não havia mais as brincadeiras carinhosas e a conversa empática com as quais eles antes se aliviavam do tédio. Agora ela estava feroz, vibrante. Ela o trazia para muito perto dele, mas de repente começava a pensar nele apenas como um camarada em planos para eliminar os Corpos. E era exatamente uma verdadeira matança que ela pretendia; sobrara muito pouco do plausível pacifismo dela.

Ela estava ocupada com trabalhos bons e perigosos. O sócio Nipper não fora capaz de mantê-la na cozinha da Taverna; ela havia sistematizado o trabalho de tal maneira que agora tinha muitos dias e noites livres e havia começado um curso de culinária para meninas e jovens esposas da área rural que, surpreendidas entre as gerações provinciana e industrial, não tinham aprendido nem a boa culinária rural com fogão a lenha, nem como lidar com alimentos enlatados e fornos elétricos, e que, com quase toda a certeza, não haviam aprendido a se juntar para exigir das sovinas empresas locais de energia e luz que fornecessem eletricidade a preços razoáveis.

— Pelamordedeus, mantenha sigilo, mas estou travando conhecimento com essas meninas do campo... me preparando para o dia em que começaremos a nos organizar contra os Corpos. Eu dependo delas, não das mulheres ricas que costumavam exigir o direito ao voto, mas não podem suportar a ideia da revolução — cochichou Lorinda para ele. — Temos de *fazer* alguma coisa.

— Tá bom, Lorinda B. Anthony[39] — respondeu ele, com um suspiro.

E Karl Pascal não desistia.

Na oficina de Pollikop, na primeira vez que viu Doremus, depois de ele ter sido preso, disse:

— Deus, senti muito quando fiquei sabendo que esteve em cana, Sr. Jessup! Mas, me diga, o senhor não está pronto para juntar-se aos comunistas agora?

Ele olhou ao redor, ansioso, enquanto dizia isso.

---

[39] Alusão a Susan B. Anthony (1820-1906) americana que foi ativista feminista, reformadora e abolicionista, tendo exercido um papel crucial no movimento progressista e na luta das mulheres pelo direito ao voto. (N. T.)

— Achei que não existiam mais comunistas.

— Ah, supostamente fomos eliminados. Mas acho que o senhor deve notar algumas greves misteriosas eclodindo aqui e ali, apesar de não mais *ser permitido* fazer greves! Por que o senhor não se junta a nós? Entre nós é o seu lugar, c-camarada!

— Olhe aqui, Karl: você sempre falou que a diferença entre os socialistas e os comunistas era que vocês acreditavam na completa propriedade dos meios de produção, não apenas dos serviços públicos; e que vocês admitiam a violenta luta de classes, e os socialistas não! Tudo isso é conversa para boi dormir! A única diferença é que vocês, comunistas, servem à Russia, que é sua Terra Santa. Bem, a Rússia tem todas as minhas preces, logo depois de minhas preces por minha família e pelo Chefe, mas o que me interessa civilizar e proteger contra os inimigos não é a Rússia, mas a América. Será que isso é alguma coisa tão banal de dizer? Bem, acho que não seria banal para um camarada russo observar que ele era a favor da Rússia! E a América precisa de nossa propaganda cada vez mais. Outra coisa: Sou um intelectual de classe média. Eu nunca me chamei de nada tão ridículo assim, mas como vocês, os Vermelhos, criaram o termo, terei de aceitá-lo. Essa é minha classe e é nela que estou interessado. Os proletários provavelmente são sujeitos nobres, mas eu certamente não penso que os interesses dos intelectuais de classe média e os dos proletários sejam os mesmos. Eles querem pão. Nós queremos... bem, ok, nós queremos brioche! E quando você encontra um proletário ambicioso o bastante para querer brioche também, ora, na América, ele se torna um intelectual de classe média tão rápido quanto possível. *Se* ele for capaz!

— Veja, se o senhor pensar nos três por cento da população que detêm 90 por cento da riqueza...

— Eu não penso nisso. Só porque muitos dos intelectuais pertencem aos 97 por cento dos duros, porque muitos dos atores e professores e enfermeiros e músicos não ganham nada melhor que assistentes de palco e eletricistas, isso não quer dizer que seus interesses são os mesmos. Não é quanto você ganha, mas como você gasta seu dinheiro que determina sua classe. Se você prefere um funeral mais luxuoso ou mais livros. Estou cansado de me desculpar por não ter o pescoço sujo!

— Honestamente, Sr. Jessup, isso não faz nenhum sentido, e o senhor sabe disso!

— É mesmo? Bem, é minha besteira americana de carroça coberta dos antigos exploradores, e não besteira de propaganda de aeroplano de Marx e Moscou!

— Ah, o senhor ainda vai se juntar a nós.

— Ouça bem, Camarada Karl, Windrip e Hitler vão se unir a Stálin muito antes dos descendentes de Daniel Webster. Veja, nós não gostamos de assassinato como argumento, é isso o que realmente distingue o liberal!

Sobre o *seu* futuro, o Padre Perefixe foi breve:

— Vou voltar para o Canadá, que é minha terra, para encontrar a liberdade do Rei. Odeio desistir, Doremus, mas não sou nenhum mártir, como São Thomas Becket, mas apenas um clerigozinho simples, amedrontado e gordo.

A surpresa entre os velhos conhecidos foi Medary Cole, o moleiro.

Um pouco mais jovem que Francis Tasbrough e R. C. Crowley, menos intensamente aristocrático que esses dois nobres, já que apenas uma geração o separava de um agricultor ianque com barba no queixo e não duas, como no caso deles, ele havia sido um satélite do Clube de Campo e, no que concerne a uma sólida virtude, fora presidente do Rotary Club. Sempre considerara Doremus um homem que, sem desculpas como as de ser judeu ou operário ou pobre, era irreverente em relação ao caráter sagrado da Main Street e da Wall Street. Eles eram vizinhos, já que o chalé "Cape Cod" de Cole ficava logo abaixo na Pleasant Hill, mas eles não tinham o hábito de visitar um ao outro.

Agora, quando vinha trazer David para casa, ou buscar sua filha Angela, a nova amiguinha de David, por volta da hora do jantar em uma tarde fria de outono, ele entrava satisfeito para tomar um ponche quente de rum, e perguntava a Doremus se ele realmente pensava que a inflação era "uma coisa tão boa".

Certa noite, ele explodiu:

— Doremus, não há outra pessoa nesta cidade para quem eu ousaria dizer isto, nem mesmo a minha mulher, mas estou ficando terrivelmente cansado desses Minutinhos ditando onde devo comprar meus sacos de juta e quanto devo pagar para meus funcionários. Não vou fingir que algum dia dei importância aos sindicatos. Mas, naqueles dias, pelo menos os membros dos sindicatos realmente levavam parte da propina. Agora ela vai para apoiar os Homens Minuto. Nós pagamos para eles e pagamos muito bem para sermos molestados. As coisas não parecem tão razoáveis como eram em 1936. Mas, pelamordedeus, não diga a ninguém que falei essas coisas.

E Cole se foi, balançando a cabeça, confuso. Ele, que havia votado, em êxtase, no Sr. Windrip.

Num dia no final de outubro, de repente atacando todas as cidades e vilarejos e recônditos rincões, os Corpos eliminaram para sempre o crime na América, um feito tão titânico que foi mencionado no *London Times*. Setenta mil Homens Minuto selecionados, trabalhando juntamente com policiais municipais e estaduais, todos sob o comando do serviço secreto do governo federal, prenderam todos os criminosos conhecidos e também aqueles sobre os quais pairava uma leve suspeita. Eles foram julgados segundo um procedimento da corte marcial; um em cada dez foram fuzilados imediatamente; quatro em cada dez receberam sentenças de prisão, três em cada dez foram soltos e considerados inocentes... e dois em cada dez foram recrutados junto aos Homens Minuto como inspetores.

Houve protestos de que pelo menos seis em dez eram inocentes, mas esse argumento foi adequadamente respondido por Windrip com a corajosa afirmação: "A forma de deter o crime é detê-lo!"

No dia seguinte, Medary Cole cantou de galo para Doremus:

— Algumas vezes eu quis criticar alguns procedimentos da polícia do Corpo, mas você viu o que o Chefe fez com os gângsteres e os escroques? Maravilhoso! Eu sempre lhe disse que o que este país precisava era uma mão firme como a de Windrip. Esse camarada não hesita! Ele viu que a forma de deter o crime era simplesmente ir detê-lo!

Em seguida foi revelada a Nova Educação Americana, que, como Sarason havia justamente dito, seria muito mais inovadora que as Novas Educações da Alemanha, da Itália, da Polônia e até da Turquia.

As autoridades fecharam algumas dezenas das faculdades menores e mais independentes tais como Williams, Bowdoin, Oberlin, Goergetown, Antioch, Carleton, Lewis Institute, Commonwealth, Princeton, Swarthmore, Kenyon, todas radicalmente diferentes umas das outras, mas parecidas no sentido de não terem se transformado inteiramente em máquinas. Poucas das universidades estaduais foram fechadas; elas deveriam simplesmente ser absorvidas por universidades centrais do Corpo, uma para cada uma das oito províncias. Mas o governo começou com apenas duas. No Distrito Metropolitano, a Windrip University anexou os prédios do Rockefeller Center e do Empire State, com a maior parte do Central Park transformada em *playground* (excluindo totalmente dali o público em geral, pois o restante tornou-se área de treinamento dos Homens Minuto). A segunda foi a Macgoblin University, em Chicago e nas redondezas, que se apropriou dos prédios das universidades de Chicago e Northwestern, e o Jackson Park. O Presidente Hutchins de Chicago ficou bastante insatisfeito com a coisa toda e negou-se a continuar no estabelecimento como professor assistente, de forma que as autoridades foram obrigadas a delicadamente mandá-lo para o exílio.

Os fofoqueiros sugeriram que a atribuição do nome de Macgoblin à unidade de Chicago, em detrimento do nome de Sarason, indicava o início de um esfriamento entre Sarason e Windrip, mas os dois líderes conseguiram silenciar esses boatos aparecendo juntos na grande recepção oferecida ao Bispo Cannon pela União das Mulheres Cristãs pela Temperança e sendo fotografados num aperto de mãos.

Cada uma das duas universidades pioneiras começou com 50 mil matriculados, tornando ridículas as escolas anteriores à era do Corpo, nenhuma das quais, em 1935, havia contado com mais de 30 mil alunos. As matrículas foram provavelmente facilitadas pelo fato de que qualquer pessoa podia ingressar se apresentasse um certificado demonstrando que havia completado dois anos de Ensino Médio ou Colégio Técnico, e uma recomendação de um comissário do Corpo.

O Dr. Macgoblin apontou que essa fundação de universidades inteiramente novas demonstrava uma enorme superioridade cultural do estado do Corpo em relação aos nazistas, bolcheviques e fascistas. Enquanto esses amadores da recivilização haviam apenas dado o pontapé no traseiro de todos os traiçoeiros professores assim-chamados "intelectuais", que teimosamente se recusaram a ensinar Física, Culinária e Geografia de acordo com os princípios e fatos determinados por escritórios políticos, e os nazistas haviam simplesmente tomado a segura medida de demitir os judeus que ousavam tentar ensinar Medicina, os americanos foram os primeiros a dar início a instituições novas e completamente ortodoxas, livres desde o início de qualquer laivo de "intelectualismo".

Todas as universidades do Corpo deveriam ter o mesmo currículo, inteiramente prático e moderno, livre de toda tradição esnobe.

Foram inteiramente omitidas as disciplinas de Grego, Latim, Sânscrito, Hebraico, Estudos Bíblicos, Arqueologia, Filologia, toda História anterior a 1500 (exceto é claro por um curso que demonstrava que, ao longo dos séculos, a chave da civilização havia sido a defesa da pureza anglo--saxônica contra os bárbaros). Filosofia e sua história, Psicologia, Economia, Antropologia foram mantidas, mas, para evitar erros supersticiosos em livros didáticos comuns, elas deviam ser ensinadas apenas por meio de livros novos preparados por talentosos jovens estudiosos sob a direção do Dr. Macgoblin.

Os alunos eram incentivados a ler, falar e tentar escrever nas línguas modernas, mas não deveriam gastar seu tempo com a assim chamada "literatura"; reimpressões de jornais recentes eram usadas no lugar de uma ficção antiquada e de uma poesia sentimentalista. No que concernia à disciplina de Inglês, algum estudo de literatura era permitido, visando a fornecer citações para discursos políticos, mas os principais conteúdos eram de propaganda e jornalismo partidário, além de correspondência comercial; e nenhum autor anterior a 1800 deveria ser mencionado, exceto Shakespeare e Milton.

No campo da chamada "ciência pura", percebeu-se que até aquele momento apenas pesquisas demasiadamente numerosas e confusas haviam sido realizadas, mas nenhuma universidade pré-Corpo havia jamais exibido uma riqueza de cursos em Engenharia de Mineração, Arquitetura de Chalés às Margens de Lagos, Habilidades Modernas para Capatazes e Métodos de Produção, Ginástica para Espetáculos, Contabilidade Avançada, Terapia para Pé-de-Atleta, Enlatamento e Desidratação de Frutas, Treinamento para Jardim da Infância, Organização de Torneios de Xadrez, Damas e *Bridge*, Cultivo da Força de Vontade, Música de Bandas para Encontros em Massa, Criação de Cães da Raça Schnautzer, Fórmulas do Aço Inoxidável, Construção de Estradas Cimentadas e todas as outras disciplinas realmente úteis para a formação da mente e do caráter do novo mundo. E nenhuma instituição de ensino, nem mesmo a Academia Militar de West Point, jamais havia reconhecido de forma tão destacada o esporte, não como uma área de ensino subsidiária, mas como uma área principal de estudo. Todos os jogos mais conhecidos eram ensinados com afinco, e a eles foram acrescentados os mais envolventes concursos de velocidade em exercícios de infantaria, aviação, bombardeio e operação de tanques, carros blindados e metralhadoras. Todas essas práticas garantiam créditos acadêmicos, embora os alunos fossem orientados a restringir os esportes a um terço de seus créditos.

O que realmente demonstrava a diferença em relação à antiga ineficiência pachorrenta era que com essa aceleração educacional das universidades do Corpo, qualquer rapaz brilhante poderia se formar em dois anos.

Enquanto lia os prospectos dessas olímpicas universidades do tipo "O Maior Espetáculo da Terra",[40] Doremus relembrou que Victor Loveland, que um ano antes ensinava Grego em uma pequena faculdade chamada Isaiah, estava agora penosamente lecionando Leitura e Aritmética em um campo de trabalho do Corpo no Maine. Fazer o quê... A própria faculdade Isaiah havia sido fechada e seu presidente anterior, o Dr. Owen J. Peasely, Diretor Distrital de Educação, se tornaria o braço direito do Professor Almeric Trout quando fosse fundada a Universidade da Província do Nordeste, que deveria suplantar Harvard, Radcliffe, Boston University e a Brown. Ele já estava elaborando o grito de guerra da universidade para competições esportivas, e para esse "projeto" havia enviado cartas para 167 dos mais proeminentes poetas da América, solicitando sugestões.

....

[40] Ringling Bros. and Barnum & Bailey Circus, também conhecido como Ringling Bros. Circus, Ringling Bros. ou simplesmente Ringling, era uma companhia estadunidense de circo itinerante anunciada como "O Maior Espetáculo da Terra", que esteve ativa de 1871 a 2017. (N.T.)

21

Não era apenas o granizo de novembro, impondo uma cortina proibitiva diante das montanhas, transformando as estradas em caminhos escorregadios sobre os quais um carro poderia dar um rodopio e bater em postes, que mantinha Doremus teimosamente dentro de casa naquela manhã, recostado junto à lareira. Era a sensação de que não havia por que ir até o escritório; nenhuma chance nem mesmo de uma luta pitoresca. Mas ele não estava satisfeito diante do fogo. Não conseguia encontrar notícias autênticas nem nos jornais de Boston ou Nova York, onde as edições matinais haviam sido juntadas pelo governo em uma única publicação, rica em histórias em quadrinhos, fofocas sobre Hollywood enviadas por agências de notícias e, na verdade, nenhuma notícia real.

Ele blasfemou, jogou no chão o *Daily Corporate* de Nova York e tentou ler um novo romance sobre uma mulher cujo marido era indelicado na cama e estava muito envolvido nos romances que escrevia sobre jovens escritoras cujos maridos estavam muito envolvidos com os romances que escreviam sobre escritoras para apreciar as delicadas sensibilidades das escritoras que escreviam sobre escritores. De qualquer forma, ele jogou o livro no chão após jogar o jornal. As aflições das mulheres não pareciam muito importantes agora, em um mundo em chamas.

Ele podia ouvir Emma na cozinha discutindo com a Sra. Candy sobre a melhor maneira de preparar uma torta de frango. As duas conversavam sem descanso; na verdade, estavam menos conversando do que pensando em voz alta. Doremus admitia que a boa feitura de uma torta de frango era uma coisa importante, mas a confusão das vozes o irritava. Então Sissy abriu a porta e entrou na sala intempestivamente, e Sissy deveria estar na escola há uma hora, onde cursava o último ano, para se formar no ano seguinte e ir para alguma horrível universidade provinciana.

— Ué?! O que você está fazendo em casa? Por que não está na escola?

— Ah, *isso*! — Ela se sentou na guarda acolchoada da lareira com o queixo apoiado nas mãos, erguendo os olhos para ele, mas sem enxergá-lo.

— Não sei se vou voltar lá de novo. A gente tem de repetir um novo juramento toda manhã: "Eu juro servir ao Estado Corporativo, ao Chefe, a todos os Comissários, à Roda Mística e às tropas da República em cada pensamento e ação". Agora, eu lhe pergunto: Não é a *maior* bobagem?!

— E como você vai fazer para entrar na universidade?

— Ora, sorrindo para o Professor Staubmeyer. Se isso não me fizer engasgar!

— Bem... bem... — ele não conseguia encontrar nada para dizer.

A campainha, passos se arrastando na varanda como se fossem de sapatos cobertos de neve, e Julian Falck entrou timidamente.

Sissy falou na mesma hora:

— Ora, ora, o que você está fazendo em casa? Por que não está em Amherst?

— Ah, *isso*! — respondeu ele, acomodando-se do lado dela. Julian distraidamente pegou a mão de Sissy, que também parecia não ter se dado conta disso. — Amherst acabou. Os Corpos vão fechar a universidade hoje. Fiquei sabendo no último sábado e dei o fora. (Eles têm um jeito engraçadinho de cercar os alunos e prender alguns deles só para alegrar os professores.)

E para Doremus:

— Bem, acho que o senhor terá de encontrar um lugar para mim no *Informer*, limpando as prensas, pode ser?

— Temo que não, rapaz. Eu faria qualquer coisa se pudesse. Mas sou um prisioneiro ali. Deus! Só de dizer isso eu vejo como meu cargo ali é detestável!

— Ah, sinto muito, Sr. Jessup. Entendo, é claro. Bem, simplesmente não sei o que vou fazer agora. O senhor se lembra como em 33, 34 e 35, quantos bons sujeitos havia, alguns deles formados em medicina, outros em direito, outros ainda em engenharia, que simplesmente não conseguiam arrumar emprego? Bem, agora está pior! Procurei em Amherst e dei uma olhada em Springfield, e estou aqui na cidade há dois dias. Esperava conseguir alguma coisa antes de ver você, Sis. Olha, cheguei até a perguntar para a Sra. Pike se ela não precisava de alguém para lavar louça na Taverna, mas até agora não encontrei nada. "Rapaz jovem, dois anos de faculdade, 99,3% de puro e completo conhecimento dos 39 Artigos de Religião, com habilitação para dirigir, capacidade de dar aulas de tênis e *bridge*, com boa vontade, deseja o emprego... de cavar valas...

— Você *vai* conseguir alguma coisa! Vou cuidar disso, meu querido! — insistiu Sissy. Ela estava menos despachada e fria com Julian agora do que Doremus achava que estivesse.

— Obrigado, Sis, mas honestamente... Espero não estar choramingando à toa, mas, ao que parece, eu teria de me alistar nos nojentos Homens Minuto ou ir para um campo de trabalho. Não posso ficar em casa explorando meu avô. O pobre e velho reverendo não tem um gato para puxar pelo rabo...

— Olhe aqui! Olhe aqui! — disse Sissy abraçando e beijando o rapaz sem nenhuma timidez. — Tenho uma ideia. Uma moda nova! Sabe, uma dessas coisas de "Novas Carreiras para Jovens!" Ouça! No último verão havia uma amiga de Lindy Pike hospedada na Taverna e ela era uma decoradora de interiores de Buffalo, e elas disseram que é um inferno...

— Sis-sy! — advertiu Emma

— ...conseguir vigas de verdade, genuínas, antigas vigas talhadas à mão que todo mundo agora quer tanto ter nessas salas de casas de subúrbio com estilo fajuto *à la* Nova Inglaterra. Vejam só. Por aqui há dez milhões de velhos celeiros, com vigas desbastadas à mão, simplesmente ruindo. Os proprietários provavelmente ficariam felizes se as vigas fossem retiradas de lá. Eu meio que pensei sobre isso para mim, sendo arquiteta, vocês sabem... e John Pollikop disse que ele me venderia um ótimo caminhão velho e empoeirado com capacidade para cinco toneladas por 400 paus... em dinheiro *real* pré-inflação, quero dizer, e no ato. Vamos você e eu tentar conseguir um carregamento de vigas chiques.

— Maravilha! — disse Julian.

— Bem... — disse Doremus.

— Vamos lá — disse Sissy, levantando-se de um salto. — Vamos lá perguntar para a Lindy o que ela acha. Ela é a única nesta família que tem algum tino comercial.

— Não estou adorando a ideia de sair com esse tempo. As estradas estão perigosas — bufou Doremus.

— Bobagem, Doremus! Com Julian na direção? Ele não sabe escrever direito, e tem uma letra horrorosa, mas dirige até melhor que eu! Ora, é um prazer derrapar com ele! Vamos lá! Ei, Mãe, nós voltamos em uma ou duas horas.

Se Emma chegou a dizer alguma coisa além do seu distante "Ué, achei que você já estava na escola", nenhum dos três mosqueteiros ouviu. Eles estavam se agasalhando e andando com cuidado sobre a neve gelada.

Lorinda Pike estava na cozinha da Taverna, com uma camisa de brim estampada e as mangas arregaçadas, mergulhando bolinhos em óleo bem quente, um quadro que remetia direto aos dias românticos (que Buzz Windrip estava tentando recuperar), em que uma mulher que havia criado 11 filhos e sido parteira de dezenas de vacas era considerada frágil demais para votar. Seu rosto estava vermelho por causa da proximidade do fogo, mas ela lançou um olhar animado para eles, e sua saudação foi:

— Vai um bolinho aí? Beleza!

Ela os conduziu para longe da cozinha e de sua horda de espiões, uma empregada canadense e dois gatos. Sentaram-se na bela copa, com prateleiras de porcelana maiólica italiana (pratos e xícaras e pires) totalmente inadequada para Vermont, o que atestava um certo lado artístico de Lorinda, mas que por sua limpeza e ordem revelava que ela trabalhava pesado. Sissy resumiu seu plano; por trás das estatísticas havia uma agradável imagem dela com Julian, ciganos vestidos de cáqui, no banco de um caminhão cigano, mascateando velhas vigas prateadas de pinheiro.

— Não, sem chance! — disse Lorinda, com pesar. — O promissor negócio dos casarões de subúrbio, ah, não é que tenha se acabado: hoje existe um surpreendente número de intermediários e profissionais que estão se saindo muito bem ao terem sua riqueza confiscada e distribuída às massas. Mas toda a construção está nas mãos de empreiteiros ligados com a política; o bom e velho Windrip é tão consistentemente americano que manteve todo o nosso suborno tradicional, mesmo tendo jogado fora nossa independência tradicional. Eles não deixariam um único centavo de lucro para vocês.

— Provavelmente ela está certa — disse Doremus.

— Então esta será a primeira vez que tenho razão! — disse Lorinda, torcendo o nariz. — Fui tão ingênua que achei que as mulheres votantes conheciam muito bem os homens para cair em suas conversas açucaradas no rádio.

Eles se sentaram no *sedan*, do lado de fora da Taverna; Julian e Sissy na frente, Doremus no banco de trás, dignamente empacotado feito uma múmia.

— Então é isso — disse Sissy. — Época maravilhosa que o Ditador trouxe para os sonhadores. Você pode marchar ao som das bandas militares, ou ficar sem fazer nada em casa, ou ir para a prisão. *Primavera di Bellezza!*[41]

— É mesmo... Bom, vou achar alguma coisa para fazer... Sissy, você se casa comigo, assim que eu arranjar um emprego?

Era incrível, pensou Doremus, como esses sentimentalistas sem sentimentos de hoje em dia conseguiam ignorá-lo... Feito animais.

— Até antes, se você quiser. Embora o casamento me pareça agora uma grande bobagem, Julian. Eles não podem nos deixar ver que cada uma das nossas malditas instituições tradicionais é uma grande fajutice, dado o jeito como a Igreja e o Estado se submeteram aos Corpos, e ainda esperar que achemos que eles são tão ótimos. Mas para mentalidades imaturas como seu avô e Doremus, acho que teremos de fingir que acreditamos que os sacerdotes que representam o Grande Chefe Windrip são ainda

---

[41] Expressão retirada de *Giovinezza*, título do talvez mais popular hino fascista de Mussolini. (N. T.)

tão sagrados que podem nos vender a licença de Deus para amar!

— Sis-sy — repreendeu Doremus.

— Ah, esqueci que você estava aí, Pai. Mas, de qualquer forma, não vamos ter nenhum filho. Ah, eu adoro crianças! Gostaria de ter uma dúzia desses diabretes por perto. Mas se as pessoas ficaram tão covardes e entregaram o mundo para os arrogantes e ditadores, elas não podem esperar que qualquer mulher decente traga crianças para um manicômio desses! Ora, quanto mais você *ama* as crianças, mais você vai querer que elas não nasçam agora.

Julian se gabou, em uma maneira tão romântica e ingênua como a que teria um cortejador cem anos antes:

— Sim, mas mesmo assim, nós vamos ter filhos.

— Inferno. Acho que sim! — disse a menina de ouro.

Foi o ignorado Doremus quem arranjou um emprego para Julian.

O velho Dr. Marcus Olmsted estava tentando criar coragem para realizar o trabalho de seu antigo sócio, Fowler Greenhill. Ele não era forte o suficiente para dirigir muito no inverno, e com tanta fúria ele odiava os assassinos de seu amigo que não contrataria qualquer jovem que pertencesse aos Homens Minuto ou que tivesse parcialmente reconhecido a autoridade deles indo para um campo de trabalho. Assim, Julian foi escolhido para dirigir para ele, dia e noite, e logo em seguida para ajudá-lo, aplicando anestesias, fazendo curativos em pernas machucadas; e o Julian que havia no espaço de uma semana "decidido que queria ser", um aviador, um crítico musical, um engenheiro de condicionadores de ar, um arqueólogo fazendo escavações em Yucatan, ficou plenamente decidido pela medicina e substituiu para Doremus seu genro médico morto. E Doremus ouvia

Julian e Sissy se vangloriando e discutindo e gritando na varanda pouco iluminada e por causa deles, só por causa deles, e de David e Lorinda e Buck Titus, ganhou forças suficientes para continuar no escritório do *Informer* sem estrangular Staubmeyer.

22

Dia dez de dezembro era aniversário de Berzelius Windrip, embora, em seus primeiros dias como político, antes de ter vantajosamente percebido que as mentiras são impressas e injustamente recordadas contra você, ele estivesse habituado a dizer ao mundo que seu aniversário era no dia 25 de dezembro, como também era o de outro que ele admitia ser um líder até maior, e gritar, com verdadeiras lágrimas nos olhos, que seu nome completo era Berzelius Noel Weinacht Windrip.

Comemorou seu aniversário em 1937 com a histórica "Ordem de Regulamentação", a qual determinava que, embora o Governo Corporativo tivesse provado tanto sua estabilidade quanto sua boa vontade, ainda havia alguns "elementos" maldosos e ignorantes que, em sua maligna inveja do sucesso do Corpo, queriam destruir tudo o que era bom. O generoso governo estava cansado disso, e o país foi informado de que, daquele dia em diante, qualquer pessoa que por palavras ou atos buscasse prejudicar e desacreditar o Estado, seria executada ou presa. Visto que as prisões já estavam superlotadas, tanto por causa desses criminosos difamadores quanto pelas pessoas que o generoso Estado devia defender por meio da "custódia protetiva", seriam imediatamente abertos, em todo país, campos de concentração.

Doremus suspeitava que o motivo para os campos de concentração não era apenas a oferta de mais espaço para as vítimas, mas, ainda mais, a oferta de lugares onde os Homens Minuto mais jovens e entusiasmados pudessem se divertir sem a interferência dos policiais e carcereiros profissionais de antigamente, a maioria dos quais considerava seus prisioneiros não como inimigos que deviam ser torturados, mas apenas como gado que devia ser mantido a salvo.

No dia 11, um campo de concentração foi entusiasticamente inaugurado, com banda de música, flores de papel e discursos feitos pelo Comissário de Distrito Reek e Shad Ledue, em Trianon, 15 quilômetros ao norte de Fort Beulah, no espaço que havia sido ocupado por uma moderna escola experimental para moças (as moças e seus professores, que de qualquer forma não eram material seguro para o Corpoísmo, simplesmente foram mandados cuidar de sua vida).

E naquele dia e em todos os dias seguintes, Doremus recebeu de amigos jornalistas de todo o país relatos secretos sobre o terrorismo do Corpo e sobre as primeiras rebeliões sangrentas contra os Corpos.

Em Arkansas, um grupo de 96 antigos meeiros, que sempre haviam reclamado de barriga cheia de suas dificuldades e mesmo assim não pareciam nem um pouco mais felizes em campos de trabalho higiênicos e bem-administrados, com concertos de bandas grátis toda semana, atacaram o escritório do superintendente de um campo e o mataram, juntamente com cinco assistentes. Eles foram cercados por um regimento de Homens Minuto de Little Rock, levados para uma plantação de milho castigada pelo frio, obrigados a correr e fuzilados pelas costas com metralhadoras enquanto cambaleavam comicamente tentando fugir.

Em San Francisco, estivadores tentaram deflagrar uma greve absolutamente ilegal, e seus líderes, conhecidos por serem comunistas, foram tão traiçoeiros em seus discursos contra o governo que um Comandante dos Homens Minuto mandou prender três deles a um fardo de rattan que estava embebido de óleo e foi incendiado. O Comandante advertiu todos os descontentes arrancando à bala os dedos e orelhas dos criminosos enquanto estavam queimando, e ele tinha uma pontaria tão certeira (graças ao treinamento eficiente dos Homens Minuto), que não matou nenhum deles enquanto os podava daquela maneira. Depois disso ele foi em busca de Tom Mooney (libertado pela Suprema Corte dos Estados Unidos no início de 1936),[42] mas aquele infame agitador anti-Corpo já havia acolhido em seu coração o temor a Deus e fugira em uma escuna para o Taiti.

Em Pawtucket, um homem que supostamente deveria estar livre das podres e sediciosas ideias dos assim chamados líderes trabalhistas, na verdade um homem que era um conhecido dentista e diretor de banco, de forma absurda ressentiu-se das atenções que meia dúzia de Homens Minuto uniformizados (estavam todos de folga, e apenas entusiasmados pelos espíritos juvenis, de qualquer forma) dispensaram a sua esposa em um café e, na confusão, atirou e matou três deles. De praxe, como suas atividades não concernem ao povo, os Homens Minuto não forneciam detalhes sobre como castigavam

---

[42] Thomas Mooney (1882-1942) foi um ativista político e líder trabalhista americano que foi condenado injustamente por um atentado a bomba em 1916. Logo ficou evidente que a condenação fora baseada em provas falsas e houve campanhas e movimentos internacionais para que ele fosse solto. Mooney, após ter tido sua pena de morte comutada para prisão perpétua, foi finalmente perdoado em 1939. Mais uma vez aqui se nota a mescla de realidade e ficção realizada por Lewis. No romance, Mooney teria sido libertado em 1936 (e não em 1939) e se transformado em um inimigo do Corpo que, entretanto, não conseguiu alcançá-lo. (N. T.)

os rebeldes, mas nesse caso em que um tolo dentista havia demonstrado ser um maníaco assassino, o Comandante local dos Homens Minuto permitiu que os jornais divulgassem que o dentista recebera 69 chibatadas com uma vara flexível de aço e depois, ao voltar a si, fora deixado para refletir sobre sua idiotice assassina em uma cela com meio metro de água no chão mas, ironicamente, nenhuma água para beber. Infelizmente, o sujeito morreu antes de ter a oportunidade de buscar consolo religioso.

Em Scranton, o sacerdote católico de uma igreja de trabalhadores foi raptado e espancado.

No centro de Kansas, um homem chamado George W. Smith inutilmente reuniu algumas centenas de trabalhadores rurais armados com pistolas e rifles de caça e um número absurdamente pequeno de pistolas automáticas, e os liderou no incêndio de um acampamento dos Homens Minuto. Foram convocados tanques dos H.M's, e os caipiras e supostos rebeldes não foram, dessa vez, usados como advertência, mas dominados com gás de mostarda, em seguida descartados com granadas de mão, o que foi uma decisão completamente inteligente, já que não restou nada dos patifes que parentes sentimentais pudessem enterrar e com isso fazer propaganda.

Mas em Nova York o caso foi o oposto. Em vez de serem dessa forma surpreendidos, os Homens Minuto abordaram todos os suspeitos comunistas nos antigos bairros de Manhattan e do Bronx, além de todas as pessoas que tivessem sido acusadas de se relacionar com esses comunistas, e internaram todos eles nos 19 campos de concentração espalhados por Long Island... A maioria deles dizia que não era, de forma alguma, comunista.

Pela primeira vez na América, exceto durante a Guerra Civil e a Guerra Mundial, as pessoas tinham medo de dizer o que lhes viesse à cabeça. Nas ruas, em trens, nos teatros, as pessoas olhavam ao redor para ver quem poderia estar escutando, antes de ousarem dizer, por exemplo, que havia uma seca no Oeste, pois alguém poderia supor que eles estavam colocando a culpa pela seca no Chefe! Eram especialmente desconfiados dos garçons, que supostamente escutam da tocaia em que todo garçom naturalmente vive, de qualquer forma, e que poderiam contar para os Homens Minuto. As pessoas que não conseguiam resistir a falar de política se referiam a Windrip como "Coronel Robinson", ou "Dr. Brown", e a Sarason como "Juiz Jones" ou "meu primo Kaspar", e se ouviam os fofoqueiros emitindo um "shhhh" para a declaração aparentemente inocente de que "Meu primo não parece estar muito a fim de jogar *bridge* com o Doutor como costumava fazer. Aposto que em algum momento eles vão parar de jogar".

A todo momento as pessoas sentiam medo, um medo inominado e onipresente. Estavam assustadiças como as pessoas num distrito assolado pela peste. Qualquer ruído repentino, qualquer passo inexplicado, qualquer letra desconhecida num envelope as faziam tomar um susto; e durante meses elas nunca se sentiram seguras o suficiente para se entregar a um sono profundo. E com a chegada do medo foi expulso o seu orgulho.

Diários — comuns agora, como boletins do tempo — eram os boatos sobre pessoas que de repente haviam sido levadas sob "custódia protetiva", e cada dia mais deles eram celebridades. No início os Homens Minuto tinham, exceto no caso daquele único ataque contra o Congresso, ousado apenas prender os desconhecidos e desprotegidos. Agora, incrivelmente, pois esses líderes antes pareciam invulneráveis, acima da lei ordinária, ouvia-se falar de juízes, oficiais do exército, ex-governadores de estado, banqueiros que não haviam colaborado com os Corpos, advogados judeus que haviam sido embaixadores, sendo jogados na lama malcheirosa das celas.

Para o jornalista Doremus e sua família, não era nada interessante que entre essas celebridades detidas estivessem tantos jornalistas: Raymond Moley, Frank Simonds, Frank Kent, Heywood Broun, Mark Sullivan, Earl Browder, Franklin P. Adams, George Seldes, Frazier Hunt, Garet Garrett, Granville Hicks, Edwin James, Robert Morss Lovett[43] — homens que diferiam grotescamente entre si, exceto por sua aversão comum a serem pequenos discípulos de Sarason e Macgoblin.

No entanto, foram poucos os jornalistas e repórteres que trabalhavam para Hearst que foram presos.

A desgraça se aproximou de Doremus quando editores não conhecidos de Lowell e Providence e Albany, que não haviam feito nada além de deixar de se mostrar entusiasmados com os Corpos, foram levados para "interrogatórios" e não foram liberados durante semanas — meses.

Chegou muito mais perto à época da queima de livros.

* * *

Em todo o país, livros que pudessem ameaçar a *Pax Romana* do Estado Corporativo foram festivamente queimados pelos Homens Minuto mais cultos. Essa forma de salvaguardar o estado — tão moderna que mal era conhecida em 1300 d. C. — foi instituída pelo Secretário de Cultura Macgoblin, mas em cada província aos cruzados era permitida a diversão de selecionar seus próprios

---

[43] Todos os nomes citados neste parágrafo são de pessoas reais, jornalistas, escritores e ativistas que estavam vivos à época em que Lewis escreveu este romance. (N. T.)

traidores do papel e da tinta. Na Província Nordeste, o Juiz Effingham Swan e o Dr. Owen J. Peaseley foram nomeados censores pelo Comissário Dewey Haik, e seu *Index* foi liricamente elogiado em todo o país.

Pois Swan percebeu que não eram tanto os anarquistas e furiosos óbvios como Darrow, Steffens, Norman Thomas que representavam o real perigo; como cascavéis, seu ruído revelava seu veneno. Os verdadeiros inimigos eram aqueles cuja santificação pela morte havia de forma pavorosa permitido que eles entrassem furtivamente mesmo nas bibliotecas escolares respeitáveis. Homens tão perversos que haviam sido traidores do Estado Corporativo anos e anos antes que existisse um Estado Corporativo. E Swan (com a alegre anuência de Peaseley) proibiu toda venda e posse de livros de Thoreau, Emerson, Whittier, Whitman, Mark Twain, Howells e *The New Freedom*, de Woodrow Wilson, pois embora mais tarde Wilson tenha se tornado um político extremamente manipulador, ele anteriormente havia sido perturbado por comichões idealistas.

Nem é necessário dizer que Swan denunciou todos os estrangeiros ateus, vivos ou mortos, como Wells, Marx, Shaw, os irmãos Mann, Tolstói e P. G. Wodehouse com sua propaganda inescrupulosa contra a tradição aristocrática. (Talvez — quem podia saber? — num império corporativo, ele pudesse ser Sir Effingham Swan, Baronete.)

E num determinado item Swan demonstrou uma ofuscante sagacidade. Teve a antevisão de perceber o perigo daquele livro cínico, *The Collected Saying of Will Rogers*.[44]

---

[44] Will Rogers (1879-1935) foi um ator, comediante e escritor estadunidense. A proibição de seu trabalho por Swan provavelmente pretende demonstrar a estupidez e a paranoia dos regimes autoritários. (N. T.)

Sobre a queima de livros em Syracuse e Schenectady e Hartford, Doremus ouvira falar, mas ela pareceu improvável como as histórias de fantasmas.

A família Jessup estava jantando, logo após as sete da noite, quando na varanda ouviram um som de passos pesados, que haviam parcialmente esperado e completamente temido. A Sra. Candy, até mesmo a impassível Sra. Candy, prendeu a respiração, agitada, antes de ir a passos decididos abrir a porta. Até David ficou paralisado à mesa, a colher suspensa no ar.

A voz de Shad, "Em nome do Chefe!" Passos pesados na entrada, e Shad avançando num gingado estranho para a sala de jantar, quepe na cabeça, pistola na mão, mas sorrindo, e com irônica jovialidade, gritando:

— Como estão, pessoal? Busca de livros maus. Ordens do Comissário de Distrito. Vamos lá, Jessup! — disse ele olhando para a lareira, para a qual tantas vezes trouxera muitas braçadas de lenha, e rindo com sarcasmo.

— Se quiser se sentar na outra sala...

— Pros diabos que vou "me sentar na outra sala"! Vamos queimar os livros hoje mesmo! Depressa, Jessup!

Shad olhou para a exasperada Emma; olhou para Sissy; piscou com pesada deliberação e disse, em meio a risadinhas:

— Como vai, Sra. Jessup. Oi, Sis. Como está o menino?

Mas não dirigiu os olhos para Mary Greenhill, que também não olhou para ele.

Na entrada, Doremus encontrou os acompanhantes de Shad, quatro dóceis Homens Minuto, e um mais dócil ainda Emil Staubmeyer, que se lamuriou:

— São apenas ordens, você sabe, apenas ordens.

Por sorte, Doremus não disse nada; conduziu-os para seu estúdio.

Uma semana antes, ele havia removido todas as publicações que qualquer Corpo sensato poderia considerar radical: seu *Das Kapital*, e Veblen e os romances russos e até *Folkways* de Sumner e *O Mal-Estar na Civilização*, de Freud, Thoreau e os outros respeitáveis patifes banidos por Swan; velhos arquivos da *The Nation* e da *New Republic* e também exemplares que ele tinha conseguido obter de *Uma Lança para a Democracia*, de Walt Trowbridge. Ele os havia removido e escondido dentro de um antigo sofá de crina de cavalo no corredor de cima.

— Eu lhe disse que não havia nada — disse Staubmeyer após a busca. — Vamos embora.

Disse Shad:

— Huh, conheço essa casa, Alferes. Eu trabalhava aqui, tive o privilégio de instalar aquelas janelas externas ali, e de ser recriminado bem aqui nesta sala. Você não se lembra dessa época, hein, Jessup? Quando eu cortava sua grama também, e você era tão arrogante!

Staubmeyer corou.

— Pode apostar que conheço bem este lugar, e tem um monte de livros idiotas lá embaixo, na sala de estar.

De fato, naquele cômodo que era chamado de sala de estar, sala de visitas, o Salão e uma vez, por uma solteirona que achava que os editores eram românticos, o "estúdio", havia duzentos ou trezentos volumes, a maioria deles formando coleções. Shad olhou para eles carrancudo, enquanto arranhava com suas esporas o desbotado tapete de Bruxelas. Estava preocupado. Ele *tinha* de encontrar algo sedicioso!

Apontou para o tesouro predileto de Doremus, a edição em 34 volumes, generosamente ilustrada, de obras de Dickens que havia sido do pai dele, e a única extravagância insana do pai dele. Shad perguntou a Staubmeyer:

— Esse camarada, Dickens, ele não reclamava das coisas? Sobre, sobre as escolas, a polícia e tudo o mais?

Staubmeyer protestou.

— Sim, mas Shad, mas Capitão Ledue, isso foi cem anos atrás...

— Não faz diferença. Gambá morto fede mais que gambá vivo.

Doremus gritou:

— Sim, mas não por cem anos. Além do mais...

Os Homens Minuto, obedecendo a um gesto de Shad, já estavam arrancando os volumes de Dickens das prateleiras, derrubando-os no chão, as capas rachando. Doremus segurou o braço de um Homem Minuto; da porta Sissy soltou um grito agudo. Shad foi até Doremus com passos pesados e ergueu um punho vermelho na altura do nariz de Doremus.

— Quer levar uma coça agora, em vez de mais tarde?

Doremus e Sissy, sentados lado a lado em um sofá, assistiam aos livros sendo jogados numa pilha. Ele segurava a mão dela, murmurando "shh, shh!". Ora, Sissy era uma moça bonita, e jovem, mas uma professora moça e bonita fora atacada, tendo suas roupas arrancadas e sendo abandonada na neve ali do lado sul da cidade, duas noites antes.

Doremus não podia ter ficado longe da queima de livros. Era como contemplar pela última vez o rosto de um amigo morto.

Aparas de madeira, gravetos e troncos de abeto haviam sido empilhados sobre a neve fina da Praça. (Amanhã haveria um belo retalho queimado na relva centenária.) Em volta da pira dançavam Homens Minuto, garotos da escola, alunos da dilapidada faculdade de comércio da Elm Street, e desconhecidos meninos do campo, pegando livros da pilha protegida pelo sorridente Shad e jogando-os nas chamas. Doremus viu seu *Martin Chuzzlewit* voar pelos ares e aterrissar no tampo incandescente de uma antiga cômoda. O livro ficou ali aberto na página onde havia um desenho feito por Phiz da personagem Sairey Gamp, que logo ficou esturricado. Quando criança, ele sempre rira daquela ilustração.

Ele viu o velho amigo, Reverendo Falck, apertando as mãos uma na outra. Quando Doremus tocou seu ombro, Falck se lamentou:

— Levaram meu *Urn Burial*, minha *Imitação de Cristo*. Não sei por quê, não sei por quê! E eles estão queimando ali.

Quem eram os donos deles, Jessup não sabia, nem por que eles haviam sido confiscados, mas ele viu *Alice no País das Maravilhas* e *Omar Khayyan* e Shelley e *O Homem que era Quinta-Feira* e *Adeus às Armas*, todos queimando juntos, para a maior glória do Ditador e a maior ilustração de seu povo.

A fogueira havia quase se extinguido quando Karl Pascal abriu caminho até Shad Ledue e gritou:

— Fiquei sabendo, seus filhos da mãe! Eu estava levando um cliente para casa, e fiquei sabendo que vocês invadiram meu quarto e levaram meus livros enquanto eu estava fora!

— Pode apostar que foi isso mesmo, Camarada!

— E vocês estão queimando tudo! Meus livros...

— Oh não, Camarada! Não estamos queimando seus livros. Eles valem muito, Camarada! — disse Shad rindo abertamente. Eles estão na delegacia. Estávamos aguardando você. Foi bom demais encontrar todos os seus livrinhos comunistas. Aqui! *Levem ele!*

Assim, Karl Pascal foi o primeiro prisioneiro de Fort Beulah a ser enviado ao campo de concentração de Trianon. Não, isso está errado. Ele foi o segundo. O primeiro, tão inconspícuo que as pessoas até se esquecem dele, foi um sujeito comum, um eletricista que nunca havia falado de política. Brayden era o nome dele. Um Homem Minuto que caíra nas graças de Shad e Staubmeyer queria o emprego de Brayden. E Brayden foi para o Campo de Concentração. Brayden foi açoitado quando declarou, no interrogatório conduzido por Shad, que ele não sabia nada sobre nenhum plano contra o Chefe. Brayden morreu, sozinho em uma cela escura, antes de janeiro.

Um incansável viajante inglês que dedicou duas semanas do mês de dezembro a um estudo completo das "condições" na América, escreveu em seu jornal londrino, e disse mais tarde num radiograma para a B.B.C.: "Após uma investigação completa na América, descobri que, longe de haver algum descontentamento com a administração do Corpo entre a população, eles nunca estiveram mais felizes e mais resolutamente dedicados a construir um Admirável Mundo Novo. Perguntei a um importante banqueiro judeu sobre as alegações de que seu povo estava sendo oprimido, e ele me garantiu que "quando ouvimos esses boatos idiotas, damos boas risadas!"

23

Doremus estava nervoso. Os Homens Minuto tinham vindo, não com Shad, mas com Emil e um estranho líder de batalhão de Hanover, para examinar as cartas particulares que estavam em seu estúdio. Foram bastante educados, mas assustadoramente meticulosos. Em seguida ele soube, ao ver a desordem em sua escrivaninha no *Informer*, que alguém havia examinado seus papéis ali. Emil o evitava no escritório. Doremus foi chamado no gabinete de Shad e grosseiramente interrogado sobre certa correspondência que algum delator havia dito que Doremus supostamente trocara com os agentes de Walt Trowbridge.

Por isso, Doremus estava nervoso. Por isso Doremus tinha certeza de que sua hora de ir para o campo de concentração estava chegando. Ele olhava para atrás toda vez que tinha a impressão de que um estranho o seguia. O fruteiro, Tony Mogliani, extravagante defensor de Windrip, de Mussolini e do tabaco de mascar para a cura de cortes e queimaduras, fez a ele muitas perguntas sobre seus planos para a época em que "saísse do jornal"; e certa vez um pedinte tentou perguntar coisas à Sra. Candy, enquanto olhava as prateleiras da despensa, talvez para ver se havia algum sinal de desabastecimento, que significaria que eles pretendiam fechar a casa e fugir... Mas talvez o pedinte fosse apenas um pedinte.

No escritório, no meio da tarde, Doremus recebeu um telefonema do intelectual fazendeiro, Buck Titus.

— Você vai estar em casa esta noite, lá pelas nove? Ótimo! Vou ver você. Importante! Olha só, veja se você consegue reunir toda a sua família, e Linda Pike e o jovem Falck também, pode ser? Tive uma ideia. Importante!

Como naquele momento ideias importantes se relacionavam a acabar na prisão, Doremus e suas mulheres esperaram, ansiosos. Lorinda entrou tagarelando, pois a visão de Emma sempre a fazia tagarelar um pouco, e em Lorinda não houve alívio. Julian entrou todo tímido, e nele não houve alívio. A Sra. Candy trouxe um chá que não fora pedido, ao qual adicionara uma pequena dose de rum, e nela houve algum alívio, mas que se resumiu a uma silenciosa espera nervosa até que Buck entrou fazendo barulho, dez minutos atrasado e todo coberto de neve.

— Sinto ter feito vocês esperarem, mas estive fazendo uns telefonemas. Tenho uma notícia que você nem recebeu ainda no escritório, Dormouse. O incêndio da floresta está chegando cada vez mais perto. Hoje à tarde prenderam o editor do *Herald* de Rutland. Fiquei sabendo por um agente comercial com quem tenho contato em Rutland. Você é o próximo, Doremus. Acho que estiveram adiando a sua demissão até que Staubmeyer aprendesse alguma coisa com você. Ou talvez Ledue tenha alguma ideia interessante de torturar você com a espera. De qualquer forma, você tem de sair daqui. E amanhã! Para o Canadá! Para ficar! De carro. Não pode ser de avião. O governo do Canadá interrompeu esse serviço. Você e Emma e Mary e Dave e Sis e a turma toda. E talvez o Bobão, a Sra. Candy e o canário!

— Sem chance! Levaria semanas para resgatar meus investimentos. Acho que consigo levantar 20 mil, mas levaria semanas.

— Passe uma procuração para mim, se você confia em mim, e é melhor que confie! Eu posso resgatar tudo bem melhor que você. Tenho um relacionamento melhor com os Corpos. Estive vendendo cavalos para eles e eles acham que sou o tipo de sujeito boca suja espalhafatoso que vai se unir a eles. Tenho uns 1500 dólares canadenses para você aqui comigo no meu bolso, para começar.

— Nunca conseguiremos cruzar a fronteira. Os Homens Minuto estão vigiando cada centímetro em busca de suspeitos como eu.

— Eu tenho uma licença canadense para dirigir, e placas canadenses prontas para colocar no meu carro. Vamos com o meu; levantará menos suspeitas. Eu posso parecer um fazendeiro de verdade, e isso porque sou um fazendeiro, eu acho. Vou levar todos vocês, aliás. Contrabandeei as placas, que vieram debaixo das garrafas de cerveja numa caixa! Então, estamos preparados e vamos partir amanhã à noite, se o tempo não estiver muito limpo. Espero que esteja nevando.

— Mas Buck! Santo Deus! Eu não vou fugir! Não sou culpado de nada. Não tenho um motivo para fugir!

— Só a sua vida, meu caro, só a sua vida!

— Eu não tenho medo deles.

— Ah, tem sim!

— Bem, se você olhar as coisas desse jeito, provavelmente eu tenha medo sim! Mas não vou deixar que um bando de lunáticos pistoleiros me expulse do país que eu e meus ancestrais construímos.

Emma estava engasgada com o esforço de pensar em alguma coisa convincente; Mary parecia estar chorando sem lágrimas; Sissy dava gritinhos; Lorinda e Julian começaram a falar ao mesmo tempo e interrompiam um ao outro. E foi a ignorada Sra. Candy quem, da porta, começou a falar:

— Mas me digam se isso não é bem típico dos homens! Teimosos como mulas! Todos eles. E exibidos, o bando todo. É claro que são incapazes de parar para pensar como suas mulheres vão se sentir se vocês forem presos e fuzilados! Vocês ficam parados na frente de uma locomotiva e dizem que, porque estavam no grupo que construiu os trilhos, têm mais direito de ficar ali do que a locomotiva tem, e daí quando ela passa por cima de vocês e vai embora, vocês têm a expectativa de que nós todas pensemos que heróis que vocês foram! É... alguns chamam isso de ser herói, mas...

— Vão para o inferno todos vocês, pegando no meu pé e tentando me deixar confuso e me obrigar a não cumprir meu dever para com o estado como o vejo...

— Você tem mais de 60 anos, Doremus. Talvez muitos de nós possamos cumprir nosso dever melhor, agora, lá do Canadá, do que temos condições de fazer aqui, como Walt Trowbridge — suplicou Lorinda.

Emma olhou para sua amiga Lorinda, sem nenhuma afeição especial.

— Mas permitir que os Corpos roubem o país e não protestar! Não!

— Esse é o tipo de argumento que mandou alguns milhões para a morte, para tornar o mundo seguro para a democracia e uma porta aberta para o fascismo — zombou Buck.

— Pai, venha com a gente. Porque não podemos ir sem você. E estou ficando com medo aqui.

Sissy parecia mesmo apavorada; Sissy, a invencível.

— Hoje à tarde Shad me parou na rua e disse que queria sair comigo. Fez cócegas meu queixo, o belezinha! Mas, honestamente, aquele sorriso malicioso, como se ele tivesse muita certeza sobre mim... me deixou com medo!

— Vou pegar uma espingarda!

— Ai, vou matar esse nojento!

— Esperem até que eu coloque as mãos nele! — gritaram ao mesmo tempo Doremus, Julian e Buck. Depois se entreolharam, e depois olharam humildemente para Bobão, que latia por causa do barulho, e para a Sra. Candy, que estava encostada no batente da porta como um bacalhau congelado e bufou!

— Olha os arrebenta-locomotiva aí de novo!

Doremus riu. Uma única vez na sua vida ele mostrou ser condescendente, pois concordou:

— Tudo bem, nós vamos. Mas façam de conta que sou um homem que tem opiniões fortes e vou demorar a noite toda para me convencer. Partimos amanhã à noite.

O que ele não disse foi o que estava planejando. Assim que sua família estivesse a salvo no Canadá, com dinheiro no banco e talvez um emprego para distrair Sissy, ele fugiria e voltaria para sua luta propriamente dita. No mínimo, mataria Shad antes de ele mesmo, ser assassinado.

Faltava apenas uma semana para o Natal, uma época sempre festejada com alegria e muitas fitas coloridas na casa dos Jessups; e aquele dia maluco de preparação para fugir tinha uma estranha alegria natalina. Para evitar as suspeitas, Doremus passou a maior parte do tempo no escritório e, mais de cem vezes, teve a impressão de que Staubmeyer estava olhando para ele com a mesma ira oculta no gesto ameaçador da palmatória que usara contra os meninos que cochichavam e outros delinquentes da escola. Mas ele tirou duas horas de almoço e voltou para casa cedo no final do expediente, e sua longa depressão se fora com a perspectiva do Canadá e da liberdade, com uma entusiasmada inspeção de roupas que parecia a preparação para uma longa pescaria. Eles trabalhavam no andar de cima, atrás de venezianas fechadas, sentindo-se como espiões em uma história de E. Phillips Oppenheim, cercados na suíte presidencial escura e com chão de pedra de uma velha hospedaria um pouco além de Grasse. Lá embaixo, a Sra. Candy estava pretensamente ocupada em parecer normal. Depois da fuga, ela e o canário ficariam e ela deveria se mostrar surpresa quando os Homens Minuto relatassem que os Jessups pareciam ter escapado.

Doremus sacou 500 dólares de cada um dos bancos locais, no final daquela tarde, alegando que estava pensando em comprar a opção de um pomar de maçãs. Ele era um animal doméstico muito bem-treinado para ficar ruidosamente animado, mas não pôde deixar de observar que, enquanto ele mesmo estava levando na fuga para o Egito apenas todo o dinheiro que conseguira, mais cigarros, seis lenços, dois pares extras de meias, um pente, uma escova de dentes e o primeiro volume de *O Declínio do Ocidente*, de Spengler (que, decididamente, não era seu livro favorito, mas era um título que ele havia tentado se forçar a ler durante anos, em viagens de trem), enquanto, enfim, não estava levando nada que não pudesse enfiar nos bolsos do sobretudo, Sissy aparentemente precisava de toda a sua *lingerie* nova e um grande retrato emoldurado de Julian; Emma, de um álbum de fotos dos três filhos, da tenra infância até os 20 anos; David precisava de seu novo aeromodelo, e Mary de seu silencioso e sombrio ódio, que era mais pesado de carregar do que muitos baús.

Julian e Lorinda estavam lá para ajudá-los; Julian pelos cantos com Sissy.

Com Lorinda, Doremus teve um único momento livre, no antigo banheiro dos hóspedes.

— Linda, ai Senhor!

— Vamos sair dessa! No Canadá, você vai ter tempo para retomar o fôlego. Junte-se a Trowbridge!

— Mas deixar você... Eu tinha esperança, de alguma forma, por algum milagre, que você e eu talvez pudéssemos passar um mês juntos, talvez em Monterey, ou em Venice ou no Parque Yellowstone. Odeio quando a vida parece se esfacelar e não leva a lugar algum e deixa de ter algum plano ou sentido.

— Mas teve sentido! Nenhum ditador pode nos sufocar completamente agora. Vamos!

— Adeus, minha Linda!

Nem mesmo nesse momento ele quis alarmá-la, confessando que planejava voltar, lançando-se de novo no perigo.

Abraçaram-se ao lado de uma velha banheira revestida de metal com detalhes em madeira pintados de um marrom lúgubre, em um cômodo que cheirava ligeiramente a gás vindo de um velho aquecedor, abraçaram-se na névoa tingida de crepúsculo, num topo de montanha.

Escuridão, ventos cortantes, neve maldosamente deliberada, e nela Buck Titus estava ruidosamente alegre no seu velho Nash, parecendo-se o máximo possível com um fazendeiro, com um boné de pele de foca desgastado em alguns pontos e um atroz sobretudo de couro de cachorro. Doremus mais uma vez pensou nele como um cavaleiro do Capitão Charles King, perseguindo os índios Sioux através das pradarias ofuscadas pela nevasca.

Eles se espremeram no carro, agitados; Mary ao lado de Buck, que dirigia; atrás, Doremus, entre Emma e Sissy; no chão, David e Bobão e o avião de brinquedo, juntos e indistintos sob uma manta. O bagageiro e os para-lamas da frente estavam abarrotados com malas cobertas por um encerado.

— Deus, como eu queria ir também! — gemeu Julian.

— Olhe, Sis! Tive a ideia para uma bela história de

espiões. Estou falando sério. Envie cartões postais para meu avô, vistas de igrejas etc., e apenas assine "Jane" e tudo o que você disser sobre a igreja eu vou saber que você está dizendo sobre você e... Droga, esqueça todo o mistério. Eu quero *você*, Sissy!

A Sra. Candy enfiou um embrulho em meio à já intolerável bagunça das bagagens que ameaçavam cair sobre os joelhos de Doremus e a cabeça de David, e disse num tom ríspido:

— Bem, se vocês *têm* mesmo de sair pelo país afora... É um bolo com recheio de coco —. E num tom desesperado: — Assim que virarem a esquina, joguem fora essa coisa idiota, se quiserem!

Ela correu para a cozinha aos prantos, onde Lorinda estava na soleira iluminada, em silêncio, com as mãos trêmulas acenando para eles.

O carro já sacolejava em meio à neve antes que eles tivessem escapulido através de Fort Beulah por ruas secundárias e escuras e se pusessem na direção norte.

Sissy falou num tom alegre:

— Bem, Natal no Canadá! Boliche e cerveja e muito azevinho.

— Ah, eles têm Papai Noel no Canadá? — veio a voz de David se perguntando, pueril, meio abafada pela manta e as orelhas peludas de Bobão.

— É *claro* que eles têm, meu querido! — Emma respondeu, tranquilizando-o e, dirigindo-se para os adultos: — Mas não foi a coisa mais bonitinha?

Para Doremus, Sissy cochichou:

— É bom que seja bonitinha mesmo. Levou dez minutos para eu ensiná-lo a dizer isso, esta tarde! Segure minha mão. Espero que Buck saiba dirigir.

* * *

Buck Titus conhecia cada estrada secundária desde Fort Beulah até a fronteira, de preferência com tempo ruim, como naquela noite. Passando de Trianon, ele jogou o carro por estradas com sulcos profundos, nas quais seria preciso recuar para dar passagem a outro carro. Por subidas em que o carro resfolegava, por colinas solitárias, através de um ziguezague de estradas, eles sacolejaram em direção ao Canadá. A neve úmida toldava o para-brisa, depois congelava e Buck tinha de dirigir com a cabeça para fora da janela aberta, e a ventania entrava e gelava seus pescoços duros.

Doremus não conseguia enxergar nada exceto a parte de trás do pescoço virado e tenso de Buck e o para-brisa congelado, a maior parte do tempo. De vez em quando, uma luz distante bem abaixo do nível da estrada indicava que eles estavam descendo por uma estrada à beira de um abismo e que, se derrapassem, cairiam por trinta, até sessenta metros, provavelmente capotando várias vezes. Uma vez de fato derraparam, e enquanto ofegavam numa eternidade de quatro segundos, Buck subiu com o carro num barranco na lateral, desceu para a esquerda de novo, e finalmente retomou a estrada, acelerando como se nada tivesse acontecido, enquanto Doremus sentia os joelhos fraquejarem.

Durante um longo tempo, ele seguiu enrijecido de medo, mas se afundou na tristeza, com muito frio e surdo demais para sentir qualquer coisa exceto um leve desejo de vomitar quando o carro balançava. Provavelmente dormiu, pelo menos acordou, e acordou com uma sensação de empurrar o carro ansiosamente colina acima, enquanto o veículo tossia e resfolegava no esforço de avançar pela subida escorregadia. E se o motor morresse? E se os breques falhassem e eles fossem escorregando para trás, ladeira abaixo, cambaleando, despencando pela estrada, caindo montanha abaixo? Foram várias as suposições que o torturaram, hora após hora.

Depois ele tentou ficar acordado e ser inteligente e útil. Notou que o para-brisa coberto de gelo, iluminado pela luz sobre a neve à frente, era um lençol de diamantes. Notou isso, mas não podia se dar ao luxo de pensar em diamantes, nem mesmo em lençóis.

Tentou uma conversa.

— Anime-se. Café da manhã ao amanhecer. Do outro lado da fronteira! — disse ele, tentando conversar com Sissy.

— Café da manhã! — disse ela num tom amargo.

E avançaram aos trancos e barrancos, naquele esquife móvel com apenas o lençol de diamantes e a silhueta de Buck vivos no mundo.

Depois de incontáveis horas, o carro empinou e voltou ao chão, empinou outra vez. O motor acelerou; seu ruído elevou-se para um ronco intolerável; mas o carro não parecia estar se movendo. O motor parou abruptamente. Buck praguejou, colocou a cabeça de volta para dentro feito uma tartaruga, tentou dar a partida, o que fez o carro roncar e gemer longamente. O motor roncou de novo, depois morreu de novo. Eles podiam ouvir galhos congelados estalando, o gemido de Bobão dormindo. O carro era uma barraca ameaçada pela tempestade no meio do nada. O silêncio parecia esperar, assim como eles estavam esperando.

— O que foi? — perguntou Doremus.

— Atolou. Sem tração. Pegamos um acúmulo de neve molhada. Deve ter vazado de alguma tubulação danificada, eu acho. Diabos! Tenho que sair do carro e dar uma olhada.

Fora do carro, enquanto Doremus tentava descer pelo estribo escorregadio, fazia muito frio, com um vento inclemente. Ele ficou tão rígido que mal podia se manter de pé.

Como todo mundo costuma fazer, sentindo-se importante e sensato para dar conselhos, Doremus examinou o acúmulo de neve molhada com uma lanterna, e Sissy olhou o acúmulo de neve molhada com a mesma lanterna, e Buck, impaciente, tomou a lanterna deles e olhou duas vezes.

— Vamos pegar uns...

— Uns galhos iam ajudar... — disseram Sissy e Buck ao mesmo tempo, enquanto Doremus esfregava as orelhas geladas.

Os três iam e vinham carregando fragmentos de galhos, colocando-os na frente das rodas, enquanto Mary perguntou polidamente de dentro do carro:

— Posso ajudar?

Mas nenhum dos três parecia ter ouvido a pergunta dela.

Os faróis iluminaram um barraco abandonado à margem da estrada; um casebre feito de madeira de pinho cinzento, sem pintura, com o vidro das janelas quebrado e sem porta. Emma, saindo do carro aos suspiros, e pisando através da neve granulosa com a delicadeza de um cavalo marchador num desfile, disse humildemente:

— Aquela casinha ali... talvez eu pudesse entrar lá e fazer um pouco de café quente no fogareiro a álcool. Não havia lugar para trazer uma garrafa térmica. Café quente, Dormouse?

Para Doremus ela soou, naquele momento, não como uma esposa, mas sensata como a Sra. Candy.

Quando o carro conseguiu avançar pela trilha de galhos e ficar, resfolegando, a salvo além do acúmulo de neve, eles foram para o abrigo do barraco e tomaram café e comeram fatias do voluptuoso bolo de coco da Sra. Candy. Doremus ponderou:

"Este é um bom lugar. Gosto deste lugar. Não sacoleja nem derrapa. Não quero sair deste lugar".

Mas saiu. A segura imobilidade do barraco ficara para trás, muitos escuros quilômetros atrás, e eles estavam mais uma vez sacolejando e ondulando e sentido náuseas e o frio implacável. David alternava entre chorar e voltar a adormecer. Bobão acordava para tossir inquisitivamente e voltava aos seus sonhos de caçar coelhos. E Doremus estava dormindo, a cabeça balançando como o topo do mastro de um navio que atravessa águas turbulentas, seu ombro encostado no de Emma, a mão quente próxima à de Sissy e sua alma num êxtase inominável.

Despertou para uma quase aurora sob uma película de neve. O carro estava parado no que parecia ser um povoado numa encruzilhada, e Buck estava examinando um mapa à luz da lanterna.

— Já chegamos em algum lugar? — sussurrou Doremus.
— Apenas mais uns quilômetros até a fronteira.
— Alguém nos parou?
— Não. Nós vamos conseguir, amigo.

Saindo de East Berkshire, Buck tomou não a estrada principal até a fronteira, mas uma velha trilha que atravessava um bosque, tão pouco usada que os sulcos no chão eram cobras gêmeas. Embora Doremus não dissesse nada, os outros sentiam sua intensidade, sua ansiedade que era como tentar ouvir um inimigo no escuro. David sentou-se, a manta azul ao redor dele. Bobão acordou, fungou, pareceu ofendido, mas, percebendo o espírito do momento, consoladoramente colocou uma pata no joelho de Doremus e insistiu num aperto de mãos, várias vezes, com a gravidade de um senador veneziano ou um agente funerário.

Caíram na penumbra de um vale cercado por árvores de três lados. Um holofote lançou um raio incandescente sobre eles, desnorteando-os de tal forma que Buck quase saiu da estrada.

— Maldição — disse ele baixinho. Ninguém mais disse nada.

Ele se aproximou da luz, que estava montada sobre uma plataforma em frente a um pequeno barracão. Dois Homens Minuto estavam do lado de fora, na estrada, e pareciam pingar irradiados pelo clarão que vinha do carro. Eram jovens e rústicos, mas tinham eficientes rifles de repetição.

— Para onde estão indo? — perguntou o mais velho, num tom bastante amigável.

— Para Montreal, onde moramos — disse Buck, mostrando sua habilitação canadense...

Motor a gasolina e luz elétrica, embora Doremus enxergasse no guarda de fronteira uma sentinela em 1864, examinando um salvo-conduto à luz de uma lamparina, ao lado de uma carroça em que se escondiam os espiões do General Joe Johnston disfarçados de trabalhadores rurais.

— Acho que está tudo certo. Parece em ordem. Mas tivemos alguns problemas com refugiados. Vocês vão ter de esperar até que o Líder do Batalhão chegue, talvez por volta de meio-dia.

— Mas, céus, senhor Inspetor, não podemos esperar tanto! Minha mãe está terrivelmente doente em Montreal.

— Hum, já ouvi isso antes! E talvez seja verdade desta vez. Mas receio que vocês vão ter de aguardar o Líder. Vocês podem entrar e se sentar perto do fogo, se quiserem.

— Mas temos de...

— O senhor ouviu o que eu falei!

Os Homens Minuto estavam manuseando seus rifles.

— Certo, mas vou dizer o que vamos fazer. Vamos voltar para East Berkshire e tomar um café da manhã e um banho e depois voltamos aqui, por volta do meio-dia.

— Certo! E olhe, irmão, parece muito engraçado vocês pegarem essa estrada secundária, quando existe uma rodovia de primeira qualidade. Até mais, fiquem bem... Não tentem isso de novo. O Líder pode estar aqui da próxima vez, e ele não é caipira como você e eu.

Os refugiados, à medida que se afastavam de carro, tiveram uma desconfortável sensação de que os guardas estavam rindo deles.

Tentaram passar por mais três postos de fronteira, e nos três foram obrigados a voltar.

— Então? — perguntou Buck.

— É isso mesmo. Vamos voltar para casa. Minha vez de dirigir — disse Doremus, cansado.

A humilhação da retirada era pior, no sentido de que nenhum dos guardas se deram ao trabalho de fazer nada além de rir deles. Estavam encurralados de tal maneira que aqueles que os encurralavam não precisavam se preocupar. A única emoção definida de Doremus, enquanto faziam o caminho de volta na direção do sorriso sarcástico de Shad Ledue e para o "Nunca pensei" da Sra. Candy, foi o arrependimento por não ter matado um guarda.

— Agora sei por que homens como John Brown se transformaram em assassinos malucos.

24

Ele não conseguia saber se Emil Staubmeyer, e por intermédio dele Shad Ledue, sabiam ou não que ele havia tentado fugir. Será que Staubmeyer realmente parecia mais bem-informado, ou estaria Doremus apenas imaginando? Que diabos ele quisera dizer ao fazer a observação de que "ouvi falar que as estradas rumo ao norte não estão nada boas, nada boas"? Sabendo eles ou não, era opressivo que ele devesse ficar apavorado diante da hipótese de um trabalhador braçal analfabeto feito Shad Ledue descobrir que ele desejava ir para o Canadá, e que um sádico da palmatória como Staubmeyer, um Squeers[45] com diplomas de "pedagogia", passasse a bater em adultos em vez de castigar meninos levados e fosse editor do *Informer*. O *Informer* de Doremus! Staubmeyer! *Aquela* lousa humana!

Dia a dia Doremus achava mais e mais agoniante, mais capaz de levá-lo à fúria, escrever qualquer coisa que mencionasse Windrip. Seu escritório particular, a sala de linotipo com seu estrépito alegre, a ruidosa sala de impressão com seu cheiro de tinta, que para ele até

---

[45] Wackford Squeers é um personagem do romance *Nicholas Nickleby*, de Charles Dickens. Trata-se de um "mestre-escola" inculto e cruel, que castiga pesadamente as crianças da escola que dirige; a escola acolhe crianças indesejadas pelos pais por portarem deficiências. (N. T.)

agora havia sido como o cheiro da maquiagem para um ator, agora eram odiosos e sufocantes. Nem mesmo a crença de Lorinda, nem mesmo as brincadeiras de Sissy e as histórias de Buck, nada disso lhe dava esperança.

Ficou extremamente feliz, portanto, quando seu filho Philip telefonou de Worcester:

— Vão estar em casa no domingo? Merilla está em Nova York, passeando, e eu fiquei completamente sozinho aqui. Pensei em ir até aí passar o dia e ver como andam as coisas aí no seu pedaço.

— Venha mesmo! Esplêndido! Faz tanto tempo que não nos encontramos com você. Vou falar para a sua mãe começar a preparar o feijão desde já!

Doremus ficou feliz. Demorou um pouco para que sua maldita tendência à dúvida viesse para estragar sua alegria, quando se perguntou se não era apenas um mito mantido desde a infância que Phillip gostava tanto do feijão e do pão preto de Emma; e também se perguntou por que era que americanos modernos como Philip sempre usavam as ligações interurbanas, preferindo-as à opção terrível de ditar uma carta um ou dois dias antes. Não parecia tão eficiente, refletiu o editor antiquado do interior, gastar 75 centavos numa chamada telefônica para economizar cinco centavos de seu tempo.

"Ora, pare com isso!", refletiu Doremus. "Vou ficar felicíssimo em ver o menino! Aposto que não existe um jovem advogado mais inteligente em Worcester. Aí está um membro da família que realmente é bem-sucedido!

Ele ficou um pouco chocado quando Philip entrou, como uma procissão de um homem só, na sala de estar, no final da tarde de sábado. Ele se esquecera de como seu íntegro jovem advogado estava ficando calvo, mesmo aos 34 anos. E lhe parecia que Philip estava um pouco pesado e formal nas palavras, e meio cordial demais.

— Caramba, Pai! Você não imagina como é bom estar de volta à velha cidade. Mamãe e as meninas estão lá em cima? Caramba, Pai, foi terrível, o assassinato do pobre Fowler. Horrível! Fiquei simplesmente horrorizado. Deve ter havido algum engano, porque o Juiz Swan tem uma ótima reputação por sua conduta escrupulosa.

— Não houve engano algum. Swan é um crápula! Literalmente! — respondeu Doremus, soando menos paternal do que no momento que saltara de pé para um aperto de mãos com seu amado pródigo.

— Verdade? Temos de conversar sobre isso. Vou ver se é possível uma investigação mais rigorosa. Swan? Com certeza vamos examinar o caso todo. Mas primeiro preciso ir rapidinho lá em cima para dar um beijão na Mamãe, na Mary e na pequena Sis.

E aquela foi a última vez que Philip mencionou Effingham Swan ou qualquer "investigação mais rigorosa" dos atos dele. Durante a tarde inteira, ele foi incansavelmente filial e fraternal, e sorria como um vendedor de automóveis quando Sissy reclamou:

— Para que tanto derramamento de ternura, Philco?

Doremus e ele só puderam ficar a sós por volta da meia-noite.

Sentaram-se lá em cima, no estúdio sagrado. Philip acendeu um dos excelentes charutos de Doremus como se fosse um ator de cinema fazendo o papel de um homem acendendo um excelente charuto, e respirou fundo, com um ar amigável.

— Olha, este charuto é excelente! Com certeza, é excelente!

— Claro, e por que não seria?

— Ah, quero dizer... eu estava apenas apreciando...

— O que foi, Phil? Tem algo passando pela sua cabeça. Diga logo o que é! Não andou brigando com a Merilla, né?

— Não, de jeito nenhum. Com certeza, de jeito nenhum. Olha, eu não aprovo tudo o que a Merry faz... ela é um pouco extravagante, mas tem um coração de ouro, e deixe-me dizer, *Pater*, não há uma jovem da sociedade em Worcester que cause melhor impressão que ela, especialmente nos jantares formais.

— Tudo bem, então. Vamos ao que interessa, Phil. Alguma coisa séria?

— Si-im, acho que tem alguma coisa séria sim. Olhe, Pai... Por favor, sente-se e se acomode! Fiquei terrivelmente perturbado ao ouvir que você teve problemas com algumas autoridades.

— Você está se referindo aos Corpos?

— É claro! Quem mais poderia ser?

— Talvez eu não os reconheça como autoridades.

— Ah, ouça, *Pater*, por favor, não brinque agora! Estou falando sério. Na verdade, ouvi dizer que você enfrenta um pouco mais do que "alguns probleminhas" com eles.

— E quem poderia ser seu informante?

— Ah, são apenas cartas, velhos amigos de escola. Veja, você *não está* exatamente a favor do Corpo, está?

— Como você ficou sabendo?

— Bem, eu estive... Eu mesmo não votei para Windrip, mas começo a ver onde errei. Posso ver agora que ele não só tem um grande magnetismo pessoal, mas um verdadeiro poder construtivo. Ele realmente domina a arte de governar. Alguns dizem que quem está por trás de tudo é Lee Sarason, mas não acredite nisso, de jeito nenhum. É só lembrar tudo o que Buzz fez no passado em seu estado natal, antes mesmo de ter se aliado a Sarason! E alguns dizem que Windrip é cruel. Ora, Lincoln e Jackson também foram cruéis. Agora, o que penso de Windrip...

— A única coisa que você deve pensar de Windrip é que os capangas dele assassinaram seu cunhado, que era um ótimo sujeito! E um monte de outros homens, bons iguais a ele. Você concorda com esses assassinatos?

— Não! Claro que não! Como você pode sugerir uma coisa dessas, Pai? Ninguém abomina mais a violência do que eu. Mesmo assim, não dá para fazer uma omelete sem quebrar uns ovos...

— Maldição! Danação!

— Que foi, *Pater?*

— Não me chame de *Pater*! Se eu ouvir mais uma vez coisa de "não dá para fazer uma omelete", eu mesmo vou começar a cometer um assassinatozinho! Essa frase é usada para justificar qualquer atrocidade sob o despotismo, fascista ou nazista ou comunista ou da luta trabalhista americana. Omelete! Ovos! Meu Deus do céu! As almas e o sangue dos homens não são cascas de ovos que os tiranos podem quebrar!

— Ah, sinto muito, Pai. Talvez a frase esteja meio desgastada! Só quero dizer... Estou apenas tentando entender essa situação de uma forma realista!

— De forma realista?! Essa é mais uma frase adocicada para justificar o assassinato.

— Mas, honestamente, você sabe... acontecem coisas horríveis, graças à imperfeição da natureza humana, mas você pode perdoar os meios se os fins são uma nação rejuvenescida que..

— Não posso fazer coisa nenhuma desse tipo! Nunca poderei perdoar meios maldosos, mentirosos e cruéis, e menos ainda perdoo fanáticos que se servem desses meios como uma desculpa! Citando uma ideia de Romain Rolland, um país que tolera meios maldosos (modos ou padrões de ética maldosos) durante uma geração, ficará tão envenenado que nunca vai chegar a um bom fim.

Estou curioso, mas será que você sabe com que perfeição você está citando todos os apologistas bolcheviques que zombam da decência e da bondade e da sinceridade nas práticas diárias, classificando-as como "moral burguesa"? Eu não sabia que você tinha ficado tão marxista-materialista!

— Eu? Marxista? Deus do céu!!

Doremus ficou satisfeito por ter podido arrancar seu filho de sua atitude presunçosa de "se-vossa-excelência-por-favor". Philip continuou:

— Ora! Uma das coisas que mais admiro nos Corpos é que, até onde sei, com certeza (tenho informações confiáveis de Washington) eles nos salvaram de uma terrível invasão por agentes vermelhos de Moscou. Comunistas que fingiam ser líderes trabalhistas decentes.

— Não é verdade!

Teria o idiota esquecido que seu pai era um jornalista, e que, portanto, não ficaria impressionado com "informações confiáveis de Washington"?

— Verdade! E para sermos realistas... desculpe, se você não gosta da palavra, mas para sermos... para sermos...

— Ok, realistas!

— Ok, então.

Doremus recordou-se de reações desse tipo da parte de Philip que tinham acontecido muito tempo antes. Afinal de contas, será que fora sensato da parte dele privar-se do prazer doméstico de dar uma surra naquele malcriado?

— A questão toda é que Windrip, ou, se quiser, os Corpos, estão aqui para ficar, *Pater*, e temos de basear nossas ações futuras não em alguma utopia desejada, mas naquilo que real e verdadeiramente temos. E pense no que eles realmente fizeram! Pense apenas, por exemplo, em como eles removeram as placas de propaganda das estradas, e acabaram com o desemprego, e sua simplesmente estupenda realização de livrar-se de todo crime!

— Deus do céu!
— Como? O que você disse, Pai?
— Nada, nada! Continue!
— Mas começo a perceber que as melhoras trazidas pelo Corpo não foram apenas materiais, mas também espirituais.
— É mesmo?
— É sim! Eles revitalizaram todo o país. Antes, nós éramos muito sórdidos, pensando apenas em posses e confortos materiais (na refrigeração elétrica, na televisão e no ar-condicionado. Meio que perdemos a solidez que caracterizava nossos ancestrais pioneiros. Veja só, tantos jovens estavam se recusando a fazer treinamento militar, eximindo-se da disciplina e força de vontade e bom companheirismo que você só consegue obter com o treinamento militar... Oh, me perdoe, eu esqueci que você era um pacifista.

Doremus murmurou com austeridade:
— Já não sou mais...
— É normal que haja muitas coisas em que possamos discordar, Pai. Mas, afinal de contas, como um jornalista, você deveria ouvir a Voz da Juventude.
— Você? Juventude? Você não é jovem. Mentalmente, você tem dois mil anos. Você data de mais ou menos 100 a.C. com suas belas teorias imperialistas.
— Não! Mas você precisa escutar, Pai! Por que você acha que me abalei lá de Worcester só para vê-lo?
— Só Deus sabe!
— Quero me fazer claro. Antes de Windrip, estávamos paralisados na América, enquanto a Europa se libertava de todos os seus grilhões (tanto a monarquia quanto o antiquado sistema parlamentarista-democrático-liberal que realmente significa o governo de políticos profissionais e de "intelectuais" egocêntricos). Temos de alcançar a

Europa de novo. Temos de nos expandir. É a regra da vida. Uma nação, como um ser humano, precisa ir para a frente, ou irá para trás. Sempre!

— Eu sei, Phil. Eu costumava escrever essa mesma coisa, com as mesmas palavras, antes de 1914!

— Costumava escrever mesmo? Bem, de qualquer forma... Temos de nos expandir! Ora, o que temos de fazer é tomar conta de todo o México e talvez da América Central, e de uma boa fatia da China. Ora, e isso vamos fazer para o bem *deles*, desgovernados como são! Talvez eu esteja errado, mas...

— Impossível!

— ...Windrip e Sarason e Dewey Haik e Macgoblin, todos esses sujeitos. Eles são *grandes*. Estão me fazendo parar para pensar! E agora vir aqui na minha missão...

— Você acha que devo dirigir o *Informer* de acordo com a teologia do Corpo!

— Sim... é isso mesmo! Era mais ou menos isso que eu ia dizer. Só não entendo por que você não foi mais razoável em relação à coisa toda. Você, um cara tão inteligente! Afinal de contas, o tempo do individualismo egoísta já passou. Temos de ter ações em massa. Um por todos e todos por um...

— Philip, você poderia me dizer aonde diabos você *realmente* quer chegar? Desembuche de uma vez por todas!

— Bem, já que você insiste em "desembuchar", como você diz (não muito educadamente, ao que me parece, já que eu me dei ao trabalho de vir lá de Worcester até aqui!)... Tenho informações confiáveis de que você vai se meter em problemas sérios se não parar de se opor, ou pelo menos explicitamente deixar de apoiar... o governo!

— Tudo bem! E daí? Esse é o *meu* problema sério!

— É exatamente essa a questão! Não é não. Eu realmente penso que, pelo menos uma vez na sua vida, você poderia pensar na Mamãe e nas meninas, em vez de ficar com suas próprias "ideias" egoístas, das quais tanto se orgulha! Em uma crise como esta, não é nada engraçado ficar posando de "liberal" excêntrico.

A voz de Doremus parecia agora um rojão.

— Desembuche, eu já disse! O que você quer? O que o Corpo significa para você?

— Fui contatado sobre a elevada honra de me tornar um assistente de juiz militar, mas sua atitude, como meu pai...

— Philip, eu acho... eu realmente acho, que devo lhe lançar minha maldição de pai, nem tanto por você ser um traidor, mas porque se tornou um arrogante pretensioso! Boa noite!

25

Os feriados foram inventados pelo diabo para coagir as pessoas a acreditarem na heresia de que a felicidade pode ser conquistada quando paramos para pensar. O que foi planejado para ser um dia ruidoso de alegria para o primeiro Natal de David com seus avós foi, eles percebiam muito bem, talvez o último Natal de David com eles. Mary havia ocultado seu choro, mas no dia antes do Natal, quando Shad Ledue entrou com seus coturnos na sala para perguntar a Doremus se Karl Pascal já havia falado com ele sobre comunismo, Mary se aproximou de Shad na entrada, olhou para ele, ergueu a mão como um gato boxeador e disse com uma apavorante calma:

— Seu assassino! Vou matar você e vou matar Swan!

Dessa vez Shad pareceu não ter achado graça.

Para fazer da ocasião a melhor imitação de alegria possível, eles fizeram muito barulho, mas seu azevinho, suas estrelas brocadas em um alto pinheiro, sua devoção familiar em uma serena casa antiga em uma cidadezinha, no fundo não eram diferentes de uma desesperada noite de bebedeira na cidade. Doremus refletiu que poderia ter sido melhor se todos eles ficassem bêbados e se soltassem, com os cotovelos sobre mesas sujas de algum café, do que ficar tentando fingir um êxtase familiar. Ele agora tinha mais um motivo para odiar os Corpos. Eles haviam lhe roubado a segura afeição do Natal.

Para o almoço, Louis Rotenstern foi convidado, porque era um solteirão inveterado e, mais ainda, porque era judeu, inseguro agora e desprezado e ameaçado em uma ditadura insana. (Não há maior elogio aos judeus do que o fato de que sua impopularidade é sempre a medida científica da crueldade e estupidez do regime sob o qual eles vivem, de modo que mesmo um judeu mercantilista, amante do dinheiro e de humor pesado como o burguês Rotenstern era um medidor sensível do barbarismo.) Após o almoço, Buck Titus, o favorito de David, chegou trazendo quantidades estonteantes de caminhões, tratores e carros de bombeiro e um verdadeiro conjunto de arco-e-flecha da Woolworth, e pedindo com uma voz rouca que a Sra. Candy dançasse com ele o que ele, sem muita precisão, chamava de "o passinho leve", quando batidas pesadas soaram na porta.

Aras Dilley entrou ruidosamente, com quatro homens.

— Procurando Rotenstern. Oh, é você, Louie? Pegue seu casaco e vamos... ordens.

— Por que motivo? O que querem com ele? Qual é a acusação? — perguntou Buck, ainda com o braço em torno da envergonhada cintura da Sra. Candy.

— Não sei se tem acusação. Apenas ordens de que ele vá ao quartel-general para ser interrogado. O Comandante de Distrito Reek está na cidade. Só fazendo umas perguntas pra algumas pessoas. Vamos lá, *você!*

Os alegres celebrantes não foram, como haviam planejado, até a taverna de Lorinda para esquiar. No dia seguinte ficaram sabendo que Rotenstern fora levado para o campo de concentração em Trianon, juntamente com aquele velho e rabugento conservador, Raymond Pridewell, da loja de ferragens.

As duas prisões eram inacreditáveis. Rotenstern havia sido muito humilde. E se Pridewell nunca havia sido humilde, se ele havia constante e petulantemente proclamado em alto e bom som que nunca dera importância para Shad Ledue como um contratado faz-tudo e agora dava menos importância a ele como um governador local, bem... Pridewell era uma instituição sagrada. Seria o mesmo que levar presa a Igreja Batista das pedras marrons.

Mais tarde, um amigo de Shad Ledue assumiu a loja de Rotenstern. Aqui *pode* acontecer, meditou Doremus. Poderia acontecer com ele. Quando? Antes de ir preso, ele precisava apaziguar sua consciência, demitindo-se do *Informer*.

O Professor Victor Loveland, que antes lecionara Estudos Clássicos no Isaiah College, tendo sido demitido de um campo de trabalho por incompetência para ensinar Aritmética a lenhadores, estava na cidade, com mulher e filhos pequenos, a caminho de um emprego no escritório da pedreira de ardósia de seu tio, perto de Fair Haven. Foi visitar Doremus e estava histericamente alegre. Visitou também Clifford Little (deu uma passadinha para visitá-lo, como diria Clifford). Ora, aquele inquieto e intenso joalheiro, Clifford, que nascera numa fazenda de Vermont e tinha sustentado a mãe até que ela morreu quando ele tinha trinta anos, desejara ir para a faculdade e, especialmente, estudar grego. Embora Loveland tivesse a mesma idade dele, os dois com trinta e poucos anos, Clifford o considerava como uma combinação de Keats e Liddel. Seu mais grandioso momento fora quando ouvira Loveland lendo Homero.

Loveland estava apoiado no balcão.

— Continuou estudando sua gramática, Clifford?

— Puxa, Professor, parece que não vale mais a pena. Acho que sou um fracalhão, mas nestes tempos tudo o que consigo fazer é ir sobrevivendo.

— Eu também. E não me chame de "Professor". Sou um controlador de horas de trabalho numa pedreira de ardósia. Que vida!

Eles não haviam percebido o homem desajeitado, em roupas simples, que acabara de entrar. Presumivelmente, era um cliente. Mas ele resmungou:

— Então as bonecas não gostam do jeito como as coisas estão indo hoje em dia? Suponho que também não gostem dos Corpos! Não pensam que o Chefe é grande coisa — disse o sujeito, apertando seu polegar nas costelas de Loveland de forma tão dolorosa que Loveland ganiu:

— Eu não penso nada dele!

— Não pensa, hein? Bem, as duas fadinhas podem me acompanhar até o tribunal!

— Oh, quem pode ser você?

— Ah, apenas um alferes junto aos Homens Minuto, isso é tudo.

Ele tinha uma pistola automática.

Loveland não apanhou muito, porque conseguiu ficar com a boca fechada. Mas Little se comportou de forma tão histérica que o deitaram em uma mesa de cozinha e decoraram suas costas desferindo 40 golpes com uma vareta de metal usada para limpar espingardas. Eles descobriram que Clifford usava roupa de baixo de seda amarela, e os Homens Minuto das fábricas e das lavouras riram bastante; particularmente um jovem inspetor grandalhão que, segundo se comentava, tinha uma amizade apaixonada com um líder de batalhão de Nashua, que era gordo, usava óculos e tinha uma voz aguda.

Little precisou ser carregado até o caminhão que o levou, junto com Loveland, para o campo de concentração de Trianon. Um de seus olhos estava fechado e circundado de tantos hematomas que o motorista dos Homens Minuto disse que parecia uma omelete espanhola.

O caminhão tinha uma carroceria aberta, mas eles não podiam fugir, porque os três prisioneiros nessa viagem estavam com suas mãos acorrentadas às dos outros. Ficaram deitados no chão da carroceria. Estava nevando.

O terceiro prisioneiro não se parecia muito com Loveland ou Little. Seu nome era Ben Tripper. Ele trabalhara no moinho de Medary Cole. Não ligava mais para a língua grega do que ligava um babuíno, mas ligava para seus seis filhos. Fora preso por tentar golpear Cole e por amaldiçoar o regime do Corpo quando Cole reduzira seu salário de nove dólares por semana (na época pré- -Corpo) para sete e cinquenta.

Quanto à mulher e às criancinhas de Loveland, Lorinda as acolheu até que conseguisse passar o chapéu e coletar o suficiente para enviar as crianças para a família da Sra. Loveland, para um sítio pedregoso no Missouri. Mas então as coisas melhoraram. A Sra. Loveland caiu nas graças do proprietário grego de um restaurante e conseguiu trabalho lavando pratos e satisfazendo de outras maneiras o proprietário, que passava brilhantina no bigode.

A administração do condado, em uma proclamação assinada por Emil Staubmeyer, anunciou que ia regularizar a agricultura nas terras improdutivas lá no alto do Mount Terror. Para começar, meia dúzia das famílias mais pobres foram transferidas para a grande, quadrada, quieta e velha casa daquele grande, quadrado, quieto e velho agricultor, Henry Veeder, primo de Doremus Jessup. Essas famílias mais pobres tinham muitos filhos, muitos mesmo, de modo que havia quatro ou cinco pessoas dormindo no chão de cada quarto da casa em que Henry e sua mulher haviam vivido placidamente, sozinhos, desde que seus próprios filhos cresceram. Henry não gostou da história e disse isso, de forma não muito habilidosa, aos Homens Minuto que estavam escoltando os refugiados. O pior foi que os despossuídos também não gostaram nada da história.

— Não é grande coisa, mas nós tem a nossa casa. Não sei por que nós tem que ficar apinhado na casa do Henry — disse um deles. — Não quero que me perturbem, e não quero perturbar os outros. Nunca gostei daquela cor amarela esquisita que o Henry usou para pintar o celeiro, mas acho que isso é problema dele.

Assim, Henry e dois dos agricultores regularizados foram levados para o campo de concentração de Trianon, e o resto permaneceu na casa de Henry, sem fazer nada exceto acabar com a grande despensa de Henry e aguardar mais ordens.

"E antes que eu seja mandado para me juntar a Henry e Karl e Loveland, preciso acertar as contas" — jurou Doremus, por volta do final de janeiro. E marchou para se encontrar com o Comissário de Condado Ledue.

— Quero sair do *Informer*. Staubmeyer já aprendeu tudo o que posso ensinar a ele.

— Staubmeyer? Ah, você quer dizer o Comissário Assistente Staubmeyer?

— Vá se catar, ok? Não estamos num desfile, nem estamos brincando de soldadinhos; se importa que eu me sente?

— Não me parece que você se preocupa muito se eu me importo ou não! Mas posso lhe dizer, aqui e agora, Jessup, sem nenhuma enrolação, que você não vai largar seu emprego. Acho que eu poderia encontrar razões suficientes para mandar você para Trianon por um milhão de anos, com noventa chibatadas, mas... mas você sempre foi tão cheio de si, achando que era aquele editor honestíssimo, que gosto de ver você beijando os pés do Chefe. E os meus também!

— Não vou mais fazer nada disso! Pode ter certeza. E admito que mereço seu desprezo por ter feito isso por um tempo!

— Nossa, que elegante! Mas você vai fazer exatamente o que eu disser, e sem cara feia! Jessup, acho que você pensa que eu me diverti muito quando era seu empregado! Vendo você, a sua velha e as meninas indo fazer um piquenique enquanto eu... ora, eu era só seu empregado, com sujeira nas minhas orelhas, a sua sujeira! Eu ficava em casa e limpava o porão.

— Talvez nós não quiséssemos tê-lo conosco, Shad. Bom dia!

Shad riu. Havia o som dos portões do campo de concentração de Trianon naquela risada.

Na verdade, foi Sissy que deu a ideia a Doremus.

Ele foi de carro até Hanover para se encontrar com o superior de Shad, o Comissário de Distrito John Sullivan Reek, aquele antigo político jovial e de cara vermelha. Doremus só foi admitido após ter esperado meia hora. Ficou chocado ao constatar como Reek havia ficado pálido, hesitante e amedrontado. Mas o Comissário tentou impor sua autoridade.

— Bem, Jessup, o que posso fazer por você?

— Posso ser franco?

— Ora, ora, é claro que sim! Franqueza sempre foi uma característica minha!

— Espero que sim, Governador! Percebo que não tenho mais nenhuma utilidade no *Informer*, em Fort Beulah. Como você provavelmente sabe, tenho treinado Emil Staubmeyer para ser meu sucessor. Bem, ele agora está bastante capaz de assumir a função. E eu quero sair. Eu realmente ó estou atrapalhando.

— Por que você não fica por ali e vê o que ainda pode fazer para ajudá-lo? Haverá poucos empregos surgindo de tempos em tempos.

— Porque me dá nos nervos receber ordens onde eu costumava dar ordens durante tantos anos. Você entende isso, não entende?

— Meu Deus, e como entendo... Bem, vou pensar no assunto. Você não se importaria em escrever pequenos textos para minha folha, em casa? Sou sócio de um jornal lá.

— Não, não me importo... Ficaria deliciado!

"Será que isso significa que Reek acredita que a tirania do Corpo vai pelos ares, em uma revolução, de modo que ele está começando a se preparar? Ou apenas que ele está lutando para não ser mandado embora?", perguntou-se Doremus

— Sim, entendo como você se sente, Irmão Jessup.

— Obrigado! Você se importaria em mandar por meu intermédio um bilhete para o Comissário de Condado Ledue, dizendo para ele me liberar, sem nenhum prejuízo? Uma mensagem que fosse veemente?

— Não, nem um pouco. Espere um minuto, velho amigo. Vou escrevê-lo agora mesmo.

Doremus fez o mínimo de cerimônia possível quando deixou o *Informer*, que fora seu trono por 37 anos. Staubmeyer foi condescendente. Doc Ittchitt parecia irônico, mas o pessoal da oficina, liderado por Dan Wilgus, o cumprimentou efusivamente. E assim, aos 62 anos, mais forte e motivado do que estivera em toda a sua vida, Doremus não tinha nada mais importante a fazer do que tomar café da manhã e contar ao seu neto histórias sobre o elefante.

Mas isso durou menos de uma semana. Tentando não despertar suspeitas em Emma e Sissy, e até em Buck e Lorinda, ele chamou Julian à parte.

— Olhe aqui, rapaz. Acho que chegou a hora de eu começar a promover um bocado de alta traição. Pelo amor de Deus, mantenha tudo isso em absoluto segredo. Não sugira nada, nem mesmo para Sissy! Acho que você sabe, os comunistas são muito teocráticos para o meu gosto. Mas ao que me parece eles têm mais coragem e devoção e estratégia inteligente que qualquer outra pessoa desde os primeiros Mártires Cristãos (com quem eles também se parecem por serem cabeludos e gostarem de catacumbas). Quero entrar em contato com eles e ver se existe algum trabalho sujo nas encruzilhadas que eu possa fazer por eles; por exemplo, distribuir alguns Tratados Cristãos antigos escritos por São Lênin. Mas, é claro, teoricamente, os comunistas foram todos presos. Você poderia entrar em contato com Karl Pascal, em Trianon, e descobrir com quem eu poderia conversar?

Disse Julian:

— Acho que eu posso. O Dr. Olmsted é chamado lá algumas vezes para resolver uns casos. Eles o odeiam, porque ele os odeia, mas mesmo assim, o médico que eles têm lá no campo é um bêbado vagabundo, e eles precisam um médico de verdade por lá quando um dos vigias deles arrebenta o punho batendo em algum prisioneiro. Vou tentar, Sr. Jessup.

Dois dias depois Julian retornou.

— Meu Deus, que esgoto é o campo de Trianon! Eu já fui lá com o Dr. Olmsted antes, de carro, mas nunca tive a coragem de entrar. Os prédios eram bons, bem bonitos, quando pertenciam à escola para moças. Agora as instalações e equipamentos estão todos estragados, e eles colocaram tapumes para separar as celas, e todo o lugar fede a ácido carbólico e excrementos, e o ar... não existe ar, a gente se sente como se estivesse fechado numa caixa. Não sei como alguém consegue viver em uma daquelas celas sequer por uma hora, e apesar disso há seis homens amontoados em uma cela de 3m por 3,5m, com um teto da altura de apenas 2m, sem luz a não ser uma lâmpada no teto que eu acho que tem 25 watts. Não dá pra ler com aquela luz. Mas eles saem dali para fazer exercícios durante duas horas por dia: andar e andar em torno do pátio. Estão todos tão curvados e parecem tão envergonhados, como se a capacidade de resistir tivesse sido arrancada deles a pancadas. Até Karl, um pouco, e o senhor se lembra como ele era orgulhoso e um pouco sardônico. Bem, consegui vê-lo, e ele diz para o senhor entrar em contato com este homem... aqui, eu anotei, e, pelo amor de Deus, queime este papel assim que tiver memorizado as informações.

— Ele foi... Eles...?

— Sim, sim, bateram nele, com certeza. Ele não quis falar sobre o assunto. Mas havia uma cicatriz no rosto, que ia da têmpora até o queixo. E eu vi só de relance o Henry Veeder. Lembra como ele era, como um tronco de carvalho? Agora ele treme o tempo todo, e pula e fica ofegante quando ouve um ruído repentino. Ele não me reconheceu. Acho que não reconhece ninguém.

Doremus anunciou para a família e em voz alta declarou, em Gate,[46] que ainda estava pensando em comprar a opção de um pomar de maçãs, para provavelmente se

....

[46] Referência a 2 Samuel 1:20. "Não o noticieis em Gate, não o publiqueis nas ruas de Asquelom". O sentido é o contrário no contexto do romance. Para esconder seu verdadeiro objetivo, Doremus cuidou de anunciar publicamente que ainda estava interessado no pomar de maçãs. (N. T.)

aposentar, e viajou para o Sul, levando pijama, escova de dentes e o primeiro volume de *O Declínio do Ocidente*, de Spengler, em uma pasta.

O endereço fornecido por Karl Pascal era o de um muito distinto negociante de toalhas de altar e vestes sacerdotais, que tinha sua loja e escritório em cima de uma casa de chá em Hartford, Connecticut. Ele falou sobre o címbalo e a *spinetta di serenata* e a música de Palestrina durante uma hora, antes de mandar Doremus encontrar-se com um engenheiro ocupado na construção de um dique em New Hampshire, que o mandou encontrar-se com um alfaiate numa loja em uma rua secundária em Lynn, que finalmente o enviou para o norte de Connecticut e para o quartel-general leste do que restava dos comunistas na América.

Ainda carregando sua pequena pasta, ele subiu a pé uma escorregadia colina, onde nenhum automóvel transitaria, e bateu na porta verde desbotada de um chalé rural baixo, típico da Nova Inglaterra, escondido por velhos arbustos de lilases e espireias. Uma magra esposa rural abriu a porta com uma expressão hostil.

— Eu gostaria de falar com o Sr. Ailey, o Sr. Bailey ou o Sr. Cailey.

— Nenhum deles está em casa. O senhor vai ter de voltar mais tarde.

— Então vou esperar. Que mais se pode fazer nesses dias?

— Está bem. Entre.

— Obrigado. Entregue a eles esta carta.

O alfaiate o havia avisado:

— Fai parrecer tuto muito popo, as senhas e tuto o mais, mas se alguém do comitê centrral for pego...

Em seguida ele fez um som chiado e passou a tesoura pelo pescoço.

Doremus agora estava sentado no pequeno saguão próximo a um lance de escadas íngreme como a lateral de um telhado; um saguão revestido com um papel de parede ramoso e ilustrações de Currier e Ives, além de cadeiras de balanço de madeira pintadas de preto com almofadas de chita. Não havia nada para ler, além de um hinário metodista e um dicionário de mesa. O primeiro ele sabia de cor e, de qualquer forma, sempre amara ler dicionários, sendo que muitas vezes um deles o havia seduzido e afastado da redação de um editorial. Ficou alegremente sentado, examinando o livro:

    Fenil. *s.m. Química.* O radical univalente C_6H_5, considerado como a base de vários derivativos do benzeno, como o hidróxido de fenil C_6H_5OH.
    Ferecrateano. *s.m.* Trímetro coriâmbico catalético, ou glicônico catalético, composto de um espondeu, um coriambo e uma sílaba catalética.

"Nunca soube de nada *disso* antes! Me pergunto se agora sei...", pensou Doremus, satisfeito, antes de perceber que a observá-lo, carrancudo, a partir de um corredor muito estreito, estava um homem grande com cabelo grisalho revolto e um tapa-olho. Doremus o reconheceu de fotos. Era Bill Atterbury, mineiro, estivador, líder veterano dos Trabalhadores Industriais do Mundo, antigo líder grevista da Federação Americana do Trabalho, que havia passado cinco anos no Presídio Estadual de San Quentin, e outros cinco honoráveis anos em Moscou; agora era considerado o secretário do ilegal Partido Comunista.

— Sou o Sr. Ailey. Como posso ajudá-lo? — perguntou Bill.

Ele conduziu Doremus até um cômodo bolorento nos fundos onde, sentados a uma mesa que, provavelmente, sob os arranhões e placas de sujeira, era de mogno, estavam um homem atarracado com cabelo crespo cor de estopa, com rugas profundas na pele pálida e grossa do rosto, e um jovem esbelto e elegante que sugeria a Park Avenue.

— Comofai? — disse o Sr. Bailey em um sotaque judeu russo. Dele, Doremus não sabia nada, exceto que seu nome não era Bailey.

— 'Dia — disse rápido o Sr. Cailey, cujo nome era Elphrey, se Doremus estava adivinhando corretamente, e que era filho de um banqueiro milionário, irmão de um explorador, da esposa de um bispo e de uma condessa, ele mesmo sendo ex-professor de economia da Universidade da Califórnia.

Doremus tentou se explicar para esses conspiradores da ruína de olhos frios e ágeis.

— Você quer se tornar membro do Partido, no extremamente improvável caso de eles o aceitarem, e cumprir ordens, quaisquer ordens, sem questionamentos? — perguntou Elphrey, muito suavemente.

— Está perguntando se quero matar e roubar?

— Você andou lendo histórias de detetive sobre os "Vermelhos". Não. O que você teria de fazer seria muito mais difícil que a brincadeira de usar uma metralhadora. Você estaria disposto a esquecer que já foi um respeitável editor de jornal que ficava dando ordens, para caminhar através da neve, vestido como um vagabundo, a fim distribuir panfletos sediciosos, mesmo que, pessoalmente, você achasse que os panfletos não fariam o mínimo bem para a Causa?

— Bem... eu... eu não sei. Parece-me que eu, como um jornalista com uma boa experiência...

— Diabos! Nosso único trabalho é manter *longe* os "jornalistas com boa experiência"! Precisamos de coladores de cartazes com uma boa experiência, que gostam do cheiro da cola de trigo e odeiam dormir. E... mas você é um pouco velho pra isso... fanáticos malucos que saem e começam greves, sabendo que vão ser espancados e jogados no xilindró.

— Não, eu acho... eu... Olhem aqui. Tenho certeza de que Walt Trowbridge vai se unir aos socialistas, além de alguns ex-senadores radicais da esquerda e o pessoal do Partido Trabalhista Agrário...

Bill Atterbury soltou uma sonora gargalhada. Foi uma explosão tremenda, de certa forma apavorante.

— Sim, tenho certeza de que eles vão se juntar a nós, *todos* os imundos, traiçoeiros, débeis mentais, sociais fascistas reformistas como Trowbridge, que estão fazendo o trabalho dos capitalistas e trabalhando para a guerra contra a Rússia Soviética sem nem mesmo ter o mínimo bom senso de saber que estão fazendo isso e para ganhar um bom pagamento por sua desonestidade.

— Eu admiro Trowbridge! — rosnou Doremus.

— Não me diga!

Elphrey se levantou, quase cordial, e dispensou Doremus com as seguintes palavras:

— Sr. Jessup, eu mesmo cresci em uma sólida família burguesa, diferentemente desses camponeses, e eu aprecio o que está tentando fazer, mesmo que eles não apreciem. Imagino que a rejeição que sente por nós seja até mais forte do que a que sentimos pelo senhor.

— Está certo, Camarrada Elphrey. Tanto você quanto esse sujeito têm formigas dentrro de suas calças burguesas, como seu Hugh Johnson dirria — disse o russo Sr. Bailey, com uma risadinha.

— Mas eu só fico me perguntando se Walt Trowbridge não vai estar perseguindo Buzz Windrip enquanto vocês ainda estão discutindo se o Camarada Trótski foi uma vez culpado de rezar uma missa virado para o norte. Bom dia! — disse Doremus.

Dois dias depois ele narrou o acontecido a Julian, que disse, confuso:

— Fico pensando quem levou a melhor, o senhor ou eles.

Ao que Doremus respondeu:

— Acho que ninguém levou a melhor, exceto as formigas! De qualquer forma, agora sei que não só de pão preto viverá o homem, mas de toda palavra que procede da boca de Deus[47]... Os comunistas, intensos e estreitos; os ianques, tolerantes e rasos; não me admira que um Ditador possa nos manter separados e trabalhando para ele!

Mesmo nos anos 1930, quando as pessoas tinham uma crença radiante de que os filmes, o automóvel e as revistas de páginas brilhantes haviam acabado com o provincianismo de todas as grandes cidades americanas, em comunidades como Fort Beulah, todos os trabalhadores aposentados que não tinham dinheiro para ir para a Europa ou a Flórida ou a Califórnia, como Doremus, ficavam sem rumo como um cachorro velho numa tarde de domingo quando a família foi passear. Ficavam zanzando pelas lojas, pelos saguões de hotéis, na estação de trem e, na barbearia, ficavam satisfeitos, e não irritados, quando precisavam aguardar um quarto de hora até o momento de fazer sua barba trissemanal. Não havia cafés, como há na Europa Continental, e nenhum clube exceto o clube de campo, e esse era principalmente um santuário para pessoas mais jovens à noite e nos finais de tarde.

---

[47] Alusão a Mateus, 4:4, com o acréscimo do adjetivo "preto" após o termo "pão", para aludir também ao costume russo de consumir esse tipo de pão. (N. T.)

O superior Doremus Jessup, o intelectual, estava quase tão melancólico na aposentadoria quanto poderia ter ficado o Banqueiro Crowley.

Ele até fingia jogar golfe, mas não conseguia ver nenhum objetivo especial em interromper uma boa caminhada para atingir bolinhas com um taco e, pior de tudo, os campos estavam agora pontilhados de uniformes dos Homens Minuto. E ele não tinha estofo suficiente, como sem dúvida Medary Cole tinha, de se sentir bem-vindo, hora após horas, no saguão do Hotel Wessex.

Ficava em seu estúdio no terceiro andar e lia até que seus olhos já não aguentassem. Mas ele, irritado, sentia a irritação de Emma e a ira da Sra. Candy por terem um homem em casa o dia todo. Sim! Ele iria conseguir o que pudesse pela casa e pela pequena parcela de ações do *Informer* que o governo lhe havia deixado quando lhe tomaram o jornal, e ir... apenas ir... para as Montanhas Rochosas ou qualquer outro lugar que fosse novidade.

Mas percebia que Emma não queria de jeito algum ir para lugares novos; e percebia que Emma, para cujo caudaloso carinho sempre fora consolador voltar, depois do trabalho do escritório, o entediava e ficava entediada com ele o dia todo em casa. A única diferença é que ela não parecia capaz de admitir que alguém pudesse, sem uma real maldade ou qualquer intenção de se divorciar, se entediar com seu fiel cônjuge.

— Por que você não sai de carro e vai encontrar Buck ou Lorinda? — sugeriu ela.

— Você nunca sente um pouquinho de ciúme da minha garota, a Linda? — perguntou ele num tom casual, porque estava altamente concentrado em saber a resposta.

Ela riu.

— Você? Na sua idade? Como se alguém achasse que *você* pudesse ser um amante!

"Bem, Lorinda acha que sim", pensou ele, enfurecido, e imediatamente "saiu de carro" e foi vê-la, um pouco mais apaziguado com sua consciência que o acusava de sua lealdade dividida.

Apenas uma vez ele voltou ao escritório do *Informer*. Staubmeyer não estava à vista, e era evidente que o verdadeiro editor era aquele matuto, Doc Itchitt, que nem se levantou quando Doremus entrou nem ouviu quando ele deu sua opinião sobre a nova diagramação das páginas de correspondência rural.

Essa foi uma apostasia mais difícil de suportar do que a de Shad Ledue, pois Shad sempre tivera uma rústica certeza de que Doremus era um bobo, quase como as verdadeiras "pessoas da cidade", ao passo que Doc Itchitt antes havia apreciado as justas articulações, as superfícies polidas e as bases sólidas do trabalho de Doremus.

Dia após dia ele esperava. Grande parte de uma revolução é, para muitas pessoas, nada além da espera. Essa é uma das razões pelas quais os turistas raramente veem alguma coisa além de satisfação em uma população oprimida. A espera e sua irmã, a morte, parecem tão satisfeitas.

Há vários dias agora, no final de fevereiro, Doremus havia notado o corretor de seguros. Ele disse que era um Sr. Dimick; um Sr. Dimick de Albany. Era um homem cinzento e insosso, vestido com roupas cinzentas, empoeiradas e amassadas, e seus olhos esbugalhados olhavam com um fervor sem sentido. Você o encontrava por toda a cidade, nas quatro farmácias, no salão de engraxar sapatos, e toda hora ele repetia, num tom monótono.

— Meu nome é Dimick, Sr. Dimick de Albany, Albany, Nova York. E eu gostaria de saber se o senhor está interessado num novo tipo maravilhoso de seguro de vida. Maravilhoso!

Mas ele não soava como se ele próprio estivesse convencido de que o seguro era maravilhoso.

Era uma praga.

Estava sempre se arrastando para dentro de alguma loja nada acolhedora, e mesmo assim parecia vender poucas apólices, se é que vendia alguma.

Só depois de dois dias Doremus percebeu que o Sr. Dimick de Albany conseguia encontrá-lo num número surpreendente de lugares em um único dia. Quando ia saindo do Wessex, viu o Sr. Dimick encostado num poste, ostensivamente não olhando na direção dele, e mesmo assim três minutos depois e dois quarteirões adiante, o Sr. Dimick entrou atrás dele no Vert Mont Pool & Tobacco Headquarters e ouviu a conversa entre Doremus e Tom Aiken sobre incubadoras de peixes.

De repente Doremus gelou. Fizera questão de ir sorrateiramente até a cidade naquela noite e viu o Sr. Dimick conversando com o motorista de ônibus da linha Fort Beulah-Montpelier de uma forma que não era nada cinzenta. Doremus o encarou. O Sr. Dimick olhou para ele com olhos úmidos e grasnou:

— Boa noite, Sr. Doremus! Eu gostaria de conversar com o senhor sobre seguros alguma hora em que tiver disponibilidade — e foi embora.

Mais tarde, Doremus apanhou e limpou seu revólver, disse "Ai, caramba!", e o guardou. Ouviu um toque da campainha no momento em que fazia isso, e desceu a escada para encontrar o Sr. Dimick junto ao cabide de carvalho para chapéus, na entrada, esfregando seu chapéu.

— Eu gostaria de conversar com o senhor, se não estiver muito ocupado — disse ele, num guincho.

— Tudo bem, entre, sente-se.

— Alguém pode nos ouvir?

— Não. O que deseja?

O aspecto cinzento e lasso do Sr. Dimick desapareceu. Sua voz estava firme agora.

— Acho que seus Corpos locais estão atrás de mim. Preciso me apressar. Venho da parte de Walt Trowbridge. Você provavelmente adivinhou, eu estive vigiando você a semana inteira, fazendo perguntas a seu respeito. Você precisa ser o nosso representante e o representante de Trowbridge aqui. Guerra secreta contra os Corpos. O "N.S.", o "Novo Subterrâneo", nós o chamamos, como o Subterrâneo secreto que levava os escravos para o Canadá antes da Guerra Civil. Quatro funções: Imprimir propaganda, distribuí-la, coletar e trocar informações sobre os ultrajes do Corpo, levar suspeitos para o Canadá ou o México. Claro que você não sabe nada sobre mim. Posso ser um espião do Corpo. Mas examine estas credenciais e telefone para seu amigo, o Sr. Samson, da Burlington Paper Company. Pelo amor de Deus, tenha cuidado! O telefone pode estar grampeado. Pergunte a ele sobre mim dizendo que está interessado em seguros. Ele é um dos nossos. Você vai ser um dos nossos. Agora, *telefone!*

Doremus telefonou para Samson.

— Oi, Ed, você sabe se um sujeito chamado Dimick, com uma aparência meio molambenta, olhos esbugalhados, é gente boa?

— É sim. Trabalha para Trowbridge. Com certeza. Você pode vir de carro com ele.

— Estou indo.

26

A sala de composição do *Informer* fechava às 11 da noite, pois o jornal precisava ser distribuído em cidades que ficavam a 60 quilômetros de distância e não publicava outra edição local mais tarde. Dan Wilgus, o chefe da sala de composição, permaneceu depois que os outros haviam ido embora, preparando um cartaz dos Homens Minuto anunciando que haveria um grande desfile no dia 9 de março, e que, incidentalmente, o Presidente Windrip estava desafiando o mundo.

Dan parou, lançou um olhar atento ao seu redor, e foi pisando duro até o estoque. À luz que vinha de uma lâmpada empoeirada, o lugar parecia um túmulo de notícias mortas, com antigos cartazes vermelhos e pretos de feiras do interior da Escócia e provas de rimas indecentes coladas nas paredes. De uma caixa de tipos com corpo oito, antigamente usada para a composição de panfletos, mas agora superada por um monotipo, Dan foi pegando vários tipos de cada um dos diversos compartimentos, embrulhou-os em papel de impressão e em seguida os guardou no bolso de sua jaqueta. As caixas de tipos violadas pareciam cheias apenas pela metade, e para disfarçar isso Dan fez algo que teria chocado qualquer impressor decente, mesmo que estivesse em greve. Ele as encheu com tipos não de outro estojo de tipos de corpo oito, mas com tipos antigos de corpo dez.

Daniel, grande e peludo, furtando ardilosamente os pequeninos tipos, era absurdo como um elefante brincando de ser uma galinha.

Ele apagou as luzes no terceiro andar e foi descendo os degraus pesadamente. Deu uma olhada nas salas da editoria. Ninguém estava lá, exceto Doc Itchitt, em um pequeno círculo de luz que através da viseira sobre seu olho lançava uma luz verde sobre seu rosto doentio. Estava corrigindo um artigo escrito pelo editor titular, o Alferes Emil Staubmeyer, e ria com escárnio enquanto riscava o papel com um grande lápis preto. Ergueu a cabeça, assustado.

— Oi, Doc.

— Olá, Dan. Trabalhando até mais tarde?

— É, acabei de terminar uma tarefa. Boa noite.

— Me diga uma coisa, Dan, você tem visto o velho Jessup ultimamente?

— Nem me lembro de quando o vi, Doc. Ah, sim, eu cruzei com ele na loja Rexall, uns dias atrás.

— Ainda azedo com o regime?

— Ah, ele não disse nada, aquele maldito imbecil! Mesmo que não goste dos bravos rapazes de uniforme, ele precisaria perceber que o Chefe está aqui para ficar, diacho!

— Com certeza, precisaria sim! E o regime é ótimo. A gente consegue ter progresso no trabalho de jornal agora, e a gente não é mais impedido por um bando de esnobes que acham que são tão cultos só porque fizeram faculdade!

— Isso mesmo! Bem, pros diabos com Jessup e os outros metidos. Boa noite, Doc!

Dan e o Irmão Itchitt saudaram os Homens Minuto sem sorrir, com os braços estendidos. Dan foi descendo a rua a caminho de casa. Parou em frente ao Billy's Bar, no meio do quarteirão, e apoiou o pé na roda de um velho Ford empoeirado para amarrar o cadarço do sapato. Enquanto o amarrava, após tê-lo desatado, olhou para os dois lados da rua, esvaziou o conteúdo de seus bolsos num balde coletor de seiva de bordo que estava no banco da frente do carro e seguiu adiante, majestoso.

Do bar saiu Pete Vutong, um agricultor franco-canadense que vivia no Mount Terror. Pete estava obviamente bêbado. Estava cantando a cançoneta pré-histórica *Hi lee, hi low* numa língua que ele imaginava ser alemão, assim: *"By unz gays immer yuh longer yuh slimmer"*. Estava cambaleando, de modo que precisou se jogar dentro do carro, e depois dirigiu fazendo um trajeto complexo até que virou a esquina. Em seguida ficou repentina e surpreendentemente sóbrio, e surpreendente foi a velocidade com que o Ford se afastou da cidade fazendo muito barulho.

Pete Vutong não era um Agente Secreto muito bom. Era um pouco óbvio. Mas, também, Pete era espião havia apenas uma semana.

Naquela semana, foram quatro as vezes em que Dan Wilgus jogou pacotes pesados num balde de coleta de seiva dentro do Ford.

Pete passou pelo portão, entrando na propriedade de Buck Titus, diminuiu a velocidade, soltou o balde de coleta numa vala, e acelerou para casa.

Ao amanhecer, Buck Titus, que saíra para passear com seus três cães *wolfhounds* irlandeses, apanhou o balde de coleta de seiva e transferiu os pacotes para seu bolso.

E na tarde seguinte, Dan Wilgus, no porão da casa de Buck, estava com tipos de corpo oito montando um panfleto intitulado: "Quantas Pessoas os Corpos assassinaram?" O panfleto era assinado por "Espartano", e Espartano era um dos vários pseudônimos do Sr. Doremus Jessup.

Ficaram todos (todos os líderes subversivos do capítulo local do Novo Subterrâneo) muito felizes quando, certa vez, a caminho da propriedade de Buck, Dan foi detido e revistado por Homens Minuto que ele não conhecia, e que não encontraram nenhum material de impressão nem qualquer outro documento mais incriminador do que papéis de cigarro.

Os Corpos haviam baixado uma regulamentação licenciando todos os fornecedores de prensas e papel e obrigando todos a manter listas de compradores, de modo que, exceto por contrabando, era impossível conseguir suprimentos para a publicação de literatura subversiva. Dan Wilgus roubou os tipos; Dan e Doremus e Julian e Buck haviam roubado, juntos, uma velha prensa manual do porão do *Informer*. E o papel era contrabandeado do Canadá pelo veterano contrabandista de bebidas alcoólicas, Jon Pollikop, que ficou alegre em poder voltar à boa e velha ocupação que a revogação da Lei Seca lhe havia roubado.

Não se sabia com certeza se Dan Wilgus teria se aliado a um movimento como aquele, tão diferente do relógio de ponto e das escarradeiras do escritório, movido por uma abstrata indignação contra Windrip ou contra o Comissário de Condado Ledue. Ele foi motivado à sedição em parte por gostar de Doremus e em parte por indignação com Doc Itchitt, que publicamente se alegrava porque todos os sindicatos de impressores haviam sido encampados pelas confederações governamentais. Ou talvez porque Doc ria dele pessoalmente em poucas ocasiões (não mais do que uma ou duas vezes por semana), quando havia manchas de tabaco mascado na sua camisa.

Dan resmungou para Doremus.

— Tudo certo, patrão, acho que vou com o senhor. E olhe só, quando a revolução estiver acontecendo, me deixe dirigir a carroça dos condenados com Doc dentro dela. O senhor se lembra de *Um Conto de Duas Cidades*?[48] Que tal o senhor escrever uma biografia humorística de Windrip? Só seria preciso narrar os fatos!

Buck Titus, satisfeito como um menino que é convidado para ir acampar, ofereceu sua casa isolada e, em especial, seu enorme porão para ser o quartel general do Novo Subterrâneo e Buck, Dan e Doremus faziam seus planos mais tóxicos com o auxílio de ponches quentes de rum preparados na lareira de Buck.

A célula do N.S. de Fort Beulah, como estava formada em meados de março, algumas semanas após Doremus tê-la fundado, se compunha dele mesmo, suas filhas, Buck, Dan, Lorinda, Julian Falck, o Dr. Olmsted, John Pollikop, o Padre Perefixe (e ele discutia com o agnóstico Dan e o ateu Pollikop mais do que jamais discutira com Buck), a Sra. Henry Veeder, cujo marido agricultor estava no campo de concentração de Trianon, Harry Kindermann, o judeu despossuído, Mungo Kitterick, o advogado mais não-judeu e mais não-socialista, Pete Vutong e Daniel Babcock, agricultores, e algumas dezenas de outros. O Reverendo Falck, Emma Jessup e a Sra. Candy eram ferramentas mais ou menos alienadas do Novo Subterrâneo. Mas independentemente de quem cada um era ou de sua fé ou posição, Doremus encontrava em todos eles a paixão religiosa da qual sempre sentira falta nas igrejas; e se os altares, se as janelas com vitrais multicoloridos, nunca haviam sido objetos peculiarmente sagrados para ele, agora ele os entendia, quando exultava com aquele lixo sagrado dos tipos gastos e da prensa manual barulhenta.

---

[48] Mais uma menção ao romance de Dickens. O livro cobre o período entre 1775 e 1793, da Independência americana até o meio do período da Revolução francesa. (N. T.)

Uma vez foi o Sr. Dimick, de Albany, de novo; outra vez, outro corretor de seguros, que riu muito da sorte acidental de fazer o seguro do novo Lincoln de Shad Ledue; outra vez ainda foi um armênio vendendo tapetes; outra ocasião foi o Sr. Samson, de Burlington, procurando pinheiros para produzir polpa de papel; mas independentemente de quem as trouxesse, Doremus ouvia notícias sobre o Novo Subterrâneo toda semana. Estava mais ocupado do que jamais estivera nos tempos de jornalismo, e feliz como em sua aventura juvenil em Boston.

Cantarolando e muito alegre, ele operava a pequena prensa com o amigável *bump, bump, bump* do pedal, admirando sua habilidade para inserir as folhas. Lorinda aprendeu com Dan Wilgus a montar os tipos, com mais fervor do que precisão no que se tratava de alguns encontros vocálicos. Emma, Sissy e Mary dobravam as folhas de notícias e costuravam os panfletos à mão, todo mundo trabalhando no velho porão de Buck, com suas paredes de tijolos, seu pé-direito alto e com seu cheiro de serragem, cal e maças estragadas.

Além dos panfletos escritos por Espartano e por Anthony B. Susan (que era Lorinda, exceto às sextas-feiras), sua principal publicação ilícita era a *Vigilância de Vermont*, um semanário de quatro folhas que geralmente só tinha duas e, tamanha era a animação irrestrita de Doremus, que chegava a sair umas três vezes por semana. Essa publicação continha relatos contrabandeados de outras células do N.S. e reimpressões de excertos de *Uma Lança para a Democracia* e de jornais canadenses, britânicos, suecos e franceses, cujos correspondentes americanos obtinham, por ligação interurbana, notícias que o Secretário da Educação Macgoblin, chefe do Departamento de Imprensa do governo, passava grande parte de seu tempo negando. Um correspondente inglês enviou a notícia do assassinato do presidente da University of Southern Illinois, um homem de 72 anos que fora atingido pelas costas "enquanto tentava escapar". A notícia foi transmitida por meio de um telefonema interurbano para a Cidade do México, de onde foi transmitida para Londres.

Doremus descobriu que nem ele nem qualquer outro pequeno cidadão ouvira nem um centésimo do que estava acontecendo na América. Windrip & Companhia haviam, como Hitler e Mussolini, descoberto que um estado moderno pode, por meio de um processo triplo de controlar cada item na imprensa, interromper o surgimento de qualquer associação que pudesse ser perigosa, e manter todas as metralhadoras, artilharia, veículos blindados e aeroplanos nas mãos do governo, dominar melhor a complexa população contemporânea do que era possível fazer na Idade Média, quando os camponeses rebeldes armavam-se apenas com forcados e boa vontade, mas o Estado não estava mais bem aparelhado.

Informações aterrorizantes e inacreditáveis chegaram a Doremus, até que ele percebeu que sua própria vida, e a de Sissy, de Lorinda e de Buck eram acidentes sem importância.

Em Dakota do Norte, dois supostos líderes de agricultores foram obrigados a correr na frente de um automóvel dos Homens Minuto em meio às nevascas de fevereiro até que caíram sem fôlego, foram espancados com uma bomba de pneu até que se levantaram e cambalearam adiante, voltaram a cair e então foram fuzilados na cabeça, seu sangue manchando a neve da pradaria.

O Presidente Windrip, que aparentemente estava ficando bem mais nervoso do que em seus dias mais atrevidos de antigamente, viu dois de seus guarda-costas pessoais dando risadinhas juntos na antessala de seu escritório e, pegando uma pistola automática de sua escrivaninha, aos berros, começou a atirar neles. Sua pontaria não era boa. Os suspeitos tiveram de ser eliminados pelas pistolas de seus colegas guardas.

Um grupo de rapazes, que não usava nenhum tipo de uniforme, rasgou as roupas de uma freira na praça da estação em Kansas City e correram atrás dela e a golpearam com as próprias mãos. A polícia os deteve depois de um tempo. Ninguém foi preso.

Em Utah, um Comissário de Condado que não era Mórmon amarrou um ancião que era Mórmon no alto de uma rocha nua onde, dada a grande altitude, o idoso começou a tremer de frio e sentir muito incômodo com a claridade, já que o Comissário havia atenciosamente cortado fora suas pálpebras antes. A imprensa do governo fez grande alarde sobre o fato de que o torturador foi repreendido pelo Comissário de Distrito e removido de seu cargo. Mas não mencionou que ele foi novamente designado para um condado na Flórida.

Os chefes do Cartel do Aço reorganizado, muitos dos quais haviam sido funcionários de empresas de aço em tempos anteriores a Windrip, divertiram o Secretário da Educação Macgoblin e o Secretário da Guerra Luthorne com um festival aquático em Pittsburgh. A sala de jantar de um hotel grande foi transformada em um tanque de água aromatizada com rosas, e os celebrantes flutuaram em uma barca romana dourada. As garçonetes eram moças nuas que, para o deleite de todos, nadavam até a barca carregando bandejas e, mais frequentemente, baldes de vinho.

O Secretário de Estado Lee Sarason foi detido no porão de um requintado clube de rapazes em Washington com base em acusações inespecíficas feitas por um policial que pediu desculpas assim que reconheceu Sarason e o liberou, e que foi fuzilado em sua cama naquela noite por um misterioso assaltante.

Albert Einstein, que se exilara na América vindo da Alemanha por sua culposa devoção à Matemática, à paz e ao violino, havia sido agora exilado da América pelas mesmas razões.

A Sra. Leonard Nimmet, esposa de um pastor congregacional de Lincoln, Nebraska, cujo marido havia sido mandado para um campo de concentração por ter feito um sermão pacifista, levou um tiro através da porta e morreu quando se recusou a abri-la por ocasião de um ataque dos Homens Minuto em busca de literatura sediciosa.

Em Rhode Island, a porta do porão de uma pequena sinagoga ortodoxa foi trancada pelo lado de fora após frascos de vidro fino contendo monóxido de carbono terem sido jogados lá dentro. As janelas haviam sido fechadas com pregos, e de qualquer forma, os 19 homens da congregação não sentiram o cheiro do gás antes que fosse tarde demais. Foram todos encontrados no chão, as barbas apontando para cima. Todos tinham mais de 60 anos.

Tom Krell — mas esse foi um caso realmente desagradável, pois ele de fato foi pego com um exemplar de *Uma Lança para a Democracia* e credenciais que provavam que ele era mensageiro do Novo Subterrâneo — algo estranho, também, porque todos o respeitavam como um bom, decente e pacato carregador de um depósito em uma estação ferroviária pequena em New Hampshire. Ele foi jogado em um poço com um metro e meio de água dentro, um poço com paredes lisas de cimento, e simplesmente deixado ali.

O Ex-Juiz da Suprema Corte Hoblin, de Montana, foi arrancado da cama tarde da noite e interrogado por

60 horas ininterruptas, sob a acusação de que ele estava mantendo correspondência com Trowbridge. Comentou-se que o principal interrogador era um homem que, anos antes, o Juiz Hoblin havia sentenciado por assalto e roubo.

Em um único dia Doremus recebeu relatos de quatro associações literárias e dramáticas diferentes (uma finlandesa, uma chinesa, outra do Iowa e a quarta pertencente a um grupo misto de mineiros da cordilheira de Mesabi, no estado de Minnesota) que haviam sido dissolvidas, seus funcionários espancados, suas salas de reuniões arrebentadas e seus pianos quebrados sob a acusação de que eles possuíam armas ilegais que, em todos os casos, os membros declararam ser pistolas antigas usadas como material de cena. E nessa mesma semana três pessoas foram presas (no Alabama, em Oklahoma e em New Jersey) por possuírem os seguintes livros subversivos: *O Assassinato de Roger Ackroyd*, de Agatha Christie (o que foi merecido, já que a cunhada de um Comissário de Condado de Oklahoma se chamava Ackroyd); *Esperando Lefty*, de Clifford Odets e *February Hill*, de Victoria Lincoln.

* * *

— Mas muitas coisas desse tipo aconteciam antes de Buzz Windrip subir ao poder, Doremus — insistia John Pollikop. (Nunca antes de os dois se encontrarem no delicioso porão clandestino havia ele chamado Doremus de outra coisa exceto "Sr. Jessup"). — Ninguém pensava nelas, porque faziam parte das notícias rotineiras, que serviam para encher as páginas dos jornais. Histórias como a dos agricultores meeiros e a dos rapazes de Scottsboro e o complô dos atacadistas da Califórnia contra o sindicato agrícola e a ditadura em Cuba e o modo como representantes falsos do Kentucky atiraram nos mineiros em greve. E, acredite, Doremus, o mesmo bando reacionário que realizou esses crimes são exatamente os chefões que estão próximos de Windrip. E o que me assusta é que se Walt Trowbridge realmente promover uma insurreição e expulsar Buzz, os mesmos abutres vão ficar terrivelmente patrióticos e democráticos e parlamentaristas junto com Walt, e vão dividir o espólio da mesma forma.

— Então Karl Pascal realmente o converteu ao comunismo antes de ser mandado para Trianon — zombou Doremus.

John Pollikop saltou à altura de mais de um metro do chão, ou pelo menos deu essa impressão, e desceu gritando.

— Comunismo! Eles nunca conseguiram formar uma Frente Unificada. Ora, aquele sujeito, Pascal, era apenas um propagandista, e vou lhe dizer... vou lhe dizer...

A tarefa mais difícil para Doremus era traduzir textos da imprensa alemã, que era a mais favorável aos Corpos. Suando, mesmo no frio de março no porão de Buck, Doremus se inclinava sobre uma mesa de cozinha, folheando um dicionário Alemão-Inglês, grunhindo, batendo um lápis nos dentes, coçando a cabeça, parecendo um aluno com uma falsa barbinha grisalha, e gemendo para Lorinda:

— E agora, como diabos você traduziria, "*Er erhält noch immer eine zweideutige Stellung den Juden gegenüber*"?

Ela respondia:

— Olhe, querido, a única coisa de alemão que sei é a frase que Buck me ensinou para quando alguém espirra, "Verfluchter Schweinehund".[49]

---

[49] Literalmente, "maldito bastardo", o que demonstra que Buck não ensinou a frase correta para Lorinda. (N. T.)

Ele traduziu palavra por palavra do *Völkischer Beobachter*, este gratificante elogio para seu Chefe e Inspirador:

América tem começo brilhante começado. Ninguém congratula o Presidente Windrip com maior sinceridade que nós alemães. A tendência aponta como objetivo para a fundação de um estado do Povo. Infelizmente não está o Presidente ainda preparado para com a tradição liberal romper. Ele ainda mantém uma atitude dois sentidos os judeus perante. Só podemos presumir que logicamente essa atitude mudar deve, já que o forçado movimento é a completa consequência de sua filosofia extrair. Ashverus, o Judeu Errante sempre o inimigo de um povo livre autoconsciente será, e a América também irá aprender que alguém pode da mesma forma com os judeus acordo fazer do que com a peste bubônica.

Do *New Masses,* ainda sub-repticiamente publicado pelos comunistas arriscando suas vidas, Doremus obteve muitas notícias sobre mineiros e operários de fábricas que estavam quase morrendo de fome e que eram aprisionados se chegassem a criticar um patrão espantalho... Mas a maior parte do *New Masses,* com uma pia presunção que os fatos acontecidos desde 1935 não conseguiam abalar, se dedicava às notícias mais recentes sobre Marx e a vilipendiar todos os agentes do Novo Subterrâneo, inclusive aqueles que haviam sido espancados e aprisionados e mortos, como "chamarizes reacionários para o fascismo", e tudo isso era belamente decorado com uma charge do cartunista radical William Gropper mostrando Walt Trowbridge, usando um uniforme dos Homens Minuto, beijando o pé de Windrip.

Os boletins de notícias chegavam a Doremus em dezenas de modos insanos: trazidos por mensageiros nos papéis de seda mais finos e frágeis; enviados para a Sra. Henry Veeder e para Daniel Babcock entre as páginas de catálogos, por um agente do N.S. que era funcionário da seção de remessas postais da Middlebury & Roe; mandados em caixas de pasta de dente e cigarros para a drogaria de Earl Tyson (um balconista de lá era agente do Novo Subterrâneo); deixados perto da mansão de Buck por um motorista de caminhão de uma empresa de mudanças interestaduais, que parecia tosco e, portanto, inocente. Chegando assim de forma tão precária, as notícias não tinham a obviedade de seus tempos de jornalista, quando, em um pacote de folhas de seda da Associated Press, havia notícias de tantos milhões de mortos de fome na China, tantos estadistas assassinados na Europa Central, tantas novas igrejas erigidas pelo bondoso Sr. Andrew Mellon, que tudo isso era rotina. Agora, ele era como um missionário do século XVII no norte do Canadá, aguardando a notícia que demoraria toda a primavera para viajar de Bristol até Hudson Bay, perguntando-se a cada momento se a França havia declarado guerra, se Sua Majestade havia dado à luz com segurança.

    Doremus percebeu que estava se inteirando, ao mesmo tempo, da batalha de Waterloo, da Diáspora, da invenção do telégrafo, da descoberta das bactérias e das Cruzadas, e se demorava dez dias para que ele obtivesse a notícia, para os historiadores levaria dez décadas para avaliá-la. Será que eles não o invejariam, considerando que ele havia vivido na própria crise da História? Ou será que eles apenas sorririam para as crianças que empunhavam bandeiras nos anos 1930, brincando de ser heróis nacionais? Pois ele acreditava que esses historiadores não seriam nem fascistas nem comunistas, nem belicosos nacionalistas americanos ou ingleses, mas apenas o tipo de liberais sorridentes que os beligerantes fanáticos de hoje mais acusavam de serem fracos e hesitantes.

Em meio a todo esse tumulto secreto, a tarefa mais árdua de Doremus era evitar suspeitas que pudessem levá-lo a um campo de concentração, e manter a aparência de ser exatamente o velho ocioso e inofensivo que ele realmente fora três semanas antes. Tonto de sono por haver trabalhado a noite toda no quartel general, ele bocejava a tarde toda no saguão do Hotel Wessex e conversava sobre pescaria — a figura de um homem por demais desencorajado para representar uma ameaça.

De vez em quando, nas noites em que não havia nada a fazer na casa de Buck e ele podia ficar descansado em seu estúdio em casa, ele se deixava ficar, quieto e civilizado, e retomava o desejo da Torre de Marfim. Em muitas ocasiões, não porque era um grande poema, mas porque fora o primeiro que, quando ele era um menino, o havia surpreendido com a evocação da beleza, relia "Arabian Nights", de Tennyson.

> *Um reino de deleite, muitos montes*
> *Com muita relva e sombras em xadrez*
> *Envolto no constante som urbano,*
> *Densas moitas de mirra em rebuliço*
> *E o imponente cedro, tamariscos,*
> *Grossos rosários de olentes espinhos*
> *Arbustos orientais e obeliscos*
> *Com gravuras e emblemas do passado,*
> *Homenagens à época de ouro*
> *Do bom Harune Arraxide.*

Nesses momentos, ele podia vagar com Romeu e Jurgen, com Ivanhoé e Lord Peter Wimsey; podia ver a *Piazza San Marco*, e torres imemoriais de Bagdá que nunca existiram; com Dom João de Áustria ele avançava para a guerra, e tomava a estrada dourada para Samarcanda sem ter um visto.

"Mas Dan Wilgus montando os tipos do texto das proclamações de rebelião, e Buck Titus distribuindo-as à noite em uma motocicleta pode ser tão romântico quanto Xanadu... vivendo em um florescente épico aqui e agora, embora nenhum Homero tenha vindo da cidade para escrevê-lo!"

Whit Bibby era um velho peixeiro de poucas palavras, e igualmente velho parecia seu cavalo, embora este não fosse nada silencioso, mas dado a uma variedade de ruídos embaraçosos. Durante 20 anos sua carroça bem conhecida, como um pequeno vagão ferroviário, levava cavalinhas e bacalhau e truta-de-lago e ostras em lata para todas as propriedades rurais no Beulah Valley. Ter suspeitado de Whit Bibby por práticas sediciosas seria o mesmo que suspeitar do cavalo. Os mais velhos recordavam que ele fora certa época orgulhoso de seu pai, um capitão da Guerra Civil, e em seguida um fracasso muito bêbado nas práticas agrícolas, mas os alevinos tinham se esquecido de que houvera uma Guerra Civil.

Muito visível ao sol do final de uma tarde de março que tocava a neve gasta e cinzenta, Whit subiu até a casa rural de Truman Webb. Ele havia deixado dez pedidos de peixe, só peixe, em propriedades ao longo do caminho, mas na de Webb ele também deixou, sem mencionar isso, um pacote de panfletos embrulhados em jornal bastante suspeito.

Na manhã seguinte, esses panfletos haviam sido deixados nas caixas postais de agricultores para além de Keezmet, a 20 quilômetros de distância.

Já tarde, na noite seguinte, Julian Falck levou de carro o Dr. Olmsted à mesma propriedade de Truman

Webb. Agora o Sr. Webb tinha uma tia doente. Até duas semanas antes, ela não precisava de um médico com frequência, mas como todo o interior podia ficar sabendo, e decididamente ficava sabendo das coisas ouvindo pela linha telefônica rural compartilhada, o médico agora precisava vir a cada três ou quatro dias.

— Então, Truman, como vai a velha senhora? — chamava alegremente o Dr. Olmsted.

Da varanda Webb respondia baixinho.

— A salvo! Siga em frente. Estive vigiando com cuidado.

Julian rapidamente desceu do carro do médico, abriu o banco sobressalente de trás, e o que se viu foi a surpreendente aparição de um homem alto saindo dali, vestido um casaco urbano e calças listradas, um chapéu de feltro largo sob o braço, levantando-se, alisando a roupa amassada, resmungando por causa da dor de esticar o corpo rígido.

— Truman, temos uma Eliza[50] muito importante esta noite, com os cães atrás! Congressista Ingram, eis o Camarada Webb.

— Huh, nunca achei que viveria para ser chamado de um desses "Camaradas", mas estou muito feliz em vê-lo, Congressista. Vamos deixá-lo do outro lado da fronteira com o Canadá dentro de dois dias. Temos alguns caminhos que passam pela floresta ao longo da fronteira. E há um bom feijão quentinho lhe esperando agora!

O sótão em que o Sr. Ingram dormiu naquela noite, um sótão ao qual se tinha acesso por uma escada escondida atrás de uma pilha de toras, era uma "estação

....

[50] Referência a Eliza, personagem do romance *A Cabana do Pai Tomás*, que é escrava e empregada pessoal da Sra. Shelby. Eliza decide fugir com seu filho Harry, de cinco anos de idade, quando percebe que seu dono pretende vender o menino e, assim, separá-los. A referência aos cães se deve à prática de caçar escravos fugidos com o auxílio de cães. (N. T.)

subterrânea!" que, nos anos 1850, quando o avô de Truman era agente, havia acolhido 72 escravos negros em fuga para o Canadá. E na parede acima da cabeça cansada e ameaçada de Ingram, ainda se podia ver, escrito a carvão muito tempo antes: "Preparas uma mesa perante mim na presença dos meus inimigos."[51]

Era um pouco depois das seis da tarde, perto das pedreiras de Tasbrough e Scarlett. John Pollikop, com seu carro-guincho, estava rebocando Buck Titus no carro dele. Eles paravam de vez em quando e John olhava para o motor do carro de Buck muito ostentosamente, à vista de patrulhas dos Homens Minuto, que ignoravam um companheirismo tão óbvio. Eles pararam uma vez na beira do poço mais profundo de Tasbrough. Buck caminhou por ali, bocejando, enquanto John mexeu um pouco mais no motor.

— Agora! — disse de repente Buck. Ambos foram de um salto até a enorme caixa de ferramentas na traseira do carro de John, cada um agarrou um monte de exemplares da *Vigilância de Vermont* e os jogaram por sobre a beirada da pedreira. Eles se espalharam ao vento.

Muitos foram recolhidos e destruídos pelos capatazes de Tasbrough na manhã seguinte, mas pelo menos uma centena, nos bolsos dos trabalhadores da pedreira, partiu em sua jornada pelo mundo dos trabalhadores de Fort Beulah.

Sissy entrou na sala de jantar da família Jessup cansada, esfregando a testa.

— Tenho a história toda, Pai. A Irmã Candy me ajudou. Agora vamos ter algo legal para enviar aos

---

[51] Salmos, 23.5. (N. T.)

outros agentes. Ouça! Fiquei íntima de Shad. Não! Não se desespere! Sei exatamente como arrancar a arma dele do coldre se for preciso. E ele começou a se gabar, e me disse que Frank Tasbrough e Shad e o Comissário Reek estavam todos juntos no crime organizado, vendendo granito para obras públicas, e ele me disse... (veja, ele estava se gabando de como ele e o Sr. Tasbrough ficaram íntimos) como o Sr. Tasbrough registra todos os valores do suborno em um livrinho de capa vermelha que fica sobre sua escrivaninha. É claro que Franky nunca esperaria que alguém vasculhasse a casa de um Corpo tão leal quanto ele. Bem, você sabe que a prima da Sra. Candy está trabalhando para os Tasbroughs por um tempo, e pros diabos se...

— Sis-sy!

— ...essas duas velhinhas não pegaram o livrinho vermelho esta tarde, e eu fotografei cada página e fiz as duas devolverem pro lugar. E o único comentário feito pela nossa Candy é: "aquele fogão dos Tasbroughs não funciona bem. Eu não conseguiria fazer um bolo decente num fogão como *aquele!*"

27

Mary Greenhill, que queria se vingar do assassinato de Fowler, era a única entre os conspiradores que parecia motivada mais por um ódio homicida do que por uma certa sensação incrédula de que tudo aquilo era apenas um bom jogo, embora ligeiramente absurdo. Para ela, o ódio e a determinação de matar eram a tônica. Ela havia se erguido do sombrio poço de mágoa, e seus olhos estavam acesos, e sua voz tinha uma alegria trêmula. Descartara seus trajes de luto e aparecera com cores desafiadoras (sim, eles tinham de economizar naquela época, para colocar cada centavo disponível no fundo missionário do Novo Subterrâneo, mas Mary estava tão esbelta que podia usar os mais vaporosos vestidos antigos de Sissy.

Ela era mais ousada que Julian, ou até mesmo Buck. Na verdade, levava Buck nas expedições mais arriscadas.

No meio da tarde, Buck e Mary, com um ar bastante matrimonial, domesticamente acompanhados por David e o bastante duvidoso Bobão, andavam pelo centro de Burlington, onde nenhum deles era conhecido (embora vários cachorros, animais da cidade, possivelmente trapaceiros, insistissem com o rústico e encabulado Bobão que eles já tinham se encontrado com ele em algum lugar).

Era Buck quem murmurava "Agora!" vez por outra, quando estavam livres da observação das pessoas, mas era Mary quem, calmamente, a um ou dois metros de distância dos Homens Minuto e dos policiais, distribuía cópias dobradas de:

Pequena Biografia Inocente de
JOHN SULLIVAN REEK
Político Escroque de Segunda Classe &
Certas Fotografias Interessantes do
Coronel Dewey Haik, Torturador.

Ela tirava esses panfletos dobrados de um bolso interno especialmente feito no seu casaco de pele de marta; o bolso ia do ombro até a cintura. Fora recomendado por John Pollikop, cuja solícita mulher havia, tempos antes, usado um bolso exatamente igual para levar bebidas ilícitas. A dobradura do papel fora feita cuidadosamente. Vistos a dois metros de distância, os panfletos pareciam qualquer papel inútil, mas cada um estava sistematicamente compactado de tal maneira que as palavras, impressas em letras vermelhas em negrito, "Haik em pessoa matou um homem a pontapés", chamavam a atenção. E jazendo em cestos de lixo nas esquinas, em inocentes carrinhos de brinquedo na frente de uma loja de ferragens, entre as laranjas em uma mercearia onde eles haviam entrado para comprar uma barra de chocolate para David, os panfletos atraíram centenas de olhares em Burlington naquela tarde.

A caminho de casa, com David sentado na frente com Buck e Mary atrás, ela exclamou:

— Isso vai agitá-los! Mas, oh, quando o meu pai tiver terminado seu livreto sobre Swan ... meu Deus!

David virou-se para trás para olhá-la. Ela estava de olhos fechados, com as mãos crispadas.

O menino sussurrou para Buck:

— Acho que minha mãe não devia ficar tão agitada.

— Ela é a melhor mulher que existe, Dave.
— Eu sei disso, mas ela me assusta tanto!

Um plano Mary concebeu e realizou sozinha. Do balcão da farmácia de Tyson, ela surrupiou uma dúzia de exemplares do *Reader's Digest* e a mesma quantidade de revistas maiores. Quando os devolveu, eles pareciam intocados, mas cada uma das revistas maiores continha um folheto com os dizeres, "Prepare-se Para Se Unir a Walt Trowbridge", e cada *Digest* havia se transformado na capa de um panfleto que dizia: "Mentiras da Imprensa do Corpo".

Para servir como centro da conspiração, para poder atender o telefone e receber os fugitivos e afastar xeretas desconfiados 24 horas por dia quando Buck e o resto haviam saído, Lorinda abriu mão do que sobrava de sua parte na sociedade da Beulah Valley Tavern e se tornou empregada de Buck, morando na casa dele. Houve escândalo. Mas numa época em que estava ficando cada vez mais difícil conseguir carne e pão, as pessoas da cidade tinham pouco tempo para saborear um escândalo como se fosse um pirulito e, de qualquer forma, quem podia suspeitar de uma insuportável metida a besta que obviamente preferia testes de tuberculina a brincar com Corydon[52] no bosque? E como Doremus estava sempre por perto, e como às vezes ele ficava para dormir, pela primeira vez esses tímidos amantes tiveram espaço para sua paixão.

---

[52] Brincadeira do narrador que faz alusão ao pastor Corydon, das *Éclogas* de Virgílio. Na obra, a "Écloga II" traz o monólogo de Corydon, que lamenta que seu amor pelo escravo Alexis não seja correspondido. Lorinda é considerada "insuportável" ou "durona", porque prefere tomar injeções a viver um momento idílico num bosque. (N. T.)

Nunca fora sua lealdade à boa Emma (já que ela estava satisfeita demais para despertar pena, tendo certeza absoluta de sua posição necessária na vida para sentir ciúmes), mas sim uma aversão a uma pobre intriga clandestina que havia tornado o amor deles tão cuidadoso e relutante. Nenhum deles era tão simplório a ponto de supor que, mesmo com pessoas muito decentes, o amor é sempre tão monogâmico quanto pão com manteiga, e apesar disso eles não gostavam de se esconder de todos.

O quarto dela na casa de Buck, grande, quadrado e bem-iluminado, revestido com um velho papel de parede que mostrava uma infinidade de pequenos mandarins apeando graciosamente de liteiras ao lado de lagos emoldurados por salgueiros, com uma cama com dossel, uma cômoda colonial e um tapete de retalhos de cores malucas, tornou-se dentro de dois dias (tão rápido agora se vivia em tempos de revolução) o lar mais amado que Doremus jamais tivera. Ansioso como um jovem noivo, ele entrava e saía do quarto, e não ligava muito para o estado da toalete dela. E Buck sabia de tudo e se limitava a rir.

Liberados os dois agora, Doremus a considerava mais atraente em termos físicos. Com superioridade provinciana, ele havia notado, nas férias em Cape Cod, com que frequência as esvoaçantes mulheres da moda, quando se apresentavam em trajes de banho, eram magras demais, para ele pouco femininas, com omoplatas magras e com espinhas dorsais tão aparentes como se fossem correntes acopladas às suas costas. Elas lhe pareciam ardentes e um tanto demoníacas, com suas pernas magras e irrequietas e seus lábios ávidos, mas agora ele ria em silêncio ao considerar que a Lorinda, cujos empertigados terninhos e blusas cinza pareciam tão mais virginais que as alegres e espalhafatosas roupas de algodão das *Bright Young Things*, tinha a pele mais suave ao toque, e uma curva muito mais generosa do ombro aos seios.

Ele se alegrava em saber que ela estava sempre ali na casa, que ele poderia interromper a sisuda gravidade de um panfleto sobre a emissão de títulos para correr até a cozinha e atrevidamente escorregar seus braços em torno da cintura dela.

Ela, em teoria a feminista independente, tornou-se lisonjeiramente ciosa de cada atenção. Por que ele não lhe havia trazido um doce da cidade? Será que ele se incomodaria muito de ligar para Julian em nome dela? Por que ele não se lembrara de lhe trazer o livro que havia prometido (bem, teria prometido se ela pelo menos tivesse se lembrado de pedir para ele)? Ele andava de lá para cá fazendo o que ela pedia, idiotamente feliz. Muito tempo atrás Emma havia atingido o limite de sua imaginação em relação a exigências. Ele estava descobrindo que no amor é muito melhor dar do que receber, provérbio sobre o qual, como um patrão e sujeito confiável cujos esquecidos colegas de classe regularmente tentavam contatar em busca de empréstimos, ele havia sido muito desconfiado.

Ele estava deitado ao lado dela, na ampla cama com dossel, ao amanhecer, num amanhecer de março com os galhos dos olmos lá fora feios e trêmulos ao vento, mas com as últimas brasas ainda estalando na lareira, e ele se sentia absolutamente satisfeito. Olhou para Lorinda, que tinha em seu semblante adormecido um franzir de testa que a fazia parecer não mais velha, mas uma colegial, uma colegial que estava comicamente franzindo a testa por alguma aflição mesquinha, e que desafiadoramente agarrava seu antiquado travesseiro ornado com rendinhas. Ele riu. Eles iam viver tantas aventuras juntos! Aquela modesta impressão de panfletos era apenas o começo das atividades revolucionárias. Eles iriam penetrar nos círculos da imprensa em Washington e obter informações secretas (ele sentia uma vaga sonolência em relação a quais informações iriam obter e como iriam obtê-las) que poderiam explodir o estado do Corpo. E, com o fim da revolução, eles iriam para as Bermudas, para a Martinica (amantes em picos cor de púrpura, perto de um mar púrpura (tudo púrpura e grandioso). Ou então (e ele suspirava e ficava heroico enquanto sofisticadamente se espreguiçava e bocejava na cama larga e quentinha), se fossem derrotados, se fossem presos e condenados pelos Homens Minuto, eles morreriam juntos, zombando do pelotão de fuzilamento, recusando-se a ter os olhos vendados, e sua fama, como aquela de Servetus e Matteotti e o Professor Ferrer e os mártires do Haymarket, reverberaria para sempre, aclamada por crianças agitando bandeirinhas...

— Me dê um cigarro, meu bem!

Lorinda o estava observando com olhos grandes e céticos.

— Você não deveria fumar tanto.

— Você não deveria mandar tanto! Ah, meu bem! — disse ela, sentando-se e beijando-lhe os olhos e têmporas. Depois saiu da cama vigorosamente, buscando seus próprios cigarros.

— Doremus! Tem sido maravilhoso partilhar esse tempo com você. Mas... — ela parecia um pouco tímida, sentada com as pernas cruzadas no banquinho coberto de rattan diante da velha penteadeira de mogno. Ali não havia prata, ou renda ou cristal, mas apenas uma simples escova de madeira e o escasso luxo de alguns frascos de farmácia.

— Mas, meu bem, esta causa (maldita palavra, "causa", será que algum dia poderei me livrar dela?). Mas de qualquer forma, essa coisa de Novo Subterrâneo me parece tão importante, e eu sei que você sente isso também, mas percebi que desde que ficamos juntos, nós dois, incorrigíveis sentimentais, você não está tão entusiasmado para escrever seus ótimos ataques virulentos, e estou mais cuidadosa em relação a sair e distribuir panfletos. Tenho uma ideia boba de que preciso salvar minha vida para o seu bem. E eu preciso apenas pensar em salvar a minha vida para a revolução. Você não se sente assim também? Não se sente?

Doremus saiu da cama, também acendeu um insalubre cigarro, e disse, meio irritado:

— É, suponho que sim! Mas... Panfletos! Sua atitude é apenas um resquício de seu treinamento religioso. A ideia de que você tem um *dever* para com a tediosa raça humana, que provavelmente gosta de ser abusada por Windrip e obter pão e circo... exceto pelo pão!

— É claro que é religiosa, é uma lealdade revolucionária! Por que não? É um dos poucos reais sentimentos religiosos. Um Stálin racional, não sentimental, ainda é um tipo de sacerdote. Não admira que a maioria dos sacerdotes odeiem os Vermelhos e preguem contra eles! Têm ciúme do poder religioso deles. Mas... Ah, não podemos desvendar o mundo, nesta manhã, nem mesmo à mesa do café, Doremus! Quando o Sr. Dimick voltou aqui ontem, ele ordenou que eu fosse para Beecher Falls (você sabe, na fronteira do Canadá) para tomar conta de uma célula do Novo Subterrâneo lá (pretensamente para abrir uma casa de chá para este verão). Então, que droga, vou ter de deixar você, e também Buck e Sis, e ir embora. Que droga!

— Linda!

Ela não conseguia olhar para ele. E apagou seu cigarro com toda a força que tinha.

— Linda!

— Que foi!

— Você sugeriu isso a Dimick! Ele não deu nenhuma ordem até que você sugerisse isso!

— Bem...

— Linda! Linda! Você quer tanto assim se livrar de mim? Você... minha vida!

Ela se aproximou lentamente da cama, lentamente se sentou ao lado dele.

— Sim; me livrar de você e me livrar de mim mesma. O mundo está acorrentado. E não posso ser livre para amar antes que eu ajude a romper as correntes.

— Nunca o mundo vai estar livre de correntes!

— Então eu nunca serei livre para amar! Ah, se pudéssemos ter fugido juntos por um ano, quando eu tinha 18 anos! Então eu teria vivido duas vidas inteiras. Bem, ninguém parece ter muita sorte atrasando os ponteiros do relógio. Quase 25 anos atrás, além disso. Receio que o Agora é um fato que não podemos evitar. E eu estou ficando de tal forma que... nessas duas últimas semanas, com a chegada de abril... que não posso pensar em mais nada além de você; me dê um beijo. Vou embora hoje!

28

Como geralmente acontece no serviço secreto, nenhum detalhe que Sissy arrancou de Shad Ledue foi drasticamente importante para o Novo Subterrâneo, mas, como fragmentos necessários de um quebra-cabeça, quando acrescentados a outros detalhes coletados por Doremus e Buck e Mary e o Padre Perefixe, esse treinado extrator de confissões, eles se revelaram como esquemas bastante simples dessa gangue dos escroques do Corpo que eram tão pateticamente aceitos pelo Povo como pastores patrióticos.

Sissy estava descansando com Julian na varanda, em um dia enganosamente suave de abril.

— Caramba, eu queria levar você para acampar, daqui a alguns meses, Sis. Só nós dois. Canoa e dormir numa barraca. Sis, você *tem* de jantar com Ledue e Staubmeyer esta noite? Odeio a ideia. Deus, como a odeio! Vou matar Shad! De verdade!

— Sim, eu preciso fazer isso, querido. Acho que consegui que Shad fique suficientemente louco por mim de modo que, esta noite, quando ele se livrar do bom e velho Emil e também da mulher horrorosa que ele vai trazer consigo, vou conseguir que ele me conte algo sobre quem é o próximo que estão planejando pegar. Não tenho medo de Shad, meu Julian da Julianolândia.

Ele não riu. Ele disse, com uma gravidade que não era conhecida dos alegres jovens universitários:

— Você se dá conta, com essa coisa de se iludir sobre ser capaz de lidar tão bem com o Camarada Shad, que ele é tosco como um gorila e quase tão primitivo como um gorila também? Uma dessas noites (Deus, pense nisso!) ele vai perder as estribeiras e agarrar você e, zás!?

Ela estava igualmente séria.

— Julian, o que exatamente você acha que pode acontecer comigo? O pior que poderia acontecer seria eu ser estuprada.

— Deus do céu...

— Você realmente supõe que desde o início da Nova Civilização, digamos, desde 1914, alguém acredita que esse tipo de coisa é mais grave do que arrebentar um tornozelo? "Um destino pior que a morte"! Quem foi o horrível velho decano de suíças que inventou essa frase? E como deve tê-la lentamente pronunciado nos seus velhos lábios rachados! Posso pensar em destinos bem piores. Por exemplo, digamos, trabalhar anos a fio como ascensorista. Não... espere! Não me julgue impertinente. Não tenho desejo algum, além talvez de uma leve curiosidade, de ser estuprada... mas não por Shad; seu odor corporal é um pouco forte demais quando fica excitado. Oh, querido que porco sórdido aquele homem é! Eu o odeio 50 vezes mais que você. Ugh! Mas eu estaria disposta a enfrentar até isso para salvar uma pessoa decente do cassetete sangrento dele. Não sou mais a garotinha de Pleasant Hill; sou uma mulher amedrontada de Mount Terror.

A coisa toda parecia bastante irreal para Sissy; uma versão burlesca dos antigos melodramas em que o Vilão da Cidade tenta arruinar a Mocinha fazendo-a beber de uma garrafa de champanha. Shad, mesmo em um casaco de *tweed* acinturado, um caleidoscópico suéter escocês (do Minnesota) e calções de linho branco, não tinha a capacidade de sedução casual de um almofadinha da Cidade.

O Alferes Emil Staubmeyer aparecera na nova suíte particular de Shad Ledue no Star Hotel com uma mulher desquitada que deixava entrever seus dentes de ouro e que tentara cobrir as erosões da bela região de seu pescoço com uma exagerada cobertura de pó cor de tijolo. Era muito pavorosa. Era mais difícil de tolerar que o retumbante Shad (um homem de quem o capelão poderia até ter sentido um pouco de pena, depois que ele fosse seguramente enforcado). A viúva sintética estava sempre cutucando Emil e quando, bastante cansado, ele retribuiu os gestos dela com um empurrãozinho no ombro, ela soltou uma risadinha e disse: "Para, pode parar!"

A suíte de Shad era limpa e razoavelmente arejada. Além disso, não havia muito a dizer. A "antessala" era pesadamente mobiliada com cadeiras de carvalho e um canapé com estofamento de couro, além de quatro retratos de marqueses que não estavam fazendo nada de interessante. O frescor da roupa branca estendida sobre a guarda da cama de metal no outro cômodo deixou Sissy desconfortavelmente fascinada.

Shad lhes serviu *whisky* de centeio com *ginger ale*, que despejou de uma garrafa de um litro que já fora aberta havia pelo menos um dia, sanduíches de frango e presunto que tinham gosto de salitre e sorvetes de seis cores, mas de apenas dois sabores (ambos de morango). Em seguida ele esperou, sem muita paciência, tentando ao máximo se parecer com o General Göring, que Emil e sua companheira fossem com os diabos embora dali, e que Sissy pudesse apreciar seus encantos viris. Ele apenas grunhiu para as pedagógicas piadinhas de Emil, e o homem culto abruptamente se levantou e removeu sua companheira, choramingando a título de adeus:

— Agora, Capitão, não faça nada com sua namorada que o papai não faria!

— Agora venha aqui, meu bem, venha até aqui e me dê um beijo — rugiu Shad, ao se jogar num canto do canapé de couro.

"Agora não sei se *vou* ou não fazer isso!", pensou Sissy. Ela tinha engulhos, mas se comportou da forma mais provocante e atrevida possível. Ela andou de um modo afetado até o canapé e se sentou a uma distância suficiente da grosseira figura de Shad para que ele conseguisse estender o braço e puxá-la na direção dele. Ela o observou de um modo cínico, rememorando sua experiência com a maioria dos Garotos, embora não com Julian... Bem, não tanto assim com Julian. Eles sempre, todos eles, seguiam o mesmo procedimento, tentando ao máximo fingir que não havia um sistema em suas propostas manuais; e para uma garota sagaz, a principal diversão na coisa toda era observar o orgulho afetado que eles tinham de sua técnica. A única variação que havia era se eles começavam por baixo ou por cima.

Sim, foi o que ela pensara. Shad, não sendo tão delicadamente imaginativo como, por exemplo Malcolm Tasbrough, começou com uma aparentemente distraída mão no joelho dela.

Ela estremeceu. Aquela pata musculosa representava para ela a gosma e a contorção de uma enguia. Ela se afastou com um susto de donzela arremedando o papel de Mata Hari que ela sentira estar desempenhando.

— Gosta de mim? — perguntou ele.

— Ah, bem... um pouco...

— Caramba! Você acha que ainda sou um empregado! Mesmo eu sendo um Comissário de Condado agora! E

Líder de Batalhão! E provavelmente, muito em breve, vou ser um Comandante!

Ele pronunciava os nomes sagrados com assombro. Era a vigésima vez que ele havia feito esse protesto para ela, nas mesmas palavras:

— E você ainda acha que não sirvo para nada mais além de carregar lenha para a lareira!

— Ah, Shad querido! Ora, sempre penso em você como sendo praticamente meu mais antigo companheiro de brincadeiras! O jeito como eu costumava seguir você e pedir que você me deixasse operar o cortador de grama. Meu Deus! Eu sempre me lembro disso!

— Lembra? Verdade? — indagou ele, ansiando por ela como um cachorro de fazenda desajeitado.

— Claro! Verdade! Me chateia esse seu jeito de agir como se tivesse vergonha de ter trabalhado para nós! Ora, você não sabe que, quando era menino, meu pai trabalhava na terra, e cortava madeira e cortava grama para os vizinhos, e tudo mais? E ele ficava muito feliz por conseguir seu dinheiro?

Ela refletiu que aquela colossal e absolutamente improvisada mentira tinha sido bonita... Que por acaso não era uma mentira, ela não sabia.

— É mesmo? Bem... verdade? Então o velho também trabalhava com o rastelo? Nunca soube disso. Você sabe, ele não é de todo mau. Só teimoso feito um jumento!

— Você *gosta* dele, não é, Shad! Ninguém sabe como ele é doce... Quero dizer nestes dias meio complicados, temos de protegê-lo de pessoas que talvez não o entendam, das pessoas de fora, você também não acha isso, Shad? Você *vai* proteger meu pai!

— Bem, vou fazer o possível — disse o Líder de Batalhão com uma complacência tão obtusa que ela sentiu ganas de lhe dar um tapa na cara. — Ou seja, se ele se comportar, benzinho, e não se misturar com esses rebeldes vermelhos... e se você estiver a fim de ser boazinha para um sujeito...

Ele a puxou para perto de si como se estivesse arrastando um saco de cereais para fora de uma carroça.

— Ai, Shad, você me assusta! Você deve ser gentil! Um homem grande e forte como você deve saber ser gentil. Só os fracotes precisam ser rudes. E você é tão forte.

— Bem, acho que ainda consigo me alimentar. Agora, falando de fracotes, o que você vê em um rapaz mimado de cinturinha fina como o Julian? Você na verdade não gosta dele, né?

— Ah, você sabe como é — disse ela, tentando, sem demasiada obviedade, afastar a cabeça do ombro dele. — Nós sempre fomos companheiros de brincadeira, desde crianças.

— Mas você disse que eu também era seu companheiro de brincadeira.

— Sim... isso mesmo!

Agora, em seu esforço de oferecer todos os prazeres da sedução sem correr nenhum risco, a agente amadora do serviço secreto, Sissy, tinha um objetivo ligeiramente confuso. Ela ia obter de Shad informações valiosas para o Novo Subterrâneo. Rapidamente ensaiando tudo em sua imaginação, enquanto se fingia encantada por reclinar a cabeça no musculoso ombro de Shad, ela se ouviu estimulando-o a dar-lhe o nome de algum cidadão que os Homens Minuto estavam prestes a prender, depois habilidosamente se livrando dele e saindo em disparada para encontrar Julian... Ai, que droga, por que ela não marcara um encontro com Julian naquela noite? Bem, ele estaria ou em casa ou levando o Dr. Olmsted de carro para algum lugar. Julian está melodramaticamente chegando à casa da próxima vítima e levando-a para a fronteira do Canadá antes de amanhecer... E seria uma boa ideia para o refugiado colocar um bilhete em sua porta, com a data de dois dias antes, dizendo que saíra de viagem, para que Shad nunca suspeitasse dela... E tudo num segundo de narrativa febril, precisamente ilustrada em cores por sua imaginação, enquanto ela fingia que tinha de assoar o nariz e assim arrumava uma desculpa para se sentar ereta. Ficando dois ou cinco centímetros mais afastada, ela ronronou.

— Mas é claro que não é só a força física, Shad. Você tem tanto poder em termos políticos. Meu Deus! Imagino que você poderia mandar quase qualquer pessoa de Fort Beulah para um campo de concentração, se quisesse.

— Bem... Eu poderia mandar alguns deles, se fizessem alguma gracinha.

— Aposto que poderia, Shad. E aposto que vai fazer isso! Quem vai ser o próximo que você vai prender, Shad?

— Hein?

— Ah, vamos lá! Não seja tão pão-duro com seus segredos!

— O que está tentando fazer, benzinho, me sondar?

— Não, claro que não... eu só...

— Certeza! Você queria ver o bobo aqui abrir a boca para ficar sabendo de tudo o que ele sabe. E é muita coisa, pode apostar! Nada feito, benzinho!

— Shad, eu só... Eu adoraria ver um esquadrão dos Homens Minuto prendendo alguém algum dia. Deve ser terrivelmente emocionante!

— É, é bastante emocionante, certo, certo! Quando o pobre idiota tenta resistir, e você joga o rádio dele pela janela. Ou quando a mulher do sujeito fica atrevida e começa a falar demais, e então você ensina a ela uma pequena lição deixando que ela observe enquanto você o derruba no chão e bate nele... Talvez isso soe meio bruto, mas você compreende, ao fim e ao cabo é a melhor coisa que você pode fazer por esses coitados, porque ensina para eles como se comportar.

— Mas... você não vai achar que sou horrorosa, que não pareço uma mulher, vai? Mas eu gostaria de ver você levando um desses caras, só uma vez. Vamos, conta! Quem vai ser o próximo que você vai prender?

— Danada! Danada! Você não deveria tentar enganar o papai aqui. Não. O que faz você parecer uma mulher é fazer amor comigo! Ah, venha aqui, vamos nos divertir um pouco, benzinho! Você sabe que é louca por mim!

Nesse momento ele realmente a agarrou e colocou a mão nos peitos dela. Ela se debateu, completamente amedrontada e, não mais cínica e sofisticada, gritou:

— Não, não!

Ela chorou lágrimas verdadeiras, mais de ódio que de pudor. Ele afrouxou um pouco os braços, e ela teve a inspiração de soluçar.

— Ah, Shad, se você realmente quer que eu faça amor com você, você precisa me dar um tempo! Você não ia querer que eu fosse atirada e deixasse você fazer comigo qualquer coisa que quisesse... Você, na sua posição? Ah, Shad, você não poderia fazer isso...

— É, pode ser — disse ele, com a presunção de uma carpa.

Ela havia levantado de um salto, enxugando as lágrimas. E através da porta, no quarto, sobre uma escrivaninha de tampo reto, viu um molho de duas ou três chaves. Chaves do escritório dele, de armários secretos e gavetas com os planos do Corpo! Sem dúvida! Sua imaginação, dentro de um segundo, viu a si mesma tirando um molde das chaves, pedindo a John Pollikop, aquele mecânico polivalente, que fizesse cópias, ela mesma e Julian, de alguma maneira entrando furtivamente no quartel-general do Corpo à noite, perigosamente se esgueirando sem serem vistos pelos guardas, vasculhando cada maldito arquivo de Shad...

Ela gaguejou.

— Você se importa se eu entrar para lavar o rosto? Cara de choro. Que boba que eu sou! Por acaso você não tem nenhum pó facial em seu banheiro, né?

— Ué... quem você pensa que eu sou? Um caipira, ou um monge, talvez? Pode apostar que eu tenho pó facial... ali no armário do banheiro. De dois tipos. Que tal o serviço? As mulheres são bem cuidadas aqui!

Doeu, mas ela conseguiu improvisar algo como uma risadinha antes de entrar no quarto e fechar e trancar a porta.

Correu até as chaves. Pegou um bloco de papel de rascunho amarelo e um lápis e tentou rabiscar o molde de uma chave como tempos atrás havia feito com moedas para usar na pequena "MERCENARIA" de C. JESSUp & J. falck.

A mancha do lápis mostrava apenas um perfil geral da chave; os pequenos entalhes não haviam sido gravados nitidamente. Em pânico, ela experimentou fazer um molde com uma folha de papel carbono, e depois com o papel higiênico, úmido e seco. Nada disso funcionou para fazer um molde. Ela apertou a chave contra uma vela do hotel que estava num castiçal de louça junto à cama de Shad. A vela era muito dura. O sabonete também. E Shad estava agora forçando a maçaneta da porta, e dizendo:

— Diacho! — depois gritando: — O que tá fazendo aí? Tirando um cochilo?

— Saio agora mesmo.

Ela recolocou as chaves no lugar, jogou o papel amarelo e o papel carbono pela janela, pôs a chave e o sabonete de volta no lugar, esfregou o rosto com uma toalha seca, jogou o pó como se estivesse trabalhando contra o relógio no reboco de um muro, e foi depressa para a antessala. Shad parecia esperançoso. Tomada pelo pânico, ela percebeu que agora, antes de ele confortavelmente se sentar e ficar apaixonado de novo, era a sua única chance de escapar. Apanhou o casaco e disse num tom melancólico:

— Outra noite, Shad. Você precisa me deixar ir agora! — E fugiu antes que ele pudesse abrir seu focinho vermelho.

No corredor do hotel, após contornar um canto, ela encontrou Julian.

Ele estava parado e tenso, tentando se parecer com um cão de guarda, a mão direita no bolso como se estivesse segurando um revólver.

Ela se jogou nos braços dele e soltou um grito lamentoso.

— Deus do céu, o que ele fez com você? Vou entrar lá e matar Shad.

— Ah, não fui seduzida. Não é por esse tipo de coisa que estou gritando. É só porque sou uma péssima espiã!

Mas alguma coisa isso tudo rendeu.

A coragem dela animou Julian a fazer algo que ele havia muito antes desejado, mas tivera medo de agir: alistar-se nos Homens Minuto, vestir um uniforme, "trabalhar de dentro", e fornecer informações a Doremus.

— Vou falar com Leo Quinn, você o conhece? O pai trabalha na estação de trem? Costumava jogar basquete na escola. Vou pedir que ele fique como motorista do Dr. Olmsted no meu lugar, e em geral cumprir tarefas para o N.S. Ele tem fibra e odeia os Corpos. Mas olhe, Sissy, olhe, Sr. Jessup: Para que eu consiga que os Homens Minuto confiem em mim, tenho de fingir que tive uma briga feia com vocês e todos os seus amigos. Vejam. Sissy e eu vamos passear pela Elm Street amanhã à noite, fazendo de conta que somos namorados em pé de guerra. O que acha disso, Sis?

— Legal! — disse, sorrindo, aquela atriz incorrigível.

Ela deveria estar, cada noite às 11 horas, em um bosque de bétulas na Pleasant Hill logo acima da residência dos Jessups, onde eles haviam brincado de casinha na infância. Como a rua fazia uma curva, o local podia ser acessado de quatro ou cinco direções diferentes. Ali ele deveria entregar a ela seus relatos sobre os planos dos Homens Minuto.

Mas quando ele se esgueirou para dentro do bosque pela primeira vez e ela nervosamente acendeu sua lanterna portátil na direção dele, ela soltou um grito ao vê-lo uniformizado como um Homem Minuto, como um inspetor. Aquela túnica azul, aquele quepe inclinado que, no cinema e nos livros de história, haviam significado juventude e esperança, agora simbolizavam apenas a morte... Ela se perguntou se em 1864 aquela visão não havia significado morte, muito mais do que luares e magnólias, para muitas mulheres. Ela pulou nos braços dele, abraçando-o como se quisesse protegê-lo do próprio uniforme, e no perigo e na incerteza atual do amor deles, Sissy começou a amadurecer.

29

A propaganda por todo o país não era tudo para o Novo Subterrâneo; nem mesmo a maior parte dela; e embora os panfleteiros que trabalhavam a favor do N.S., tanto no país quanto exilados no exterior, incluíssem centenas dos mais capazes jornalistas profissionais da América, eles eram tolhidos por um certo respeito aos fatos que nunca demoveu os agentes de imprensa a favor do Corpoísmo. E os Corpos tinham uma equipe notável, que incluía presidentes de faculdades, alguns dos mais renomados anunciantes de rádio que tempos atrás haviam anunciado sua afeição por enxaguantes bucais e café que não causava insônia, famosos ex-correspondentes de guerra, ex-governadores, antigos vice-presidentes da Federação Americana do Trabalho e ninguém, ninguém menos que o conselheiro de relações públicas de uma opulenta corporação de fabricantes de produtos elétricos.

Os jornais em todos os lugares não podiam mais ser tão inocuamente liberais a ponto de publicar as opiniões dos que não eram Corpos; podiam dar algumas poucas notícias daqueles antigos países democráticos, a Grã-Bretanha, a França e os estados escandinavos; na verdade não podiam praticamente publicar notícias internacionais, exceto aquelas que tratavam do triunfo da Itália em proporcionar para a Etiópia boas estradas, trens pontuais, a eliminação dos mendigos e dos homens honrados, e todas as outras benesses espirituais da civilização romana. Mas, por outro lado, nunca os jornais mostraram tantas tirinhas cômicas; a mais popular era uma muito engraçada sobre um cara todo atrapalhado do Novo Subterrâneo que vivia vestido de luto e usava uma cartola adornada de crepe e que estava sempre levando surras cômicas dos Homens Minuto. Nunca houvera, mesmo nos dias em que o Sr. Hearst estava libertando Cuba,[53] tantas manchetes em letras garrafais na cor vermelha. Nunca tantos desenhos dramáticos de assassinatos (os assassinos eram sempre famigerados anti-Corpos). Nunca tanta riqueza de matérias, dignas de suas 24 horas de imortalidade, como os artigos provando, e provando com números, que os salários americanos eram universalmente mais altos, as mercadorias universalmente mais baratas, os orçamentos de guerra menores, mas o exército e seus equipamentos muito maiores do que nunca antes na história. Nunca houvera antes polêmicas tão idôneas como as que provavam que todos os não-Corpos eram comunistas.

Quase todos os dias Windrip, Sarason, o Dr. Macgoblin, o Secretário da Guerra Luthorne, ou o Vice-Presidente Perley Beecroft humildemente se dirigiam ao seus Patrões, o grande Público em Geral, via rádio, congratulando-os por criarem um novo mundo por meio de seu exemplo de solidariedade americana — marchando ombro a ombro sob a Grande e Velha Bandeira, camaradas nas bênçãos da paz e camaradas nas alegrias da guerra por vir.

....

[53] Referência a William Randolph Hearst (1863-1951), jornalista, editor e proprietário do *The New York Journal*. A cobertura que o jornal fez da insurreição cubana contra a Espanha em 1895 tinha um forte viés, com artigos, tirinhas e manchetes que promoviam a causa cubana e incitavam os EUA a intervirem em Cuba. O resultado foi a Guerra Hispano-Americana (1898). (N. T.)

Filmes amplamente divulgados, subsidiados pelo governo (e poderia haver qualquer prova melhor da atenção dedicada pelo Dr. Macgoblin e os outros líderes nazistas às artes do que o fato de que atores que antes do tempo do Chefe recebiam apenas 1500 dólares de ouro por semana agora recebiam cinco mil?), exibiam Homens Minuto dirigindo carros blindados a 130 quilômetros por hora, pilotando uma esquadrilha de mil aviões, e sendo muito carinhosos com uma garotinha e seu gatinho.

Todos, inclusive Doremus Jessup, haviam dito em 1935 que "se vier a existir uma ditadura fascista aqui, a independência e o humor pioneiros dos americanos são tão singulares que a situação será muito diferente de qualquer outra na Europa".

Durante quase um ano inteiro após Windrip ter sido eleito, isso parecia correto. O Chefe era fotografado jogando pôquer, em manga de camisa com um chapéu-coco para trás, na cabeça, com um jornalista, um chofer e um par de rudes trabalhadores da indústria do aço. O Dr. Macgoblin em pessoa conduzia uma banda de metais do Clube dos Alces e mergulhou concorrendo com as belezas de maiô de Atlantic City. Relatos fidedignos afirmavam que os Homens Minuto pediam desculpas aos prisioneiros políticos por ter de prendê-los, e que os prisioneiros brincavam em tom amigável com os guardas... no início.

Tudo aquilo se fora, dentro de um ano após a tomada de posse, e cientistas surpresos descobriram que chicotes e algemas machucavam com a mesma intensidade no límpido ar americano e nas névoas miasmáticas da Prússia.

Doremus, lendo os autores que havia escondido no sofá de crina de cavalo — o bravo comunista, Karl Billinger, o bravo anticomunista, Tchernavin, e o bravo neutro, Lorant — começou a perceber algo parecido com uma biologia das ditaduras, todas as ditaduras. A apreensão universal, as tímidas negações da fé, os mesmos métodos de prisão — batidas repentinas na porta tarde da noite, o esquadrão da polícia entrando à força, os socos, a revista, os xingamentos obscenos dirigidos às mulheres amedrontadas, a tortura impiedosa infligida pelos policiais mais jovens, os golpes que a acompanhavam e em seguida os espancamentos formais, em que o prisioneiro era obrigado a contar as pancadas até desmaiar, as camas imundas e o cozido azedo, guardas zombando e atirando várias vezes num prisioneiro que acredita estar sendo executado, a espera solitária para saber o que acontecerá, até os homens enlouquecerem e se enforcarem.

Coisas assim haviam acontecido na Alemanha, exatamente assim na Rússia Soviética, na Itália e na Hungria e na Polônia, na Espanha, e em Cuba e no Japão e na China. Não muito diferentes haviam sido sob as bênçãos da liberdade e da fraternidade na Revolução Francesa. Todos os ditadores seguiam a mesma rotina de tortura, como se todos tivessem lido o mesmo manual de etiqueta sádica. E agora, na terra bem-humorada, amigável e confiante de Mark Twain, Doremus via os maníacos homicidas se divertindo da mesma forma que outros haviam feito na Europa Central.

A América seguia também as mesmas finanças engenhosas da Europa. Windrip havia prometido tornar a todos mais ricos, e havia conseguido tornar a todos, exceto uma centena de banqueiros, industriais e soldados, muito mais pobres. Ele não precisava de matemáticos muito avançados para produzir seus relatórios financeiros: qualquer assessor de imprensa medíocre podia fazer aquilo. Para demonstrar uma economia de 100% nas despesas militares, quando na verdade o aumento do efetivo fora de 700%, havia sido necessário apenas cobrar dos departamentos não militares todas as despesas com os Homens Minuto, de modo que o treinamento deles na arte de fincar a baioneta foi debitado do Departamento de Educação. Para demonstrar um aumento nos salários médios, eram feitos truques com "categorias de mão de obra" e "salários mínimos exigidos", sem que ninguém se lembrasse de declarar quantos trabalhadores eram elegíveis para o "mínimo", e quanto foi declarado como "salários", nos livros de contabilidade, para cobrir a comida e abrigo de milhões nos campos de concentração.

Tudo isso proporcionava uma leitura magnífica. Nunca houvera ficção tão elegante e romântica.

Até mesmo os Corpos leais começaram a se questionar por que as forças armadas (exército e Homens Minuto juntos) estavam sendo tão exponencialmente aumentadas. Estaria um amedrontado Windrip se preparando para se defender contra um levante de toda a nação? Será que ele planejava atacar toda a América do Norte e a América do Sul e tornar-se imperador? Ou ambas as coisas? De qualquer forma, as forças estavam tão inchadas que, mesmo com seu poder despótico de taxação, o governo do Corpo nunca tinha o bastante. Eles começaram a forçar as exportações, a praticar o *dumping* de trigo, milho, madeira, cobre, petróleo, maquinário. Aumentavam a produção, forçavam-na por meio de multas e ameaças, e então arrancavam do agricultor tudo o que ele tinha, para exportar a preços aviltados. No entanto, em casa os preços não eram reduzidos, mas se elevavam, de forma que quanto mais exportássemos, menos o trabalhador industrial da América tinha para comer. E Comissários de Condado realmente fervorosos tiravam do agricultor (à maneira patriótica dos muitos condados do Meio-Oeste em 1918) até mesmo sua quota de semente, para que ele não pudesse mais plantar, e nos mesmos acres onde antes havia cultivado trigo a mais, ele agora ansiava por pão. E enquanto ele estava passando fome, os Comissários continuavam tentando fazê-lo pagar as promissórias que fora obrigado a assinar para comprar no plano parcelado.

Mas mesmo assim, quando realmente morria de fome, nenhuma dessas coisas o preocupava.

Havia filas do pão agora em Fort Beulah, uma ou duas vezes por semana.

Para um Doremus, o fenômeno da ditadura mais difícil de entender, mesmo quando ele o observava diariamente em sua rua, era a progressiva diminuição da alegria entre as pessoas.

A América, como a Inglaterra e a Escócia, nunca fora uma nação realmente alegre. Na verdade, sempre fora pesada e ruidosamente chistosa, com um substrato de preocupação e insegurança, na imagem de seu santo padroeiro, Lincoln, das histórias galhofeiras e do coração trágico. Mas pelo menos antes havia cumprimentos efusivos de um homem para o outro; havia o clamoroso *jazz* para se dançar, as animadas vaias cheias de gírias dos jovens, e o ruído estrondoso do tráfego tremendo.

Toda aquela falsa alegria estava diminuindo agora, dia após dia.

Os Corpos não encontravam nada mais conveniente para sugar do que o prazer público. Depois que o pão havia mofado, os circos foram fechados. Havia impostos ou aumentos de impostos sobre carros, cinemas, teatros, danças e *ice-cream sodas*. Havia um imposto sobre o ato de tocar um fonógrafo ou um rádio em qualquer restaurante. Lee Sarason, ele mesmo um solteirão, criou uma supertaxação sobre solteirões e solteironas e, indo no sentido oposto, um imposto sobre todas as cerimônias de casamento nas quais havia mais de cinco pessoas presentes.

Até mesmo os mais temerários jovens iam cada vez menos a divertimentos públicos, porque ninguém que não estivesse ostensivamente vestindo um uniforme queria ser notado naqueles dias. Era impossível ficar sentado em um local público sem imaginar quais espiões estavam vigiando você. Assim, todo o mundo ficava em casa, e saltava de susto a cada passada, a cada toque do telefone, a cada batida do ramo de uma hera na janela.

As pessoas definitivamente comprometidas com o Novo Subterrâneo eram as únicas com quem Doremus ousava conversar sobre qualquer coisa mais incriminadora do que a possibilidade de chover, embora ele antes tivesse sido o mais gentil conversador da cidade. Ele sempre levara dez minutos a mais do que era humanamente possível para caminhar até o escritório do *Informer*, porque parava em cada esquina para perguntar sobre a mulher doente de alguém, para falar de política, da colheita das batatas, discutir opiniões sobre o Teísmo e a sorte na pescaria.

À medida que lia sobre rebeldes contra o regime que atuavam em Roma, em Berlim, ele os invejava. Eles tinham milhares de agentes governamentais, não identificáveis e assim mais perigosos, para vigiá-los; mas eles também tinham milhares de camaradas junto aos quais podiam buscar encorajamento, fazer animadas fofocas pessoais, conversar sobre compras e ter a certeza de que não eram completamente idiotas por arriscarem sua vida por uma amante tão mal-agradecida quanto a Revolução. Aqueles apartamentos secretos nas grandes cidades — talvez alguns deles realmente estivessem cheios do brilho róseo que tinham na ficção. Mas as cidades como Fort Beulah, em qualquer lugar do mundo, eram tão isoladas, os conspiradores tão conhecidos um do outro, que apenas por uma inexplicável fé as pessoas conseguiam continuar.

Agora que Lorinda se fora, com certeza não havia nada divertido em andar furtivamente pelos cantos, tentando parecer outra pessoa, simplesmente para encontrar com Buck e Dan Wilgus e aquela boa mulher, Sissy!

Buck e ele e o resto, eles eram muito amadores. Precisavam da orientação de agitadores veteranos como o Sr. Ailey e o Sr. Bailey e o Sr. Cailey.

Seus panfletos precários, seus jornais com impressão borrada, pareciam fúteis frente ao enorme clamor da propaganda do Corpo. Parecia pior que fútil, parecia insano, arriscar-se ao martírio em um mundo onde fascistas perseguiam comunistas, comunistas perseguiam sociais-democratas, sociais-democratas perseguiam todos os que defendessem esse mundo, onde arianos que se pareciam com judeus perseguiam judeus que se pareciam com arianos, e os judeus perseguiam seus devedores; onde cada estadista e sacerdote elogiava a paz e asseverava com clareza que o único modo de conseguir a paz era se preparar para a guerra.

Que motivo concebível alguém poderia ter para buscar a honradez em um mundo que tanto odiava a honradez? Por que fazer qualquer coisa exceto comer e ler e fazer amor e garantir um sono livre de perturbações por policiais armados?

Ele nunca encontrava nenhum motivo particularmente bom. Ele simplesmente ia em frente.

Em junho, quando a célula do Novo Subterrâneo de Fort Beulah já estava fazendo seu trabalho por uns três meses, o Sr. Francis Tasbrough, o dono de pedreira que valia ouro, visitou seu vizinho, Doremus.

— Como vai, Frank?

— Bem, Remus, como vai o velho cri-crítico?

— Bem, Frank. Continuo criticando. Tempo bom para criticar, além do mais. Aceita um charuto?

— Obrigado. Tem fósforo? Obrigado. Vi a Sissy ontem. Ela parece ótima.

— Sim, ela está ótima. Vi Malcolm passando de carro ontem. O que ele achou da Universidade da Província, em Nova York?

— Ah, ele gostou sim. Diz que a parte de esportes é ótima. Eles vão chamar Primo Carnera para ser o treinador de tênis no próximo ano. Acho que é Carnera. Acho que é tênis. Mas de qualquer forma, a parte de esportes é ótima, pelo que Malcolm diz. Olhe, uh, Remus, tem uma coisa que eu estava querendo lhe perguntar. Eu... uh, o fato é que não quero que você repita isso para mais ninguém. Sei que você pode guardar um segredo, mesmo sendo um jornalista, ou tendo sido um jornalista, quero dizer, mas... O fato é que (e essa informação é interna, oficial), vai haver algumas promoções no governo, em todos os níveis. Isso é confidencial e a informação veio até mim direto do Comissário de Província, Coronel Haik. Luthorne está acabado como Secretário da Guerra. Ele é um bom sujeito, mas não fez tanta publicidade para os Corpos a partir de seu cargo como o Chefe desejava que ele fizesse. Haik vai ficar no lugar dele e também vai assumir a posição de Marechal dos Homens Minuto, que é ocupada por Lee Sarason (suponho que Sarason tenha coisas demais para fazer). Bem, então, John Sullivan Reek está cotado para se tornar Comissário de Província; isso deixa vago o cargo de Comissário de Distrito para Vermont--New Hampshire, e eu sou uma das pessoas que estão sendo seriamente consideradas. Já falei bastante a favor dos Corpos, e conheço Dewey Haik muito bem. Pude aconselhá-lo sobre a construção de prédios públicos. É óbvio que não há nenhum dos Comissários de Condado por aqui que esteja à altura de um Comissariado de Distrito. Nem mesmo o Dr. Staubmeyer; certamente não Shad Ledue. Então, se você estivesse disposto a se juntar a mim, sua influência poderia ajudar...

— Meu Deus do céu, Frank, a pior coisa para você, se você quer o cargo, é pedir que eu o recomende! Os Corpos não gostam de mim. Ah, claro que eles sabem que sou leal, e que não sou nenhum desses anti-Corpos sujos e traiçoeiros, mas eu nunca fiz muito ruído no jornal para satisfazê-los.

— Exatamente por isso, Remus! Tenho uma ideia realmente sensacional. Mesmo não gostando de você, os Corpos o respeitam, e eles sabem há quanto tempo você é importante para o Estado. Ficaríamos todos muito felizes se você se juntasse a nós. E suponha que você fizesse isso e deixasse que as pessoas soubessem que foi minha influência que o converteu ao Corpoísmo. Isso pode significar um importante apoio. E entre velhos amigos como nós, Remus, posso lhe dizer que esse cargo de Comissário de Distrito seria útil para mim nos negócios da pedreira, sem falar das vantagens sociais. E se eu conseguir o cargo, posso lhe prometer que vou tirar o *Informer* das mãos de Staubmeyer e daquele salafrário sujo, o Itchitt, e devolvê-lo a você para dirigi-lo exatamente como quiser; contanto, é claro, que você não critique o Chefe e o Estado. Ou, se você preferir, acho que provavelmente eu poderia arranjar um emprego para você como juiz militar (eles não precisam necessariamente ser advogados) ou talvez o cargo do Presidente Peaseley como Diretor da Educação do Distrito. Você teria muita diversão com isso! É engraçadíssimo como todos os professores beijam o pé do Diretor. Vamos lá, meu velho! Pense só em como nos divertíamos nos velhos tempos! Caia na real e enfrente o inevitável e junte-se a nós e faça uma boa publicidade para mim. O que você me diz, hein? Hein?

Doremus refletiu que a pior provação para um propagandista revolucionário não era arriscar a própria vida, mas ser obrigado a ser polido com pessoas como o Futuro Comissário Tasbrough.

Ele achou que sua voz saiu educada quando murmurou:

— Acho que estou velho demais para isso, Frank.

Mas, ao que pareceu, Tasbrough ficou ofendido. Ele se levantou de repente e se afastou com passos pesados, resmungando.

— Certo, então ficamos assim!

— E eu nem dei a ele uma chance de dizer alguma coisa sobre ser realista ou quebrar os ovos para fazer uma omelete — lamentou-se Doremus.

No dia seguinte, Malcolm Tasbrough, encontrando-se com Sissy na rua, foi rude e nem falou com ela. Na hora, os Jessups acharam isso muito engraçado. Acharam menos engraçado quando Malcolm expulsou o pequeno David do pomar de maçãs de Tasbrough, que o menino costumava usar como a Grande Floresta Ocidental, onde a qualquer hora era muito possível encontrar Kit Carson, Robin Wood e o Coronel Lindbergh caçando juntos.

Podendo apenas contar com a informação de Frank, Doremus não podia fazer muito mais do que insinuar na *Vigilância de Vermont* que o Coronel Dewey Haik deveria ser nomeado Secretário da Guerra, e informar os leitores sobre o currículo militar de Haik. Isso incluía os fatos de que, como primeiro-tenente na França em 1918, ele estivera sob fogo cruzado por menos de 15 minutos, e que seu único verdadeiro triunfo fora comandar milícias do estado durante uma greve em Oregon, quando 11 grevistas foram assassinados, cinco deles pelas costas.

Depois Doremus esqueceu Tasbrough de forma feliz e completa.

30

Mas pior do que ter de ser polido com o Sr. Tasbrough era manter a boca fechada quando, quase no final do mês de junho, um jornalista em Battington, Vermont, foi de repente preso como editor da *Vigilância de Vermont* e autor dos panfletos na verdade escritos por Doremus e Lorinda. Ele foi para um campo de concentração. Mas Buck e Dan Wilgus e Sissy evitaram que Doremus confessasse, e impediram até mesmo que ele fosse visitar a vítima, e quando, sem ter mais Lorinda ali com quem trocar ideias, Doremus tentou explicar tudo para Emma, ela disse:

— Não foi mesmo uma sorte o governo ter culpado outra pessoa?!

Emma tinha construído a teoria de que a atividade do Novo Subterrâneo era algum tipo de jogo travesso que mantinha seu menino, Doremus, ocupado após a aposentadoria. Ele estava importunando os Corpos de maneira leve. Emma não tinha certeza de que era realmente bacana importunar as autoridades legais, mas mesmo assim, para um sujeito pequeno, o seu Doremus fora sempre supreendentemente impetuoso — exatamente como (ela muitas vezes confidenciava a Sissy), um impetuoso cachorrinho *Scotch terrier* que ela tivera quando menina. O nome dele era Sr. McNabbit, um pequeno *Scotch terrier*, mas que coisa! Tão impetuoso que agia como um verdadeiro leão.

Ela estava bem feliz com o fato de Lorinda ter ido embora, embora gostasse de Lorinda e se preocupasse em como ela iria se dar com uma casa de chá em uma nova cidade, uma cidade onde nunca havia morado. Mas ela não podia evitar a sensação (ela confidenciava não só para Sissy, mas para Mary e Buck) de que Lorinda, com todas as suas ideias malucas sobre os direitos das mulheres e sobre os trabalhadores serem tão bons quanto seus patrões, tinha uma má influência sobre a tendência de Doremus a se exibir e chocar as pessoas. (Não entendeu muito bem por que Buck e Sissy riram daquele jeito. Não fora intenção dela dizer nada engraçado.)

Já havia muitos anos que se acostumara à rotina irregular de Doremus de perturbar o sono dela, voltando da casa de Buck naquele horário inadequado a que ela se referia como "altas horas", mas ela realmente gostaria que ele fosse "mais pontual nas refeições", e ela até desistira de perguntar por que, nos últimos tempos, ele parecia gostar de se associar a Pessoas Comuns, como John Pollikop, Dan Wilgus, Daniel Babcock e Pete Vutong. Meu Deus! Alguns diziam que Pete não sabia nem ler e escrever, e Doremus tão culto, e tudo o mais!! Por que ele não ficava mais com pessoas bacanas como Frank Tasbrough e o Professor Staubmeyer e o Sr. R. C. Crowley e o novo amigo dele, o Excelentíssimo Sr. John Sullivan Reek?

Por que ele não ficava fora da política? Ela sempre *dissera* que a política não era ocupação para um cavalheiro!

Como David, agora com dez anos de idade (e como 20 ou 30 milhões de outros americanos, de um a cem anos, mas todos com a mesma idade mental), Emma pensava que a marcha dos Homens Minuto era um espetáculo muito bom, bem parecido com os filmes sobre a Guerra Civil, tudo bastante educativo; e embora fosse claro que se Doremus não gostava do Presidente

Windrip, ela se opunha a ele também, o Sr. Windrip não falava tão bonito sobre a língua pura, o comparecimento à igreja, impostos baixos e a bandeira americana?

    Os realistas, os que faziam omeletes, realmente subiram de nível, como Tasbrough havia previsto. O Coronel Dewey Haik, Comissário da Província do Nordeste, se tornara Secretário da Guerra e Marechal dos Homens Minuto, enquanto o antigo secretário, o Coronel Luthorne, havia se retirado para o Kansas e os negócios imobiliários. Ele era elogiado por todos os homens de negócios por ter tido a disposição de desistir da grandiosidade de Washington para se dedicar a coisas práticas e à sua família, que, toda a imprensa comentava, havia sentido muito a falta dele. Comentava-se, nas células do Novo Subterrâneo, que Haik poderia até ir além do cargo de, Secretário da Guerra; e que Windrip estava preocupado com o aumento de uma certa efeminação em Lee Sarason sob o arco de luz da glória.

    Francis Tasbrough foi elevado ao cargo de Comissário de Distrito em Hanover. Mas o Sr. Sullivan Reek não se tornou automaticamente Comissário de Província. Comentava-se que ele tinha demasiados amigos entre os políticos da velha guarda cujos cargos os Corpos estavam tão entusiasticamente tomando. Não, o novo Comissário de Província, vice-rei e general, era agora o Juiz Militar Effingham Swan, o único homem que Mary Jessup Greenhill odiava mais do que odiava Shad Ledue.

    Swan era um comissário esplêndido. Três dias após ter assumido o cargo, ele mandou prender John Sullivan Reek e outros sete comissários assistentes de distrito. Eles foram julgados e condenados, tudo em 24 horas. Também mandara prender uma mulher de 80 anos, mãe de um agente do Novo Subterrâneo, mas que fora isso não era acusada de maldade alguma... Ela foi enviada para um campo de concentração destinado aos mais graves casos de traição, que ficava numa pedreira abandonada que sempre estava coberta por 30 centímetros de água. Dizem por que Swan, após condená-la, fez-lhe uma mesura com toda a cortesia.

O Novo Subterrâneo estava enviando advertências, do quartel general de Montreal, que deveriam ser redobradas as precauções para os agentes não serem pegos distribuindo propaganda. Eles estavam desaparecendo de forma alarmante.

Buck escarneceu dos avisos, mas Doremus ficou nervoso. Ele notara que o mesmo homem desconhecido, aparentemente um caixeiro-viajante, um homem grande com olhos perturbadores, tinha duas vezes travado conversa com ele no saguão do Hotel Wessex, e muito obviamente sugerido ser um anti-Corpo que adoraria ouvir de Doremus alguma coisa desagradável sobre o Chefe e os Homens Minuto.

Doremus passou a ter mais cuidado para ir à casa de Buck. Ele estacionava o carro em várias diferentes estradas secundárias e ia a pé para o porão secreto.

Na noite de 28 de junho de 1938, teve a impressão de que estava sendo seguido; um carro estava praticamente colado atrás do dele, com faróis pintados de vermelho, que ele ansiosamente vigiava pelo retrovisor, no momento em que pegou a rodovia de Keezmet na direção da propriedade de Buck. Ele entrou numa estradinha vicinal, depois outra. O carro-espião o seguiu. Ele parou na entrada de uma casa do lado esquerdo da estrada, e desceu furioso do carro, a tempo de ver o outro carro passando, dirigido por um homem parecido com Shad Ledue. Deu a volta e, sem disfarçar mais nada, correu para a casa de Buck.

No porão, Buck estava feliz, datilografando matérias para a *Vigilância,* enquanto o Padre Perefixe, em mangas de camisa, colete aberto e gravata borboleta preta, solta, abaixo de seu colarinho virado para cima, estava sentado a uma mesa de pinho lisa, escrevendo aos católicos da Nova Inglaterra uma advertência de que, embora os Corpos tivessem, diferentemente dos nazistas na Alemanha, sido habilidosos o bastante para bajular os prelados, eles haviam diminuído os salários dos trabalhadores católicos dos moinhos franco-canadenses e aprisionado seus líderes, com a mesma severidade que se observara no caso dos malvados protestantes confessos.

Perefixe ergueu o rosto e sorriu para Doremus, se espreguiçou, acendeu um cachimbo e disse, rindo:

— Como grande eclesiástico, Doremus, você acha que estarei cometendo um pecado venial ou um pecado mortal quando publicar esta pequena obra-prima do meu autor favorito, sem o imprimátur do Bispo?

— Stephen! Buck! — disse Doremus. — Acho que estão atrás de nós. Talvez já seja necessário fechar tudo e levar a prensa e os tipos daqui.

Ele relatou que estava sendo seguido. Telefonou para Julian, no quartel dos Homens Minuto e (como havia muitos inspetores franco-canadenses por ali para ele ousar falar no seu francês castiço) falou no ótimo alemão que estivera aprendendo ao fazer traduções:

— *Denks du ihr Freunds dere haben a Idee die letzt Tag von vot ve mach here?*

Julian, com sua educação universitária, tinha tanta cultura internacional a ponto de responder:

— *Ja, Ich mein ihr vos sachen morning free. Look owid!*

Como eles poderiam se mudar? Para onde?

Dan Wilgus chegou, em pânico, uma hora depois.

— Pessoal, estão nos vigiando!

Doremus, Buck e o padre se juntaram em torno daquele *viking* negro.

— Agora mesmo, quando entrei, tive a impressão de ter ouvido alguma coisa nos arbustos, aqui no pátio, perto da casa. E sem nem pensar, apontei a lanterna acesa para lá, e, macacos me mordam se não era o Aras Dilley, e não de uniforme — e vocês sabem como Aras ama seu Deus... Me desculpe, Padre... como ele ama seu uniforme. Ele estava disfarçado! Com certeza. Vestindo um macacão. Parecia um jumento que tinha passado por baixo de um varal. Bem, ele esteve espiando a casa. Claro que as cortinas estavam fechadas, mas não sei o que ele viu e...

Os três grandalhões olharam para Doremus, aguardando ordens.

— Temos de tirar tudo isto daqui! Depressa. Peguem tudo e escondam no sótão de Truman Webb. Stephen, ligue para John Pollikop e Mungo Kitterick e Pete Vutong. Diga que venham para cá, depressa. Diga a John para dar uma passada na casa de Julian e dizer para ele que venha assim que puder. Dan: comece a desmontar a prensa. Buck: embrulhe toda a literatura.

Enquanto falava, Doremus estava embrulhando tipos em tiras de jornal. E às três da madrugada, antes do amanhecer, John Pollikop saiu na direção da propriedade de Truman Webb, levando todo o equipamento da gráfica do Novo Subterrâneo, na velha caminhonete de Buck, na qual mugiam, para quem quisesse ouvir, dois bezerros assustados.

No dia seguinte, Julian arriscou-se a convidar seus superiores Shad Ledue e Emil Staubmeyer para uma partida de pôquer na propriedade de Buck. Eles vieram, alegres. Encontraram Buck, Doremus, Mungo Kitterick e Doc Itchitt — este último um participante totalmente inocente de certas atividades duvidosas.

Jogaram na sala de Buck. Mas durante a noite Buck anunciou que quem quisesse cerveja no lugar de *whisky* iria encontrá-la numa tina com gelo no porão, e que quem quisesse lavar as mãos encontraria dois banheiros no andar superior.

Shad foi depressa pegar a cerveja. Doc Itchitt ainda mais depressa foi lavar as mãos. Os dois se ausentaram por muito mais tempo do que se poderia esperar.

Quando o grupo se separou e Buck e Doremus ficaram sozinhos, Buck soltou guinchos numa alegria bucólica.

— Quase não consegui ficar sério quando ouvi o bom e velho Shad abrindo os armários e dando uma boa olhada em busca de panfletos lá no porão. Bem, Capitão Jessup, isso mais ou menos acaba com a suspeita de este lugar ser uma toca de traidores, eu acho. Meu Deus, como Shad é burro!

Isso aconteceu lá pelas três da madrugada de 30 de junho.

Doremus ficou em casa, escrevendo textos sediciosos, toda a tarde e noite desse mesmo dia, escondendo as folhas sob páginas de jornal na estufa, em seu estúdio, de modo a poder destruí-las com um fósforo em caso de uma invasão — um truque que aprendera com o livro *Fatherland*, do antinazista Karl Billinger.

Essa nova obra era dedicada aos assassinatos ordenados pelo Comissário Effingham Swan.

No primeiro e no segundo dia de julho, quando Doremus foi passear no centro da cidade, veio ostensivamente ao seu encontro o mesmo pesado caixeiro-viajante que cruzara com ele no saguão do Hotel Wessex antes, e que agora insistia para que tomassem um drinque juntos. Doremus escapou e percebeu que estava sendo seguido por um jovem desconhecido, extravagante em uma camisa polo alaranjada e calças cinza, que reconheceu por tê-lo visto trajando o uniforme dos Homens Minuto em um desfile, em junho. No dia três de julho, tomado de pânico, Doremus foi de carro até a propriedade de Truman Webb, gastando uma hora de ziguezagues para chegar lá, e advertiu Truman que não permitisse mais impressões até que ele não estivesse mais sendo perseguido e vigiado.

Quando Doremus foi para casa, Sissy o informou de forma casual de que Shad insistira em que ela fosse com ele a um piquenique dos Homens Minuto na manhã do dia seguinte, 4 de julho, e que, apesar da oportunidade de obter novas informações, ela recusara. Estava com medo dele, rodeado por seus colegas de prontidão.

Na noite do dia 3, Doremus dormiu apenas em espasmos doentios. Estava irracionalmente convencido de que seria preso antes do amanhecer. A noite estava encoberta, elétrica e intranquila. Os grilos emitiam um ruído como se estivessem tomados de uma compulsão, num ritmo de terror. Ele ficou deitado, seu coração batendo ao som deles. Queria fugir. Mas como e para onde, e como poderia abandonar sua família ameaçada? Pela primeira vez, em anos, desejou estar dormindo ao lado da imperturbável Emma, ao lado daquela pequena colina concreta que era seu corpo. Ele riu de si mesmo. O que poderia Emma fazer para protegê-lo dos Homens Minuto? Apenas gritar! E depois, o quê? Mas ele, que sempre dormia com a porta fechada para proteger sua sagrada solidão, saiu da cama para abri-la, para ter o consolo de ouvir Emma respirar, e a mais feroz Mary se agitando no sono, e o ocasional gemido jovem de Sissy.

Foi acordado antes de amanhecer pelos rojões. Ouviu pés marchando. Ficou paralisado na cama. Depois acordou de novo, às sete e meia, e ficou com uma ligeira raiva por nada ter acontecido.

* * *

    Os Homens Minuto levaram para as ruas seus capacetes polidos e todos os cavalos cavalgáveis da vizinhança (alguns deles conhecidos como excelentes cavalos de arado) para a grande celebração da Nova Liberdade na manhã de 4 de julho. Não havia nada que representasse a Legião Americana no garboso desfile. Essa organização havia sido completamente suprimida, e vários de seus líderes haviam sido fuzilados. Outros haviam prudentemente assumido cargos junto aos próprios Homens Minuto.

    As tropas, formando um quadrado oco, com os cidadãos comuns humildemente amontoados atrás dos soldados e a família Jessup meio desorganizada mais ao longe, ouviram todo o discurso do Ex-governador Isham Hubbard, um belo galo rubicundo que podia dizer "Có--có-ró-có-có" com maior profundidade que qualquer ave desde Esopo. Ele anunciou que o Chefe tinha semelhanças extraordinárias com Washington, Jefferson e William B. McKinley e com Napoleão em seus melhores dias.

    As trombetas soaram, os Homens Minuto garbosamente marcharam para nenhum lugar em particular, e Doremus foi para casa, sentindo-se bem melhor após ter dado algumas risadas. Depois do almoço, como estava chovendo, ele propôs jogar cartas com Emma, Mary e Sissy, tendo a Sra. Candy como juíza voluntária.

    Mas a trovoada nas colinas o deixou inquieto. Sempre que não era sua vez de jogar, ele caminhava até a janela. A chuva parou, o sol ameaçou sair por um momento, hesitante, a grama molhada parecia irreal. Nuvens com extremidades esfiapadas, como a barra desfeita de uma saia, se dirigiam para o fundo do vale, encobrindo o maciço do Mount Faithful; o sol se foi como se numa catástrofe gigantesca; e instantaneamente o mundo ficou coberto com uma escuridão profana, que invadiu a sala.

— Nossa, como está escuro! Sissy, acenda as luzes — disse Emma.

A chuva atacou de novo, de repente, e para Doremus, olhando lá fora, todo o mundo conhecido parecia desbotado. Através do dilúvio ele viu o enorme farol de um carro, com as grandes rodas lançando água para cima. "Que carro será esse? Imagino que seja um Cadillac de 16 cilindros", refletiu Doremus. O carro virou, dirigindo-se para o seu portão, quase derrubando um pilar, e parou com um estrondo em frente a sua varanda. Do carro saltaram cinco Homens Minuto, capas pretas impermeáveis sobre seus uniformes. Antes que conseguisse concluir que deles não conhecia nenhum, eles já estavam dentro da sala. O líder, um alferes (e com toda a certeza, Doremus não *o* reconheceu) andou até Doremus, olhou-o casualmente, desferiu um soco em cheio no rosto dele.

A não ser por um leve cutucão de uma baioneta quando fora preso antes, exceto por uma dor de dente ou de cabeça ocasional, ou uma aguilhoada quando batia uma unha, Doremus Jessup não tinha, nos últimos 30 anos, conhecido uma dor real. Era incrível e ao mesmo tempo horripilante aquela tortura nos olhos e nariz e boca arrebentada. Ele se curvou, sem fôlego, e o Alferes deu outro soco em seu rosto, e observou:

— Você está preso.

Mary havia se lançado para cima do Alferes e o estava atingindo com um cinzeiro de louça. Dois Homens Minuto a agarraram, jogaram-na no sofá e um deles a segurou ali. Os outros dois guardas se postaram diante de uma Emma paralisada e de uma Sissy atônita.

Doremus vomitou de repente e caiu no chão, como se estivesse completamente bêbado.

Tinha consciência de que os cinco Homens Minuto estavam arrancando os livros das prateleiras e jogando-os no chão, de modo que as capas se desprendiam, e com a coronha de suas armas estilhaçando vasos e cúpulas de abajures e mesinhas de apoio. Um deles tatuou um tosco H.M. no painel branco acima da lareira com tiros de sua pistola automática.

O Alferes disse apenas, "Cuidado Jim", e beijou a histérica Sissy.

Doremus se esforçou para se levantar. Um Homem Minuto chutou seu cotovelo. A dor foi mortal, e Doremus se contorceu no chão. Ouviu passos subindo a escada. Lembrou-se então de que o manuscrito sobre os assassinatos do Comissário de Província Effingham Swan estava escondido na estufa, em seu estúdio.

O som dos guardas arrebentando a mobília dos quartos no segundo andar era como o de doze lenhadores enlouquecidos.

Em toda a sua agonia, Doremus lutava para se levantar e pôr fogo nos papéis que estavam na estufa antes que pudessem ser encontrados. Tentou olhar para suas mulheres. Conseguiu enxergar Mary, amarrada no sofá. (Quando aquilo havia acontecido?) Mas sua visão estava muito embaçada, a mente muito confusa, para ver qualquer coisa com clareza. Cambaleando, algumas vezes se arrastando de quatro, ele conseguiu passar pelos homens que estavam nos quartos e subir mais um lance, até o terceiro andar e seu estúdio.

Foi a tempo de ver o Alferes jogando seus livros mais adorados e seus arquivos de correspondência acumulados durante 20 anos, pela janela do estúdio, a tempo de vê-lo vasculhar os papéis na estufa, erguer os olhos num alegre triunfo e dizer, rindo:

— Que bela matéria você escreveu aqui, imagino eu, Jessup. O Comissário Swan vai gostar muito de ver isto!

— Exijo... ver... o Comissário Ledue... o Comissário de Distrito Tasbrough... meus amigos... — gaguejou Doremus.

— Não sei nada sobre eles. Estou dirigindo este espetáculo — disse o Alferes com uma risadinha e em seguida deu um tapa na cara de Doremus, não muito forte, apenas com uma vergonha semelhante à de Doremus quando percebeu que tinha sido covarde a ponto de apelar para Shad e Francis. Ele não abriu mais a boca, não gemeu, nem mesmo para divertir os policiais pedindo, em vão, que poupassem as mulheres, ao ser empurrado por dois lances de escada. Atingindo o último lance, eles o jogaram para baixo e ele aterrissou sobre o ombro já ferido e foi parar dentro do carro grande.

O motorista dos Homens Minuto, que estivera aguardando ao volante, já tinha o motor ligado. O carro disparou com um gemido, ameaçando derrapar a cada instante. Mas o Doremus que sempre se sentira enjoado em derrapagens, nem percebeu. O que poderia ele fazer, de qualquer forma? Estava impotente entre dois guardas no banco de trás, e sua impotência para fazer o motorista diminuir a velocidade parecia ser parte de toda a sua impotência diante do poder do ditador... ele que sempre tivera a certeza de que, em sua presumida dignidade e segurança social, era só um pouquinho superior às leis e aos juízes e policiais, a todos os riscos e a toda a dor de trabalhadores comuns.

Foi descarregado, como um jumento teimoso, na entrada da cadeia do tribunal. Decidiu que quando fosse levado diante de Shad, iria exprobrá-lo tanto, que Shad jamais esqueceria. Mas Doremus não foi levado para dentro do tribunal. Foi chutado na direção de um caminhão pintado de preto, sem inscrição alguma, ao lado da entrada (foi literalmente chutado, enquanto em sua espantada angústia, especulava, "Fico pensando o que é pior: a dor física de ser chutado ou a humilhação de ser feito escravo? Diabos, não fique filosofando. É a dor no traseiro que machuca mais!"

Ele foi içado por uma escadinha para dentro da carroceria do caminhão.

Do interior escuro, um gemido:

— Meu Deus, não você também, Dormouse!

Era a voz de Buck Titus, e com ele estavam como prisioneiros Truman Webb e Dan Wilgus. Dan estava algemado, porque havia resistido muito.

Os quatro homens estavam por demais machucados para falarem muito, enquanto sentiam o caminhão dar uma arrancada e eles começarem a ser jogados uns contra os outros. Num momento, Doremus falou com toda a sinceridade:

— Não sei como dizer com que intensidade lamento ter colocado vocês nesta!

E em outro momento ele mentiu, quando Buck perguntou num resmungo:

— Aqueles ****** ** **** machucaram as meninas?

Devem ter viajado por três horas. Doremus estava em tal coma de sofrimento que, mesmo que suas costas se retraíssem a cada vez que se chocavam contra o chão áspero e seu rosto fosse todo uma única nevralgia, ele cochilava e acordava aterrorizado, cochilava e acordava, cochilava e acordava com seu próprio gemido impotente.

O caminhão parou. As portas se abriram para uma luz densa em meio a prédios de tijolos brancos. Meio atordoado, ele percebeu que estavam no antigo *campus* de Dartmouth, que agora era o quartel-general do Comissário de Distrito do Corpo.

Esse comissário era seu velho conhecido Francis Tasbrough. Ele seria solto! Eles todos seriam soltos. Todos os quatro!

A incredulidade de sua humilhação se extinguiu. Ele se livrou de seu medo doentio como um náufrago que avista um barco se aproximando.

Mas ele não viu Tasbrough. Os Homens Minuto, em silêncio a não ser por imprecações mecânicas, o levaram por um corredor e para uma cela que antes havia sido parte de uma tranquila sala de aula, e o deixaram com um último cascudo na cabeça. Ele caiu num catre de madeira com um travesseiro de palha e adormeceu instantaneamente. Estava muito entorpecido — ele que geralmente olhava os lugares tentando gravá-los na mente — para perceber naquele momento ou depois como era sua cela, exceto que ela parecia estar carregada da fumaça sulfúrica do motor de uma locomotiva.

Quando voltou a si, sentiu o rosto paralisado. Seu casaco estava rasgado e asqueroso com o cheiro de vômito. Sentiu-se degradado, como se tivesse feito algo vergonhoso.

A porta da cela foi violentamente aberta, uma tigela empoeirada de café fraco e uma crosta de pão ligeiramente coberta de margarina lhe foram empurradas, e depois de ter desistido de provar aquilo, nauseado, ele foi conduzido para o corredor por dois guardas, no exato momento em que sentiu vontade de ir ao banheiro. Até isso ele pôde esquecer, na paralisia do medo. Um guarda o segurou pela barbinha bem aparada e a puxou, rindo muito.

— Eu sempre quis saber se a barbicha de um bode descola ou não — disse o guarda, num tom zombador.

Enquanto era assim atormentado, Doremus recebeu do outro homem um golpe atrás da orelha e um comando:

— Venha aqui, sua cabra! Quer que tiremos seu leite? Seu fulano imundo! Por que está aqui? Você parece um alfaiatezinho judeu, seu...

— Ele? — zombou o outro. — Nããoǃ Ele é algum tipo de editor de jornal caipirão. Com certeza vão fuzilá-lo. Traição! Mas espero que antes batam muito nele por ser um editor tão vagabundo.

— Ele? Editor? Ei, pessoal, tive uma ideia! Ei, companheiros!

Quatro ou cinco Homens Minuto, meio vestidos, olharam de um cômodo no final do corredor.

— Este aqui é um escritor. Agora ele vai mostrar para nós como ele escreve! Olhem aqui!

O guarda correu pelo corredor até uma porta com a placa "Cavalheiros", voltou com um pedaço de papel nada limpo, jogou o papel na frente de Doremus e ordenou num com choroso:

— Vamos lá, patrão. Mostre como escreve seus textos. Vamos, escreva um texto pra gente... com seu nariz!

Ele era forte como um touro. Empurrou o nariz de Doremus contra o papel imundo e o segurou lá, enquanto seus companheiros gargalhavam. Foram interrompidos por um oficial que proferiu um comando, mas um comando leniente:

— Vamos lá, pessoal. Parem com as palhaçadas e levem este ***** para a cela de espera. Julgamento esta manhã.

Doremus foi levado para um cômodo sujo em que meia dúzia de prisioneiros estavam aguardando. Um deles era Buck Titus. Sobre um dos olhos, Buck tinha uma bandagem muito mal colocada que estava se soltando e revelava que sua testa fora cortada até o osso. Buck conseguiu piscar jovialmente. Doremus tentou, em vão, não soluçar.

Ele esperou uma hora, em pé, os braços colados ao corpo, sob as ordens de um guarda de cara feia, que agitava um chicote, com o qual lhe bateu nas duas vezes em que suas mãos relaxaram.

Buck foi levado para o julgamento logo antes dele. A porta foi fechada. Doremus ouviu Buck berrar terrivelmente, como se estivesse sendo ferido de morte. O choro diminuiu para uma respiração sufocada. Quando Buck foi levado para fora da sala interna, seu rosto estava sujo e pálido como sua bandagem, sobre a qual escorria sangue. O homem à porta da sala interna sinalizou com o dedo bruscamente para Doremus, e rosnou.

— Você é o *próximo*!

Agora ele veria Tasbrough.

Mas na salinha interna para onde foi levado (e ele ficou confuso, porque tinha a expectativa de uma sala grande de tribunal) havia apenas o Alferes que o prendera no dia anterior, sentado a uma mesa, examinando papéis, enquanto dois impassíveis Homens Minuto estavam de pé, um de cada lado dele, rígidos, com as mãos no coldre da pistola.

O Alferes o manteve esperando durante um tempo, e depois irrompeu com desencorajadora brusquidão.

— Seu nome.

— Você sabe!

Os dois guardas ao lado de Doremus bateram nele.

— Seu nome?

— Doremus Jessup.

— Você é comunista!

— Não sou não!

— Vinte e cinco chibatadas, e o óleo.

Sem acreditar, sem entender, Doremus foi levado através da cela para dentro de um outro compartimento. Uma mesa comprida de madeira estava ali, coberta de sangue seco, fedendo a sangue seco. Os guardas agarraram Doremus, puxaram com força sua cabeça para trás, forçaram a abertura de sua mandíbula, e derramaram cerca de um litro de óleo de rícino em sua boca. Arrancaram sua roupa da parte superior do corpo, jogaram-na no chão grudento. Eles o colocaram de bruços na mesa comprida e começaram a lhe dar vergastadas com uma vara de pescar de aço. Cada golpe lhe cortava a carne das costas, e eles golpeavam devagar, deliciando-se com isso, para evitar que ele desmaiasse depressa demais. Mas ele estava inconsciente quando, para a grande diversão dos guardas, o óleo de rícino fez efeito. Na verdade, ele só percebeu o que acontecera quando se deu conta, praticamente inerte, de que estava sobre um saco imundo de juta no chão de sua cela.

Acordaram-no duas vezes durante a noite para perguntar:

— Você é comunista, né? Melhor admitir que é. Vamos arrancar seu coro se você não admitir!

Embora estivesse mais doente do que nunca estivera em sua vida, ele estava também mais furioso; furioso demais para admitir qualquer coisa, mesmo para salvar sua vida destroçada. Ele simplesmente rosnava, "Não". Mas na terceira surra ele se perguntou, de forma brutal, se "Não" seria agora uma resposta verdadeira. Depois de cada interrogatório ele era submetido de novo a socos, mas não chicoteado com a vara de aço, porque o médico do quartel-general havia proibido isso.

Era um médico jovem de aspecto esportivo, vestido com um calção. Ele disse, bocejando, para os guardas, na sala que fedia a sangue.

— Melhor eliminar as chicotadas, ou esse ***** vai perder os sentidos.

Doremus levantou a cabeça da mesa e disse quase sem fôlego:

— Você diz ser um médico, e se associa com esses assassinos?

— Cale a boca seu *****! Traidores sujos como você merecem apanhar até morrerem... E talvez isso aconteça com você, mas acho que os rapazes vão poupá-lo para o julgamento!

O médico demonstrou todo seu fervor científico torcendo a orelha de Doremus até parecer que ela havia sido arrancada. Ele estava rindo.

— Continuem, rapazes! — disse ele e depois foi embora, cantarolando ostensivamente.

Por três noites ele foi interrogado e fustigado. Uma vez, tarde da noite, por guardas que reclamaram da desumanidade de seus superiores por obrigá-los a trabalhar até tão tarde. Eles se divertiram usando uma velha correia de arreio, presa a uma fivela, para bater nele.

Ele quase sucumbiu quando o Alferes que o interrogava declarou que Buck Titus havia confessado sobre suas propagandas ilegais e narrado tantos detalhes do trabalho que Doremus poderia quase ter acreditado na confissão. Mas ele não deu ouvidos àquilo. Disse a si mesmo: "Não, Buck morreria antes de confessar qualquer coisa. Foi espionagem do Aras Dilley".

O Alferes arrulhou:

— Agora, se você tiver a sensatez de fazer o mesmo que seu amigo Titus, e nos contar quem faz parte da conspiração além dele e você e Wilgus e Webb, vamos libertá-lo. Nós sabemos, é claro. Ah, conhecemos todo o plano, mas apenas queremos saber se você caiu em si e se converteu, meu amiguinho. Agora, quem mais fazia parte? É só dar os nomes deles. E você pode ir embora. Ou você prefere o óleo de rícino e as chicotadas de novo?

Doremus não respondeu.

— Dez chicotadas — disse o Alferes.

Ele era retirado de sua cela e obrigado a caminhar durante meia hora, toda tarde, no *campus*, provavelmente porque preferiria permanecer deitado em seu catre duro, tentando ficar tranquilo o suficiente, de modo que seu coração parasse sua mortal batucada. Cerca de 50 presos marchavam ali, dando voltas sem sentido algum. Ele passou por Buck Titus. Cumprimentá-lo significaria receber um soco dos guardas. Eles se cumprimentaram por rápidas piscadelas, e quando viu aqueles tranquilos olhos de *spaniel*, ele soube que Buck não tinha dado com a língua nos dentes.

E no pátio de exercícios ele viu Dan Wilgus, mas Dan não estava caminhando sozinho; era levado para fora das salas de tortura por guardas, e com seu nariz quebrado, sua orelha esmagada, parecia que tinha sido golpeado por um boxeador. Parecia parcialmente paralisado. Doremus tentou obter informações sobre Dan com um guarda do corredor de sua cela. O guarda, um jovem bonito, de rosto barbeado, conhecido em um vale das White Mountains como um conquistador, e muito gentil com sua mãe, riu:

— Ah, seu amigo Wilgus? O sujeito pensa que pode bater em todo mundo. Ouvi dizer que sempre tenta socar os guardas. Eles vão fazê-lo parar com essa mania, com certeza!

Doremus achou, naquela noite (mas não podia ter certeza), achou que tinha ouvido Dan gemendo, durante metade da noite. Na manhã seguinte lhe contaram que Dan, que sempre se sentira tão mal quando tinha que montar a notícia do suicídio de um covarde, havia se enforcado em sua cela.

Então, inesperadamente, Doremus foi levado a uma sala, desta vez razoavelmente grande, uma antiga sala de aula de Língua Inglesa transformada em um tribunal, para seu julgamento.

Mas não era o Comissário de Distrito Francis Tasbrough quem estava na bancada, nem qualquer outro Juiz Militar... mas não menos um Protetor do Povo que o imponente novo Comissário de Província, Effingham Swan.

Swan estava examinando o artigo de Doremus sobre ele no momento em que Doremus foi levado para se postar diante da bancada. Ele falou (e esse homem rude, com aparência cansada, não era mais o intelectual alegre de Rhodes que havia outrora brincado com Doremus como um menino arrancando asas de moscas):

— Jessup, você se declara culpado de atividades sediciosas?

— Ora... — Doremus buscou inutilmente algo que pudesse servir como aconselhamento legal.

— Comissário Tasbrough! — chamou Swan.

Então, finalmente, Doremus viu seu amigo de infância.

Tasbrough não fez nada de louvável, como evitar os olhos de Doremus. Na verdade, olhou diretamente nos olhos dele, e com a expressão mais afável ao fazer seu depoimento:

— Vossa Excelência, para mim é um sofrimento ter de expor esse homem, Jessup, que conheço desde sempre, e a quem tentei ajudar, mas ele sempre se portou como um sabe-tudo. Ele era alvo de chacotas em Fort Beulah pelo modo como tentava se exibir como um grande líder político. E quando o Chefe foi eleito, ele ficou furioso porque não conseguiu nenhum cargo político, e saía por aí tentando indispor as pessoas para com o novo governo. Eu mesmo o vi fazendo isso.

— Basta. Obrigado. Comissário de Condado Ledue... Capitão Ledue, é ou não verdade que este homem tentou persuadi-lo a fazer parte de um plano violento contra minha pessoa?

Mas Shad não olhou para Doremus enquanto murmurou:

— É verdade.

Swan se inflamou:

— Senhores, acho que isso, mais a prova contida no manuscrito do próprio prisioneiro, que estou segurando aqui, é testemunho suficiente. Prisioneiro, se não fosse por sua idade e sua maldita fraqueza senil, eu o sentenciaria a cem chicotadas, como faço com todos os outros comunistas como você que ameaçam o Estado Corporativo. Mas na presente situação, eu o sentencio a ser mantido em um campo de concentração, segundo os desígnios da Corte, mas com uma sentença mínima de 17 anos.

Doremus calculou rapidamente. Ele tinha 62 anos. Teria 79 ao final da sentença. Nunca voltaria a ver a liberdade.

— E, pelo poder de emitir decretos de emergência conferido a mim como Comissário de Província, também o sentencio ao fuzilamento, mas suspendo essa sentença, embora apenas até quando você for pego tentando escapar. E espero que você tenha muito tempo de prisão, Jessup, para pensar em como foi esperto neste arrebatador artigo que escreveu sobre mim! E para lembrá-lo de que em qualquer noite fria de mau tempo eles podem sair com você na chuva e fuzilá-lo.

Terminou com uma branda sugestão:

— E vinte chibatadas!

Dois minutos mais tarde ele estava recebendo óleo de rícino garganta abaixo; ele se deitou tentando morder a madeira manchada da mesa de suplício; e pode ouvir o zunido da vara de pescar de aço quando um guarda brincava com ela no ar antes desferir chibatadas no quadriculado de ferimentos nas suas costas em carne viva.

31

À medida que o veículo aberto da prisão se aproximava do campo de concentração em Trianon, a última luz da tarde acariciava as espessas bétulas e bordos e choupos que cobriam a pirâmide do Mount Faithful. Mas o cinza rapidamente escalou a encosta e todo o vale foi envolvido pela sombra fria. Em seu assento, o nauseado Doremus se afundou uma vez mais na inércia.

Os imponentes prédios georgianos da escola para moças que havia sido transformada no campo de concentração de Trianon, a 15 quilômetros de Fort Beulah, haviam sido mais mal utilizadas do que ocorrera em Dartmouth, onde prédios inteiros foram reservados para os luxos dos Corpos e suas primas, todas muito arrogantes e arrivistas. A escola de Trianon parecia ter sido assolada por uma enchente. Soleiras de mármore haviam sido arrancadas. (Uma delas agora enfeitava a casa da esposa do Superintendente, a Sra. Cowlick, mulher gorda, irada, cheia de joias, religiosa e propensa a anunciar que todos os oponentes do Chefe eram comunistas e deveriam ser fuzilados imediatamente). Janelas foram destruídas. "Viva o Chefe" foi escrito nas paredes de tijolos e outras palavras, todas de baixo calão, haviam sido apagadas, mas não completamente. Os gramados e canteiros de malvas-rosas estavam agora cobertos de ervas daninhas.

Os prédios ficavam em três lados de um quadrado; o quarto lado e os espaços entre os prédios foram fechados por cercas de pinho bruto encimadas por fios de arame farpado.

Todas as salas, exceto o escritório do Capitão Cowlick, o Superintendente (ele era tão quase-nada como pode ser qualquer homem que atingiu as honras de ser capitão dos Quartéis-Mestres e diretor de prisão), estavam cobertas de imundície. O escritório dele era apenas lúgubre e perfumado com *whisky* e não, como acontecia com os outros, com amônia.

Cowlick não tinha uma índole tão má. Ele desejava que os guardas do campo, todos Homens Minuto, não tratassem os prisioneiros com crueldade, exceto quando eles tentavam fugir. Mas era um homem brando; brando demais para ferir os sentimentos dos Homens Minuto e talvez inibir suas psiques interferindo em seus métodos de disciplina. Os pobres sujeitos provavelmente tinham boas intenções quando vergastavam prisioneiros barulhentos por eles insistirem em que não tinham cometido crime algum. E o bom Cowlick salvou a vida de Doremus por um tempo; deixou-o ficar deitado durante um mês no abafado hospital e comer carne verdadeira em seu quotidiano cozido de carne. O médico da prisão, um bêbado decrépito e decadente que tinha feito seu treinamento médico no final dos anos 1880 e que de certa forma se aproximara de problemas na vida civil por ter realizado um número demasiado de abortos, também tinha índole bastante boa, quando sóbrio, e finalmente ele permitiu que o Dr. Marcus Olmsted de Fort Beulah viesse ver Doremus, e pela primeira vez em quatro semanas Doremus teve notícias, quaisquer notícias, do mundo fora da prisão.

Se na vida normal teria sido uma agonia esperar uma hora para saber o que poderia estar acontecendo com seus amigos e sua família, agora durante um mês ele permanecera sem saber se eles estavam vivos ou mortos.

O Dr. Olmsted, tão culpado quanto o próprio Doremus do que os Corpos chamavam de traição, ousou falar com ele apenas por um momento, porque o médico da prisão permaneceu naquela ala do hospital o tempo todo, babando sobre pacientes feridos por chicotadas e passando iodo mais ou menos perto de seus ferimentos. Olmsted sentou na beirada da maca, com os cobertores imundos que não eram lavados por meses, e murmurou depressa:

— Rápido. Ouça! Não fale nada! A Sra. Jessup e suas duas filhas estão bem. Estão com medo, mas não há sinais de que venham a ser presas. Ouça, Lorinda Pike está bem. Seu neto, David, parece ótimo, embora eu tema que ele vá ser um Corpo quando crescer, como todos os jovens. Buck Titus está vivo, em outro campo de concentração, aquele perto de Woodstock. Nossa célula do Novo Subterrâneo em Fort Beulah está fazendo o que pode. Não publicamos nada, mas enviamos informações. Conseguimos muitas com Julian Falck. Uma grande piada: ele foi promovido: Líder de Esquadrão dos Homens Minuto agora! Mary e Sissy e o Padre Perefixe estão distribuindo panfletos que chegam de Boston; eles ajudam o jovem Quinn (meu motorista) e a mim a enviarmos refugiados para o Canadá... Sim, estamos continuando. Como uma tenda de oxigênio para um paciente que está morrendo de pneumonia... Machuca ver você parecendo um fantasma, Doremus, mas você vai sair desta. Você tem bastante resistência para um esquisitão. Aquele médico da prisão envelhecido em barris de carvalho está olhando para cá. Adeus!

Não lhe permitiram ver Olmsted de novo, mas foi provavelmente a influência de Olmsted que conseguiu para ele, quando recebeu alta do hospital, ainda muito fraco, mas bem o suficiente para cambalear por ali, um extremamente desejável emprego de varredor de celas e corredores, limpador de lavatórios e esfregador de privadas, em vez de trabalhar no grupo do bosque, lá em cima do Mount Faithful, onde se comentava que velhos que não aguentavam o peso das toras e acabavam caindo eram espancados até a morte por guardas comandados pelo sádico Alferes Stoyt, quando o Capitão Cowlick não estava olhando. Também era melhor do que a indesejável ociosidade de ser disciplinado no "calabouço", onde o detento ficava deitado nu, no escuro, e onde os "piores presos" eram punidos tendo de ficar acordados por 48 ou até 96 horas. Doremus era um limpador de privadas consciencioso. Ele não gostava muito do trabalho, mas tinha orgulho em poder esfregar com a mesma habilidade de qualquer pescador de pérolas profissional em um restaurante grego, e satisfação em diminuir um pouco a miséria de seus camaradas aprisionados proporcionando a eles chãos limpos.

Pois, ele dizia a si mesmo, eles eram seus camaradas. Doremus percebia que ele mesmo, que antes se considerava um capitalista porque podia contratar e demitir e porque teoricamente "era dono de seu próprio negócio", ficara tão impotente quanto o mais itinerante zelador quando o Grande Negócio representado pelo Corpoísmo resolveu livrar-se dele. Mesmo assim, ele ainda dizia a si mesmo com convicção que não acreditava mais numa ditadura do proletariado do que acreditava numa ditadura dos banqueiros e donos de serviços públicos; ele ainda insistia em que qualquer médico ou sacerdote (embora economicamente pudesse ficar tão inseguro como o mais humilde de seu rebanho) que não se sentisse um pouco melhor que eles, e privilegiado por gostar de trabalhar um pouco mais, era um médico ruim ou sacerdote sem o dom da graça. Sentia que ele mesmo fora um repórter melhor e mais honrado que Doc Itchitt, e um estudante de política centenas de vezes melhor que a maioria de seus leitores que eram comerciantes, agricultores ou operários de fábricas.

Mesmo assim, ele se despira tanto de seu orgulho burguês que agora sentia orgulho, e até entusiasmo, quando era universalmente chamado de "Doremus" e não de "Sr. Jessup" por agricultores e operários e motoristas de caminhão e por qualquer vagabundo; quando eles admiravam a sua coragem ao ser espancado e sua boa vontade ao ser colocado junto, numa cela estreita, com muitos outros, a ponto de considerá-lo quase tão bom como qualquer um deles, trabalhadores tão viris.

Karl Pascal zombava dele.

— Eu lhe disse, Doremus! Você ainda vai ser um comunista.

— Sim, talvez eu venha a ser, Karl, depois que vocês, comunistas, se livrarem de todos os seus falsos profetas e reclamões e bêbados de poder, e todos os seus propagandistas do metrô de Moscou.

— Está certo, então. Por que você não se junta a Max Eastman?[54] Ouvi falar que ele fugiu para o México e tem um grande partido comunista trotskista puro de 17 pessoas.

— Dezessete? Gente demais. O que quero é ação em massa, feita apenas por um único membro, sozinho no topo de uma montanha. Sou um grande otimista, Karl.

....

[54] Max Eastman (1883-1969) foi um proeminente ativista político estadunidense que escrevia sobre literatura, filosofia e sociologia. Em sua estada na União Soviética entre 1922 e 1924 ele se aproximou de Trótski, de quem continuou amigo durante o exílio deste último no México. Ele também assistiu de perto à disputa pelo poder entre Stálin e Trótski. (N. T.)

Ainda espero que a América possa algum dia elevar-se aos padrões de Kit Carson![55]

Na qualidade de varredor e esfregador, Doremus tinha chances incomuns de fofocar com outros prisioneiros. Ele ria baixinho quando pensava em quantos de seus companheiros de crime eram conhecidos seus. Karl Pascal, Henry Veeder, seu próprio primo, Louis Rotenstern, que agora parecia um cadáver, irremediavelmente ferido em seu velho orgulho de ter se tornado um "verdadeiro americano", Clifford Little, o joalheiro, que estava morrendo de tuberculose, Ben Tripper, que havia sido o mais alegre operário do moinho de Medary Cole, o professor Victor Loveland, do extinto Isaiah College, e Raymond Pridewell, aquele conservador que ainda desprezava elogios, tão limpo em meio à sujeira, de olhos tão perspicazes que os guardas se sentiam desconfortáveis quando tinham de bater nele... Pascal, o comunista, Pridewell, o republicano da nobreza rural, e Henry Veeder, que nunca quisera saber de política e que havia se recuperado dos primeiros choques do aprisionamento, esses três haviam se tornado amigos íntimos, porque tinham mais arrogância de sua absoluta coragem do que qualquer outro na prisão.

....

[55] Christopher "Kit" Houston Carson (1809-1868) foi um pioneiro do Velho Oeste que se tornou notório pela atuação como guia e pela participação em guerras indígenas. Provavelmente à época em que o livro foi escrito ele figuraria como uma espécie de herói, o que não se enquadra no pensamento atual. Kit Carson já foi citado anteriormente no romance como fazendo parte das brincadeiras imaginárias do pequeno David, juntamente com Robin Hood e o Coronel Lindbergh, que estariam "caçando juntos". (N. T.)

Fazendo as vezes de um lar, Doremus partilhava com cinco outros homens uma cela de 3,5 m x 3m e de 2,5m de altura, que uma garota prestes a se formar certa vez havia considerado ultrajantemente apertada para uma única jovem. Ali eles dormiam, em dois beliches triplos; ali eles comiam, se banhavam, jogavam cartas, liam e fruíam a vagarosa contemplação que, como o Capitão Cowlick pregava para eles todos os domingos de manhã, deveria reformar a alma negra deles e transformá-los em Corpos leais.

Nenhum deles, com certeza não Doremus, reclamava muito. Acostumaram-se a dormir numa mistura de fumaça de tabaco e fedor humano, a comer cozidos que sempre os deixavam nervosamente famintos, a não ter mais dignidade ou liberdade que macacos em uma jaula, assim como um homem se acostuma com a indignidade de suportar um câncer. Só que a experiência semeou neles um ódio assassino por seus opressores, de modo que eles todos, homens pacíficos, teriam alegremente enforcado cada membro do Corpo, brando ou malvado. Doremus entendia John Brown[56] muito melhor.

Seus companheiros de cela eram Karl Pascal, Henry Veeder e três homens que ele não conhecia antes: um arquiteto de Boston, um agricultor e um viciado em drogas que anteriormente mantivera restaurantes questionáveis. Eram bons de prosa, especialmente o drogado, que placidamente defendia o crime em um mundo em que o único crime verdadeiro fora a pobreza.

---

[56] John Brown (1800-1859) foi um abolicionista norte-americano que, ao longo da década de 1850, praticou ações armadas com o objetivo de abolir a escravidão em seu país. Liderou, em 1856, o Massacre de Pottawatomie, no Kansas. Na ação, cinco pessoas foram mortas. (N. T.)

A pior tortura para Doremus, exceto a agonia das chibatadas em si, era a espera.

A Espera. Tornou-se algo distinto, tangível, tão individual como Pão ou Água. Quanto tempo ele permaneceria ali? Quanto tempo ele permaneceria ali? Dia e noite, dormindo ou acordado, ele pensava nisso, e ao lado de seu beliche ele via à espera a figura da *Espera*, um fantasma cinzento e infame.

Era como aguardar em uma estação imunda um trem atrasado. Não por horas, mas meses.

Será que Swan se divertiria mandando alguém tirar Doremus de lá para o fuzilar? Agora ele não podia ligar muito para isso; não conseguia imaginar isso, não mais do que conseguia imaginar-se beijando Lorinda, andando pela mata com Buck, brincando com David e Bobão, ou qualquer coisa menos sensual do que as sempre zombeteiras visões de rosbife com molho, ou de um banho quente, último e mais nobre dos luxos, quando o único modo de eles se lavarem, excetuando-se um chuveiro a cada duas semanas, era com uma camisa suja embebida em uma única bacia de água fria para seis homens.

Além da *Espera*, um outro fantasma pairava entre eles: a ideia da *Fuga*. Era disso (muito mais do que da bestialidade e idiotice dos Corpos) que eles conversavam sussurrando, na cela, à noite. Quando fugir. Como fugir. Esgueirar-se pelos arbustos quando estavam fora com o grupo do bosque? Por meio de alguma mágica cortar as barras da janela de sua cela e pular para fora e abençoadamente não serem vistos pelas patrulhas? Conseguirem se esconder embaixo de um dos caminhões da prisão e serem levados embora? (Fantasia pueril!). Eles queriam fugir com a mesma histeria com que um político quer votos. Mas tinham de discutir o assunto cuidadosamente, pois havia espiões por toda a prisão.

Para Doremus, isto era difícil de acreditar. Ele não podia entender que um homem traísse seus companheiros, e não acreditava que isso pudesse acontecer até que, dois meses após ter ido para o campo de concentração, Clifford Little contou aos guardas o plano de Henry Veeder de fugir em uma carroça de feno. Henry foi tratado como deveria. Little foi solto. E Doremus talvez sofresse com isso quase tanto quanto qualquer um deles, embora firmemente tentasse argumentar que Little tinha tuberculose e que as frequentes surras o haviam feito sangrar até perder a alma.

A cada prisioneiro era permitida uma visita de duas em duas semanas, e, na sequência, Doremus viu Emma, Mary, Sissy, David. Mas sempre um Homem Minuto ficava a meio metro de distância, ouvindo, e Doremus não obteve deles nada além de um alvoroçado, "Estamos todos bem, ficamos sabendo que Buck está bem! Ouvimos dizer que Lorinda está tendo sucesso com sua nova casa de chá. Philip escreveu que está bem". E uma vez veio o próprio Philip, seu filho pomposo, agora mais pomposo que nunca como um juiz do Corpo, e muito magoado com o insano radicalismo do pai, tendo ficado consideravelmente mais magoado quando Doremus amargamente observou que preferiria ter sido visitado pelo cachorro Bobão.

E havia cartas, todas censuradas, pior que inúteis para um homem que costumava se sentir tão feliz em ouvir as vozes vivas de seus amigos.

No longo prazo, essas visitas frustradas, essas cartas vazias, tornaram sua espera mais penosa, porque elas sugeriam que talvez ele estivesse errado em suas visões noturnas; talvez o mundo lá fora não fosse tão amoroso e animado e cheio de aventuras como ele se lembrava, mas apenas lúgubre como sua cela.

Antes ele conhecia pouco Karl Pascal, mas agora o marxista inclinado a discussões era seu amigo mais próximo, seu único consolo divertido. Karl podia provar, e realmente provava, que o problema com válvulas que vazavam, pastos ruins para as vacas, o ensino de cálculo e todos os romances era que eles não eram orientados pelos escritos de Lênin.

Na sua nova amizade, Doremus ficava preocupado como uma velha solteirona com a possibilidade de Karl ser levado e fuzilado, um reconhecimento geralmente conferido aos comunistas. Ele descobriu que não precisava se preocupar. Karl já havia estado numa prisão. Era o agitador treinado que Doremus desejara ter nos dias do Novo Subterrâneo. Ele descobrira muitos escândalos sobre as travessuras sexuais e financeiras de cada um dos guardas, e assim eles tinham medo de que, mesmo quando estivesse sendo fuzilado, ele pudesse abrir a boca para o pelotão de fuzilamento. Eles queriam muito mais causar uma boa impressão para Karl do que para o Capitão Cowlick, e timidamente lhe traziam presentinhos como tabaco de mascar e jornais canadenses, como se fossem criancinhas tentando agradar à professora.

Quando Aras Dilley foi transferido das patrulhas noturnas de Fort Beulah para o cargo de guarda em Trianon (uma recompensa por ter dado a Shad Ledue informações sobre R. C. Crowley que custaram ao banqueiro centenas de dólares), Aras, aquele sujeito traiçoeiro, aquele xereta habilidoso, deu um salto quando viu Karl e começou a parecer santo e gentil. Ele conhecia Karl de outros tempos!

Apesar da presença de Stoyt, Alferes dos guardas (um ex-caixeiro que antes se divertia atirando em cachorros e agora, graças ao abençoado escape proporcionado pelo

Corpoísmo, gostava de fustigar seres humanos), o campo de Trianon não era tão cruel quanto a prisão distrital de Hanover. Mas da janela encardida de sua cela Doremus viu muitos horrores.

Um dia, no meio de uma radiante manhã de setembro, com o ar já saboreando a paz do outono, ele viu o pelotão de fuzilamento escoltando seu primo, Henry Veeder, que recentemente tentara escapar. Henry antes fora um monólito de granito humano. Andava como um soldado. Em sua cela, tinha orgulho de barbear-se toda manhã, como fazia antes quando estava solto, com uma vasilha de metal com água aquecida no fogão, na cozinha de sua antiga casa branca em cima do Mount Terror. Agora ele andava curvado, e caminhava para a morte arrastando os pés. Seu rosto de senador romano estava lambuzado com o esterco de vaca no qual eles o haviam jogado antes de sua última soneca.

Quando eles estavam marchando para o portão do quadrângulo, o Alferes Stoyt, que comandava o esquadrão, deteve Henry, riu na cara dele, e calmamente lhe chutou a virilha.

Eles o ergueram. Três minutos depois Doremus ouviu uma rajada de tiros. Três minutos depois disso o pelotão voltou carregando sobre uma velha porta uma figura de argila retorcida, com olhos abertos e vazios. Doremus então soltou um grito. Quando os carregadores inclinaram a porta, a figura rolou para o chão.

Mas ele veria uma coisa ainda pior através da maldita janela. Um veículo entrou com os guardas trazendo, como novos prisioneiros, Julian Falck, com o uniforme rasgado, e o avô dele, tão frágil, tão grisalho, tão confuso e apavorado em suas vestes clericais enlameadas.

Ele os viu sendo chutados através do quadrângulo na direção de um prédio que antes era dedicado a aulas de dança e às mais delicadas árias para piano e que agora abrigava a sala de tortura e as solitárias.

Só duas semanas depois, duas semanas de uma espera que foi como uma dor ininterrupta, ele teve a chance, na hora do exercício, de falar um momento com Julian, que murmurou:

— Eles me pegaram escrevendo informações sigilosas sobre a corrupção dos Homens Minuto. Deveriam ir para Sissy. Graças a Deus nada no documento mostrava para quem ele se destinava!

Julian passou adiante. Mas Doremus teve tempo de ver que seus olhos não tinham mais esperança, e que seu rosto harmonioso, pequeno e clerical estava coberto de manchas preto-azuladas.

A administração (ou pelo menos foi isso o que Doremus achou) decidiu que Julian, o primeiro espião entre os Homens Minuto que fora capturado na região de Fort Beulah era um objeto de diversão bom demais para ser desperdiçado em vão. Ele deveria ser mantido para servir de exemplo. Foram várias as vezes em que Doremus viu os guardas chutando-o até a sala para chicoteá-lo e imaginou que podia ouvir os gritos de Julian em seguida. Ele não era nem mantido numa cela de castigo, mas em um compartimento com barras em um corredor comum, de modo que os presos que passavam podiam olhar lá dentro e vê-lo, com vergões nas costas nuas, encolhido no chão, gemendo como um cão espancado.

E Doremus viu também o avô de Julian se esgueirando através do quadrângulo, roubando um naco de pão empapado de uma lata de lixo e devorando-o avidamente.

Durante todo o mês de setembro Doremus temeu a possibilidade de Sissy, tendo Julian sido afastado de Fort Beulah, ser estuprada por Shad... que deveria estar lançando sobre ela olhares maliciosos e deliciando-se com sua ascensão de empregado a patrão irresistível.

Apesar de sua angústia em relação aos Falcks e Henry Veeder e todos os companheiros desconhecidos de prisão, Doremus estava quase recuperado das surras no final de setembro. Ele deliciosamente começou a acreditar que viveria mais uns dez anos; sentia-se ligeiramente envergonhado com seu deleite, na presença de tanta agonia, mas ele se sentia como um jovem outra vez e... E imediatamente o Alferes Stoyt estava lá (deve ter sido lá pelas duas ou três horas da manhã), arrancando Doremus de seu beliche, obrigando-o a ficar de pé, derrubando-o de novo com um soco tão violento na boca que Doremus na mesma hora afundou de novo em seu medo trêmulo, em toda a sua desumana condição rastejante.

Ele foi arrastado até o escritório do Capitão Cowlick.

O Capitão foi cordial.

— Sr. Jessup, recebemos informações de que o senhor estava envolvido na traição do Líder de Esquadrão Julian Falck. Ele... bem... ele, para ser franco, ele não resistiu e confessou. Agora, o senhor não está correndo nenhum perigo, nenhum risco de mais punições, se apenas quiser nos ajudar. Mas realmente devemos usar o jovem Sr. Falck como uma advertência, e, portanto, se o senhor nos contar tudo sobre a chocante infidelidade do rapaz à nossa bandeira, vamos considerar esse ato a seu favor. Como seria ter um bom quarto para dormir, todo seu?

Um quarto de hora depois Doremus ainda estava jurando que não sabia nada sobre quaisquer "atividades subversivas" da parte de Julian.

O Capitão Cowlick disse, bastante irritado:

— Bem, como o senhor se recusa a retribuir nossa generosidade, receio que devo deixá-lo aos cuidados do Alferes Stoyt... Seja gentil com ele, Alferes.

— Sim, senhor! — respondeu o Alferes.

O Capitão saiu da sala num passo cansado, e Stoyt de fato falou com gentileza, o que foi uma surpresa para Doremus, já que na sala havia dois dos guardas para quem Stoyt gostava de se exibir:

— Jessup, você é um homem inteligente. Não adianta você tentar proteger o rapaz, o Falck, porque temos informações suficientes sobre ele para executá-lo de qualquer forma. Assim, não vai prejudicá-lo se você nos der mais alguns detalhes sobre a traição dele. E você estará fazendo uma coisa benéfica para si mesmo.

Doremus não disse nada.

— Não vai falar?

Doremus balançou a cabeça.

— Então está bem... Tillett! Traga o camarada que entregou Jessup!

Doremus esperava que o guarda trouxesse Julian, mas foi o avô de Julian que entrou cambaleando na sala. No quadrângulo, Doremus o havia visto várias vezes tentando preservar a dignidade de seu hábito esfregando as manchas com um trapo molhado, mas nas celas não havia ganchos para roupas, e as vestes sacerdotais dele (o Sr. Falck era pobre, e as roupas, na melhor das hipóteses, não tinham custado caro) estavam grotescamente amarfanhadas agora. Ele piscava de sono, e seu cabelo grisalho estava completamente desalinhado.

Stoyt (que tinha mais ou menos trinta anos) falou alegremente para os dois idosos:

— Agora é melhor que vocês, rapazes, parem de ser travessos e tentem pôr para trabalhar suas velhas cabeças mofadas, e então poderemos dormir de forma decente. Por que vocês dois não tentam ser honestos, agora que cada um confessou que o outro é um traidor?

— O quê? — perguntou Doremus, surpreso.

— Isso mesmo! O velho Falck aqui disse que você levou os textos do neto dele para a *Vigilância de Vermont*. Vamos lá, se você disser quem publicava aquele lixo....

— Eu não confessei nada. Não tenho nada a confessar — disse o Sr. Falck.

Stoyt gritou:

— Cale a boca! Seu velho hipócrita.

Stoyt o derrubou no chão e, enquanto o Sr. Falck tentava se equilibrar apoiado nas mãos e joelhos, Stoyt chutou seu flanco com a bota pesada. Os outros dois guardas estavam segurando o revoltado Doremus. Stoyt zombou do Sr. Falck:

Então, seu velho filho da mãe, já que está de joelhos, reze para nós ouvirmos.

— Vou rezar!

Agonizando, o Sr. Falck ergueu a cabeça suja da poeira do chão, endireitou os ombros, esticou as mãos trêmulas, e com uma doçura na voz que Doremus ouvira quando os homens eram humanos, ele exclamou:

— Pai, tu tens perdoado durante um longo tempo. Não lhes concedas o perdão, mas sim a maldição porque eles sabem o que fazem!

Ele caiu para a frente, e Doremus soube que nunca mais ouviria aquela voz de novo.

No *La Voix Littéraire* de Paris, o celebrado e cordial professor de Belas Letras, Guillaume Semit, escreveu com sua costumeira empatia.

> Não vou fingir que entendo alguma coisa de política e, provavelmente, o que eu vi na minha quarta viagem aos Estados Unidos neste verão de 1938 foi superficial e não pode ser considerado uma análise profunda dos efeitos do Corpoísmo, mas eu lhes asseguro que nunca antes vi

aquela nação tão grandiosa, nossa jovem e colossal prima do Ocidente, com uma saúde e temperamento tão exuberantes. Deixo para meus colegas economistas explicarem fenômenos tão entediantes como as escalas salariais e vou dizer apenas o que vi: os inúmeros desfiles e os enormes congressos atléticos dos Homens Minuto e os rapazes e moças do Movimento de Jovens do Corpo exibiram rostos tão rosados e satisfeitos, um entusiasmo tão constante por seu herói, o Chefe, o Sr. Windrip, que involuntariamente eu exclamei: "Aqui está uma nação inteira mergulhada no Rio da Juventude".

Em todos os pontos do país se observava uma febril reconstrução de edifícios e apartamentos para os pobres como nunca se viu antes. Em Washington, meu antigo colega, M. le Secretary Macgoblin, teve a bondade de exclamar, naquela maneira viril embora cultivada dele, que é tão conhecida: "Nossos inimigos afirmam que nossos campos de trabalho são praticamente escravidão. Mas venhamos e convenhamos! Você verá por si mesmo!". Ele me conduziu num dos maravilhosamente velozes automóveis americanos para um campo desses, perto de Washington, e tendo reunido os trabalhadores, indagou-lhes francamente: "Vocês estão com o coração pesado?" Em uníssono eles responderam: "Não", com um espírito semelhante àquele de nossos bravos soldados nas trincheiras de Verdun.[57]

Durante a hora inteira em que passei lá, permitiram-me andar pela área como me aprouvesse, fazendo as perguntas que quisesse, por meio dos serviços do intérprete generosamente proporcionado por Sua Excelência, M. le Dr.

───────────────────────────────

[57] Referência à mais longa batalha ocorrida na Frente Ocidental durante a Primeira Guerra Mundial, que se estendeu de 21 de fevereiro a 18 de dezembro de 1916. Houve centenas de milhares de baixas, e a França foi considerada vitoriosa. (N. T.)

Macgoblin, e todos os trabalhadores de quem me aproximei dessa forma me garantiram que nunca haviam sido tão bem alimentados, tão gentilmente tratados, e assistidos de tal forma a encontrar um interesse quase poético na função que escolheram, como naquele campo de trabalho — essa cooperação científica para o bem-estar de todos.

Um pouco temerário, ousei perguntar a M. Macgoblin se havia algum fundo de verdade nos relatos que vergonhosamente circularam (em especial, e isso é uma lástima, em nossa amada França) de que nos campos de concentração os oponentes do Corpoísmo são mal-alimentados e cruelmente tratados. M. Macgoblin me explicou que não existem tais coisas como "campos de concentração", se esse termo carrega algum significado penal. Eles são, na verdade, escolas em que os adultos que infelizmente foram desencaminhados pelos enganadores profetas daquela religião aguada, o "Liberalismo", são recondicionados para compreender a nova era de controle econômico autoritário. Nesses campos, ele me assegurou, não existem realmente guardas, mas apenas professores pacientes, e os homens que no passado absolutamente não entendiam o Corpoísmo, e por isso se opunham a ele, agora estão avançando como os mais entusiastas discípulos do Chefe.

Lamento que a França e a Grã-Bretanha ainda estejam se debatendo no lamaçal do Parlamentarismo e da assim chamada Democracia, diariamente afundando mais e mais em dívidas e na paralisia da indústria, por causa da covardia e do tradicionalismo de nossos líderes liberais, homens fracos e ultrapassados que têm medo de optar pelo Fascismo ou pelo Comunismo; que não ousam — ou são excessivamente famintos de poder — descartar técnicas antigas, como fizeram os alemães, os americanos, os italianos, os turcos e outros povos realmente corajosos, e colocar o são e científico controle do todo-poderoso Totalitarismo nas mãos de Homens Resolutos!

Em outubro, John Pollikop, preso por suspeita de ter talvez ajudado um fugitivo a escapar, chegou ao campo de Trianon, e as primeiras palavras entre ele e seu amigo Karl Pascal não foram perguntas sobre a saúde, mas uma troca jocosa, como se eles estivessem continuando uma conversa interrompida havia apenas meia hora:

— Está vendo, seu velho bolchevique, eu lhe avisei. Se vocês, comunistas, tivessem se juntado a mim e Norman Thomas para apoiar Frank Roosevelt, não estaríamos aqui agora!

— Caramba! Ora, foram Thomas e Roosevelt que começaram o fascismo! Eu lhe pergunto! Cale a boca agora, John, e me escute: O que foi o *New Deal* exceto puro fascismo? O que fizeram com o trabalhador? Olhe aqui. Agora, espere e escute...

Doremus sentiu-se em casa de novo, e consolado... embora também sentisse que Bobão tinha provavelmente mais sabedoria econômica construtiva do que John Pollikop, Karl Pascal, Herbert Hoover, Buzz Windrip, Lee Sarason e ele mesmo, todos juntos; ou, caso contrário, Bobão tinha a sensatez de esconder sua falta de sabedoria fingindo que não sabia falar inglês.

Shad Ledue, lá na suíte de seu hotel, refletia que estava levando a pior. Ele havia sido responsável por mandar mais traidores para os campos de concentração do que qualquer outro Comissário de Condado da província e, no entanto, não fora promovido.

Era tarde; ele havia voltado de um jantar oferecido por Francis Tasbrough em homenagem ao Comissário de Província Swan e um grupo que reunia o Juiz Philip Jessup, o Diretor de Educação Owen J. Peaseley e o Brigadeiro Kippersly, que estavam investigando a capacidade de Vermont para pagar mais impostos.

Shad estava insatisfeito. Todos aqueles malditos esnobes tentando se exibir. Comentando no jantar sobre aquele espetáculo imbecil em Nova York, a primeira revista do Corpo, *Chamando Stálin,* escrita por Lee Sarason e Hector Macgoblin. Como esses malucos haviam rasgado o verbo para a "Arte Corpo" e o "teatro livre de sugestões judaicas" e a "linhagem pura da escultura anglo-saxã" e até, por Deus, sobre "física do Corpoísmo"! Simplesmente para se exibir! E eles não tinham dado atenção a Shad quando ele lhes contou a história engraçada sobre o pregador orgulhoso de Fort Beulah, um tal de Falck, que ficara com ciúmes porque os Homens Minuto realizavam exercícios militares no domingo de manhã em vez de irem para sua mercearia do evangelho, de modo que o pregador tentou fazer que seu neto inventasse mentiras sobre os Homens Minuto, e que Shad o havia comicamente prendido lá mesmo na igreja dele! Não prestaram nem um pouquinho de atenção nele, mesmo tendo ele cuidadosamente lido todo o *Hora Zero* do Chefe, para poder citar certas passagens, e embora ele tivesse o cuidado de ser refinado em seus modos à mesa e esticar o dedo mindinho quando bebia alguma coisa.

Estava se sentindo solitário.

Os sujeitos com quem mais convivera, na sinuca ou na barbearia, pareciam ter medo dele agora, e os esnobes sujos como Tasbrough ainda o ignoravam.

Ele sentia falta de Sissy Jessup.

Desde que o pai dela havia sido mandado para Trianon, Shad parecia incapaz de fazer que ela viesse até sua suíte ou escritório, mesmo sendo ele o Comissário de Condado e ela não sendo nada agora, exceto a filha desprezada de um criminoso.

E ele era louco por ela. Ora, ele quase tinha pensado em se casar com ela, se não a pudesse ter de nenhum outro jeito! Mas quando ele insinuou essa possibilidade, ou quase isso, ela riu na cara dele, a esnobezinha salafrária!

Ele havia pensado, quando era empregado, que havia muito mais diversão em ser rico e famoso. Mas não se sentia nada diferente do que havia sido. Estranho!

32

O Dr. Lionel Adams, Bacharel por Yale, PhD por Chicago, negro, havia sido um jornalista, cônsul americano na África e, na época da eleição de Berzelius Windrip, professor de Antropologia da Howard University. Como aconteceu com todos os seus colegas, seu cargo de professor foi tomado por um homem branco muito necessitado e valoroso, cujo treinamento em Antropologia havia sido como fotógrafo em uma expedição a Iucatã. Na dissenção entre a escola para negros Booker Washington, que aconselhava paciência diante da nova sujeição dos negros à escravidão, e os radicais que exigiam que os negros se unissem aos comunistas e lutassem por liberdade econômica para todos, negros ou brancos, o Professor Adams assumiu a primeira posição, mais moderada e branda.

Ele viajava o país pregando para seu povo que eles deviam ser "realistas" e fazer o futuro que pudessem fazer, não alimentando alguma fantasia utópica, mas na base inescapável do banimento que haviam sofrido.

Perto de Burlington, em Vermont, havia uma pequena colônia de negros, motoristas de caminhão, jardineiros, empregados domésticos, a maioria descendente de escravos que, antes da Guerra Civil, haviam fugido para o Canadá pela "Ferrovia Subterrânea", conduzidos por fanáticos como o pai de Truman Webb, mas que amavam suficientemente sua terra de adoção forçada para retornarem à América ao final da guerra. Da colônia haviam ido para as cidades grandes jovens negros que (antes da emancipação do Corpo) haviam sido enfermeiros, médicos, comerciantes, oficiais.

Para essa colônia o Professor Adams discursou, aconselhando os jovens rebeldes negros a buscar o aperfeiçoamento de suas próprias almas, e não meramente a superioridade social.

Como ele era pessoalmente desconhecido dessa colônia de Burlington, o Capitão Oscar Ledue, de apelido "Shad", foi convocado para fazer a censura da palestra. Ficou no fundo do salão, amontoado numa cadeira. Além dos discursos de oficiais dos Homens Minuto e da inspiração moral vinda de seus professores da escola primária, aquela era a primeira palestra que ele tinha ouvido na vida, e não achou grande coisa. Ficou irritado com aquele negrinho orgulhoso que não discursava como os personagens de Octavus Roy Cohen,[58] um dos autores favoritos de Shad, mas tinha a pachorra de tentar falar um inglês tão bom quanto o do próprio Shad. Irritava mais ainda que o tipo gritão parecesse tanto com uma estátua de bronze e, finalmente, era mais do que uma pessoa podia aguentar que o vagabundo estivesse usando um *smoking*.

Assim, quando Adams, como ele próprio se chamava, alegou que havia bons poetas, professores e até médicos entre os negros, discurso este que, obviamente, tinha como objetivo incitar as pessoas à rebelião contra o governo,

---

[58] Octavus Roy Cohen (1891–1959) foi um escritor que se dedicava a "comédias étnicas", onde figuravam personagens negros que falavam dialetos que muito divertiam o público. Provavelmente, Shad Ledue esperava que o Dr. Adams se apresentasse falando também em dialeto. (N. T.)

Shad fez um sinal para seu esquadrão e prendeu Adams no meio da palestra, dirigindo-se a ele com estas palavras:
— Seu negro maldito, imundo, fedorento e ignorante! Vou fechar essa sua boca enorme! Para sempre!

O Dr. Adams foi levado para o campo de concentração de Trianon. O Alferes Stoyt pensou que seria uma boa gozação para aqueles novos mendigos (quase comunistas, ele poderia dizer), Jessup e Pascal, colocar o negro exatamente na mesma cela que eles. Mas na verdade eles pareceram gostar de Adams; conversaram com ele como se ele fosse branco e culto! Então Stoyt o colocou em uma solitária, onde ele iria pensar sobre seu crime de ter mordido a mão que o alimentou.

O maior choque que abalou o campo de concentração de Trianon foi em novembro de 1938, quando ali entre eles apareceu, com o mais novo prisioneiro, Shad Ledue.

Ele, que era responsável por quase metade deles estar ali.

Os prisioneiros sussurraram que ele havia sido preso por causa de acusações feitas por Francis Tasbrough; oficialmente por ter subornado comerciantes; extraoficialmente, por ter deixado de entregar o suficiente do suborno para Tasbrough. Mas essas causas nebulosas eram menos discutidas do que a questão de como eles iriam assassinar Shad agora que o tinham ao seu alcance e indefeso.

* * *

Todos os Homens Minuto que estavam sob disciplina, exceto apenas os Vermelhos como Julian Falck, eram prisioneiros privilegiados nos campos de concentração; estavam protegidos dos detentos comuns, ou seja, os presos políticos; e a maioria deles, depois de reformados, retornava às fileiras dos Homens Minuto, com uma técnica muito mais apurada de como chicotear os descontentes. Shad foi colocado sozinho em uma cela que parecia um quarto não-tão-ruim-assim, e toda noite tinha a permissão de passar duas horas no refeitório dos oficiais. A escória não podia pôr as mãos nele, porque sua hora de exercício era diferente da deles.

Doremus implorava que os conspiradores contra Shad se controlassem.

— Meu Deus, Doremus, quer dizer que depois de tantas batalhas pelas quais passamos você ainda é um burguês pacifista, que você ainda acredita na santidade de um canalha como Ledue? — perguntou Pascal.

— Bem, sim, acredito... um pouco. Sei que Shad veio de uma família de 12 pirralhos famintos lá de cima do Mount Terror. Sem muitas oportunidades. Mas mais importante que isso, não acredito no assassinato individual como uma forma efetiva de combater o despotismo. O sangue dos tiranos é a semente do massacre e...

— Você está seguindo meu exemplo e citando doutrinas sólidas quando está na hora de uma pequena liquidação? — disse Karl. — Esse tirano em particular vai perder um bocado de sangue.

O Pascal que Doremus havia considerado, na sua disposição mais violenta, apenas um falastrão, olhou para ele com um olhar em que toda a afabilidade estava congelada. Karl perguntou a seus companheiros de cela, agora um grupo diferente daquele da época da chegada de Doremus:

— Vamos nos livrar desse verme, o Ledue?

John Pollikop, Truman Webb, o médico, o carpinteiro, cada um deles acenou afirmativamente com a cabeça, devagar, sem nenhum sentimento.

Na hora do exercício, a disciplina dos homens que marchavam para o quadrângulo foi interrompida quando um prisioneiro tropeçou, deu um grito, derrubou outro homem, e desculpou-se em voz muito alta, bem na entrada da cela de Shad Ledue. O acidente fez um grupo se formar ali. Doremus, que estava um pouco mais distante, viu Shad olhando para fora, seu rosto largo branco de medo.

Alguém, de alguma forma, havia acendido e jogado na cela de Shad um chumaço grande de estopa, embebido em gasolina. O chumaço atingiu a chapa de madeira que separava a cela de Shad da cela vizinha. Todo o cômodo de repente estava como a boca de uma fornalha. Shad estava berrando, batendo nas mangas da camisa, nos ombros. Doremus se lembrou do grito de um cavalo capturado por lobos no Extremo Norte.

Quando tiraram Shad da cela, ele estava morto; o rosto completamente desfigurado.

O Capitão Cowlick foi deposto do cargo de superintendente do campo, e voltou para a insignificância de onde viera. Ele foi sucedido pelo amigo de Shad, o beligerante Cobra Tizra, que agora era um líder de batalhão. Seu primeiro ato no cargo foi mandar que todos os 200 prisioneiros fossem até o quadrângulo para anunciar:

— Não vou dizer para vocês como vocês vão comer ou dormir até que eu tenha terminado de colocar o temor de Deus em cada um de vocês, seus assassinos!

Houve ofertas de perdão pleno para quem delatasse o homem que havia jogado a estopa em chamas para dentro da cela de Shad. Esse primeiro movimento foi seguido por entusiásticas promessas por parte dos prisioneiros de que qualquer um que desse com a língua nos dentes não viveria para sair dali. Assim, como Doremus havia adivinhado, todos eles sofreram mais do que a morte de Shad valia. Mas para ele, pensando em Sissy, pensando no testemunho de Shad em Hanover, a morte dele valera muito; havia sido muito preciosa e agradável.

Uma corte especial de inquérito foi convocada, com o próprio Comissário de Província Effingham Swan presidindo (ele estava muito ocupado com todas as suas incumbências; usava aviões para poder cumpri-las). Dez prisioneiros, um em cada 20 do campo de concentração, foram escolhidos por sorteio e sumariamente fuzilados. Entre eles estava o Professor Victor Loveland, que, apesar dos andrajos e de suas feridas, permaneceu academicamente aprumado até o final, os óculos e o cabelo liso cor de palha repartido ao meio, enquanto encarava o pelotão de fuzilamento.

Suspeitos como Julian Falck eram espancados com mais frequência, e mantidos por mais tempo naquelas celas em que não se podia ficar de pé, nem sentado, nem deitado.

Então, durante duas semanas de dezembro, todas as visitas e cartas foram proibidas, e os prisioneiros recém-chegados foram trancafiados sozinhos. E os que ficavam em celas conjuntas, como meninos em um dormitório, mantinham-se acordados até meia-noite numa discussão sussurrada sobre se isso era mais vingança de Cobra Tizra, ou se no Mundo Lá Fora estava acontecendo alguma coisa perturbadora demais para que os prisioneiros ficassem sabendo.

33

Quando os Falcks e John Pollikop foram presos e se juntaram ao pai dela na prisão, quando rebeldes mais tímidos como Mungo Kitterick e Harry Kindermann se afastaram das atividades do Novo Subterrâneo por medo, Mary Greenhill foi obrigada a tomar o controle da célula de Fort Beulah, com apenas Sissy, o Padre Perefixe, o Dr. Olmsted e o motorista e mais meia dúzia de outros agentes que restaram, e realmente ela controlou tudo, com uma devoção furiosa e pouca sensatez. Tudo o que ela podia fazer era ajudar na fuga de refugiados e encaminhar notícias anti-Corpo de menor importância que conseguia descobrir sem a presença de Julian.

O demônio que crescera dentro dela desde que o marido fora executado agora se tornara um grande tumor, e Mary ficava raivosa quando não podia agir. De forma muito solene, ela falava sobre assassinatos; e muito antes da época de Mary Greenhill, filha de Doremus, tiranos com armaduras de ouro protegidos em suas torres haviam estremecido diante da ameaça de jovens viúvas em povoados em meio a escuras colinas.

Ela queria, em primeiro lugar, matar Shad Ledue que (ela não tinha certeza, mas supunha) provavelmente fora o autor do assassinato de seu marido. Mas naquele pequeno lugar esse gesto poderia ferir os membros de sua família muito mais do que eles já tinham sido feridos.

Ela sugeriu, a sério, antes que Shad Ledue fosse preso e assassinado, que seria uma relevante tarefa de espionagem se Sissy fosse morar com ele. Sissy, antes tão irreverente, tão magra e quieta agora, depois que seu Julian fora levado, teve certeza de que Mary enlouquecera, e à noite ficava apavorada... Ela se lembrava de quando Mary, no tempo em que era uma esportista forte e brilhante, golpeara com um chicote de montaria um sitiante que havia torturado um cachorro.

Mary estava farta da cautela do Dr. Olmsted e do Padre Perefixe, homens que até apreciavam um vago estado chamado Liberdade, mas não se interessavam muito em ser linchados. Ela se enfurecia com eles. Dizem que são homens? Por que eles não saem e vão *fazer* alguma coisa?

Em casa, ela se irritava com a mãe, que quase se lamentava mais sobre as lindas mesinhas que haviam sido quebradas no momento da prisão de Doremus do que pelo fato em si de ele estar preso.

Foram tanto as rajadas de elogios à grandeza do Comissário de Província Effingham Swan nos jornais do Corpo, quanto os memorandos nos relatórios secretos do Novo Subterrâneo sobre suas sentenças de morte sumariamente emitidas contra prisioneiros, que a fizeram decidir-se por assassinar essa autoridade. Ainda mais que a Shad (que ainda não havia sido mandado para Trianon), ela o culpava pelo destino de Fowler. Ela estudou o assunto com toda a calma. Esse era o tipo de pensamento que os Corpos estavam encorajando entre mulheres caseiras por meio de seu programa de revitalização do orgulho nacional americano.

Com a exceção de bebês acompanhando as mães, dois visitantes juntos eram proibidos nos campos de concentração. Assim, quando Mary foi ver Doremus e, em outro campo, Buck Titus, no início de outubro, ela só conseguira murmurar, praticamente nas mesmas palavras, para eles dois:

— Escute, quando eu sair daqui vou erguer o David (e, meu Deus, que pesado ele está!) no portão, para que você possa vê-lo. Se alguma coisa me acontecer, se eu ficar doente ou qualquer outra coisa, quando sair daqui você promete que cuida do David? *Promete?*

Ela estava tentando parecer casual, para que eles não se preocupassem. Mas não estava tendo muito sucesso.

Assim, ela sacou, do pequeno fundo que seu pai havia estabelecido para ela após a morte de Fowler, dinheiro suficiente para alguns meses, lavrou uma promissória pela qual sua mãe e sua irmã poderiam sacar o restante, casualmente se despediu de David e Emma e Sissy e (falante e alegre no momento de tomar o trem), foi para Albany, capital da Província Nordeste. A história era que ela precisava mudar um pouco de ares e estava indo passar um tempo com a irmã casada de Fowler.

Ela realmente ficou na casa da cunhada — tempo suficiente para se familiarizar com o novo ambiente. Dois dias após chegar, foi até o novo campo de treinamento da Força Aérea do Corpo em Albany e se alistou para ter um treinamento em aviação e bombardeio.

Quando chegasse a inevitável guerra, quando o governo decidisse se era o Canadá, o México, a Rússia, Cuba, o Japão ou talvez Staten Island que estava "ameaçando suas fronteiras", e começasse a se defender contra o invasor, as melhores aviadoras da corporação teriam funções num exército auxiliar oficial. Os antigos "direitos" garantidos às mulheres pelos Liberais poderiam (para o próprio bem delas) lhes ser tomados, mas nunca elas tiveram mais direito de morrer em combate.

Enquanto fazia o treinamento, ela escrevia para a família com notícias tranquilizadoras — a maior parte da correspondência eram cartões postais para David, dizendo que ele fizesse tudo o que a avó pedia.

Ela morava num alojamento animado, cheio de oficiais dos Homens Minuto que sabiam tudo e falavam pouco sobre as frequentes viagens de inspeção do Comissário Swan, de aeroplano. Ela foi lisonjeada com um belo número de propostas indecentes lá.

Sabia dirigir desde os 15 anos; no tráfego de Boston, através das planícies do Quebec, em estradas montanhosas durante uma nevasca; ela havia consertado um carro à meia-noite; e tinha um olhar afiado, nervos treinados ao ar livre e a resoluta firmeza de um louco evitando ser notado enquanto concebe tramas de morte. Após dez horas de instrução, ministradas por um aviador dos Homens Minuto que achava que o ar era um lugar tão bom quanto qualquer outro para fazer amor e que nunca entendia por que Mary ria dele, ela fez seu primeiro voo solo, com uma aterrissagem admirável. O instrutor disse (juntamente com outras coisas menos pertinentes) que ela não tinha medo; que a única coisa de que ela precisava para dominar a atividade era um pouco de medo.

Enquanto isso, ela era uma aluna aplicada nas aulas de bombardeio, um ramo da cultura cada dia mais propagado pelos Corpos.

Ela se interessava especialmente pela granada manual Mills. Você puxava um pino de segurança, segurando a alavanca contra a granada com os dedos, e a lançava. Cinco segundos depois que a alavanca era solta dessa maneira, a granada explodia e matava muita gente. Essa granada nunca fora atirada a partir de aviões, mas talvez valesse a pena tentar, pensava Mary. Oficiais dos Homens

Minuto lhe disseram que, quando um bando de metalúrgicos havia sido expulso de uma fábrica e começava a criar um tumulto, Swan havia assumido o comando dos oficiais de paz, e ele mesmo (davam risadinhas admiradas da disposição dele) lançara uma granada desse tipo. Duas mulheres e um bebê morreram.

Mary fez seu sexto voo solo em uma manhã de novembro cinzenta e tranquila, sob nuvens de neve. Ela nunca fora muito falante com a equipe de solo, mas nesta manhã disse que se sentia entusiasmada em pensar que podia sair do solo "como um verdadeiro anjo" e subir e ficar circulando por aquele deserto desconhecido de nuvens. Ela deu uns tapinhas numa escora de sua máquina, um monoplano Leonard de asa alta com *cockpit* aberto, um avião militar novo e muito veloz, destinado tanto a perseguições quanto a tarefas rápidas de bombardeio... tarefas rápidas de massacrar algumas tropas de centenas de soldados em formação fechada.

Na pista, como ela fora informada que ele iria fazer, o Comissário de Distrito Effingham Swan estava embarcando em seu grande avião oficial para um voo rumo à Nova Inglaterra, pelo que se presumia. Ele era alto e distinto; um dignatário de aparência militar, com jeito de jogador de polo, vestindo uma sarja azul magistralmente simples com apenas um leve capacete. Uma dezena de bajuladores se agitava em torno dele — secretários, guarda-costas, um motorista, alguns comissários de condado, diretores de educação, diretores trabalhistas — com chapéus nas mãos e sorrisos no rosto, a alma se contorcendo de gratidão a ele, por permitir que existissem. Swan falou com eles de forma brusca enquanto andava, agitado. À medida que ele subia os degraus que levavam à cabine (Mary pensou em *Casey Jones*[59] e sorriu), um mensageiro pilotando uma impressionante motocicleta chegou, trazendo os últimos telegramas. Parecia haver uns 50 envelopes amarelos, observou Mary, admirada. Ele os jogou para o secretário que humildemente se arrastava atrás dele. A porta do avião vice-real se fechou após terem entrado o Comissário, o secretário e dois guarda-costas carregados de armas.

Dizia-se que no seu avião Swan tinha uma escrivaninha que pertencera a Hitler e, antes dele, a Marat.

Para Mary, que havia acabado de subir em seu *cockpit*, um mecânico gritou, apontando admirado para o avião de Swan à medida que ele começava a se movimentar:

— Nossa, que sujeito poderoso ele é, o Patrão Swan. Ouvi dizer que esta manhã ele vai voar até Washington para uma conversa com o Chefe. Meu Deus! Pense nisso, O Chefe!

— Não seria horrível se alguém atirasse no Sr. Swan e no Chefe? Poderia mudar o curso da história — Mary gritou na direção do mecânico.

— Não tem chance de isso acontecer! Está vendo aqueles guardas dele? Eles poderiam enfrentar todo um regimento; poderiam dar uma surra em Walt Trowbridge e todos os outros comunistas juntos!

....

[59] John Luther Jones, conhecido como Casey Jones (1864-1900) foi um maquinista norte-americano de Jackson, Tennessee. Em 30 de abril de 1900, ele foi morto quando seu comboio de passageiros, o "Cannonball Express", colidiu com um trem de carga numa noite de nevoeiro e chuva. Jones poderia ter pulado do trem e se salvado, mas preferiu conduzir até o fim e evitar que o trem descarrilasse, o que teria sido uma grande tragédia, pois o trem era de passageiros. Casey Jones foi a única pessoa a morrer naquela noite. Provavelmente o narrador irônico de Lewis se refere a uma canção em homenagem a ele, cantada por diversos artistas. Um trecho da canção diz: *Casey Jones, mounted the cabin* [Casey Jones subiu para a cabine], e é essa frase que Mary recorda, vendo Swan subir para a sua cabine. (N. T.)

— Acho que sim. A única possibilidade de Swan ser atingido seria se Deus mesmo atirasse nele, lá do céu...

— Ha-ha-ha, essa é boa! Mas uns dias atrás ouvi um sujeito dizendo que descobrira que Deus tinha ido dormir.

— Talvez seja hora de acordá-lo! — disse Mary, levantando a mão.

O avião dela chegava a mais de 450 quilômetros por hora, a carruagem dourada de Swan chegava a apenas 370. Ela estava nesse momento voando acima e um pouco atrás dele. O avião dele, que antes lhe parecera grande como o navio *Queen Mary* quando pousado, agora parecia mais uma pomba branca, balançando sobre o linóleo irregular que era o solo.

Ela retirou dos bolsos de sua jaqueta de aviador as três granadas Mills que conseguira roubar da escola, na tarde anterior. Não conseguira sair de lá com nenhuma bomba mais pesada. Olhando para elas, pela primeira vez, estremeceu; tornou-se um ser menos frio do que um mero anexo ao avião, mecânico como o motor.

— Melhor acabar com isso, antes que eu me acovarde, feito uma mulherzinha — disse Mary, com um suspiro. Em seguida mergulhou na direção do outro avião.

Sem dúvida, sua chegada não foi bem-vinda. Nem a Morte, nem Mary Greenhill haviam marcado um encontro formal com Effingham Swan naquela manhã. Nenhuma delas havia telefonado, nem insistido com secretárias irritadas; nenhuma das duas havia tido seu nome datilografado na agenda do grande senhor para seu último dia de vida. Em sua dezena de escritórios, em sua mansão de mármore, no salão do conselho e nos palanques reais, sua excelentíssima excelência era protegida a ferro e a fogo. Ele não podia ser abordado por plebeus, como Mary Greenhill. Isso só era possível no ar, onde o imperador e a plebe são igualmente sustentados apenas por asas de brinquedo e a graça de Deus.

Três vezes Mary fez manobras acima do avião grande dele e jogou uma granada. Errou as três vezes. O avião dele estava descendo, para aterrissar, e os guardas estavam atirando para cima na direção dela.

— Fazer o quê? — disse ela, e mergulhou em cheio contra uma luminosa asa de metal.

Em seus últimos dez segundos, ela pensou em como a asa se parecia com a tábua de zinco para lavar roupa que vira sendo usada pela predecessora da Sra. Candy (qual era o nome dela mesmo? Mamie ou coisa parecida). E ela desejou ter passado mais tempo com David nos últimos meses. E percebeu que o avião de Swan parecia muito mais estar subindo até o dela do que o dela descendo até o dele.

A colisão foi pavorosa. Aconteceu bem no momento em que ela estava apalpando o paraquedas e se levantando para saltar. Tarde demais. Tudo o que ela viu foi um insano rodopiar de asas amassadas e enormes motores que pareciam ter sido atirados contra o seu rosto.

34

Falando de Julian antes de ele ser preso, o quartel-general do Novo Subterrâneo em Montreal provavelmente não encontrou nenhum valor incomum nos relatórios sobre os Homens Minuto e seus subornos e sua crueldade e seus planos de apreender os agitadores do N. S. Mesmo assim, ele fora capaz de convencer quatro ou cinco suspeitos a escaparem para o Canadá. Fora obrigado a ajudar em diversas sessões de chibatadas. Tremia tanto que os outros riam dele; e seus golpes eram suspeitamente leves.

Ele estava determinado a ser promovido para o quartel general distrital dos Homens Minuto em Hanover, e com esse fim estava estudando datilografia e taquigrafia em seu tempo livre. Ele tinha um belo plano de ir até aquele velho amigo de família, o Sr. Francis Tasbrough, e declarar que queria, por suas próprias nobres qualidades, compensar junto ao divino governo a deslealdade de seu avô, fazendo-se secretário de Tasbrough. Se pudesse espiar os arquivos secretos de Tasbrough! Aí sim, teria algo de valor para Montreal!

Sissy e ele discutiam entusiasmados essa possibilidade, em seus encontros no bosque. Durante toda uma meia hora, ela conseguia esquecer seu pai e Buck na prisão, e o que lhe parecia ser algo como uma loucura na inquietação cada vez maior de Mary.

Bem no final de setembro ela viu Julian ser repentinamente preso.

Ela estava observando uma revista dos Homens Minuto na Praça. Podia teoricamente detestar o uniforme azul dos H.M.'s por ser exatamente aquilo que Walt Trowbridge (frequentemente) descrevera: "O antigo emblema do heroísmo e da batalha pela liberdade sacrilegamente transformado por Windrip e seu bando em um símbolo de tudo o que era cruel, tirânico e falso", mas esse ódio não diminuía o orgulho que ela sentia de Julian, ao vê-lo tão impecável e alinhado, oficialmente destacado como líder de esquadrão, comandando seu pequeno exército de dez soldados.

Quando o grupo teve autorização para descansar, o Comissário de Condado Shad Ledue veio disparado em um grande carro, saltou dele, marchou até Julian e berrou:

— Esse rapaz... este homem é um traidor!

Ele arrancou a roda dentada dos Homens Minuto do colarinho de Julian, deu-lhe um soco na cara e o entregou a seus atiradores particulares, enquanto os colegas de Julian grunhiam, gargalhavam, assobiavam e ganiam.

Não permitiram que Sissy visitasse Julian em Trianon. Ela não conseguia saber nada, exceto que ele ainda não havia sido executado.

Quando Mary morrera e fora enterrada como uma heroína militar, Philip veio todo desajeitado de seu circuito judicial de Massachusetts. Balançava muito a cabeça e apertava os lábios.

— Eu juro — disse ele a Emma e Sissy, embora não tenha feito nada tão saudável e natural quanto jurar —, eu juro que estou quase tentado a pensar, algumas vezes, que tanto meu pai quanto Mary têm, ou talvez eu deva dizer tinham, um toque de loucura neles. Deve haver, por mais terrível que seja eu dizer isso, mas temos de enfrentar os fatos nestes dias atribulados, mas eu honestamente penso, às vezes, que deve haver um traço de loucura em algum lugar em nossa família. Graças a Deus que escapei disso! Se não tenho outras virtudes, pelo menos sou são, com certeza! Mesmo que eu possa ter feito o *Pater* pensar que não sou nada além de medíocre! E é claro que você está inteiramente livre disso, *Mater*. É você quem precisa se policiar, Cecilia.

Sissy teve um sobressalto, não pelo gratificante gesto de Philip em chamá-la de louca, mas por ter sido chamada de "Cecilia". Afinal de contas, admitiu ela, esse provavelmente era seu nome.

— Odeio dizer isso, Cecilia, mas muitas vezes pensei que você tinha uma tendência perigosa a ser imprudente e egoísta. Agora, *Mater*: como você sabe, sou um homem muito ocupado, e simplesmente não posso gastar muito tempo argumentando e discutindo, mas me parece melhor, e acho que quase posso dizer que parece sensato para Merilla também, que, agora que Mary se foi, você deveria fechar esta casa enorme, ou melhor, tentar alugá-la, enquanto o pobre *Pater* estiver... hum... enquanto ele estiver fora. Não vou dizer que minha casa é grande como esta, mas é tão mais moderna, com aquecimento a gás e encanamento de última geração, e tudo o mais; e eu tenho um dos primeiros aparelhos de TV de Rose Lane. Espero que isso não fira os seus sentimentos, independentemente do que as pessoas possam falar de mim, com certeza sou dos primeiros a acreditar na preservação das velhas tradições, assim como o pobre, querido, velho Eff Swan era; mas, ao mesmo tempo, me parece que a velha casa aqui é um pouco sombria e antiquada. Claro que nunca *consegui* persuadir o *Pater* a reformá-la, mas... De qualquer forma, quero que Davy e você venham morar conosco em Worcester, imediatamente. Quanto a você, Sissy, é claro que você vai entender que é muito bem-vinda, mas talvez, se você preferir fazer algo mais animado, tal como se alistar na Divisão Auxiliar Feminina do Corpo...

Sissy ficou furiosa: Seu maldito irmão era tão *bondoso* com todo mundo! Ela nem conseguia se mexer para insultá-lo. Sinceramente quis fazer isso quando viu que ele trouxera um uniforme dos Homens Minuto para David, e quando David o vestiu e desfilou na frente deles gritando "*Heil*, Windrip!"

Ela telefonou para Lorinda Pike em Beecher Falls; conseguiu dizer a Philip que estava indo ajudar Lorinda na casa de chá. Emma e David foram para Worcester. No último momento, na plataforma da estação, Emma decidiu ficar bastante chorosa, embora David lhe implorasse para se lembrar que o Tio Philip dera sua palavra de que Worcester era a mesma coisa que Boston, Londres, Hollywood e um Rancho do Velho Oeste, tudo junto. Sissy ficou um pouco mais, para alugar a casa. A Sra. Candy, que ia agora inaugurar sua padaria e que nunca chegou a informar à pouco pragmática Sissy se ela estava ou não sendo paga nas últimas semanas, fez para Sissy todos os pratos estrangeiros de que apenas Sissy e Doremus gostavam, e as duas os apreciaram, não sem um pouco de alegria, na cozinha.

Então chegou a hora de Shad atacar.

Ele veio visitá-la, todo fanfarrão, em novembro. Nunca ela o odiara tanto, mas também nunca o temera tanto, por causa do que ele poderia fazer com seu pai e Julian e Buck e com os outros no campo de concentração. Ele grunhiu:

— É... seu amigo, Jule, que pensou que era tão bonitinho, aquele safado, nós tivemos todas as informações sobre as atividades dele como agente duplo. Ele *nunca* vai perturbar você de novo!

— Ele não é tão mau... Vamos esquecê-lo... Quer que eu toque alguma coisa para você, no piano?

— Sim, boa ideia. Eu sempre gostei de música de alta classe — disse o refinado Comissário, refestelando-se num sofá, apoiando os sapatos em cima de uma cadeira de tecido adamascado, na sala onde outrora ele havia limpado a lareira. Se era seu firme propósito desencorajar Sissy em relação àquela tal instituição, a "Ditadura do Proletariado", ele estava tendo até mais sucesso do que o Juiz Philip Jessup. Em uma de suas óperas cômicas, Sir William Gilbert poderia ter dito, sobre Shad Ledue, que ele era realmente tão, tão, tão pro-le-tá-ri-o.

Ela tinha tocado por apenas uns cinco minutos quando ele esqueceu que era refinado, e vociferou:

— Ah, chega desse negócio culto e venha se sentar aqui!

Ela permaneceu sentada no banco do piano. O que iria fazer se Shad fosse violento? Não havia Julian para vir melodramaticamente resgatá-la no instante certo. Então ela se lembrou da Sra. Candy, na cozinha, e ficou satisfeita.

— De que diabos você está rindo aí? — perguntou Shad.

— Ah, eu estava pensando naquela história que você contou, de como o Sr. Falck baliu quando você o prendeu!

— É, foi cômico. O velho Reverendo berrou como uma cabra.

Será que ela poderia matá-lo? Seria sensato matá-lo? Será que Mary tivera a intenção de matar Swan? Será que Eles seriam mais cruéis com Julian e seu pai se ela matasse Shad? Por falar nisso, será que doía muito ser enforcada?

Ele estava bocejando.

— Olha, Sis, benzinho, que tal você e eu fazermos uma pequena viagem para Nova York em algumas semanas? Ver a vida refinada. Vou reservar a melhor suíte no melhor hotel da cidade, e vou levar você em alguns espetáculos... Ouvi dizer que esse *Chamando Stálin* é muito bom, Arte Corpo de verdade! E vou comprar para você vinho *champagne* primeira! E então, se a gente achar que se gosta bastante, eu estou disposto, se você quiser também, a juntar os trapinhos com você!

— Mas Shad! Nós não poderíamos viver com o seu salário... Quero dizer, é claro que os Corpos devem pagar melhor para você... quero dizer, melhor ainda do que já pagam.

— Ouça aqui, benzinho! Não vou continuar ganhando uma mixaria como Comissário de Condado para o resto da minha vida! Pode acreditar! Vou ser um milionário daqui a pouco tempo!

Então ele contou a ela: contou-lhe precisamente o tipo de segredo vergonhoso que ela, havia tanto tempo, estava tentando conseguir, e em vão. Talvez fosse porque ele estava sóbrio. Shad, quando bebia, invertia todas as regras e se tornava mais peão e precavido a cada copo.

Ele tinha um plano. Esse plano era tão brutal e impraticável quanto seria qualquer plano de Shad Ledue para ganhar muito dinheiro. Sua essência era que ele deveria evitar trabalhos manuais e tornar o maior número possível de pessoas infelizes. Era parecido com o plano que fizera quando era ainda empregado, o de ficar rico criando cachorros. Primeiro roubando os cachorros e, de preferência, os canis.

Como Comissário de Condado, ele não tinha apenas, como era o hábito dos Corpos, obtido propina junto aos lojistas em troca de proteção contra os Homens Minuto.

Na verdade tinha feito parcerias com eles, prometendo-lhes encomendas maiores dos Homens Minuto, e, gabou-se ele, tinha contratos secretos com esses comerciantes, tudo escrito no papel e assinado e guardado no cofre do seu escritório.

Sissy se livrou dele naquela noite dando uma de difícil, enquanto o deixava supor que ele não levaria mais três ou quatro dias para conquistá-la. Ela chorou copiosamente quando ele foi embora, na consoladora presença da Sra. Candy, que primeiro guardou a faca de açougueiro com que, Sissy suspeitou, ela estivera aguardando, pronta, durante toda a noite.

Na manhã seguinte, Sissy foi até Hanover e sem pejo algum contou a Francis Tasbrough sobre os interessantes documentos que Shad tinha em seu cofre. Ela nunca mais viu Shad outra vez.

Ela se sentiu muito mal por ele ter sido assassinado. Ela se sentia muito mal por todos os assassinatos. Ela não via heroísmo, mas apenas bestialidade bárbara em ser obrigado a matar para conseguir ser meio honesto e bondoso e ter um pouco de segurança. Mas sabia que estaria disposta a fazer tudo de novo.

A casa dos Jessups foi pomposamente alugada para aquele nobre romano, aquele arroto político, o ex--governador Isham Hubbard que, estando cansado de outra vez tentar ganhar a vida mascateando imóveis e o direito penal, ficou satisfeito em aceitar sua indicação como sucessor de Shad Ledue.

Sissy logo foi para Beecher Falls ao encontro de Lorinda Pike.

O Padre Perefixe assumiu a administração da célula do Novo Subterrâneo em Fort Beulah, apenas dizendo, como havia dito desde que Buzz Windrip tomara posse, que estava farto de tudo aquilo e estava imediatamente indo para o Canadá. De fato, em sua mesa ele tinha uma tabela com os horários do Canadá.

Que estava dois anos atrasado.

Sissy estava num estado muito irritadiço para suportar as atenções maternais da Sra. Candy, que a ficava engordando e chorava por ela e a mandava alegremente para a cama. Já tivera o bastante de tudo isso. E Philip já havia lhe dado todo o conselho parental que ela podia aguentar por um tempo. Foi um alívio quando Lorinda a recebeu como uma adulta, como alguém sensata demais para insultá-la sentindo pena dela; recebeu-a, de fato, com tanto respeito como se ela fosse uma inimiga, não uma amiga.

Depois do jantar, na nova casa de chá de Lorinda, em um prédio antigo que agora estava vazio de hóspedes, exceto pela constante infestação de lamuriosos refugiados, Lorinda, tricotando, fez a primeira menção à falecida Mary.

— Suponho que sua irmã tinha a intenção de matar Swan, e você?

— Não sei. Os Corpos não pareceram pensar assim. Eles fizeram para ela um grande funeral militar.

— Sim, é claro, eles não querem que os assassinatos sejam muito comentados e se tornem um hábito comum. Concordo com seu pai. Acho que, em muitos casos, os assassinatos são realmente muito infelizes; um erro de tática. Não, não são bons. Falando nisso, Sissy, acho que vou tirar seu pai do campo de concentração.

— O quê?!

Lorinda não veio com os choramingos matrimoniais de Emma; foi pragmática como quem compra ovos.

— É isso mesmo. Tentei de tudo. Fui ver Tasbrough e o cara da educação, o Peaseley. Nada adiantou. Querem manter Doremus lá. Mas aquele rato, Aras Dilley, está em Trianon como guarda, agora. Eu o estou subornando para ajudar seu pai a escapar. Vamos ter o homem aqui para o Natal, só que um pouco tarde. E vamos levá-lo para o Canadá.

— Ah! — exclamou Sissy.

Alguns dias depois, lendo um telegrama codificado do Novo Subterrâneo que aparentemente tratava da entrega de móveis, Lorinda gritou:

— Sissy! Todo o você-sabe-o-quê desmoronou! Em Washington! Lee Sarason depôs Buzz Windrip e assumiu o controle da ditadura!

— *Ah!* — exclamou Sissy.

35

Em seus dois anos de ditadura, Berzelius Windrip dia a dia se tornava mais apegado ao poder. Continuava a dizer a si mesmo que sua principal ambição era tornar todos os cidadãos ricos, no bolso e na mente, e que se ele era brutal, era apenas com os tolos e reacionários que queriam os velhos e canhestros sistemas. Mas após 18 meses de presidência ele estava furioso porque o México e o Canadá e a América do Sul (todos obviamente sua propriedade, por destino manifesto) tinham respondido de forma rude a seus rudes recados diplomáticos e não mostravam boa-vontade em relação a se tornarem parte de seu inevitável império.

E dia a dia ele queria ouvir "sins" mais altos e convincentes de todos ao seu redor. Como ele podia continuar com seu penoso trabalho se ninguém jamais o encorajava? Qualquer que fosse a pessoa (de Sarason ao mais humilde *office boy* do escritório) que não realizasse todos os desejos de seu ego, ele colocava sob suspeita de estar tramando contra a sua pessoa. Windrip constantemente aumentava sua guarda pessoal, e com a mesma frequência desconfiava de seus guardas e os demitia, e certa vez havia atirado em dois deles, de modo que em todo o mundo ele não tinha nenhuma companhia a não ser seu velho assistente Lee Sarason, e talvez Hector Macgoblin, com quem podia conversar tranquilamente.

Ele se sentia solitário nas horas em que queria despir-se dos deveres do despotismo juntamente com seus sapatos e seu belo casaco novo. Não saía mais por aí dizendo bravatas. Seu gabinete lhe implorava que não se fizesse de palhaço em bares e outros estabelecimentos de lazer; aquilo não era digno, e era perigoso ficar muito perto de desconhecidos.

Assim, ele jogava pôquer com sua guarda pessoal, tarde da noite, e nesses momentos bebia demais, e os xingava e encarava com olhos arregalados quando perdia, o que, apesar de toda a boa-vontade dos guardas em o deixarem ganhar, tinha de acontecer com frequência, porque ele descaradamente surrupiava os salários deles e mandava prender os desavisados. Ele havia se transformado num Buzz que buzinava muito pouco e não tinha mais energia, e nem se dava conta disso.

Apesar disso, ele amava o Povo tanto quanto temia e detestava as Pessoas, e planejava fazer algo histórico. Com certeza! Ele daria a cada família aqueles cinco mil dólares por ano assim que conseguisse arranjar o dinheiro.

E Lee Sarason, eternamente fazendo suas cuidadosas listas, tão paciente em sua escrivaninha quanto era sedento de prazer no sofá em festas à meia-noite, estava seduzindo os funcionários para que o considerassem seu verdadeiro senhor e líder do Corpoísmo. Cumpria as promessas que fazia a eles, ao passo que Windrip sempre as esquecia. A porta de seu gabinete tornou-se a porta da ambição. Em Washington, os repórteres conversavam em particular sobre um certo secretário-assistente e aquele general como "homens de Sarason". Sua panelinha não era um governo dentro de um governo. Era o próprio governo, sem os megafones. Ele recebia o Secretário das Corporações (anteriormente vice-presidente da Federação

Americana do Trabalho) a cada noite, em segredo, para lhe informar sobre a política trabalhista e em especial sobre líderes proletários que estavam insatisfeitos com Windrip na qualidade de Chefe; isto é, com sua própria parte na propina. Ele obtinha do Secretário do Tesouro (embora esse funcionário, um tal de Webster Skittle, não fosse um tenente de Sarason, mas simplesmente um amigo) relatos confidenciais sobre as ações de grandes empregadores que, desde o advento do Corpoísmo, possibilitavam em geral que um milionário persuadisse os juízes das cortes trabalhistas a examinarem as coisas de forma sensata, alegrando-se eles com o fato de que, com as greves proibidas e os empregadores sendo considerados funcionários do Estado, estariam agora seguros no poder para sempre.

Sarason conhecia os modos silenciosos pelos quais esses barões industriais fortalecidos se utilizavam das detenções feitas pelos Homens Minuto para se livrar dos "encrenqueiros", em particular os judeus radicais — isto é, os judeus sem ninguém que trabalhasse para eles. (Alguns dos barões eram, eles mesmos, judeus; não se devia esperar que a lealdade racial fosse levada tão insanamente longe a ponto de prejudicar o bolso.)

A lealdade de todos os negros que tinham o bom senso de se satisfazer com a segurança e um bom salário em vez de alimentar ridículos anseios por sua integridade pessoal, Sarason a obtinha sendo fotografado dando apertos de mão com o celebrado sacerdote Fundamentalista Negro, o Reverendo Dr. Alexander Nibbs, e por meio dos altamente divulgados Prêmios Sarason para os negros que tinham as maiores famílias, que esfregavam o chão mais rapidamente e que trabalhavam períodos mais longos sem tirar férias.

— Não há perigo de os nossos bons amigos, os negros, se tornarem Vermelhos, quando eles são encorajados dessa forma — anunciava Sarason nos jornais.

Era uma satisfação para Sarason que, na Alemanha, todas as bandas marciais estivessem agora tocando sua canção nacional, "Buzz, Buzine" junto com o hino de autoria de Horst Wessel, pois embora Sarason não tivesse exatamente escrito a letra e a música, a composição musical estava agora sendo atribuída a ele no exterior.

Assim como um bancário poderia, bastante racionalmente, se preocupar de forma igual com o paradeiro de títulos do banco no valor de cem milhões de dólares e com dez centavos do seu próprio dinheiro do almoço, da mesma forma Buzz Windrip se preocupava de forma igual com o bem-estar (ou seja, a obediência) de cento e trinta e poucos milhões de cidadãos americanos e com a pequena questão dos humores de Lee Sarason, cuja aprovação era a única reputação verdadeira para ele. (Sua esposa, Windrip não via com mais frequência do que uma vez por semana e, de qualquer forma, o que pensava aquela caipirona não importava.)

O diabólico Hector Macgoblin lhe metia medo; do Secretário da Guerra Luthorne e do Vice-Presidente Perley Beecroft ele gostava bastante, mas eles o entediavam; tinham características que lhe traziam insistentemente de sua infância numa cidade pequena, da qual ele se dispusera a escapar para assumir as responsabilidades de uma nação. Era do imprevisível Lee Sarason que ele dependia, e o Lee com quem anteriormente fora pescar, beber e, certa vez, até matar, que lhe parecera sua própria pessoa mais segura e articulada, tinha agora pensamentos que ele não conseguia penetrar. O sorriso de Lee era um véu, não uma revelação.

Fora para disciplinar Lee, com a esperança de trazê-lo de volta, que Buzz substituiu o amigável, mas desajeitado Secretário da Guerra, Coronel Luthorne, pelo Coronel Dewey Haik, que era Comissário da Província Nordeste (o comentário característico de Buzz foi que Luthorne não estava "fazendo seu serviço"), ele também passou a Haik a posição de Marechal dos Homens Minuto, que era ocupada por Lee juntamente com uma dezena de outros cargos. De Lee ele esperava uma explosão, depois arrependimento e uma amizade renovada. Mas Lee disse apenas: "Muito bem, se é assim que você quer", e disse isso com frieza.

Como *poderia* conseguir que Lee fosse um bom menino e viesse brincar com ele de novo? Isso se perguntava melancolicamente o homem que algumas vezes planejara ser imperador do mundo.

Ele deu a Lee um televisor que valia mil dólares. Ainda com maior frieza Lee lhe agradeceu, e nunca depois comentou sobre as ótimas imagens que estaria recebendo, em seu belíssimo novo aparelho, das transmissões ainda incipientes da época.

Quando Dewey Haik assumiu o cargo, dobrando a eficiência tanto do exército regular quanto dos Homens Minuto (era um gênio para práticas de marcha durante toda a noite, e os soldados não podiam se queixar, porque ele dava o exemplo), Buzz começou a se indagar se Haik não poderia ser seu novo confidente... De fato, odiaria mandar Lee para a prisão, mas, mesmo assim, Lee estava tão indiferente com a possibilidade de machucar seus sentimentos, quando ele tinha feito mundos e fundos por Lee!

Buzz estava confuso. E ficou ainda mais confuso quando Perley Beecroft veio e rapidamente lhe disse que se cansara de toda aquela matança e estava voltando para a fazenda, e quanto ao seu alto cargo de Vice-Presidente, Buzz sabia o que poderia fazer com ele.

Seriam essas vastas dissensões nacionais idênticas aos bate-bocas na farmácia do seu pai? — inquietava-se Buzz. Ele não podia simplesmente mandar fuzilar Beecroft: isso podia gerar críticas. Mas era indecente, era sacrílego, irritar um imperador, e em sua irritação ele mandou buscar e fuzilar um ex-senador e doze trabalhadores que estavam em campos de concentração, sob a acusação de que haviam contado histórias irreverentes sobre ele.

O Secretário de Estado Sarason estava dizendo boa noite para o Presidente Windrip na suíte de hotel onde ele realmente morava.

Nenhum jornal ousara mencionar esse fato, mas Buzz estava tanto enfastiado com a imponência da Casa Branca quanto amedrontado pelo número de Vermelhos e malucos e anti-Corpos que, com a mais louvável paciência e engenhosidade, tentavam entrar às escondidas naquela mansão histórica para matá-lo. Buzz simplesmente deixava sua mulher ali, para manter as aparências e, exceto em grandes recepções, nunca entrava em qualquer parte da Casa Branca, a não ser no anexo dos escritórios.

Ele gostava daquela suíte de hotel; era um homem sensato, que preferia *bourbon* puro, bolinhos de bacalhau e tradicionais poltronas de couro a vinho de Borgonha, truta *au bleu* e mobília ao estilo Luís XV. Em seu apartamento de 12 cômodos, que ocupava todo o décimo andar de um hotel pequeno e discreto, ele tinha, só para si, um quarto simples, uma enorme sala de estar que, parecia uma mistura de escritório e saguão de hotel, uma grande adega, um *closet* com 37 ternos e um banheiro com potes e mais potes de sais de banho com aroma de pinho, que eram seu único luxo cosmético. Buzz seria capaz de chegar em casa com um terno reluzente como uma manta para cavalos, uma manta considerada no Alfalfa Center como um triunfo da alfaiataria londrina,[60] mas, uma vez a salvo, ele gostava de calçar seus chinelos vermelhos de marroquim que estavam gastos nos calcanhares e exibir seus suspensórios vermelhos e suas braçadeiras de camisa azuis-bebê. Para se sentir adequado usando esses adornos, preferia a atmosfera do hotel que, durante tantos anos antes de ele jamais ter visto a Casa Branca, era-lhe familiar como seus celeiros de milho e suas Main Streets ancestrais.

Os outros dez cômodos da suíte, que isolavam completamente suas dependências dos corredores e elevadores, estavam cheios de guardas, dia e noite. Chegar até Buzz naquele seu ambiente íntimo era muito parecido com visitar uma delegacia para ver um famoso prisioneiro homicida.

— Parece-me que Haik está fazendo um bom trabalho no Departamento da Guerra, Lee — disse o Presidente. — É claro que você sabe que se quiser de volta o cargo de Marechal...

— Estou muito satisfeito — disse o grande Secretário de Estado.

....
[60] Mais uma vez o narrador de Lewis exibe sua ironia. Windrip vem de uma cidade pequena e gosta de coisas simples, como está declarado algumas linhas antes. A comparação entre um terno elegante digno da alfaiataria londrina com uma manta de cavalo exibida no Alfalfa Center (comunidade do estado de Missouri) só poderia ter origem na mente do próprio Windrip, cujo discurso é apropriado aqui pelo narrador. (N. T.)

— O que você acha de readmitirmos o Coronel Luthorne para que ele ajude Haik? Ele é muito bom em detalhes bobos.

Sarason parecia quase tão constrangido quanto o presunçoso Lee Sarason podia parecer.

— Bem, achei que você soubesse. Luthorne foi liquidado no expurgo dez dias atrás.

— Deus do céu! Luthorne assassinado? Por que não fiquei sabendo disso?

— Achou-se melhor manter o fato em sigilo. Ele era bastante popular. Mas perigoso. Sempre falando de Abraham Lincoln!

— Pelo que estou vendo, eu nunca fico sabendo de nada que está acontecendo! Caramba! Até os recortes de jornais são pré-selecionados, meu Deus, antes que eu os veja!

— Considera-se melhor não o incomodar com detalhes sem importância, patrão. Você sabe disso! É claro, se você achar que não organizei sua equipe corretamente...

— Ora, ora, não se exaspere, Lee! Eu só quis dizer... É claro que sei como você com tanto trabalho tentou me proteger para que eu pudesse concentrar meu cérebro nos problemas mais elevados do Estado. Mas Luthorne... eu até que gostava dele. Ele sempre fazia boas piadas quando jogávamos pôquer

Buzz Windrip se sentia solitário como uma vez um certo Shad Ledue havia se sentido, em uma suíte de hotel que era diferente da de Buzz apenas por ser menor. Para esquecer essa sensação, ele disse em voz alta e muito animado:

— Lee, você alguma vez se pergunta o que vai acontecer no futuro?

— Ora, acho que talvez você e eu já tenhamos mencionado isso.

— Meu Deus, pense só no que pode acontecer no futuro, Lee! Pense só! Ora, talvez possamos estabelecer um reino Norte-Americano! — disse Buzz, mais ou menos a sério, ou talvez mais para menos que para mais sério. — O que você acharia de ser o Duque da Geórgia, ou Grão-Duque, ou qualquer coisa que eles usem para designar um Altíssimo Governante dos Alces nessas coisas de fidalgo? E depois, que tal um Império da América do Norte e do Sul? Eu posso tornar você um rei sob meu comando, então. Por exemplo, você seria o Rei do México, que tal?

— Acho muito engraçado — disse Lee de forma mecânica, como sempre dizia a mesma coisa de forma mecânica, quando Buzz repetia essa mesma besteira.

— Mas você precisa permanecer ao meu lado e não se esquecer de tudo o que fiz por você, Lee, não se esqueça disso.

— Eu nunca me esqueço de nada!... Por falar nisso, precisamos liquidar, ou pelo menos prender, Perley Beecroft também. Ele ainda é tecnicamente o Vice-Presidente dos Estados Unidos, e se o maldito traidor armasse algum conluio para matar ou depor você, ele poderia ser considerado por alguns literalistas tacanhos como Presidente!

— Não, não, não! Ele é meu amigo, apesar do que ele possa dizer sobre mim... aquele cão imundo! — lamuriou-se Buzz.

— Certo! Você é o patrão. Boa noite — disse Lee, deixando daquele tosco sonho de paraíso e dirigindo-se à sua própria casa de verão em Georgetown, decorada em dourado e negro e com tecidos adamascados, que ele compartilhava com vários jovens oficiais dos Homens Minuto. Eram soldados rudes, mas dados à música e à poesia. Na companhia deles, Sarason não era nada desprovido de paixões, como parecia agora na visão de Buzz Windrip. Com seus jovens amigos, às vezes ele ficava furioso e os chicoteava, ou então era tomado de um paroxismo de desculpas, e então acariciava seus ferimentos. Jornalistas que antes haviam sido seus amigos diziam que ele havia trocado a viseira verde de contador por uma grinalda de violetas.

Em uma reunião de gabinete, no final de 1938, o Secretário de Estado Sarason revelou notícias perturbadoras aos líderes do governo. O Vice-Presidente Beecroft (e ele não lhes dissera que o homem devia ser assassinado?) havia fugido para o Canadá, renunciado ao Corpoísmo, e se unido a Walt Trowbridge na conspiração. Já havia bolhas de uma quase ebuliente rebelião no Meio-Oeste e no Noroeste, especialmente no Minnesota e nos dois estados de Dakota, onde agitadores, alguns deles antigamente de influência política, estavam exigindo que seus estados se separassem do Corpo e formassem uma comunidade cooperativa (na verdade, quase socialista) deles próprios.

— Caramba! Apenas um bando de desmiolados irresponsáveis — zombou o Presidente Windrip. — Ora, eu achei que você deveria ser o sujeito com olhos vigilantes que não deixa passar nada que acontece, Lee! Você se esquece de que eu, pessoalmente, fiz um pronunciamento especial para aquela região, pelo rádio, na semana passada. E obtive uma reação maravilhosa. O povo do Meio-Oeste é absolutamente leal a mim. Eles apreciam o que venho tentando fazer!

Sem lhe dar resposta alguma, Sarason exigiu que, a fim de reunir todos os elementos do país por meio daquele útil patriotismo que sempre surge sob a ameaça de um ataque externo, o governo imediatamente desse um jeito de ser insultado e ameaçado em uma bem-planejada série de "incidentes" deploráveis na fronteira com o México, e declarasse guerra contra aquele país assim que a América demonstrasse que estava se tornando suficientemente entusiasmada patriótica.

O Secretário do Tesouro Skittle e o Procurador-Geral Porkwood fizeram que não com a cabeça, mas o Secretário da Guerra Haik e o Secretário da Educação Macgoblin concordaram totalmente com Sarason. Tempos atrás, argumentou o erudito Macgoblin, os governos tinham apenas de se deixar levar para uma guerra, agradecendo à Providência por ter lhes proporcionado um conflito como um remédio contra o descontentamento interno; mas ficava claro que, naquela época de propaganda deliberada e planejada, um governo realmente moderno como o deles devia descobrir que tipo de guerra deveria vender, e planejar a campanha de vendas conscientemente. Ora, de sua parte, ele estava disposto a deixar todo o planejamento para o gênio da propaganda, o Irmão Sarason.

— Não, não, não! — exclamou Windrip — Não estamos prontos para uma guerra! Claro, vamos tomar o México algum dia. É nosso destino controlar e cristianizar aquele país. Mas tenho medo de que seu maldito esquema possa gerar o efeito contrário ao que você diz. Você põe armas nas mãos de muitos irresponsáveis, e eles podem usá-las e se voltar contra você e começar uma revolução e expulsar todos nós! Não, não! Muitas vezes me perguntei se todo esse esquema dos Homens Minuto, com suas armas e seu treinamento, não podia ser um erro. Essa ideia foi sua, Lee, não minha!

Sarason falou de forma serena.

— Meu querido Buzz, um dia você me agradece por ter criado aquela "grande cruzada de soldados-cidadãos defendendo suas casas", como você gosta de se referir aos

Homens Minuto no rádio; e no dia seguinte você quase se borra todo, de tanto medo que tem deles. Decida-se por um lado ou outro!

Sarason saiu da sala, sem nenhum gesto de respeito.

Windrip se queixou:

— Não vou permitir que Lee fale comigo desse jeito! Ora, o infeliz de duas caras! Eu o criei. Um desses dias, ele vai encontrar um outro secretário de estado aqui! Acho que ele acha que cargos como esse nascem em árvores. Talvez ele gostasse de ser um presidente de banco ou coisa do tipo. Quero dizer, talvez ele quisesse ser Imperador da Inglaterra!

O Presidente Windrip, que estava em seu quarto de hotel, foi acordado tarde da noite pela voz de um guarda na sala externa.

— Ah, claro, deixe-o passar. Ele é o Secretário de Estado.

Nervoso, o Presidente acendeu seu abajur no criado-mudo... Nos últimos tempos precisara dele, para ler na cama e conseguir pegar no sono.

Naquela luminosidade limitada, ele avistou Lee Sarason, Dewey Haik e o Dr. Hector Macgoblin avançando em direção à lateral de sua cama. O rosto magro e anguloso de Lee estava branco como farinha. Seus olhos fundos pareciam os de um sonâmbulo. Sua delgada mão direita segurava uma faca de caça que, quando deliberadamente erguida, sumiu na escuridão. Windrip rapidamente pensou: "Com certeza seria difícil saber onde comprar uma adaga em Washington". E Windrip pensou: "Tudo isso é uma besteira ridícula, como um filme ou um daqueles livros de histórias antigos de quando a gente era criança"; e Windrip pensou, no mesmo instante: "Meu Deus, vão me matar!"

Ele gritou:

— Lee! Você com certeza não faria *isso* comigo!

Lee grunhiu, como alguém que detecta um cheiro ruim.

Então o Berzelius Windrip que incrivelmente havia conseguido se tornar Presidente, realmente despertou:

— Lee! Você se lembra daquela vez que sua velha mãe estava muito doente, e eu lhe dei meu último centavo e lhe emprestei meu carrinho para que você pudesse ir vê-la, e eu peguei carona para chegar na minha próxima reunião? Lee!

— Inferno! Acho que me lembro, General.

— É? — disse Haik, não muito satisfeito.

— Acho que vamos colocá-lo em um *destroyer* ou coisa do tipo e deixar que ele fuja para a França ou a Inglaterra... O covarde nojento parece estar com medo de morrer... É claro que vamos matá-lo se ele por acaso ousar voltar aqui para os Estados Unidos. Levem-no e telefonem para o Secretário da Marinha pedindo um navio e coloquem Buzz nele, está bem?

— Muito bem, senhor — disse Haik, ainda menos satisfeito.

Tinha sido fácil. As tropas, que obedeciam a Haik na qualidade de Secretário da Guerra, haviam ocupado toda Washington.

Dez dias depois Buzz Windrip aportava no Havre e seguia, suspiroso, para Paris. Era a primeira vez que ele via a Europa, exceto por um passeio culinário de 21 dias. Sentiu profundas saudades dos cigarros Chesterton, das panquecas, das revistas em quadrinhos *Moon Mullins* e do som de um ser humano de verdade dizendo frases em inglês corriqueiro em vez dos perpétuos e bobos *"Oui"*, *"pardon"* e *"s'il vous plais"*.

Em Paris ele permaneceu, embora tivesse se tornado o tipo de herói secundário de tragédia, como o ex-Rei da Grécia, Alexander Kerensky, os Grão-Duques Russos, Jimmy Walker e alguns ex-presidentes da América do Sul e de Cuba. E ele se deliciava em aceitar convites para salões de festas onde o *champagne* era bom e talvez fosse possível encontrar alguém, de vez em quando, que quisesse escutar a sua história e dissesse "*sir*".

Além disso, Buzz pensava, rindo interiormente, que ele de certa forma tinha passado a perna naqueles canalhas, pois, durante seus dois doces anos de despotismo, havia mandado quatro milhões de dólares para o exterior, para contas secretas e seguras. E assim Buzz Windrip passou para os parágrafos frouxos das memórias de cavalheiros ex-diplomatas com monóculos. No que restou da vida do Ex-Presidente Windrip, tudo era "ex". Foi esquecido de tal forma, que apenas quatro ou cinco estudantes americanos tentaram atirar nele.

Quanto mais suavemente eles houvessem antes aconselhado e elogiado Buzz, tanto mais ardentemente a maioria de seus antigos seguidores, Macgoblin e o Senador Porkwood e o Dr. Almeric Trout e o resto, voltaram-se em eloquente lealdade ao novo Presidente, o Excelentíssimo Lee Sarason.

Sarason fez uma declaração dizendo ter descoberto que Windrip estivera desviando o dinheiro do povo e conspirando com o México para evitar a guerra com aquele país criminoso; e dizendo que ele, Sarason, tomado de alarmante mágoa e relutância, já que ele, mais que qualquer pessoa, fora enganado por seu suposto amigo Windrip, havia cedido aos apelos do Gabinete e assumido a Presidência no lugar do Vice-Presidente Beecroft, aquele traidor exilado.

O Presidente Sarason imediatamente começou a nomear os mais sofisticados dos seus jovens amigos funcionários para os cargos de maior responsabilidade no Estado e no exército. Ao que parecia, ele se deleitava em chocar as pessoas, tornando um rapaz de 25 anos, de faces rosadas e olhos brilhantes, Comissário do Distrito Federal, que incluía Washington e Maryland. Não era ele supremo, não era ele semidivino, como um imperador romano? Não podia desafiar toda a multidão enlameada que ele (antigamente um socialista) havia começado a desprezar por conta de sua inconstância?

— Quem dera o povo americano tivesse um só pescoço" — disse ele, num plágio,[61] para seus rapazes, que riam muito.

Na decorosa Casa Branca de Coolidge e Harrison e Rutherford Birchard Hayes, ele promovia orgias (um antigo nome para "festas") com pernas e braços entrelaçados e guirlandas e vinho servido em belíssimas imitações de copos romanos.

Era difícil, para um prisioneiro como Doremus Jessup, acreditar nisso, mas havia algumas dezenas de milhares de Corpos, nos Homens Minuto, no funcionalismo público, no exército e entre os cidadãos comuns, para quem o leviano regime de Sarason foi trágico.

Esses eram os idealistas do Corpoísmo (e havia muitos deles, juntamente com os intimidadores e os trapaceiros); eram homens e mulheres que, em 1935 e

---

[61] Sarason pode aqui ter plagiado tanto o imperador romano Calígula quanto o assassino em série Karl Pazram (1891-1930). Essa frase é atribuída a ambos. (N. T.)

1936, haviam se voltado para Windrip e seu grupo, não por serem perfeitos, mas como os mais prováveis salvadores do país de um lado, da dominação de Moscou, e, do outro, da frouxa indolência, da falta de orgulho decente de metade da juventude americana, cujo mundo (esses idealistas afirmavam) era composto de uma inepta aversão ao trabalho e uma recusa a aprender qualquer coisa de forma profunda, de uma estridente música dançante no rádio, de automóveis enlouquecidos, de uma sexualidade babosa, do humor e da arte das histórias em quadrinhos — de uma psicologia escrava que estava transformando a América numa terra vulnerável à pilhagem de homens mais firmes.

O General Emmanuel Coon era um desses idealistas do Corpo.

Esses homens não faziam vista grossa para os assassinatos ocorridos sob o regime do Corpo. Mas insistiam em que "Esta é uma revolução, e afinal de contas, quando, ao longo da História, houve alguma revolução sem derramamento de sangue?"

Eles eram estimulados pela pompa do Corpoísmo: grandiosas demonstrações, com as bandeiras vermelhas e pretas exibindo uma gloriosa magnificência como nuvens tempestuosas. Tinham orgulho das novas estradas do Corpo, dos hospitais, das estações de televisão e das rotas aéreas; sentiam-se tocados pelas procissões da Juventude do Corpo, cujos rostos exibiam, exaltados, o orgulho dos mitos do heroísmo do Corpo e da pura força espartana e da semidivindade do Pai todo-protetor, o Presidente Windrip. Eles acreditavam, se forçavam a acreditar, que com Windrip haviam tornado à vida as virtudes de Andy Jackson e Farragut e Jeb Stuart, para substituir a desmazelada vulgaridade dos atletas profissionais que haviam sido os únicos heróis de 1935.[62]

Planejavam, esses idealistas, corrigir, o mais depressa possível, os erros da brutalidade e desonestidade entre os oficiais. Eles assistiam ao surgimento de uma arte Corpo, um ensino Corpo, profundo e real, despojado do tradicional esnobismo das antigas universidades, valoroso e jovem, e tanto mais belo por ser "útil". Estavam convencidos de que o Corpoísmo era o comunismo purificado da dominação estrangeira e da violência e indignidade da ditadura da multidão; era a monarquia com o herói escolhido pelo povo como monarca; era o fascismo sem os líderes gananciosos e egoístas; era a liberdade com ordem e disciplina; era a América tradicional sem seu desperdício e sua insolência provinciana.

---

[62] Andrew [Andy] Jackson Smith (1815-1897), David Farragut (1801-1860) e James Ewell Brown [Jeb] Stuart (1833-1864), foram todos militares que se destacaram na Guerra de Secessão. Andy Jackson nasceu na Pensilvânia e lutou pela União (exército do norte); David Farragut também lutou pela União, apesar de suas raízes sulistas, que fizeram muitos oficiais do norte duvidarem de sua lealdade à causa da União. Jeb Stuart nasceu no estado da Virgínia e lutou do lado dos Confederados (sul). Quanto aos "atletas profissionais" que foram os únicos heróis de 1935, talvez Lewis se refira a atletas olímpicos profissionais que se organizaram (em 1935, quando o livro foi lançado) para boicotar as Olimpíadas de Berlim de 1936, fazendo frente às ações racistas de Hitler. O que acabou acontecendo em 1936 foi que, apesar do boicote de alguns atletas dos EUA, 18 atletas negros estadunidenses participaram das Olimpíadas de Berlim, sendo Jesse Owens o que mais se destacou, com 4 medalhas de ouro. Acredita-se que esses atletas não julgaram sensato boicotar a Alemanha pelo racismo, dadas as práticas racistas dos próprios EUA. O que eles mais queriam era provar que os negros não eram inferiores. No segundo dia das Olimpíadas, quando dois atletas afrodescendentes americanos venceram provas, Hitler se retirou do estádio sem cumprimentá-los, em seguida recusando-se a cumprimentar qualquer atleta vencedor, para não ter de cumprimentar os negros. (N.T.)

Como todos os fanáticos religiosos, tinham uma abençoada capacidade para a cegueira, e estavam agora convencidos de que (já que os únicos jornais que liam não comentavam nada sobre o assunto) não havia mais crueldades manchadas de sangue nos tribunais e nos campos de concentração; nenhuma restrição de expressão ou pensamento. Acreditavam que nunca criticavam o regime do Corpo não porque eram censurados, mas porque "esse tipo de coisa era, como a obscenidade, totalmente despido de elegância".

E esses idealistas ficaram tão chocados e perplexos com o golpe de estado de Sarason contra Windrip quanto o próprio Berzelius Windrip.

O austero Secretário da Guerra, Haik, repreendia o Presidente Sarason por sua influência sobre a nação, particularmente sobre as tropas. Lee ria dele, mas certa vez ficou suficientemente lisonjeado pelo tributo de Haik a seus dons artísticos a ponto de dedicar-lhe um poema. Tal poema seria posteriormente cantado por milhões; era, na verdade, a mais popular das baladas militares que surgiriam automaticamente da boca de soldados bardos anônimos, durante a guerra entre os Estados Unidos e o México. Só que, acreditando na Publicidade Moderna tão piamente quanto o próprio Sarason, o eficiente Haik queria encorajar a geração espontânea dessas patrióticas baladas populares, proporcionando o surgimento automático e o bardo anônimo. Ele tinha tanta antevisão, tanta "engenharia profética" quanto um fabricante de carros.

Sarason estava tão ansioso por uma guerra com o México (ou a Etiópia, ou o Sião, ou a Groenlândia ou qualquer outro país que pudesse oferecer a seus queridinhos jovens pintores a oportunidade de retratar

Sarason sendo heroico em paisagens exóticas) quanto Haik; não só para propiciar aos descontentes algo fora do país com que se enfurecer, mas também para conferir a si mesmo uma chance de ser pitoresco. Ele respondeu ao pedido de Haik, escrevendo uma galhofeira balada militar numa época em que o país ainda estava teoricamente em termos amigáveis com o México. Era cantada ao som da melodia de *Mademoiselle from Armentières*, ou *Armenteers*.[63] Se o espanhol na letra era meio capenga, mesmo assim, milhões entenderiam posteriormente que "Habla oo?" representava um "Habla usted?", significando "Parlez vous?". Era assim, ao sair da verborrágica, mas fumegante máquina de escrever de Sarason.

> *Señorita de Guadapupe*
> *Diga aí*
> *Señorita vai cirandar*
> *Ou vem deitar!*
> *Senhorita de Guadalupe*
> *Se seu pai nos pega aqui,*
> *Tra-la-la-lá! O que vai ser?*
>
> *Señorita de Monterrey*
> *Ianque esperta?*
> *Señorita diz que é sueca*
> *Que meleca!*

....

[63] A canção de Sarason seria uma paródia ou adaptação de outra balada cantada pelos soldados na I Guerra Mundial, mas que provavelmente tem origens mais antigas, sempre nesse contexto de guerra e de soldados inimigos abordando uma moça local. Na canção original, a moça é interpelada como "Mademoiselle from Armentières", com trechos em francês ("Parlez vous"). A versão de Sarason troca o francês pelo espanhol, e a França pelo México. (N. T.)

A Señorita de Monterrey,
Não vai falar ao funhunhar
Tra-la-la-lá! O que vai ser?

Señorita de Mazatlán
Quando me viu
Sorriu, se derreteu
Nunca esqueceu!
"Que hombre es este", saiu falando
"Não vou casar com mexicano!"
Tra-la-la-lá! O que vai ser?

Se às vezes o Presidente Sarason parecia leviano, ele não tinha nada de leviano em seu papel na preparação científica para a guerra, que consistia em conduzir o ensaio do coral de Homens Minuto para cantar essa balada com bem-treinada espontaneidade.

Seu amigo Hector Macgoblin, agora Secretário de Estado, disse a Sarason que esse coral viril era uma de suas maiores criações. Macgoblin, embora pessoalmente não se unisse a Sarason em suas relativamente incomuns diversões à meia-noite, as achava divertidas, e frequentemente dizia a Sarason que ele era o único gênio criativo original entre aquele bando de arrogantes, inclusive Haik.

— Você precisa vigiar o danado do Haik, Lee — disse Macgoblin. — Ele é ambicioso, é um gorila, é um piedoso puritano, e essa é uma combinação tripla que eu temo. As tropas gostam dele.

— Imagine! Ele não exerce atração alguma sobre as tropas. Ele é apenas um minucioso contador militar — disse Sarason.

Naquela noite ele deu uma festa em que, para sair do costume, e de forma a chocar muito seus amigos, realmente havia moças presentes, realizando curiosos bailados. Na manhã seguinte Haik o repreendeu e (Sarason estava de ressaca) recebeu xingamentos como resposta. Naquela noite, apenas um mês após Sarason ter usurpado a presidência, Haik atacou.

Não houve melodrama de adaga-e-mão-erguida desta vez — embora Haik, seguindo a tradição, tenha chegado tarde da noite, pois todos os fascistas, como os bêbados, parecem funcionar mais vigorosamente à noite. Haik entrou marchando na Casa Branca com sua selecionada tropa de assalto, encontrou o Presidente Sarason vestido com pijama de seda cor de violeta entre seus amigos, atirou em Sarason e na maioria dos seus companheiros, e proclamou-se Presidente.

Hector Macgoblin fugiu de avião para Cuba, e depois foi adiante. Quando foi visto pela última vez, estava vivendo no alto das montanhas do Haiti, vestindo apenas uma camiseta regata, calças brancas de brim sujas, chinelos de dedo e uma longa barba castanha; muito saudável e feliz, ocupando um chalé de um cômodo com uma adorável nativa, praticando medicina moderna e pesquisando vodu antigo.

* * *

Quando Dewey Haik se tornou Presidente, então a América realmente começou a sofrer um pouco, e a ansiar pelos bons e velhos tempos democráticos e liberais de Windrip.

Windrip e Sarason não haviam se incomodado com a alegria e a dança nas ruas, contanto que pudessem ser adequadamente taxadas. Haik em princípio tinha aversão a essas coisas. Exceto, talvez, por ser ateu em teologia, ele era um cristão ortodoxo rigoroso. Foi o primeiro a dizer à plebe que eles não iam obter nada daqueles cinco mil dólares por ano, mas, sim, "colher os lucros da disciplina e do Estado Totalitário Científico, não em meros valores em dinheiro, mas em enormes dividendos de Orgulho, Patriotismo e Poder." Ele expulsou do exército todos os oficiais que não conseguiam marchar e passar sede; e do setor civil todos os comissários — inclusive Francis Tasbrough — que haviam acumulado riquezas de forma muito fácil e óbvia.

Tratava a nação inteira como uma plantação colonial bem administrada, na qual os escravos eram mais bem-alimentados que antes, com menor frequência enganados por seus supervisores e mantidos tão ocupados que tinham tempo apenas para trabalhar e para dormir, e assim raramente caíam nos debilitantes vícios do riso, da música (excetuando-se as canções de guerra contra o México), da queixa e do pensamento. Sob a administração de Haik havia menos sessões de chicoteamento nos postos dos Homens Minuto e nos campos de concentração, pois por ordem sua os oficiais não deviam desperdiçar tempo no esporte de espancar pessoas (homens, mulheres ou crianças) que diziam não querer ser escravos, mesmo na melhor das plantações; os Homens Minuto deviam matá-las sumariamente a tiros.

Haik se utilizou mais do clero (protestante, católico, judeu, e agnóstico liberal) do que Windrip e Sarason tinham feito. Embora houvesse vários ministros que, como o Reverendo Falck e o Padre Stephen Perefixe, como o Cardeal Faulhaber e o Pastor Niemoller da Alemanha, consideravam que fazia parte do dever cristão reprovar a escravização e a tortura de seus rebanhos, havia também um bom número de reverendas celebridades, em especial pastores de grandes cidades, cujos sermões eram divulgados nos jornais toda segunda-feira pela manhã, aos quais o Corpoísmo havia dado uma chance de ser ruidosa e lucrativamente patrióticos. Esses eram os capelães-do-coração, que, se não houvesse uma guerra na qual eles pudessem humildemente ajudar a purificar e consolar os pobres e bravos rapazes que estavam lutando, estavam satisfeitos em poder proporcionar uma guerra assim.

Esses pastores mais pragmáticos que, como os médicos e os advogados, eram capazes de arrancar segredos ocultos no coração, tornaram-se valiosos espiões durante os difíceis meses após fevereiro de 1939, quando Haik estava planejando uma guerra contra o México (Canadá? Japão? Rússia? Esses viriam mais tarde). Pois mesmo com um exército de escravos, era necessário persuadi-los de que eram homens livres que lutavam pelo princípio da liberdade, ou, caso contrário, os patifes poderiam mudar de lado e juntar-se ao inimigo.

Assim reinou o bondoso monarca Haik, e se houvesse alguém em todo o país que estivesse descontente, você nunca o ouvia falar. Não duas vezes.

E na Casa Branca, onde sob Sarason rapazes desavergonhados haviam dançado, sob o novo reinado da retidão e do cassetete, a Sra. Haik, uma dama de óculos com um sorriso de resoluta cordialidade, oferecia à Associação das Senhoras Cristãs pela Temperança e à Associação Cristã de Moças, e à Liga das Senhoras Contra o Radicalismo Vermelho, e a seus maridos inerentemente incidentais, uma versão washingtoniana, ampliada e colorida à mão, das antigas festas que ela oferecera no bangalô de Haik, em Eglantine, Oregon.

36

A proibição da troca de informações no campo de Trianon fora revogada; a Sra. Candy tinha vindo visitar Doremus (uma visita completa, que incluía o bolo recheado de coco) e ele ficara sabendo da morte de Mary, da partida de Emma e Sissy, do fim de Windrip e Sarason. E nada disso lhe parecia minimamente real (a não ser o fato de que nunca mais veria Mary de novo) e não tinha nem metade da importância do número crescente de piolhos e ratos na cela deles.

Durante a proibição, eles haviam celebrado o Natal rindo, com não muita alegria, da árvore que Karl Pascal construíra a partir de um galho de abeto e folhas metálicas obtidas dos maços de cigarro. Haviam cantado *Stille Nacht* baixinho na escuridão, e Doremus pensara em todos os seus camaradas presos políticos da América, da Europa, do Japão, da Índia.

Mas, ao que parecia, Karl só pensava em camaradas se eles fossem comunistas confessos e batizados. E como eles eram forçados a ficar juntos em uma cela, a crescente amargura e piedade ortodoxa de Karl se tornou uma das aflições mais odiadas por Doremus; uma tragédia da qual deveriam ser culpados os Corpos, ou então o princípio da ditadura em geral, a selvageria das mortes de Mary e Dan Wilgus e Henry Veeder. Sob perseguição, Karl não perdeu um grão de sua coragem e engenhosidade para ludibriar os guardas dos Homens Minuto, mas dia após dia ele estava perdendo, sem perceber, todo o seu humor, sua paciência, sua tolerância, sua boa camaradagem, e tudo o mais que tornava a vida suportável para homens amontoados numa cela. O comunismo que sempre fora sua ideia fixa, às vezes engraçada, tornou-se um fanatismo religioso tão repulsivo para Doremus quanto os velhos fanatismos da Inquisição ou dos Protestantes Fundamentalistas; essa atitude de massacrar para salvar as almas dos homens, da qual a família Jessup havia escapado durante as três últimas gerações.

Era impossível fugir do ardor crescente de Karl. Ele continuava tagarelando durante uma hora após outros cinco terem resmungado, "Cale a boca! Quero dormir! Você vai me transformar num Corpo!"

Algumas vezes, em seu proselitismo, ele vencia. Quando seus companheiros de cela haviam amaldiçoado por muito tempo os guardas do campo de concentração, Karl os censurava:

— Vocês são simplórios demais quando explicam tudo dizendo que os Corpos, em especial os Homens Minuto, são todos malignos. Muitos deles são. Mas até o pior deles, até os atiradores profissionais nas fileiras dos Homens Minuto, não obtêm tanta satisfação por punir a nós, os heréticos, como obtêm os Corpos honestos e estúpidos que foram enganados pela conversa de seus líderes sobre Liberdade, Ordem, Segurança, Disciplina, Força! Todas essas palavras chiques que mesmo antes de Windrip assumir o governo os especuladores começaram a usar para proteger seus lucros! Em especial o modo como eles usavam a palavra "Liberdade"! Liberdade para roubar as fraldas dos bebês. Eu lhes digo o seguinte: Um homem honesto fica enojado quando ouve a palavra "Liberdade" hoje em dia, depois do que os republicanos fizeram com ela! E eu lhes digo que muitos dos Homens

Minuto, bem aqui em Trianon, são tão infelizes quanto nós. Um monte deles são apenas pobres diabos que não conseguiram ter um trabalho decente durante a Era de Ouro de Franklin Roosevelt. Contadores que tiveram de cavar fossos, vendedores de carros que não conseguiam vendê-los e faliram; ex-combatentes da Grande Guerra que retornaram e encontraram seus empregos arrancados deles e que seguiram Windrip, com toda a honestidade, porque pensaram, os tolos, que quando ele dizia "Segurança" ele queria dizer *Segurança*! Eles vão acabar aprendendo!

E tendo discursado de forma admirável durante mais uma hora sobre os perigos do farisaísmo entre os Corpos, o camarada Pascal mudava de assunto e discursava sobre a glória do farisaísmo entre os comunistas — particularmente sobre aqueles santificados exemplos de comunismo que viviam em pleno gozo na Cidade Santa de Moscou, onde, Doremus concluía, as ruas eram pavimentadas com rublos que nunca depreciavam.

A Cidade Santa de Moscou! Karl olhava para ela com a mesmíssima adoração acrítica e ligeiramente histérica que outros sectários em sua época devotaram a Jerusalém, Meca, Roma, Cantuária e Varanasi. Certo! Tudo bem! — pensou Doremus. Que eles adorassem suas fontes sagradas. Esse era um jogo tão bom quanto qualquer outro para os deficientes mentais. Mas por que eles deviam se opor ao fato de ele considerar como sagradas Fort Beulah, Nova York ou Oklahoma City?

Karl certa vez ficou irritadíssimo quando Doremus questionou se as jazidas de ferro da Rússia eram tudo aquilo que diziam. Ora, é claro! A Rússia, sendo a Santa Rússia, devia, como parte útil de sua santidade, ter ferro suficiente, e Karl não precisava de relatórios de mineralogistas, mas apenas do bem-aventurado olhar da fé para ter certeza disso.

Ele não se importava que Karl adorasse a Santa Rússia. Mas Karl, usando a palavra "ingênuo", que é a favorita e a única palavra conhecida dos jornalistas ligados ao comunismo, se irritou de forma zombeteira quando Doremus expressou uma noção branda de adoração à Santa América. Karl frequentemente mencionava fotografias publicadas no *Moscow News* de garotas seminuas nas praias da Rússia como provas do triunfo e da alegria dos trabalhadores sob o bolchevismo, mas considerava exatamente o mesmo tipo de fotografias de garotas seminuas nas praias de Long Island como provas da degeneração dos trabalhadores sob o capitalismo.

Como jornalista, Doremus se lembrava de que os únicos repórteres que produziam representações falsas e escondiam fatos do modo mais inescrupuloso que os capitalistas eram os comunistas.

Ele temia que a luta mundial em seu tempo não fosse do comunismo contra o fascismo, mas da tolerância para com o fanatismo que era pregado da mesma forma pelo comunismo e o fascismo. Mas também enxergava que na América a luta era encoberta pelo fato de que os piores fascistas eram aqueles que repudiavam a palavra "fascismo" e pregavam a escravidão ao capitalismo sob o estilo da Constitucional e Tradicional Nativa Liberdade Americana. Pois eles roubavam não apenas os salários, mas também a honra. Para promover seus propósitos, poderiam citar não apenas as Escrituras, mas também Thomas Jefferson.

O fato de Karl Pascal estar se transformando num fanático, como a maioria dos chefes do Partido Comunista, causava pesar a Doremus porque ele havia ingenuamente alimentado a esperança de que entre a força maciça do comunismo pudesse haver um escape da ditadura cínica. Mas percebia agora que devia permanecer sozinho, um "liberal", escarnecido por todos os profetas mais ruidosos por se recusar a ser um capacho dos chefões de qualquer um dos lados. Mas, na pior das hipóteses, os liberais, os tolerantes, poderiam no longo prazo preservar pelo menos uma parcela das artes da civilização, independentemente do tipo de tirania que finalmente dominasse o mundo.

"Quanto mais eu penso na História", ponderava ele, "mais fico convencido de que tudo o que vale a pena no mundo foi realizado pelo espírito livre, curioso e crítico, e que a preservação desse espírito é mais importante do que qualquer sistema social possível. Mas os homens do ritual e os homens do barbarismo são capazes de calar os homens da ciência e de silenciá-los para sempre."

Sim, essa era a pior coisa que os inimigos da honra, os industrialistas piratas e seus adequados sucessores, os Corpos com seus cassetetes, haviam feito: transformado os bravos, os generosos e os apaixonados sujeitos como Karl Pascal em fanáticos perigosos. E com que maestria haviam feito isso! Doremus sentia-se desconfortável na presença de Karl; sentia que a próxima interação dele na cadeia poderia ser sob o comando do próprio Karl, pois se lembrava de como os bolcheviques, tendo tomado o poder, haviam presunçosamente prendido aquelas grandes mulheres, Spiridonova e Breshkovskaya, e Dimitri Ismailovitch que, por suas conspirações contra o Czar, sua disposição a suportar a tortura na Sibéria em nome da "liberdade para as massas", haviam provocado a revolução pela qual os bolcheviques foram capazes de assumir o controle (e não apenas proibir a liberdade para as massas, mas desta vez informar a elas que, de qualquer forma, a liberdade era apenas uma superstição maldita e idiota da burguesia).

Assim, Doremus, dormindo a menos de 75 centímetros acima de seu velho companheiro, sentia-se numa cela dentro de uma cela. Henry Veeder e Clifford Little e Victor Loveland e o Reverendo Falck haviam partido agora, e com Julian, preso na solitária, ele não podia falar nem uma vez por mês.

Ansiava por fugir, com um desejo que se aproximava da insanidade; acordado ou em sonhos, era sua obsessão; e pensou que seu coração havia parado quando o Líder de Esquadrão, Aras Dilley, murmurou, enquanto ele esfregava o chão de um lavatório:

— Escute aqui, Sr. Jessup! A Srta. Pike está acertando as coisas e eu vou ajudar o senhor a fugir assim que tudo estiver certo!

A questão eram os soldados que estavam de guarda fora do quadrângulo. Como varredor, Doremus era razoavelmente livre para sair de sua cela, e Aras havia afrouxado as placas e o arame farpado numa extremidade de uma das vielas que conduziam ao quadrângulo e que ficava entre os prédios. Mas, do lado de fora, era muito provável que ele tomasse um tiro de um guarda de plantão.

Durante uma semana, Aras vigiou. Ele sabia que um dos guardas da noite tinha o hábito de se embriagar, o que lhe era perdoado por sua excelência em chicotear os encrenqueiros, mas que pelos mais sensatos era considerado um hábito muito lamentável. E durante uma semana Aras alimentou o hábito do guarda às custas do dinheiro de Lorinda, e se devotou tanto a seus deveres que foi, ele mesmo, duas vezes carregado para a cama. Cobra Tizra ficou interessado. Mas também Cobra Tizra, após os primeiros drinques, gostava de ser democrático com seus homens e de cantar *The Old Spinning Wheel*.

Aras confidenciou a Doremus:

— A Srta. Pike não se arrisca a lhe mandar um bilhete, por medo de alguém botar as mãos nele, mas ela me diz para lhe dizer que o senhor não deve contar a ninguém que vai fugir, ou alguém pode ficar sabendo.

Assim, na noite em que Aras fez um sinal com a cabeça para ele do corredor, e depois falou de forma rude e rabugenta:

— Ei você, Jessup! Você deixou uma das latrinas toda suja! — Doremus olhou calmamente para a cela que fora seu lar e estúdio e tabernáculo durante seis meses, fixou os olhos em Karl Pascal que lia em seu beliche (lentamente balançando um pé sem sapato e com uma meia cuja extremidade já se fora), depois em Truman Webb, cerzindo os fundilhos de suas calças, observou o vapor cinzento que formava camadas ondulantes em torno da pequena lâmpada elétrica no teto, e silenciosamente saiu para o corredor.

A noite de final de janeiro era nevoenta.

Aras lhe entregou um sobretudo gasto dos Homens Minuto e sussurrou:

— Terceira viela à direita; caminhão na esquina em frente à igreja — e se foi.

Avançando de gatinhas, Doremus se enfiou sob o arame farpado frouxo na extremidade da pequena viela e, despreocupado, saiu pela rua. O único guarda à vista estava a certa distância e oscilava ao caminhar. Um quarteirão à frente, um caminhão de mudança estava suspenso por um macaco enquanto o motorista e seu ajudante penosamente se preparavam para trocar um dos enormes pneus. Sob o arco de luz de um poste da esquina, Doremus viu que o motorista era o mesmo mensageiro de cara fechada que havia transportado pacotes de panfletos para o Novo Subterrâneo.

O motorista grunhiu:

— Entre, depressa!

Doremus se enfiou entre uma escrivaninha e uma poltrona, lá dentro.

Imediatamente sentiu a carroceria inclinada do caminhão se abaixando, enquanto o motorista retirava o macaco, e, da cabine ouviu:

— Tudo certo! Vamos sair. Arraste-se até aqui atrás de mim e ouça. Sr. Jessup... Está me escutando? ... Os Homens Minuto não se dão ao trabalho de impedir que vocês, pessoas respeitadas, fujam. Eles calculam que a maioria de vocês é muito medrosa para tentar qualquer coisa quando estão longe de seus escritórios, varandas e automóveis. Mas acho que o senhor pode ser diferente, de alguma maneira, Sr. Jessup. Além disso, eles calculam que, se o senhor escapar, eles podem pegá-lo de novo, sem ter muito trabalho, porque o senhor não vai tentar se esconder, como um sujeito comum que faltou ao emprego algumas vezes e talvez tenha ido vadiar. Mas não se preocupe. Vamos levá-lo são e salvo. Eu lhe digo, ninguém tem tantos amigos como tem um revolucionário. *E* inimigos!

Depois, a primeira ideia que veio à mente de Doremus foi que, pela sentença do falecido e lamentado Effingham Swan, ele estava sujeito à pena de morte por fugir. Mas, "E daí?!", resmungou ele, como fazia Karl Pascal. Depois se espreguiçou no luxo da mobilidade, naquele galopante caminhão de mudança.

Estava livre! E via as luzes dos povoados passando!

Certa vez, ele estava escondido debaixo do feno, em um celeiro; outra vez, em um bosque de abetos; e outra vez ainda passou a noite dormindo sobre um caixão no estabelecimento de um agente funerário. Caminhou por trilhas secretas; viajou na traseira do carro de um mascate itinerante de remédios e, oculto por uma boina de pele e um casaco de pele de colarinho alto, no carro lateral de uma motocicleta de um trabalhador do Subterrâneo que atuava como líder de esquadrão dos Homens Minuto. Deste último veículo ele desceu, ao comando do motociclista, em frente a um casebre rural obviamente abandonado, em uma sinuosa estrada secundária entre a Monadnock Mountain e os Averill Lakes; uma casa rural caindo aos pedaços, com o teto afundado e neve até a altura das janelas sujas.

Parecia haver um erro.

Doremus bateu enquanto a motocicleta ia embora, rosnando, e a porta se abriu para mostrar Lorinda e Sissy, exclamando juntas:

— Oh, meu Deus!

Ele só conseguiu murmurar:

— Nossa!

Quando elas o tinham feito tirar seu casaco de pele na sala de visitas daquela casa rural, uma sala com papel de parede descolando e completamente vazia, exceto por um catre, duas cadeiras, uma mesa, as duas mulheres chorosas contemplaram um homem pequeno, com o rosto sujo, macilento e abatido como se pela tuberculose; a barba e o bigode, que antes eram caprichosamente aparados, estavam em fiapos como um punhado de feno, o cabelo superlongo toscamente cortado atrás, as roupas rasgadas e imundas — um velho, doente e desencorajado mendigo. Ele se deixou cair em uma cadeira reta e olhou para elas. Talvez fossem genuínas; talvez realmente estivessem ali; talvez ele estivesse, como lhe parecia, no céu, olhando para os dois principais anjos, mas havia sido tantas vezes enganado com tanta crueldade em suas visões, naqueles meses sombrios! Ele soluçou, e elas o consolaram com mãos que o acariciavam suavemente e apenas com alguns sussurros, para não o deixar confuso.

— Preparei um banho quente pra você! E vou esfregar suas costas. E depois temos uma sopa de frango e sorvete!

Era como se alguém dissesse:

"O Senhor Deus te aguarda em seu trono, e todos a quem tu bendisseres serão benditos, e todos os teus inimigos serão derrubados!"

Aquelas mulheres abençoadas tinham realmente trazido uma longa banheira de metal para a cozinha da velha casa, a haviam enchido com água aquecida em chaleiras e em bacias, no fogão, trazido escovas, sabão, uma enorme esponja e uma toalha tão grande e macia que Doremus havia esquecido que podia existir. E, de alguma forma, lá de Fort Beulah, Sissy havia trazido vários de seus próprios sapatos e camisas e três ternos que agora pareciam mantos reais nele.

Ele, que não tivera um banho quente por seis meses, e durante três havia usado as mesmas roupas de baixo, e por dois (no úmido inverno) não tivera meias!

Se a presença de Lorinda e Sissy era um sinal dos céus, entrar lentamente na banheira, centímetro por extático centímetro, era sua prova, e ele ficou ali, deitado, saboreando aquele glorioso momento

Quando estava já meio vestido, as duas entraram e houve tanta atenção para a vergonha, ou falta dela, quanto se ele fosse mesmo o bebê de dois anos que aparentava ser. Elas riram dele, mas o riso se transformou em sentidos lamentos quando viram o xadrez de cicatrizes em suas costas. Mas Lorinda não disse nada mais exigente que "Oh, meu Deus!", mesmo nesse momento.

Embora tempos antes Sissy tivesse ficado feliz por Lorinda não lhe dispensar cuidados maternais, Doremus os adorou. Cobra Tizra e todo o campo de concentração de Trianon haviam sido singularmente desprovidos de qualquer atenção maternal. Lorinda passou pomadas e talco em suas costas. Cortou seus cabelos, até com alguma habilidade. Preparou todos os pratos toscos com os quais ele havia sonhado, faminto, em uma cela: hambúrguer com cebola, pudim de milho verde, bolinhos de trigo sarraceno com linguiça, tortinhas de maçã com calda e creme batido, sopa de cogumelos!

Não se considerara seguro levá-lo até o conforto da casa de chá em Beecher Falls; os Homens Minuto já tinham estado lá, farejando, atrás dele. Mas Sissy e ela haviam providenciado, para os refugiados que elas pudessem enviar para o Novo Subterrâneo, aquela esquálida casa rural com meia dúzia de catres, plenas reservas de alimentos enlatados e belos potes (assim Doremus os considerou) de mel, geleia e compota de groselha. A efetiva passagem final pela fronteira em direção ao Canadá foi mais fácil agora do que quando Buck Titus tentara levar, clandestinamente, a família Jessup para lá. Aquilo se transformara em um sistema, como nos tempos piratas do tráfico de bebida ilegal, com novas trilhas atravessando florestas, suborno de guardas de fronteira e passaportes falsos. Ele estava seguro. Mas apenas para tornar a segurança mais segura, Lorinda e Sissy, esfregando o queixo enquanto examinavam Doremus, ainda o discutindo tão descaradamente como se ele fosse um bebê que não pudesse entendê-las, revolveram transformá-lo em um jovem.

— Vamos pintar o cabelo e o bigode dele de preto e tirar a barba, eu acho. Eu gostaria que tivéssemos tempo para dar a ele um bom tom dourado da Flórida, com uma lâmpada de bronzeamento artificial — considerou Lorinda.

— Isso mesmo, ele vai ficar bem bonitinho desse jeito — respondeu Sissy.

— Não vou deixar que raspem minha barba! — protestou ele. — Como vou saber que tipo de queixo eu tenho, quando ele estiver descoberto?

— Ora, ora, o homem ainda acha que é proprietário de um jornal e uma das personalidades favoritas de Fort Beulah! — disse Sissy, admirada, enquanto as duas implacavelmente punham a mão na massa.

— De qualquer forma, a única razão para essas malditas guerras e revoluções é que as mulheres têm uma chance... ai! cuidado!... de se transformarem em mãezinhas amadoras para cada homem que conseguem ter sob suas garras. *Tintura de cabelo!* — reclamou Doremus.

Mas ficou imodestamente orgulhoso de seu rosto rejuvenescido quando este lhe foi revelado, e descobriu que tinha um queixo toleravelmente resoluto, e Sissy foi enviada de volta para Beecher Falls para cuidar da casa de chá e, durante três dias, Lorinda e ele devoraram bistecas com cerveja, e jogaram cartas, e ficaram deitados conversando sem fim sobre tudo o que haviam pensado um do outro durante os seis desertos meses que poderiam muito bem ter sido 60 anos. Mais tarde, ele se lembraria do quarto da casa rural de teto afundado e um retalho de tapete e um par de cadeiras bambas e Lorinda aconchegada sob o velho cobertor no catre, não como pobreza de inverno, mas como amor jovem e aventureiro.

Depois, em uma clareira de floresta, com neve sobre os ramos de abetos, tendo avançado alguns metros fronteira adentro no Canadá, ele fitou os olhos de suas duas mulheres, rapidamente dizendo adeus, e avançando com dificuldade para a nova prisão de exílio da América, para a qual ele já olhava com o longo sofrimento da saudade.

37

Sua barba crescera de novo. Ele e sua barba haviam sido amigos durante muitos anos e, nos últimos tempos sentira a falta dela. O cabelo e o bigode haviam retomado um respeitável tom grisalho no lugar daquela tintura avermelhada que sob as luzes elétricas assumia uma aparência tão artificial. Ele já não ficava entusiasmadíssimo diante de uma costeleta de cordeiro ou um sabonete. Mas ainda não havia superado o prazer e a ligeira surpresa de poder falar com tanta liberdade quanto quisesse, com a ênfase que lhe aprouvesse, e em público.

Estava sentado com seus dois amigos mais próximos em Montreal, dois colegas executivos do Departamento de Propaganda e Publicações do Novo Subterrâneo (cujo Presidente Geral era Walt Trowbridge), e esses dois amigos eram o Excelentíssimo Perley Beecroft, que presumivelmente era o Presidente dos Estados Unidos, e Joe Elphrey, um atraente jovem que, na persona do "Sr. Cailey", havia sido um agente premiado no Partido Comunista da América, até que acabou sendo expulso daquele quase imperceptível grupo por ter formado uma "Frente Unida" com os socialistas, os democratas e até os cantores de corais, enquanto organizava uma revolta anti-Corpo no Texas.

Tomando cerveja, nesse café, Beecroft e Elphrey estavam fazendo o que sempre faziam: Elphrey insistindo que a única "solução" para a tensão americana era uma ditadura comandada pelos representantes mais ativos das massas trabalhadoras, uma ditadura rigorosa e, se necessário, violenta, mas (e esta era sua nova heresia) não governada por Moscou. Beecroft afirmava sem base alguma que "tudo o que precisamos" era de um retorno aos mesmíssimos partidos políticos, ao incentivo aos votos, e à legislação oratória empregada pelo Congresso, dos dias felizes de William B. McKinley.

Mas, quanto a Doremus, ele se reclinava na cadeira sem se preocupar muito sobre qual besteira os outros estivessem conversando, contanto que lhes fosse permitido conversar sem depois descobrir que os garçons eram espiões dos Homens Minuto; e contente em saber que, acontecesse o que acontecesse, Trowbridge e os outros líderes autênticos não retornariam à satisfação com um governo do lucro, pelo lucro e para o lucro. Para ele era consolador pensar que no dia anterior (ele ficara sabendo pelo secretário do presidente), Walt Trowbridge havia dispensado Wilson J. Shale, o rei do petróleo, que viera, ao que pareceu com sinceridade, oferecer sua fortuna e sua experiência em administração para Trowbridge e sua causa.

— Não, me desculpe, Will. Mas não podemos utilizar você. O que quer que aconteça, mesmo que Haik chegue aqui marchando e liquide todos nós juntamente com nossos anfitriões canadenses, você e seu tipo de pirata esperto acabaram. O que quer que aconteça, quaisquer que sejam os detalhes acordados sobre um novo sistema de governo, quer o chamemos de "Comunidade Cooperativa", ou "Socialismo de Estado", ou "Comunismo" ou "Democracia Tradicional Renovada", deverá haver um novo sentimento; o sentimento de que o governo não é um jogo para uns poucos atletas resolutos e espertos como você, Will, mas uma parceria universal em que o Estado deve possuir todos os recursos, recursos tão grandes que afetem todos os membros do Estado; nesse novo governo, o único e pior crime não será o assassinato ou o sequestro, mas tomar vantagem do Estado, um crime em que o vendedor de remédios fraudulentos ou o mentiroso do Congresso será muito mais punido que o sujeito que ataca com um machado o homem que roubou sua garota. Hein? O que vai acontecer com magnatas como você, Will? Só Deus sabe! O que aconteceu com os dinossauros?

Dessa forma, Doremus estava muito satisfeito trabalhando para ele.

Entretanto, socialmente ele estava tão solitário quanto em sua cela em Trianon; quase tão barbaramente ele ansiava pelo prazer compreensível de estar com Lorinda, Buck, Emma, Sissy, Steve Perefixe.

Nenhum deles, exceto Emma, poderia juntar-se a ele no Canadá, e Emma não estava disposta a isso. As cartas dela sugeriam um temor da desolação pouco worcesteriana de Montreal. Escrevera que Philip e ela esperavam conseguir que Doremus fosse perdoado pelos Corpos! Assim, ele foi deixado para se associar apenas com seus colegas refugiados do Corpoísmo, e conheceu a vida que era familiar, muito familiar, dos exilados políticos desde que a primeira revolta no Egito obrigou os rebeldes a fugir para a Assíria.

Não fora um egoísmo particularmente indecoroso de Doremus que o fizera supor que, quando ele chegasse ao Canadá, todos vibrariam com sua história de aprisionamento, tortura e fuga. Mas acabou percebendo que dez mil narradores espirituosos haviam chegado antes dele, e que os canadenses, embora fossem anfitriões atenciosos e generosos, estavam efetivamente cansados de oferecer mais empatia. Eles sentiam que sua cota de mártires estava totalmente completa, e quanto aos exilados que chegavam sem um tostão furado, e era assim com a maioria deles, os canadenses ficaram visivelmente indispostos a privar suas próprias famílias em favor de refugiados desconhecidos, e nem conseguiam expressar constantemente sua satisfação por estarem na presença de célebres autores, políticos, cientistas americanos, quando eles haviam se tornado comuns como moscas.

Não se sabia se uma palestra sobre as Deploráveis Condições na América, ministrada por Herbert Hoover e pelo General Pershing juntos, teria atraído 40 pessoas. Ex-governadores e ex-juízes estavam satisfeitos, trabalhando como lavadores de pratos, e ex-editores de jornais estavam capinando roças de nabos. E relatos diziam que o México e Londres e a França estavam, da mesma forma, ficando apologeticamente enfarados.

Assim, Doremus, vivendo precariamente do salário de 20 dólares por semana que recebia do Novo Subterrâneo, não se encontrava com ninguém exceto seus companheiros de exílio, em salões idênticos aos frequentados em Paris por infelizes fugitivos políticos como os Russos Brancos, os Espanhóis Vermelhos, os Búlgaros Azuis e todos os outros policromáticos revolucionários. Eles se amontoavam, vinte deles em um salão de 3,5 metros quadrados, bastante parecido com uma cela do campo de concentração em termos de área, habitantes e até mesmo de cheiro, desde as 20h até a meia-noite, e compensavam a falta de um jantar com café, bolinhos e sanduíches exíguos, e conversavam sem cessar sobre os Corpos. Relatavam como "fatos reais," histórias sobre o Presidente Haik que anteriormente haviam sido aplicadas a Hitler, Stálin e Mussolini (aquela sobre o homem que ficou assustando quando descobriu que havia salvado Haik de um afogamento e implorou para ele não contar isso a ninguém).

Nos cafés, eles disputavam os jornais vindos de casa. Homens que tinham tido um olho arrancado em nome da liberdade, com o remelento olho remanescente se esforçavam para ver quem havia ganhado o Prêmio do Clube de Bridge da Missouri Avenue.

Eram bravos e românticos, trágicos e ilustres, e Doremus foi ficando um pouco enjoado de todos eles e da definitiva brutalidade do fato de que nenhum ser humano normal pode suportar por muito tempo a tragédia de outro ser humano, e que um pranto amigável pode acabar se transformando num irritado insulto.

Ele se comoveu quando, em uma capela interdenominacional americana construída às pressas, ouviu um pobretão, que outrora havia sido um pomposo bispo, ler no púlpito de pinho:

Junto aos rios da Babilônia nós nos sentamos e choramos com saudade de Sião. Ali, nos salgueiros penduramos as nossas harpas [...]. Como poderíamos cantar as canções do Senhor numa terra estrangeira? Que a minha mão direita definhe, ó Jerusalém, se eu me esquecer de ti! Que a língua se me grude ao céu da boca, se eu não me lembrar de ti, e não considerar Jerusalém a minha maior alegria![64]

Ali, no Canadá, os americanos tinham seu Muro das Lamentações, e diariamente choravam com uma esperança falsa e galante: "Ano que vem, em Jerusalém!".

---

[64] Trechos retirados do Salmo 137. (N. T.)

Algumas vezes Doremus se sentia incomodado com os gemidos incessantes dos refugiados que haviam perdido tudo, filhos e esposas e propriedades e o respeito próprio. Incomodava-se porque acreditavam que somente eles haviam sofrido aqueles horrores; e algumas vezes ele passava todas as suas horas vagas levantando um dinheirinho e um pouco de amizade cansada para essas almas doentes; e algumas vezes ele enxergava como fragmentos do Paraíso todos os aspectos da América: coisas variadas e diversas como o General Meade na Batalha de Gettysburg e a profusão de petúnias azuis no jardim perdido de Emma, o brilho novo nos trilhos quando vistos de um trem em uma manhã de abril e o Rockefeller Center. Mas qualquer que fosse sua disposição, ele se recusava a ficar sentado com sua harpa junto a qualquer rio estrangeiro, apreciando a importância de ser um mendigo célebre.

Ele retornaria à América e se arriscaria a ser preso outra vez. Enquanto isso, cuidadosamente enviava pacotes de dinamite literária a partir dos escritórios do Novo Subterrâneo durante todo o dia, e com eficiência coordenava uma centena de agentes que sobrescreviam envelopes e que antes haviam trabalhado como professores universitários e confeiteiros.

Ele havia pedido a seu superior, Perley Beecroft, que lhe designasse trabalhos mais ativos e mais perigosos, como agente secreto na América, no lado oeste, onde ninguém o conhecia. Mas o quartel-general havia sofrido muito com agentes amadores que falavam o que não deviam a estranhos, ou sobre os quais não havia certeza de que poderiam manter a boca fechada quando estivessem sendo chicoteados até a morte. As coisas haviam mudado desde 1929. O Novo Subterrâneo acreditava que a maior honra a ser atingida por um homem não era a de possuir um milhão de dólares, mas a de ter a permissão para arriscar a vida em nome da verdade, sem pagamento nem elogio.

Doremus sabia que seus superiores não o consideravam jovem o suficiente nem forte o suficiente, mas também sabia que eles o estavam estudando. Duas vezes ele tivera a honra de uma conversa com Trowbridge sobre nenhum assunto em particular; com certeza devia ter sido uma honra, embora fosse difícil lembrar dos detalhes, já que Trowbridge era o homem mais simples e amigável de toda a portentosa máquina de espionagem. Alegremente Doremus aguardava uma oportunidade de ajudar a tornar os pobres, extenuados e preocupados oficiais do Corpo ainda mais miseráveis do que normalmente eram, agora que a guerra com o México e as revoltas contra o Corpoísmo estavam repercutindo lado a lado.

Em julho de 1939, quando Doremus já estava em Montreal havia pouco mais que cinco meses, e um ano após ele ter sido condenado ao campo de concentração, os jornais americanos que chegavam nos escritórios do Novo Subterrâneo estavam cheios de ressentimento contra o México.

Bandos de mexicanos haviam atacado os Estados Unidos — sempre, o que era bastante curioso, quando as tropas americanas estavam fora, no deserto, fazendo exercícios militares, ou talvez recolhendo conchas do mar. Queimaram uma cidade no Texas (felizmente todas as mulheres e crianças estavam fora, num piquenique da escola dominical naquela tarde). Um Patriota Mexicano (que antes havia trabalhado como um Patriota Etíope, um Patriota Chinês e um Patriota Haitiano) atravessou a fronteira e se dirigiu à tenda de um brigadeiro dos Homem Minuto e confessou que, embora o machucasse delatar seu próprio país amado, sua consciência o obrigava e revelar que seus superiores mexicanos estavam planejando sobrevoar e bombardear Laredo, San Antonio, Bisbee e provavelmente Tacoma, e Bangor, no Maine.

Isso agitou muito mesmo os jornais do Corpo, e em Nova York e Chicago eles publicaram fotografias do consciencioso traidor meia hora após ele ter aparecido na tenda do Brigadeiro... onde, naquele momento, 46 repórteres por acaso estavam sentados por ali, sobre alguns cactos.

A América se levantou para defender seus lares, inclusive todos os lares da Park Avenue, em Nova York, contra o falso e traiçoeiro México, com seu impressionante exército de 67 mil homens e 39 aviões militares. As mulheres em Cedar Rapids se refugiaram embaixo de suas camas; cavalheiros idosos de Cattaraugus County, em Nova York, esconderam seu dinheiro em ocos de olmeiros; e a mulher de um criador de galinhas, 11 quilômetros a nordeste de Estelline, South Dakota, uma senhora muito conhecida como boa cozinheira e observadora treinada, viu nitidamente uma fila de 92 soldados mexicanos passar por sua choupana, a partir das 3h17 da madrugada do dia 27 de julho de 1939.

Para responder a essa ameaça, a América, único país que nunca havia perdido uma guerra e nunca começava uma guerra injusta, ergueu-se como se fosse um único homem, como colocara o *Chicago Daily Evening Corporate*. Planejava-se invadir o México assim que o clima estivesse fresco o suficiente, ou até mesmo antes, se fosse possível arranjar a refrigeração e os aparelhos de ar-condicionado. Dentro de um mês cinco milhões de homens foram convocados para a invasão, e o treinamento começou.

Assim (talvez de modo muito irreverente) Joe Cailey e Doremus discutiam a declaração de guerra contra o

México. Se eles achavam que toda a cruzada era absurda, em defesa deles se poderia dizer que sempre consideravam todas as guerras igualmente absurdas; dados o manifesto emprego de mentiras pelos dois lados sobre as causas; dados os espetáculos de homens crescidos engajados em diversões infantis de vestir roupas extravagantes e marchar ao ritmo de música primitiva. A única coisa que não era absurda com relação às guerras, diziam Doremus e Cailey, era que junto com sua leviandade elas realmente matavam muitos milhões de pessoas. Dez mil bebês morrendo de fome pareciam ser um preço muito alto por um cinto estilo Sam Browne, mesmo que esse cinto se destinasse ao mais doce, jovem e sensível tenente.

Entretanto, Doremus e Cailey rapidamente retiraram sua afirmação de que todas as guerras eram absurdas e abomináveis; os dois abriram uma exceção para a guerra do povo contra a tirania, quando de repente a agradável previsão da tomada do México pela América foi impedida por uma rebelião popular contra todo o regime do Corpo.

A região revoltosa era, em termos gerais, limitada por Sault Ste. Marie, Detroit, Cincinnati, Wichita, San Francisco e Seattle, embora naquele território grandes áreas permanecessem leais ao Presidente Haik e, fora dele, outras grandes áreas houvessem se unido aos rebeldes. Era aquela parte da América que sempre fora a mais "radical" (essa palavra indefinida, que provavelmente significava "mais crítica da pirataria"). Era a terra dos populistas, da Liga Não-Partidária, do Partido Trabalhador Rural e dos seguidores de La Follette; uma família tão vasta a ponto de formar um partido considerável por si mesma.

Independentemente do que acontecesse, exultava Doremus, a revolta provava que a crença na América e a esperança para a América não estavam mortas.

A maioria desses rebeldes havia, antes das eleições, acreditado nos 15 Pontos de Buzz Windrip; acreditara que quando ele afirmava que devolveria o poder surrupiado do povo pelos bancos e industrialistas, estava querendo dizer mais ou menos, que queria devolver o poder dos bancos e industrialistas para o povo. À medida que, mês a mês, foram vendo que haviam sido mais uma vez enganados com cartas marcadas, eles ficaram indignados; mas estavam ocupados com as plantações de milho e as serrarias e os laticínios e as fábricas de carros, e foi necessária a impertinente idiotice de se exigir que eles marchassem pelo deserto e ajudassem a roubar um país amigo para fazê-los despertar e descobrir que, enquanto estavam dormindo, haviam sido sequestrados por uma pequena gangue de criminosos armados com altos ideais, palavras bonitas e um arsenal de metralhadoras.

Tão profunda foi a revolta que o Bispo Católico da Califórnia e o radical Ex-Governador do Minnesota se viram na mesma facção.

No início, foi uma eclosão bastante cômica; cômica como a dos revolucionários maltreinados, sem uniforme e de ideias confusas de Massachusetts, em 1776. O Presidente General Haik zombou deles publicamente, dizendo que se tratava de "uma revolução plebeia de vadios que eram preguiçosos demais para trabalhar". E no início eles não eram capazes de fazer coisa alguma além de ralhar como um bando de corvos, atirar tijolos em destacamentos dos Homens Minuto e policiais, destruir trens das tropas e a propriedade de cidadãos honestos que eram donos de jornais do Corpo.

Foi em agosto que veio o choque, quando o General Emmanuel Coon, Chefe do Estado-Maior do Exército Regular, foi de avião de Washington até St. Paul, assumiu o comando do Fort Snelling e declarou que Walt

Trowbridge, como Presidente Temporário dos Estados Unidos, deveria assumir o cargo até que houvesse uma nova eleição presidencial universal e livre.

Trowbridge declarou sua aceitação, com a condição de não ser candidato a presidente permanente.

Nem todos os componentes do Exército Regular se uniram às tropas revolucionárias de Coon, longe disso. (Havia dois mitos enraizados entre os liberais: Que a Igreja Católica era menos puritana e sempre mais estética que a Protestante; e que os soldados profissionais odiavam mais a guerra do que os membros do congresso e as velhas solteironas.) Mas havia um número suficiente de membros do Exército Regular que estavam fartos das extorsões dos gananciosos, insaciáveis comissários do Corpo e que se aliaram ao General Coon, de modo que imediatamente depois seu exército de soldados regulares e de apressadamente treinados agricultores de Minnesota venceu a batalha de Mankato, as forças em Leavenworth assumiram o controle de Kansas City, e planejavam marchar sobre St. Louis e Omaha; enquanto isso, em Nova York, Governor's Island e Fort Wadsworth observavam tudo, neutros, ao passo que guerrilheiros que não pareciam militares e eram majoritariamente judeus tomavam as estações de metrô, as centrais de energia e os terminais ferroviários.

Mas nesse ponto a revolta parou, porque na América que havia tão calorosamente elogiado a si mesma por sua "educação gratuita, popular e abrangente", houvera tão pouca educação, gratuita, popular ou abrangente ou qualquer outra coisa, que a maioria das pessoas não sabia o que queria; na verdade, sabia sobre tão poucas coisas que quase não desejava nada.

Houvera muitas salas de aula; a única coisa que havia faltado eram os professores instruídos, os ávidos alunos e conselhos escolares que considerassem ensinar uma profissão tão digna de honra e remuneração quanto vender seguros, embalsamar ou atender em restaurantes. A maioria dos americanos havia aprendido na escola que Deus tinha destituído os judeus como povo escolhido em favor dos americanos, e dessa vez o trabalho feito fora bem melhor, de forma que os americanos eram a nação mais rica, mais generosa e mais inteligente que existia; que as depressões eram apenas dores de cabeça passageiras e que os sindicatos não deveriam se preocupar com nada além de salários mais altos e menos horas de trabalho e, acima de tudo, não deveriam incitar uma feia luta de classes unindo-se politicamente; que, embora os estrangeiros tentassem criar em torno dela um mistério meio espúrio, a política era na verdade tão simples que qualquer advogado de povoado ou qualquer atendente de uma delegacia metropolitana tinha um treinamento bastante adequado para exercê-la; e que se John D. Rockefeller ou Henry Ford houvessem decidido, eles poderiam ter se tornado os mais destacados estadistas, compositores, físicos ou poetas do mundo.

Nem mesmo dois anos e meio de despotismo tinham ensinado à maioria dos eleitores a humildade, nem lhes ensinado muito de qualquer coisa exceto que era desagradável ser levado para a prisão com frequência.

Assim, após a primeira ebulição alegre de rebelião, a revolta perdeu força. Nem os Corpos nem muitos de seus oponentes sabiam o suficiente para formular uma teoria clara e certeira de autogoverno, ou irresistivelmente decidir-se a se engajar no doloroso trabalho de se adequar à liberdade... Mesmo nessa época, após Windrip, a maioria dos despreocupados descendentes do chistoso Benjamin Franklin não havia aprendido que o lema de Patrick Henry, "Dá-me a liberdade ou dá-me a morte", significava algo mais que um grito de guerra escolar ou um *slogan* de cigarro.

Os seguidores de Trowbridge e do General Coon (a "Comunidade Cooperativa Americana", foi como começaram a chamar a si mesmos) não perderam nada do território que haviam tomado; eles o mantiveram, expulsando todos os agentes do Corpo e vez por outra anexando um ou dois condados. Mas na maior parte seu governo, assim como o governo dos Corpos, era instável tal qual a política da Irlanda.

Dessa forma, a tarefa de Walt Trowbridge, que em agosto parecera terminada, depois de outubro indicava ter apenas começado. Doremus Jessup foi chamado no escritório de Trowbridge para ouvir do presidente:

— Acho que chegou o momento em que precisamos de agentes do Subterrâneo nos Estados Unidos que tenham sensatez e também garra. Apresente-se ao General Barnes com vistas a atuar no serviço de doutrinação no Minnesota. Boa sorte, Irmão Jessup! Tente persuadir os oradores que ainda insistem na Disciplina e nos porretes que eles são mais esquisitos que fortões.

E tudo o que Doremus pensou foi: "Sujeito bacana, esse Trowbridge. Estou feliz em trabalhar com ele", enquanto se preparava para sua nova tarefa de ser espião e herói profissional sem ter ao menos senhas engraçadas que tornassem o jogo romântico.

38

Sua bagagem estava pronta. Fora muito simples prepará-la, já que seu *kit* consistia apenas em itens de higiene pessoal, uma muda de roupa e o primeiro volume de *O Declínio do Ocidente*, de Spengler. Ele aguardava no saguão de seu hotel a hora de pegar o trem para Winnipeg. Chamou-lhe a atenção a entrada de uma mulher mais atraente do que as que em geral se viam naquela modesta hospedaria: um exemplar feito à mão de uma *lady*, encadernada com capa de marroquim revestida de cetim; uma *lady* com rímel nos cílios, permanente nos cabelos e vestido de fina renda. Ela caminhou pelo saguão e se apoiou num pilar de mármore falso, segurando uma longa piteira e olhando para Doremus. Parecia que estava interessada nele, por um motivo que não estava claro.

Seria ela algum tipo de espiã do Corpo?

Ela se aproximou e ele percebeu que se tratava de Lorinda Pike.

Enquanto ele ainda tentava recuperar o fôlego, ela riu e disse:

— Não, querido, sei que não sou tão realista em minha arte a ponto de sobressair neste papel! Acontece que esse foi o melhor disfarce para conseguir passar pelos guardas do Corpo na fronteira. Se você concorda que é realmente um disfarce!

Ele a beijou com uma fúria que desconcertou a respeitável hospedaria.

Ela sabia, por agentes do Novo Subterrâneo, que ele estava indo ao encontro de um grande risco de ser chicoteado até a morte. Viera apenas para se despedir e trazer a ele o que talvez fosse o último pacote de notícias.

Buck estava no campo de concentração. Era mais temido e vigiado que Doremus tinha sido, e Linda não conseguira subornar alguém para tirá-lo de lá. Julian, Karl e John Pollikop ainda estavam vivos, e ainda presos. O Padre Perefixe estava dirigindo a célula do Novo Subterrâneo em Fort Beulah, mas se mostrava ligeiramente confuso, porque queria dar sua aprovação à guerra contra o México, uma nação que ele detestava pelo tratamento ali dispensado aos padres católicos. Ao que parecia, Lorinda e ele haviam lutado ferrenhamente toda uma noite, discutindo o domínio católico na América Latina. Como sempre é típico dos liberais, Lorinda conseguiu falar do Padre Perefixe ao mesmo tempo com um ódio sincero e a maior afeição. Emma e David, segundo relatos, estavam felizes em Worcester, embora houvesse rumores de que a esposa de Philip não era muito receptiva aos conselhos culinários da sogra. Sissy estava se transformando numa hábil agitadora e, sendo ela uma arquiteta nata, fazia projetos para casas que ela e Julian algum dia enfeitariam. Ela conseguia, com toda a satisfação, combinar os ataques a qualquer tipo de capitalismo com uma concepção inteiramente capitalista de luas-de-mel de um ano inteiro que ela e Julian iam desfrutar.

Menos surpreendentes que todas essas foram as notícias de que Francis Tasbrough, completamente arrependido, havia sido solto da cadeia do Corpo, na qual ficara detido por um grande volume de suborno e era de novo um comissário de distrito, muito considerado, e que sua empregada era agora a Sra. Candy, cujos relatórios diários sobre os mais secretos arranjos dele eram os documentos mais bem-escritos e gramaticalmente corretos que chegavam ao quartel-general do Novo Subterrâneo de Vermont.

Pouco depois, Lorinda ergueu os olhos para ele, que estava parado na entrada do vagão de seu trem que rumava para o Oeste.

— Sua aparência está tão boa outra vez! Você está feliz? Oh, seja feliz!

Nem mesmo nesse momento ele viu aquela radical desfeminizada mulher chorando... Ela virou as costas e se afastou rápido demais pela plataforma. Perdera toda a sua pose confiante de elegância classuda. Debruçado na entrada do trem, ele a viu parar no portão, acanhadamente levantar a mão como se para acenar para o longo anonimato das janelas do trem, em seguida ir embora, com andar vacilante, através dos portões. E Doremus percebeu que ela nem tinha o endereço dele; que ninguém que o amava jamais teria qualquer endereço estável dele de novo.

O Sr. William Barton Dobbs, um representante comercial de máquinas agrícolas, homenzinho ereto com uma barbinha grisalha e um sotaque de Vermont, levantou-se da cama de seu hotel, em uma região do Minnesota que tinha tantos agricultores bávaro-americanos e descendentes de ianques, e tão poucos "radicais" escandinavos, que ainda era leal ao Presidente Haik.

Desceu para tomar café, alegremente esfregando as mãos. Comeu *grapefruit* e mingau, mas sem açúcar. Havia um embargo ao açúcar. Baixou os olhos e examinou a si mesmo; suspirou: "Estou ficando uma bola, com tanto trabalho ao ar livre e sentindo tanta fome; tenho de reduzir a ração". E então comeu ovos fritos, toicinho, torradas, café feito de bolotas, e uma compota de cenoura. As tropas de Coon tinham bloqueado o café e as laranjas.

Enquanto isso, leu o *Minneapolis Daily Corporate*. O jornal do Corpo anunciava uma grande vitória no México (no mesmo lugar, notou Doremus, onde haviam ocorrido outras três Grandes Vitórias nas últimas duas semanas). Além disso, uma "vergonhosa revolução" fora sufocada em Andalusia, Alabama; o relato era de que o General Göring estava vindo para a América como convidado do Presidente Haik; e sobre o farsante Trowbridge foi dito, "por uma fonte confiável", que ele havia sido assassinado, sequestrado, e obrigado a renunciar.

— Sem notícias, esta manhã — lamentou o Sr. William Barton Dobbs.

Quando saiu do hotel, um esquadrão dos Homens Minuto passou marchando por ali. Eram meninos das regiões rurais, recém-recrutados para servir no México; pareciam amedrontados, frágeis e pezudos como uma chusma de coelhos. Tentavam entoar a mais velha — mais nova canção de guerra, seguindo a melodia da cançoneta da Guerra Civil, *When Johnny Comes Marching Home Again*

Quando Johnny vier pra casa
Hurrá, hurrá,
Da terra dos "cucarachas",
Hurrá, hurrá
Virá coberto até as orelhas,
De areia do deserto,
Mas ele vai falar espanhol
E vai trazer uma "guapa muchacha"
E a turma toda vai ficar "borracha"
Quando Johnny vier pra casa!

Suas vozes fraquejavam. Eles espiavam a multidão enquanto marchavam, ou então olhavam desanimados para seus pés rastejantes, e a multidão, que outrora estaria gritando "Salve, Haik", agora zombava deles:

— Seus pés-rapados, vocês nunca vão chegar à terra dos *cucarachas!*

E até da segurança de uma janela no segundo andar se pôde ouvir:

— Três vivas para Trowbridge!

"Pobres diabos", pensou o Sr. William Barton Dobbs, enquanto observava os temerosos soldadinhos de brinquedo... que não pareciam ser tão de brinquedo, já que podiam ser mortos.

Entretanto, era fato que ele conseguia ver na multidão muitas pessoas que seus argumentos (e os de outros 60 e poucos agentes sob seu comando) haviam convertido do medo dos Homens Minuto para a zombaria.

Em seu Ford conversível aberto (ele nunca o ligava sem pensar em como havia ludibriado Sissy, tendo um Ford só para si), Doremus saiu do povoado na direção de uma pradaria forrada de restolho. O líquido êxtase das cotovias do prado lhe dava as boas-vindas a partir das cercas de arame farpado. Se ele sentia falta das robustas colinas atrás de Fort Beulah, aqui exultava com a imensidão do céu, a vastidão do prado que prometia que ele poderia avançar para sempre, a alegria dos pequenos pântanos vistos através de suas franjas de salgueiros e choupos, e uma vez, elevando-se sobre sua cabeça, um bando precoce de patos silvestres.

Ele ia assobiando com força enquanto avançava, sacolejando, pela estradinha vicinal.

Chegou a uma casa amarela de sítio, caindo aos pedaços. Deveria haver ali uma varanda, mas em seu lugar estava apenas um vazio sem pintura na parte inferior da parede, mostrando onde deveria ser a varanda. Para um agricultor que estava lubrificando um trator no pátio cheio de estrume de porcos, ele emitiu um trinado:

— Meu nome é William Barton Dobbs e eu represento a fábrica de implementos agrícolas Des Moines Combine & Up-to-Date.

O agricultor veio correndo cumprimentá-lo, ofegante.

— Meus Deus! Esta é uma grande honra, Sr. J...

— Dobbs!

— É isso. Perdão.

No quarto superior da casa sete homens estavam aguardando, empoleirados em cadeiras e mesas e extremidades da cama, ou apenas agachados no chão. Alguns deles pareciam ser agricultores, outros, lojistas humildes. Quando Doremus entrou, escancarando a porta, eles se levantaram e se curvaram.

— Bom dia, cavalheiros. Uma notícia — disse ele. — Coon expulsou os Corpos de Yankton e de Sioux Falls. Eu agora queria saber se vocês estão com seus relatórios prontos.

Para o agente cuja dificuldade em converter fazendeiros era o medo que eles tinham de pagar salários decentes para os agricultores, Doremus sugeriu que ele usasse o argumento (tão formalizado, e, no entanto, tão apaixonado quanto as observações de um corretor de seguros de vida discorrendo sobre a morte por acidente de carro) de que a pobreza de um deles era a pobreza de todos... Não era de fato um argumento muito novo, nem muito lógico, mas havia sido uma atrativa cenoura para muitas mulas humanas.

Para o agente infiltrado entre os colonos finlandeses-americanos, que estavam insistindo que Trowbridge era um bolchevique e tão ruim quanto os russos, Doremus apresentou uma cópia mimeografada do *Izvestia*, de Moscou, condenando Trowbrige como um "salafrário social-fascista". Para os agricultores bávaros do outro lado, que ainda eram vagamente pró-nazi, Doremus apresentou um jornal de emigrados alemães, publicado em Praga, que provava — embora sem estatísticas ou qualquer citação relevante de documentos oficiais — que, por um acordo com Hitler, o Presidente Haik, se permanecesse no poder, iria enviar de volta para o exército alemão todos os alemães-americanos que simplesmente tivessem um avô nascido na Pátria-Mãe.

— Devemos encerrar a reunião com um alegre cântico e a bênção, Sr. Dobbs? — indagou o mais novo e mais irreverente (e de longe o mais bem-sucedido) agente.

— Por mim, tudo bem! Talvez isso não fosse tão inadequado quanto vocês pensam. Mas considerando a frouxidão de sua moral e sua economia, camaradas, talvez fosse melhor eu encerrar com uma nova história sobre Haik e Mae West que ouvi, anteontem... Deus os abençoe. Adeus!

Ao se dirigir para a próxima reunião, Doremus se preocupou: "Não acredito que aquela história de Praga sobre Haik e Hitler seja verdadeira. Acho que vou parar de usá-la. Ah, eu sei, eu sei... Eu sei, Sr. Dobbs; como o senhor diz, se dissesse a pura verdade para um nazi, ela ainda seria uma mentira. Mas, mesmo assim, acho que vou deixar de usar essa história...Lorinda e eu, que achamos que poderíamos nos libertar do puritanismo!... Aquelas densas nuvens são melhores que um galeão. Se elas pudessem mover o Mount Terror e Fort Beulah e Lorinda e Buck para cá, isto seria o Paraíso... Ó, Deus, não quero fazer isso, mas acho que terei de ordenar o ataque ao posto dos Homens Minuto em Osakis agora; eles estão prontos para isso... Fico me perguntando se aquele tiro de espingarda ontem *era* destinado a mim...

Não gostei nem um pouco do cabelo de Lorinda arrumado naquele estilo de Nova York".

Ele dormiu aquela noite em um chalé às margens de um lago com fundo arenoso e rodeado por bétulas brilhantes. Seu anfitrião e a mulher dele, adoradores de Trowbridge, insistiram em lhe oferecer seu próprio quarto, com a colcha de *patchwork* e o jarro e a bacia pintados à mão.

Ele sonhou, como ainda sonhava uma ou duas vezes por semana, que estava de volta em sua cela em Trianon. Sentiu de novo o fedor, o beliche apertado e cheio de calombos, o constante medo de ser arrastado para fora e açoitado.

Ouviu trombetas mágicas. Um soldado abriu a porta e chamou para fora todos os prisioneiros. Ali, no quadrângulo, o General Emmanuel Coon (que, no imaginativo sonho de Doremus, se parecia exatamente com Sherman) disse a eles:

— Cavalheiros, o exército da Comunidade venceu! Haik foi capturado! Vocês estão livres!

Eles então saíram marchando, os prisioneiros, os curvados e cheios de cicatrizes e mancos, os de um olho só e os que babavam, que tinham chegado àquele lugar tão eretos e altivos: Doremus, Dan Wilgus, Buck, Julian, o Sr. Falck, Henry Veeder, Karl Pascal, John Pollikop, Truman Webb. Eles foram se arrastando para fora dos portões do quadrângulo, passando por uma fileira dupla de soldados parados rigidamente em posição de Apresentar Armas, e apesar disso chorando ao verem os prisioneiros alquebrados rastejando diante deles.

E para além dos soldados, Doremus viu as mulheres e crianças. Estavam-no aguardando, os generosos braços de Lorinda e Emma e Sissy e Mary, com David atrás delas, segurando a mão do pai, e o Padre Perefixe. E Bobão estava lá, seu rabo um orgulhoso penacho, e da multidão enevoada do sonho surgiu a Sra. Candy, estendendo-lhe um bolo recheado de coco.

Depois, todos eles estavam fugindo, com medo de Shad Ledue...

O anfitrião dava tapinhas no ombro de Doremus, tentando acordá-lo, murmurando:

— Acabei de receber uma ligação. Tem um destacamento do Corpo atrás de você.

Então Doremus foi embora, saudado pelas cotovias do prado, e avançou durante todo o dia até chegar a um chalé oculto nas Northern Woods, onde homens silenciosos aguardavam notícias de liberdade.

E Doremus ainda prossegue no alvorecer vermelho, pois um Doremus Jessup não pode nunca morrer.

© desta tradução: Editora Martin Claret Ltda., 2021.

Direção
MARTIN CLARET

Produção editorial
CAROLINA LIMA
MAYARA ZUCHELI
GIOVANA QUADROTTI

Capa
MAYARA ZUCHELI

Preparação
ALMIRO PISETTA

Revisão
YARA CAMILO

Impressão e acabamento
PAULUS GRÁFICA

Dados Internacionais de Catalogação na Publicação (CIP)
(Câmara Brasileira do Livro, SP, Brasil)

Lewis, Sinclair, 1885-1951
Aqui não pode acontecer / Sinclair Lewis; tradução Lenita Maria Rimoli Pisetta. — São Paulo: Martin Claret, 2024.

Título original: *It can't happen here*.
ISBN: 978-65-5910-292-1.

1. Ficção norte-americana I. Título.

24-203014   CDD-813

Índices para catálogo sistemático:

1. Ficção: Literatura norte-americana: 813
Cibele Maria Dias – Bibliotecária – CRB-8/9427

EDITORA MARTIN CLARET LTDA.
Rua Alegrete, 62 – Bairro Sumaré – CEP: 01254-010 – São Paulo – SP
Tel.: (11) 3672-8144 – www.martinclaret.com.br
Impresso – 2024

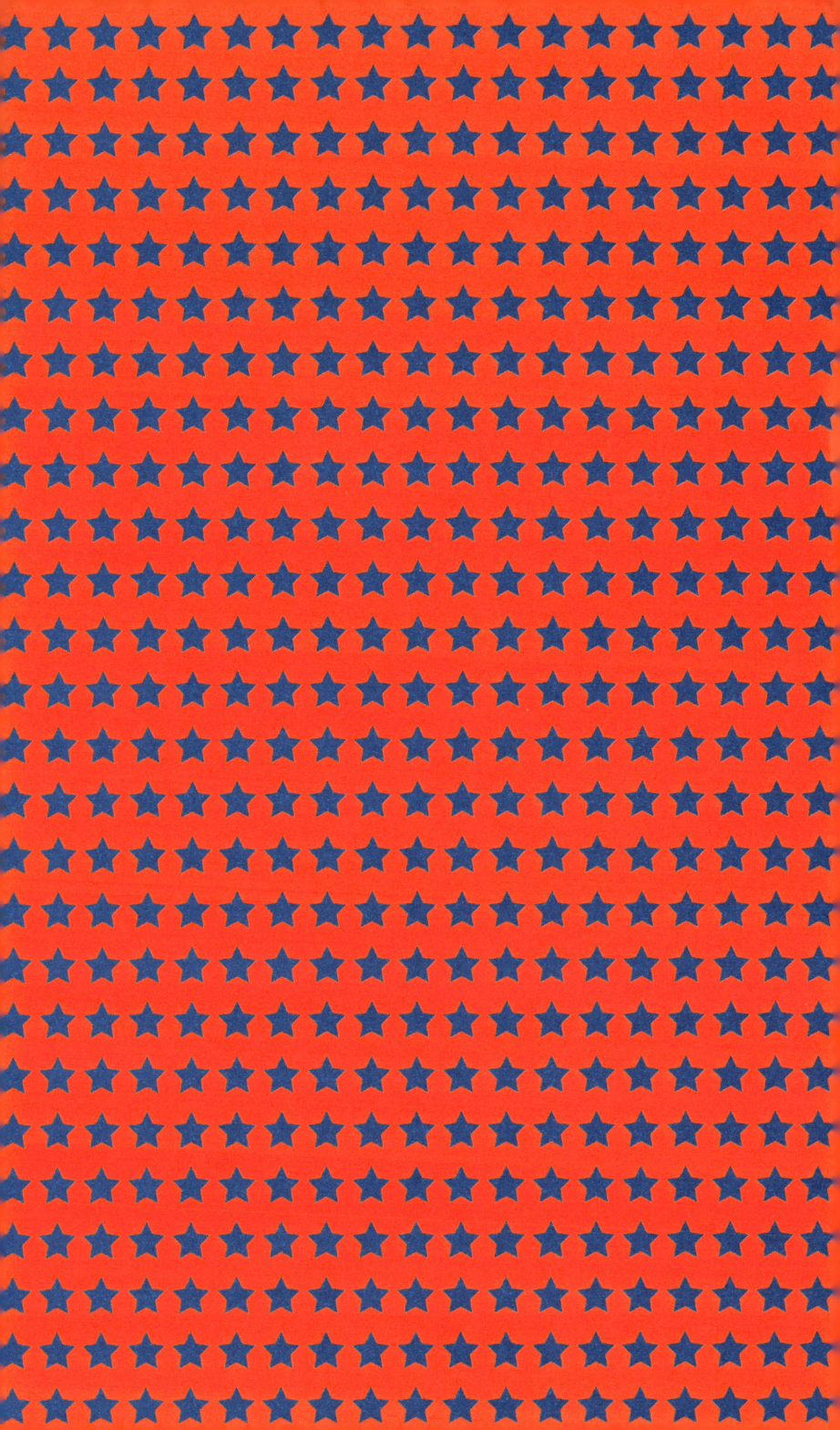

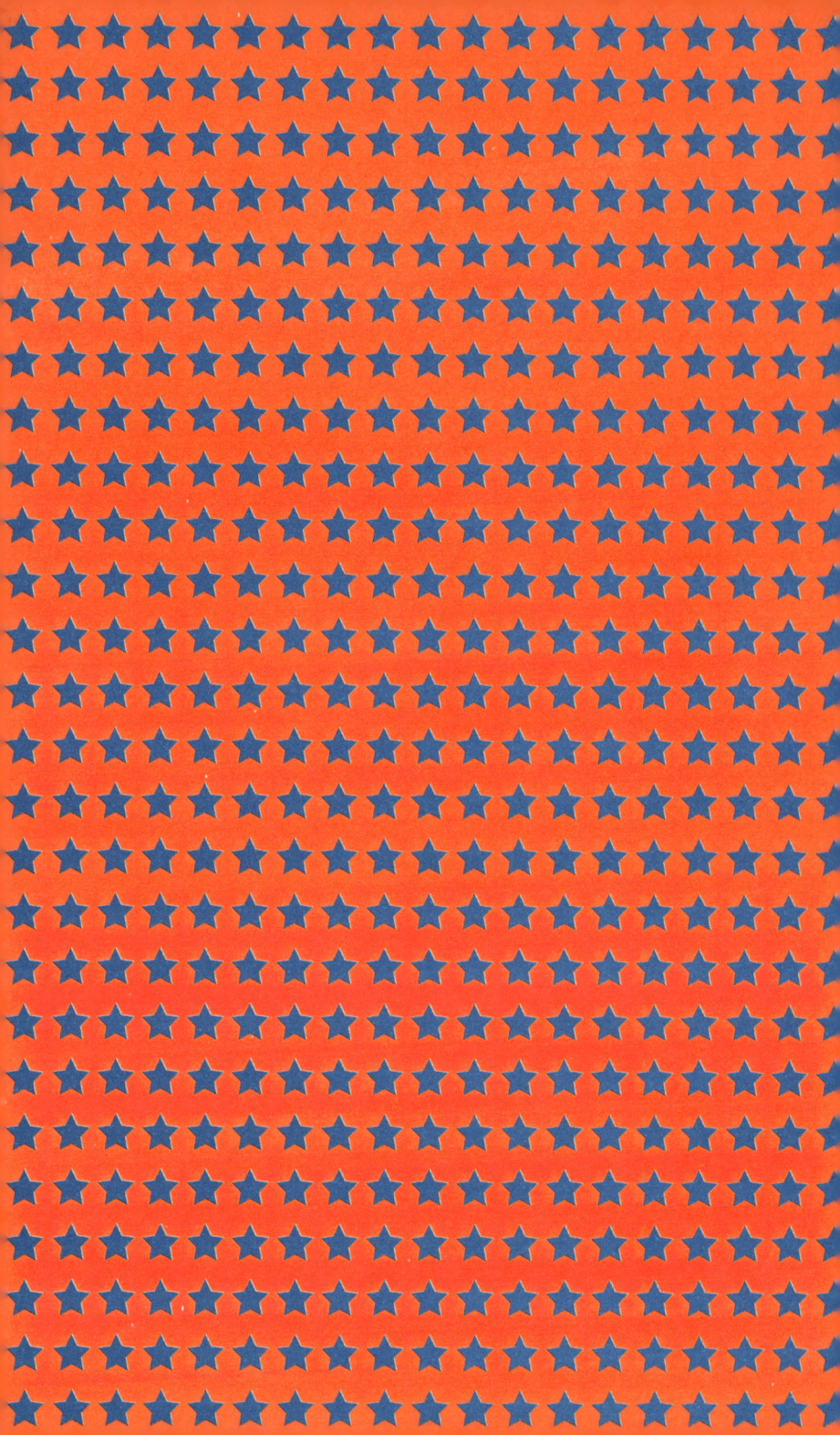